浙江文叢

西泠五布衣遺著

（上册）

〔清〕金農 丁敬 吴潁芳 魏之琇 奚岡 撰
方田 點校

浙江古籍出版社

點校説明

《西泠五布衣遺著》二十六卷，清丁丙輯，收録清中期五位藝壇名宿之詩文集，包括《臨江鄉人詩》四卷、《臨江鄉人集拾遺》一卷，吴穎芳撰；《硯林詩集》四卷、《硯林集拾遺》附《三丁詩文拾遺》一卷、《硯林印款》一卷，丁敬撰；《冬心先生集》四卷、《冬心先生續集》一卷、《冬心先生拾遺》一卷、《冬心先生三體詩》一卷、《冬心先生自度曲》一卷、《冬心先生雜著》一卷、《冬心先生隨筆》一卷，金農撰；《柳洲遺稿》二卷，魏之琇撰；《冬花庵燼餘稿》三卷，奚岡撰。

吴穎芳，字西林，號臨江鄉人、臨江、樹虚，仁和（今浙江杭州）臨江鄉人。生於清康熙四十一年，卒於清乾隆四十六年，年八十。性端重，寡言笑，幼耽吟誦，好學不輟。年十五家道中落，益奮力讀書。嘗赴童試，爲吏役所呵，自是絶意仕進，壹志稽古。與厲鶚善，或相逢於桑塍麥隴間，閑話史傳舊事，鄉人過而聽之，不知爲何語。精通樂理，謂『律管音調，諸儒能致其説而不能習其器，俗工能習其器而不能得其説，遂以爲不可究詰』，『乃案典籍，證衆器，成《吹豳録》五十卷』。詳究小學，以《説文解字》所列文字間有未備，以説中所從之字補正文，成《説文理董》四十卷；考證六書音韻，成《音韻討論》四卷；考製字之原，成《文字源流》六卷；又取鍾鼎文字有成篇可讀者，箋釋其文義，詳論其前後倒互之例，成《金石文釋》六卷。兼通内典，著

《唯識論文釋》二卷，《觀所緣緣論釋》、《因明入正理論後記》、《因明正理門論解》各一卷，輯《昭慶律寺志》十卷、《律議法數》三十二卷、《大藏摘髓》一卷。凡成一詩，不厭數改，由淺及深，去粗取精，自編定爲《臨江鄉人詩》四卷，今傳。

丁敬，字敬身，號龍泓山人、鈍丁、孤雲石叟、勝怠老人，錢塘（今浙江杭州）人。少不習舉業，年甫弱冠始折節讀書，舉鴻博不就，隱居市廛，家貧好酒，以賣米自給。兀傲自負，晚歲學愈老而家愈貧，抑鬱無聊，往往使酒罵座，人多忌之，卒年六十有四。好金石文字，窮岩絶壁，手自摹搨，證以志傳，著《武林金石録》十卷。工篆籀八分，師法周秦，行草尤愛楊少師，作飛白書，有霞舉鶴舞之勢。精篆刻，不輕爲人作，人得其一，寶如球琳。詩學其所專長，筆力超雋，迥出流輩，作詩務險，不趨平仄，鋪陳終始，豪放不可覊，人謂其詩『有皮陸之博奥，不襲郊島之寒瘦，信可流傳』。有《硯林詩集》四卷、《龍泓山館詩鈔》。

金農，初名司農，字壽門，初號香鐵，改號吉金，又號冬心先生、稽留山人、昔耶居士、心出家盦粥飯僧、龍梭仙客、恥春翁、曲江外史、蓮身居士、百二硯田富翁、仙壇掃花人、壽道士、金牛湖上詩老，錢塘人。性情逋峭，世多以迂怪目之。乾隆元年，嘗與丁敬同舉博學鴻辭，辭不就。中年爲汗漫游，遍走天下，卒無所遇而歸。晚寓揚州，賣書畫自給幾二十年，所得歲計千金，隨手散去。嗜奇好古，收諸金石之文不下千種。書法本之《國山》、《天發神讖》兩碑，截毫端以爲擘窠大字，出入楷隸，獨絶一時。人謂其書法『以拙爲妍，以重爲巧』，『淳古方整，從漢分隸得來，溢而爲行草，如老樹著花，姿媚横出』。年五十始從事於畫，涉筆即古，善梅竹，亦善馬，後乃寫佛像，并作山水人物花卉。詩格高簡有奇氣，鑱削苦硬，晚年手録以付其女，歿後，弟子羅聘爲搜輯雜文編集。趙執信嘗索閲其詩，謂：『子詩造詣，不盜尋常物，亦不屑效吾鄉家雞聲，自成孤調。』舒位《乾嘉詩壇點將録》以『没面目』屬之。

魏之琇，字玉横，號柳洲，錢塘（今浙江杭州）人。少孤貧，傭於質庫，晝佐操作，夜自讀書，幾二十年。兼攻醫術，學無師授，力探苦索，久遂豁然。業成後買藥於市，復畫扇，鬻以自給。考訂《名醫類案》十二卷，著有《續名醫類案》六十卷、《柳洲遺稿》二卷。

奚岡，初名鋼，字純章，號鐵生，一號蝶野子，又號蒙泉外史、崇道士、散木居士、鶴渚散人，安徽新安人，寓錢塘。清乾隆十一年生，嘉慶八年卒，年五十有八。性高而僻，有司嘗以孝廉方正徵，辭不就。豪邁不羈，與人交披露肝膽，周人之急，傾囊倒篋，久而相忘，不責償也。少即見賞於杭世駿、吴穎芳諸人，爲華喦高足，早年書法出入歐趙之間，晚歲專精繪事，山水出入元四家，多水墨，清越秀潤，間作寫意花卉，亦秀絶，爲浙中畫家巨擘。與丁敬、黄易、蔣仁并稱『杭郡四家』。嘗自造紙，曰『古雪齋紙』。詩書畫稱三絶，名聞海外，有《冬花庵燼餘稿》三卷。

《西泠五布衣遺著》初刻於清同治七年，至光緒年間，又以續補拾遺諸文續刻，具體刻印年代爲：吴穎芳《臨江鄉人詩》四卷，同治十年（一八七一）刊；《拾遺》一卷，光緒六年（一八八〇）刊。丁敬《硯林詩集》四卷，同治十年（一八七一）刊；《拾遺》附《三丁詩文拾遺》一卷，光緒六年（一八八〇）刊；《硯林印款》一卷，光緒六年（一八八〇）刊。金農《冬心先生集》四卷，同治七年（一八六八）刊；《續集》，光緒九年（一八八三）年刊；《拾遺》一卷，光緒六年（一八八〇）刊；《三體詩》一卷，同治十三年（一八七四）刊；《自度曲》一卷，光緒六年（一八八〇）刊；《雜著》一卷，光緒四年（一八四八）刊；《隨筆》一卷，光緒四年（一八七八）刊。魏之琇《柳洲遺稿》二卷，同治十一年（一八七二）刊。奚岡《冬花庵燼餘稿》三卷，同治十一年（一八七二）刊。

本次點校整理，即以上述同治光緒間丁氏當歸草堂遞刻本爲底本，其中《冬心先生集》、《雜著》參校雍正十一年廣陵般若庵刻本，《冬心先生續集》、《三體詩》參校清平江貝氏千墨庵鈔本。

見聞無多，識力有限，疏舛之處，敬祈教正。

點校者識於杭州萬壽亭

二〇一四年十二月

總目録

丁敬

目録……（一六三）

金　農

魏之琇

奚岡

西泠五布衣遺著序

謹按，會典之設科也，人人而習其學矣。其他目之見於經制者凡四：鴻博、經學、孝廉方正、山林隱逸是也。鴻博科再開，經學一開，孝廉方正常以皇帝改元辟舉矣，而山林隱逸無聞，豈瑰意奇行、枯槁山澤、憔悴專壹之士，幾二百年而其人不可復出邪？若吾友松生丁君所語予五布衣者則近之矣。

五布衣者，皆生雍乾盛時，又適萃處於州黨，年輩相望，並其世而上下焉，所謂瑰意奇行、枯槁山澤、憔悴而專壹者也。而鄉所云四科，乃噤不一得與，或辟且不就，故泊然翛然以布衣終；而又饑渴躓頓、水火癘疫、瘥札夭獨，窮人世極不堪之境狀，環以攻其身者無已時。彼五君者，方且專力於其所業，曾不豪毛懾其心。然則天之所以與之者誠窮矣，而未嘗不厚於彼也。乾隆之盛，獻樂章頌賦求進者翼沓鱗萃矣，五布衣者孳經耽籍，窮日力以從事於奥義單辭窅窱之學，搜索於荒厓斷港人跡所不經之語，而其孝行於家、義篤於友，行峻志槁，士大夫莫能及。

心之精者發爲言語，言語之精，機緯爲詞章，幽邃堅卓，義必穿穴群府，詞必斸棄凡薉，冥踪異境，使人興起，心有所繫著礌磪，而非僻之心無自入焉。夫言語詞章之深者，風俗因之而靡，然則其力不欲自顯於朝，而其志氣節操之足以勵俗效又若此。夫徽瘠皯黴，肌如腊，腓如削，以治於兵農水火、弭災恤患之役者，此天下之任民也。任民不恒有，遺世絶物，鑱屜屩履，砦确以與古之窮而文於辭者争得失於芒鏬，此天下之獧民也。與其處朝廷而不反，以效曼膚膩顔者之爲，孰若入山林而不出，翹然獨異，以求其性命之所嗜，此五布衣者之心也。故其鬱積磅礴而見之於文，其發音縹渺，若霜鶴憭慄，排雲氣而叫乎閶闔也。其援據故實，若入龍門經石峪，數石刻蘚篆，而一一誦其漫蝕無字之處也。其憑弔感唏，則古之鍾儀纍臣、杞梁怨婦者之遺也。是皆有以感發人之心思，渢焉而爲風，習焉而成國俗。嘗記梨洲黄氏之志汪魏美事也，略言順治間湖上有三高士之名，其二人者，監司盧公嘗得見其面，惟魏美穴坏遁去。一日訪魏美，值於僧舍，問曰，孝廉何在，或應曰，適在此，今已去矣。不知應者之即魏美也。其介特如此。始予讀其事而慕之，而無文以傳。五布衣者行類三高士，而又有文以傳於世，使後之人得考鏡焉。何湖山爲隱逸之藪邪？觀是而知其遺著之益可寶也已。

丁君名丙，嘗徵於朝矣，篤於内行，已而沉晦不求聞於時。比乃合刊其鄉先生吴西林穎芳、丁敬身敬、金冬心農、魏柳洲之琇、奚蒙泉岡諸家所譔述，而最名之曰『西泠五布衣遺著』。雕將蕆，以印本視予，而屬書其歲月，以識所以表章遺佚之意。予遜謝不獲允，則謹志晞古證今、發微砭俗之恉於簡末，不獨爲西泠之多賢言之也。竊諦審作者之用心，奚、魏皆憔悴專壹之士，惟冬心稍游於名公鉅人間，龍泓則堅操卓絶，不可驟幾者也。而西林所詣宏富奥博，通内外學，他著多散失，至其所述《吹豳録》五十卷，正鄭樵《樂略》之失鑑，止水齋藏書目有之；《説文理董》四十卷主張六書，則當歸草堂藏書自有之。丁君將謀次第搜討續刻，懼失前賢之用心也。

予爲語丁君曰：學人欲於六十年中争雄長已難矣，而五君者及身數十寒暑則且大困，而八九十年之後得是刻且大昌，然則天之與之以窮者，乃適所以償之也乎。世有其人，國家苟辟焉以爲理，《魯論》所謂舉逸民則天下歸心者，其幾也邪！同治十二年龍集癸酉仲冬日，桐廬袁昶謹識於揚州書局。

吴颖芳

吴震 著

目録

臨江鄉人詩卷二

臨江鄉人詩卷三

臨江鄉人詩卷四

臨江鄉人集拾遺

臨江鄉人詩自叙

乾隆甲午冬，孫君景高持余詩四卷付梓。刻既竟，自爲叙曰：

余之詩皆藉諸高明之力而成者也。方未冠時，同研席毛君睿中即相與學爲詩，取古作者美句互爲標舉相欣賞，每共語晨夕不稍倦。既而睿中謂余曰：詩不僅以美句是尚，『楓落吴江冷』，篇不稱是，見嗤於識者。蓋詩有章法，古人所謂『或製首以通尾，或尺接而寸附』也；有脈理之貫通，古人所謂『貫一爲拯辭之藥』也，是以去累則成篇，合法則入格。如端綺然，經緯分明，邊幅平正，無紕無纇，斯爲佳製。

余退而如説以求之，始識作者下筆用意之妙，久之而證其所説乃弗虚。閲二年，復謂余曰：前所商榷足以覈齊梁以後之詩，其前則容有不盡然者。古之人讀書不專於務詞章，偶而流露謳吟，僅抒所蓄之一二焉耳。其中所貯，淵乎其莫測也。遞降而下，傾瀉漸多，逮至元明，以十分之學作十分之詩，無餘藴矣。次焉者，或溢其量以出，故其經營之處微露不足，如舉重械，雖同一運用，而勞逸之態各異其致，古人之勝於近代，可準是以觀之。

余復如言以求之數年，始能通其旨趣。而自《詩》《騷》而下以迄今之詩家，得以定其格之高下、詣之深淺，然以年少學劣，俱未敢恃爲定論。乃陳其説於毛翁扆再先生，翁曰：吾嘗聞於少宰湯公，談詩略同厥旨，至於所言幽奥之處，缺焉未聞。以所聞推所未聞，諒無岐趨矣。又陳是説於吴門竺樵徐先生，先生曰：吾嘗聞詩於叔祖貫時先生，其説亦不是過也。最後得謁樊榭厲先生，先生曰：子休矣！持論太高，世所不喜聞，依此造就，亦甚難耳，而又不足以博時譽，子休矣！蓋騖其近且易者，雖然，吾閲人已多，唯子始可與言詩。因是攻苦多年，十不能造其六七，每吟一篇，輒自慚恧無地，躊躕滿志之作，究無所得。以逮於老，雖自知學未充足而天分有限，安得副其所期哉！

歲丁亥，友人魏玉衡、王遜先、徐紀南皆自訂其詩。余亦不忍虚棄，取舊作簡擇而鈔録之，質之諸高明。凡删去者不敢復存，若被指摘，必改斵而再呈，俟許可然後已，經五六寒暑，成是四卷。今又得孫君爲余登之梨棗，始終獲他山之助，若此其敢忘諸？故於卷首紀其實云。乾隆甲午仲冬，臨江鄉人吴穎芳自叙。

臨江吳西林先生傳

杭有績學篤行、安貧樂潛之儒，曰臨江吳西林先生，諱穎芳，西林其字也。居仁和之臨江鄉，因自號臨江鄉人。其稱名於釋氏，則曰樹虛。先世居徽州休寧之黄源，明時天綬公始遷杭，官錦衣指揮；傳二世尊周公，蔭襲指揮；三世仲文公襲替，始業儒，爲郡庠生；四世景春公爲鄉飲賓；五世繼泉公爲先生之高祖。公生三子，長瑞芝公，次環芝公，三曰珍芝公，即先生之曾祖。祖考容庵公，諱君容，候選州司馬，善治生，家饒裕，周給閭里，所居有樓，跨途以備守望，里人猶系公名。公初未有子，瑞芝公子恒甫公出二孫，以其次岐生公爲公後，及公生階三公，而岐生公之爲後者自若。岐生公即先生之考也，太學生，配楊太君，生三子：長登榮公十六歲卒；次即先生；三仲皋公。先生性端重，沈默寡言笑，與群兒處，不事嬉戲。就外傅，諸昆弟受經，上口即背誦。先生雖背誦，猶熟讀玩味不輟。當其時，岐生公裕計然之策，挾重貲貿易海上，以餘力蓄田園，課耕桑，家隆隆起。無何病殁於家。先生年甫十五，驟嬰大故，惟居堊室讀《禮》，不問生産事。未幾，嚮所與岐生公佐經營者紛紛以折閲告，概不與較，有納券悉焚之，頓中落，僅守桑田租税之入供饘粥。而先生天懷曠然，益奮力讀書。初攻舉子業，嘗一赴童試，場中爲役隸所訶斥，曰是求榮而先辱也。自是不復應，惟壹志於稽古。村中獨學無偶，且無書籍，有同志張定夫、毛睿中兩先生攜書就先生居，焚膏繼晷，積有年所。每旦則各舉夜所讀書有疑義者，相與剖析，争以無所疑辨爲恥。先生務爲專一之學，讀一書則研窮一書之底蘊，竟其業而後及他書，故積其生平，博覽群籍而所究心有得者數藝而已。嘗怪鄭氏夾漈之著書，務與先儒爲難，詆諆過當，而持論反有所偏，于是取二十略中之六書七音樂略，一一尊先儒而探其源。其用力則自樂始，謂律管器調，其理本顯，諸儒但能致其説而不能習其器，俗工則能習其器而不能得其説，遂成不可究詰之學。先生乃案典籍，證彝器，百試千推，引繩批根，而後成《吹豳録》五十卷。次及六書，則惟尊許氏之説，而於轉注一義尤闡其奥。先爲凡例暢論其指，後疏許説，謂今本《説文》取一字爲篆書，而細書其説爲注，不知許氏原文上下相連，皆當作大書。如鸝黄爲倉庚之名，後人誤讀爲黄倉庚之類。又許氏所列文字間有未備，每於説中見之。如某字从某，則所从之某字即可補爲正文。成《説文理董》四十卷。因六書而及音韻，謂字讀有古音、有正音，經傳反切皆經先儒審定，頒之學官，垂爲功令，不可執後人口音以取證，成《音韻討論》四卷。又因《説文》而考制字之原，分字之類爲六，曰觀象於天，曰觀法於地，曰近取諸身，曰遠取諸物，曰視鳥獸之文，曰與地之宜，各溯其源之所從始而沿其孳生之流，成《文字源流》六卷。又取鐘鼎文字有成篇可讀者，皆釋其文，箋其義，詳論其前後倒互之例，讀之皆能文從字順，成《金石文釋》六卷。此皆著述之大者，功在先儒，教施來學，孜孜矻矻，垂數十年而後成也。其采撮群書可供詞章攷訂之用者，名之曰《金屑録》。先生閉户著書，不求人知，城中惟厲徵君樊榭最先聞先生之名，叩關造訪，即與定交。先生暇則與鄰翁野老計較種植之事，徵君出詣或相逢桑塍麥隴間，譋譋不休，耕者織者竊聽之，不知二老爲何語。徵君工於詩，勸先生恒爲之。于是泝自漢魏，下及唐宋諸大家，熟讀而詳玩之，凡成一詩，不厭數改，由淺而及深，去粗而存精，編爲《臨江鄉人集》四卷。古文尚平易，詩餘尚婉曲，所作不多，皆不存。嘗讀陸士衡《文賦》，謂作文之巧拙利弊，莫如此賦。所謂文者，統括衆體，不專於理，即以詩論，科條閫奥，悉可印合。又謂江文通《雜擬》三十首序詩，足爲拘一見者藥石，並爲注之。先生名益著，爲士論所歸，近者親謦欬，遠者走書問。寧化翠庭雷公視學兩浙，鳴騶訪道，得其《周子太極講義》而去。《講義》者，乃先生與兩子家塾問答之書也。武進方耕莊公典試浙江，事竣肩輿出郭，得其律管諸解而去，即《吹豳録》中之一二門也。武進茶山錢公亦以學使報政，時艤舟河干，周咨移晷，索觀所著而去。醇儒抱道與前輩虚衷，皆非輓近所恒有，士林傳爲佳話云。先生於儒書之外，兼通釋典，所著有《唯識論文釋》二卷，又即其論中條例指授學者，謂之五要須知。論釋之外，更有《觀所緣緣論釋》《因明入正理論後記》《因明正理門論》各一卷。東城餘庵僧蓮飲、西城慧安寺僧超塵，各受其書而傳。之昭慶律寺，爲撰志十卷，又同寺僧輯《律儀法數》三十二卷。同里吴氏長公有遺稿數千則，皆釋藏中精語，先生爲整比而詮次之，名曰《大藏摘髓》。又爲辨利院撰志四卷，院中素有大士像五十三軸，先生募足一百八軸，因作《藏書記》一卷，至如僧道頂禮、經懺、科儀沿襲未善者，多所釐定。其他術數之屬若六壬星命剋擇之家，皆有論列。又謂草本生於地，踐履所及，不可不知，乃取《爾雅》《博物志》《本草》等書一一證其同異，識名辨性，聚得百種之解毒者采取爲丸，名曰『緑髓』，療創腫立愈，惜乎其方不傳矣。

先生先娶於塘栖宋氏，卒；繼娶其從妹。二子：長諱象乾，字寅伯，號月塘，郡諸生；次諱象鼎，字和仲，仁和諸生。皆繼儒業，而又能經紀其家務。故先生無内顧憂。弟仲皋公，别購屋沙河壖，爲晴野堂，居未久，卒，遺三子。先生往撫之，凡十九年皆成立，娶婦事定而後返。母楊太君在堂，享高年，壽九十四而終。先生年五十九矣，居喪哀痛如嬰兒，不讀儒書，坐苫凷中誦佛經以答母恩。先世嘗信禮佛氏，如龍井之雲共庵，容庵公首先捐助，近村崇福寺爲岐生公所興建。先生推廣先人之善緣，凡茅庵精舍得先生之力而成者不可僂指數。平居足不入城市，家有桑竹園池之勝，村醪野蔬咄嗟可辦，製一小筒，削竹籤，書賞花、釣魚、圍棋、賦詩、鼓琴、吹笛等十餘事置筒中，客至則隨手拈一事與客共之，必盡歡乃聽客去。晚年城中士大夫家争相延致，振綺堂汪氏則命季子季懷執經請業，壽松堂孫氏則講論經典，項生金門則請受詩法，先後假館者十餘年，談讌追歡，群英聚首，而編詩四卷，亦即孫氏所刊行。還家棲息者年餘，精力衰遲，尚著《周易類經》，未成書而卒，時乾隆四十六年辛丑二月二十七日也，距生於康熙四十一年二月二日，年八十。子象乾、象鼎俱先卒，孫二：鍾嶽、鍾崑，曾孫三：邦經、邦寧、邦珍。

論曰：先生秉性純懿，制行高潔，友于之誼，世俗所難覯。其讀書談道不爲物誘，必有自足於内者歟。其所撰述根據經史，别有心得，設使采而行之，於藝林必有裨益。惜乎其人之不可復作也。嗚呼！哲人云萎，其何能淑，顧不痛歟？

賜進士出身，誥授通議大夫，都察院右副都御史，陝西按察使司按察使青浦王昶頓首拜撰。

臨江鄉人詩卷一

田園雜詩

吴鄉罷春耕，農事入夏始。清和天氣佳，深巷杏成子。曉色烟雨霏，牽牛駕剡耜。吠蛤無東西，瀰漫四澤水。濛濛披蓑行，吒吒叱牛起。牛勞我所惜，急時豈得已。

田鄰聯一心，伐鼛赴私役。負耒趨南疇，挾鍤走下澤。計日耦耘耔，互爲主與客。白筍供朝餐，紫薑充晚食。良苗仰天功，人事不墮績。長慮夏秋交，旱苦旬朔劇。桔槔叫飢鴻，禾狀有得色。歸塗含多欣，緩步濯溪碧。水去橋下鳴，月來樹顛白。洗酌坐廣庭，滿意即爲適。

自郭以及遠，先後治禾稼。向賃下濮田，翦茅築丙舍。雖遲未違候，迨此人力假。連塍次第舉，夙戒赴侯亞。皇天施平均，恩澤慳惰者。旁人嗤我勞，什一利可射。君謀自長策，我計豈中下。

高曾下里居，聞見盡農圃。鋤耒四壁陳，長物無毫縷。雖能識書字，未出裋褐伍。室人交勖勤，紉緶積筐筥。有營忘歲年，無念損靈府。客從遠方來，貽我五雜組。却之匪不恭，家貧了無取。聊爲修薄具，夏甕甘瓠脯。

子母蔓瓜疇，壘塊結芋塍。蒻頭大於斗，煮汁凝清冰。粉節窨紫蔗，長腰劈青菱。儲藏濟時乏，冬月堪曲肱。閉門榾柮火，風雪共一燈。鄰家慶節飲，新醪聚村朋。今年營婚嫁，困廩猶可勝。

一蓑復一笠，身爲老園夫。舉趾不敢耦，自憐筋力駑。天矜知足意，錫以倉庾儲。家人窨陳醞，園蔬烹甘腴。時邀椎髻子，贅聚相歌呼。何以慰素抱，但掀霜頷須。撥置煩促事，目前良可娱。多見年少人，儵忽歸黄壚。

露凉平田曠，晨風蕩炎氣。逮兹日未熾，借草自遏地。秀禾没人膝，捫腹起飽意。林鳩拂煙聲，野鵠矯雲翅。歸懷有餘趣，鄰老共商歲。雨暘適若兹，雞豚復勤字。得秫七百石，足了麴蘖事。

御寇潛鄭圃，敬通耕酈阿。所志棄遠大，潔己猶足多。翳予承舊業，郭外占水陂。未嘗見車馬，與狎咸笠蓑。少長無薑芥，誤謬不見訶。狂來獨速舞，手持牛尾歌。殊非甯戚句，中聲叶天和。

水檻

對水可終日，望雲生遐心。端居翫物化，無悶樂在林。遥幃凉雨歇，坐見西山岑。霽氣落虚牖，柔風吹寶琴。因之寄清酌，擁膝滄浪吟。

南溪

清谿凡幾曲，松栝共迴轉。演漾會廣潭，回望不覺遠。禪棲相鄰並，得興每攀踐。平莎白石浄，深柳晚風善。倚竹垂長緡，拂衣藉蒼蘚。久事清浄理，得使寸心展。鳥語似可通，魚樂誰復辨。俛仰懷昔人，寥寥太虚緬。

寄毛睿中

消息孤懷慣寂寥，鏡中容髮不相饒。春農秋圃分詩興，雲嶼沙洲共酒瓢。禪味好從閒處會，世機無限醉邊消。欲將張翰秋江雨，畫作屏風寄鮑昭。

和徐伯吹先生飛字韻

浮世匆忙一笑稀，麯鄉深入把旌麾。蟬依槐葉身長隱，魚食楊花腹更肥。閑砌斂襟題竹粉，晚池留筆畫荷衣。楚江垂釣吴山醉，養得胎禽任意飛。

越州題主人壁

宅邊秋水打城根，乞得青田鶴子孫。燈穗幾挑凉葉院，槦衣初卸短籬門。天星此日虚高士，泉石當年識右軍。多謝繼歡長命燭，夜堂酒溢玉崑崙。

和客途過松亭主人

浮江信縹緲，旅泊倦關津。遊子落花晚，主人芳草春。淮徐依未得，盧霍去無因。粗了平生意，相將狎隱淪。

和陸生都中述懷

酒肆藏名久，荆高昔日風。灤河看飲馬，燕磧數飛鴻。古雪心期在，春華歲月空。寂寥秋枕上，歸思入宵蟲。

訪厂阿上人

幽林淹老宿，古寺訪前蹤。夾磴聆風竹，依檐化石松。曉厨清澗鉢，秋雨暮山鐘。明日溪橋别，雲關暗幾重。

越州城内董侍郎園松化石

延真觀前千年松，毛鬣本是蒼精龍。白頭道人撫而歎，異物冥與神明通。中宵雨晦集雷電，鬼神來會陰陽戰。蓬萊仙客伸玉臂，端捧琅玕插階面。蒼釵翠粒了不存，獨留幾片枯龍鱗。斧斤斫處險撑骨，苔蘚青邊花滿身。鬼國寶刀腰幾剬，輦作侍郎園内物。琴牀屏面惜取材，白梅花下雙奇崛。摩娑似石還非石，徹體陰冰凍凝碧。當年若詫奇章公，一品神奇石中伯。

中秋送客北歸

此宵無月秋虚過，陸離長劍横雲破。酒杯忽遇薊門豪，昂藏意氣人傾座。平生振翰繡綺場，霞月千里供辭章。數仞已出曹劉墻，落落古今同雁行。雲愁煙思河海闊，分首南北移三霜。小網安能羅龍虎，幕府西移南走楚。樓頭寂寞舉一尊，槲葉啼山駭風雨。氣酣高歌興未足，點拍歌聲碎寒玉。故園歸去快春風，采菉應知我心曲。

和沈晴川丈村居

蒴荷結屋居清浄，荒陂秋水澄霜鏡。之人卧耽蘿薜深，保性幽鄉松柏勁。販賣雲壑不值錢，分作徇書受貧病。南漳秋雪拉漁兄，留下春紅中酒聖。一東一西雲共將，隨闕隨盈月爲性。曠觀物理燭冥機，應接人事寓無竟。使令唤得嵇與段，樹果栽蔬夾田畔。不愁淋潦不愁旱，冬菁可抵飦之半。誉度吟句老更癡，名品定居高士差。身前莫計况身後，過此一壺外不知。

雨後登富春山却寄友人

雨霽暮樓迴，群峰翠迴錯。蒼茫大澤寬，澹薄斜景落。水氣漸歸海，殘雲猶擁郭。凭闌巾葛清，抱膝歌謡作。君子賦招隱，襟情極寥廓。辭意玉壺冰，蹤跡雲皋鶴。高誼良有偕，愚衷知所托。禽尚亦何人，千金保前諾。

入桐廬港懷張山人

山水渺何極，扁舟相因依。偶隨意所愜，遂與清風期。晷窺嵐光晚，夷猶蘭檝遲。崖阻若無路，鳥去隨所之。孤客拭塵目，遐心攄幽思。沙洲拾芳草，静谷搴紫芝。爲眈沃洲隱，願與泥塗辭。夜榔松下月，朝灑磯上絲。流泉寄輸委，浮雲惜分離。陽光西望昃，歎息方自兹。

寄毛睿中

出處豈殊致，跡冥理自通。軒冕豈累人，陋巷堪養冲。吾子策高足，躡雲萬里風。中途更蹉跌，斂翮依卑叢。蹇駑我特甚，平生信偏衷。詎以小勳業，亦非嗜賤窮。徇時等畫虎，學技如屠龍。展帙雪月下，抱琴邱園中。暘彼耕漁興，副我泉石胸。悠悠循化運，百年會有終。

情親自童穉，惠好不覺深。形跡脱略盡，相示唯此心。河橋屢揮手，日月馳駸駸。中閒寤語疏，關河阻清襟。暫對情未極，别酒愁重斟。郊扉悵然卧，忍聽孤鳴禽。攬衣驚四顧，誰知我沉吟。方秋接鴻羽，因之寄新音。

贈沈軼林

文場筆力雙牛弩，寤寐新詞入靈府。南回跋馬柳條青，指説丹霄當去路。水巷移家取静便，儲書十架無家具。鳶肩骨薄顔無膏，世人視我如蓬蒿。言語邀遮共組織，氣勢呵嚇來煎熬。姓名定上春官牒，擅場箭道穿楊葉。長安十二槐花陌，麒麟公子朝天客。一日丹墀賜顔色，畫省金門同早直，始信儒生輕不得。

和杜生漢上訪吕逸人却寄

漢上題詩咏玉鈎，葦邨蹤跡狎閑鷗。湘雲楚樹客將老，蕙圃芝田歲不秋。小有烟霞丹竈冷，大千風月錦囊收。年年只待扶風客，花撲清觴擁罽裘。

次韻曹進士洒閒見贈

江浦文星切太虚，桐椅百蓺有誰如。愧同蟻壤拖腸鼠，快對龍門戴角魚。奇石自師張水部，彩毫好事沈尚書。破除客念無忙事，酒暖苔花點雪初。

寓吴酬客

放舟只在玉娘湖，磯畔閒眠鶴影俱。繡鴨没沙仍見尾，玄蟬翳葉但聞呼。飄零詩卷誰青眼，流浪街塵更白須。記得别帆秋色裏，野風吹入小單于。

吴中和友人韻

奪取溪光上紙屏，卧看書架冷秋螢。前年停棹烟波夕，曾問邱西滸水亭。

盤門送程明府

砧杵數家催客去，天河落處長洲路。翦繡衣工誤一試，鷫鸘不敵縑與素。城南柳下相逢語，兩首新詩買君顧。太阿鏽澀韜寶刀，磨厲還期廓天步。置酒五湖波上頭，隔歲故人如百秋。此行萬里乘風游，吟袂遥拂孫楚樓。江草江花不知恨，極天浩蕩長波流。

送客往西江理别業

行李趨南服，江流送北船。白蘋彭蠡澤，春稻楚人田。家計魚登課，山書竹有年。懸知鄉國夢，長在晚鴻先。

寄湖南友人

使幕淹留久，高懷近若何。秋生漢陽樹，凉入洞庭波。林箐猨吟數，湖田鴈跡多。書堂佳月色，荒盡緑垂蘿。

蔭上人游楚因寄

秋色落荆巫，經行竹杖扶。曾酬雁門偈，新寄雪舟圖。曉鉢山泉冷，空堂夜月孤。沃洲青歴院，舊跡憶雙趺。

胥門夜泊

索醉樓陰拗碧篛，石橋如舊跨長虹。報秋砧杵初調月，泊晚颿檣正卸風。吹竹不逢吴市客，買山思作太湖公。游蹤何事頻漂泊，一半年光屬早鴻。

戲贈毛筠牕

成琲珠簟肯一振，玉蟾流豔小屏明。不嫌仙籍無瓜葛，族弟門人自署名。

夜寒

夜寒心事獨書灰，頓破閑愁賴有杯。霜葉墮階風解惜，瑽琤吹去又吹來。

虎邱僧舍和友

一年衰謝柳陰蟬，林閣無人可寄眠。索畫不辭雙屐雨，對棋長熟幾瓶泉。杯涵星影應名酒，檻落花光總入禪。爲續月前琴客會，春朝數去醉連翩。

日本國刀子

蛟龍屈就三尺鞘，紫皺茱萸金束竅。掣動鏘然發長嘯，探壁虹飛堂四照。海山孕結長庚精，仙人鑪鞴三年成。亶洲浩渺截帆過，深夜月黑黿鼉驚。豈論難縮張鴟九，大食寶刀應屈首。可憐不落澹臺手，塵垢牀頭夜長吼。中華有道泰階平，鏽鐵頑鉛無好醜。只令賈客市門懸，不遣神人水心守。書生骨弱空咄嗟，蒯緱將絶愁無家。買酒澆愁淬霜刃，燭邊五色生光華。

瀚海石

邊樓卧鼓龍沙静，尉侯威行無外境。旃裘翠帳來藁街，奇貨輸將三市並。篋中磊砢來荒朔，千年染透莓苔緑。寶胎藴結馬腦精，小有瑕紋如烏啄。瀚海澶漫天西連，高無草樹低無泉。迢遥百驛石爲國，十旬馬蹄行欲穿。凉秋烈風動地吼，飄似葉飛堆作阜。冰山雪窖不識春，行人盡阻西關口。誰歟嗜奇拾滿囊，破費橐駝百石糧。良工睥睨俯而笑，胡沙手試割玉方。霞光初透紅閒白，滿腹英華藏不得。專諸巷口人争觀，咨嗟忽動懷鉛客。絶愛古翠煙露明，何如完璞天然成。清泉汲取養曡洗，聊與文房伴一生。

和陸端門吴小仙雙松

吴仙落筆皆俊氣，濃淡平奇得胸意。召取蓬萊脱角龍，蟠曲張鱗對相戲。拗怒噴薄烟霧青，千山老榦無好形。皮毛幾伐現真骨，塵垢擺脱通仙靈。茯苓長生化精魄，齊弟夷兄共肥瘠。世遥韋畢未可知，凡手安能論什伯。皺背一老蹲若睡，海雛所化或者是。總歸元氣鴻濛中，太初太素將無同。秋山斤斧無朝莫，令人南憶閩甌路。赤城雁宕不難求，布韈青鞋遠尋去。

清華閣宴集酬李客山先生

水樹泛明潔，網軒交玲瓏。晚蟬咽清露，初鴻下朔風。琴酌暇相偶，罄歡神慮空。高會亮有繼，再來群不同。主人抱風雅，共推小安豐。斜闌薄素影，平林曳煙虹。豁豁展新快，悁悁念舊蹤。談閒善有會，令人思車公。

宿山中絶句

乘月渡溪晚，谷口觸煙入。燈明知有人，茅齋隔松葉。
山中桂華白，偶隨清月來。折松頻掃石，爲爾匣琴開。
煙生杜若洲，水上唱彎欘。鐘動到門初，青林灑佳雨。
沙平半湖日，迴橋草舍低。小籬人聚影，釃酒祝春雞。
傳言小山花，蟪蛄聲未歇。巖中一夕寒，雲衾抱秋月。
水寺倚長松，松子衣上落。看子梯碧峰，一慰雪山諾。

堯峰歸後得僧札

月下展芳訊，墨瀋靄盈紙。兩袖松風聲，至今猶在耳。湖山氣候嘉，信宿弄煙水。溪流諸峰影，孤櫂秋色裏。歸城如隔世，汀芳阻千里。良時迅羽飛，暖動水華起。瀓心念良晤，縛身貽衆累。塵汙俗所甘，榮名意久弭。半偈庶能持，唯師冥斯理。

和徐伯吹先生寄吴興友人

緑髪監州册府歸，驛程千里寸心違。吴臺春暖蠙蛈甲，苕水烟烘翡翠衣。斂翮鎮看霄漢碧，引吭誰羨稻粱肥。高人爲取垂竿意，净掃苔溪白石磯。

陸氏明瑟園

水曲亭林入畫圖，詩書先世得膏腴。食單丙穴分魚味，生計琅琊食稻租。波引小溠開虎眼，蔓延高架引龍須。金釵擊節歌初緊，不讓齊奴一斛珠。

楞伽寺

六尺苔牀亂鳥跡，緑蘿衣松稱寬窄。入山爲訪飛遁蹤，荷鍤攜將采鉛客。名園有待拖屐群，春翠一尺生石雲。清吟好題平仲枕，寶墨自灑羊欣裙。青溪獨瀉小姑眼，引領鶴飛意無限。香閣從容款更勤，沙莧冰菘了朝饌。幽洞斕斑逗疏雨，樹駁青紅寺門古。定心觀後晚鐘稀，水中之月不可取。

白牡丹

二楞堂外晚風徐，霜雪相和破蕊初。久别山房白贊善，更傷天上鄭尚書。

送客歸南岳

雪襆新裝五嶽圖，紅餐翠飲渺江湖。仙巖歸到收身地，石上龍鱗幾片枯。

留别徐伯吹先生

夙仰山岳秀，仙民直下孫。綢繆池上酌，款曲邱中言。黄鳥已昨日，春風非故園。扁舟肯相訪，楊柳暗東門。

晚泊蘆區有懷

向晚洲渚平，前灣點飛鷺。湖城煙水深，片影孤帆暮。篝火隱漁莊，葦風清客路。滄波日凌涉，遂果高秋趣。滿眼空蒼茫，閑懷落何處。迴橈無遠近，蘭芷香來去。短夢依夕流，離心歷疏樹。惆悵失所期，望没新鴻度。

濱湖邨家

烟波無際畔，寥落幾茅茨。占水菱標竹，分疆葦織籬。羮材選螺蛤，漁職序鸕鷀。停檝來相問，長虹老釣師。

烏程道中

小雪冬方破，黄蘆已夾隄。船經津市繞，詩向驛亭題。浪雨驅秋鴇，山鐘應曙雞。沙頭賒月色，鼓櫂入青溪。

題友人書閣

小閣盡遠勢，高出青林間。卧聞西陵潮，坐對皋亭山。容膝保幽獨，棲心寄高閑。几上黄虞書，日掩青蘿關。自安歲月古，誰病形影孱。神開友桑扈，樂在希孔顔。撫懷覺浮淺，延佇飛鳥還。

和韻寄題金陵佛寺

百花輦道昔籠鞭，朱碧龍宫浸浩然。此地烟花曾入劫，前朝鐘鼓總歸禪。徵歌逐酒將三月，窠石栽松又百年。不斷風前語涼思，飲樓纔下上漁船。

酬友人自楚歸塗中見寄

洞庭葉就别時飛，萬里鄉心入擣衣。建業候潮歸棹晚，向家草色愛人歸。

早行

青鴛瓦上起銀毛，曉色新欺舊緼袍。尚有樹深溪絶處，一星幽火掇霜螯。

横涇村舍

玉杯初鏄小池蓮，郫酒經蠶味可憐。移過林端檣孑孑，碧沙洲外水摇天。

讀漢書西域傳

班生志氣摩天揚，俛首肯作傭書郎。獨攜大膽出關去，三十六國如驅羊。鑿空張騫名早遂，陳湯不俟戒生事。區區諸子豈能然，天子聲靈方四熾。埋頭故紙誇吐鳳，顛倒算子何能弄。古人弧矢陳初生，胸中要具萬甲兵。西望玉門長按劍，男兒本是重横行。

過釣臺寄京都一二友人

子陵率真素，寂寞情所向。今古重軒裳，高風遂無尚。日夕行旅過，誰復愛閒曠。濡首逐世營，紛綸走俗狀。層灘泝輕舟，客心搖積浪。白鳥閒不飛，孤雲意何傍。烟濃山漸暮，波細月初上。故人蘭臺居，鶱翥神情王。誰念征途悲，空成下里唱。舊巷擁黄落，小槽熟新釀。牽攣歸計遲，開帆復惆悵。

送友游山左

隱囊紗帽舊風流，三載垂鞭信馬頭。枉道難依信都令，入京不見曲陽侯。汾河清酒欺初客，龍兑寒楓報早秋。逰館錦筵絲竹亂，幾篇懷古月當樓。

海昌新祠蔡道士乞詩

午閣周鶱緑畫欞，浮涼吹動碧鮮亭。三洲水闊樓臺隱，萬里烟高島嶼青。滿笈西山童子藥，當檐南極老人星。多年占作真官户，玉籍唯應注蔡經。

南澗寺

跨路幽亭詰屈闌，翠松如帚拂塵冠。諸天花木三層寺，初地樓臺百尺竿。石罅頓驚疏雨落，樹顛長護法雲寒。曾扶文藉先生杖，山色都將舊眼看。

和友人郵居

橘柚郵墟暗，蒹葭澤國晴。萎花依雪卧，枯草戴霜平。霧散沙逾闊，江寬日半明。風簷鐵馬静，烟牖玉琴清。野老忘冠帶，衡門少送迎。葉聲僧磬雜，山影釣舟横。僻徑籬斜抱，危橋石轉傾。竹篝行夜火，槙竅奏溪聲。警枕雞呼起，閒蓑犢伴耕。晚陽行水路，曉色入郵程。石穩開襟坐，枝低脱帽行。赤松交道士，白石唤先生。待斲陪游杖，新貽服散鎗。漁樵留野伴，文酒會時英。露坐飛蟲集，燈張宿鳥驚。湖魚肥勝肉，官酒重於餳。句澀長看燭，杯酣莫問更。一亭嬉水域，百步限巖城。榻上饒書味，磯邊謝世情。誰來視張秉，只是卧劉楨。體暖嫌肌癢，中虚應耳鳴。新湯添赤箭，宿藥配黄精。每厭鄰敲杵，聊陪客對枰。隨時調冷暖，觸事感衰榮。埽蘚梅根壅，敲冰石鼎烹。菊枝遺謝舉，松醖餉蘭成。異世還通夢，同心自寫誠。小餐炊薺麥，偶飲點薑橙。熟客除虚禮，寒家竊儉名。眼昏憎鏡暗，腕弱喜筇輕。野興臨溪待，游蹤假日並。東鄉名此叟，終歲守硜硜。

友人佐南楚幕府

徐孺留高榻，陳琳載後車。如憑彭蠡雁，秋寄漢陽書。

寄毛睿中

中夜江南管，能消萬古愁。相思千里外，長望白雲秋。

寄戴陛書

車馬馳新節，琴書滯舊途。東風吹客柳，鄉夢夜來無。

吴博年將歸却寄

天際山多處，連年驛路勤。風寒洞庭葉，日暗蒼梧雲。上信迎魚隊，中宵宿雁群。旅懷隨逝水，東去繞榆枌。

送友人赴荆州

春柳斷腸色，春禽送别聲。遠雲荆峴白，新水楚江横。柱促清風繞，杯濃玉露明。分襟良不易，同抱薜蘿情。

和客渡江南游

鼓枻中流渡，秋風正落潮。山情接廬霍，雲思見松喬。旅笈虹光露，鄉書雁羽遥。愁來無次第，楓葉晚蕭蕭。

贈道者李先生

客塵已浄出雲征，百歲流光不計程。自有青松養身世，但留紫籙紀功名。風高急浪迴魚鬣，江闊癡雲壓雁聲。早晚約爲溪洞侶，星壇長拜古先生。

酬徐伯吹先生僧廬見寄

隱囊閒倚不成眠，止泊禪齋暫結緣。高士襟懷惟愛竹，道人供給只烹泉。重紈累素來千里，鶴望凫翹又一年。文字輩中標的著，但將吟咏播諸天。

又酬見憶斷句

納賢城北舊徐公，寄到溪書臘正中。難忘南箕好看待，酒杯三十度春風。南箕，齋名。

送友人適江南

年年帆卸楚城濠，江介加餐爲蟹螯。晴日遠明京口岸，秋風寒動廣陵濤。同槽自古相蹄齧，得路何人借羽毛。遥念暮林零亂葉，賦成秋興續離騷。

對酒贈睿中

飛紅唾香西湖春，雄兒跋馬争春塵。扁舟獨泛依白蘋，酒中鬍張氣益振。羡君秉志崇清真，天爵自具高我貧。劉楨夙有松柏性，李白豈是蓬蒿人。風飄客意落杯酒，摇曳烟絲委波柳。眼中一闋忽如夢，春去餘時强爲有。誰誇熊轓龜壓紐，誰羨黄金拄北斗。莫尋季主日者流，去訪蒙莊漆園叟。

潘素真道士

井華晨漱玉，盛室潔齋身。采藥兼治病，燒金不爲貧。紫霄霞外侣，秋島畫中人。長望靈蹤遠，空巖無盡春。

雨中湖樓送客

三丈旆竿曳紅尾，游絲網春留客子。碧樹交窗浸碧陰，涼雨斯斯葉頭駛。浥濕柳花波浪肥，亭角光竄銀絲飛。高樓有酒不能醉，可惜栗留金畫衣。嬉風席展洲蘋上，迎船緑簸漫天浪。客情忽緬謝公游，五兩東隨釣溟漲。

送鶴上人往金華

骨瘦人稱鶴阿師，友禪題遍草堂詩。沃洲歸去秋應早，黄蘗山頭過屐遲。

宿堯峰

樹樹過秋風，層崖上一筇。人高猶愧竹，僧壽欲齊松。月境湖過闊，山心閣上濃。石關垂欲叩，報暝四時鐘。

訪黄雪山房紫山徐丈

欲問幽棲郭，林芀共一門。隔籬松子墜，過澗鶴兒翻。養道追虞夏，將書潤子孫。坐來成小劫，山頂日車昏。

西川書軒寄懷定夫

落日青苔舍，黄桑漸合圍。導渠隨水去，捲箔看雲飛。茶乳上池味，橦花白雪衣。春深里中社，尚阻季鷹歸。

湖墩游集酬和越客留别

客自青霄落，時當新雨寒。水花留夕咏，月色到家看。筋力雙車轍，溪山一釣竿。東谿倘高卧，思贈握中丹。

臨江鄉人詩卷二

讀史

養蘆不成荻，種荎將化茅。物理詎堪詰，冥心謝嚾呶。君子懷有餘，入世見不淆。嗷薤故留白，食蔗先以梢。此意達者知，請看咸五爻。鼉龍具高材，蝘蜓安能嘲。

鉛刀効一割，遠遜百鍊剛。椎蘆作籧篨，終不成文章。本性固難變，棄短保所長。世稱吴會地，君子尚禮鄉。奈彼薄俗變，赤白丸探囊。居野已勝市，業耕安貴商。萬一勿徼倖，士當守其常。

墮地神唱恭，天稟類中尊。抱此就朽壤，中有不死存。倀倀何終世，衰耋自童昏。馳外毋攀華，返内貴握根。事德隱微際，獲福無方原。誰克受忠訊，敗轍日見翻。長嗟俗相沿，久之虧淳源。安得挾炭子，偕入鑪冶門。

讀黄庭經

騰化自有術，其奈嗜欲奢。尊榮事服食，東轅問褒斜。端本葆元化，黄衣安其家。雲英發三素，清醪湛九華。長御飈輪風，火鈴兼河車。反求自有餘，慎哉擇術差。

結空翠樓臺，含晶玉魄磊。陰岑吐新霞，陽林納朝靄。中有不死人，永劫練顏在。躡景素顥巔，湔衣紫泥海。游戲三老偶，騎龍把芝茝。山娱混樵椓，水泳共漁采。安知市朝營，千年百年改。

矜才鶩捷足，終作貉一邱。良哉羨門子，浩蕩三辰游。夙具卓犖性，了見身世浮。窅穴隱厥躬，飲清眠雲樓。嘉賓延九乾，妙質來三洲。投壺玉女笑，拍肩胥仙儔。敖放海嶽闊，龔養日月悠。俯視人間世，扈魯笑勿休。

智愚萬不同，俱是籠中人。神仙豈異域，事外風景真。逸轡絕霞肆，遠懷跨天津。含虛精來歸，守一道所群。枯查發華藻，乾腊成矯鱗。恒依造化老，不隨草木春。豈復金鼎液，憑此持脆身。自古雪山子，浩然玉天賓。

擬古

矮馬馱鬉韉，大奴扛檑具。窣地塵埃飛，相爭楊柳路。

良平馬無汗，坐食萬户封。送君河北去，平世作夔龍。

蒿箭射蒿中，囊錢漏囊裏。得失不足較，小智盡此耳。

和友擬樂府

訶子唱金珠，蟪文窗眼黑。晚堂風楚楚，藍花若榴色。
酒旆空飄飆，燕過交街影。煖風簾幙高，煩衿浩難整。
大船客喧呵，百眼盼鄉里。時節桐始華，到家見梧子。
珠櫳遥可見，林樹散烟華。苞竹新解粉，敧荷半障花。

寄毛睿中

水木助一潔，衡門自光粲。籬篁爲擁衛，徑卉足披玩。通人嘗謂余，癡黠正相半。邀來邨園中，屬興共染翰。何嘗吝片語，不爲風月贊。酒熟每勸酌，蔬香屢入案。申歡未云斁，游跡又雨散。聞飲建業水，裘葛已三换。冷落仲蔚居，誰歟偕永歎。

送沈大游漢南

落日征帆挂，浩然江海心。涔陽芳杜老，夜夜楚猿吟。

有竹

有竹沙頭宅，多年喜托居。玉塘消盡雪，清水看鼀魚。

送睿中

鶯語柳新彎，春樓面面山。郭門揮手後，風月不相關。

納翠山房

楚稻西風吹半黄，緑蘿陰下到山莊。清谿掬水皆禪味，翠頂攀雲見佛光。邱壑現成詩肺腑，烟霞將换客衣裳。不勞擬有金貂解，榼酒三瓶許借嘗。

舊宅

手栽桃李半中原，欲訪圖書失子孫。不見西京高甲第，馬家宅是奉誠園。

和友述懷

趁風朝泊錦帆隄，卧甕牀頭取醉泥。用舊句。買箇若邪谿水劍，赤鐔猶是郭生題。

題壁

貯酒西風破冷初，薧花閑館鱠鱸魚。年年襦袂裝新絮，一琖秋燈夜讀書。

孫翁山居乞詩

鑠石流雲總不知，緑筠闌角滑龍嫠。遍山草識都成藥，繞屋花判盡入詩。細柳凉招新浴後，好禽語湊半醒時。多君日有清尊興，欲把琴來一解頤。

送友人泛海

雙瞳清炯氣食牛，著脚豈肯卑微休。芳蓀飛香主者求，掉頭冷笑輕王侯。人生作達不暇愁，吐氣顥白摩天游。罏閒酒鎗昂龍頭，柔神激興酒德優。山河遠近皆衾裯，胡乃局促區中囚。放誕自具無倪舟，東望挂席凌蓬邱。猗與往赴洪崖儔，高攀玉樹空淹留。非烟非雲佳氣浮，嘘吸沆瀣浩難收。控馭白鳳驅靈虯，徘徊霞肆酣烟樓。絶登岳頂披天裘，東溟杳渺拍烟流。投跡欲往嗟阻修，自涯而返送青眸。談笑但聞風颼飅，怪我下士聲啁啾。一語堪敵三萬秋，仙胎已成身自由。迴視積蘇蒙齊州，萬千學子思悠悠。

寄贈朱上舍

故山三歲憶秋瓜，幽檻迎凉折絳紗。驥子晚槽愁苜蓿，鯉魚春漲隔桃花。清詩計會閒風月，短策消磨好歲華。想見水窗人寂寞，厭聽江樹後棲鵶。

和人江行遥寄

河橋沙暖隔分攜，江使新來授尺蹏。故道西風山影轉，别程楊柳馬頭低。宜城酒美濃於乳，溢浦魚饒賤似泥。還憶竹郵憑檻共，幾枝凉葉露蟬嘶。

睿中南游秋晚却寄

水畔郵墟小隱林，西山清氣貯虚襟。紅楓不負三秋事，錦雁長懸兩地心。高閣雨凉生遠思，曲屏燈暗補新吟。門前便是江千里，忍聽溪春答晚砧。

僧院歸西郭游訪

磵户光陰不負春，風溪石膎兩相鄰。新逢亭館多歸佛，舊閱林泉暗换人。熏透紫煙金獮豸，卧荒秋草石麒麟。借攜銀角桃枝杖，黄雪山房訪隱淪。

寄楊西川

怯問故人秏，年來咏四愁。破村烟不午，下澤水常秋。文史資高卧，禽魚伴獨游。檐前松竹晚，時憶促裾留。

送戴陛書

蟹候浮秋浸，蘆鄉約夜漁。孝尼惟治退，長統不求餘。緗帙傳筌典，蘭臯待鶴書。蒲魚猶可薦，裝劍欲何如。

抒懷言無倫次意到即書

偏懷寄事外，分無東西緣。撫摩蒼浪竹，盥漱清泠泉。時動近游步，幾曲越陌阡。觀物何芸芸，雞睨雕摩天。方池見海意，飛到蓬萊烟。東竚有餘想，希覿雲上仙。此想亦非分，返心游太玄。安兹日月駛，古賢盡皆然。

一身無根荄，我生正如寄。未能善用心，每招造物忌。是中本空洞，冰炭强爲置。虚舟適江湖，自得止泊地。眄彼秀林木，表暴徒見異。用酒和其理，獨暘樂無賜。屈指養德方，醉不落第二。

黄唐越千祀，習俗非古風。賴識典籍言，内省祛其蒙。端居保幽獨，破屋環蒽蘢。無事即至樂，假年托微躬。伸足卧不起，畢兹一日功。直令百年内，悠悠安所終。

九州億兆人，不仕十八九。豈有高隱流，抱道樂田畝。伊余略識字，器具了無取。牧豎内逸群，芸夫中良偶。支離不知飾，嫫母自嫌醜。蠮螉每赴溼，麋鹿恒在藪。用此謝浮譽，荆蓬老相守。

生前差一念，誤投塵網中。晚讀瞿曇書，忸怩無所容。汎植莫核物，名教宜自蒙。不踐綽約室，而居蒽蒨叢。朝行偶褐父，晚步隨柴翁。薄田供三御，有酒堪慶冬。時嘉意方適，遠興追霞峰。流泉不歸源，還雲故繞松。吟爲老婢聲，詩癖將誰攻。

貧身不畏死，困劇多此身。所嗟富貴者，難捨千百珍。抖擻一副骨，去卧荒草根。久在争逐肆，今居寂滅門。妻兒莫慟哭，臨瞑發笑言。平生事何事，僅作幻夢論。百年會有盡，今當復其元。聞之應發省，慎毋傷營魂。

家承凈名法，久參開士跡。息景斂華泰，循躬抱貞白。誰勖善自名，冥然朝及夕。側肩歧雲壑，撫手弄泉石。遷延四十年，守今不逾昔。經過少壯塗，一瞬駒過隙。檢點家中人，余將老爲客。

吾生必有終，不謂老便至。如牽就犧牛，步步就死地。離形固可傷，多智亦難避。已勝諸少年，中途頓其轡。因是外死生，懷愁甚無謂。

少年春秋富，顏色三春蘤。曳裾而拱手，彼命獲安舒。顧我忘苟賤，筋力竭菑畬。所棲地最偏，榛莽秋翳如。雨爲晴之餘，輟務息我廬。縱心無別談，農外詩與書。人生貴適志，飽外何所須。

貧者士之常，賤者道之實。處常而蹈實，没齒抱渾一。由彼無緣塗，聿居自然室。拭挲管晏書，蹉撾申韓術。藻飾莫外矯，大巧在守拙。不見乘時人，揚揚詡華秩。前驚不知返，日賓就朽質。

即事成咏

流幻人事殊，戚友變興衰。總髮粲者子，壑舟俄改移。因念意中侶，顧步造門基。迺諍桂玉急，束裝將遠之。且觴餞車酒，明湖逐西嬉。垂垂蔓結帶，的的桐乳箕。孤亭集遥念，俯仰足共怡。對援舊人跡，以爲撫掌資。少長夙相狎，肆言無瑕疵。投篇記别袂，月明一相思。

西園梅花下得句

一鳥唱晴色，西園花亂開。詩成向天笑，酒熟無人來。挂帽紫�竹，横琴白石臺。胸中千古意，寫作松風哀。

鄰家留坐

小留檐外坐，寥落客心孤。世味歸搖指，風光入撚須。花編籬雜組，藤挂石流蘇。近聽槽牀滴，青錢不可無。

和越中王逸人

月移庭樹草蟲悲，冷逼青燈動鬢絲。籬菊有香皆入琖，水楓無葉可辭枝。信回舊社貽薑芥，路隔東江夢蛤蜊。叵奈閉門希逸嬾，竹林清話阻佳期。

沈道士山房

急水鳴灘虎眼紋，篆流谿路到山分。山頭石室無今古，留得貞居舊白雲。

過西川書堂

水玉清談勝一時，梓花蘭草憶佳期。矮窗掩盡西池晚，殘月依依上竹枝。

寺橋

鸛鶴相呼緑野寬，雨華壇外宿雲寒。高楓不借斜陽色，自著緋衣照水看。

泛湖至水心寺

縹緲東風桂檝移，水心柳蔟放生池。交蘆葉密鳴螻蟈，折葦枝低宿鷺鷥。赤足野公沙外釣，白須道士竹閒棋。最憐佳日長多事，難辨看山雇直貲。

程氏館聽琴送黄海胡子

南浦别多憔悴深，叩檻忽聆丹鳳吟。掌上十指有長短，坐客滿堂誰會心。認得縹緗幾行字，大匠注眸不相棄。劍芒已露幽壤光，感激臨行灑秋淚。客懷醉攪如亂沙，寸心愁謝霜後花。江亭欲雪未成雪，三十六峰寒到家。横蹙吴山截江路，離魂尚戀烟郊樹。擲杯起柁日落遲，灑落沙風送愁去。

書事寄睿中

顧景桑榆晚，孱形只自藏。僅留風雪具，不改野田裝。避客長稱病，看山但説忙。古心甘菜藿，俗士貴衣裳。潮汐三秋信，人家半日塘。荃茅何易化，蘭桂本同芳。蛛網檐生暈，蝸涎壁起光。籬苞養嬌豔，林舌怯宫商。恭祖多癡病，次公真酒狂。烏衣歌戽水，蓬髮踏舂糧。西笑曾無意，南薰自有鄉。曲肱流水簟，趺足昔耳房。裹藥先迎嗅，缸春早撇嘗。垢除心潔净，髪薙頂清凉。倭布龜旋眼，荆甌蟹合匡。客來還責食，僧至爲移牀。壠韭開畦嫩，溪芹下節香。水湌醃紫蕨，湯餅芼青葙。小飣梨花蜜，中厨豆汁漿。漉巾師靖節，聯榻覓羲皇。糗餌黏殘齒，腥羶闕舊腸。歡盟因事阻，文債倩人償。酒令拚孤注，詩田占一坊。蒼蠅憐逐臭，沙蟹羡輪芒。拙詎同潘岳，貧猶異孟張。禪爲治老藥，閑是洗心方。白傅能秋思，范公傳履霜。宵弦搫別鵠，夕軫撥孤凰。易餅嗟無綬，盛錢僅有囊。游耽佳節過，伴獲老年將。松柏以之茂，江湖亦自忘。冥懷尋碩老，禮足事空王。冀馬方調鞚，江魚失報章。離愁千萬里，肯念緑蘿狂。

月下桂花

清光洗坼玲瓏堆，山中移到家花開。淮南得此凌霜姿，入秋一吐春陽才。芬芳直引玉蟾降，棲托欲喚金鵬來。昔聞遠探鼎門裏，下覿仙人白毫子。黑水東頭第一栽，清淮南岸何如此。旃檀婆律鼻不分，碎影三畝迷黃雲。明朝西入天竺路，拾取月子青紛紛。

野况和韻

寬縛樫籬矮竹門，多年耕讀桔橰園。春花落盡閑山屐，明月佳時住水村。厚養獨誇儲芋栗，薄收分減及雞豚。心知身外渾無事，霜色空餘入鬢根。

訪太虛上人不遇

葉落前山打暮鐘，此來青遍出檜松。雨遮樾蔭階難涇，日避苔花砌易封。郁施一摶堪過午，手成三事足支冬。西溪認得蓮池客，別去孤雲第幾峰。

武康徐氏莊

麥青田舍春，茅齋翳青靄。凫鷗悉家禽，溪山非户外。高人業孤峭，禪處得三昧。所語皆椎儲，内照塞其兑。采芝深谷坳，擷藻淺石瀨。家醪宿三月，魚鮭閒瓜蕹。今夜東井光，來參社公會。

石竹次友韻

蝶翅攢心簇小紅，蘂珠春露到秋風。唐宫但學羅衣繡，不著香奩譜一通。

湖上寓樓次友人韻

門内叢蘭寂寞香，煞明湖水浴秋光。雲牽菌閣孤甍隱，風借椶亭一面凉。展席舞休思謝尚，枕琴眠去見嵇康。千秋事往淒凉在，始信禪家氣味長。

横涇沈老人乞詩

青黄已盈眼，秋入橡栗邨。山中舊時月，還向波上翻。田居杜機械，稱心達所言。厚愛匪前期，潔此南池樽。隄花色非染，垣竹聲忘喧。雞棲視中婦，犢返役小孫。繼燭罄歡緒，鄰鐘來僧園。申懷示同好，篇翰幸共敦。

和人湖湘舟行雜興

鶴唳楚山曉，犢眠秋野空。孤舟俵遥嶼，波上林蔥蘢。撫此白雲抱，滄洲趣相同。倚棹小扈過，轉帆前浦通。香刹表孤映，霞采飛天中。長吟叩舷緩，遠颸蒲葦風。容程淹朝夕，幽夢恬西東。涔陽渺何極，峴首愁溟濛。沔中耆舊傳，長懷龐德公。

花桐塢

雲隱黄鶴峰，秋江送潮雨。心結祇樹園，霞標壯山宇。釋子宿忘形，游息欣有主。花亭暝孤烟，鹿跡散春塢。垂枝翠結絡，傾泉珠貫縷。深峪覿高隱，雅性松桂侶。言深冥至道，境静入太古。相偶不能歸，偕游物之祖。

寄楚公

江上秋來伴，因游憶約公。翠連天目頂，流盡海門東。鶴步孤無侶，雲蹤澹入空。蘋洲積幽夢，艇上一絲風。

王茨簷義橋村齋圖

高齋蔽桑陰，昔我曾叩關。日出雞犬静，岑寂如深山。談閒洽賓主，一笑忘新暑。松色自遠邱，鳩聲正微雨。圖史左右陳，咀古兼吟新。天懷幾童子，猶勝禮法人。槎度林可風，詔息湖可浴。時和理春服，婆娑把笻竹。高生西齋筵，吾子層樓居。爲爾竟寂寂，於君復何如。

翟晴江帶笠圖

遥遥江郭外，西舍接東邨。溪水清同汲，春桑緑到門。古風留草野，高趣寄琴樽。不爽平生志，從君老灌園。

煮茶篇

插檐山色旛旜外，百鳥嚶鳴清耳界。詰朝逭暑投寂門，坐我松寮接茶話。春包極品兹山中，煮法得自桑苧翁。皎公三飲堪悟道，盧老七椀能乘風。古人取用臼磨餘，纖芽今在甌中舒。蘗蘭破甲香纔及，稺荻鉤心色不如。院後泉源瀉靈液，乳花汎共銀沙白。水甘茶好妙手烹，色味無雙占高格。顧渚日鑄雙井名，此品晚出前無聲。近郡作僞眩名實，細看水路分濁清。不須方銙團龍璧，粟粒如璣麴塵色。若爲寄贈列仙儒，聞道丹邱輕玉食。

贈楚木上人

高人元氣貯肝鬲，偶世無名道無跡。往來人間人莫測，一片秋雲颺天碧。水月定中千劫轉，照見皈依心不淺。明年攜入沃洲山，行李不辭雙足繭。

送樊榭先生客揚州

月汎清溪夜景空，燭舟片語又難同。桃花紅到韓江口，滿槽春波送客風。

戴問渠客歸過訪

十年誤飲秦雲酒，牀頭匣劍無聲吼。迴鞭揚子聽鶯歌，重見春深白門柳。秦淮烟景春事饒，不意扁舟落吾手。吴江葉落畸人哀，怪來桑下問死灰。錦囊麝墨久無用，紫匣寶琴長不開。雙璧何如一盤粟，尚友前人笑流俗。車輪生角閉門時，蒙穀相期負枯殼。

柳林閒居

静憩北窗下，良日開幽經。煩言脱略盡，直抉書精英。稍倦起觀化，明河抱秋城。山峰插遥岸，到門流水聲。波魚迎舟躍，田鶴遠人鳴。綢繆净名旨，動静恬性情。萬彙自覺現，千累由妄生。優閑葆蹇拙，誰歟冀高名。

秋夜

一方霜地月凝脂，夜静都歌埽市詞。今晚夢魂無俗事，試援書眼對紅梨。

重過菱湖

隔浦朝林漏白烟，松扉輕啄不驚禪。梭船重問菱溪渡，一宿湖亭痛阿憐。

約定夫游西山

張祜平生癖愛石，入山不復思迴策。居停主人壞縢衣，烟谷爲家置山驛。翠峰嶁嶁立劍首，深竇涓涓通乳脈。松牀不眠黑業人，藤杖常供白雲客。西巖致我鳥跡書，月尾訂成游月初。佳興何如道情勝，冷懷况與利名疏。

雲崖上人茗會

晝公亦諳胎息訣，歸來新濯三衣潔。危塘遮眼如看山，白鳥紅霞互明滅。驟雨鳴松入鼎來，溼雲滿椀花徘徊。角童供給擅能事，俗客不思河朔杯。本色家風無貌飾，坐地團蒲佛標格。詩情禪意兩通玄，溪色山香動胸臆。即今茗事全爾真，盤龍空惹京華塵。欲知花乳清泠味，須是眠雲跂石人。

江干古驛

人家猶簇驛亭前，亭外江沙極遠天。四海知名褚季野，五言絶妙謝臨川。宮城金碧空留畫，界石雕鎪莫記年。較量區區今古事，不關渠念釣魚船。

棹入丁山湖

溪口風雨息，清汎愜所圖。前艫坐傲兀，高興占一湖。秋色散鳧雁，川光秀菰蒲。中流浪痕輭，摇蕩清酒壺。前境亮非偶，爲歡良易攄。摘荷罩中婦，采荇隨仲姑。歌遥輕風度，影竚微雲紆。無情醉勿覺，斜日熏歸途。

臨江鄉人詩卷三

和顧彦清擬古

默默循世跡，悠悠抱孤懷。執𥑮意已醉，把書眼倦開。雞犬一邨静，門徑少客來。常餐景過午，飯豆羹芋魁。破𥚃綴堪曳，猶克温百骸。循分古多程，安羨車子財。嗜從營生廣，念至趨死迴。百年浪自拘，顧我何爲哉？

讀書導幽竅，至理甯待抉。索索條可解，契契繩莫結。靈府何勿靈，徒爲俗情熱。乘暇啟荆門，散此懷抱悦。深林畜雷雨，古磵積冰雪。寥落荒遠墟，人蹤杳然絶。孤行寂無聞，風撼破簷鐵。何如上陽崖，秋雲看明滅。

繪好莫過錦，材不中巾帢。穀美豈如稻，羹不敵菜甲。適宜才見長，違用器苦乏。鉛刀難截犀，琱弓誰射鴨。仲尼秉周禮，衛鞅建秦法。無嗤俗競尚，嗇夫口喋喋。

淅淅風埽壁，翳翳月侵蘿。情至欣獨暢，佳日豈在多。民生各有分，弱性隨婉娿。眼見富貴家，雲閣結四阿。朝筵陳百品，夕房擁七娥。據勝固當然，過忕理則那。鄰人乏糠覈，門東泣滂沱。

人來訊近况答此

孤邨烟火晚，微徑草露滋。四顧無可語，我懷白雲知。素無四方志，安坐足生氂。物以不材棄，甘爲幸靈癡。罷弋亦罷釣，節酒更節詩。局影省内疚，起足念在兹。春蘭嘉蚤秀，霜蕙惜後時。天令榮悴别，役志將奚爲。

芳居山岑林，臭委谷底莽。處地各自殊，葆性豈外獎。郊原曠以静，不限索幽賞。晚徑烟篠暗，曉門清江爽。矯翼鵠舉空，聯群鷗戲廣。顧己何異營，衡門聊偃仰。子孫羅我前，居然作家長。

新塘圩田舍

郭遠桑柘村，風物足閑美。西攬城上山，南矚竟空水。春翹慰人懷，翠瀲躍魴鯉。良時已云邇，祥風動耘耔。登邱騁遐望，嗚潮振滯思。輕烟羃平林，西照霞斐尾。新興從中生，明詩表吾指。

積雨杜我足，偪側情難聊。朋來賞佳霽，游趣庶共陶。芳荑亂千窠，妖花吐一條。道逢采薪客，腰鐮逐行謡。抒顏款茅舍，石樽湛新醪。逕醉不知歸，松架凉相招。

氣肅天峥嶸，芳節淹將晏。田功但俟穫，閉門息衰倦。村家白竹篘，相識藜與莧。謀婦供一斗，滿酌勞新雁。落日醉高原，東山秀當面。雲陰離復合，風葉聚仍散。古者若可期，揮杯正無伴。

紫藤書屋

潔甚高齋花竹蔽，近在桐村一步地。恂恂儒士舊卿門，白壁青錢買好事。渟泓積水心鎮静，穠豔春闌眼沈醉。新雛吐語不成囀，穉筍蝕痕如有字。叩環槁槁黄耳驚，昨日客來南巷生。安弦一操天地清，草玄室中無俗聲。滑稽吐酒鵄夷鳴，玉山不待他人傾。醉中語比醒更好，鴉兒忽報東方明。

經鳳凰山下

人簇江沙遠似鷗，偶牽白犢飲江流。風雫雨落千年事，故鬼魂銷不解愁。

送荷種與賢長老

長憂春盡損年華，玉股分來徑寸芽。寄與北河周長老，開門好對白蓮花。

許旦評有幽薊之行來叙別

水影瑶房迎緑曉，鸂鶒鳧翁動沙草。可中客冒微雨來，衮衮高談腹先飽。茅茨一笑衿袂連，投贈何必黄金錢。青松千載托高節，擲杯醉拜雲嶠篇。别去紅榮已衰老，牢落林泉跡如埽。北南迢遞望關河，明月溪頭爲誰好。

和楊西川

梓樹花陰種紫芝，素屏題徧和陶詩。神方徧檢難醫俗，佛乘長繙可耐飢。弟子脯營羊矢供，友人議罷鶴田資。晨窗休啟青銅匣，省見春愁入鬢絲。

書樊榭看桃詩後

斷水零村被錦帷，劵臺紅上蒨羅枝。一篇重與揚名字，花柳城東慶得詩。

徧福山房同樊榭先生作

北郭牽舟帶葦風，翠微層曲撥蒙蘢。樵人來自鳥飛處，禪子坐深雲裏中。石筍峭依垂蔭緑，鏡池清寫折枝紅。東山興與烟霞合，幸接殷源小品同。

江干陳旭陽老人

箇老石户農，村貌豈今服。閑卧靡芝草，雅玩弄水玉。不因埋獨備，無假意自足。合天爲春秋，與世異嗜欲。入於無窮門，安居不死谷。何論三千年，花開桃一熟。

懷徐友竹

流水三年去，新寒變柳條。客愁淮浦月，秋信廣陵潮。近郭聞砧杵，前山望斗杓。孤吟千里隔，愁對葉飛朝。

大滌洞貝尊師

嵐峰鶴去遲，雲路滑藤枝。相見諱名姓，莫今仙客知。

問客游陶莊兼送其歸

下國卧龍桑八百，殊域横飛聲藉藉。昔賢清光了在眼，世路蹉跎老才客。抱負欲托無階緣，油幕漫依王仲蓮。匠門善眼辨雅俗，高價頓超銅與鉛。迴思昔日漁樵地，南道征驅卷山翠。荔林紅接碧海雲，扇溽梅風叩門至。湖光重浣客子衣，陶寫離思穿烟霏。幽巖水竇新蹟

囊訣。啟，飢龍擘石亭前飛。醉踏隄陰柳堪折，白鷺下灘如墜雪。歸山寄語武夷君，莫吝長生錦

田守廬先生居湖上

得寵東風錦繡枝，眼看繁盛幾何時。一邱一壑自爲適，獨往獨來人不知。東野舊遷書籍富，杜陵新賃草堂卑。西湖儘有滄洲趣，閑把漁竿咏楚辭。

寄舟上人

草席蒲團不識春，壞衣長避繞街塵。拈過薝蔔忘諸相，看到芭蕉笑此身。接袂橫塘烟月冷，挂單淮海歲華新。壁間句偈叢蘭外，也向儒家借斧斤。

寄張定夫金陵

文章空説兩京傳，生計征帆共馬鞭。鼻息仰人終下策，頭顱磨世過中年。水甘建業差堪飲，月上秦淮未肯眠。聞道束裝今頗富，千番醉墨代腰纏。

孫生夢入仙院繪圖索題

數遍花朝與雪朝，街塵幾散馬蹄遥。哀絲脆管供陶寫，紫府珠宫破寂寥。留句竹西才正健，寄愁天上夢無憀。玉溪始信難抛得，唤起當關事早朝。

咏塵和楚公

駒影争馳一隙中，世間紛擾相都同。自甘敝簏多閑藥，見方干句。莫問東華踏輭紅。居世只如棲弱草，汙人真欲障西風。貝函近識循身觀，七分分開證是空。

邵玉陽别業

籬曲花關爛漫通，草堂宛在畫屏中。輕輕雲氣通書幌，細細溪聲過竹簾。十卷新成净住子，八吟舊預竺乾翁。玄機約共從容語，不負松門一夜風。

寄東山楚公

西山積嵐翠，跳躑東一峰。憶公蒙密棲，巉巖落吾胸。松樫幸無恙，隻影愁烟空。夜火敲磪碻，山葉書梧桐。睽跡諒非曠，月華心冥通。定知杼山興，吟向溪崖風。舊曲逗新韻，敗毫出妙蹤。自歎蹉跎身，跡順人事中。教觀啟本智，詩書破塵封。積念久思罄，佳秋期相逢。

塗中逢定夫西川同過梓堂

柴户閉復啟，柳汀送西曛。傾墨碧落上，化作輪囷雲。明邊海氣接，千片青綃紋。素心忽逢暮，蹲石聊論文。楊侯復合諧，詩壇儼成軍。懸燈照松竹，洗酌除腥葷。舉雋出凡見，索豔聞新芬。侯月月已上，歸途忘束藴。

郎又邠采藥圖

郎侯愛我不見醜，語盡窗光忘卯酉。腹充道氣腋清風，却背朱門向山走。深山采藥非韓康，不博市錢唯愛香。紉蘭穩稱高士服，屑蘂合作仙人糧。逢雲披雲水涉水，肩上紅泥黏鴿觜。鹿跡場裏苗更肥，犬吠叢邊根定美。山中之樂可終古，嫋嫋秋風汎芳杜。慎勿此意語世人，彼方鵷雛嚇腐鼠。紫薇术序君須讀，稚川内篇我新學。君如采得九光芝，分餌衰年伴騎鶴。

旱甚得雨

百井水枯愁吻乾，方船撑賣安平泉。乞靈土神了不管，珠玉難捄蒼黄田。九地焦枯爍朱火，千山晦昧歊昏煙。沙長江窄愁魚黿，舟檝安用横中逵。火室救苦師慈悲，望殺手中楊柳枝。吴山香烟雲引勢，鬼馭神鞭載陰帝。空中攫拏如有形，百鼓轟天逐群厲。黯黮壓城雨傾夜，驅濤入街吁可怕。琤瓅碎撒雹粒粗，更扇顛狂海風駕。十尋老樹蹶見根，小兒舌撟不敢下。明朝曳履隴上頭，還我青芃好禾稼。

贈友木上人

手翦榛蕪枕故廬，桐村重聽舊鐘魚。穿衣喫飯隨緣過，埽地焚香辦道餘。世慮浄來閒易得，病根銷盡嬾難除。夙生結習長余笑，頭白多年只蠹書。

和翟晴江

林禽下流暮，村外見來烟。晚照侵山郭，秋陰傍渚田。聞蛩先得句，看月不成眠。念子能高枕，區中絶世緣。

步五里塘投東山

社樹含風動紙旗，愛幽足力勝他時。通河放繂筝篗健，曲岸迴篙舴艋遲。水夾烟叢頻改徑，樹圍沙觜别成籬。爲尋宗炳青霞客，遠谷懷鉛往賦詩。

自嘲

忽忽臻遲暮，誰能世事疏。鶴猶營飲啄，竹更飾空虛。禪老嫌徇俗，家人笑讀書。近來方發願，結夏效安居。

寄題西山釣侶壁

聞道青谿子，凉船事月游。竹杠雙瀑雨，楓谷一家秋。海味烹鷹爪，名香爇雀頭。無求是得處，君更有何求。

鄔翁南高峰學禪

獨事香華叟，湖南嵂嵲居。烟霞作將養，塵土被騷除。鶴夢清無伴，僧齋潔不如。生天與成佛，此念暫從初。

送僧往天台

路進楢溪水石開，錫環鳴繞飦猿臺。懸知夏臘寒山寺，細爲輿公注賦來。

宋矩山陰小景

嶺樹濛濛白，春寒烟露深。十年前夢境，曉棹別山陰。

蕭尺木畫竹

畫叉高展秋襹褷，磊落長身一區玉。天風吹我過衡湘，彷彿青巖白沙曲。名手宋文元仲圭，古勁筆力挽與齊。即今畫欠鐵鉤鎖，莖鶩葉鈍俗不醫。良朝客滿東軒外，起立如墻開眼界。梢長便欲破屋椽，室小簷低不容挂。枝枝葉葉竹意中，無枝葉處皆清風。湯餅火急作蟹語，瞪視大幛空復空。細思似有百怪助，妙在無意非人工。南溪上品瀟湘種，愁絶烟林什伯叢。

石田翁長卷

牋麻卷素積老屋，中山卯君供不足。翁因興到墨怒飛，決水驅山置横幅。洞庭微茫三峽險，蒼梧雲重衡湘掩。静聽深竹有猿聲，直上長空散鴉點。九州一塵滴筆端，謍邱洪谷優劣難。出奇變幻意無盡，紗處歸宿臻幽閒。臨流結宇柴門現，下入山光波瀫瀫。石林迴轉凡幾重，小徑蛇蹤飄似線。百年絹素完無壞，欲購空囊思舉債。胸中塵薉洗盡空，飽歠藜羹長看畫。

趙松雪驊騮圖

開卷駭虹電，奮影騰蛟龍。唐宋名家筆已絶，又能傳此天廄奇倐容。鬐鬣開張宛鉤頸，旋風一團雲顫影。當年能逐風鶴飛，顧盼之間馳絶景。王孫才華虎彪炳，餘藝猶堪奉朝請。巨毫揮入江都韓，短幅吟成語清省。渥洼龍種歲恒有，玉關上貢高驤首。午門放仗立如山，只今誰數丹青手。開合縢囊費寢食，增我詩材兩斛力。貴人但賞五花驄，珂玉華韉黯無色。

海上松島圖

幾峰空翠如可埽，蒼茫獨樹龍鱗老。畫師亦有江海心，抽毫不寫凡花草。直上亭亭蘚皮坼，真形幾對天台客。半身不露葉藏烟，猶怪高窗鬱深碧。霜鶴飛來意有在，山僧枯坐中難測。袈裟一角招遠風，歷亂藤蘿動秋色。此松般公昔曾識，道路空閑百牛力。却愁雷雨化去多，綃上風標留亦得。

畫竹

心匠親摹烟雨姿，蕭蕭數竿臨水湄。中有子規呼不得，奪得湘川古魂魄。秋凉曲室烘茶烟，美人對展離騷篇。寄賞有情風月夜，一叢疏緑小簷前。

倪雲林手卷

十十百百緣釣磯，玉身采綴鸞鳳衣。高士胸中寫天趣，不落窠臼隨筆揮。瀟灑侯封清骨相，出没風烟遠遥蕩。石屏兼坐七先生，可是山陽舊模樣。當時名手吴仲圭，鐵鉤鎖法存端倪。二子風流玅絶世，王家莫笑庾安西。

余仲揚雙松障

兩株昂藏大蔽牛，百年老樹渠見羞。天姥天台世僅有，畫者不是無心求。蒼松亦著佳人字，我見鄭公長嫵媚。劉根身上生緑毛，陸地飛蛟爪牙利。當其用筆多縱掣，歷亂毫端動烟雪。石根有人脊如鐵，大袖高冠杖九節。即是余公自寫生，造次神情露高潔。行空蓬勃來氤氲，多疑是鶴又似雲。用意出奇歸入醇，陰陽向背氣象分。畢韋而後更無敵，莫矜朱緑李將軍。

舟行陸瑁湖

舟影動清空，迴塘緑霧中。若無楊柳色，何處識春風。

崑山道中

酒上柳花飄，蓬舟破寂寥。前灣喧早市，疊鼓賣魚橋。

閶門感舊

葉亂楚江天，蕭蕭唱一蟬。傷心十年事，酒溢郭門船。

蘇琴山自華陰歸

髯翁老抱秋琴匣，瘖瘵十年窮指法。帝令諗聽鈞天音，雅操淵微俗不合。畫簾晝靜開書帙，時發天機小横膝。前身應是董庭蘭，可惜今無房次律。精神滿腹書氣華，朗咏風謡醉抽筆。不甘家巷身蕭瑟，少華峰前卧千日。頓添滿頷白髭須，抱影歸來一蓬室。郭東吴先尤摧頹，彈琴持酒花滿臺。壯君意氣苦無句，但勸拓令懷抱開。海雲明滅高崔巍，去蹲絶島扶桑限。援琴一奏酒百杯，成連先生何人哉！

寄徐友竹

枝間一吟絡緯蟲，梧桐楊柳皆秋風。榆關欲罷牧群馬，碣石已著新行鴻。柴門反關無俗客，没頭書海文瀾中。求仙求官兩無從，椎魯取笑同學翁。姮娥含睇坐明月，可怪獨照金樽空。鞅然寂嘿鶯辭木，桐膚似紙題詩緑。撫胸抑塞中不暘，紫綺琴張鳳凰足。捻宫撇徵調未終，百歲煎熬檠上燭。庭南稚柳生螃蟦，鬢絲曉入青銅覺。螢弱纔生睍盯光，蘆枯漫作飕飀曲。古來賢哲識定分，顧我何爲自拘束。此身無補等贅疣，空抱迂疏隨薄俗。五湖連天憶遠客，詩足成家未通籍。白頷垂頤交更惜，腹中鱗甲世所嫌。皮裹春秋已何益，離鄉歲月屢崩迫。芳訊寧甘忘疇昔，無人爲計稻粱謀，凉夜相思桂華白。

汪槐塘朱林表邵檀波過舍

報有高軒照水濱，不驚門外野鷗群。田間住却攜鋤手，來與諸公話白雲。

寄楚木上人

避喧蹤跡兩如冰，曲录牀低對曲肱。記得鄭都官句好，愛僧不愛紫衣僧。鶴峰雲竹静愔愔，半契詩懷半道心。又趁鄭都官句好，可公吟後楚公吟。桓可上人與李長蘅友。

和人筍腊

幽穉經烹炙，儲藏可判年。龍胎生蜕骨，玉版死心禪。枯槁爲誰好，腥羶覺汝賢。回頭看同隊，一一上雲烟。

又醃蔬

秋末晚菘嫩，甕甖爲久藏。何堪蹂躪苦，重借齒牙香。味豈從烟火，聲猶脆雪霜。冥冥主張在，我夢不官羊。山谷詩意。

方竹

圓群得方兄，異種稽山經。四起玉廉隅，滿把青柧棱。夷齊舊矩度，彷彿見典型。但逢元道州，書眼爲一青。山中但問棄，移植羅廣庭。梢長風冉冉，葉疏烟冥冥。造物施繩削，含胎具觚形。子孫代克肖，圭角由性靈。選竿欲烙字，采杖先作銘。折旋吾得師，相對門長扃。

菽乳

居士杯案清，豆乳即甘旨。不思開素時，輭美便老齒。酘酟紀玉篇，犂祁説稗史。點以香牛酥，和之白鵠髓。湩乾已變酪，雪釋未化水。枕中鴻寶書，祕法固有以。諒得八公嘗，亦令九師喜。當時小招隱，山室充在几。王孫晚歸來，服食庶議此。千年貽老饕，厨供潔刀匕。朝夕費幾錢，吁嗟食單侈。

寄高南陽

訟庭閑枳棘，想見百夫雄。吏局風流在，僧寮鑑賞同。耳凉侵竹雨，心醉落花風。隄樹分湖白，山霞并日紅。投瓊聲句裏，結蚓色箋中。睽索多年久，關防萬里通。望隨西靡柏，書問北來鴻。撫臆循年困，看心竟日功。鬢誇吾及老，眼覺事皆空。若問新來興，東林伴遠公。

同人野步

野步忘拘束，沿緣道轉迂。枳叢連虎落，松葉蓋屠蘇。樵叟芟山額，僧雛割石須。橋迴殘碣仆，路盡一松孤。東郭毚難搏，陽溝雞總株。紅苞懸細子，緑帶翦新蒲。鴉角擎荷蓋，蛇跗采菊珠。浮屠山負尾，蘿蔦樹垂胡。蜃壁圖齋客，羊坊卧博徒。古墳唯刈草，衰社只看榆。烏去迎漁檝，僧來避酒觚。堠臺高出樹，牽路曲遮蘆。切切偲偲伴，三三兩兩俱。周流探曲折，閑適憩須臾。意觸尋林入，身疲索杖扶。平臺春鳥跡，空谷遠人呼。絶頂摩天峙，層樓拓地趺。石齦根澗黑，柏骨倚雲枯。像古雕巖腹，題新刻樹膚。地偏菌桂偃，竇淺石泉紆。廊隱吟風簳，階聯待月梧。焚香披抖擻，擊磬拜南謨。偃放安精舍，熏修即静區。茗花吟後熟，兔魄望前甦。桂屑摶金餅，蓮根製碧腴。頑嗤童毷氉，狂殺客胡盧。貝葉經韜帙，蓮華漏滴壺。南朝紛在眼，下界信堪吁。蹔爾離籠檻，多生厭轆轤。每傷然爝火，欲入冶洪鑪。造物陳真幻，禪乘棄有無。割癡須慧劒，不猛是非夫。

寄嬾雲上人

看月凉溪秋賞遲，夾溪幽逕樹低垂。道崇實相言難示，跡在空門事可知。舊夢寂寥蓮子漏，故山搖蕩菊花期。此生餘習吟根在，心地荒蕪怕見師。

由湖隄入赤山路

醉入青林路幾迷，蠻童從挈玉偏提。東風減力飛紅緩，夕照懸愁蹙黛低。波淺漉魚分界竹，雨餘盤馬惜障泥。此生合向烟霞活，乳洞高層覓翠梯。

朱橋薄游和友人

平田耕勢疊魚鱗，水陌吹香樹影翻。大好溪山應得寺，不多雲木別成村。紅憐簪鬢新花様，碧是湔裠舊水痕。解渴豈辭春酒薄，埽莎醉去枕槐根。

柳林前後野步

蟬葉輕紗怕綽風，赤亭紅樹兩相逢。平沙雁宕迎潮緩，深柳鶯簧喚酒濃。一碧暗通凡幾汊，晚晴相賽有諸峰。樓頭危睇非前度，魚鎖生衣翠户重。

龍井部翁莊家

柴門倚明月，連影坐石苔。浮雲捲空盡，爲我懷抱開。松凉琴方暘，泉流杯俱來。阿翁璚玉顔，不受日月催。芝术豈世味，松柏非凡材。方將笑烟客，蓬瀛安在哉。

施石農墓

舊業紅絲研，前朝烏角巾。松楸一低首，澡手薦溪蘋。

晤晚公

洗足漱塵齒，空山偶枯禪。晚公生肇流，慧燭照大千。相賞在無得，但任心性便。除妄會道要，符情順留連。明月不妄暎，蘭茝無虚鮮。乘霽放閒步，抒笑高邱巔。睇近目幾瞤，望遥情轉延。人烟遠墟井，天雲合山川。相對視聽清，深夕中曠然。志兹巖阿約，爲謝區中緣。

訪太虚上人法華山中

峰環林箐深，僧居占泉眼。昨接雲裹書，乘閑一來款。疊磴盤天迴，奔洪駭雷轉。花呈澗道幽，鳥赴山光晚。禪扉迓有徒，蓮宗接曇遠。戒心護鎧甲，世法謝軒冕。斯翁妙六義，名句多項辮。待爇諸爐香，殷勤期月滿。

小和山金蓮寺

宿處在烟翠，山窗極幽窈。開門竹無聲，曉景展群峭。清泉濯須眉，蒼石伴談笑。開懷謝牽攖，延矚悉新玅。呼烟怖鴿飛，盤雲皂雕嘯。偃息偕禪公，宿火龕獨照。几上貫華篇，佳處領其要。何煩師謝公，遠涉臨海嶠。

早春

檐光驅雪盡，溪渌販春來。月上人長待，林花落酒盃。

對酒

熱氣生丹霞，高臺空四截。背日捲簾看，楊花滿城雪。

寄沈大列辰

白露霑銅洗，清風蕩玉琴。蠨蛸游子意，蒲柳老夫心。多醉夢前夢，無聊吟舊吟。如今逐宗炳，投分卧東林。

煮茗

簾風吹冷草花低，竹筍新排掌指齊。寄到寶幢春一甕，小鑪親手罨紅泥。

夢游桃花塢

寒逼屏幃漏點遲，北山頻夢碧瑠犂。曉光隔紙欺燈色，催足新成枕上詩。

木橋楊菴

小薇風雪凭闌干，蠶豆花多白眼看。鎮日水烟籠静意，大千輪與草蒲團。

昭慶僧房有懷宋可南

湖寺蓮花風，清蟬鳴不歇。十日卧桐陰，雲蘿夢秋月。緬惟清襟子，共討嵌巖窟。扁舟壓水天，菇蒲細於髮。露凉時序變，人遠音塵闕。舊寄白芙蓉，霜前抱香骨。

元暉上人

上人無愒欲，不愛吐納氣。閉門日恬如，天令壽千世。我如典牧牛，垂老未穿鼻。汩没塵坌中，身縛家轉累。昨春叩山竹，屢問楞伽字。如乘太虛輿，來赴元鑪肆。宣音啟幽門，豎指露密意。茶榼接餘爽，松崖暘所寄。雲護洞口白，雪駁山巔翠。蒼茫渺何覿，海氣奪遠地。江菴錫初卓，道脈系舊記。莫闕相思文，坐令薄懷企。

北山登高

侵雲樵路上來寬，轉入陰森竹澗寒。九日人情皆向菊，一年秋色待攲冠。閉門落葉無僧埽，照檻新花耐佛看。身後是非誰管得，野夫環笑玉鉤闌。

題孤舟山菴壁

屈曲花源自探看，雪前松亞竹珊珊。貌清如鶴不迎客，意嬾于雲只戀山。入静麕麚來往伴，望遥烟樹有無閒。投師信宿心何歉，定水清襟與共閑。

酬湘中客寄四韻

遠道多傳八米詩，袁宏憔悴落花時。百程吳楚懸帆興，千載江湘鼓瑟悲。斑竹遠圍深谷闇，碧雲閑傍翠屏移。還憐歧遠登危處，此際關心海鶴知。

行田閒入郙

溪響聞沙市，墟烟見短亭。潮田入夜潤，藥圃隔年青。水畔雙鉤畫，春塍一綫絣。邀人郙稚子，歸去挈温缾。

臨江鄉人詩卷四

述懷同人作

托養蓬藋賤，委抱江海幽。秉鍤赴高壠，横竿踞清流。淹留人事絶，寧知春復秋。幸藉君子教，慨焉希前修。精理粲虞夏，微言垂魯鄒。朝咏大雅篇，夕引小山謳。薄晚竟何得，坐視歲月遒。志在年可假，老至力未休。游魚樂同隊，鳴鳥求故儔。蓬麻良得助，桑榆冀能收。

紹古辭

明月落幽澗，清暉隨波馳。月魄有盈闕，波流無西時。夙昔奉明義，綢繆方在兹。如何遠離別，關河渺天涯。紅芳不共賞，緑醑寧獨持。瑶瑟素塵積，羅幌凉風吹。轉盼日月駛，晨鏡生秋姿。略我桃李顔，信君青松枝。音徽夢中接，猶欣恩未衰。

從軍行

幽燕將家子，俠氣多雄威。輕此七尺命，羞言死蓬扉。仗劒辭國門，遠塞赴戎機。大小七十戰，出入九重圍。將軍奉玉劍，天子賜金衣。榆關凉早至，驚沙千里飛。霜濃午不煗，月苦秋無暉。西戎氣數盡，陣雲壓金微。飛書告鄉里，待我封侯歸。

吴山金鍊師房觀道書

造物遣子騎文星，玉麟金鳳列紫庭。茯苓山中龜鶴形，石洞金液壽萬齡。十番紅桐鎮蒠青，瑶函對繙金根經。緑字雌一通窅冥，執符臣服甲與丁。人間秋海浮輕蓱，獨策左馭驅風霆。雪白靈砂出心治，風我身兮雲我馬。東海余亦洗心者，三彭訴天面發赭。修福無真禍非假，灑翰聊述一日雅，三洞珠囊乞余把。

由雲共菴上棊盤山小菴

水花百頃盤龍宫，高柳埽雲留碧空。霽光東開海氣緑，望湖亭邊黄蘗風。沙路雪平春不融，幽曲遠入萬壑通。青錐刺天身忽上，伸眉曠若開樊籠。午投納翠烟霞主，靈山香會嘗相遇。越甆荷葉盛甘露，啜之香美勝牛乳。冠巔菴閆如懸匏，梯雲百級結搆牢。松溪一路踏鳳毛，俯視霞片生峰坳。道門澹泊非塵事，無盡燈傳燭百世。深宵接引更不疑，孤月空天見心地。

即事寄山中故人

莎排緑鏃如繡銅，秋深原野生素空。百年匪遥直鷇鷇，我懷悠悠天地中。落日清江照華髮，沈吟坐看孤雲没。老松屋頂吹天籥，苦竹籬邊浸凉月。白水環城淡若埽，無人行地風吟草。西南古翠一峨天，岑寂幽人卧春老。

新亭山宴集

拖屐值秋宴，留賞孤霞岑。細務易撥棄，遂此山緣深。共境有獨得，近游皆遠心。平楚極渺漫，高臺足古今。銅斗注清酒，玉暉鏗素琴。蘿崖發長嘯，何如龍鳳吟。

和友

盡日憑書坐，窗虚夢好山。南園訪消息，稺柳識春還。

錢皋門齋中觀先世吴越五王像

自昔瞻祠宇，危甍聳碧空。及兹開譜牒，遺像肅清雄。衮冕前朝制，丹青古色蒙。威棱張海甸，眉宇照江東。初祖須如磔，諸孫準盡隆。合應儲寶閣，豈料展幽蓬。誓券金華澀，綸章粉篆紅。題鷺前輩跡，脱兔阿章工。追昔殲妖鳥，乘時吐直虹。開門作節使，授鉞拜元戎。玉帶頻仍賜，朱輪奕葉同。五傳君子澤，千里大王風。上客休嘲蟹，全軍不化蟲。山圍金錯戟，潮避鐵胎弓。正朔班張軌，中朝迓竇融。來非青蓋客，繼有黑頭公。舊略軍都壯，遺疆黍稷豐。爲魚懷禹德，掎鹿紀戎功。文采傳猶在，詩書克有終。城南江百折，流衍自無窮。

張仲謀陳用舟翟西雍余蓉裳雨中集舍分韻

難得聽春雨，朋簪共説詩。雨能停客屐，詩足解人頤。鼎熱銷商陸，墻危絆陟釐。寂寥供客眼，紅溼幾斜枝。

和友村居分韻

郭東舊業廢春苗，不識流鶯解寂寥。江上酒香楊葉社，港中魚賤荻花標。看山風起驅朝霧，種藥泥融應夜潮。沙田夜常潤澤，土人名夜潮土。會得故人濠上思，未嫌草草混漁樵。

江頭游步投道院分韻

投晚柴關息倦身，松風吹盡振衣塵。半江月影分吴越，百里濤聲合鬼神。隔磵幽鐘聽有伴，對山高枕卧無人。秋田歲計胡麻熟，約共餐香度好春。

宿一葦上人房

門掩横江雪浪馳，竹盤迴互上山遲。孤燈照雨人移枕，聽灑芭蕉没字詩。

宿南岡山房

簾幙輕寒隔一重，山齋留枕聽疏鐘。城頭鼕鼓人初定，雲路秋蟾化白龍。

赴楚木上人招

枯香折泥藕衣裂，嵝嵝碧梧知爽節。門中瘦人畏秋來，正學清蟬厲孤潔。爨桐只作曲突烟，埋劒徒傷幽壤鐵。芝凋蕙萎心暗驚，走向松齋説生滅。寶月仁者今後身，雙眸清炯慈照人。在德無秋唯有春，談笑嘿轉虚空輪。石臺一坐過小劫，指與觀機花上塵。

游郊後久雨

索處心難割，湖亭賞地偏。一風春埽跡，多雨月無緣。泥榻勤添薦，疏琴嬾著弦。幾時新霽色，江寺寄閑眠。

南埭逢雲崖上人

雨氣曉來濃，人家没烟樹。不冠復不衫，夤緣尋隱路。遥睇水上邨，野橋白石露。潺湲何處聲，遠色點飛鷺。竟回入林興，屢促高原步。空亭伴幽獨，臚情向知素。世外結遥契，玄門亮無妒。辯才彌天安，困我許元度。

寄蘇琴山

歲晏天峥嶸，消息養羸骨。藁草輭且温，曉起煖未歇。安步散遥矚，危樓坐超忽。意存白雲表，良會阻城闕。陪厠明湖游，宴謔及華月。芳時豈能再，自痛招天伐。枯泉滴老淚，悴柳披短髮。悢悢景不中，望盡鳥飛没。

萬峰山房納凉分韻

冒暑來逃暑，新隄穿藕花。熱風初地歇，凉翠一屏遮。談伴真成藪，香林即是家。虎跑泉味好，喜爲瀹春芽。

對月

林磬起秋聲，晨窗攬鬢驚。田疇敦素業，文字買虚名。沙燕穿荷舞，山蟲抱竹鳴。一樽無可語，江月爲誰明。

錦雞

錦雞毛羽何紛葩，澤爲游放山爲家。群來戲舞五花彩，瞥起孤飛一片霞。飲啄無關誰物色，不意虞羅巧相逼。稍露文章俗已驚，頓高聲價人皆識。五都市上酬錢刀，朱籠迴立春風高。未知威鳳若何狀，祇覺孔雀猶凡毛。寄住藩籬千里客，遭困容儀仍赫奕。雲漢偷看鴻雁行，階除羞踐鳧雛跡。南召迢遥憶舊鄉，平原莽蕩豐草香。雖然袍幅圖形在，終是山林引興長。

側理紙趙意林先生所藏

簡牘漸廢油素興，紙用擣網繭楮藤。陟釐作苫南粤能，太康獻後來相仍。唐宫宋館四方至，秋浦荆池價相峙。寶書授受潘尊師，墨跡敧斜李學士。風掠清漪秋一片，展案寒光走虹電。書客抒顏不惜錢，波工脱腕寧辭倦。古製千年誰寓目，閟閣收藏夔一足。無縫天衣七尺腔，絶類團圓截篔竹。主人嗜古負豔才，揮灑日飛紙百枚，愛之不忍玷以煤。君不見，歐陽見賞澄心紙，有敢下筆知誰哉！

元祐黨籍碑

黨籍之碑蔡京筆，八桂林邊遺此刻。石碑可毀名不滅，標識翻爲著賢德。當朝百僚諧一口，渺小安民片言剖。彼哉石工何獨賢，胸無禄位得失牽。不須苦爲諸公歎，是是非非後來判。魯國曾譏孔仲尼，殷監亦謗周公旦。千佛名經昔所羨，百篇譜述今猶見。曾布章惇幸竄名，老子韓非可同傳。墨君頗繼蘇黄蹤，心正筆正聞柳公。但貽玉輦龍沙恨，誰賞銀鉤蠆尾工。

閒咏

身逐興無定，林邱度歲華。折書招白鷺，留酌醉荷花。門不辭禪客，衣多質酒家。書來望知己，滿過幾蝦蟇。

青市茅亭竹，書叢似鵲巢。視昏燈屢剔，吟鈍筆頻敲。識字難繆篆，臨蓍審伏爻。近能妻法喜，還奉净名教。

和郊居寄定夫

抱拙人多棄，荒居任性偏。寡營臨水坐，無夢向山眠。青惜護門草，香耽種葯田。扉風響宮徵，隙景照方員。階葉青銅匕，籬花紫紺錢。茨垣勻翦棘，石竇細釃泉。談麈依屏挂，茶巾傍鼎懸。時開緗素帙，偶檢緑苔篇。呼酒臨嵇竹，歌詩入阮弦。硯膚蕉葉膩，琴腹棗紋鮮。湖墅剞菱日，橫涇踏蕩天。句成題茗帖，興發雇漁船。山水前朝蹟，汀洲野客筵。遠峰蒼鶻外，淺泊白鳧邊。小艇喧撈蛤，長竿静掇蟬。農謡心未準，法樂耳多便。桑蔭黄雌伏，溪流白羽拳。儘輪童子卝，格是老僧顛。隙地栽蕎麥，高塍采木棉。犂鉏不差手，門户可仔肩。金液調兒女，匏尊中聖賢。神仙通寤寐，鄰里接風烟。是處逢三泰，當場聽四禪。妻孥忘淡泊，保社信因緣。泥絮何曾起，沈灰豈望然。病蘇明月下，愁緊晚風前。身世渾閑事，聲名總浪傳。瘦來衣轉綽，占去藥無權。富貴艱於祝，聰明老亦鞭。幾時歸儷影，秋榻話連綿。

書懷寄定夫

半日郵邊野老家，郊扉不改故生涯。清溪晚櫂偎蒲子，暖谷春耕隱杏花。絶俗未能抛筆硯，學禪只欠著袈裟。故人千里心何慰，兩地東風損鬢華。

靈芝寺牡丹同王古鐵賦

崇新巷轉寺門幽，無賴春憨一檻收。始信佛家真富貴，此來老子亦風流。談禪已識空爲相，琢句先教花點頭。獨念犂眉不同賞，薄雲孤館漫生愁。用劉文成句意。

江中對月寄定夫

汀洲烟暖散蘼蕪，際晚迴橈罷釣車。青草帆張風款款，玉鱗雲度月疏疏。故人別後留春酌，南雁歸來闕報書。遥憶北廬深寂寞，竹摇凉影夜窗虚。

送古鐵入閩赴鄭進士天飛聘

纔聽流水伯牙弦，愁覩行旌颺客船。溪樹暗連梅子雨，嶺雲紅入荔支天。擕詩太樸重尋勝，置驛當時獨好賢。爲念草堂同硯伴，相思長向兔華圓。

湖隄洗馬

飲湖蹴踏沙痕起，俯散銀鬉亂流水。人知馬意馬就人，六足停波兩相倚。柳枝大刷摩遍體，癢欲爬搔顧生喜。岸頭抖擻珠沫飛，一窣生絲捭長尾。柳陰毿毿風微來，暖日卓午浮雲開。驪駠騂騵次第發，蕩蕩上山嬉草萊。君不見大宛西鄰通隴坂，八馬年輸渥洼產。猶戀棧豆老玉京，慶爾無事千里追風行。

題畫梅

杖入青羊路口逢，蝶衣撩亂撲吟笻。悤悤古雪蒼寒地，愁絶官奴噴玉龍。

秋潭先生手書卷子

梁公筆跡吾服膺，屈曲籀篆天雲崩。卒然長掣鋒入燥，當頭下縋朱絲繩。草書十二行，俊拔爲之主。墨精入紙光外吐，飛袿盤旋迴雪舞。鑪錘默運功夫深，三十年内無别心。今嚴上整光弼陳，沈鬱頓挫子美吟。今人作書但學勢，外狀鮮妍無實際。豈如我公用筆得根蒂，龍爪生獰虎須鋭。穆門行草亦壯麗，玉軸金標裝次第，兩公寶書横一世。

琉球國筍崖鼓琴圖

昔者伯牙師成連，縹緲遠踏蓬萊山。林木窅冥浪澒洞，水仙之操傳人間。徐君袖有南風手，直挂高帆犯南斗。中山國土海一漚，石筍峰顛幾翹首。是時秋月揚明暉，徐調玉軫横金徽。白雲英英拂輕袂，天風淅淅吹秋衣。上下銀鎔天一握，變調揚沙擲珠玉。滿空星河忽破碎，萬里魚龍盡扶服。東方明滅金銀臺，羽衣繽紛緑雲開。青童撫掌玉妃笑，人間此客知誰哉？徐君懷抱無纖埃，追隨翰苑神仙才。乃知徐福徒爲爾，待與安期歸去來。

咏鐵畫和梁太史山舟

以空爲紙鐵爲墨，草木蟲魚隨手得。挂名畫苑喧京師，玉堂仙人新有詩。畫是强名詩絶妙，毫端百物無遺照。蕪湖湯叟向著聞，鎪刻法古能出新。巉巖山峰削鐵立，鐵樹花開鐵鳳集。至哉黑金用不窮，太阿龍泉天下雄。餘事猶能弄狡獪，慘淡經營鬼神會。桃氏築氏斂手看，朱門高懸卜夜觀。白紗作蒙籠蜜燭，虹光幢幢搜四幅。鐵圍山中物賦形，白豪幻出闍婆城。鄉人僻處何由見，只共孤檠守老兵。

宋思陵諭岳鄂王奪情手札

無避兵革輕私喪，墨縗從戎臣職當。况卿素志在恢復，中原進取由襄陽。札中語。當時君臣視手足，傾瀉赤心置人腹。不虞一德能格天，萬里長城頓傾覆。細觀峙紙戈劍鋒，不獨敵營强輓弓。石經尚留首郡學，銀牓未换九里松。金陀幾編句中泣，遺軸雲仍寶奕葉。客來舒卷幾春風，一二蛟龍損鱗鬣。世事滄桑那可道，千秋一例吴爲沼。鄂王祠廟肅堂堂，門外西湖日花鳥。

古鐵適閩後有懷

王君隱墻東，高性侔夷魚。亮我守空宇，駢肩興何如。廓以所見隘，每逢煩頓祛。傾中念無蓄，著語思有餘。郢斤如運風，鼻堊爲之除。夢阻烟海外，跡謝秋風初。抑鬱冀誰偶，緘情良難紓。寧知遲暮日，千里復離居。

晚步

商風導清氣，駐策芳洲迴。林蟬入雲奏，沙鳥避城來。晚市臨古渡，約舟柳外開。鐘希瀑喧寂，月委波徘徊。候歸歸已晚，少長相趨陪。水畜問魚課，山貲計酒材。横琴未薦匣，亂書散成堆。中堂瀿酌待，晚興方優哉。

餘杭山中

塵鞅久得輟，遂侣蓬廬緇。留山飯松栗，重踐曩歲期。溪紆清泉緩，雲矗碧峰奇。夕陽布蝦紅，邨笛弄晚吹。凉滋薜蘿夕，暑退貙膢時。石鼎煮幾熟，林鐘響初移。習觀舉前相，鎮定空所思。心肯跡尚睽，徒憎外事羈。

答晚公

衣閒葉相挂殘絲，白氎香生冰雪詞。喝月呼風佛不禁，惱公詩是破齋詩。

和客結客辭

一昔星河結古歡，嫦娥耐徹九秋寒。桂邊杵就年年藥，只與仙人作曉餐。

花桐塢

欲霽山雲觸袂開，節前風帶舊寒來。莎鞋走熟松陰道，賞罷梅花賞緑苔。

金壽門

淮山新月照摇鞭，黄載平生號犬仙。水館驛前聯句會，賦歸還賸幾巴箋。

定夫適上江欲往榆關

卧霜有淚灑牛衾，忽動龍沙萬里吟。貧士出門無易事，豪家投刺豈初心。君卿喉舌終嫌俗，皇甫經書不怕淫。待把菊花醒酒眼，暮雲争惹欲分襟。

永福院

香透紅蓮閣，鳴鐘午梵聞。溪山門獨向，花竹徑平分。客熟曾留雪，僧高只住雲。日斜樵路静，林鳥自爲群。

寄古鐵

解酲當以酒，解貧當以詩。飢腸窅没音，散作天籟吹。萬古聚談柄，百年供笑資。誰歟愛高枕，閉户忘四時。幸偕賢妻孥，篝燈照熙怡。守真自足貴，徂節不可追。欲揀少壯髮，鏡影無一絲。旁人駭此漢，鐵脊撑峨嵋。

南屏珽虚上人丈室

習嬾憐我衰，眠早起恒晏。梧楸生意微，永靖知物變。南屏踏秋去，門草縟於綫。華鯨一音揚，金鴨五雲散。嘗懲遠越郭，曠歲闕幽玩。及兹餐法言，指的超二見。清凈及花竹，方略到筆硯。籌室戀不留，歸林晚禽唤。

南漳湖舟宿

漠漠葦花白，荒陂一道穿。村過縛帚市，山入斫筤天。樹色蘆標上，龕香磬石邊。晚光遥宕漾，買酒宿溪烟。

過沈秋河書廬

始霽殘陽薄，春江引望新。冰開池見影，雪沍地無塵。烟郭搜前蹟，幽坊省故人。長聞兄弟樂，唯有阮家貧。

水月老人故居

松塘九里江之隈，百年稱説中丞來。八騶兩旗道旁立，竹閒親叩柴門開。草廬中人老且醜，一日聲名動南斗。小堂密語人莫聞，但道怱怱别來久。甃塘百步鐫姓名，布衣原是魯諸生。中丞大節星日炳，老人高風山水清。神龍首尾安能覘，人取衣冠築成墓。碑前落日客徘徊，花落花開烏來去。

同人訪瑞上人不遇分韻

欲銷日晷踏林阿，六枳籬深翳碧蘿。但近佛香忘老去，每披花豔奈秋何。煎茶幸有沙彌主，抱衲聊同石丈哦。覓得一閒歸豈忍，散人隨地是行窩。

昨葉草堂飯鞭筍同秋竹古鐵賦

熟梅雨罷始追游，當午傳餐客座留。竹部子孫供庶孽，墨場樽俎預風流。枯腸好爲詩添味，笑伴真同筍聚頭。想見法華山下路，赤泥鉏出玉修修。

聖因寺觀貫休羅漢畫軸

四果化身形孔怪，朏腦淫厲衆魔拜。據石敖曹貌嚴毅，撚眉支頰觀何事。毒龍惡虎馴在衲，長肱入空欲摸日。更有角膝宴坐林，珠當佛身佛在心。破田衣拂草雙屨，裝束不同同什伍。形生虛無脱然現，頑形可蜕真形煉。貫公未曾入西域，翻疑是真畫不得。定中出入徑遇之，筆力波瀾縱所爲。錫枝昔卓龍華寺，水墨十六幅曾記。增多三幅紙色齊，道是廣明歐陽題。是邪非邪擬作頌，注目抽毫未敢縱。如今畫僧已少儔，况我更思韓幹楊坦張僧繇。

和古鐵

霜骨雲根伴鶴孤，松堂岑寂似清都。狂心擬作歡伯傳，醉態寫入堯民圖。秋谷杖收青楖栗，雪窗羹下紫茱萸。茂陵消渴真無謂，想伴岡前蔣負芻。

董旭顧升合作觀音畫壁

昔聞道元十幅狂，蹤跡風雲逼空鬼。脱壁又聞楊坦資，聖畫菩薩明眸欲。瞬天女，活西湖，戒壇後壁五丈强，董顧兩翁合逞長。三月經營墨難破，寢食都廢坐一旁。忽然下筆氣象分，海風吹落西天雲。金毛五色夢中見，滿月毫光非所聞。娑竭羅龍睛起電，善財合掌蓮花片。浪花吹作寒星芒，肩髪飄風千紺綫。丹青慘淡未百齡，時有雲氣浮虛櫺。太宗戈法乃是虞監補，子昂房山兩手同筆精。古今能事貴得偶，愁絶神工幸合并。

同人游棲霞嶺諸僧院得水字

湖滑避喧囂，山背路西指。凌崖共驀峻，駐策入林始。坐石暘春目，襟前秀螺起。汎磴烟霏霏，披叢風靡靡。松蟲吟幽修，草花絢紅紫。旁矚丹垣低，幽扉啓竹裏。前岡屏斯張，中渟淵有瀰。道旁借匏尊，走漱白沙水。旱久味益甘，陰濃雨忽駛。紅亭快觀雨，遂彼蓑笠喜。興盡自可還，達人有通理。

次日偕古鐵歷所未及

檐聲夜中歇，晴雨天未定。踐滙差可行，重問昨游徑。幽篁迷東西，籬宇久難認。安知上下勞，彌復已經磴。草動如有人，問答隔溪應。古洞辨路人，陰苔青緑凝。石逢高松眠，樓向白雲凭。緬懷茹芝客，天風飄鶴乘。頹齡顧自惜，難冀一丸贈。譚玄超夙解，契理獲新證。坦步栖霞亭，峰峰接遥輿。

湖上逢汪槐塘吾宗甌亭

夙耽蓬居偏，足跡限東郭。良友尺簡招，慰我久寂寞。散兹腰脚頑，秋山笠前落。聯袂勝引來，旗亭匪前約。各展久别愁，頓祛近懷惡。廼敏文字禪，花闗啓詩鑰。同聲鳥鳴林，快意魚縱壑。菲菲獲幽尋，綿綿引遥托。遲遲惜去住，悢悢感今昨。願學榮啟期，誰貪駐年藥。

偕古鐵過伴雲莽

已觸旃檀氣，猶紆幾折籬。池光受花影，石角避藤枝。存没朋箋在，遷流歲籥遲。金容現微笑，笑我鬢添絲。

過定夫舍

地埽真如鏡，門開不待撾。盡遮西廡竹，添種石臺花。二老風流繼，三年息秏賒。近吟何必問，祇是祝蒼華。

古鐵柳洲同集報國院分韻

城根幽寂地，素熟老禪棲。春晚楊荑秀，人閑謝豹啼。古香茶閣上，微雨驛樓西。栖白粗能句，牀頭覓舊題。

江上題壁

昔年銀壁草題詩，柳掩新樓出酒旗。郭外烟昏風捲盡，拍天波浪睡漁師。

秋夜

葉墜梧牀響入空，客懷無計答秋風。好將刻畫筼簹手，蜜燭新題字字紅。

默坐

枯桑號風百昌瘁，水折沙鶩作寒事。攤書默坐酒力銷，一點燈花吐蠅鼻。東寺報更鐘已殘，鄰女夜舂雙擘寒。溪足星星人語亂，夜漁流過蓼花灘。

跌翠山房逢柳潔夫

山頭破寺冒蘿蔓，鐘鼓聲消南渡恨。殘僧賣藥留逸人，江鮮野菜桃花飯。昔年走雨停兩屐，三十春秋不留寸。柳下先生名早噉，文字家中逢猗頓。松崖爽朗即班荆，局背山寮怕拘悶。南來亘白江流遠，西去浮青雲色嫩。湖瀕有客采蘋歌，笛裏誰家柳花怨。書生感觸敢大言，古籍鑽研發高論。炎威終見冰山冷，浮豔還如朝槿褪。未能八尺甘脂韋，豈有六經歸稗販。旁觀不耐冷笑人，識見倍蓰或千萬。家庭亦認濟叔癡，勢力休誇董公健。青帘正近沙觜飄，欲破閒愁消酒券。

贈陸虛廛

白黿池畔住，幽興寄松雲。入座稀逢面，中心長有君。道通金匱祕，名預玉晨群。滿篋風人句，當時未遺聞。

南徐古鐵偕乘月汎湖看荷花

浩浩烟露深，芳樽棹湖月。群山黛色晦，陰霧漲溟渤。東輪漸銜城，雲光徐出没。漁燈遠相引，孤舟信超忽。橋陰花潋凉，彌近爽肌骨。攀翻碧葉飲，醉入衆香窟。蒼茫寂無睹，横飛叫烟鶻。促漏催短燭，高歌惜華髮。好夢托禪扃，清凉待明發。

未曉復唤舟泊丁家山

待日日將曙，溯風風未已。柔橈盪中洲，宿處鳧雁起。山前花更深，微波弄平綺。初停緑難辨，漸爽紅可指。亭亭露萼鮮，翻翻風葉靡。登危聊騁望，跂石足徙倚。僧鐘韻幽阿，人烟泛遥沚。朗咏謝監詩，孤懷極空水。

贈施兩山尊師

秋入山阿倚畫屏，日吟靈寶度人經。金溝故事謄苔紙，玉圃新功佩火鈴。詩句合從天老講，酒聲先喜肺神聽。解嘲可比崖前櫟，却勝頑松雪後青。

昭慶後院飯燕支菜麵食柳洲同作

慰我棲枯寂，僧庖一餉同。折葵詩客供，食麥楚人風。淡影花横地，天聲鐸在空。松堂經卷外，頭白兩禪公。

曝書和翟晴江

曝衣舊記火流初，兼取塵編曬廣除。完整先陳前代本，叢殘偶拾故人書。壁魚食字仙難化，穴鼠搬薑拙更如。多笑龍鍾曾不厭，爲渠憔悴一生虛。

臨江鄉人集拾遺

因雨留宿南屏山房同讓山作見釋篆玉《話墮集》

細雨軒窗送夜寒，晨看檐外漲清川。片雲嘘墨掩群翠，短棹荷蓑衝遠烟。笑擁禪衣忘故態，懶還詩債總高眠。林塘試待新晴好，曳杖重期踏冷泉。

三月二十九日集雲根園迎夏聯句見杭世駿詩鈔本

乘時惜餘春，青帝權已謝。杭世駿堇浦。褐蛙姑取鬧，黄鸝且停罵。穎芳。鄉俗節獨重，天宇晴尚詐。吴城甌亭。舊侶因雨睽，新愁倩風嫁。汪沆西顥。嬾散久杜門，滑澾孰勸駕。丁傳希曾。巷尾九曲通，林腰一肩跨。汪憲魚亭。招尋路匪遥，會合緣豈乍。徐堂秋竹。縛帚理荒薉，開徑永清暇。吴玉墀小谷。衰翁興尚仍，韶景戀難卸。世駿。入門亂紅飛，側帽新緑亞。穎芳。攢空樹合團，聚潤蘚塞罅。城。孤芳綴疏籬，清陰漲高架。沆。烟竇詰屈穿，蘿幌斜整奓。憲。短彴幾處横，細磵一支瀉。傳。側出將爲氿，旁流即成汊。堂。開湖仿郎官，規陂擬僕射。玉墀。游魚若空行，浴鳥每雙下。世駿。石髮不可梳，蠙衣自然化。穎芳。名花憶河洛，稗柳分滻灞。城。碧筍矗修廊，疏峰抗虚榭。沆。瘦疑佛胛爲，醜或鬼面詫。憲。初平叱未起，媧皇鍊初罷。傳。匠心垂玲瓏，刻畫出隆窊。堂。偕躋嗟力孱，欲壓吁可怕。玉墀。其上嵌危亭，其趾建精舍。世駿。雲根此錫名，嶛刺巧相謑。穎芳。吾儕同里閈，日夕接盃斝。城。上巳尊靈辰，解禊借蘭若。沆。駟隙不逗留，羲轡倦休暇。憲。恢台一朝臨，應以酒相迓。傳。渾宜缸面撇，清待糟牀醡。堂。龜蓴滑似油，貓筍白如絮。玉墀。蠶豆青可憐，櫻珠美無價。世駿。飢飯蒸堆柈，韻果掇盈杷。穎芳。裂餅牙未缺，望梅齒先齚。城。江魚鮮方烹，鴞鳥脆堪炙。沆。轟飲船下埭，角技枝舞柘。憲。投瓊險得梟，分曹各爭霸。堂。無錢欲買春，有興兼卜夜。玉墀。留賓井投轄，照座燭燒樺。世駿。筆墨縱横飛，槃槅次第掗。穎芳。秀句珠琲聯，精紙粉光砑。城。言泉方續竹，甘境譬啖蔗。沆。立意差雷同，標新極婭奼。憲。無嘈亦無囋，不敖亦不吴。傳。時令慨遷移，格律謹喑啞。堂。心賞慚阿連，肩隨希叔夏。玉墀。和聲集八能，鬬險劈三崋。世駿。思幽渺難賡，句傑輒得訝。穎芳。硯焚子詎甘，瓶罄我當貰。城。共叶威鳳吟，差爲腐鼠嚇。沆。高言撼雲霄，逸氣破罟擭。憲。急點轉峥潺，繁英任狼藉。傳。莫禁鵓鴣喚，誰肯訓狐射。堂。長街畏衝泥，緩轉雙不借。玉墀。

昭慶山房咏白杜鵑花同沈振飛作以下見沈鵬《桐溪詩草》

一寸冰綃細翦成，晚開猶襲杜鵑名。菩提寺裏吟空好，蘇長公來見亦驚。天付色香都變幻，眼看花𧌒不分明。清和尚有枝頭鳥，聽得催歸四五聲。

小至日同人集吴山通玄觀分韻

仙觀市坊南，登高試一探。霜濃凋老樹，烟重晦朝嵐。蝕字碑蒙蘚，剜身佛贉龕。朋觴同慶節，薄暮興猶酣。

吴門鄭碉南棟見寄聽濤書屋詩次韻奉答二首

北郭詩人號碉南，垂垣松響耳長耽。喧傳天籟吹爲萬，譜入琴心疊作三。倚枕自能招夢思，杜門端可忘朝參。有時窔眇虚空奏，瀉盡雙瓶飲正酣。

獅林五鬣翠成陰，盛席當年展素襟。故物蒼凉如歎息，昔賢蹤跡未銷沈。曾諧高叟清吟句，尚帶維公梵唱音。豈料半千年刼换，有人隔院印禪心。

和江蘭晚晴步浴鵠灣至花家山放舟歸南屏見釋際祥《净慈寺志》

今年南山游，三撫山房樹。江君天都賢，相逢開覺路。桂堂已躋攀，息園問津渡。新詩梨棗香，青熒天撥霧。鵷鸞既接翼，曾不遺野鷺。繄余蓬藋姿，白首死章句。感君好賢甚，當哺肯三吐。我厲亦勖君，深求古人趣。

咏經以下見翟灝《辯利院志》，先生增訂本

經入妙通靈傳佛，國譯漢庭來從馬。負諷有龍聽手書，毛氈白舌吐寶蓮。青四教分科莫滯，□五時宣義無停。須信貝多真實語，殷勤夢裏喚人醒。

游辯利講院分韻得襟字

新霽愜幽尋，林閒寄賞心。雨痕昏蘚榻，日影碎花陰。詩老青藤杖，禪公白氎襟。不妨玄義外，擁鼻洛生吟。

小步辯利院同王承祖茅德棻作

步步踏秋光，風林憩講堂。午村雞遠近，花砌蝭分張。柏葉煩僧采，春芽薦客嘗。蒲團如可借，一枕夢羲皇。

偕柳洲尋前吟處過辯利院

幾日仍相見，階花識老夫。野凉蟬語寂，林茂鳥群呼。重覓狂吟地，同攜舊酒徒。此間禪悦味，肯許客嘗無。

邵晉之招同人辯利禪室玩秋卉六言分韻

邊雁來時錦葉，莎雞唱罷花林。幸同惠老禪悦，且效陶公醉吟。

同樊榭過滿月精舍分韻

草没城邊路，風開竹下門。秋陽不爲暑，佛舍自成邨。詩舉烏臺案，心同鹿苑論。逾時始相見，節物又中元。

步松塘分韻以下見翟灝《艮山雜志》

映竹幾家分，寒沙起雁群。村依數點樹，山隔一重雲。曲路穿之字，枯藤挂篆文。策予衰蹇步，吟去送西曛。

偕漁公石陡門訪潘鍊師不遇

歸途聊趁夕陽遲，雲洞招邀世外期。未返清溪道士鶴，且看水月老人碑。撥醅緑泛鷗邊影，黏粟紅留竹外枝。春鳥也知來客好，數聲相送出疏籬。

乾隆戊寅季冬同黄蘅洲杜相圃模陳雪廬嵇倪嘉樹一擎厲層雲志黼周亦庵駿發蘇展亭許堂郁陛宣禮王繩玉元琨觀龍興寺尊勝幢以意盡無會處功深有到時分韻各賦五古以紀之得深字以下見黄士珣《北隅掌録》

葛榜靈隱山，褚書瑞石岑。烟雲忽變滅，真迹不可尋。有唐胡處士，墨妙鎸璆琳。龍興尊勝幢，開成垂至今。朋儔興勃發，嗜古如書淫。殘年撥百事，獨向空門闖。破殿轉檐北，拔地高嶔崟。八棱桃木殳，二仞蓮花簪。蕉葉羽勢矯，火珠頂相森。藥叉隨跽跪，散脂持鐵椹。羅列狀貌惡，擁衛神鬼欽。歲久客土積，踵趾嗟陸沈。誰歟攆剔凈，琢石爲坎窨。觀之動神魄，膜拜伸寸忱。迺推捷足者，騰越細摭撏。漫若月隱霧，朗則天壤曑。泥塗走寒蚓，孔竅鑽書蟫。軀胸坼康瓠，蛇腹斷古琴。紐結原憲襤，撦裂天吴衾。濇挨粗藺滓，滑摸熟劒鐔。詳求面貼蘚，擬議指畫襟。逢艱噤快舌，印是歡群心。鉤形翻罔罔，測義嘗駸駸。貫穿百華易，蹭蹬一字禁。目勞輩遞矚，意别人互箴。嗤癡俗冷笑，訝怪僧私覤。聞風續造詣，鬧市來噫歆。須臾畢條貫，謄録俱陳廞。遺珠罔象得，逸兔韓盧擒。文從既字順，經整亦緯紝。因緣波利事，秘密牟尼音。危機鎮崇岳，業火澆甘霖。商量事印搨，鎸取思摹臨。三藏檢譯貝，八法詳懸鍼。吴興志詳載，同此功德林。宣和譜旁考，紀述堪探撢。辛璿篆碣額，德本題碑陰。豈惟楊李並，兼與顔柳參。又知藏舍利，六九聚豆蕢。光色歛幽閟，罅隙争窺覘。其時迫凍沍，慘凛雲日霒。微霝寒淅淅，遠林清愔愔。惜茲最勝刹，汙薉相陵侵。積墻圍陿陋，枯蔓紛襹褷。影卧荒月黑，額染炊烟黔。但覺棄若屣，誰爲賨如琛。險將取擊磤，幸不隨敲砧。臭帑溷厠逼，香火鐘鼓瘖。蹏迒付伺犬，叫嘯唯饑禽。當春蟻緣脊，抵臘鼠穴深。塵應街風扇，洗用暴雨淋。褻横挂巾服，腥響櫟釜鬵。鄰娃肆訑謾，市僧對酌斟。内蝕生獅蟲，外奪逢宵壬。函中猛吐焰，地上重布金。象教力猶替，吾人脆難任。興極悲思集，暝色催長吟。

和黄相圃移居用樊榭韻

老我前人拾唾餘，謬來載酒叩郊居。無雙名士稱江夏，有分清才厠石渠。同巷舊聯吟月社，西城新闢讀書廬。審知咫尺湖壖路，聽得鳴榔響夜漁。

向説毫光放塔顛，龍興有約禮金仙。夜神力護滄桑劫，處士名存書畫船。石幢《陀羅尼經》係處士胡季良書。季良名見《宣和書譜》。乍惜瘢胝傷鳥跡，細看波磔效蠶眠。君家最近相料理，肯費氈椎麝蠟錢。

應有層樓倚郭斜，豁眸高處客來誇。呼同鬬句心雖怯，坐伴看山眼不花。浮水春雲通翠幌，入城風絮撲鄰家。扁舟僧鶴知能共，避却三橋士女譁。

徹天皋鶴自聲聞，戰勝紛華始立勳。發匊詩書莊叟笑，滿堂金玉老聃云。百年未繼淹中業，萬里方空冀北群。許伯鄭真俱有宅，或輕鈞石重銖分。

郊居見柴杰《浙人詩存》

客意適林野，柴扉聚素襟。飯遲花飽眼，談淺瑟傳心。芳遠秋先得，紛埃事不侵。飄蕭門外葉，餘興緑蘿深。

迎暮咽寒蟬，穿松入竹閒。訪秋吟過寺，拚雨坐看山。深樹罟車接，長汀潦網還。不離城市遠，隨意水雲閑。

挽天都汪復庵先生見《汪復庵先生挽詩》

黄海扶輿毓秀靈，即今聞望厠耆英。通才不忘書三篋，夙慧兼探論五明。雷阜養高原素志，岷山著績繼家聲。飄然辭去人寰隘，想見金臺控鶴迎。

玉岑樓紀事爲許默齋室汪恭人作見許承基《玉岑樓紀事詩》

淑賢已是女宗侔，夙慧深從梵夾求。善現對颺嘗展諷，志磐儀軌每教修。持齋不以錢爲網，禮像時逢月似鉤。竊擬前身名勝鬘，復乘願力赴閻浮。

海獅見高風臺《書畫舫課外詩》

海錯名應隸甲蟲，出時櫻筍送筠籠。形方墖聳七層起，肉有珠穿九曲通。鑿一竅終棲涸轍，抱迴腸久困泥中。他邦客眼誰能識，道是溪羸瘦不同。

今年未冬而雪爰屬同志共賦秋雪詩以下據真蹟

點檢裝囊賦授衣，陡然風緊作寒威。俄看雪共丹楓墜，渾似花兼柳絮飛。江岸玉砂行郭索，竹籬縞帶卧薔薇。試尋市月登高處，遥畫漁蓑一艇歸。

翟曉江禪悦圖

東鄉讀書聲，聞自翟氏始。長公學精博，諸季聯翩起。一門翰墨林，辭華振霞綺。敦行亦推伯，真淳無表裏。射策屢報罷，聲譽益盈耳。公卿倒屣迎，士類屬有頍。忽效退堂僧，家居樂山水。賢嗣不墮武，名字焕榜紙。坐享潔白養，息景厭朝市。翳予辱舊誼，况復桑與梓。重獲三益效，握手偕莫齒。頃圖病維摩，槃姍行或尼。曾爲綴賸語，猶嫌響閴爾。請再繼長篇，多多乃爲喜。我衰困頓甚，筆墨久廢弛。疲駑受鞭策，勉强驟百里。故交能幾人，長聚敢輕擬。都蔗老更甜，醇酒宿俞美。逃禪寄託耳，奚必辨彼此。試誦竺翁篇，吟成子張子。

題沈桐溪龍泓訪舊圖

蹤迹稀逢入市闤，叩扉來伴白雲閒。夕陽半嶺如相待，一杖同看幾崦山。

題春巢繞屋梅花三十樹圖見何承燕同人題贈録

毫端春信透南枝，極望家山寄所思。卷尾自吟高格調，勝他疏影暗香詞。

雨中集玄妙觀長春山房遲友人不至即次來韻同胡葑塘孫半峰朱朗齋項秋子見仰蘅《玄妙觀志》

半日山房世慮清，樹頭煙重雨絲縈。題蕉有字尋仙蹟，屑菊為粻長道情。卻顧四筵虛笑伴，待傾三雅破愁城。吾儕清興終難敗，吟踏長廊竹葉聲。

東郊土物詩見朱點《東郊土物詩》

石蠶

蒲節根生茸，藏器呼石蠶。超山峭壁產，百尺高嵚巖。煮食除風痱，功與扶芳參。誰歟注本草，莫認滴露談。《本草》甘露子名草石蠶，亦名滴露。

瓶兒酒

村醞屏麴母，略似挏馬乳。封以香蘇葉，肆中買論甀。傳言負痾客，滿酌腸不腐。青州從事來，猶覺才勝汝。

蕹菜

種自南嶠得，近收老圃家。淡碧菠稜葉，粉紅鼓子花。頗疑調滑甘，夏餐佐瓠瓜。貴人或不知，但向僧厨夸。

油麩

細糝苣勝子，粉糊鼈衣狀。持施叢林僧，幸不少鹽醬。逢兹除葷日，當午淨供養。村人擅秘製，月朔轉相餉。

春日同人集倪筆農樂朋來館余泛舟北郭遙和集字詩見周駿發《卧陶軒集》

平橋巷曲長幾尋，離困樹擁古屋深。連翩艇子打槳過，紛亂竹鞭勞砌陰。半山遙作丹青畫，萬卷重於黄白金。齋頭過從縱談笑，閉戶卻無塵事侵。

題周亦耕駿發中秋吟卷

杜陵有意吟秋興，束晳無憀賦近游。何似卷中冰雪句，酒旂茶板説風流。

不關花月爲尋詩，最好西風泊雁時。我輿欲飛還瑟縮，舊游零落鬢多絲。

贈嚴戒三如法師以下見瞿灝《艮山雜志》

講鈔從唐説，蓮經祖國清。百年歸宴坐，萬里歇經行。弟子多人奉，諸方半座迎。記投蘭若宿，落葉擁蟲聲。

無不宜齋詠盆池石筍

咫尺方池灔碧泓，傍池一片小崚嶒。尖頭虚襲龍孫號，强項猶堪石弟稱。礙屐有痕苔半破，倚墻無影月初絚。主人未減寅奇癖，移近繩床對曲肱。

艮山張氏詩廬

遠市如居野，青邱擁一邱。鴨浮嘗避槳，魚飽不驚鉤。面郭□□絲蔽，臨池雪影流。錢惟數榆莢，居已勝蝸牛。菰葉并州翦，蘆花越沼矛。滋苔松檻濕，布葉竹床柔。小繫斜河艇，前瞻□□氣樓。步鄰逢酒住，過客作詩留。文債乘籌尾，弦歌促□□頭。可誇吾臭味，永結白雲儔。

晴江聖裁偕尋翟僕射墓

數畝荒茅埽天碧，指是尚書九原宅。當時會葬盛□□何，人往人來今莫識。見攜好事披棘尋，野水荒灣日曛黑。石筍已充蕭氏碑，游筇但撫周家柏。消磨不盡片石留，大刻官名其姓翟。我聞僕射唐宋稱，家記誰傳二三策。公曩參政南渡來，或在行都卜窀穸。是耶非耶難核真，疑以傳疑庶無惑。守墳之户凡幾家，猶忍須臾土三尺。貍狐貒貉長子孫，差勝東陵逢老跖。君不見，長江橫飛雁翎白，白塔冬青兩蕭瑟。西臺人散鐵無聲，杜宇年年哭寒食。

沙河堤晚歸

豁豁攬秋爽，寥寥澄暮思。水聲清落處，雲朵白凝時。戴月眠漁父，蹌波舞鴨兒。家人歸□挽，腹笑老來癡。

無不宜齋秋卉盛放同人集賦得庚韻見真蹟

周北張南幸合并，石橋東畔會詩盟。恰逢絳幘如昂首，欲喚黃荃倩寫生。院落頓忘秋色澹，麗華無損客懷清。主人最有柴桑興，開到新霜伴菊英。

鑒公精舍納涼圖爲山舟學士題

吾宗石倉叟，相識巨然僧。欲寄荷洲賞，閒呼篋舫乘。説經頻舉麈，煮茗一枝籐。山谷詩『處處煮茶籐一枝』。清宴談諧好，風流似在澠。

老禪調幻藥，妙迹擬荊關。幀尾古香墨，礬頭小筆山。提攜萬里外，流落百年間。海嶽今歸架，如珠合浦還。

五六天地之中合賦以題字爲韻○見杭世駿《詞科餘話》

昔者聖人仰觀俯察，觸類旁通。或偶或奇，極老少剛柔之變，惟五惟六，符性情曲巧之中。唯太極以埒形胲，羅元始，括兩端、以貫賾苞籥無窮。算叶而理無不叶，數同故氣必相同。執律以布日辰，窺斡運迴游之大巧，操術而求宿度，顯陶鎔鼓鑄之神工。原夫河洛開幾，龜龍啟瑞，連山、歸藏而上，易簡已呈，蒼芽天老之時，籀文可紀。陽之奇，始一三而終七九，陰之偶，後八十而先二四。歸餘于扐，變化之而卦象、爻象以分，允執其中，綜覈之而專精、散精以位。十七萬七千一百四十七之實，殊途而同歸，十一萬六千一百七十五之紛，依經以定次。若指其掌，運蓍析薪而靡差，有會于心，生管張絃而不忒。此才士之所以遡統立原，而哲后之所以參天兩地也。

且夫法軏一源，高深一矩，軀駧像偎而迹可求，劈措龐鴻而顯可覩。羽清宮濁屬之天，而六氣御其樞，陽律陰閈配乎地，而五方分其寓。晦明風雨，飛籥于春作秋成，甘苦鹹酸，長養其幽都北户。尋其賾，錯見而互形，折其衷，兼收而並取。顯夫機智，埻元聲而不爽忽微，闡彼祕先，建部首而可推三五。此本幽函洪化，妙契自然，互根于玄牝，基始于先天。亥礙子滋，黄鐘遞十二辰而數足，甲剖乙軋，攝提歷十五日而氣遷。孟居雄而幼處雌，往來匹妃以調列，律娶妻而吕生子，反覆嬗禪而周旋。在垣則辰拱斗綱，在野則星分宙合，産氣造計而播和，界道交纏而混納，戾條理者沴必乘，秉精剛者運無祼。天政既于是乎齊，朝經又于是乎肅。攷曲臺之禮而逆釐，稽《洪範》之書以衍福。或按味以薦膏，乃因音而吹竹。馮相俟其疾徐，太師審其盈縮。正旂章之純采，德協銅渾，應羅縠之輕灰，和調玉燭。色殊于赤白青黄，制別于東西南朔。達陽殷于乾九，戒殺順于坤六。是以大撓索微而造甲子，易京衍氣以測干支。劉歆纂曆而綜唐洛，揚雄攡玄而擬軒羲。淮南實黍驗其積，張衡立槷正其儀。惟氣數之冥有會也，故歷代可一以貫之。

飛來峰賦 見沈鑅彪《續修靈隱寺志》

石氣騰上，漭漭沆沆，鳩英發霧，千彙萬狀。灕廔欐連，很戾倔彊，窺冥顛攢，跳透迭逿。回穴相瘖，厈卂相向，配藜趺于，糅擾孟浪。疇劖鬼斧，玷敚天匠，獰頫盱咢，孰可名象。其大勢也，若雲若霞，若濤若波，壘㟪戢晉。矗側污斜，儵起瞥滅，㕷屈尺拏。其於物也，若案若几，若篋若匭，若積阜凷，若斫弃柿，無根若菌，有綴若蘂，若無形模，不成方員，巨細廣狹，隨意而然。貌出想外，防理自聯。其在人也，若仰若俯，若立若卧，若揖而翹，若顧而坐，若負兩嬰，若挾一个，若生若死，若耄若稚，䓣胡其面，反蹠其趾，齵若墮齒，孿若卷耳，盎甕瘿疣，髡刖馘刵。其擬於飛走也，鹿奔猿接，熊經豕立，喙伸鬣駛，爪攫角觸。故其升於高也，若逐群排隊，擇其尾尻而登遐於霄；其俛於低也，若游娱顧命，踠其肘蹏而下飲於溪。其肅穆則若列陳營兵，銜枚無聲，悠悠旆旌，其燦爛若琥牙圭璧，會朝群辟。是以始至猝眄，醜惡刺眼，撐腸拄腹，顛到瞑眩。久而自得神奪意轉，幽情來餉，懷抱申展，忘疲破昏，塵氣如洗，晷刻莫計，欲去難遣，無言内娱，莫定所善，藥我褊狹，空妙取儁。若乃躡梯峻登，則又坦衍壇漫，左右肆玩，衆山屏圍，拱揖霄漢。其或尋歷巖洞，則谽谺豁張，嵌空玲瓏，石室石户，窈窕四通。稍進偪側，肩背不容，傴僂僅達，蹋步蟻同，若出無徑，顧無户窗，仰勢盡壓，石棱如鋒，天開小明，穿漏日光，側首而睨，有石欲舂，上聞驚聲。險情自訌，忽出洞底，泉鳴秋瀧，震動崖谷，進退莫從。亦有龕佛，千身一形，銘勒櫛比，僅辨百名。鍾乳融積，繡爲古花，上成波譎，虯蟉龍蛇。水脈沮溼，移晷一滴，老禪如尸，靡見而覔。洞有三出，一入地底，極視深黑，敢以身試。嘗聞地道巴陵、洞庭，誰爇炬火，幽尋仙靈。若此奇妙，有山無之，天何孕育，地何設施，巧奪意搆，戴目共知。雖欒其妙，終莫名其奇。有西域胡師睹之而眙曰：此身毒耆闍崛山也，胡爲乎來哉！迺卓錫於兹山之陰，諡名飛來，用是神物，設供道場，金刹大開，爾後近二千祀，爲我寶法護持。若乃覈其方域，綴述嘉蹟。天竺峙其南，韜光亘其北，稽留蓮花，殊號其脈，康樂翻經之臺，圓澤長歌之石，許邁之室已荒，葛洪之川未塞。上有神尼之浮屠，下有理公之塔婆，兩澗瀧瀧，圓梁並馳，西源斜徑，匯於其涯，清澄泠泉，翠光蕩摩。五亭餘一，崢嶸駕波，面峰面水，喧静得宜。徒觀其魚鳥娛戲，草木茀離，古榦横度，日月蔽虧，根著寸泥，抱石合皮，幾轉宛抑，怒發不羈。縣藤糾纏，人工指麾，巢鳩喈叱咳嘍，若爲倒漾漪淪，妄生嵯岈。儵游影中，咂緣運渦，鬼嘯蘿亂，尖風淒而，非仙佛者曷能狎斯。昔白公曁蘇公，並以絶德魁能，函彙造化，美月桂之夜落，玩跳珠之晝瀉，流連登涉，每憩游駕，作爲謌詩，氣概天下。迄今寂寥，風流迢遥，探索而模似者輩屬，然而蟬嘶蛩唱，曾何補於風騷。不揣庸陋，布之辭條，謹接末唱，繫而長謡。

謡曰：靈鷲名峰插天起，神物西來幾萬里。飛時合送扶摇風，絶迹還過望洋水。一墮南州不計年，蒼山卧老埋雲烟。媧皇若假巨靈手，煉取能完半壁天。

邱氏堂前松柏賦見古樹詩續集

夫何松柏之奇古兮，歷四朝之春秋。架斯堂而斯植兮，永世守乎吾邱。局繚垣之宏敞兮，圍檐宇之周流。上偃蓋而垂葆兮，深盤根而撐幽。中介特以挾雙兮，萃偕老而相儔。更變故而無改兮，等燕冀之貽謀。爾其爲狀也，離奇輪囷，連蜷璘豳，節理糾結，膚衣皺皴。蓄拗怒而支骨，肆墳起而絡筋。囚縮怪異於把握，頭菌蠢而蹲蹲。竦若木魃交博，互股脛而不分。又若羆虎倚拔，豨突豕勇，角戲起豎而合身。乍鎖紐而邪裂，奏窊隆而并陳。倏浪疊而渦轉，勃隙墨而緖紛。訝陰抑而陽慘，有尺蹙而無丈伸。遏干霄而憤鬱，恍旁睨而欲躍。暱將近而未親，終離立而退卻。雖參雜乎纓緌，各擁腫其腰腳。駢乎蛩駏之依倚，蠢乎負貳之就縛。疏毛縿縱，剛鬣戍削。雞翁鴉腮，蘇帷翠幕。春雨露而無以爲媚，冬雪霰而不能爲虐。掀長髯其猶僊，綴短毿而沃若。或茂或悅，彼吟此咢。風灑淅以清泠，日煦燠而嘔噱。俯聆穴根之蚕，高唳棲枝之鶴。午繪地而影亙，夜張月而光錯。護堂塞砌，蔭堦居臺。軒翠氣而矗建，靄鬱葱於南陔。倜詭桀佶，偃騫髻鬈。雅抱有心之赤，潛融化石之胎。名公沓來，評跋而寄其佳賞；貴人愕眙，健羨而安敢移栽。蓋是世繼賢良，奉訓以守，灌以清泉，奠以春酒，壅以蒼蘚，潔以芒帚。扶之以學殖，培之以德厚，傳之若彝鼎之寶，事之若高曾之友。故能閲甲子之十周，越有宋元明而不朽。於是展華燕、躋古堂、慶元日、稱壽觴，几席肆設，肴胾孔將。願茲三壽，詠德不忘。其或雪朝對哦，月夕向嘯，步庭邅回，遷延瞻眺。句聯柏梁之製，琴奏松風之調。聲闋而葉呼宮商，舞倦而枝翻夭矯。協古貌與古心，博支離叟之一笑。伴祖侶禰，覯雲睎仍。熟聞談論之緒，屢觀俊秀之升。足配堂構之舊，久映書史之燈。匪般爾之敢褻，廼神明之所憑。所謂巨族世家之喬木，不隨紅榮粉艷、運會移易而廢興者也。彼夫社遡於夏后殷商，詩詠其徂徠新甫，名著武侯之祠，形變延真之廡，或挺秀於少君之岑，或孤騫於興公之宇。豈如此樹，世承其主，華胄襲而同廕，後俊出而偕撫。青青軼於文梓，丸丸茂於苞栩。豈非可飯於山中之人，實楚賢之贊揚，後彫比君子之德，爲元聖之所許與哉。

亂曰：　龍項虯爪，羽并鳳兮。龘身盈抱，高半棟兮。奇偶作儷，行伯仲兮。有孤而峙，兩而從兮。氣通志洽，紛鴻洞兮。永卻斤斧，列清供兮。潤流香膏，寒凍凇兮。翻上攫下，四旁控兮。甕盎欒瘠，形竦而縱兮。老髮靛碧，布密幪兮。朵結苓魄，磊砢衆兮。都醜若妍，靜若動兮。覩之神怵，噩諸夢兮。伊子芽甲，材充貢兮。萬牛迴首，謝勿送兮。地由樹靈，以人重兮。千秋萬祀，卜可中兮。蔭我才傑，迭爲世用兮。遠人聞之，韻以作頌兮。

紙帳賦見《詞科餘話》

芸窗主人游書林，疏藝圃，和天倪，契太素，會心之暇，載命朋侶，讙言既浹，衡今矩古。坐有閒，肅賓而進，援帳而語曰：『吾之製茲也，賓知其故乎？吾聞威尚炳蔚，文崇絳緇，甲乙珠翠，龍鳳羽儀，參天覆斗，金繡錦機，蓮花四角之采，流蘇百子之奇，緊瓊鉤而的皪，襍綦組而葳蕤，皆所以因事宏耀，纖麗是爲。吾何蔑焉，而獨有取於斯？索窾暢妙，爲我賦之，敬承子聽，子無我辭。』賓乃流盼而眙曰：『懿兮美兮，莫倫比兮；樸兮素兮，中程度兮。愚請述其始。夫箖箊篠簜，君子之德，其中空虛，其節高直，山虞程材，是椓是束，下之千仞之崖，貯之陰沍之壑，白石之所舂撞，清泉之所盪沃，澄其菁華，沛其惡濁，綴以園客之繭絲，參以楚人之網罭，成人手之和齊，中簾程而方幅。體皎潔乎霜雪，聲叱吸其戛玉，其質性工緻，固已超塵而邁俗矣。

爾乃命善繪灑寶墨，花丁莩縱，枝榦詰曲，如顧兔薄階而麗影，等虬龍盤崖而蜕殼。揚東閣兮清芬，印孤山兮高躅，然後廣狹就式，邊緣比屬，黏以瀛洲神禾，砑以藍田玄璞，張四維而廓然，適廉棱而圭角，納半交垂，褰深邪托。時寢興以開合，順陰陽而和肅，捲北窗之凉颸，温南榮之朝旭，屏沴厲以具違，騰流塵而不觸。於是薦用烏衣之氊，榻以遼東之木，枕絃桐，簟桃竹，左圖書，右沈速，可以清步兵之目，坦孝先之腹，凝歐陽之思，伸子陵之足，積卧龍之玉山，醉中山之天幕，夢羅浮之彼姝，感横江之孤鶴，凝魂神於環中，叩至道於寂寞，搴孤思而高游，鎮靈樞以慎獨，信儒宫之雅飾，而爲君子之創作也。若夫緑幔玄帷，輕幬紺幄，鄰中單羅，柱下碧複，他人優爲之，于君豈有不足邪？顧棄彼而著此者，豈不以德人之習服，性非有樂於此也。』主人於是離席而前，撫掌稱善。

散氏銅盤銘釋文 見王昶《金石萃編》

十四行五字起。唯王九月，辰在乙卯，大俾夒且、爵旅誓曰：我既付散氏田器，有或，實余有散氏心賊，則爰千罰千。末行十一字接。天王于豆新宫東廷。九行五字接。夒且、敞、西宫和、武父五字顛倒。登師氏右尾行補遺七字接。及左執彝史，正中十行第三字接。見小門人奚唯二字并。原人噳寒淮錯入前行第十四字，以下五字補接。人虞丂褢貞十六行第四字接。傳誥之。夒且、爵旅則誓。迺畀西宫和、武父誓曰：我既付散氏濕田牆田，余有爽竊，爰千罰千。西宫和、武父則誓，乃畐圖。十行十三字接。司工虎之子二文并。和豐父唯乃有司刑考田此字旁添，已漫。井十有五夫。正馗二大舍散田：司土若弄司馬單眾易坐二文并。入司工駝君宰德父；散入小子馗二田：戎、敚父、教果父、夔之有司包、州京、攸遐嚚皿字形側。散有司十夫。接首行。用太僕尾行補遺末二字接。畫蜀散邑，迺即散用田。馗二：自瀗涉，以南至于大沽，一封。已涉，二封。至于微柳，復涉瀗，陟雩戲原隒，以西，封于𢽴城，櫨木，封于若迹，封于若道，內涉若，登于厂源，封都柝隒陵上岡，柵，封于單道，封于原道，封于魯道。以東，封于疑東疆。右還，封于馗二道。以南，封于卻跡道。以西，至于鴻莫。馗上邢邑田：自槁木道左至于邢邑封道，以東一封，還，以西一封，陟岡三封。降以南，對于同道。陟州岡，登柵，降棫二封。大入有司馗二田。

且代祖字。或同國。爰同鍰。雩同于。彝代法字。丂同考。濕同隰。牆同壯肥也。牆古謨字。䜌同攣。𤔲同治。工同空。唯同鴻。馗二乃境上兩字。土同徒。駝同馳。君同羣。嚚同器。用同周。

散氏本有邑，益以十五夫之邑則成國，故云有國十五夫。掌田井之官卑微，故稱人奚唯。原等皆邑聚名，邢邑五夫已具器皿，故頒予十夫。

古人質樸文中有遺佚字，或行末，或後二行，或補于尾，往往銘辭有之，《尚書·洛誥》武成之不可讀，亦此例。孫皓天璽碑猶踵爲之，由臆見依文義定文如右，未敢云是定本也。

河清海宴頌甲寅九月，總督上蔡程公試題擬作。見《詞科餘話》。

大清承天駿命，龍躍朔野，終奄縣寓而宅之，迄兹百祀。懿夫太祖基之以德，太宗守之以文，世祖握機矩、運宏度，南向而八荒來同，用昌有家；聖祖繼之於前，益光冘爨，咸若深仁湛恩，俾我弁髦黄髮，嘘吸暉景於六十一年。今皇帝順風而播和，沿流而潄淳，培高以高，藴厚以厚，兢兢閔閔，早朝晏罷，臞躬肆懷。民心爲心，惟一夫之弗獲攸底，儳然若已致之，嘔嚅其安憓而推食其厭飫。故海内樂業，朝廷淑清，庬駁者隊，淳仁者升，壹鬱者散，坎窞者平。廓大道於無外，答靈響於有聲，漉醇粹於奥屏，昆鴻光於天庭。家給人足，男女倏暢，萌生蠕動，具足願望。上攬運行，雨暘允時，下循土功，成效三壤，至化融冶，隆施曠蕩。揚榷于烏册篆素、屈指顯號之君，誠足以下視漢唐，浸淫接軫于三五矣。惟彼植物，肇爾句芒，由栯迨於扶握尋丈，春蒸露滋，得墳壤之地，罔匆倏達俊懋，灌溉之，壅護之，繼起之功愈勤，罔匆蕤芳鄂華。彼萬彙者草木也，政化者，天地人之功也，而符瑞者，政化之芳華也。歷聖導道於其前，皇上濟成於其後，符瑞臻兹，孰云偶哉。是以天不敢閟其珍，地不敢藏其寶，山川鬼神，豐融肸蠁，呈精效能，延恩錫羨，僉赴厥盛。合璧連珠之奇，慶雲非烟之儀，鳳皇、麒麟、甘露、醴泉、嘉禾、靈芝、朱草之屬，日月繼至，史不絶書，而黄河澄清，千里若鏡，瀛海安瀾無驚。甸人駭覩而上告，遠夷據徵而納匭，復奔走絡繹於道。猗歟偉歟，實萬世之一時也！謹按先記云，黄河清，聖人在位，五色遞變。周成時海不波溢，越裳氏十中國，有聖人重譯，而至下愚莫測聖德，耳目之所聞見，推而精之，詎非郅隆盛世哉！竊預沐化之一物，迺宣烝黎顓蒙之所欲言，作爲頌詩以踵堯民鼓腹之歌。頌曰：天眷有德，簡命越清，惟清緝熙，赫赫明明。歷聖載承，文毓武者，久道流化，我皇其時。生殖長養，勿替衍之，既固而安，日月引之。和溢其休，無遠勿彌，天迴地游，揚翔淫裔。殊祥已登，河海慶膺，沛澤之兆，坎德實徵。洄洄黄流，噴礴萬古，懵是怏濁，而清如酤，天光爛然，表裏斯覩。潤下作鹹，積水之虚，勿驚勿訛，歸静於初。卉服内首，載舟載車，守臣上祥，群工乃宣，宜稽云亭，升功報天。皇心冲然曰，維先德，匪天貺，自今聖祖之錫，歷徵籍書，孰諼孰巫，孰攘厥符，孰有順貞，而推不居。謙哉孝哉，視古則無。惟孝天假，流謙稟吉，茀禄爾康，爾康爾秩，澤綿如何，純嘏如海，於昭聖仁，永壽樂愷。草莽作頌，其聲淵邕，以謳以吟，以聆采風。

粤游集序見汪沆《槐塘詩稿》

艮園先生嘗舉周德卿之言曰：文章徒工於外者，可以驚四筵，不可以適獨座。初謂掖勉後進，矯時俗尚辭之弊而云耳，不知其爲自道也。讀粤游一集，運精粹於内藴，含雅意於筆前，發而爲高朗，調而爲鏗鏘，凡吐一字一句，皆百鍊千捶而出之。而具眼最上，有關教化，無涉於風雅者不作也。因思德卿又有云，文以意爲主，以言辭爲役，主强而役弱，則無令不從。今人往往驕其所役，至跋扈難制，甚者反役其主，雖極辭語之工，豈文之正哉！艮園之於詩，其主强役亦不弱，猶身使臂，而臂使手，實由學積成，華年進而陶鎔益潔之所致。艮園學識固遠凌德卿，何其中的之語，古今合符，不啻自鳴其得力也。仁和吴穎芳。

南磵吟草序見釋實月原稿

禪宗以盡離語言文字爲出要之道，而覺範洪公、元叟端公等大放厥詞，作佛廷班馬文墨之刻綫等身，夫豈與宗旨背哉。以離文字爲入道之路，以顯文字爲宏道之宗，大事既了，身心洞然，凡舒眉竪指、振衣曳屣間皆是現量清機，魚潛淵而鳶飛天也，何況微妙寂音，從光明藏中一一流出，是文字邪？離文字邪？一切俱不可説。若猶以爲病者，非徒不通世諦，其於離言絶相之旨不啻自作網障萬重。樹虚喜事方外諸名宿，其間善能韻語聿有數師。而理安智公者，是禪師，非詩僧也，往來數十年，談閑輒以玄要相示。乙酉春仲，入山坐松巔閣中，出詩一編，讀之神思清越，能導閲人心路趨入覺場。初不意具衣裓中亦具是物，蓋公以無師智隨機應迹，般若内熏，所得皆妙，故於行脚横擔之時，優閒宴坐之處置其韻語，無異伽陀。雖不作意與古之高僧競起，亦時時續其後響。友朋聞之，日徵其稿，而慮其難副衆請也，持本句王鋏翁爲之點定，鋏翁存其什一曰，是足以現智公眉宇矣。俾之謀於梓人，顔曰《南磵吟草》。理安亦稱南磵寺，著其地也，南磵於西湖限以重嶺，游迹稀至。今得公爲東林主人，足以牽引郭中勝流婆娑於此，續爲洗發其泉石清妙幽敻之致，爲道場增一勝緣，而紹法雨老人之故事，此《吟草》將爲之招矣。乾隆丙戌年春季，臨江鄉人吴樹虚。

誰園詩鈔序見海寧陳萊孝《誰園詩鈔》

嘗讀古人所作，眈玩之既熟，想見其臨豪得意，如身親其左右而與之上下，精神性情躍躍欲飛。慨焉良久，旁皇而不得其所止，豈有他哉？燕雀之啁啾，蟬嘒之相感，微物尚猶有然，況於人乎？穎芳居蓬藋中者有年，學不進不足以自見，顧有吟咏之好，居僻守寂，不能親見天下之賢豪，而紙墨傳抄中每每神與之交，當世奚止十數人。七八年前得孫君士毅《菱坪詩稿》，語其詩境，翩翩濁世之佳公子也，志於懷不敢忘，卒以乙亥之秋相見於鐵冶嶺上。其人行謹而通，學博而知，要出其近作，頓超於其舊，而其懷益淵然。城中汪槐塘，詩人之冠冕也，歎美之不容口。丁丑春，孫君來城，示其友人三十六琴居詩，於是始知吾浙之作者又得陳君誰園其人。披展數四，大篇如春雲，小製如瑶草，蛟龍之騰拏，虎豹之炳蔚，層疊起於行中。持此以游於唐，鄭守愚、韋端己之流不足一二，隨亦吟歎旁皇，篇終不能以自已。陳君春秋甚富，海昌之去錢唐百十里耳，異日得把臂相友，當不異於前余之於孫君也。而吾又以爲吾輩之所投契以臭味性情，不必於形迹，其見也固足慰其繫心，而相思也何殊於視古之人，其可以友古人之比以友陳君乎？則亦可慰者乎？乾隆丁丑仲春月，臨江鄉人吴穎芳拜書。

柳洲遺稿序見魏之琇原稿

魏君柳洲，詩名《嶺雲集》者，友人鮑君以文刻以行世。集甫出，人争傳誦，遂一游嶺表，越歲歸，優遊里中者十餘年。而柳洲辭世，鮑君與胡君滄來、項君金門復刻其手所自訂後集，以弁首之語屬余。讀卒業，愀然歎曰：柳洲生平成就，所造甚爲難耳！柳洲少孤貧，無遺貲，乃於街市間勤十指操作自給。既而佐生於質庫中幾二十年。晝營所職，至夜篝燈讀書，爲同事所憎，乃展卷默誦，復以燈光逼射爲詬，於是卷蹋坐帳中，翳其光而閱，膏盡爲度。向無師授，自以堅思力探苦索，積學既久，由漸而致，豁然貫通。家本業醫，兼攻其先人所遺岐黄書，亦臻奥窔，辭歸，懸壺取資以俯畜妻子。暇則取市扇需畫者，應其請，得資以助不足。當其畫時，手一扇於前，置一卷於左，勞憊益甚，乃能自拔於庸雜儕偶中，成大雅材之詩人。同事筆研吟哦輩排突直出，其上據壇執耳，莫敢枝梧。及壯歲將過，向之積勞漸發，疾漸不可治，年逾五旬而終。嗚呼！柳洲學既成，人皆羨之慕之，奉爲一時作手，豈知其從艱瘁中來如此其甚哉。今其詩具在，吾不敢謂於今之負重名優劣若何，於古作者詩品位置若何，然展帙案取吾儕倫類中推云軼倫超群，亦平心之論也。嗚呼！讀書不務功名，仰屋而思聯，猱行而覓索，句於杳渺無何有之處，自矜得意，雖工亦何可藉賴，世不笑其狂，必笑其拙耳。而柳洲終身抱此癖，貧困不振，終不自悔，人各有嗜，難爲不相謀者道也。乾隆丁酉仲冬，臨江鄉人吴穎芳序。

無不宜齋未定稿序見翟灝原稿

杭城並江而東數十里，郉落萬餘，散居瀐桑之中，即以其蠶桑之所息，績絲以爲縑繒，或糾合以爲綫，紡杼錘竹，左嚮右應，相接十餘里近遠，求其闔户雒誦之聲，蔑乎無聞。兒童授邨書未竟，即謝業而他務，自其高曾之所誨教，儕偶之所詔語，惟是課責筋力，勤者爲賢，計較錙銖織嗇，仰有取，俯有拾，搰搰然卒歲，悶悶然終身。積久而風俗成，故垂纓振裾之士不接於目，長者之車不逢於道，見有整衣履，輒詰問事何事。數百年來，習舉子業而步黌宫者，視若景星卿雲，無以眩燿聳動其耳目，若忘其世固有大雅之一塗也。

國朝重熙累洽，文化覃敷，譽髦不擇地而出，而吾鄉揚嘉橋翟氏始以詩書鳴。翟氏一門少長皆讀書，文采斑斑，蔚若於菟。其仲氏晴江爲尤怒，以其經藝之餘力汎濫及於古籍、山經、地志、稗史、説部、佛乘、道詰之嵬瑣，尚蒐獵而弗炙之，其他益可知。著書矻矻不休，成數十卷。尤長於詩，他人蹙縮不能道一字，晴江謦欬抒千言。一題或數十首，險韻或疊三四至於十。於體，自三言及八九十言無格不備，能於奇窘艱仄處翺且翔焉。極掉臂游行之樂，少年結束皋吟社時，才氣已若此。吾浙國初衍雲間派，尚傍王李門户。秀水朱太史竹垞氏出，尚根柢考據，擅詞藻而騁轡銜，士夫咸宗之。儉腹咨嗟之吟，擯棄不取，風雲月露之句，薄而不爲，浙詩爲之大變。晴江嘗再入都，得與當世秉文幟鉅公通晋謁，若鄭筠谷侍讀、金江聲憲副、杭堇浦編修等，及浙東西諸名士交雉雁、訂縞紵，人人皆樂得晴江晤朝夕。當其清觴酌花，别袂贈柳，頻預高會於盟文歃墨之壇，其聲明儀物之所臚列，包匭之所貢納，未遽在執蒲穀以下。而主盟諸公，於晴江隱然時有所畏，蓋其詩實入浙風時尚之彀，故能聲譽著稱若是。歸而篋衍皆滿，四方之士來求晴江之詩，十手鈔勿供，乃謀付之梨棗，而屬序於予。維樹虚學勿竟志，甘心伏野以老，立身未能取信於世，讒譭交至，烏足以序晴江之詩，令其取信於天下後世之才彦哉。顧晴江視予爲鄉曲舊人，交又最久遠，沛其聲而遺其近侶，雖譾陋勿欲棄也，是屬序之意也。而予又幸鄉里中傑然起晴江一人，破野田鄙瑣荒陋之習，而扇以詩書之風，香以騷雅之氣，爲數百年來萬數村落發其聲光，遠近父老，豈無有豔其文采而教其子弟事學者乎？吾之子若孫，得無有藉晴江之交遊而得扶大雅之輪以振作者乎？太平無窮，薰染無盡，將見阡陌之中咏菁莪而歌，金石之子肩背相望，化樸野爲華腴，實自晴江開其先，則予雖不足爲晴江輕重，上以歌帝化，下以志鄉里之慶，亦野老之任也，序其何敢辭。乾隆壬申夏至後，臨江鄉人吴樹虚序。

環山房詩鈔序見盧崧《吴山城隍廟志》

陶外兵纂《真誥》七篇，群真降跡，紀其集會酬對之語，詩歌居其大半，其以有待無待致抉玄奥，屬和甚衆，竭盡淵妙，渢渢乎雲璈杳渺，琴心希夷，絶埃壒而升太霞，遺宫商而抽天籟，詩固神仙家事也。吾家宗玄老子顥詩於開元天寶間，宋有白玉蟾，元有張外史、馬霞外，明之龍虎山嗣法張子瓚峴泉一編，足繼前響。

本朝百年以來，雲唱久希，迺今得我吴山施尊師焉。師名遠恩，字魯瞻，號兩山，壯年游北都，博探於蘂笈霞檢、金科玉訣之文，旁涉儒籍，多所該貫。受上清宫婁尊師法僃，祈雨禳沴、弭灾除魅之術，捷應若神。提點龍虎山，將老而歸於吴山，丹室攝静二十餘年矣。余吟友萬近蓬、施二樵熟與往來，以尊師所著《環山詩》一帙匄余序於首。余久企高風，渴欲一展顔色，七月望後相挈謁師於環山房，貌清而言誠，氣粹而神茂，衆方以招弭祓遺事，詫師奇妙而尊師欿然，勿恃斤斤於身心性命，先天後天之淵微，欲近而真，欲休而神，居於渺漠之宅，而塞乎明兑之門，同人對焉嗒然，若忘其所懷來，乃知尊師平生非正一法中倚符籙恃咒訣之輩可比。蓋將伐毛洗髓，高超乎老嚴之道。及讀其詩，又知尊師天機所觸，流露元音，雲之容，風之嘯，嘘吸沆瀣，出入煙霏，瀏乎其不容已，寥乎其無所依，原不欲與文人學士競其短長於劌度吐屬之間，思以自名其一家，意到則抒爲辭焉，必就吟家門户以托棲。言詩則配以酒，悶然寄醉之鄉以自壽，因思昔居武林之薛元卿、鄧青陽尊師，其流亞歟？唐時施兩山第進士後得仙道，亦擅詩名，彼以能詩而入道，師入道而能詩，而又同其姓氏，將無其苗裔歟？抑再世見跡者歟？俟再謁，吾將叩之。乾隆丙戌秋八月。

舊山圖序見《桐溪詩草》

余外舅家嘗築櫳風篁嶺南，屬余經紀其役，止宿山中者累月，與山人話，煮泉焙茶、芟松薙草，無佗語也。西北竹深處有雲共庵，門外泉淵然，龍井之源也。庵僧奉余先世爲舊檀越，稍暇，憩坐其室，見壁間有新題詩，讀而喜之。主者云此間先生所作也。先生者，沈其姓，鵬名，振飛字，桐溪其自號也。出庵緣溪而東可半里，道旁有廟，額曰『顯應』，後有層樓三楹，書聲琅琅出墻外，叩門訪之，即桐溪書塾也。相見道姓名，蓋桐溪先授徒吾鄉黄氏宅，耳熟余久，其後卜葬先人於兹山之麓，遂讀書其中，有終焉之志。既而與談詩，持論相契，述所見聞，極博洽，津津不倦。余之獲交桐溪，常以爲生平極快事也。余居東郭外，艱於往來，不數數見。久之，桐溪爲龍山徐氏所招致，旋又爲徐氏戚屬延之城中，今則假館城南項氏，而余亦村居無俚，樂與城中詩朋酬酢，始得與桐溪頻相見。溯其緣起，蓋已二十餘年矣。余既衰邁，桐溪亦春秋六十，興致俱非復曩時，詩壇英雋肩比林立，眼中若交久道合如桐溪者不多其人，可感也已。頃見嚴古緣畫贈舊山圖，觸余舊懷，因縷述書之册端。乾隆乙未七夕後二日，臨江鄉人吴穎芳。

因明入正理論後記序見原書

因明者，西域五明論之一也。西域五明有二：外五明者，凡俗所習；内五明者，我佛所造。

外五明者，一曰聲明，釋詁訓字，詮目流别，若此土《爾雅》《切韻》《字彙》類書之類；二曰工巧明，技術、機關、陰陽、曆數，若此土百工技藝、曆法算書之類；三曰醫方明，禁呪閑邪、藥石鍼艾，若此土祝由醫書之類；四曰因明，考定正邪、研覈真僞，若此土究明道理諸書之類；五曰符印明，書契形象、印璽雕刻，若此土篆隸真草諸字筆法。《西域記》云：開蒙誘進，先遵十二章，七歲之後，漸授五明大論也。內五明者，世尊成正覺已，憐愍衆生但習俗書，未知至教，故借此五明之流别，精嚴其科條，闡析其正理，將符印明攝入聲明，特加内明一論，究暢五乘，明辨因果，於數亦合五明。小乘阿含略涉其流，大乘菩薩深探閫奥，故《大般若經》云，五地菩薩覺五明，《華嚴經》五地品學習聲明、工巧等地持論云，菩薩求法當於何求，當於一切五明處求。陳譯《攝論》云，若菩薩依本智作利益事，謂正説三乘三藏及五明等義，當無偏倒相違，不實不定名偏，符理真實不可動爲無偏，處時相濫名倒，隨處隨時隨相名無倒，是名菩薩利他。故《瑜伽師地論》云，菩薩求内明時，爲正修行法，隨法行爲廣開示悟於他故；菩薩求醫方明時，爲息他病得饒益故；菩薩求因明時，爲欲了知外道所造惡因諸論，爲降伏彼故，開悟浄信衆生故；菩薩求聲明時，爲欲令諸衆生悟入詁訓、言音、文句差别，唯以一義殊音隨説故。菩薩求工巧明時，爲以巧智利益衆生故；是故求此五明，令無上正等菩提大智資糧速得圓滿。今此因明一論，屬在五明第三，廣陳方隅發明因法。又因明之理所攝甚廣，因緣因果俱是因詮，通於内明，印於聖教，今此一論但是立量之因，未顯詮真之奥。是故建立此論，其義有二：一者指迷，二者示信。《地論》云若諸菩薩求因明時，爲欲如實了知外道所造因論，是惡言説，爲欲降伏他諸異論，此指迷義也。又云，爲欲於此真實聖教，未净信者令其净信，已净信者倍令增廣，此示信義也。《地持論》云求因明者欲知彼論過故，欲降伏異類故，未信佛法者令生信，已生信者令增廣，故其義同也。指迷示信，邪正分明，諸經論凡有遮表言辭，雖不明言宗因等法，按其文句，暗相符合。聖天菩薩所云，又扇因明廣大風，誰敢如蛾投猛燄是也。經文亦有特表因明者，若《華嚴》云，世間諸因量，求過不可得。因量者，即此因明所立之量也，過即論中宗、因、喻三支之三十三過也。《楞伽》云，不正因故而説有無，二俱不成。不正因即此論似因，不成者即是不極成。《密嚴經》云，彼之五種過，譬喻不成立，諸義皆相違，五種悉成過，惑亂於智眼，顛倒不顛倒，同異法斯壞，舍離於自宗，依止他宗法，即此論之條例也。慈恩大師云，因明論者，元唯佛説，文廣義散，備在諸經，劫初足目菩薩創標真似二門，彌勒菩薩廣説成立八種，世親菩薩再陳軌式，綱紀已列，幽致未分，賓主對揚，猶疑未備。有陳那菩薩者，是稱命世賢劫千佛之一佛也，匿迹巖藪，棲巒等持，觀述作之利害，審文義之繁約，於時巖谷振吼，雲霞變彩，山神捧菩薩足，高數百尺，唱言佛説。因明玄妙難究，如來滅後大義淪絶，今幸福智悠邈，深達聖旨，因明論道，願請重宏。菩薩乃放神光，照燭機感。時彼南印土按達羅國王見放光明，疑入金剛喻定，請證無學果。菩薩曰，入定觀察，將釋深經，心期大覺，非願小果。王言，無學果者，諸聖攸仰，請尊速證。菩薩撫之，欲遂王請。妙吉祥菩薩因彈指警曰，何捨大心，方興小志，爲廣利益者，當轉慈氏所説瑜伽，匡正積綱，可製因明，重成規矩。陳那敬受指誨，奉以周旋，於是覃思研精，乃作《因明正理門論》。正理者，諸法本真之體義，門者權衡照解之所由。《會玄記》云，唐三藏爲基師講陳那之論，基師大善，三支縱横立破，述義命章，世無與比。今檢閲三藏無陳那論，僅此《論》及龍樹菩薩《因明正理門論》二譯本。自唐至今，論藏目録具在，何獨不列。陳那之《論》，亦非後來遺佚，而此《論》又奘師所譯，頗疑基師所習即是此本。又《百法鈔》所引宗因諸過，較於此本則合，若龍樹論文『無能别不成』『隨一不成』等句，此又非彼本，而是此本之一證。號商羯羅菩薩者，或是陳那所授之弟子，而依其論本以敷文者也。此《論》舊疏不傳，學者甚少，明季至今諸師始講，自素庵、幻齋、幻居、藴璞諸師，念西居士以及蕅益、内衡、人能諸師，能談者多人，刻本講解者多種。樹虚統覈諸説，觀察諸論，從源涉流，臆見微有差别，筆注其旁，如蘿附木，乃彙鈔成文，名曰《後記》，謂後諸師而記其説也。不敢自信義成決定，唯願質之宏法智人。乾隆十六年辛未仲冬，信三寶人吴樹虚稽首説由緒竟。

重刻大昭慶律寺志序見原書

本寺掌故有《昭慶伽藍記》、《昭慶紀事》、《喜日宗譜》，天目廣賓上人號谿子，綜而鱗次之，撰《西湖律宗大昭慶寺志輯略》十四篇。方丈宜潔宗師蒐探未得，别裁《志稿》五卷，净慈讓公爲之釐正繕校，就材施功，繩削冥合，付梓流通二十餘年矣。兹遇翠華頻駐，刹土增榮，而懷德律師承兹景運，益昌前人之堂構，儉者豐之，樸者華之，補其闕漏，續有恢張，寶地香臺，苗髮無欠不有，紀述何稱郅隆。用是重以纂緝之事委於樹虚，訪求梵夾，獲《宗譜》《輯略》二編，更爲删棄煩蕪，添增華竇，彙成十卷，科開八門，易例發凡，核真折謬，壁壘改其前觀，斧藻假於餘絢，長行未悉，倣班氏志之衍爲細書，故典可援，踵謝公賦之徵於小注。所愧家無鄴架，腹欠邊笥，欲閲市而足蹇，將借書而酒乏，爲質作朋，更呼將伯。敢期楊衒《洛陽伽藍》之編，實愧劉璆《京師寺塔》之記。乾隆二十九年甲申冬月，臨江鄉人吴樹虚序。

辯利院志序見原書

杭州東郭外，寺刹以十數，庵院以千數，草塘之辯利講院名獨超出一切。按其形勝構居，因果殊勝處，其西月塘水陸峙其南，崇福踞其北，而白石、寶界、崇善等遥列其東，諸寺自崇福而外皆敝寺殘僧，香火鮮繼，址存而已矣。辯利權輿于宋世，迨今千年，不爲不古。重興于明季融如法師，名僧代出，烜赫者百數十載，不爲無人。時久則佛安，其故天龍八部道場神之所久護，故值洪武僧院歸併之令，而夏時正《成化府志》此院晏然名列，不並他寺，豈非爲其佛依之久，刹不可毁歟？得人則刹竿高表，道風之所薰扇，遠近紳衿檀信力克護持，故石幢預爲發光，祥鍾賢哲，豈非以其冥冥中力有振興之者，而人胥應兆以生歟？院建初成，國朝初盛，院僧即撰小志一卷，乾隆十五年住持瑞峯師以其稿付翟進士晴江，乞爲整輯。樹虚向與瑞師往來，得讀其成本，而十餘年來不無舊事，得諸記憶，參以見聞，乃抒愚臆繼爲增訂，綜成三卷，録竟而歸之瑞師。是《志》也，叙其古所以示來今，傳其人所以式後起，紀其迹所以著盛事，載其詞所以輔道力。郭外寺以十數，庵院以千數，而辯利特先有志，三輯成編，即此而知辯利之名之超出一切，非樹虚一人之私言也，紳衿士庶遠近之公論也。乾隆三十年冬月，吴樹虚增訂竟撰序。

理安寺紀序見釋實月撰《理安寺志》

始予與智公往來於定香，定香破寺也，飧粥不繼，未幾而腐朽化爲莊嚴，學侣自遠來集，聲名洋溢於武林諸梵刹間。甲戌之歲，遂繼其授法和尚之位於理安，於今五年。公嘗謂予曰：『理安爲諸山辨道之最，參方諸德友向有生死理安之謡，蓋以地僻遠於西湖，遊人舟車所不及，鉢飯悉仰給於城中午爨之餘，隔日而運諸寺，食嘗饐餲，齋施簡乏，居者無以完整衲裓，自非放下一切，專其念以究明大事者，裹足悉不肯前。而禪堂蚤晚規矩，香版嚴緊，十二時中不得一二時之偷以安，挂單未幾，脆弱者以病告，其勤策學處也如是。是以出於其堂者，破關透網，較他處爲最多。今予主此，志欲振作焠厲，還其向時模範，而時異習異，稍切磨之而慮其堂虚無人，因循以迄於今。理安不負予，予則有愧於理安，其思有以解其愧斯可。於是謀作寺志，乞諸杭太史堇浦，既告成矣。復以理安鐘版開堂，始自箬庵和尚，而箬庵之受度師則爲法雨上人，重創兹寺，因作寺紀，版刻亦毁矣，乃繼新志爲重刻之。』夫智公之楗椎接引，豈有愧於昔之人哉，特以西湖諸叢林首稱五山，理安預五山之數而獨無志，亦寺主人之一闕也。智公不欲露前人之闕，姑以是爲辭，又以寺經朝廷改建，宏模壯規，迥殊向時，見者口豔於恩寵而目觀其巍峨，幾忘昔者風雪破舍中有老人一杖一瓢，畚沙以築基，薙草而置棟，拮据數十年始得發伏虎師之遺跡，則其重爲刊此，其措心不亦微矣乎。智公爲箬庵五世孫，名實月，字智朗，江南上元人，今來問序，樹虛爲發其微以詔來者。乾隆戊寅歲三月。

玹虛中禪師語録序 見原書

或問於余曰：『宗門不立語言文字，師之著語録何爲者耶？』應之曰：『不立語言，無門爲法門之義也。以語言明不立語言之旨，如火燃薪，薪盡火滅，如手指月，見月忘指。是以非火不能燃薪，非指不能見月。欲燃而斥火，欲見而斥指，非智人之言也。昔文殊大士與維摩詰訓對會中諸尊者，廣談不二法門，最後維摩詰以默然表不二究竟義。設初説之尊者即以默然答，則不二之義黯而不明。故語録之言辭與不立之宗旨兩不違背，適相成就。』又有問者曰：『時師語録第從模子裏脱出，印板上剿來，豈從胸臆中流出耶？』應之曰：『《詩》、《書》言敬言誠，孔子亦言居敬誠身。《詩》、《書》言仁義，孟子亦言仁義。謂從胸臆中流出耶？謂模子脱出耶？大抵文辭唯取達意，能以尊重心視之，以導窾心將之，得其命意所在，則略其辭。若内本貢高，未入眼耳時已懷嫉妒成見，如水投石，理無和洽遇函。蓋一切語讖爲顢頇，若矢鋒加鏃，摘非玄要。伸古而以爲强作解事，透新而以爲杜撰無稽，徒成鬬諍堅固而已。』或者又問曰：『拂麈普説，不殊半偈。機鋒相對，聊代棒喝。故語録言句須是斬釘截鐵，芟蔓去支，貴本色不貴鋪張，尚真實不尚華靡。近世宗師之畝文嚼字，吾不取也。』應之曰：『松柏本不期秀而成其秀，芝蘭不自言香而成其香。稟之於性真，出之以自然，不可誣也。我佛世尊以淵才雅思爲文中王，身雲香海，悉效其華，湧蓮散花，廣徵其麗。中峰《廣録》中言句，波委雲屬，箕張翼舒，奚病於華，奚拘於質乎？此等識見，猶夏蟲不可以言冰，井蛙不可以語海，不達金口所宣，依義依文之料揀者也。』

淨慈中公禪師歸寂土之後三年，嗣法佛公等校刻公之語録二卷，持以示余，命作序。余讀既竟，知公此録皆實實以語言示不立語言之旨，而從胸臆流出者也。其辭之華秀，若松柏芝蘭之率乎性真也，乃録應客語三則以弁諸首。夫余固禪宗之門外漢也，雖居門外尚知有門，嚮南而開可示其處。觀是録者，姑信余之指示門處而存其尊重心、去貢高心，必定能入無門之門而窺中公之奥。其微妙處，余固不能言，亦非言可顯也。

乾隆辛卯仲夏，信三寶弟子吴樹虚和南序。

黄思蔭秋江采魚圖跋見《北隅掌録》

龍泓丁先生與黄生思蔭並屋而居，因是偕其兄相圃，均爲丁門入室弟子。龍泓曾誇于人，芳亦預具目之一，不妨是如語者，是不異語者。乾隆乙酉年暢月。

龍泓遠甚，乃不謝辱輒下駢辭，爲是可珍之寶，具目者盡能識之，原不必假助于他人齒頰。穎

指爲得意門生，歿後賞其遺墨，欲爲題跋，而以鄭重意自持，屢展屢輟，蹉跎未及。穎芳賞鑒去

鑒公精舍納涼圖跋見真蹟

鑒公之妙繪，一時名卿巨公之詩題墨蹟咸可寶貴。昔藏於吾宗石倉先生，傳之七八十年，今屬山舟太史，足慶斯卷得其所矣，而又爲吾城東添一故事。芳東郊人也，欣忭無量，故再識數語於末。

募請觀音畫像疏見《辯利院志》

觀世音菩薩以等覺位成滿月相，王茨檐先生現居士身，結香火緣，節損七八年之脩脯，請得數十軸之妙容，固多潑墨爲圖，亦有買絲而繡。墨烟細噴，勝于結篆之香；箋玉微吟，悉是貫華之偈。奈長者忽隨其流水，致王家僅守此破氈，莫主拈香但聞乞米。龍泓丁夫子閔其失所，議勸檀那福善，澹上人聞而樂從，請肩供養。酌以三錢爲願，足于百願爲期。少償舊購之錢刀，餘造新藏之厨櫝。凡屬茨檐通臭味，望解橐囊；若求菩薩被光明，應輸銖兩。貯于海潮音朝夕得聞之地，近在洛伽山光氣相接之間。不愁顧愷之神工，被偷譙國；便如吴道子名

筆，永鎮開元。

觀音畫像記見《辯利院志》

大士圓像聚自石倉吳志上先生，後人不能守，入於王氏質庫，適王茨檐會祥館，王氏見而歡喜，以脩脯資償其值得十餘軸，及見聖因寺貫休尊者所畫大士變相，寤寐不能忘，拜請梁編修葼林、杭編修堇浦作緣於寺主旻虛上人借供此像，誓言生世一日留一日，王氏死則歸寺，恐有違言，二宰官任之，此軸遂留王家。續是凡遇名筆，一一購求，知交遠近寄與者甚多。久之共得六十餘軸，淡墨濃采，小身巨製，石刻鍼繡，無所不備矣。茨檐没，貫休之畫復歸聖因。主僧獻之天子，御筆作贊及書《心經》，乃爲摹刻于石，而其餘之像少致散帙。丁龍泓先生寄札于僕，委作募疏勸諸清信，久無應者。壬午之春，翟西雝居士具白金二十五兩請此五十五軸，又續得施者七軸，歸于福善精舍。春秋有期，張像齋供，偕同志修大悲懺法三日。福善監院謂是寶貴名筆，慮其竊失，不允藏弆。而癸未冬月，西雝病逝，臨危囑付樹虛移貯辯利講院。蓋辯利與福善同一支屬，在彼在此無分同異，與初心喜捨並非相違。是以樹虛敬諾如囑而行，遂于甲申春仲歸之辯利。春秋一如福善故事，而續有增添御題石刻，貫公之畫亦得一幅，迄今乙酉秋月，檢之共有六十七軸。念是尊像經三通儒之手，年閱近百，卒歸于辯利清浄寶地，遷轉因緣不可量度，豈非大士卓卓威神夙緣住此，不期至而自至者與！西雝初心以百八軸足願，樹虛老矣，將來之滿願與否，何可期必，唯是歸依之宿心、亡友勤拳之委托，苟能延喘一年，供張禮拜不敢少懈，一期以期盡爲畢願。乃叙其原委顛末以告後來供養者。乾隆三十年八月禮拜日沐手記。

净懷禪師行業記見《辯利院志》

師諱心戒，字聖孚，一字净懷，本縣葉家步葉氏子。七歲投福善香谷師，十八落髮，篤志好學，赴孝豐靈峰寺依蒼暉大師聽講，强識忍受，盡通台衡教典。靈峰繼席紹曇大師，博學善誘，於時將宏唯識相宗，師復留數年，三藏慈恩之祕又復該貫其義，歸而研摩所習，他人不及。疑者輒有芥蔕，不肯苟且自安，故於渠成、人能二法師時往析難，必求一是。檢其經本，於正文之上下左右密行細書若蟻布，墨糝間僅毫髮，然正楷匀整，無一字潦草者。師之圭璧其躬，即小而見大，概可知矣。師貌和而中介，自受具於昭慶宜潔師，循守毗尼，無戲言倨色，跬步之間必遠輕惰。然當師宗會集，談玄標旨，不肯强爲雷同，有不可，斷斷拂衣起。故耆宿諸大德挹其風裁，不敢視爲後生行，交久而敬之。及至海昌戒壇聖揆法師大加賞歎，付以衣拂，遂續主其席。前後六年宏經據壇者，多處赴會者，悉具眼果腹以歸，利益學人無算。嗣法宗藏、宗芳、宗仁、宗悟，受度頓如、頓静。乾隆甲申七月示微疾，預知時至，臨期猶行坐佛龕前，不親茵蓐，端坐誦佛號而逝。時望前三日也，距生康熙己巳四月八日世壽七十有六，戒臘三十有九，師循梓溪法師志，别號首溪，自命可知也。

水明樓記見釋明倫《雲居聖水寺志》

佛氏以明心爲第一義，蓋此心不明則觸處障翳，况欲悟徹上乘邪？世之人淡泊榮利，其夜之所思，晝之所趨，昏冥沈迷，老世而不覺者比比皆是。彼欲聚財帛、廣田舍，爲子若孫計長久，固宜若此其急也。吾不解披緇衣、脩白業之徒，飄然一身無世人之累，然此心多營，同於世人之罔覺或更甚焉，豈亦有不得不然者在邪？何明於佛氏之義者之鮮邪？惟雲巢上人居雲居之山，日以悟徹最上爲事，顧山之寮舍多傾圮，無嚴淨之地，于是構材木、運瓴甋，度地之宜建樓三楹，面西山之陽，江光蕩其左，湖影凝其右，山月相對，入窗晝白，因額曰『水明樓』，取杜陵『四更山吐月，殘夜水明樓』之句。其意實欲使此心皎然如月，湛然如水，絶去障翳，空明洞徹，覺悟上乘，若師者庶幾不戾佛氏之旨，有見於第一義哉！人之登斯樓者，能不泥子美之句，識師之用心，猛然深省，不徒玩景於清夜，使昏冥沈迷者稍有覺焉，當亦師之願哉。然則是樓之成，師不獨自覺，其覺於人者不少矣。

許默齋仲昭連枝圖記見許承基《連枝圖題咏初集》

丁亥春日，過許默齋太守退思堂，談既浹，出其《連枝圖》手卷觀之。圖方尺，貌兄弟二人偶坐石上，兄左顧語弟，手指山泉林木，意中若爲清暉足娱人之概。弟手掇書，停書目兄所指處，若心領其趣，各相喻於微者。此境此情，在當時固視爲尋常，今以一存一歿之殊，且隔多載而今復聯爲一，以狀其昔年游處之娱。嗚呼！觀者但覩其現色笑、接形影、愉怡悦懌殷然儼在，而不知默齋之二十年中心繪其形、夢接其神，欲求此尋常之境而卒不可得，而僅僅得之於紙上，其情甚足悼歎。有心人於此，當代爲淚涔涔下，默齋與予各悽黯久之。既而問曰：『吾之爲是圖，本以志吾懷耳。幸海内諸君子不棄，篇章沓至，毋乃跡涉自衒歟？吾甚慮之。』予應之曰：『非是之謂也。君欲自衒何難，圖己小照以博人題咏邪？朝野士大夫無不知君慕君，舉君之行誼，皆足以侈其談頌。何必藉此爲鶻矢邪？蓋此圖之意出乎至性，人莫不有此至性，而況讀書談道脩行之士，與夫身任名教者兩相感以天，如石投水，然是故樂爲揚扢之。諸公契善之心、真摯之詞，非是圖無以感而發。是圖之傳，非諸公之咏歎無以揚之。令徧於域中而垂之於永久，兩相須也。而其歸宿至意所願，鄉邑内外聞其風而歸淳，相傳久後有所觀感而得以興起。且夫文字之流傳，文人方能知之，若其寫形肖像繪之紙素，即農夫俗子、婦女孩竪皆得接於目而觸於心，是以秉志教化之儒刻《列女傳》而必列之於圖，而孝子賢士高人之像或以石刻，或丹青於屏壁，斯意固可想見也。君固將爲許氏雲礽計，亦爲後世奬勸計，而何以炫人爲慮也。』默齋爽然曰：『得先生言，足以釋吾慮。』遂乞筆墨，次其一時酬對語，而題於圖之後。臨江鄉人吴穎芳。

昭慶律寺施置飯僧田産碑記見《大昭慶律寺志》

佛昔住世，給孤獨長者布金買地，造僧伽藍，盧至長者恒以潔齋供養大衆，伊二人者，非同凡小，迺大乘菩薩現長者示行檀波羅密究竟法門。其在震旦，南州二周，長安五張等，踵行檀施，像法轉時，佐扶法輪，紹隆佛種，轉令興盛。惟西湖大昭慶寺，向爲律儀道場，宏演毗尼，遥允優波離，近傳寶華正脈，歷有年矣。寺主懷德律師丕振祖風，福緣四輳，遂感蕭山居士來宸聚大發檀心，樂捐白鏹三千兩，置買饍僧田若干畝。又以寺址西南接壤犬牙相錯，購買屋地，令得圓滿，成袈裟全角寶界。蓋來居士宿植信根，乘願而來，與三寶作俱有依，故能以減嗜節欲，銖分積纍之貲，不用於紛華利養之途，而快然奉之佛地。與懷公當是威具六和之緣，感應道交，融洽水乳，故持兹重蓄，不施諸他招提中，而特捨於昭慶。當其一諾慨施之時，隨有華子斌、張念劬、華育芳、沈文良、沈文宗諸善友等慫恿勸獎，抃手讚歎，皆由多生互爲主伴，輔成勝緣，要非偶然集會所克就也。維此功德，永與昭慶常住，永與如來大法轉輪無竟。若欲宣説其福，雖廣長舌未能究竟其涯際。樹虚往來昭慶，此段因緣耳聞目睹。來居士以事關住産業，當紀載號段畝分，無令遺混，面請於樹虚。承命歡喜，謂來居士能以一身兼給孤、盧至二長者所行，世難遭遇，遂述其由緒并及田畝而志其歲月於石。乾隆三十三年歲在戊子仲春上澣，皈依三寶人吳樹虚撰記。

楊生破堂記見《艮山雜志》

洛陽城裏，少年騎屋而窺，巴蜀江邊，童子抱茅而去。匪徒陬隘，實畏漂摇，不寓鄭卿，忽如毁館，未逃魯相，便已鑿坏。嘉賓每慮於陷牀，惡客或聞其祝柱。羊觸籓而不補，雀穿屋以頻來。將秋而瑟瑟蕭蕭，梁間落葉，抵暮而熒熒熠熠，鄰室分燈。瓦遍松苔，壁多蝸篆，冷於社稷，清若伽藍。憂風憂雪者經年，宜燠宜涼者無日。較虞慶之塗濕，椽生未爲過矣，擬孫僑之榱崩，棟折不□甚焉。乃仍舊貫，肇錫嘉名。堂不虛稱，譬之頍猶冠號；破惟實著，何妨谷以愚呼。主人頂雨墊之巾，曳雪穿之履，原生之襟袖雖整，羊陟之□裯頗完。脚折茶鐺，膝穿木榻，簡似出於羽陵，硯難全於雀瓦。卮無底而猶御，甕雖漏而還陳。幾雙蠟屐，齒半折於楣中，一領羊裘，毛盡銷於薪上。其草也拔心不死，其樹也蠹節仍香。菌縮桑拳，匏枵松傴，他物稱是，主人可知。豈肯翱翔，改壽陵餘子之步，又逢遷次，授漢上半人之名。藏垢納污，含疣附贅。皇甫謐嘗苦羸軀，趙邠卿屢行治命。今者幽治泥垣，大離火宅，入孔之室，見堯於牆，其於道既合其尖，其於身亦養吾棟。已免高明鬼瞰，可稱虛白神來。三畝之居，杜郎獨言寬於天下，一區之宅，楊氏不愧繼其家風矣。

重建崇福寺碑記見《艮山雜志》

杭州素號佛地，伽藍院寺庵刹之盛甲於他郡，鐘鼓之聲相聞，金碧相望，名僧碩師代有其人，然皆出江湖山墅之間，其東則無聞焉。城東之古寺有三，曰月塘，曰殊勝，崇福其一也。年月浸久，皆敗壞不可收拾，基址穢蔓，僧徒奔散，名不揚於人，爲尋勝者之所不到。康熙癸亥，崇福重建，至雍正乙巳厥功大成。主寺四航和尚道風噓咻，僧俗一時趨赴恐後，近附遠徠，罔不響應。士大夫往往從而翱游周覽贊歎，忽若創得，學徒行僧横擔望東而行，如家有歸。於是崇福遂爲名精藍，與湖山諸勝刹埒東西。按縣志，崇福始於後晋天福年中，興廢歲月弗可考，最後爲明永樂時所治，迄於今三百年矣。棟宇不庇，佛坐草中，里人吴翁過之惻然心動，謀與同志成之。會得疾不起，疾革，誡其仲子曰：『吾志欲重建崇福，今病如是，已矣。爾能就吾願乎？』仲子曰：『惟力所能，敢不嚴命是承。』乃以後三年之冬，首捐銀若干，視材督功，巨細以躬，不懈不苟，歷二寒暑成大殿、前殿、山門若干楹，廊房、重屋、耳房、内宇若干椽，瓴甓堦戺悉治，牆壁悉飭，法像悉光，朱碧煤堊、飛走之采悉新，厨竈厠清悉潔，牀几凭坐、鲞瓮金當、箕□備用之物悉具。既成而迎四公於福嚴，奉爲寺主。至之日，城野男女坌集，香花塞道，梵吹之聲隱振十餘里。登堂説法，人人挹光飲聲，扶服樹領，皆大歡喜，具出意望外。衆固以知崇福之大有興也。居未幾，傳述讚歎，四方傾動。時大雄山亦有崇福寺，名甚著，人稱小崇福以别之。小崇福之名奮起於吴越，而學徒之來者袂接踵及，地陋不能容，至假宇居習。四公慨然曰：『兹崇福雖古寺，開堂自予始，不爲萬世之業無以報佛祖恩。今學徒多借居而遠來之行僧，過者無所專宿，法堂、禪堂、齋堂、方丈盡狹隘，不足以發觀瞻、迪道德心。吾爲始任，可辭責乎？』乃大會僧俗，語之故，謀募建造。時寺基無餘地，附寺悉諸房僧居，有建造必先移諸房，功重費大，衆咸驚，然素伏師德不敢迕。及募書四出，衆施流，委其徒某某宣其勞，里人吴長公、沈居士佐其勤。房僧既徙，九宇重建，齋堂帶側，前起法堂，悉爲重屋，以貯徒衆，爽亢整淨，惟其固不惟其華。始雍正某甲子，至某甲子落成。於乎，非如來之廣大，何以興廢基、振法門，非四公之道風動人，何以誓宏願、啟信心，非耆善之至誠，亦何以成兹偉功哉。三者合而崇福興，豈偶然乎。四公諱超源，某縣人。吴公諱鈞，其子長諱道深，仲諱岐生。沈居士諱遇春。恐後人無考，綴緝其事而書之者，仲之子穎芳也。復繫以頌曰：

維佛慈悲牖衆生，普周四海玄教行。龍象莊嚴崇浙杭，新標百尺城東鄉。瓦礫蔓草今道場，旛幢金朱昭輝光。渤海□□□善成，大知識來横海鯨。捧拂宣闡微妙聲，法雷一震群夢驚。邪櫱菀枯智性萌，百川注壑波瀾清。繼功次第搆恢宏，更千萬年無圮傾，踵我道躅堅化城。

徐奇巖先生傳見真跡

龍山之陽，徐氏築别業焉。曩余往一過之，棱櫚四周，羅蓺花木，書堂數楹藏於青葱茂鬱之間，位置雅潔。主人泉思先生，與之接，清談間以苦茗。心愛素心甌蘭，指其架上甆斗曰：『此予晚年素心友也。』上挹山光名言，與花氣俱足醉人。然未及謁其嗣君寄巖也。吾友沈君敬敷爲翁之壻，暇日語及，未嘗不言其賢父子之高致。近年館其塾者桐谿沈君、在鑑孫君，皆吾友，皆與寄巖契合，因是吾益得聞所未聞，長往來於心不能忘。癸巳秋，孫君持其孤燭之狀來，屬余爲寄巖傳，蓋寄巖之歿已踰數月矣。余得聞諸三君子，又嘗與其翁具賓主，乃不敢辭而爲之傳：

君諱崧，字山友，號寄巖。遠祖克敬公由蘭谿樟林遷杭之江滸，至元重公已七世矣。其姻連有宦於閩楚者主其家，轉相引援，遂爲遠旅經杭之東道主，而家籍是以託業焉。繼世泉思先生，君之考也，愛居所築山陽之别業。君性孝，承志肩其家，務修舊業，遂不得終舉子學。賓客信其數世誠慤，赴者如歸，業益盛。君仁恕肫樸，待戚族有恩紀，居里謹愿，不以議論先人，遠近咸推爲長者。暇則展卷，於古有獲，間有吟詠，聊以自適其適，閟不示人。遇風月佳時，薄游西湖諸山間，以杖頭錢買醉園中。花開則招同志一觴一詠爲樂。蓋取詩書山水以陶寫情性，外此非所慕也。君妣魏儒人，誤葬三台山界水地，爲改卜計，深討青囊之書，巒頭砂水，形勢瞭如指掌，乃擇吉改葬青龍山。循宋儒分葬之例，葬泉思公於白鶴峰，自營其藏於大王山。既而纂集諸書，略採精審之語，手録數千言，名曰《地理摘要》，藏於家。今歲春，泛舟湖上，至南屏山，徘徊覽眺，歸舟而疾作，輿至家，夜分而逝，時乾隆癸巳閏三月初四日也。其生辰則康熙戊子六月初八日，享年六十有六。配吴孺人，子三，燭、⿰土連、章。副配馬孺人，生子二，以燕、黻。孫二。

吴穎芳曰：人莫不有所自好，其趨也各得其性情之所近。寄巖君葆其天和，從閑曠之一途，於世所馳騖漠然若不相關，較之風塵之士雖爲同一所求，彼趨於紛華，此趨於澄淡。自古抱獨守素者，其不以此而易彼，豈無所見而然哉。入世深則天機淺，斯真名言也夫。乾隆癸巳八月，臨江鄉人吴穎芳拜手撰。

金松師塔銘見《辯利院志》

臨江鄉福善院去郭十里而近，門外積桑如緑海，帶以危塘，岡聯屏展，遠聞江聲，近屏雞犬，是誠棲真修性之所，金松法師葺而居焉。樹虚母宗慈嘗攜詣聽講，師方據壇，手執如意，城野男女沓來，院不能容，則林立於樹陰草坪之外翹足注視，頭如魚喁然，即輿夫屠兒極頑者，聞講悉感動泣下。時余纔垂髫，雖不識知，亦心肯其爲好語也。師瘦顴長頞，雙眸作長庚光，吐音如洪鐘，舉止詳整，不故脩威儀，而望之者肅而敬，即之則温醇樂易。秉天台教，唱導數十年，道俗盡爲傾倒。逝後十餘年，樹虚始識一大事因緣，得交於師之後賢净懷上人，而委余撰師塔銘，越三寒暑方踐斯諾。

師諱心宏，字止濱，金松其號也。俗姓沈，居本縣廉德鄉之横塘，年十四病革，感異夢，悟前身爲法門中人，病愈即出家，薙染於辯利永宣師，具戒於寶華見月師，參方契旨於三峰方丈師，嗣法於法華介彬師，重興福善院，爲開法第一代。師之增葺福善也，竭盡心力，廣其基，大其模，圖牢久，不圖其華，務備用，不務於誇。殿翼、堂聯、房廊、庖湢、厠隱之區，井井秩秩，手植篔柏，繚以荊楥，望之蓊翳成叢林。乃與其徒運止觀之雙輪，脩一心之三觀，舉足下足無別用心，不事揵椎，欲以實行倡率同法，感其機而化之。故諸山有虛席來請，概謝勿通，杜門掃跡，道風愈颺。雍正戊申九月朔後二日示微疾，跏趺而逝，唱佛之聲與泠觸俱。師生於順治己丑十二月八日，世壽八十，僧臘六十一。後三年，其徒築塔於院之西偏而藏骨焉，題曰凌雲。

銘曰：南嶽天台接西祖，智燈嬗焰亘千古。師遠紹之華貫縷，瀾翻經部七寶吐。半滿權實不莽鹵，世有講師水添乳。亦或履坦略幽阻，師以一音如所取。惟規則規矩則矩，大材小欒雨露普。利鈍兩根鼓而舞，佛言莫作他寶數。證現量境自靈府，一心三觀瑜伽處。一念三千净佛土，影散千江月縣宇。即邪離邪爾與汝，福善刹竿竟天竪。湫陋脞瑣改華膴，火珠蕉葉峙右所。常寂光中頻舉麈，恒河沙衆齊仰俯。有透網鱗踵其武，法音長轟塗毒鼓。跽跪作銘語參伍，樹虛其名棄擔甫。

晴江書巢銘見翟灝《艮山雜志》

書也，魚食而居；巢也，卵育之廬。饜飽終身，蟫吾如；育及子孫，鵲吾如。

臨江鄉人集附録

吴象乾

乾隆《杭州府志》：《月塘遺詩》一卷，諸生仁和吴象乾寅伯撰。穎芳子。按：《月塘遺詩》今佚。

東郊土物分咏四首

見阮元《兩浙輶軒録》

白洋海獅

白洋長尾螺，族夥聚卑涇。竹篿掃入箕，市同櫻筍集。五味芼椒鹽，一竅利呼吸。嗟爾細已甚，染指亦相及。

蒟蒻

蒻頭亦芋類，大葉緑閃閃。灰汁煮令熟，水凝净無玷。調羹配豚魚，甘滑可屬厭。稻熟秋風凉，錢村賣茆店。

落　麻

落麻古無稽，名字載唐志。郊行夾道長，並與火麻利。剥膚宵不眠，聚叢井成市。緯布並索綯，窮檐劇纖指。

芥　辣

吾腹病煩懣，每飯不撤芥。屑子調薀齏，動筋神已快。潔白道所尚，辛香士同介。遂與薑桂流，食單名共挂。

吴象鼎《國朝杭郡詩輯》：吴象鼎，字和仲，穎芳子。仁和諸生，有《秋田遺詩》。按：《秋田遺詩》今佚。

和趙芳谷白芍藥原韻見《杭郡詩輯》

留得冰心耐後芳，漢妝鬱鬱鎖昭陽。影分鸞鏡春愁重，夢覺蘭臺粉蝶香。洧上相思沈碧水，眼前新恨怯羅裳。梁園花市千年後，内有行雲過雨堂。

瓶中芍藥步韻同上

雲情雨思粉低匀，小几黄昏泣晚春。掩映嬌羞無藉甚，文無香裏款歸人。時欲南歸，故云。

丁敬

丁硯林先生小像

後學陳霖摹

目録

硯林詩集卷二

硯林詩集卷三

硯林詩集附録

三丁詩文拾遺

丁　健

丁　傳

硯林詩集序

乾隆庚申，同書與先生長君仍叔同入郡庠，始獲拜先生於牀下，然一城之隔，未暇數數候起居也。越三年，金冬心先生自揚歸，先大父館之桐乳齋中，先生嘗相過從，時先君子侍養家居，談詩話舊，藉以得老人歡。蓋皆江干故交也。會其時鄉耆宿或致仕歸田，或倦遊還里，如顧月田、沈峙公、鄭璣尺、金江聲、吴東壁、周穆門、魯秋塍、厲樊榭、杭堇浦、施竹田諸先生一時並集，而方外則有烎虚、讓山，高人則先生與金先生兩人。詩社爲最盛焉。每讌集，先君子輒命同書隨侍坐隅，因得備聞老輩言論丰采。以先生古體之作硬語彊韻，有筆落千丈、氣壓萬籤之勢，爲會中諸公所畏伏。後同書以應試赴北，不得親近者十年。中間先生遭鄰火之厄，圖籍詩稿悉爲灰燼，入城數遷其居，未幾長君死，又未幾少子死，心事寥落，凡所著述益不自整理，惟一二門弟子藏弆其零殘塗抹之作，其所棄置散失者不少也。先生擅文同四絶詩之外，篆隸鐫刻各臻高妙，不肯輕與人作，遇達官富人尤靳之。獨同書得先生印章最夥，嘗謂：『子於繆篆一道能心知其意，余所樂應。』猶記丁卯夏過余齋云：『子今秋當飛去矣！子向覓天龍寺貫酸齋書「山舟」二字不得，今僕拓得一紙並鐫小印爲贈，若俟秋後，人將以僕爲佞子矣。』同書之以山舟名，實自先生所貽始也。竊嘗念先生生平孤介而僻，善駡人，非易事者，同書自弱冠至中年以後統計三十年中，未嘗見忤於先生，每接謦咳，懇懇款款，教以所不知，偶得舊物或書畫，輒出相賞，先生之待予厚矣。今春松觀察刻《硯林集》成，同書亦謬附檢校之末，其何可不綴一言？同學姪梁同書謹跋，時年八十有五。

序

王先生茨檐移家北郭，顔其齋曰静便，日吟咏其中。一日余過先生，適龍泓丁隱君亦至，先生以予所和《移居詩》四律出觀，隱君曰：『予固知生稔矣，今見其詩，誠後來之秀，他日其可量乎？』未幾先生歸道山，余塊然獨處，茫然無所向。

當是時，隱君住城南，距北郭二十餘里，亟走訪之，野屋三楹，圖書充塞，隱君欣然出見，劇談良久，先經史而後詞章，退而自喜，不啻如吾茨檐先生之啟迪也。自此寒暑無間，時時過之。一日留余飯，曰：『昨山右馮君所餉五臺山天花蕈甚佳，試共嘗之。』既而出示《春草園感舊詩》，即書扇見贈，書竟放筆大慟。春草園者，隱君石友趙氏谷林之别業也。時主人物故已久，隱君過而悲之，詩之所由作也。於是知隱君交情之篤，有張、范之風焉。明年吾母五十生辰，乞隱君文以爲壽。不日輒構就，且以八分書之。及期，布袍藤杖過余草堂，親視𡜿焉，曰：『年來慶吊久不與聞，今日之來，蓋重太夫人之節孝也。』於是知隱君行古人之道又如此。視世之奔走聲利者爲何如耶？

隱君詩不苟作，偶有所得，不自愛惜，往往友朋收拾其散佚什襲之。余友魏君秋浦與隱君善，常欲刻其遺稿而未果，無何卒於其子成憲江南官舍。成憲奉喪還里，復訪求得若干首，承先志，即付剞劂，以杭太史堇浦所撰隱君傳弁其首，復請梁侍講山舟暨予序之。予不文，何能序隱君詩？然念隱君于余情誼，後學中若尤厚焉。嘗憶歲己卯就婚王氏，是年閒居，家食坎壈倍常，隱君知之，過余謂曰：『生毋憂，都南濠不云乎：天壤間當不令都生餓死。』平生知己之言，視昔文舉之哀盛孝章不是過也，其何敢辭？因次第爲之序。若夫詩之高華雄健，藝林傳誦已久，奚俟余贅？同里後學何琪。

丁隱君傳

仁和杭世駿大宗撰

隱君名敬，字敬身，號鈍丁，自稱龍泓山人。家在候潮門外，鄰保皆野人也。釀麴蘗自給，身厠傭販，未嘗自異。顧好金石之文，窮巖絶壁，披荆榛，剥苔蘚，手自摹搨，證以志傳，著《武林金石録》。分隸皆入古，而於篆尤篤。嗜嘯堂《集古》、吾邱《學古》，兼入其室，非性命之契，不能得其一字也。秦漢銅器，宋元名跡，入手即辨。性耽群籍，家貧不能出重貲購買，門離市集，眼光所注，無留良焉。小樓三楹，屚戹滿室，叢殘不復整理，皆異册也。上以棲諸子，恣其弦誦；下以酬接賓客，客至輒止，不聽去。果餌雜進，腥熟並陳，老母恒質貸以佐之，孺子寒餓不計也。詩學其所專長，布衣金農相距一雞飛之舍，與之齊名，美辭秀異，敬或不及，鋪陳終始，豪放不可羈絏，農不能逮也。寒人張沅字畏廬，號歔邸，老棲荒江之上，兀傲自負，敬與酬和，疊險韻至無算而氣不竭，故談藝者以城南爲詩國。閒房冷刹、青林丹嶂之區，足跡無不到，題咏無不及也。鄰人不戒，災及其廬，所收蓄頃刻皆盡，而樓亦燼焉。不自聊，與人群處，輒隙末，意所不可，輒嫚罵累日夕不肯休。余與梁翰編啟心每嘲弄之，以深契故，得不怒。方制府觀承愛其鐵筆，媚制府者欲得其一二，方通意指，而惡聲殷墻屋，驚而逸去。江苑卿春慕其詩，將之武林，以幣贄，謝勿與通。春亦畏其鋒，瑟縮不敢進。晚買宅於張紗衖，將遷矣，而以母柩先往，親串有以不吉告者，勿爲動，曰吾母不及見也。未幾，竟死此宅。有三子，健與傳皆諸生。健爲余女夫：，傳從上元謝野臣學曆算：，少曰佺，亦能詩，而八分得父家法。

硯林詩集卷一

三月三日同人修禊湖上集莊子篇中字爲四言詩拈得德充符

青青萬樹，明明遠天。春月季矣，日已載遷。泛流合席，規彼越賢。去垢蘄嘉，鄭國所傳。水容山貌，争來目前。物情駘蕩，人意洗然。執尊唱和，少長忘年。眇乎謷乎，游焉樂焉。

武林金石之刻以飛來峰頂伏犀泉側唐杭州刺史盧元輔摩厓詩刻爲最古乙酉春與靈隱佛基無畏兩上人排突峰頂拓取數紙歸方丈因次盧元輔韻呈玉山主席留爲山中故事

同游幸有兩袈裟，緣會雲山仗釋迦。笻杖自應搜桂子，椶鞵相稱破苔花。薜帷翳洞知猿隱，松蓋團陰待雀家。搨取盧郎詩刻去，晴光烘遍海門霞。

分咏宋元詩人故宅得鮑郎中當

郎中參軍裔，俊逸耳之久。高吟賞閒僧，新編驚太守。漫興托孤雁，與世定寡偶。命集見鮑家詩，秋墳骨應朽。

素襟，人稱之爲鮑清風，以其集名也。吉甫思尚友。想其拓健筆，萬物聽奔走。懷哉暗門外，故宅訊誰某。離離緣徑竹，僛僛掃波柳。聳肩昧昔所，悵望枉搔首。但覩鬱栖連，湖儂自耕耦。解唱

題北宋劉益之畫梅竹山雞圖用杜少陵畫鶻行韻

介鳥如俊鶻，勁奮見毛骨。何時來軒楹，野態渾傲兀。得無丹青手，敺自山水窟。令我注目久，賞此寫生物。寒梅更便娟，霜竹亦秀出。爛爛粉墨光，不受古烟没。曾聞山梁嗅，知幾忽騰越。如何處堂燕，昵昵多縮瑟。始信草澤姿，宿抱挺拔質。休嗟絹素朽，堪豁選懦鬱。

郊遊同厲樊榭杭堇浦符南竹作

閒情無遠近，處處似相黏。坐或村童雜，吟多野鳥兼。春畦舒翠罽，花徑糝紅鹽。榆火傳新乞，孤烟出短簷。

題沈石田冷泉亭圖次石田自題韻

清詩直比謝玄暉，寫向丹青自入微。林影了如依石瘦，泉光渾欲抱亭飛。山中故事今誰續，石田記語云留爲山中故事。畫裏高流得見稀。畫上有史西村、汝其通諸公詩。片紙真堪抵瓊玖，幾經

遼鶴憶人歸。

岳鄂王女死孝鐵井闌歌

井闌鬱鬱生烟霧，應是岳娘心鐵鑄。泥中知不匿蛟龍，雲裏寧輕下烏兔。岳王岳王真精忠，一死能令骨肉同。形骸雖後天地出，聲名不與天地終。銀瓶昔抱身如綆，一墮千年此寒井。晝神夜鬼時時警，不敢近前窺己影。

丙午正月樊榭自揚州回攜示汪祓江拓贈厭勝錢文並同人諸作因成七古一章

厲君昨返蕪城楫，過我山樓賞晴雪。論文考古眉宇飛，出示縹囊古泉跡。古泉田田數居五，形如小璧文奇古。未辯銅鈞誰氏鑪，但見墨凝遥代土。或云厭勝昔所寶，吉語紛紛誇善禱。雖非勾漏赤靈符，堪配劉家玉剛卯。萬歲千秋保命長，滿堂金玉交輝煌。伏邪斬妖矜祕術，讋騰之語何荒唐。銅龍欲吟金虎吼，威鳳高騫横北斗。就中致祝誰最奇，玄鶴白龜齊白首。鎮魅更聞廉頗錢，幕馬如躍鞭影先。天籟珍藏白石録，可知好古同鑽研。陳眉公云項氏藏趙將廉頗錢，背有一馬，固是鎮魅之物。吁嗟乎！昔之衰世多貪佞，奚獨孔方司福柄。渡水曾懸夏禹章，漢人佩夏禹印以厭水，見吾邱子衍《學古編》。鑑形更冶驅邪鏡。見周密《雲烟過眼録》。想像裝成初佩時，靈巫偃蹇前致辭。競言此勝可長保，詎省轉眼秋風吹。吾儕豈負長輿癖，把玩聊因文字力。畫如洪氏漢碑圖，書比薛公鐘鼎帖。蕭齋墨響誰傳拓，生香秀句吟紅藥。祓江自稱紅藥橋邊吟客。令我阿堵生清涼，飄飄似跨揚州鶴。飄飄似跨揚州鶴，樓外千山雪重作。

題葦浦松吹書堂圖

高松無凡聲，曠士無近想。風簷展奇書，朗誦答清響。

二月十日同厲樊榭金質甫陳江皋登寶石山天然圖畫閣

江影湖光雨未降，泥人高閣倚吟窗。遥山笑客來重疊，古塔撑烟峙一雙。殘照落墟春漠漠，微風罨柳翠幢幢。僧房到每忘歸去，居士前身合姓龐。

五月十三日同厲樊榭游智果寺

偶停艇子叩虚寮，初見森森竹放梢。鳥語狎人渾不去，湖光似雪更難銷。名泉舊自高僧著，壞碣曾經野火燒。五月藕花思往句，吟魂雖在倩誰招。

庚戌八月七日夢堇浦歸自日下爲述途次滏水之阻語最了了後詢之果抵家於是日亦異矣

閒窗讀罷鼠窺鐙，塊影凝然澹似僧。合眼便教來好夢，故人眉宇見秋棱。

同厲樊榭杭堇浦王茨檐汪西顥符南竹游城西報國院池上分韻得門字僧静山妙于茗事頻供不倦

清池臨净域，一徑隱城根。魚意不嫌客，鳥言如在邨。趣增茶串妙，静覺石闌温。與共論詩久，誰參不二門。時樊榭云：今日詩中，『不二之門』惟先生得之矣。成憲按：城西當作城東。

觀梅蔚十六羅漢畫册

宣城梅氏饒畫筆，瞿山聽山雄相當。中間蔚也更秀絶，人物迥追元宋唐。即如此册所畫小身羅漢一十六，一一精彩無低昂。或從苔厂瞑定度，千劫堅守清净韜神鋩。或趺華林熙怡展，微笑虛空無著無畦疆。天龍一指出磨衲，法華三昧然匳香。大安隱石坐寂歷，最光明地行端詳。露衣真見骨梗梗，啟卷似有經琅琅。頷髭松茁頸鶴瘦，錯落老少分豐尫。其餘七者亦清古，面異晳黝坳圓方。杯浮錫飛且鈍置，團圞共此摩尼光。慈雲怳惚現霮䨴，天花髣髴來芬芳。我疑畫師前身的是老尊宿，鹿苑鷲嶺合十常趨蹌。似覺尊者淪精飛，魄入其腹然後得以行筆跳動宛轉如此隨豪芒。桐腴似漆楮似雪，已歷花甲無纖傷。何人寶此得完善，新城詩伯尚書王。册中題跋盡名偉，金風亭長尤雄强。枯查句子妙創獲，八分小字如騫驤。雲烟過眼真幻耳，玉魚金椀何慨慷。池北書庫迸魚鑰，一朝飛落塵中坊。陸君欣得謹包裹，祗許良友開囊箱。我適諦玩夏之朔，緑陰池館生清凉。疏寮棐几滴嵐翠，主人愛客陳壺觴。座中廓達二三子，脱帽露頂同清狂。興酣掩册欲起舞，便去振衣屋外千仞岡。妙畫通神或恐變，飛去爲屬山靈呵護主人爲我長珍藏。

和施檗齋明府金鵝山看桃花山頂值雪繪圖作歌元韻

桃花得氣紅雲繞，淡宕韶光覺春緩。施侯出遊人盡樂，野寺山橋聊一款。水光穿林緑掩映，花色入溪紅續斷。人來異境怳自失，鳥在故群渾不亂。金鵝昔聞仙客畫，曉日烘晴寄蕭散。何如微雪點花梢，薄粉攙脂豈嫌澣。施侯胸次本浩蕩，百里春風歸領管。看花未憚路窈窱，高俯鸛巢邃熊館。興酣詩思如迸泉，筆落溪藤瘦蛟滿。定知幽夢亦飛騰，大笑野人真我伴。《金鵝曉日圖》，元道士方方壺畫。　按：首句『繞』韻不叶，疑『煖』字之誤。

和竹垞先生松靄山房六咏

四松逕

偶坐松下石，愛此石上松。輕鼯忽窺人，露滴聲重重。

山茶院

誰以赤玉盌，滿注黄金芽。闍黎供佛久，兩樹山茶花。

清籟居

淡然溪上居，月好樹先得。老僧斷聲聞，一任風起滅。

西澗

西澗雲林西，曲折遞隱見。流出冷泉亭，閒浸雲一片。

栗園

霜飽栗房開，風勁栗葉墮。錦里先生園，清味寧是過。

竹筧

泉脚青褭褭，�筩與之俱。客來熱惱捐，冰液滿香厨。

北郭舟中同樊榭西顥茨檐作

峭風抑舟行，春水軋槳力。摇摇俯淡淹，桑柘影如棘。三山起北郭，黄鶴更幽特。聞多壞衲僧，息意内棲匿。神車駕飄然，已落化人國。願禮初月光，不畏入林黑。

石鼓亭

獨樹號天風，石鼓但餘想。攲路鴉墮樵，破岸魚入網。古跡置嚴戍，佳名列横牓。博物更何人，空亭日來往。按：「樵」疑「巢」字之誤。

游佛日净慧寺

古寺空山中，幽敞足遐企。來游况佳侣，瀟灑得把臂。虚櫩拱靈籟，一聽含衆異。微月破春暝，疎梅耿寒意。心魂清佛火，短榻翻可棄。明當討陳跡，歷證鮮于記。

曉起徹上人導行黄鶴峰下觀龍藏泉遂尋龍洞至仙姑洞

深山候參差，林鳥春未聒。漱齒清我心，束帶緊屨韈。僧語助精鋭，不憚磴蘚澾。奥跡許倒窺，神物此曾拔。蜿蜒留石蜕，雷雨膽猶怛。一洞頂覆釜，一洞口懸鉢。龍氣坐欲噤，仙户瞰疑豁。裂石走狡兔，興雲埽妖魃。靈境詎容了，登頓出松栝。憩足空亭中，寄目遠巀嵲。

題朱鹿田先生蘇門灌畦圖

我聞蘇門山，琤琮百泉流。泉光如冷蛟，飛舞青修修。仙人發長嘯，鸞鳳聲最遒。先生偶愛此，遂卜林塘幽。方春請學稼，學圃亦易投。高人本寓物，夫豈糧稻謀。一朝翻然歸，詩情更綢繆。思括日月根，萬象入雕鎪。湖山喜舊主，親戚情話周。曠哉鹿田翁，此樂能自求。

唐玄宗泰山銘歌并叙

封禪文字鐫石者，始皇、光武其最著乎。然皆操筆臣工，未若開元帝之悉自己出，且規模犖壯，千載以來未有與匹，誠群臣之絶采，辟王之鴻構已。詞人題者類加以譏誚，欲使玄宗無置喙地，何歟？顧唐易姓而王，垂統悠裕，開元之治媲美貞觀，東封之舉正當熙洽，豈逾分乎？其銘文曰：『一夫不獲，萬方其罪予。一心有終，上天其知我。』又曰『後之人聽詞而見心』，又曰『銘心絶巖』，亦可想見其慎徽盛典之所存矣。禄山逆焰，滅不旋踵，雖顔、郭二公之神策有以克之，而默感于天神之際者，如張神蜀道著靈，昭陵石馬呈異，方册照爛，安可誣哉！代州馮秀才以墨本請余作歌，乃遂題之云爾。

東封文字論實跡，始皇光武刻始彰。野火焚秦土埋漢，徒令好古心傍徨。七十二君事漶漫，五三六經傳煒煌。西鶼東鰈表符瑞，南茅北黍嚴馨香。夷吾譎諫詎非分，殊祀豈愆易姓王。六代崩分夥慚德，猙獰割據窺胡羌。先王鉅典曠莫繼，堂樅密柏愁蒼蒼。太宗樹立信宏達，革掃隋政恢天綱。開元幾平聲。埒貞觀治，論功髣髴躋成康。群臣固請亦有以，時休歲熟言非荒。封于太山禪社首，林涓土滌營壇場。群方助祭帝躬燎，天休對越瞻端詳。金泥銀繩備嚴毖，親封璽玉回虹光。發函藏牒繹古制，跪進不用尚玉郎。禮成肸蠁百靈妥，鬱葱齊魯青低昂。祕殿鸞回齋袚御，飽濡烟液書天章。文規謨典色敷潤，字兼篆隸神雄强。篆隸相成爲八分。縱經横緯一千字，森森金薤垂琳瑯。攙空翠壁仞那計，分區畫界磨中央。勒石誰言亞神力，鎸字豈甘輸静藏。貞觀集王《聖教序》勒石者諸葛神力，鎸字者武騎將軍朱静藏也。兹刻因崖摩壁，尤爲難能。至今壯觀屹照眼，嗤秦陋漢昭皇唐。從來狼子負恩澤，軋犖一朝驅犬羊。戈揮郭令挺神武，六師所到天威揚。逆還付逆示報疾，膨脝豕腹流膋腸。兩京收復鐘簴故，兇誅默有天神創。詞人幾輩賦墨本，類同旛綽嘲郎當。嗚呼！知人其難聖猶儆，孽臣奸狡逾狐狼。千年我尚憤肝裂，異代誰如敢諫張。玄宗至蜀，追恨不從張九齡之言，遣中使至曲江祭酹，其誥詞刻白石山厓上，見《安史事蹟》。作歌聊代史公鉞，《史鉞》，楊鐵厓所著。礫硏奸魄幽冥鄉。卷碑起立一矯首，廓然四顧開蒼茫。

雪中同山右馮右書登吴山酒樓分韻

朔雪峥嶸浩莫攀，故人來伴一登山。頓教城郭生新態，未許江湖識舊顔。展眺江湖，但茫茫一白而已。奇景自增詩力健，寒光漸勒酒容刪。明朝日上吾尤愛，來聽溪流響珮環。

出郭偶成

迴野秋光已十分，林楓遥映出斜曛。渾忘柏子分胎候，錯認丹霞閒白雲。

花朝集程柯坪穆如軒微雨中過滿月庵

莎埂隔閭閻，僧房竹覆檐。時花方婭姹，春雨忽廉纖。且放杯脣滑，同拚屐齒黏。歸途頻鬥句，詎厭考詩嚴。

同石門袁舒雯同里沈欒城吴繡谷趙谷林意林看夜潮作

月外寒潮雪嶺傾，風前詩思客峥嶸。飄沈鐵箭生遥感，震蕩銀河衹舊聲。倚檻共憐良夜永，隔江大有好山横。誰人得似眉山老，魚鑰留教出鳳城。

汪水蓮掇贈宋石刻劉商觀弈圖拓本同次卷尾沈石田韻奉酬

繪刻真看四絕名，遥遥閲世幾虧成。色同漆斷文彌古，香以芸多蠹不争。花外卧游浮氣斂，茶邊坐讀細心生。高人把贈非無意，要使雙瞳老尚明。

大恒禪師贈紙酬以一絶

絶勝羊家白練裙，禪師笑掇一番分。擬將不點纖毫墨，看作通明嶺上雲。

題徐紀南出行册子

別酒誰能醉，且作千里游。亢步出門去，長嘯干諸侯。單舸凌緑波，迴若天上浮。孤帆引曉星，暮投何處洲。花皷舊吴苑，柳嫩古揚州。春色紛在眼，客意詎綢繆。閒登釣魚臺，詩妙珊瑚鉤。懷古知激烈，逞子筆力遒。相思滿淮水，浩蕩不可收。會當托明月，好寄淮南秋。

冰鐙次金冬心韻

熒煌朱火映鮫冰，壓捺包家翦製能。藏得何煩司秬吏，敲來自有煮茶僧。渾疑照處同懷月，恰稱題成寫撥鐙。轉眼消歸南浦去，縠紋依舊影層層。

維揚汪巢林寄示新刊詩集輒題以寄

手把幽人遥寄集，搔頭讀罷向誰論。寵梅念竹有真意，翦水齗冰無俗痕。畫就易炊聊復爾，吟成且坐每忘言。祇愁或被時人見，冷怪先生道太尊。

頃索巢林畫梅書來云目已失明不能復作因次其甲子臘八日集寒木齋喜予至揚之韻

邗江惜别十冬春，每憶茅堂滿案塵。趙壹門閒時謝客，梁鴻竈熱肯因人。飲安茗乳平生嗜，畫斷梅花宿世因。肉眼已無天眼在，好看萬象又更新。按：『茅堂』真蹟作『巢林』，自注云：巢林亦猶吴仲圭橡林草堂之替稱也。

題讓山開士松風涼吹小像

林下真宜壞色袍，徐行知得興能高。耳根早薄聲聞覺，一任松風上布毛。

咏湖州鄉裏糕

湖州農家臘月所成餻餌，香輭耐久，遠勝杭城挼青抹白及五界廟、歸錦橋、水百果等製，人以出自邨落忽之。昔人有言：『聲譽不起，友朋之責。』人道固然，物亦宜爾。予既知之矣，能默于言乎？聊書數韻，邀二三故人和之，張其幽仄。

吴興好田疇，四體勤不惰。播琴衆力襄，芸鼓群孥佐。璀璨埽霜濃，跌蕩闢場大。倉箱雉斑秔，稟囤烏香稏。醪醴付均節，餻餌出春磨。遠姻筐篚饋，歲節敦槃賀。遂令鄉裏爲，高壓城中貨。法豈鄧連貽，烝擣無點涴。當時翠鴛堂，顔博娥眉破。故人勞將遺，短童獻提裹。整其冰紘裁，堅可霜刃剁。笑命萊蕪甑，餾向少陵銼。周旋仗觚突，相射藉水火。入盤隨高低，到箸任折挫。軟同含兜羅，香等皰百和。捫腹笑老饕，盈虧自料摞。詎避顔公卑，畏蹈李相過。嬾誦周籩文，聊肆楚筵些。黄華趁米錦，赤棗伴杏餹。韋謝鳳龍誇，陳白歌詩播。餖飣渾瑣閒，事偶興則那。如何詩豪嘲，小宋意成左。曷觀三百篇，華星焕天邏。遐哉昔詩人，字檢何經作。悠悠詩案在，莽莽千載過。誰返劉郎魂，摇筆爲我和。

城南看桃花分韻

曉風遍坼絳桃鬟，争看城南萬萬株。露色奪將游女豔，春聲喧集飲人麤。翠茵班坐隨高下，粉蜨驚翻乍有無。無限閒情誰似得，長江如練遠平鋪。

金玉生青山白雲硯子歌并序

金玉生者，友人吴興姚秀才世鈺也。薄游維揚，偶獲端硯，色質雙絶，因銘硯上切肖之狀曰『青山白雲』。復撰五字長句咏之，邀索朋好和章以助狂喜。予乃作《金玉生青山白雲硯子歌》賀其佳遇。云：

姚兄硯子真大奇，青山白雲相撑披。岱宗小朵分巀嵲，封中大片餘葳蕤。窗中岫列翻憐近，掌上山空笑可移。少陵隱几意惝怳，貞白倚樓情悦怡。儼然米家小立軸，從來不卷倒好嬉。中間紫玉膩無罊，簸睫已湧堅逾糜。妙形粹質兩完善，揚州貫隺誰言稀。《研北雜志》：米元暉書硯云此端石也。先子得之山谷大室中，磨李廷珪墨，試諸葛筆，人生真有揚隺也！主人病嬾百不醫，便便腹笥非時宜。家貧未肯便干禄，衡門托疾常忍饑。一朝得此樂忘疲，有如好色遇燕姬。綢繆燕妮寧遠離，霍然洗病逾參蓍。行縢襲裹每自攜，擬呼良工匣琉璃。垂金小篆先銘刳，西塘山人篆鐫四字于背。淋漓詩句爲重題。詩成手滌寫行楷，墨光爭耀瓊琚辭。傳觀石交和者誰，龍泓樵人丁翰之。

左侯廟四咏

碧沼

瑩淨古碧沼，人呼清水潭。時拂靈旗影，恍惚雲鬟鬖。

槐龍

老槐勢盤拏，因以槐龍名。架月如抱珠，喜無貪虬争。

蘇文忠公書當境土穀左侯神祠八字扁字大五寸許。

前身五祖戒，後身蘇玉局。遺牓歷紅羊，曾免毀祠辱。

董華亭書扁同前。八字大小亦約略同之，瘦勁奇妙，誠名跡也。

華亭書中仙，舉體實遒娟。扁字繼眉陽，遥遥壘堪對。余謂若有善人，以蘇、董二公扁訪好手鉤下刻石廟中，嵌之墻壁，一如横扁之式，庶可垂久也，後來不乏有心人，記此俟之。

南屏精舍避暑分得林字

言貪佛日長，共入薝蔔林。壽師禪脱餘，妙香清我心。巾襪任放逸，軒窗出嶔崟。平湖瑩虚境，高松韻天琴。倏倏一味凉，難買萬挺金。始知離垢地，了無熱惱侵。山雲亦多情，故作空中陰。吾將托雲卧，且散風前襟。

春淙亭次樊榭韻

亭子石橋上，宜人徙倚閒。分陰同茂樹，留響與空山。清聽時相接，奔流去不還。塵纓何用濯，來此自能閒。

同歷城楊苣園同里金冬心楊誨仲杭堇浦過映壁喬松諸蘭若分韻

秋雲無定姿，疎雨小釀寒。山行偶合并，遂得林下歡。涉嶺路未遐，于野興忽寬。僧舍桑翳户，向徑仄且盤。入門撫大樹，葉似榛栗檀。預思十月初，來看霜葉丹。妝臺眇留蹤，粉澤久已乾。映壁有故宋妝臺、洗鉛池諸勝跡。想像明月中，香魂應淒酸。鄰居結構佳，低樓帶層巒。森吹劇竽匏，窗外松丸丸。沙彌解敬客，擎茶肅且端。次第爲小留，懷古勞肺肝。往事如驚飈，誰能向空摶。超哉覺王言，萬古歸一彈。長嘯指後期，南塔訪靈鰻。

小雪初晴樊榭見訪同游梵天講寺

朝來幽事動，良友過我早。清游敦宿昔，一雪晴正好。邐迤城之南，幾度略彴小。蹋凍乾薜坡，徙倚疏林杪。磵風劃松雪，殘玉落翠纛。錢王此締構，突兀雙塔表。劫火雖皴皵，句勒猶夭矯。金容歸浩空，追蠡翳勿考。依稀景泰字，剔辨勞指爪。靈鰻應就蟄，寒甃懾深窅。裵回日停午，古意益綿眇。高僧句通禪，心折玉局老。月履疑往來，烟鐘寂昏曉。久立肌骨森，煩慮脱如埽。江光瑩不摇，極目點雲鳥。

繡谷亭觀趙松雪畫維摩示疾像分韻

摩詰人天師，寫像誰與爲？超超虎頭筆，千年浩難追。向時松雪翁，儼然見清羸。仁慈出兩眼，嚴净連微髭。聞昔方丈室，坐對文殊時。香積有餘馨，天花多奇姿。請答不二門，妙義不可思。遍攝四阿含，何况七俱胝。始識初九龍，無異藏六龜。世人喪厥真，掉舌屢忘疲。三緘適不謹，萬口立見摧。頤頞漲濤瀾，肝肺森厓巖。顛倒石火中，寧知劫風吹。至哉大醫王，嗒焉示犍椎。牀外空諸有，一杖亦偶隨。佛身夫何病？願與衆生悲。照壁耿無言，日擊心已歸。使我電住身，如入毘耶離。寄言大千衆，來此具威儀。

題顧丈升山滁硯圖自寫真

硯非親滁字難成，顛米將無太瘦生。何似阿翁聊復爾，鄭虔三絶久知名。

右丞自寫逃禪像，巾服蕭然儼列仙。想見追蹤髯老子，團蒲勤禮辟支前。先生小像巾服追摹右丞，自畫《禮佛像》，故云。

湛湛圓雲信至公，後賢誰似虎頭翁。君看真硯歸真手，世守雲仍永不窮。東坡硯銘：真硯不損，真手不壞。

同徐紀南趙天庚端綺堂看雨

陡作鳴空雨，高天肯借凉。扇俄閑曲几，杯欲泛坳堂。變盡浮雲態，頻生溼翠香。何煩藉藤枕，已足傲羲皇。

題豁堂僧畫石

豁公畫石如畫水，滿紙墨光浮翠痕。彷彿閒遊曾見得，南屏山下古松根。

新夏過聖因寒公丈室遂歷北山諸勝

高僧禪寂處，安隱北山阿。暇日牽船訪，凌風共客過。粉苞叢稚竹，翠葉冒新荷。鶴渚梅林外，沿緣蹋短莎。

題林朴齋遺照

翛然人擬地行仙，美景争迎榔栗前。社屐賞花千度放，朋尊坐月幾回圓。無機不藉驅愁帚，有子常供買笑錢。蕩蕩三朝身健享，真堪畫作逸民傳。

輓雲林寺在瞻和尚

禪師受姓共吾家，彈指泥洹倍可嗟。佛子早傳青應器，君王曾賜紫袈裟。空山望到三生石，净土知登上品花。最是情懷堪念處，彌留猶餉趙州茶。

烏思藏香歌并序

周孝廉亦庵自日下歸，以烏思藏香一枝來贈老夫。紺紫其色，其脩赤只圓若春蘆之抽水濱矣。月臘之八，入靈隱敬爇佛前，四方戒衆圓成菩薩戒。寺中飯千僧，流連法喜，暮始抵家。擁爐雨作，琤洒不止。念是日以是香而作佛事，非宿緣其能之乎？乃滌硯染毫，爲作短歌，輟筆次街柝殷然已報夜甲。

藏香蠖手從三撚，巧竊孫郎蝟髯色。裹束西風萬里來，故人把贈憐初識。土臺居者烏思重，萬本楞迦供唄諷。懸知窈窕釋迦前，爇擎喇馬迦毘衆。粥香長者精和熏，忉利市方資策動。攬將天苑質多露，散作華宫清净雲。憶昔胡香驚吊譎，一月長安香不絶。謙粒涂闍卅里聞，博張志埽于闐鐵。黄頭外道聲唵吽，組鈴扇鼓鏗襢風。馩馧馥遅酣羊酪，旃檀側信伊蘭叢。

出郭偶成呈净慈恒禪師

碧翁憐我欲山行，又放春陽一日晴。好鳥翻飛頻弄韻，野花隨步不知名。雲林漏日尤多態，香市成風似有聲。莫笑老眸眵冒甚，隔江猶向遠峰明。春閒遠近奉香天竺者，曉夜不絶於路，野外林間例多鋪席，杭人稱爲香市。

題姚玉裁夜雨圖爲悼令弟炳衡作

雙蘿玉樹幾經春，不待他時已愴神。硯北奇書空好在，琅琅清夜絶同聲。斷雁隨風遞語哀，阿兄淚眼鎮常開。池塘徹夜蕭蕭雨，小謝無由入夢來。炳衡弟世鎰，亦不永年。

旌門桑孝子抱鐺圖

人生失怙情難述，况復親存抱奇疾。通腸入胃百未能，除却鐺糜無異術。豚糜羊糜漸謝功，子心如沸一鐺中。明明親在養不得，豈待臯魚撓木風。宛轉親亡腸欲裂，思見團團煮糜鐵。抱鐺哭絶咽無聲，啾啾有耳鐺應泣。

歲辛酉杭郡庠頖池側掘得蘇文忠公表忠觀碑元石二片樊榭作歌記其事索余次韻

圜池湛湛清不淆，繞池柏吹鳴居巢。頖宮典禮最嚴毖，行人過此屏平聲。囂哮。瓊鐫玖勒偏廊廡，誰知鉅刻土尚包。表忠觀碑忽掘得，未審何日移南郊。觀舊在龍山之陽，南渡後祀圜丘地也。錢王偉績森在眼，怒濤猶覺回强髇。文忠健筆抉公是，一洗六一横訾嘲。五百年餘論定久，讀史無復紛喧呶。《五代史》。廣文先生性好古，諸暨余蘿村。拭洗請定金石交。想當衣苔卧江滸，衛守定嚴虎與蛟。不然桑海幾塵浪，豈免入劫鋪堂坳。即今重樹豈偶爾，隱見若爲天所教。高文磊落在人口，車隘未藉鴻都鈔。走觀好事快奇觀，登登打搨煩烟膠。我來撫看日卓午，檐花弄影淩呀庨。較以重刻雖闕半，成化年間，郡人重刻，樹立湖上表忠觀。真龍頭角終磽磽。戈回豎屹神氣聳，驥渴奔水鷹饑捎。墨埽我待百本蓄，氈布誰將萬事拋。龍山璧水論今昔，昔依林莽今軒庖。大厦深檐與蓋覆，盲風怪雨難侵敲。何當四石舊觀復，後小跋云：碑有四片，面背刻字。文連字接如吹笅。作歌記事慰懷古，詎宜閉口同懸匏。

雪中集南華堂趙谷林兄弟出觀蜀廣政石經毛詩殘本宋廖瑩中世綵堂刻韓集作

半閑狎客淪亡久，蜀國降王亦烏有。紅羊換劫黃塵飛，遺物驚看在人手。百摺麻牋如梵册，一卷毛詩出鐫勒。寫者祕書張紹文，校理博士孫逢吉。雍都舊本餘面目，《十國春秋》云蜀石經據雍都舊本書。義析調輖字堪質。內調飢作輖飢，與今本異也。中間古印辯不真，慘沮疑殷戰爭血。韓家吏部筆如虎，驅走六經天織組。何人輒效穆伯長，世綵堂中事雕撫。倭人作事亦有補，添得泰山一坏土。休嘲家國付渺茫，從古興亡那堪數。說詩合無匡鼎來，文章真訣誰起衰。孫樵云文章真訣得自韓吏部。但聞杜鵑口血灑，巫峽葛嶺蟋蟀悲荒苔。池平殿隧渾如擲，留得區區幾方策。園林雪好且開尊，莫漫摩挲三歎息。

次韻蔡紫嶠幽居述事

瀟洒衡門繞緑苔，悠哉時復得游哉。吟成偶爲奇花發，釀熟剛逢妙客來。雅裂曉霞紅葉亂，魚銜夕照翠萍開。尋常俯仰皆堪樂，未覺心情負草萊。

論印絶句十二首

九字鎸鑱法相斯，健蟠精鐵細蟠絲。如何王常。顧從德。誇淹雅，開卷流傳昧所知。秦人『疢疾除永康休萬壽甯』九字玉印，余曾見於范氏《芸閣真譜》中，瘦勁如絲髮，真有昆吾切玉之致。舊藏朱伯盛家，雲林嘗贈以詩，詳《名蹟録》。雲間顧氏《輯古印譜》，王延年爲審定，云此印曾入清祕閣。蓋伊偶見倪集中有此詩，遂誤認倪物耳。

古印天然歷落工，阿誰雙眼辨真龍。徐官周愿成書在，議論何殊夢囈中。徐官隱於醫，魏莊渠門人也，同莊渠著《六書精藴》，官又自著《印史》二卷。周愿《印説》一卷，余昔有之。

三橋製作允儒流，步驟安詳意趣遒。何事陶庵印人傳，不知待詔先去聲。箕裘。周減齋云：印之一道，自文國博開之，後人奉爲金科玉律，雲仍偏天下，陶庵亦櫟下别號。

六如居士最清狂，兩字曾傳柏虎章。想見罔良遮白日，疾邪聊示鐵肝腸。罔良畏虎與柏，見唐封演《聞見記》，唐六如嘗刻印曰『柏虎』，《真蹟實録》云亦一奇品。

米公辨印掩倉沮，疑似真能判魯魚。一笑清河矜的嗣，齋徒硬截古時書。南宫有辨漢人薛宣小印，見《志林》。困學齋徒見米庵《鑒古百一詩》。

衛青玉印本尋常，硯北先生少較量。洞鑒端須胸次闊，合將天眼讓蘇黃。陸友仁得衛青玉印，王順伯定爲漢物，陸因作《印史》。東坡與元章簡云：『卧閲四印奇古，失病所在。』山谷《以謝玄暉古印贈小米》詩曰：『虎兒筆力能扛鼎，教字玄暉伴阿章。』陳仲醇題蘇黃題跋云『惟蘇黃乃具天眼耳』。

道君諸璽真瓌古，可惜曾無一譜留。若把雲臺鎸印綬，楊郎應是鄧元侯。楊克一有圖譜，張文潛甥也。張有序見《宛邱集》，此宋人印譜之先聲。

襄陽六印出親鎸，白字能攻白玉堅。衹恐庸鑱玷名蹟，莫將微技誚前賢。

周家小篆印人存，措語徒多眼自昏。請玩哀然真譜在，那將鄭衛當雲門。

説文篆刻自分馳，嵬瑣紛綸衒所知。解得漢人成印處，當知吾語了非私。

古人篆刻思離群，舒卷渾同嶺上雲。看到六朝唐宋妙，何曾墨守漢家文。吾竹房議論不足守。

玉璽纍纍密並窠，居然成譜意如何。憎他謬種流傳處，滿眼奸邪佞態多。胡龍川《雲來閣大印》、孫退谷《禹碑字譜》諸種。

漢銅雁足鐙歌爲馬半槎賦

石漬土膠緑青赤，銅魄銅魂已消釋。短檠矗矗未一尺，蹼足鑄翻沙上跡。循槃細銘好摩挲，蝸匾聯綿勢遒迫。埜夫怒看竟寧字，傾城恰爲呼韓置。受鐙内者是何人，銘有『爲内者造』『受内者』字。親見尤應涕滂泗。火德尋爲禍水消，倦燼寧勞劫風吹。首山靈瑣莽蒿萊，髑髏噓焰碧于苔。大風不埽悲雲開，雲中赤帝空徘徊。《三輔黄圖》：首山宮，武帝夢高祖所作，以爲高靈館。形模莫便嗤偏隻，一足曾揚子卿節。斗酒高燒讀漢書，定有餘光出東壁。

和樊榭齒痛詩

吾衰不待老，六府早便虛。讀君齒痛詩，憶我曾患初。冷怯梨蕅脆，風畏冰油疎。晝數隱窗几，夜或緣階除。朝饔及夕餐，每味疑居居。吾聞躍淵火，足以焚左車。（内經：腎經之火命曰龍火，齒乃腎外候。）刀圭詎取驗，遮眼厭方書。迄今兩矧閒，所有將空諸。人生貴申意，安能鎮齟齬。折梭與斷齦，驚世君有餘。何必師李耼，守氣孱□歟。

題唐六如聽泉圖

高士兩耳尊，每寄物外賞。空林絶行侶，意到時獨往。飛泉張天琴，虛牝遞清響。緬思古伯牙，千載如俯仰。唐生澹蕩人，繪事屏效放。想其盤礴初，㞺雁已入掌。素壁摇琤潺，倚枕聲忽恍。

硯林詩集卷二

論茶絶句六首

松柏深林繚繞岡，荈茶生處緼真香。天泉點就醍醐嫩，安用中泠水遞忙。

湖上茶爐密似鱗，跛師亡後更無人。縱教諸刹高禪供，盡是撐甌漫眼春。金沙港跛僧也，『漫眼』見米海岳詩。

金髯鬥茗枉錙銖，被盡吴儂輭話愚。滿口銀針矜特賞，誰知空撚老髭鬚。老友冬心先生極嗜茶。按：枉字真蹟作極。

天上穆陀誰獲見，人間仙掌亦難遭。瓊芽祇合滋仙骨，留付詩中一代豪。按：付字真蹟作與。

武夷茶品益欺虚，小瓷花香重吏胥。堪嗟吸鼻誇奇味，盡出南蠻藥轉餘。近日閩茶緣飾益甚，非復真茶耳。

常年愛飲黄梅雨，垂死猶思紫梗茶。寄語香山老居士，別茶休向俗人誇。偶獲江右柴客深山松下紫梗茶，奇絶冠世。

秋雨集桐乳齋同用乳字

清霜未應鐘九乳，流火雖過氣猶煦。後洋街西赴佳招，迎人先釀催詩雨。高齋客至略主賓，文宴喜無繁禮數。閒庭敞浄似佛場，曲檻虚明通藥圃。參差花弟聯石兄，瀟灑桐孫扶竹祖。吟情鬱勃詎可留，争向秋光思一吐。撚鬚繞徧却月廊，袖手已看日卓午。眼中詩將真勁敵，突兀騷壇張旗鼓。儈中權可剩結習，亦把旛幢森部伍。有如衆樂和宫商，金木絲匏兼搏拊。主人澹宕南宫仙，大笑軒然爲起舞。信知翰墨有真樂，莽莽俗塵安得侮。吟成各自拂牋書，歸道涼煙壓柔櫓。

衰柳和李書存

不堪瘦影寫寒塘，宿鳥生憎月似霜。未免有情鍾我輩，誰能齊物學蒙莊。拂檐尚憶三春暖，倚檻曾蒙六月涼。休向橋頭頻悵望，行人去後態空長。

試鐙前一日集小山堂觀流求墨譜同用山谷松扇韻

海外墨形鶩滿紙，白璧玄圭宛相似。譜式誰傳李伯揚，珍囊詎是金溪子。几上疑有松光寒，雙眸已落熊野山。譜云：取彼國熊野山松爲煤。鞠通嗜好真可笑，局身惟見枯桐閒。

花朝雨中泛湖

東風吹動溼雲堆，看雨湖山未擬回。誰解春容將畫取，須知天意把詩催。商量疎響憑柔櫓，壓捺餘寒仗淺杯。最惜低迷生翠裏，桃花紅試一分開。

甲子春日書懷次堇浦韻

選得幽居好息肩，操觚摛槧擬年年。一尊喜有慈親奉，三徑欣同益友連。巒翠挾春當户暖，江聲趁夜入牀偏。如今嬾散隨形跡，不羨華陽洞裏仙。

道在何煩計醉醒，客來花影滿門庭。無官拘束便耽奕，有子聰明樂授經。出郭雲濤清曉望，隔墻僧梵静時聽。群書繞座高連屋，安事金荷六曲屏。

漫言勳業壓龜趺，戇直人人已徧呼。蘇老性情通玉帝，魯公文字及花姑。無營胸腹顔常泰，隨意冠簪髮任逋。衹惜百花潭水少，草堂端合置狂夫。

詩人心地玉坡平，齒頰清風讀處生。七字應教稱獨步，五言誰復據長城。早爲天子憐踈野，漸許漁樵識姓名。我是城南舊游侣，往來容易雨兼晴。

復園紅板橋成同人詩以落之

削板成橋也自娛，爲通碧沼小施朱。縱饒疎雨行何礙，好趁新凉坐不拘。抬級淺猶排雁齒，倚闌清可見魚鬚。開門已具西湖味，柳帶荷衣色未徂。

周穆門招同人游瑪瑙寺訪元僧芳洲後僕夫泉分得石字

瑪瑙寺中泉，名踵僕夫闢。捨舟試探尋，午風透絺綌。入門氣蕭沈，壞佛珠脱頟。老樹團空陰，清凉護甋瓴。縱横未方丈，入綆才數尺。居僧昧緣起，汲瀉但朝夕。豈知老阿師，深引孤山脈。有懷中庸子，氣味久莫逆。蔛以澆詩脾，兼之洗琴格。去兹四百年，寂莫閉真宅。惟餘泉内光，森冽上苔壁。淡名猶不居，先後命臧獲。想其孤分胸，寧肯供俗客。甘疑玉迸漿，冷似冰瀝液。三漱詎下咽，敬爲高禪惜。何當題擘窠，爲我勸堅石。

甲子九月二十七日喜諸先生仝過小園看菊分韻

疎籬花事喜昇平，諸老身閒便出城。自是白頭饒野興，翻憐黄菊亦多情。人依晴色形同爽，詩答秋光語倍清。從此年年三徑裏，婆娑杖履奉徐行。

堇浦招集桂堂池上

雪霽空堂好，書帷自絶塵。來尋真率會，俱是不羈人。池水偏矜凍，庭梅尚惜春。留連將物色，聊悦病餘身。

渡浙江

入海白泱泱，江流接混茫。放舟乘曉闊，擊楫馭風長。趁渡人喧隊，閒征雁整行。回看吳嶺翠，來映越山蒼。

西興關

秋風吹衣裳，秋草緑靡靡。軟趁沙路平，步屧凡幾里。次第四廟過，巀嶪一關倚。烏喙此誓師，霸業久云已。運河中瀉灌，但見鵝鸛喜。千巖遠相招，越游自兹始。且就鷺波明，一飯舵樓底。

武佑將軍廟廟在蕭山縣北干山中，有劉文成所撰廟碑。

飛雅陳陳嶺雲平，誰薦將軍廟裏牲。未見狂秦三户滅，終教强寇一軍驚。重瞳合共當時憤，假手猶通後世名。事見《輟耕録》。忽捲松風散靈雨，舉看遺像颯如生。

江寺

江淹本恨人，身後捨其宅。平生文字功，何如空寂力。嵯峨夢筆橋，對眼牛鳴隔。流波汩人世，柳斬闌墮赤。宋華鎮題夢筆橋有『柳絲低拂赤闌橋』句。經幢倚墻腰，行路眇珍惜。咒𩯭陀羅尼，祕密古未譯。楞寮書江寺，龍象入點畫。長年照通衢，猛勢駭騰擲。殿前雙塔廢，突兀尚百尺。中空天可窺，外澀足堪躋。直上非枝梧，稜轉壯瓴甋。剥盡丹堊容，翻泯風雨迹。留連題榜沈，惆悵畫水戚。撑簷天聖碑，光瑩喜未蝕。書攝三唐魂，文探六朝賾。崛犖篆額强，遠與徐李敵。惜乏濡墨具，摩挲生歎息。棟宇换齊梁，鐘唄起朝夕。不見息心人，江與袁子明書『採藥稽山，息心越嶠』。空嗟遊目客。好風促解纜，紆步市聲迫。矯首暮鴉盤，蕭然遠山碧。按：『眇』疑『眇』字之誤。

夢筆橋

扁舟暮並河梁泊，北干山頭日初落。寫波不見赤闌干，柳痕久埽秋蕭索。歲去河流跡自陳，至今橋影壓通津。淋漓采筆依然在，惆悵當時夢裏人。

卧龍僧樓聽雨

淅瀝冒檐雨，依違蕩燭風。游情三客抱，吟興一樓同。投醪上聲。河邊水，卧龍山半松。清聲與寒響，占斷此宵中。

雨中謁禹陵

窆石秋生潤，低回字欲銷。適當風雨至，應有鬼神朝。閟殿虬枝拱，陰厓瀑水摇。稽山烟霧裏，翹首轉岧嶢。

禹陵窆石歌

華星隕天星效職，天錫禹陵爲窆石。沈沈一色古光滿，魚頭無鱗龍角短。我來拜觀零雨濛，模糊漢隸題者誰。得毋司馬遷蔡邕，扶持不用神明力。元氣濃凝絶苔嗇，即教天地混沌再，巍然此石應常在。

游蘭亭

騁懷遊目此清秋，共向溪橋却小舟。未覺雲山成寂莫，果然王謝擅風流。渚田稻熟蘭先萎，湍瀨沙明竹自修。頓使形骸渾放浪，那能深抱昔賢憂。

游戒珠寺右軍墨沼與玩鵝之池俱在寺中。

橋經題扇舊，寺入戒珠偏。卧佛無留影，殘僧已廢禪。壞幢餘劫燒，五代石幢新出土中。苦蕺泯秋煙。剩有鵝池月，時同墨沼圓。

游寶林寺在飛來山上，一名怪山。

兹山雲飛來，寶塔跨其上。仁祠自劉宋，雕藻幾消剏。傳聞岳陽王，再世如房相。宿命一披豁，結構殿崇亢。甍甍久泥灰，想見闌楯壯。試探巨人跡，兼瞰靈鰻狀。風鈴空中語，似請客閒望。憑高秋刻露，心目隨跌宕。湖開芙蓉奩，山轉翡翠障。霸氣沈疏蕪，淡淡寒不王。斜陽詎相待，攬事漫驚愴。輕飈拂歸篷，星光起暝漲。

鵝涇祠

一椽古社静無鄰，粉牓濃書照水濱。日午鵝涇祠下過，小橋疎樹最留人。

泛若耶溪至雲門寺以暴漲回舟作

朝曦曜嶔岑，陰溜遠明白。目游既蕭放，坐泛益奇絶。出涇意如遺，入港興轉得。石勢富驚采，林影鮮定碧。前瞻源疑窮，後矚境俄失。恍惚武陵源，宛轉見阡陌。沙竹擺秋烟，溪繞烟外田。高灘争噴薄，響接雲門泉。泉聲鳴不已，我心清似洗。翹首帛公禪，心落雲門裏。雲山千萬重，今朝非樵風。南船吹以南，舟人困奔淙。駕言玩歸流，忽過香爐峰。篷背滿幽翠，盡是溪上松。

顯聖寺天啓中徙建

雲門顯聖寺，今徙石帆山。坐覺松分潤，聲憐水去閒。鳥欣施食罷，僧請喫茶還。聞有夔藩虎，斜陽欲閉關。

次日再泛若耶溪至平水肩輿入雲門廣孝二寺

昨行已超忽，兹賞頓清燕。如何曾游處，迷惑如乍見。磊落沙渚生，曲折薜碕現。娟娟石漣，儌儌緣岸箭。來林忽匿景，過嶺復在先。山翁語多樸，溪女服非炫。籬落雞犬放，嗚吠亦安善。瑩流無遁色，雲物澹蔥蒨。飛鳥貪倒窺，側捩意不倦。空光相蕩戛，虚駛雜游衍。灘湍泂積疊，屢上愈撇旋。且捨窮源舟，一蹋松徑便。

游雲門廣孝二寺

牛車盤頭始遵陸，水形似之。閣閣竹輿鳴且肩。墟炊隴穫五七里，竹橋蹋過愁相顛。蒼山横截斗面起，抒青拗紫争句連。洪溪左瀉抱山去，下注若耶生渦漩。壯聲磊落搏軒鼓，細響幽抑張媧絃。蒲茅石髪亦希有，活碧已占千千年。石梁小轉寺門見，黄泥墻堵圍圜偏。老松傴拱似迎客，斷雲忽墮疑來仙。一蟲不語衆籟寂，静氣直接無古先。虚堂坐久啜茗罷，起梯樓閣巡廊橈。祖龕將徙東度印，僧寮久冷西來禪。前身我似此三宿，歷攬陳迹心依然。曾聞萬棟架金碧，已同過鳥隨飛煙。放翁碑版無剩石，辨才塔劫餘頽塼。橋亭影斷麗句在，詩名豈待欄櫨傳。獨留穹碑照寒翠，高宗楷書『傳忠廣孝之寺』六大字。峥嶸奎畫摇星躔。字塗丹液自昔爾，字以朱飾，自宋迄今其色不渝。秋風露灑紅霞鮮。於戲忠孝佛所本，梵夾每見瞿曇宣。窮生再世重澡行，緇薙詎了三生縁。看人老鶴忽一叫，響回空谷殊鏗妍。同游二子共惝怳，瘀立嬾覓來時船。莎塍竹路惜歸去，野情古思何聯綿。

平水道中元微之云：平水，鏡湖旁草市也。邨學童多誦詩者，予召而問之，曰先生教我樂天、微之詩，不知予即微之也。

白鹽赤米幾朝昏，草市千年跡尚屯。去水春增鏡湖浪，來山秋展石帆痕。誦詩學子聲堪憶，拾箭樵人業自存。過客解囊聊濟倦，一瓢誰與問清渾。

過天章寺内有右軍畫像額乃宋仁宗御書又有高宗書蘭亭石刻元代悉毁於火

蒼松偃仰竹鬅鬙，路入天章拂野藤。山色猶看朝佛坐，御書曾此降龍騰。流觴苦憶爲文客，獻硯難逢好事僧。米襄陽有智永硯，云天章寺僧所獻也。薜徑莓梁且歸去，蹇驢搖鐙笑凌兢。

鏡湖四絶句

雙三亭在鏡湖之中，地不數弓，頗盡湖勝。

雙三亭下望灣環，一鏡遥窺萬髻鬟。繞遍清光三百里，分明都是會稽山。陸參《法華山碑》云：夏后氏狩越山，方名會稽，後世分而爲秦望，釐而爲雲門、法華，其實一也。

凉風嫋嫋水增波，綯盡吴宫尉後羅。曾是西施昔游地，至今菱蔓繫人多。

鷺客鵝賓斷續邨，幾家依樣水邊門。低巒吐盡秋雲散，付與斜陽影倒吞。

風流一散水雲荒，誰似稽山賀老狂。不見荷花上纖手，徒教五月有清凉。

柳姑廟

姑即諸暨鮑、柳二仙姑之一也，其來頗久，放翁有詩，村氓以是地多匹女，遂塑社公配焉。廟有老學究云姑之靈去此久矣，諒哉！

湖邊今見柳姑廟，湖中昔聞道士莊。笑煞越儂渾鹵莽，小姑竟遣配彭郎。

祁忠敏公寓山莊

水次有碑刻『祁忠敏公殉節處』。

滿眼雲山拱廢墻，舟人指點寓山莊。入門荷影小橋净，隔牖松聲短閣荒。皎皎臣心秋水在，綿綿國恨暮天長。龍髯一墮無由接，千載啼烏定夕陽。

歸舟出迎恩門道中懷古二首

越地篔簹霧比濃，奇音妙賞偶遭逢。枯風裂雪知多少，尚在茅簷憶酒龍。
鑄影平波拭鏡清，劉公迴得一錢名。後來豈是無廉吏，應嬾將心與水爭。

錢清江邊孤冢有碑云過路難婦死節之處姓氏無存亦不知是何處人也

江邊烈婦墳，碑字出斜曛。失姓誰能問，無名世共聞。心應化瓊玖，魂定躡風雲。試看幽堂草，霜前氣不群。

丙寅閏三月三日同人集湖上續修禊效蘭亭詩體二首

元巳閏節，烟景天予。懿兹瑩拂，在湖之渚。舟觴宛澶，衹爲容與。曠代匪遐，興接斯舉。
秀楚寫連嶺，斐雲遊穹霄。駘蕩眷群矚，雨徂風復條。吹萬齊一籟，趣洽情自超。何言永和春，撫景陶軒堯。

題王西瀍教諭仙都小憩圖仿張貞居體

仙李昔年曾吏隱，先生吏隱樂何如。逸少遠想蜀都畫，茂先宿解鄉嬛書。華芝詎便勝苜蓿，健筆況能窮魯魚。絶似文翁居石室，從游路遠渺愁予。

宋宮秋望同樊榭用錢思復韻

殘碑無復見文章，散作僧居礎又荒。鉛水自隨乾蘚縮，脂痕空借野花妝。七朝王氣沈江浦，五寺秋風埽佛場。惟有潮聲是依舊，年年飛怒撼城墻。

書帶草堂食蟹聯句

高秋萬寶登，秔稻被原隰。周京穆門。蕭條吹金風，狼戾散玉粒。輸芒蟹正肥，截葦罅争入。金志章江聲。勢若招潮來，兀如擁劒立。施安竹田。雌雄辨尖團，足跪攢戢脅。戴延熺鸝亭。爬沙方横行，郭索旋就執。許大綸初觀。群聲松濤喧，怒沫竹雨濕。鄭江筠谷。市逢亥日饒，卦取離象叶。杭世駿堇浦。解縛祇須臾，受烹在呼吸。顧之珽月田。内黄侯可封，卧甕客爰集。金農冬心。畏柿盤戒飣，嗚薑厨待給。龍泓。登筵堆紅銅，破殼揭圓笠。吴城甌亭。肌分側理呈，指染清氣襲。陳兆崙句山。流膏蠣不如，研雪膾差陿。梁啟心蔎林。入饌調鮮醯，適口佐米汁。汪臺復園。右挾虎斑黏，左訝鸜鵒澀。句山。雄啖恣攫拏，細剔勤掇拾。拉雜外骨摧，咀嚼内腴浥。江聲。瞠目嗤空匡，夾舌詫攢鈒。竹田。珍逾烹鼎五，餽舍裂餅十。月田。霧滃枯已遲，湯燖悔奚及。初觀。如何横海豪，罹此溉釜泣。穆門。始知矜躁擾，詎若永幽蟄。即事聊感傷，當食莫怏悒。篛谷。揉菊腥膩蠲，搓橙香霧裛。蔎林。詞補樂府題，事隸祕書笈。甌亭。横琴想遺聲，摹畫笑結習。鸜亭。拍浮興已闌，江湖思彌急。堇浦。轉愁烟斷空，預想漁具葺。龍泓。作志羨天隨，吴淞理輕楫。復園。

餅花齋食臘八粥聯句

歲序何峥嶸，周京穆門。星紀忽已帀。八葉抽堯蓂，金志章江聲。五德重漢臘。吟社邀蓺聯，厲鶚樊榭。山館喜簪盍。浴佛東京遺，梁啟心蔎林。設供西竺法。溉釜精作糜，龍泓。析薪燎以蠟。果兼檜殼膚，杭世駿堇浦。米概升龠合。釋之復揉之，全祖望謝山。載剥還載掐。濾泉刀斧冰，顧之麟寸田。蒸餾氣焚爇。汩汩醅泛缸，吴城甌亭。濃濃乳傾榼。宿辦勝咄嗟，丁健誠叔。早起占噬嗑。坐疑集栴林，汪啟淑秀峰。圍如禮花塔。不待木魚呼，穆門。何煩齋鼓鞳。素甌滿同盛，江聲。浄饌齊一呷。甘芳滑流匙，樊榭。磊塊利用梜。群喋訝水鳧，蔎林。餘瀝施檐鴿。口香聞諸天，龍泓。腹果傲古衲。利益瞿曇云，堇浦。家風靖師荅。緬思烹穀初，謝山。軒后澤溥洽。玉井象昭垂，寸田。橐饘紀職納。人皆依食住，甌亭。俗始理生陿。貴或糅玄黄，誠叔。三品侈和雜。貧或點齏鹽，秀峰。七寶争嘬嚃。或詭名目奇，穆門。料斗説闐闒。或困衆指繁，江聲。餔歠沸吹欱。缹傳放翁詩，樊榭。膏載叔庠劄。寒持濟軍飢，蔎林。晨炊恤僮乏。何如我輩閒，龍泓。文史共歡狎。蜡飲用上寅，堇浦。談議資某甲。嶺梅吐萼纔，謝山。山茶破紅恰。騁辭筆紛飛，寸田。搜祕神有嗒。節物鬥朋牋，甌亭。故事徵梵夾。流連至緗黄，誠叔。新月照簾押。秀峰。

小寒食湖上泛舟用楊鐵崖花游曲韻

宜人春氣香濛濛，吹來多情感東風。平頭舫子鴨頭裹，巒翠四圍天共水。蘇家柳色解遮門，沿堤草緑已侵裙。紛紛故相上船步，都是嬉春與澆墓。鶩鴻忽從天上來，鴉鬢照入瑛瓊杯。人間幾見出金盌，尊前小拍休停板。涸涸碧玉流向西，羣公健筆襟可題。何須苦被浮名使，狙公芧子争三四。供使豈少金花箋，興來且賦嬉春篇。

繡谷亭藤花歌

蟬花詩伯難再見，手種朱藤轉葱蒨。拏空直與霜雪争，據地每容螻蟻穿。三春香散九衢知，六月陰成廣庭徧。看花止當縠雨後，影落深杯春拂面。蜜蜂粉蜨性情真，火急經營不知倦。信説仙家紫鳳嬌，益看麝帳流蘇賤。凌虚天女萬瓔珞，破壁神龍少雷電。青帝幾時遺草書，婀娜飛騰更多變。李公潭上景足憶，《平泉草木記》有《憶潭上紫藤花》詩。白傅筵中味堪薦。牢籠夜月光破碎，禁架曉風情婉孌。齊奴步障成俗誇，南子卷幃嫌特衒。何如不睡酌花影，休放韶光過如箭。

過趙意林賜錦堂見沈椒園六月舟中見懷之作同意林次元韻寄椒園

別酒不能勸，徒清湖上風。惟餘相念處，痁寐與君同。岳色官齋裏，雲容海國東。政閒詩應數，好付雁聲通。

挽張柳漁給事

飛飛丹旐返秋風，寂寂黄腸掩殯宫。荷葉又看迎舫碧，桃花忍憶别筵紅。新亭信覺山河異，舊社渾驚歲月匆。地下了知懷抱慰，吟尊應與故人同。吟社中自顧丈月田至給事，蓋九人矣。

下南屏山作

款漫風前杖，誰知客意閒。蟬聲疎樹徑，湖影夕陽山。

登韜光同王君實分韻

白傅回翔地，游人泥筍鞋。泉聲如導客，竹影慣依階。活翠生叢薄，晴陽豁野薤。湖雲與江鳥，望眼可須揩。

題汪復園亭角尋詩圖

復園居士詩觀久，妙意能從活句參。昨夜亭前明月好，應過池北繞花南。
亭角橋心路净便，忘機魚鳥共翛然。吟懷絶勝陳無己，可要蒙頭蹋壁眠。
愛汝園林興不孤，淼然池上似江湖。來游每欲分吟席，柳外閒亭肯借無？

讀程文衡先生其旋館詩鈔題後

一卷瑶華太古音，吟餘轉見古情深。金徽玉軫多零落，似對黄門碎後琴。

梁谿父先生湖中壽讌詩

緩移蘭棹軸青簾，如畫亭臺任所忺。山翠遥分春酒潤，詩情濃比柳絲添。夔龍接席鬚眉古，支許連吟格律嚴。恒公、讓公。永日從容陪笑語，陶然身世在羲炎。

魏景初帳構銅歌

狀圓如筩，徑一寸，長四寸許，中空而底方，旁出歧枝，有孔，上有字云：景初元年五月十日中尚方造。長一丈，廣六尺，澤漆平坐，帳上廣構銅重二斤十兩，凡三十二字，八分書。邗上方西疇所藏。

魏宮帳暖春雲熱，挈壺謾報銅龍咽。巧笑長蛾緝父風，悼后至今沈恨血。淒涼往事逐飈風，忽覩千年帳構銅。景初換朔希殷正，土德黃矜見處龍。景初元年正月山茌縣黃龍見，因改元。摩挲銘文三十二，澤漆朱竿知舊製。蠅頭小字密于蠶，筆蹤疑擅邯鄲勢。漳水衝洪日夜哀，曹家陵寢久蒿萊。哀王冢破亦見此，云伴團團鐵照子。漢廣川王好發掘冢墓，周哀王冢石牀上有帳構銅一具，無餘異物，惟鐵鏡數百枚，知此物之製其來舊矣。見《西京雜記》。

己巳臘月二十八日同樊榭過潮鳴寺訪大圜上人請觀戴進所畫功德殘本一十三軸

城隅返照明，仁祠面寒塘。天風遏海潮，但鳴金琅璫。訪古空寂舍，穹碑失朱梁。老僧具威儀，導客青豆房。請觀畫功德，沙彌起趨蹌。磊落十三軸，抖拂壓坌黃。丹粉信沈著，絹素惜皴皵。睹史陁鐵圍，苦樂意何長。慈雲散豪端，怳聞知見香。修羅摩醯衆，善氣各飛揚。髑髏慘欲語，爭乞甘露漿。咄哉兩眉嫵，牛頭嗤阿旁。畫手識前輩，戴老久擅場。被讒獲放歸，斯焉寄禪牀。事見郎仁寶《續七修類稾》。青蠅早糞土，白玉終何傷。發揮逢我曹，妙伎應更張。出寺忽大笑，俗物真茫茫。

正月十日集南華堂觀薛素素蘭竹卷

春氣媚晴日，集君池上堂。竹斜如中酒，鳥澀未成簧。隨意開横卷，安心據曲牀。玉臺遺跡好，珍重認吴孃。

歲庚午春仲同人往湖上埽穆門先生墓用皮襲美過張處士故居韻

先生高節抗明霞，俯仰儀型客共嗟。松下那堪人展墓，柳邊況復燕還家。沾脣痛把生前酒，照眼愁看去歲花。風雨空山催步返，不禁清淚洒湖涯。

謝金冬心見寄畫佛

自古情多惟有佛，知君畫處儘商量。瀰漫苦海悲常見，合眼須臾當道場。畫作樹下合眼佛。筆端超出十三科，但覺慈光紙上多。欲向畫禪參一語，衹愁笑倒老維摩。顧愷之畫佛像，光照一室。

畫佛高人昔碎琴，肯將點墨易千金。多君寄贈清狂客，暫慰如荼欲絶心。時余有幼子之痛。

挽施竹田

瘦骨驚秋病轉成，衡門從此絶逢迎。每嗟清嗽如君復，忽阻頹齡似曼卿。有子自應同不死，參詩知可達無生。年來吟社頻凋替，又爲夫君一愴情。

秋草四首和粱午樓元韻

天涯芳草轉光風，才入秋來便不同。舊景只餘吟袖色，輕香已散佩環空。可能嫩染河橋外，無復平鋪洛水東。更有閒愁潘鬢上，物華人事兩悤悤。

青原紫陌日依稀，不比花時緩緩歸。蝶夢翩翻迷處所，鵝群粧點是耶非。緘愁鄭國尋芳屧，斂怨荆江理熟衣。塞上早衰應更甚，驚看旅雁已南飛。

亭皋蕭颯阿誰憐，漫道嬉游墮寶鈿。謝客池邊驚昨夢，齊奴園裏閟荒烟。密藏蛩韻初零露，輭襯蹄痕待涉年。尚喜墻陰明熠燿，三生依約景娟娟。

芸其黄矣點霜華，飄瞥渾同鏡裏花。秋士感深傾鬢落，胡姬憂抑撥琵琶。幾多斷梗抛寒戍，一任飛蓬薄迴霞。遮莫蕭蘭共憔悴，那教遊子不思家。

題皇甫古尊借書圖

載書舊是君家事，生面欣逢妙墨開。乍接五車臨朽篳，渾如三益破蒼苔。胸襟自得流觀樂，腹笥聊資引證材。應似蘇卿供下酒，夜深想見盡餘杯。

龍泓憩館圖

松阜先生與僕交垂三十年，未知其妙于水墨也。去臘忽蒙手寫《龍泓憩館圖》見贈，更題古體長句于上，思清格老，稱許過情，盈尺間三絶備矣。僕何幸哉！因次元韻奉酬。

吾鄉山水吾真愛，江態湖姿紛向背。先隱雖遥境未湮，松喬石古人疑在。嗟予束髮罥塵網，摟身欲去徒生概。已諳晝夜等窮通，久把功名同茹退。喜招道士理茶鐺，恥向公卿掉書袋。思圖憩館在龍泓，竊比神樓存大概。吳興劉南坦尚書不能構樓居，文衡山爲畫《神樓圖》，見閔元衢《歐餘漫録》。吁嗟垂老將就木，始獲素心留墨采。論交吾兄卅載强，未悉豪端能爾繪。外史鉤皴迂偶覰，張貞居不以畫名，偶寫奇石，爲倪雲林所賞。元章蘊蓄坡猶昧。坡公讀米公《寶月觀賦》與手簡云：與元章交三十年，尚知元章不盡。信知雲夢蕩胸寬，鴻戲鯨呿安久耐。一笑欣將昔願償，魂游定向斯圖内。

爲堇浦悼亡姬

消損幽燕玉一枝，多情奉倩不勝悲。已虚女嫁男婚願，空剩天荒地老時。學繡牀閒曾静對，舞鸞鏡在忍重窺。六如亭下成新冢，須信朝雲是本師。

吴可堂以詩見示擬約出遊湖上及城南勝果寺諸勝因次其韻

襟懷擬散轉茫茫，好友招攜出野塘。斑白形骸憎疾疢，余卧病月餘，甫能出行，然尚需短笻也。踏青時候感存亡。時舒雲亭、施竹田相繼下世。且看天際雲爲狗，漫憶山中石化羊。萬物參差聊自遣，嬾將高論學蒙莊。

側理紙歌

曩於南華堂酒次出觀海紙一枚，詫其奇詭，予曰：此紙紋理傾側，一斜百隨，古所云『側理』，殆目徵之矣。時谷林撫掌稱快，亟韙予論，遂爲鑒定。今已進于天府，楮生遭際，古所未有也。追惟良友歡蹤，尚在心目，而紙之形模修廣，予曾見來因，作短歌示諸好事。

眼中海紙形怪特，旋轉無痕渾非接。一圍漫擬玉抱肚，奪得妒羅霜雪色。何年脱下白龍皮，却向脛腔分一截。高量七尺徑三尺，入手笑看紋理側。隙月斜窺那計條，倚空映日愛周遭。鮮光靡滑軟莫比，疑擣蘂淵秋兔豪。人間之書不敢書，翩然飛入蓬萊居。衹合紅雲香案上，供揮鰲擲與鯨呿。回看凡紙皆跼促，枉訝百金才購幅。紛紛盡是可悲藤，不如且飽朱詹腹。君不見，流紈汗簡溯上古，何似庖犧畫時土。

過趙谷林春草園八首并序

園中雜饒名花，無非佳種。花時谷林每作簡趨伻，慇懃相請，未嘗以不速客視友朋。如杜老江村之燕也。追詩池上，布席花間，若爲園中故事者。至暑薑邵侯之瓜，寒説宋公之餅，敦陳槃列，豆進籩加，珍侔段煉，巧壓荀炮，斯又餘事焉爾。偶兼旬未面，輒申其手筆，訊問無他，重以緑葹紫鬣，不待吴移；新脯精粔，寧勞顔乞。或訂幽尋，或期佳賞，張愛賓有言『經年共賞山泉，永日惟論書畫』，古今同致，詎不信然？昔誦少陵『誰家數去』、『百遍未闌』之句，謂亦約略可見當日人情之鄙，故沾沾感此不厭清狂之主，若以視谷林，所謂九萬里風斯在下矣。媿無少陵俊筆，使其神采照耀行墨間耳！予老矣，頹廢侵尋，行將就木，追維昔交，情多禮篤，久而不渝若谷林者，真生平良友第一人也。今春偶經其園，感從中來，棖觸不已。嗚呼！過嵇吕之舊廬，乏向生之藻賦，低回俯仰，我媿如何！爰賦絶句，聊托悽悵云。

趙兄情抱水迢迢，逢著花開即見招。恰似春風也相憶，殷勤猶到最繁條。

曾共髯翁把酒來，高低忍蹋舊亭臺。梅花了解相思苦，抱著寒梢不肯開。

淡淹池光洗釣磯，當年柳影見依稀。池邊多少閒鷗鷺，早伴寥天一鶴飛。

縹緲岑樓構意新，祇容青靄作比鄰。遥遥天目應惆悵，不見掀髯倚眺人。岑樓四疊，可眺天目山，即以名焉。素蕙田八分書。

垂楊傾倒草萋萋，遮斷蒙苔印屐泥。野鳥不知人怨聽，飛來猶是盡情嘶。

柳邱謝壑稱胸成，亭臺樹石悉出谷林布置。散步真教五欲清。他日何人知慘淡，任隨輕薛發狂生。

連蜷桂樹小山藂，異種疑分白兔宫。月斧雲斤消息斷，一枝遺恨向秋風。憶鄉試報罷，予往慰之，谷林曰：『予猶作此舉者，老母命也。』語次淚數行下。谷林孝思純篤，惟我知狀，因附記于此示其諸孫。

徑草蕭蕭勁似麻，文梁徙燕檻升蝸。無情最是高松樹，曳翠牽藤蔭別家。

硯林詩集卷三

石鼓歌并叙

平生頗好金石文字，收蓄千餘件，一夕忽毁，無留隻字。復抱沈痛，老亦侵至，益無聊賴矣。梁兼士孝廉、山舟翰林叔姪日下歸，以石鼓文打本贈。視我昔有雖加損剥，而氊椎之工頗强人意，蓋以我所篤喜者慰我憭慄耳。用意如此，能無感哉！因攬筆爲《石鼓歌》，略舉故人情事，録之册後示我後人。

我聞石鼓在太學，左右對列森衙衙。繞吟知㔸白屋履，來觀定溢鴻都車。周家世代昧遠近，但見畋獵刊詞佳。我車我馬驂左右，嘽嘽猛士嚴鋞鍜。斿旛桀戟肅隊仗，縱然奔趠無喧譁。來東歸西差可按，遵循汧洛凌岐崖。控搏惡獸執異兔，竄奔㲋音綽。夐音鐸。敺㹶豝。鱄魦鱮鮊鰋鮩鯉，曰漁橐音瓢。罟非弓扠。麀音沓。貙兕豕蹶鋒鏑，射夫騁藝摇弢韍。用參牲特告太祝，更坦原隰安菑畬。有唐中葉跡始著，左司老手開吟叉。韓光蘇焰繼摛掞，鏗撞大句瘖喎哇。至元己卯音訓勒，潘迪。歐陽玄。黄溍。才俱姱。金風亭長劇疏證，馬説未見難攻瑕。朱檢討呼馬定國爲僞父之言。琉璃厰人黑白埽，易金每入通人家。紛吾有癖似歐趙，分無紫禁趨闉闍。形模但向甲秀見，舊藏甲秀堂帖石鼓縮本，鼓形宛然，字體確妙。團圞塊壘何磈磊。黝黯疑爲列星殞，斑駁似受狂雷擿。往看未遂老遽至，安能萬里驢騾跨。我生況更後韓老，鷦蟀又換千年遐。弆藏幸獲雙翠墨，搨憐烏夾分金紗。舊藏兩本，一濃墨，一淡墨，皆百年外物也。閒中豈止百鋪展，静處不啻三摩挲。素心辰良或戾止，出玩屢點頭綱茶。髯金農。碑版熟掌故，瘦厲鶚。石墨長鐫華。輕舒漫掩世慮遠，杳同佛屋繙楞伽。六丁瞰妒忽下取，化爲朱雀兼烏鴉。尋常憶著便搔首，肝肺突兀生扠椏。故人情多念衰朽，十紙鄭重封題斜。裹帴急與拆魚子，褾綾孰暇思薑芽。呼兒釘壁宛轉看，蓋頭病髮忘鬖髿。辛壬甲乙順次第，高下聯綴齊參差。墨憐輕活調點漆，紙喜韌薄抄純麻。槌均撲細極整頓，工人造爾能堪嘉。依稀三百四十字，錯落星斗瞻開遮。怒猊掌抉醉象蹴，饑蛟尾掉饞鯨呀。書人在昔妙心手，勢窮𤬪扁徐公誇。徐騎省謂鼓文得𤬪扁法，非老手莫能到，見《學古編》。審音且任讀吾我，陶滋《石鼓文證誤》本音『吾』讀作『我』。結體聊知殊鰯鯊。柳楊柞棫半摧折，『柳』『柞』字又剥小半。麀鹿雉兔紛怒拏。一微辛鼓剥又盡，洶如浪白翻蛟蛇。元時第八鼓尚存微字，潘迪《音訓》今已盡剥。緐鉤疎帶閒磊砢，態度何異東陵瓜。瘢煤疻楮臏跟肘，鉤金揀出恒河沙。字亡誰能乞倉史，石破我思求女媧。紛紜流峙意趣別，但可默會言難加。日月愈遠鼓益損，後生所見應尤些。『日月愈遠，後生所見益微』，坡公跋右軍帖語。想見他時轉漫漶，滿身凹凸增窩窊。頑然將返太樸始，癮瘮瑟縮如蝦蟇。低回未便乏好事，捫探索摸猶咨嗟。我躬丁慘心力槁，作歌那肆奇芬葩。目搜心討漫檢校，後慧恥拾前人牙。坡公憫世羨鼓壽，成毁終逐風中花。坐對真成三歎惜，應與吾身行有涯。

咏緑牡丹和梁兼士孝廉

傾國名花擅色奇，緑陰庭院看依稀。儘諳姚魏稱呼豔，黐惜黄徐點染非。毛女衣輕貪掩映，劉郎鬢秃悵因依。曉鬟忍擬秦宫賦，早共咸陽一炬飛。元裕之咏牡丹：『金刀一翦腸堪斷，緑鬢劉郎白又生。』

題半硯齋圖吴門吴生岑渚得湯巖夫篆半硯齋額，又得趙寒山半硯，寫圖求題。

東坡無田食破硯，山谷有墨僅半囊。高人于物不求備，文采風流韻轉長。幽齋愔愔俗慮遣，清供羅羅閒事忙。平頭奴子注水處，陶泓親滌師元章。

堇浦書至并寄見懷之作輒成奉答

粤東人去動經年，念我書來喜欲顛。心力健看摛藻内，眼神衰想見花前。因蛇瘴厲休嫌酒，應蟹潮寒莫損綿。落月停雲思最苦，何時歸話雨湖邊。

張無夜解元以竹紙五十枚羊毛筆雙管寄我蓋見我詩稾紙筆敝劣過甚故也物雖微情則殷矣詩以報之

湖穎寄來同越楮，憐君諳我字難成。欲知用意纏綿處，一縷霜豪一縷情。

秋九三日入南屏山拜張蒼水先生墓同王桐墀萬近蓬顧鑒沙作

空山撮土葬朝昏，誰識堂堂碧血痕。西市成仁天柱折，南朝挺義海波渾。芃芃周粟郊疇廣，歷歷殷頑信史存。繞墓幽泉偏曲折，長年不斷似聲吞。

南屏讓山開士作山舫於精廬之左薌林相國爲書額開士集社友賦詩

偶架方舟在磵阿，時親猿鶴遠蛟鼉。峭帆忽挂白雲斷，短纜常牽翠葛多。就日繫來橫塔影，倚煙浮出接湖波。阿師久捨洪流筏，夜負從渠有力過。

過南屏山舫拾得拳石于古松老栝之下通體脱沙形類屏障一逕上通如五丁之乍鑿蜀嶂者然白章青質朴而多姿信硯席之雅玩也因邀讓公同作

偶探壞塔斜陽紫，拾得南屏小朵青。亂脈握來殘後雪，散芒想見隕餘星。窪尊舊記鄰三癸，削嶂今看鑿五丁。好與陶泓偕氣調，應同壺嶺擅儀型。

咏橄欖

格欖曾聞老郝經，橄欖南人謂之格欖，見郝臨川集，李蓬谿《釋名》未收者。紅鹽落處出炎蒸。形模鋭似華林棗，顏色青同鉅野菱。鎗畔偏宜沈酒客，徐景山酒鎗見《世説》。甌閒小佐點茶僧。果中我欲呼仁者，後獲先難味足徵。

重九後一日同趙天庚魏星槎陸篠飲登紫陽山游丁仙閣瑞石洞諸勝

言尋城中山，頗肆塵外志。佳辰過上九，好客攜數四。颸柯悦傾耳，霜翮來決眥。江光薦遥碧，小立衣欲漬。况當宸游初，天藻掞仁智。雲霞媚鐫鑱，潭洞豁靈祕。懸厓驚結構，高下皆入意。坐堪擷蘋芹，月波池已疏瀹寬廣，蘋藻浮動於中。行或穿薜荔。側足感花巖，回首一心悸。

春風小院詩，已往石與厲。當時瀟灑游，入林欣把臂。秀句各崢嶸，追吟輒酸鼻。俯仰邈山河，空未城郭異。野鶴何時還，濁世誠可遺。昔與厲二樊榭、石大行之清游于此，同用蘇公釋迦院詩韻，忽忽三十餘載，二君墓木已拱，余髮亦且種種，舊詩並忘之矣。

前詩意猶未盡復成六首

人區名勝閟雲蘿，樹石新承雨露多。有景樓臺翔鐵鳳，無塵街郭勝銅駝。香山詩：『銅駝街郭暖無塵。』江山信合歸圖畫，邱壑翻憐近綺羅。我欲橫空招野鶴，玄裳縞袂意如何。

亭臺飛聳徑參覃，舊是仙人白石龕。潗後荒池尤衍漾，搜餘古洞更谺谽。曾紆天步蒼苔貴，忽送風聲老木酣。水葉山條紛異狀，誰箋草木似嵇含。山有白蓮、古柏、千歲藤、紫竹及成道樹，悉異他産。

長廊行盡瞰澄江，更覺遥岑氣未降。天外秋痕誰最占，城中靈境此無雙。臨風送鳥雲爲路，坐石窺魚樹當窗。怪底仙凡分咫尺，炊烟乘午起名邦。

仙去亭留鶴影芠，野鶴翁辭世偈碑已爲人擊碎去之矣。雲歸洞壑自空嵌。黏苔獅子憑泉吼，化石蟾蜍見月饞。飛鳥導尋燒藥竈，游人争上感花巖。天章焕處青瑶迴，知有神工細細鑱。

小步遲遲徑轉佳，引升高處不須階。海明似見飛仙島，林定如投古佛齋。登頓詎嫌清露濕，徘徊况得好秋偕。幽遐歷遍詩神王，老眼分明不用揩。

曲檻斜檐結構牢，淹留巖腹與山尻。深杯漫就今朝菊，健筆新題昨日餻。痕識洪濛波變石，爽澄寥泬氣增豪。斜陽影裏頻回首，歸路詩成髮屢搔。

重九後五日送汪西顥之廣州應制府幕

天青湖碧媚晴陽，瑤席同銜惜別觴。話久渾忘柔纜遠，游酣詎藉瘦笻長。且懷處士留雙鶴，漫説仙人跨五羊。君過曲江知弔古，瓊鐫爲我剔苔蒼。以明皇祭張曲江文碑搨本奉托。雲閒菊秀映清尊，惆悵河梁日易昏。飲爲將離寧惜醉，别當垂老更消魂。指揮百粤需鴻筆，整頓嚴疆待讜論。此去長途正堪畫，千林參錯炫霜痕。

同傅玉笥丈游龍井韻

游事南山久寂寥，漫隨荒蘚過溪橋。凌秋俊鶻争輕翅，趁暖閑蜂出細腰。石狀片雲欺玉瘦，泉成碎雪響珠跳。當年佛法無多子，祇待中天絳節朝。群公重游龍井，知改舊觀，故落句及之。

題讓公南屏山舫看梅圖

梅色皜於凍鶴，石棱瘦似高僧。但覺香空諸有，惱禪破戒何曾。

我友今之北秀，團瓢在古南屏。偶舉梅花公案，休參梅子青青。

陸篠飲秀才自武昌搨李篆怡亭銘見贈

楚雁書來病眼青，急張幽搨豁沈冥。絶憐裴李專詞翰，銘乃裴虯所撰，銘序乃李陽冰篆書，銘乃李莒八分書。益信江山助性靈。殘雪斒斕知石泐，輕煤媕婕識苔馨。元郎往句真堪賞，『怡亭篆銘蛟龍纏』，金元遺山句也。滿壁蛟龍動古廳。

人日立春同人至湖上見微雪

且探人日逢春立，漫惜新年帶臘徂。豔雪并來先柳絮，綵旛渾欲鬥桃符。詩裁蜀簡真堪憶，酒壓荆盤底用沽。便覺風調歡䧳雉，試看水暖適游鳧。

祥符寺陁羅尼經石幢歌并叙

己卯立春日倪生建中、周生亦耕、黄生相圃、厲埍繡周同游城西祥符寺，覩唐開成二年處士胡季良所書《陁羅尼經》石幢。黄生爲予遣工氊蠟墨本。是日微雪，飲黄氏琴趣軒，諸生請爲此幢作歌。

祥符古寺尊勝幢，誰其書者胡季良。磔掣束裹别擅長，非鍾非索非二王。篆額八面垂琳瑯，仙人倒韰師務光。鎖紐宛通偏勁强，篆貴宛而通，見《書訣》。盤拏瘦骨矯莫當。玩之良久如騰驤，一頓一挫神洋洋。八分行草迹盡臧，季良於篆書、八分、正書、行草無不精擅，見諸《道石刻録》《復齋碑録》《宣和書譜》。更嫻詩歌與文章。案：吳興吳文皇帝廟碑及吳夫人墓銘德本寺碑皆季良所撰。見《復齋碑録》。《題然公山房詩》《大乘寺詩》《崑山寺詩》《讀元和文》皆季良所作，見《宣和書譜》。宣和入譜陋未詳，《書譜》但云胡季良不知何許人，不見于史册，惟工行草而已。自命處士耽樂康。朱門鐘鼎應早忘，清才妙藝老一鄉，臨風那不生慨慷。不見賤伎旛綽黃，史册翻令垂有唐，譬戛瓦缶抛笙簧。古來公道多渺茫，想見斯人抱幽芳。洒然千載如在望，幢搨我昔韜古囊。悵作鄰火朱鴉翔，黃生敬恪篤中腸。響墨爲我穿僧廊，氈槌均活響抑揚。既擊既掃黑白彰，我時懷古心徬徨。起巡閒園繞蒼筤，天中真塔昧兩缸。短莎遍蹋徒悵悵，唐國一禪師真身塔，以兩缸合而瘞之，德宗賜塔號曰天中。今寺基分裂，未審塔在何處。昔日九里皆寶坊，九曲鐙火争星芒，九十九井分銀牀。泉光已入千家凉，幾經浩劫換紅羊。惟留兹幢屹不僵，石盤敦敦出坳堂。久爲民居閟墻隍，一朝呈露還佛場。合掌麕集耆黎相，搨得即是孽海梁。豈惟妙筆珍青箱，是日春立司東皇。忽教微霰撒明璫，寒風觱爾吹衣裳。笑歸曲室開壺觴，當杯探韻興詎央。詩成迭咏聲琅琅，黃琮白璧皆鏗鏘。酒酣坐立任相羊，試鋪墨本向明窗。重脩歲月按幾行，清順治十二年。明崇禎九年。遞溯元延祐八年。宋淳祐八年。梁。乾化五年。大中之修尤足徵，叶。名僧信仕紛劻勷。大中五年法師講師大德僧共十三員，縉紳明經十四人同脩。奉爲多生爺與娘，上鐫奉爲國王太子大臣多生父母十方施主等。讀之酸淚欲栖眶。字亦阿那含清剛，了知書手非尋常。唐目書經者爲書寶幢手。山僧如法何代郎，輒將咒字胡皴皵。記云重書實殘戕，第四面咒後嵌刻一行，云『大明山僧如法重書此咒』。實以刀鏤原跡耳。癡肥臃腫鐵鋒鋩。舊跡竟使遭剥創，咄哉閽黎真野傖。得無好名成妄狂，陁羅尼義萬善綱。總持衆善免衆殃，大願發自大覺王。獲沾幢塵等慈航，經言：得沾幢上吹下微塵及幢影映身，皆獲利益。至今幢頂舍利光。二曜不敢同低昂，乾化五年重修，頭陁處道以琉璃瓶安置舍利五十四粒於幢下。我作此歌黯自傷。舉口無力當衰尪，維願有情普供藏。聊述本事非鋪張，清晨盥誦能勉遑。巍巍功德知無量，檀函好伴伽嚧香。

梁山舟翰林以高麗貢墨一巨挺見贈面有公山烏玉四楷字背有升龍外浴以漆黝澤特甚作此報之

貢墨曾聞出猛州，高麗墨上有『猛州貢墨，張力剛造』字，見宋李孝美《墨譜法式》。忽驚容易到雙眸。矴程蜃市驕難測，針路狐帆險屢收。矴程狐帆，見《高麗圖經》。小字屈蟠烏玉重，瘦龍依約柳枝柔。柳枝瘦龍，見黄山谷《李廷珪贋墨詩》。摩挲漆液爕塗妙，一點韋郎似得不？

偶過倪生建中小園樂朋來館適諸君拈題集字正酣之際僕不能也輒用其題成五十六字留貿西林老友

吟朋幽事偶招攜，絶勝迢遥把杖藜。春到閑園人自得，情遺萬物孰能齊。錦囊探字功争捷，玳管揮琴格肯低。寄語沙河吴處士，新詩爲我抉瑕璺。

蘆溪翁遺像上見玉几先生兩絶句因亦題七字兩韻二首應其令子星槎秀才之請

措思奥淡陳無已，舉體蕭閑魏仲先。二老風流見何許，清詩遺像各翛然。

霞明水瘦炎方劇，柳重天青日正長。莞爾形容無熱惱，了知懷抱足清凉。

篋茶已罄而瓮水尚餘戲成一首

古罌梅水醍醐厚，浄篋春茶白雪香。罌滿篋空徒悵望，何人封絹致盧郎。

意林以龍井頂春見贈病中手自煎飲風味清絶衰骨爲之一振因用同林倡和韻

合署芳茶百草王，菁華俊壓一崦蒼。分來定走披緇侣，點就何須拾翠郎。此日雲腴仍舊井，裏龍井，人謂之老龍井，産茶爲諸山冠。當年風味想閒堂。在龍井寺，宋辯才法師退居之堂名。知君贈我深縈意，悲火澆時感豈忘。

馮右書餉五臺天花菇以二律題之且勗他日之操云

代北臺懷五頂平，天花幽茁素霞莖。隱芝應喜閒爲伴，合蕈堪嗤浪得名。竺法蘭餐慳洗鉢，孫思邈煮惜揩鐺。高奇自是仙靈供，肯向頑山劣水生。

一裹封題整不斜，故人遥致代天花。銀盤比處微嫌俗，翠釜烹成重豈加。配以參差宜水旨，合蓴絲作羹尤佳。芼之左右稱山家。于公峻節吾鄉事，老舌雖饞敢漫扠。忠肅于公前後巡撫山西、河南幾二十年，入京不挾土物餉當路。汴人嘗誦公詩云：『手帕蘑菇共線香，本資民用反爲殃。清風滿袖朝金闕，免使閭閻議短長。』見楊循吉《蓬軒别記》。

意林以龍井春芽西湖藕粉見餉更用蘇公與參寥行園得黄耳蕈詩韻作詩見示適右書以五臺天花蕈寄贈輒分小裹以餉意林并依元韻答之

茶泛金芽促鼻香，藕澄銀粉沁心涼。扶羸頗振筋骸劣，破睡堪鋤學殖荒。聊學吴儂輕點蜜，肯同朔客浪投薑。報瓊偶掇仙山蕈，點綴殘春筍蕨鄉。

右書又以太白茶見貽輒賦短歌報之

故人兩致太白茶，茶名久播東海涯。點就驚浮白玉漿，摘來看落黄金芽。胸中沃焦嗟突兀，一時頓化清涼國。何意衰遲就木身，餽物頻勞故人僕。故人情藹逾春雲，千金百朋奚足云。欲報慚無郭生句，苕岑臭味孰能分。

恒公以邵墳豆見餉

下莢天然綠蛹形，見李蘋湖語。土膏雲液出南屏。迎眸候恰同妃紫，《維揚芍藥譜》：「黄者王，紫者后妃也。」入口柔堪笑帝青。處士畫圖勞渲刷，金陵陶縝事，見《宣和畫譜》。大著色名渲刷。陳王詞句悵零丁。何如雅掇高僧餉，亟佐承歡水一瓶。

楚中王先生寄贈同茶

同茶真是勝真茶，益腎滋脾却眼花。祇惜老夫田宅敗，待他來世發黄芽。《黄庭經》：「寸田尺宅可治生。」

水蓮拳勺兩先生予故人也歸道山久矣拳勺令嗣隰有忽以兩先生手迹見示如對故人欣慰何已因題於册

二老風流遠，吾生祇惘然。雲歸終寄岳，鶴化已遼天。妙翰金生潤，清文玉比堅。古香藏處好，真愛後人賢。

清明後一日集琴趣軒

吟格貪師謝，開軒亦慕陶。奇懷欣客共，狂態識吾曹。茶賞煎新火，花憐坼露桃。冥觀隨物化，未覺此生勞。

李松游以抱經亭看牡丹詩來索和詩中似惜穠豔爲雨所敗因次其韻且以鄙見慰之

牡丹開後誰家好，欲向城南問詩老。豈知鞓紅在檻外，坐失歡娱徒悄悄。恰成微雨養花天，薄曀輕颸君慢惱。新詩寄我如玉溪，似惜回中跡同掃。李玉溪有《回中牡丹爲雨所敗》七律。想見飛觥闔雙户，花繞虚亭賞清窅。何如晴好出郭西，緩緩湖隄踏春曉。

題沈沃田桐陰結夏圖

官齋岑寂碧梧長，且喜曾無熱客妨。洗後襟懷見高士，擊餘態度想三郎。就陰點筆豪俱緑，和影吞茶齒亦香。此意正須兒輩覺，何如更畫北窗凉。東坡句：『此意祇愁兒輩覺，逢人休道北窗凉。』

挽陳授衣

别後光陰脱兔奔，把君訃紙一聲吞。三生已覺揚州夢，午夜應歸浙地魂。瀾漫琴書珍令子，峥嶸詩筆守諸孫。當年覓句齋空在，花發愁看寂閉門。君讀書吴山夢緑庵，曾乞程松門高士畫閉門覓句圖，濃墨乾筆，邱壑深潤，緡紙小立軸。

沃田至杭暢晤于湖舫足慰懷想之素輒成近體

久耳雲間俊，相逢各老蒼。山襟卑衛霍，詩筆抗儲王。飲吸湖光動，談隨檻日長。酣餘指靈竺，期我共相羊。

送桑弢甫水部之歷下講院次其留別之韻

客程舟外見蘆花，迢遞官河縱復斜。老去景光應愛惜，秋來月色不須賒。魚龍城市迷青海，李杜池臺莽白沙。知爾講餘多遺撥，好憑雙鯉降瑶華。

題恒公梅花作伴圖

似雪寒梅遍磵阿，臨流憩石偶婆娑。定回應笑龐居士，偕偶唯吾偈亦多。『不與萬法侶，唯吾自偶偕。』龐居士偈也。的歷明珠迸玉胎，横斜掩冉不勝開。風姨了解師無著，恣取生香透竹來。梅花久擅北山北，阿師今住南屏南。一片香光滿湖水，依然境界是同參。恒公今住南屏，此圖則住北山時所畫者，當與拈出。

題陳玉几小齊雲圖爲江雲溪作

尺紙千峰來眼底，通神畫愛穆陀翁。僧淵喜並川嶺側，幼輿宜置邱壑中。客境自教幽意足，家山安藉夢魂通。題成蘸筆欲書草，嬈人脞務重怱怱。

火肉糉歌并小叙

端午南徐、泉臯各以火肉斧糉來餉，走筆戲作短歌，即以寫寄，蒲醪邊當作下酒物也。

羅含孤黍春綿孰，彭生曲股香紅玉。肖形柯爛青霞斧，束裹莖疎隕風籜。天中斯味老夫諳，故人分餉馳筠籃。堆柈捉箸頗酣恣，人生適意吾寧貪。水精著齒了無聲，琥珀如酥亦足珍。更遣戎鹽相串合，揚州貫鶴一時并。

杖藜

杖藜隨曉步，黄葉又秋風。老覺時光速，貧諳世態工。坐深憐止水，望遠托冥鴻。江白山青外，朝暾正上紅。

陸篠飲楚中歸贈中興頌墨本

陸生客游祁陽歸，手中出贈中興碑。湘烟生翠浮紙墨，草堂展看明晨暉。顔書元頌兩奇絶，千秋照曜浯溪湄。讀之令我生太息，病肝老肺俄崔嵬。禄兒天磔固早示，天寶遺事終堪悲。强軍秖辨抗行在，哥舒用武嗟虺頹。潼關一挫犬羊入，九廟頓爾成飛灰。苟無顔郭奮忠義，兩京疾復誰能爲。三郎悔禍中興啟，昭然天意如風回。製文遺祭曲江老，文鑱白石高巖隈。罪躬旌直應有作，想見文字傾瓊瓌。桑枯感退古所有，一念信移安與危。何人爲我致墨本，好同斯搨相追隨。

春禊日皋亭九曲道中即事

春流宛轉櫓嘔呀，著眼風光勝若耶。遠翠冒雲堪滯酒，小桃臨水欲蒸霞。田間閣閣蛙初沸，陌上遲遲日未斜。徙倚篷窗徐瑩拂，幽懷寧讓昔人誇。

題恒軒吟卷

舊德知能繼，名門見異才。清儀挺鸞鳳，妙筆瀉瓊瓌。静展奇光起，長吟逸韻回。老夫頹廢久，懷抱頓時開。

初秋山舫雨中寫望

小雨湖山趣，真成水墨屏。雲拖無定白，山作幾般青。已覺秋能爽，渾堪醉欲醒。誰呼孤嶼鶴，一唳起青冥。

題桑東愚養爪採藥小照

至行無低回，至道共根柢。子輿啟手足，考叔捐腦髓。嗚呼孝子心，各就聖人軌。人言東愚翁，養爪亦有以。藉此如冰淵，是亦保親體。頻年凜一朝，敢有秒忽毀。惚恍衫袖端，似弄玉麈尾。伊予賦性褊，去聲。舉動少慎葸。齧鮮舌或傷，搔蛘膚屢疻。披圖見道貌，令我顙有泚。聞翁樂壺隱，采藥向崐崘。纏綿收兔絲，礫砢擇狗杞。首烏藤回環，伏苓根逶迤。取之頗艱辛，無乃勞爪指。何如城東偏，草木爛霞綺。維昔耆婆言，大地藥靡靡。

江滋伯請和游浴鵠灣晚歸之作

淡淹浴鵠灣，阿那啼鶯樹。清曠少游人，舊是元洲路。灣爲張外史元洲精舍幽境之一。當年獲到人，不異蓬山渡。晚步足徘徊，凉烟薄于霧。訪古水無言，但有擎拳鷺。江生具遠情，于此拾佳句。歸艇風吹裳，波面月已吐。風月寧有私，閑者得其趣。

同曵甫水部次濟南名士輩以太白恰及千歲設祀酒樓元韻

李侯仙去久，樓聳碧霄間。佳句阿誰並？清風如可攀。雲頹思醉態，月皎識歡顔。傲骨千年在，青青謝朓山。

送讓公主桐鄉龍翔寺法席

楗椎鳴處即津梁，豈異毘耶據一牀。龍鳳刹高風範古，龍翔、鳳鳴皆桐邑名刹。梧桐鄉美午陰凉。閒拖竹杖看農事，静數雲帆笑客忙。寺臨官河，客舟往來。惟悵白頭同社侣，良辰不共炷時香。

秋日南屏僧舍茗讌分韻

晴光掃斷雨霏霺，景物僧堂遠近兼。客爽甌香通竹外，人憐鐘韻落風尖。蓮皷午渚紅初退，樹入秋原翠轉添。祇惜座中吟侣減，下河船已去支纖。

庚辰冬日獨游龍興寺二絶

酒壚葱肆幾騰蒸，市井中閒閟佛鐙。祇有詩人諳著眼，對橋門榜認龍興。

繞幢重復小徘徊，閒趁冬曦偶獨來。解事沙彌憐熟客，園門爲我早先開。

寺後高樹婆娑隔垣可望沙彌言祥符寺内樹也又言先有龍興後有祥符蓋承其師語云爾但鮑老因緣未知尚能悉否再賦一律

瓜分古寺感蕭梁，塞霧回標疊宋唐。北宋、南宋、中唐、殘唐。穿蟻遊人咏蘇老，䶮雅貴女降錢王。吴越王妃曾降香此寺，施捨龍乳簪，爲寺中十寶之一。塔埋鐵劫消寒影，井徙銀幹又夕陽。惟有石幢肩佛日，萬人曾覩玉豪光。《志》言寺内有鐵塔座，久埋塵土矣。

歸途過鮑公古社當即蕭梁捨宅人也以一絶記之

支河岸北石幢南，聞有貓兒舊日庵。鮑老精靈呼欲出，數千年是護伽藍。《志》言貓兒庵在石幢之南，鮑公捨宅後所居者。

題萬夫人八分書遺跡

墉城人已去，遺墨轉分明。妙繼中郎體，九沙先生令愛。頻傷君子情。鸞迴秋影疾，雁逝曉波驚。德矩依然在，袁昂詎敢評。

湖墅米山堂前明孝廉胡貞開瑟庵所構也孝廉善詩工畫有霜林寤歌且朴等集首夏與魏星槎秀才過之堂久易主軒牕荒陊魚鳥不親邈焉興感輒成一律

平岡複洞幾彎環，露葉烟藤滿目斑。直是小山藂桂地，未輸流水古松閒。舊巢招鶴蕪難下，辛檻呼魚杳不還。唯有狂皴留敗壁，尚同遥翠鬥巉頑。瑟庵畫石一株，尚存壞壁。

書臺移居

幽居聞向古塘遷，想見朝昏樂事便。水近何須賒月句，窗虚不用買山錢。任扶行藥蛙頭屐，易唤探花燕尾船。更愛盤餐貧轉媚，蘭香筍先去聲。到門前。

上九日游西谿永興寺訪宋僧篆書白雲流水之扁同何東甫陳象昭分韻

高僧篆扁隱靈蹤，聳意來看悵未逢。橋廢難尋跨溪石，寺遙久斷出林鐘。風輕爽愛生衣薄，秋九晴憐令節重。歸路夷猶信堪戀，水流雲白競爲容。

過張莊詩并小序

丁卯首春，梁薮林編修招吟侶看梅西溪之張莊，并游永興寺、蘆庵諸境，山樓聯榻，水檻分題，流連越日，各得雜體詩數首而還。越今辛巳纔十五年耳。同何、陳兩生游永興路經莊前，因艤舟覽之，桑陰彌望，故蹤悉迷，聊裁近體，用記前塵。即以『張』字爲韻，兩生亦次弟余韻。

栽遍成都八百桑，遺蹤人指曲江張。羅浮夢斷梅花杳，濠濮情非荇藻荒。倚酒閑樓銷蜃氣，攙歌好鳥付殘陽。橫空衹有將頽版，尚占如規一畝塘。

游吉祥寺詩并小序

吉祥寺去拱辰橋西曲折不里許，平橋導客，老樹應門，頗爲幽寂。余少時曾一游焉。辛巳九月之晦北墅嚴可亭、包采南、何東甫、陳象昭諸子請同余往。舟輿兼濟，扶掖惟謹，諸子詩筆既清，情話更篤，盤桓流憩，逡晷始還。老夫自抱病以來未有此樂也，諸子欲以韻言記兹嘉會，因用杜少陵『寺憶曾游處，橋憐再渡時』句韻其平聲，各賦五字近體。

依依憐法樹，似識我來曾。竹靄仍歸佛，花光乍倚僧。野雲侵稻色，河影蕩橋稜。歸路晴兼雨，秋陽尚鬱蒸。

秋日重游龍興寺

小立曾來徑，重看古刻幢。聳知諸垢離，慈攝衆情降。舊物闌移井，園中觀音三昧井去經幢不數武，塼甃參差，石闌已失。高禪塔覆缸。國一禪師塔。溯初思願力，呼寺合同江。蕭山縣城内覺苑寺乃江淹捨宅，宋張即之特書江寺牓以表之。龍興乃蕭梁大同二年鮑侃所捨宅也。

題魏静阭擁書圖

散花灘上棲遲地，爲愛積書森滿家。幽處薰香閒事業，静中驅蠹小生涯。何煩安世補三篋，直似惠施盈五車。有子能攻真足樂，百城應笑昔人誇。

臘月十五日飲黄氏琴趣軒玩庭下紅梅時小雨乍晴龍興祥符戒壇院三處近在跬步間遂與諸生過之各拈韻賦六言律詩得二蕭

勸飲庭梅似醉，牽吟鄰刹如招。霽日況摇金影，寒雲行卷玉臕。『雲護蒼林玉有臕』，米海岳句也。宅捨時遺六代，寺分世慨前朝。三地原蕭梁鮑老捨宅之一寺也。且趁梵香浮動，謾嫌市墖紛囂。

同人喜西顥歸里置酒湖上西顥向予誦孤山探梅五律清絶不媿昔賢也因呈近體四十字

老喜朋簪盍，歸來見素真。酒懷元迴俗，詩筆益如神。未覺頭成雪，微看鬢似銀。梅花新句好，浮動故鄉春。

陳象昭貽佛手柑

迦文慈示耀金拳，普化南天鼻觀禪。氣飽秋風雲葉白，色分晨露桂花鮮。香回自覺茶增烈，醉豁方知酒少權。惆悵三生一彈指，玲瓏且簇定瓷圓。

陳象昭招集師竹齋聽嚴可亭彈平沙落雁

嚴子優琴德，寄跡壺倉公。龍脣爲我拂，滿座生凉風。爛爛月潑沙，瑟瑟蘆摇叢。遠音入傾耳，仿佛來征鴻。恍疑煙江上，夜掀霜中篷。予本放誕人，往往狎釣翁。神形忽相移，夢落江湖中。少焉成寂歷，方知秋堂空。

黄生蘅洲寫竹見贈

浥露捎烟寫竹枝，殷勤爲索老夫詩。恨無耘老臨溪屋，相看官奴把燭時。

曹荔帷用其家元寵舊事以鐵硯名齋予古鐵硯幸存因以掇贈并爲造銘更賦長句用代硯券

鐵硯真成金石交，贈君聊爾拂刀鞘。羲之筆、陳圖筆者，刀鞘也。好圓董仲蛟龍夢，謾作揚雄蝘蜓嘲。唐人贈洪厓先生古物，中有揚雄鐵硯。凍勁何妨攻短焰，年深亦復見微坳。鏗然更愛研煤際，餘韻猶堪叶古匏。

硯林詩集卷四

四照亭曉望

平湖百頃展風漪，眺向危亭遠更奇。楊柳抱烟春正曉，桃花得露鳥先知。虛無意入詩神王，料峭寒隨酒力移。翻恐遊船來指顧，櫓聲摇破軟琉璃。

張芑堂自平望來餉我閔糕詩以報之

閔姓名餻深雪色，到眼團團秋半月。只少迷離玉兔兒，桂露猶凝昨宵濕。唯春魯望識香秔，不用淵明材酒秫。浮三淅九法方好，堪譬難渝素交節。賣處曾游漁釣仙，噉來頻見雞蘇佛。鬆甘軟淡宜老齒，易慰貧兒供絜白。酒客操戈或偶然，茶人把琖宜三益。韋龍謝鳳競雕藻，徒衒華筵一金直。虹橋誇目雙暈花，烟絲播咏加澆蜜。何如此餻平且淡，似水相於情轉出。張生攜餽登我堂，徑尺淺淺疎筠筐。鏤花絳紙相掩映，招人榜子看幾行。蘭餘齋占殊勝寺，殊勝寺在平望，寺門有賣閔糕者。專久此齋無別房。老夫一笑爲庋置，朝籩范甑騰馨香。慈顔倚桯見莞爾，婆娑鶴髮神揚揚。淡然無味天人糧，《黄庭》有語義允臧。老人食之壽而康，感生之青天長。

饋足慨慷。攬筆作歌嗟學荒，一雪忽霽開朝陽。歌成轉覺情蒼茫，獨立矯首風吹裳，慈烏啞啞

題陸筱飲何東甫雪飲圖

快雪時晴映薜蘿，一尊剛喜故人過。瑶臺月色朝能借，銀海花光暮轉多。詩壘疑驅汝陰筆，酒兵如亂蔡州鵝。披圖我亦思乘興，門外溪流淡不波。

九月二十六日入净慈丈室同恒公吴甌亭帶星昆仲魏星槎過萬峰山舫看紅葉用東坡卧聞禪老入南山韻

小李將軍著色山，斜陽襯出兩湖閒。昂頭白鷺輕將起，縱目朱霞巧任攀。漱茗聊參逃世味，同僧又得此生閒。憑闌久眺松窗下，點筆詩成未擬還。

送讓公北上

萬里春風策瘦藤，梅花樹下送南能。山登齊魯未了處，塔埽雲烟最上層。此去諦觀覺王法，來歸應續祖師燈。白衣居士心空久，擬問毘耶第一乘。

哭汪伯子

伯子賦性靜默，然諸不苟，中歲益去紛華之習，食飲衣著益淡泊，不趣時好，搜書鑑古，力求精確，矻矻無倦。近年喜書八分，遒方拙古，饒有漢意，惜未多作耳。絶似陸友仁、朱性甫一流人也。斯今求之，其可得哉！予交伯子跡雖疎，而實有塵外之契，予被災後，伯子屢約至其蘇城之居，大出書畫，請爲鑑定，閒爲跋尾。屬余衰病日增，未果往，而伯子忽焉棄世。嗚呼！可悲也已！聞决去了然無怛沮，是亦晚年澄澹之力也。因賦長句哭之，並記其平生厓略。他日有欲知伯子者，當徵吾言之非佞。

中年求道漸成翁，肯把襟懷許俗同。絶愛三餘堅晚節，翻嗟一壽厄天窮。銘心鑑古陸研北，刻意求書葉水東。漬酒我艱磨鏡往，寄將衰淚向西風。

清明日湖上同魏星槎作

嬉春詎惜買春錢，挑菜時光又一年。已快臨風舒朗嘯，何須向月覓閒田。崇桃積李紛無次，活水流雲遞接連。怪底飛花太輕薄，殘紅時墜麗人前。

虎邱

池寒月黑劒消磨，虎阜匆匆夜一過。高牖閃燈僧閉閣，壞碑尋字客緣坡。吴娃粉黛餘乾蘚，山鬼衣裳出女蘿。絶似范寬垂老筆，模糊樹石見無多。米公《畫史》云：范寬老年之筆，樹石不分，似暮夜之景。

游金山

江半單椒快一登，寒潮滚滚下金陵。雲邊山色都歸雪，檻外風波不到僧。舟入長空帆點點，鷹盤浩氣塔層層。行人争滿瓜州渡，手拍闌干唤不譍。

宋搨蘇文忠公小楷金剛經前後有明關中郭孝廉宗昌印因次錢叟題所藏華山廟碑歌韻題于後

金剛之經誰寫者，蘇家學士來岷峨。珠遒玉媚神采耀，起迄知無菩薩魔。《華嚴經》：『佛言：諸善男子、善女人等，書寫經時横事欻起不終，當知是爲菩薩魔事。』此經佛語稱第一，净信能拔多生痾。須菩提悟大涕泣，天帝釋衛嚴摩挲。章泯卅二陋分割，不從昭明分章。字經六譯窮浮譌。六譯見《史通》。曾聞結習付賢聖，阿難尊者頭頻摩。《楞嚴經》佛語阿難見汝清晨頻摩其頭。了知書寫自嚴毖，不比戲換山陰鵝。人評忠義挾姿媚，評出山谷。自云剛健含阿那。平生碑版照四裔，瑶青玫翠争礱磨。無端黨籍起元祐，妙跡隱晦嗟宣和。《宣和書譜》不列公書，以黨魁也。穹鎸滮漫翳息壤，壯刻黯黮沈流波。山亭水榭風格沮，空看滉瀁同峨嵯。山岳峨嵯而聯岡，見衛恒四體書勢。錢王祠碑損猊抉，柳侯廟碣欹鯨呿。伊此細楷覯尤罕，勢驚縱綽兼委蛇。到眼居然古色斕，如鎗獲龍尊獲犧。爨琴椽笛擬神韻，豈煩觸搀嵇康《琴賦》：『觸搀如志。』搀音别。勞掕挼。馬融《長笛賦》：『掕臧挼拏。』掕音精。舒㦸點翰安且雅，相見威儀如切磋。維公真氣貫金石，疾惡勇逾揞喉戈。吁嗟時相忌謇諤，遷轉一似蓬飄科。兹銜責授副團練，蹤跡知在黄州多。東坡春好供拾句，赤壁月明邀放歌。石藏刻後是何許，搨本完好無纖蠹。依稀髯郭小印在，姓名幸免升枯蝸。斯人金石歐趙亞，檢點漢唐多潤訶。『亦須繕寫，更請潤訶。』伏珽語也。郭有《金石史》二卷。汲古不攖閹黨辱，鴻飛冥冥超雲羅。腥貂䙓綬互倚藉，視同鼃黽驕蚶科。見《莊子·秋水篇》。風塵澒洞起轉眼，秦晋郊原悲坎軻。何期窮市入我手，阿誰攜取過黄河。乃知公跡神所祐，詩案昔枉奸舒唆。《宋史》言公以詩下獄，乃奉化舒亶唆彈章者成之。堂堂况復法中寳，藏處合熏茶矩麼。茶矩麼，鬱金香也。見《金光明經》。得無當時寓齋内，安老祝釐爲保阿。按《年譜》，公以元豐三年二月到黄州，四月書此經，八月公乳母任氏卒，公有志銘。眼中近刻見馬薛，揚州馬秋玉、蘇州薛生白各刻有公書《金剛經》黑字本，馬楷薛行亦皆小字。估斷豈止百倍過。自幸殘年獲希覯，澡祓思造雙伽陀。韻踵蒙叟事偶爾，規音撫節聊吟哦。邯鄲之步示兒輩，雛肺琢肝如老何。

杲日大師圓寂于中秋後二日將葬乾峰以詩哭之

別後俄驚歎逝川，冰輪初減二分圓。緣堦履在空秋草，倚壁牀移但曉烟。有問悉酬存普願，隨機無著示真禪。殘年一掬知交淚，欲寄江東繞塔泉。

重題山舫用山字

昔同諸吟侶分得阿字，爲讓山社友題山舫會，録之裒然成册矣。近予卧痾鮮出，每思一躡其境而倦未能也，乃用山字重題之，輒便寫寄，俾懸舫中，知山舫之有重題。自予始勝節高屐經此，倘辱和焉，當爲山中故事。

道人水觀元非實，盎屋如舟夜不關。安穩寧勞木杯渡，嵌空險笑石船山。新松影壁圖成易，候雁横空字豈艱。顛米曾誇虹貫月，何如此舫占孱顔。

正月十八日同王澹和過忠天廟觀陸少微畫壁

寒力入裘如入縞，未遺梅花洗煩惱。乍過收燈喜飽晴，日脚裂雲紅皓皓。城北故人天機清，有約靈祠事幽討。芍蘭兜西路不紆，共曳青鞵踏霜草。臨河廟牓金慘淡，肅奉社翁及社媪。到門嘈囋匏竹驕，叢簇村巫炫虔禱。進探佛屋闌檻冷，畫壁模糊半傾倒。三長六法粗可辨，陸瀚丹青藝林寶。毗沙威神剩塔劫，毗首威儀失幢纛。餘墨蕭瑟詎容識，但見戈鋋雜箭笴。森然端麗五天女，三日雙瞳猶炯好。水衣風帶雖剥落，想見雲裳與霞襖。再觀羅漢淡如夢，仿佛兩軀疑草稿。流派駸駸戴進亞，若遇謝循應見娼。陸翁斯地舊廬在，畫此定應增被澡。研青鍊紫自琢意，豈惜役思枯髓腦。人生積善信有報，俶儻佳孫盛文藻。謂筱飲。四菩薩板記蘇公，二行脚僧移米老。惆悵今時妙賞希，空付庸僧支爊滈。世間何者足堅牢，萬物終傷難自保。蝸涎雀糞競相妒，轉眼流光跡定埽。平生搜奇未肯後，却恨來看知不早。風前把茗漫徘徊，流覽且與開懷抱。堂中大佛亦奇古，戍削精嚴出誰造。論工寧下宋元世，數百年經幾潤燥。起尋碑讀稽時代，久作泥沙供礪擣。閒結游曹擬再過，墨本氊椎庸一考。

老軀羸劣飯非米之久困而質同黃稉鼳等紅蓮者則腸胃屯頗而生畏方外友浄慈恒公知余若是輒蒙見贈金華吴少君高士也嘗呼此米爲檀香米豈虛譽哉咏之四韻用記高情

精鑿紅蓮久蓋藏，陸魯望詩：『近炊香稻識紅蓮。』南山禪老遠分將。罨成爐畔旃檀色，帶出林閒薝蔔香。六腑昇平從可賀，三冬舂簸入嘉嘗。維摩右掌何須托，滿鉢清芬供道場。《浄名經》云：持戒是道場，得願具故；精進是道場，不懈怠故。余當於一生補處消此飯香，不虛我友之所供耳。輒箋落句以自警策，且請我友證明。

立夏後三日登吴山題文昌道院壁同趙淺山

櫻筍年華又換春，江山付與客吟新。雲趨列岫朝炊動，雪繞迴沙識浪頻。句踐故關如在夢，田横遠島欲生塵。騷人可奈登臨思，去。陳跡無端易聳神。

晦前三日重游吴山再用前韻題壁

尚有徘徊四日春，四山柔緑莽争新。景閒翻悵時過速，境好何妨客到頻。萬甃魚鱗通蜃氣，一槌清磬畫紅塵。憑高自覺詩成易，漫道高歌有鬼神。

昭慶寺畫壁詩并小引

寺内戒壇後壁畫觀世音過海相，吾杭顧升山、董雲有兩翁合筆也。兩人皆丈人行，惜未一接其眉宇，而余之禮足於相下者屢矣，翹企欽瞻，因成長句。

吴蹤孫跡各稱雄，合手何期見兩翁。佛帶光疑温散日，龍裾波恍響連風。百年轉恐消磨漸，再劫應難絶藝同。拂塵閒看吾豈敢，惟宜稽首頌如空。温飛卿《賀知章樓壁草書七律小序》中有『拂塵閒玩』語。『稽首如空，睟容若睇』，唐張繼《善觀音變相先天菩薩畫幢頌》。

貝葉經歌并叙

庚寅重陽奉香天竺，入雲林寺，與佛基上人登寺右借秋閣，林容豔爽，茶倚頗久，閣主出貝葉經見示，奇古尊重，開筴肅然，綈几徐繙，恍游忍土，但媿懵昧，梵字未辨，攝自何藏耳！因賦長歌以俟彦琮、玄奘其人，且幸吾生斯緣之非偶。

蔡侯造紙精思獨，海内方知搗麻縠。敝縑敗網盡入用，未成十寸逾千幅。印歸典籍散天下，倭溢蠻陬皆易畜。篋穿誰謂鼠無牙，厨扃多付蟫充腹。遣一難逢從事賢，在片翻資奸相毒。藤麋竹爛石臼穿，應使嗷嗷鬼騰哭。何如天竺古先生，惟用本來真面目。多羅力叉質蠲異，産自建那補羅國。形模簡尺翦刀裁，書寫靈文備恭肅。不涴人間造孽塵，能使蒼生罪還福。雲林禪房頗幽曠，上九風光媚梧竹。借秋閣上一來看，慚媿闍黎爲開櫝。稽首皈依四悉檀，齋心冀代三熏沐。展舒鄭重妙香中，潑眼山光浮几緑。横纔半肘縱三指，顔色渾同截蒲籜。次第流觀卌四番，梵字旁行往而復。綿聯髣髴隊行蟻，匀整依稀布元粟。起左迄右書反覆，載字雖多用材縮。細探筆法轉奇妙，氣勢盤拏森縱伏。横牽逆拂合頓挫，側點斜飛存蹙衄。緬想西天尊者閒，林下徐調墨瓶墨。毛錐未合揀鵝翎，松液懸知煉雞足。洗手聊爲謝客繙，彈舌慚工苑咸讀。恍共涪翁觀寶軒，《黄山谷年譜》：崇寧三年正月，禮衡岳思大禪師遺像，閱三生藏貝多梵字經等物，爲書『觀寶軒』三大字。失却人閒垢坌黷。中央環束貫弱絡，上下平齊夾輕木。紐以紺文昔代錢，馬奔陰縵銅姿活。横書進歲記咸平，貝葉計四十四番面，背皆有梵字，第八十七面無梵字，小楷横書『咸平三年九月十七日進』十字。趙宋官家舊曾矚。瑶島香飄供養嚴，鼎湖雲合升遐速。世易還同佛爪飛，物存亦似龍髯脱。霧黄灰黑任塵寰，鬼護神呵自幽谷。榆欓初離白馬馱，或出摩騰法蘭袱。求經昔者聞顯永，玄奘遐蹤實私淑。白羽雖能軫客心，黑獅未畏饕人肉。鱷齒驕河波浪勁，羊腸澀徑峰巒矗。鍵鎝濟餧口頻噤，櫛栗支疲手常瘃。林紆野迥萬由延，國異城荒幾重複。開士從來悲願洪，誓將大地迷雲霿。筴啟齊裁詎偶然，書親半滿休悤促。寶光舊祕載南都，顧起元《遯園雜記》：南都寶光寺有西域貝多婆力經，長六七寸，廣半之。葉如細毛竹筍，殼而柔膩如芭蕉，經字如赤豆大，旁行蠕蠕如蟲豸不可識，外以二木片夾之，其木如杉，細緻可愛。溥山往賜傳西蜀。湯允謨《雲烟過眼續録》：西域貝葉經，經長二尺餘，高止二寸，半葉色如蒲，裹以竹㡘，内有織成字云大蜀皇帝賜撫州溥山院二片。三葉僧誇開福專，閩人姚旅猶登録。姚旅露《書陝西西安城中開福寺》有『貝葉經三葉，每葉横書梵字四行。其葉如竹籜，闊竟三指長，四之短者兩葉，視長之半。主僧云唐時物也，今天下只有十葉，彼寺得其三』云。伊子所覯况圓成，湛湛摩尼動盈掬。一卷還聞景德藏，慈光我浙叨多燭。佛語真文遭遇難，何啻靈山親付屬。老夫貪佛能自信，飽却平生清净欲。再觀黏紙字分明，護經木面之腹黏牋紙一條，上左書『貝葉經』三字，下右書『古佛弟子馮武敬藏』，下扣馮武私印『字元陵』，兩雌字印氣韻妍雅，當是明季人也。彈鋏後人知不俗。芸槴荃囊獲弆藏，信渠古佛因緣宿。捨到香龕定幾時，得無避起龍蛇陸。懷古摩挲意轉長，不覺頽陽閃林麓。日月無端祇促人，難駐景光當眼新。一穿薄葉千年在，誰識禪枝劫外春。

回回李翰十紙聯幅墨蒲桃歌并叙

回人李翰平生好畫墨蒲桃，生紙殘煤，遇興即作。山僧野人見乞無吝，書成例不著款，自娱而已。但扣市刻二印塞俗人意。滿洲線公開府浙中亦雅善此藝，時見翰作，延論墨法，翰讜言對之，不阿旨以取容也。予偶從廢紙擔上得此十紙聯幅，尤爲傑作，惜知翰者希，因爲手篆刻章志之，并作短歌用薦後之能傳翰者。

李翰蒲桃墨法熟，生紙枯榮隨所欲。興來兔鶻信手追，真有洋州胸次竹。論畫何心阿愛增，讜言曾抗線中丞。澡瓶還我四體潔，瘦骨偏向秋崚嶒。曩時曾識李翰面，回輝寺外尋常見。今之回回堂舊名回輝寺，有正統年碑立堂内，錢唐鄭厚撰文。翦髭寒映葛衣霜，回首光陰閃睟電。鷗性從來鄙架鷹，肯向華軒受縚鏇。於乎一藝能自重，死後風標始驚衆。髣髴佯狂温相公，脱略擅威楊總去聲。統。此畫縱横二丈强，紙聯十幅宣州光。夭藤大葉何蒼茫，颯沓似有風吹裳。想見連騈帖高壁，帖紙于壁見米公《畫史》。静爇鉢衣諸念息。回國呼香爲鉢衣。猛然振筆數入聲。回環，宛似老回書黑忒。回國呼字曰黑忒。梗健驚看火樹横，顆繁忽訝摩尼黑。滃壁迷離烟霧生，滿堂惚恍龍蛇入。當年畫成知自惜，款印俱無付真識。老夫使留異代名，磊落石章爲手刻。老夫龍鍾頭雪色，俯仰應成遠行客。他年挂向草堂中，未識何人重太息。

吴小谷以詩壽余并以古玉畫軸佳紙毫穎見投次韻奉答

槐清竹潤愛吾廬，素友能來戾小車。快比酒邊逢阮籍，真堪泉下視曹蜍。出觀雅貺同良璧，得誦新篇敵異書。抵掌掀眉秋照午，橫空爽氣更誰如。

婆娑石畔更花旁，與共尋歡破草堂。篆倚古釵煩野叟，茶分釀乳愛支郎。謂北山恒公。不嫌禮數疎還放，自覺交情淡轉長。別去蓬門當復掩，任他塵滿舊繩牀。

冬日重過忠天廟

邨廟寒生翠，門前樹幾株。重來如乍到，小坐忽長吁。供茗僧成嬾，看碑客轉孤。何須悲俯仰，陳迹久荒蕪。

豆腐絶句三首并序

汪静甫秀才過舍，誦其尊叔西顥先生豆腐絶句，卷軸葩流，風調藴藉，不意纖俗之題見此大雅之作，會僕恰有冬葅凍腐之薦，不覺忽起效顰之興，極知牛原笛吹未可與鳳臺簫韻同其節奏，而各有自得之趣，則一也。知西顥必有以教我。

茅店雞聲板跡霜，最憐菽乳曉時漿。更看小試酸鹹手，不羨蓬壺輭玉方。

莫道儒餐糲與粗，免教面目視屠沽。尋常不把菘芹芼，也似神仙冰雪膚。
凍腐寒葅各稱材，聊聽瓦釜一鳴雷。當餐笑語砂鍋老，合與冰壺合傳來。

硯林詩集附録

丁　健字誠叔，號净居，仁和諸生。

寄巢秋禊

恢台轉素節，閒館鳴秋蟬。露晞花房明，日淡松陰穿。纖鱗戲層波，小蝶翾凉煙。撫化眷物理，矧兹巾舄聯。羽觴一以泛，列坐屏管絃。晚風扇蘋末，散髪池上眠。長謡攄幽夐，皎然塵襟湔。

把鏡篇寄希曾致堯山甫諸弟

晨朝把鏡看，我面如弟面。覿面不得語，孤蹤寄異縣。所幸諸弟賢，各各事筆硯。仲氏志專一，纂言及星算。霜曉閒風宵，手鈔書等案。叔兮性儒緩，摛詞工繾綣。偶然書八分，上奪崔蔡善。季也更小年，亦復弄柔翰。《文選》手一編，雜擬詩可玩。汲古道自尊，干時計非便。改絃而更張，聽者或忘倦。美女匪良媒，誰歟致金釧。爺娘坐高堂，六十顔玉練。大父與大

時彥。毋效阿兄癡，爲世笑風漢。母，八十且健飯。人瑞四世難，天樂一家擅。胡爲守圭蓬，落然久貧賤。及早圖致身，庶稱識

法相寺竹閣觀李先輩畫壁

閣中誰灑雪色壁，檀園居士留筆蹟。溪山幽窈樹蒼瘠，穎秀塢景妙創獲。題云：十月之望，游穎秀塢歸，把燈寫此。惜哉風雨半崩坼，年深墨淡意荒率。想見揎袖岸巾幘，虞老長孺。聞生子將。同笑啞。我來怳坐空亭側，讀畫看山并一夕。昏鴉嘯群飢鼠咋，竹外吹來寒月白。嗚呼萬事等浮塵，佛宇曾遭劫火焚，何況過眼之烟雲。寺舊毀於火。

徐紀南泛舟城南遇雨疊昌黎韻見示次答一篇

端居無俚破幽寂，藤牀晝臥攲枕函。我友扁舟遠造訪，來看城南山青巉。好雨淅瀝響篷背，迴風浥濕白苧衫。足音跫然闖蓬藋，求羊徑闢莓苔銜。肯嫌地主少看待，江光帆影窺門緘。蕭蕭巷陌貯秋氣，相對煩事皆湔芟。新詩投我復洪秀，字句剔藪兼疏巖。有時清味盤苦硬，何止與俗除腥鹹。有時蒲牢振鏜鎝，坐廢絮語傾喃喃。及其放筆寫沈痛，如屈被謗賈被讒。鏤肝鉥腎鬭奇詭，意匠所到神工劖。誰云雕蟲一小技，子雲文章後世監。古來饕餮鑄饞鼎，唯於墳索供人饞。伊予失學嬾莫比，篤好往往慙畢諴。因君爲我發針砭，庶幾痼疾瘳

尩纖。

普賢寺鐵象歌重二十萬斤，南唐袁州刺吏邊鎬鑄。

晋朝古寺城南隅，中有鐵象形模殊。體巨貌詭勢仰視，調馴馭狂愁番奴。蹴踏直欲凌九有，想見截流尾不濡。普賢大士慈容愉，敷衽而坐恒晏如。六牙分身百千億，暗中摩頂發蒙愚。誰其鑄者邊和尚，一方偏霸嗟無恙。君臣惑溺紀綱頹，福利營心恣欺誑。圍城高坐講《楞嚴》，倉卒誰知北兵向。後身靈運亦何爲，維摩鬚久招譏謗。可惜鑄鐵竟鑄錯，枉使洪爐役工匠。

大安寺鐵香爐歌向傳吴赤烏元年鑄，今按款識乃太和五年。太和爲楊吴睿帝年號，非吴大帝時也。唯三國魏明帝有太和年號，豈以訛傳訛歟？

竭來五月洪都客，訪古來尋謝尚宅。連朝牽率無事朋，昨日城南今城北。入門突兀見鐵爐，大可隱身高過額。魍魎知難川澤逢，饕餮寧爲風雨蝕。斕斒繡澀暈苔花，叩之鏗然韻銅石。摩挲忽認太和字，始辨從來赤烏惑。細數春秋八百餘，却爲楊家增歎息。政由東海鼎祚移，孺子危如枰上奕。楊花化李豈偶然，卒至彭奴改元歷。讓皇晏駕丹陽宫，傷心空把香爐擲。《十國春秋》：睿帝遷丹陽宫，是日，有使命來，時帝方誦佛書於樓上，使趨前，帝以香爐擲之，俄而報晏駕矣。十國瓜分何足論，徒擁虛器堪笑啞。何如此鼎鎮三門，運往不隨年籥易。團蒲頂禮佛前燈，香破廊陰開薝蔔。

側理紙歌

舊聞海苔曾作紙，南越之人能造此。水綿萬杵出鑾槽，芨皮松皮未足擬。今朝獲覩形模奇，高尺有七徑四咫。皤腹虛心類鼓腔，旁無接聯下無底。映空諦視文庚庚，細雨斜飛白雲裏。博物何人識者誰，茂先既逝道衡死。鮫工巧製擅千年，倭僧肯留輕萬里。小山主人清閟藏，一幅世寶緘藤箱。蔡倫左伯造不得，肌體妍妙堅而光。不敢自私獻天子，親灑宸翰輝天章。君不見，澄心堂紙百金值，流傳江南更江北。劉韓蘇石梅歐陽，賦詩同聲三太息。爭如此紙得遭逢，楮生進侍明光宮。即今賜錦成佳話，韻事應傳百歲翁。趙丈意林以此紙獻行在，拜賜宮錦四端。沈觀察椒園以賜錦名其堂，梁觀察瑶峰爲之書，沈宗伯歸愚爲之記，梁少師薌林書以勒石。

九日擬游張家寺阻雨不果集桂堂作

古寺南湖上，西風釀雨寒。水田秋破碎，野樹暮團圞。細路妨游屐，虛堂展食單。相將弄籬菊，亦足助清歡。

九月十六日登寶石山天然圖畫閣

戍削秋巒紫翠開，危樓遥面水雲堆。殘僧似鳥依枝宿，閒客如魚逐隊來。城接斷霞明繡嶺，塔移斜日下荒臺。病餘腰脚還堪試，不怕陰崖有滑苔。

春夜四照亭玩月

吹盡游氛天倒開，水晶宮裏湧樓臺。憑誰唤醒春城夢，到此月明湖上來。

修川道中却寄范大雪軒

連林烏桕雜雞桑，罨岸青蘆卅里長。一鬨趁墟人散後，水風凉入打魚莊。

丁　傳字希曾，號魯齋，仁和諸生。

隱　泉在南屏山小雲岫旁。

沿緣岩岫閒，有泉自穴出。其源最幽邃，厥名表貞逸。挂瓢此爲宜，盥耳有餘潔。利世功難任，在山意須決。莫漫比池塘，但滋春草茁。

渡瓊海

潮來打鼓舶解維，東風獵獵徐聞碕。船頭畫眼怒若鯇，掉尾欲徙南之涯。海船之頭皆飾兩眼，以象魚，不爲巨魚吞舟。在港小使鱗鬣動，出洋奔突無坦夷。六鼇翻背坐卧下，風帆上接雲霓飛。横空黑浪萬山疊，閃爍鬬碎青玻璃。波濤漫説涉忠信，好勇過我愁宣尼。心肝嘔出腸胃吐，身旋若篩簸若箕。足臂横撞皆敵國，各各無語顔塗泥。忙催老版速抵岸，聽鐘大廟魂猶迷。大廟，天后廟也，已抵瓊岸矣。籃輿扶上慰我恐，珍饈羅前酒滿卮。當食不食發長慨，輕身渡海夫何爲。

筆飲歌并叙

梁山舟太史，以毛穎染墨後一經燥枯便不適用，爲出新意，豚錫方二寸餘，高如之，面設四穿，大小各二，以受卓筆，中容水數合，使得上潤毛穎，不至漸濡而止，名曰『筆飲』。太史自造銘以寵之，海鹽張秀才芑堂爲鐫其側，因作長歌以落成之。

管城徙就金城居，鑿斯池也清不淤。咄哉非灌晋陽水，何以沈沈直同三板餘。是有靈氣潤枯槁，騰達上接玄雲腴。渴烏望見飛就飲，果腹不比滴蟾蜍。菡萏倒垂類藻井，無怪花生任獵漁。爲想鹿豪松管初，僅得哉藏雜冠裾。筆有簪有佩。一牀似得偃息舒，終無異與筒斗臚。顛毛未禿渴相如，金莖露迴不得呿。何如淩波若步虛，沆瀣飲飽煩燥除。先生書興豪不沮，擘牋濡墨取此歟。券褱抽毫信手塗，驚看池飛北溟魚。中書君勞何慰渠，金印如斗非相於。尋思別有錫典諸，湯沐封邑從此書。按：『諸』疑『儲』字之誤。

丁　佺字致堯，號松老，錢塘布衣。

題杭堇浦二丈赴召集

韓杜不可作，斯文漸汩没。誰能挽狂瀾，夫子奮巖穴。力追風雅遺，彬彬紹前哲。孤吟動清商，逸韻儼白雪。不獨茂春花，于兹掇秋實。大可醫膏肓，小亦愈頭疾。經國須賢手，造醴必麴櫱。綵綸賁邱園，旌蒲耀衢術。儒林嘆異數，耇長並撟舌。乃知北溟鱗，會化摩天翮。披吟發長嘯，清風動林樾。

筆飲歌次魯齋仲兄韻

於戲！毛穎來前汝且居，石田汝耕體沾淤。唯德潤身澤不斬，譬彼宫墻鮮麗擁贏餘。汝言津津瀉不竭，汝貌卓卓清而腴。胡然顑頷未轉瞬，如魚腦減待兔蜍。豈其病渴應坦牀，抑混江湖垂竿漁。汝本中山被褐夫，未醉五斗咏雲裾。一從被澤入中書，如下藉句上藉臚。蘇林注《叔孫通傳》：上傳語告下爲臚，下告上爲句。今賜水田宅一區，不須營謀喚不呿。齊桓謀取莒，口呿而不喚。脱帽露頂任歡娛，侯賜恩澤頭銜除。立身不屈喜有徒，林林在水一方歟。曾念渴驥奔泉無，濡沫争同失水魚。筆耕亦須問溝渠，不至不毛患在於。信說膚寸即靈雨，試看淋漓否中書。

雁字二首

聯翩旅雁勢回環，妙跡天然不可攀。幾點銀鉤生碧落，兩行玉箸滴紅顔。銜蘆漫擬簪華格，避繁渾同墮翮山。多少情懷題未就，羨渠掞藻達重關。

橫空仿佛展雲藍，倒薤垂波體自諳。絶似璇璣圖始演，好將羲畫卦相參。書空咄咄翻難隱，入霧悠悠忽見函。引起征人無限思，一時回首向天南。

早春小園梅花盛放喜而有作

物敘風情喜欲狂，梅花消息透春光。一枝明媚出脩竹，萬朵暄妍照夕陽。瘦骨自應無俗態，清姿端合占群芳。徘徊欲折還相惜，好待他時金鼎嘗。

酬魏五星槎

風雪柴門無剥啄，故人衝曉獨過從。綈袍解贈情何限，記取年時戊子冬。

乞陳大象昭畫竹

寫取篔簹萬箇强，伊人胸次似瀟湘。不須醉日分幽鍤，好乞風枝埽俗腸。

硯林詩集後序

硯林丁先生爲先大夫執友。成憲五六歲時，肅揖坐隅，獲承謦咳，迄今猶可憶其古心古貌。曩昔所居遘吴回之災，詩毁罕存，先大夫曾搜輯爲上下二卷，後從知不足齋鮑氏得寫本，略有增益，數年來張君芑堂、陳君象昭、何君夢華咸各鈔寄。卷中未備之作，山舟梁丈更録示數十首，且汰其十之一二，頃與令子曜北重加商訂，釐爲四卷，而以誠叔、希曾、松老三子各數詩附於卷尾，冀並傳之。自先生之没逾四十年，而詩集甫授梓人，感先友之云亡，手吟編而鄭重，且以竟先大夫未竟之緒焉。嘉慶十有一年，太歲在柔兆攝提格仲冬之月，同里後學魏成憲纂。

硯林集拾遺

恩榮五詠呈傅丈玉笥先生見真蹟

天語昇平人瑞

松姿鶴格茂佺僊，人瑞親承聖語隆。商嶺厖眉慳點雪，蓬山壽骨藐淩風。龍鍾班後人嘲叟，香山授贊善，與裴晋公適同朝。矍鑠年過帝賞翁。厎事流霞充兩耳，曾探天上杏花紅。

授左贊善諫議大夫

鸞周鶴禁地深閑，贊善名高翰苑班。禮峻王恭温鳳詔，榮加謝琰眷龍顔。秋隨銅輦清難接，月近重輪迴莫攀。醉筆吟箋誰敵者，頭銜端合并香山。

賜御書詞苑耆英扁

昭回羲畫牓銜新，詞苑群推老斲輪。迹降軒黄方是寶，署懸飛白未爲珍。宋家采筆終王客，庾信文章但旅臣。爭似先生摛藻處，巍巍天語焕如春。

賜宫綾文綺

雲綾霞綺景分窠，巧殫銀璜玉女梭。海比臣叨猶較淺，山齊君賜孰云過。借天自免劉公札，蓋洛應成白傅哦。知付消摇裁鶴氅，看花閑□步逶迤。

賜端州貢硯

端州貢硯水雲姿，百辟欣看獲捧時。君意特教閑品騭，臣心常抱不磷緇。洗餘星斗驚投案，磨罷蛟龍忽起池。堪笑漬袍顛博士，唯將乞請當恩私。

題迎鑾新曲見厲鶚、吴城原刻

孝治真看邁百王，慈宫親捧九霞觴。新聲擬祝無疆壽，才子迎鑾各擅場。

群仙争集百靈趨，龍笛鵾笙調自殊。碧落空歌誰敢和，笑他郢雪祇區區。

柝角分官未易才，共將藻思瀉瓊瑰。一時駒豹争聲價，曾唱鈞天法曲來。

詞筆湯徐信老成，同時對壘合争衡。南湖花隱甌亭長，他日應傳供奉名。

贈讓山以下見釋篆玉《話墮集》

一壑松風六月凉，人閒最是篆公房。未須白社蓮花漏，自有黄龍木穉香。窗外鐘聲連鳥韻，林閒月去并湖光。何時清話酬三宿，瀟灑同師共石牀。

同吟社諸公秋日南屏坐雨

山風吹雨洗秋心，散入湖南薝蔔林。遠寺烟生雲外畫，高臺泉落石邊琴。塔荒空問黄妃字，釜壞全消帝子金。倚檻蒼茫意何盡，擬拚莎笠一相尋。

同人題讓公竹趣圖聯句

深竹有幽趣，坐聽琅玕聲。顧之珽。中有静者影，簌簌清凉生。周京。虚中起妙悟，直節見高情。魯曾煜。九白坐禪定，對青識嘉名。厲鶚。仿佛緑天庵，風露飄縱横。施安。萬竿鳳尾密，幾个雞腔輕。汪臺。畫比浄照揭，偈似多福呈。敬。寂應雨餘磬，韻叶風中鐺。杭世駿。凉霰落夏簟，翠色圍山楹。張熷。小年日卓午，秋信暑伏庚。吴城。何時就林中，同參玉版烹。許承祖。

斷碑硯歌並序　見張燕昌《金石契》

碑爲蘇文忠公墨妙亭詩手蹟，缺泐之餘，僅存一十七字，明漳海黄公石齋得以爲硯上隸刻斷碑二字，下勒道周小印，微凹其中，以受墨汁。土花周遭入手輕膩，蓋古甎也。今歸吾友汪子學山求是齋中，學山手拓墨本裝册，請數交好斐章以紀清勝，時則庚申歲之余月。

黄公遺硯何嵁崿，曾是蘇詩斷碑作。縱幾三寸廣羡黍，略就礱磨謝雕鑿。搨本誰傳墨妙亭，硯材今壓香姜閣。藏歸石齋記小印，搜出蒿垣煩大钁。模糊苔髓尚漬面，斑駁土痕猶透膜。裂餘遺字如疏星，色正芒寒炯聯絡。篇章缺折句雖頗，策掠横飛驥仍渴。愛之欲與三日卧，米海岳得南唐寶硯，抱卧三日，然後請蘇公作銘。見《米公外紀》。寶以須閑一宵攫。元祐黨人碑足重，闕下完人硯堪恪。黄公自稱『闕下完人』，常刻印章用之。乘雲騎尾各千載，俯仰摩挲增嘆噩。襲來直可並瓊瑶，用處寧徒寫糟粕。君不見，同時蔡魏碑磊落，牧豎恥將牛礪角。

題湖船録見厲鶚原書

明湖終古水烟清，酒舫歌船俱有情。不是東城陶謝手，誰能一一記嘉名。

十月十二日集瓶花齋對菊食蟹聯句見杭世駿詩鈔本

詩盟趁冬閒，折柬踐佳約。登高已後期，周京。良會欣有托。清言答吟蟀，朱樟。勝友占噪鵲。侵窗短景紅，金志章。映户蕭雲歊。弈隨握槊爲，戴廷熺。句閒捶琴作。主賢善娛賓，厲鶚。

佇興非寂寞。盆菊正斕斑，汪臺。斷蟹殊磊落。鄉物吳俗同，梁啟心。雅事晉人各。把玩掇其英，敬。拍浮佐此酌。京兆誰所餉，杭世駿。鄮縣古云樂。中央后衣明，張湄。外骨土介薄。性躁喜末糖，全祖望。味甘宜入藥。香堪制積齡，施安。雋適供大嚼。玄黃血初凝，江汝器。紫白色交著。徵名錫延年，吳城。解經詮郭索。輸魁芒在腹，京。除蠹葉留脚。水仙薦可分，樟。霧女出應愕。潮上見蜕餘，鶚。月中合栽却。一枝烏帽斜，志章。幾輩寒蒲縛。鳴薑聽隔厨，廷熺。采杞伴攜钁。風莖看微動，臺。霜殼恣羣掠。摹形尖團異，啟心。繪影濃淡錯。漫咏屈子騷，敬。匪逃秦客瘧。湯官笑蹣跚，世駿。圃師愛戌削。花經品或差，湄。食指動能博。觚大詫輪囷，祖望。錢小憐灼爍。朵休冒雨尋，鶚。螯只如雲斫。洗手饌法新，安。照眼秋思昨。豔披愚齋譜，汝器。饕續疏寮略。羊何坐不無，京。韓孟體相若。排比費蒐羅，樟。飣餖資嗢噱。朋歡忘宵長，城。燭灺轉街檬。志章。

明鄭貴妃書泥金普門品經同樊榭作見蔣光煦《東湖叢記》

比似楊家妹子書，顔挑柳趯更憐渠。貴妃書學顔，頗腴勁。蒙將白馬馱經力，已到紅羊换劫餘。

敲冰絸紙帝青光，蘸水皴毫苦末黄。苦末，梵語泥金也。見《翻譯名義》。想見莊嚴書竟處，開函猶拂内家香。

月墮雲飛不可攀，琳瑯金薤見來難。祝釐有願纏綿在，遺事分明似阿環。宋張端義《貴耳集》：真定大歷寺藏經，皆唐宫人所書，經尾署姓氏，極可觀。佛龕上有一塗金匣，藏《心經》一幅，字尤婉麗，後題云：善女人楊氏爲大唐皇帝三郎書。

了無印跋流傳久，鈿匣香厨昧幾家。綺語莫教增障習，好同天女散來花。

哭周穆門先生見周京《無悔齋集·附録》

一夕魂招淞水濱，乍聞音耗肯疑真。琴尊遲合湖中櫂，杖履俄驚劫外身。老向吟哦偏跌宕，寒逢侘傺更情親。他時觸處思遺事，花下風前倍愴神。

過辯利院訪西林值諷經以下見吴穎芳增輯《辯利院志》

西林居士遠愁嗔，牢縛頻伽埽障塵。十笏團瓢貪佛地，一椎清磬唱經人。王中允合推先輩，杜五郎疑是後身。悵我無緣同鏁子，識田從此種生因。

偕樊榭西林游辯利講院分韻

日脚逗松頂，同過松下門。房開青豆小，墻接古苔昏。晴磬韻尤渺，秋蟲語不煩。坐來成小劫，未覺石闌温。

琴臺觀梅以下見釋際祥《净慈寺志》

不辭清曉到南臺，瑟缩山梅尚臏開。小鳥似憐春半去，高枝應識我重來。餘香彷彿凝空碧，殘薄依微襯白苔。數曲石闌相坐久，不禁吟玩首慵回。

上巳修禊湖上復過小有天園

近日園林好，春游足細娱。風中過梵磬，松際出仙竽。奎畫三辰動，天章七曜扶。趨瞻應自泉，笑比蟻穿珠。

最愛遲遲日，同人得得來。留連生樹石，應接好亭臺。殘豔桃猶倚，新妝翠故積。堪嗤劉與阮，辛苦説天台。

題秀州沈石弦秀才南屏讀書圖

操觚力奮青雲客，散帙來依白足僧。結想已超無朕外，置身合在最高層。石間泉咽蟲鳴檻，松際窗虚月替燈。課暇秋聲知有賦，歐陽健筆繼騰凌。

挽厲樊榭見寫本厲鶚《樊榭文鈔》

西風一棹返蓬門，豈意俄成冢上魂。白髮頓枯傷子淚，紅萸空坼乞詩痕。案頭殘稿猶思妾，篋内遺編待付孫。回首寒梅香又好，揚州明月忍重論。

卅年情抱與君同，眉宇何堪瞬轉空。一代詞人姜白石，兩湖詩客飽清風。搜窮萬象應生妒，静倚高天轉欠公。張貞居詩：『只有天公終可倚。』俯仰春光看飄蕩，泉臺可有杏花紅。君每春乞余園中繁杏作供。

小雨新霽集琴趣軒以下見吴振棫重編《杭郡詩輯》

雲卷中宵雨，天青向午風。朋來三徑好，恰喜一尊同。餘滴聽蕉葉，新梢攬竹叢。尤憐葵放處，淡映夕陽紅。

過琴趣軒與倪生建中周生亦耕黄生相圃思蔭星橋食蠶豆黄生家園所擷者色味雙絶當與邵墳之産争俊也因以七字近體示諸生

吴蠶箔上未成眠，豆子初離緑蛹圓。一任風梅竊顔色，聊同露茗鬭芳鮮。閒飡偶并亦嘉會，小擷剛逢似夙緣。節物關情春已夏，新詩題就轉茫然。

黄生相圃福建回以燒酒蜂蜜所漬去殼荔支見餉賦四韻示之

燒春崖蜜護芳鮮，閩水閩山路幾千。眼底乍欣光磊落，舌端誰别味中邊。絳囊已解凌風結，紫核猶含抱露妍。箇是遠人調劑法，輕刑未肯玉堂仙。東坡咏蜜浸荔支用『輕刑』句。

黄生請用庚字韻再作前有《庚辰初秋重過祥符寺觀陁羅尼經幢用題中平聲字分韻得幢字》一首，已見《詩集》。以下見黄士珣《北隅掌録》。

昔僧迷某甲，故道昧夷庚。再訪從前迹，彌深望古情。園中高樹直，門外遠山平。信有人天果，孤幢賴佛撑。

甲申十二月龍興寺爲鄰火所毁惟唐胡季良書陀羅尼經石幢屹然無損予曾爲此幢作歌事後往觀歎佛力之彌堅喜善緣之不闕因吟四韻用慰餘生

一火俄教儘萬椽，地中三日尚浮烟。市空直歎人災烈，幢在方知佛力堅。俗駕何曾諳擊掃，良材枉自極雕鐫。幾時客有如歐者，下馬軒眉此布氈。

養素園十景詩以下見王鈞《養素園題咏》

繞屋梅花

寒香時到榻，瘦影欲當門。夢回聞語鳥，何異羅浮村。

倚樓臨水

虚樓近淵淪，魚兒清宛宛。撫檻一會心，濠濮夫豈遠。

遠樹柔藍

野樹多青葱，愛之欲徘徊。浮浮容不定，疑映水光來。

乾溪雨漲

未堪游鮒鯽，且足噪蝦蟇。莫謂流因雨，偏能浮落花。

夏木垂陰

喬木識故家，蒼然拱而俯。把卷倚胡牀，那覺長晝午。

疏雨梧桐

我愛孟襄陽，疏雨梧桐句。此間秋霽餘，蕭然契詩趣。

三秋丹桂

團團桂之樹，偏放秋時花。路人不知處，但説香來賒。

古寺鳴鐘

曉杵和霜敂，宵鯨帶月鏗。妙因鐘韻舊，祇隔一牛鳴。接待鳴鐘爲湖墅十景之一，古妙因寺也。

秋深紅葉

朝霞入襯奇，夕陽林映好。醉客忘秋園，疑是春花早。

遠山雪霽

雪後景物佳，園林浄如刷。尤憐拓高窗，湖上山齾齾。

余撰《養素園壽讌序》篇，終有『徧咏園中景趣，躡諸先達之後』之語，行奪它事，未輒爲之。今年二月十有九日，與北山恒禪師、湖干徐秀才詣園中，登岑樓，憩幽石，茶話婆娑，意趣甚洽。歸而燒燈漬墨，信筆成之，聊以記興會、踐宿諾耳。先達芳塵其可躡乎？丙子二月二十日。

養素園壽燕詩

一時風素羨謙謙，三徑從容樂事厭。竹子成龍初解籜，桐孫棲鳳已凌檐。園中客至頻移席，湖上峰高試捲簾。石髓會先嵇氏得，樊阿休道托青黏。

王容大浴鵝圖以下見王德溥《寶日軒集》附存詩

唼藻開萍素翼齊，宛然頑傲出清溪。羽毛摇漾春波活，漫道濠梁舊子西。池塘春漲緑參差，正是桃花對影時。曾記大毛公有語，暖回鵝也得先知。

王容大耕讀圖

高堂粉壁張新圖，圖中蕭灑耕讀俱。呻其佔畢者誰子，烏衣少長鵷鸞雛。澆梧洗竹列翠幄，籤芸帙蕙開香厨。硯北先生髮未裹，儼然畫出癯仙儒。日長課暇且散步，紅荷風擺青菰蒲。操觚豈便爲干禄，要使兒曹知厥趨。君子之學乃爲己，聖人所好云從吾。烟鉏雨耒况足力，屋外麥壟連瓜區。夜檢枯蟫成脈望，曉驅健犢逾於菟。當年卜宅更佳勝，北郭繞舍通西湖。山容日見偏媕孋，池光夜起非模糊。我時過游頻款曲，披襟屢倒花前壺。聽書玩稼樂莫樂，人生似此何求乎？他年鄰並儻可遂，嗚呼吾道庶不孤。

立秋日見階下梧葉和澹和

應月陰初減，報秋聲可知。偶看緣砌葉，應墮出檐枝。俯仰殊堪適，枯榮會有時。吾生任天與，即物且裁詩。

食百合同樊榭作以下見真蹟

肺病宜親百合湯，煮教瑩滑即良方。色同雲子分明白，性帶風姨掩冉涼。瓶裏玉蓮初散蕊，箏餘銀甲尚凝香。從來俊味多清苦，相稱山人木石腸。

同人泛舟北郭至皋亭看花即送柳漁侍御還朝二首

花外離筵好，尊前野色酣。棹移春宛轉，樹倒影鬖鬖。興得吟情助，愁消縱酒談。飛英紅點點，一水正挼藍。

水引委蛇緑，花迎掩映紅。頻教蘭棹倚，肯放醁尊空。嚦嚦鶯吭語，輕輕蝶翅風。物情恣澮宕，歸去莫匆匆。

南屏山舍分韻賦春霽看湖上新緑

物色憐春霽，僧窗入小憑。柳情風靡靡，山態靄層層。白鷺行初起，紅舷興正乘。誰人槃薄羸，畫出未應能。韓詩：『濃緑畫新就。』

萬近蓬秀才明州回以崑定鎮吐鐵見餉

海於天地閒，物鉅無與最。鑪天既鑄物，括地富瓌瑰。惟錯難具陳，聊爾及鎖碎。泥螺固後聞，李蓮溪云：今寧波出泥螺，如蠶豆，可代充海錯。風味自一隊。殼軟骫而骳，肉漫柔轉臑。拖油呼豈誣，擔于市者高呼拖油吐鐵。吐鐵比何慧。肉吐殼後者色同于闐之鐵，信狀物之能工矣。螔蝓蚹蛹衆，螺螄蚌蛤類。天眼尊者出家好睡，佛呵云：『咄咄何爲睡，螺螄蚌蛤類。』波君蟣蝨臣，水族小弱弟。疑入《禮經》傳，惜未《爾雅》載。惆悵木生賦，脱略枚叟對。淪形並洲渚，冥迹潛沙瀨。微生終夭閼，就呷輒千輩。初出如粟米賣者呼呷千。時清舶趠風，氣豁霉雨會。紛紛瀕海氓，嘯侶各乘橇。聞以昂首木版前卓短柱握手屈一足坐其上，以一足作棹，蓋泥行乘橇之遺也。遠趁橫淤潭，近繞沿塗汭。畚皆篼簍懸，道或席帽蓋。目覷同黿張，手掠等風快。漬以熬波素，遠就驕日曬。趨鎮噪崑定，付販藉駔會。故人念所嗜，分送走僮介。陶坩滿提攜，王斛牢糊泥。媿乏鈒鏤盤，唯供捭闔快。杭人呼箸爲快兒，方言也。鼻選馨自來，舌交味能外。詎損串珠喉，偏宜府穀胃。齏鹽貧士安，藜藿腐儒耐。口腹亦何者？豬肝仰屠劇。慢言卷龜殼，且挹若士袂。

題畫

相稱昭文不鼓琴，西風澹蕩好園林。梧桐月上秋池凈，想見幽人會處心。

汪蔗田秀才以徽郡酥糖餽歲漫咏六首缺一首

青青篛篚護香韞，徽郡名糖遠見分。髣髴尚須規絸様，《齊民要術》有『絸糖』。糢糊誰更證犀文。《續烟雲過眼録》：『骨篤犀出回回國，文如糖餻白點真』者，手摩之作巖桂香。渾疑甘露和恬雪，仙家上味有嵰山恬雪，見七籤。堪傲香霞與辣雲。段柯古牡丹詩『東風吹日護香霞』。清異録薑名百辣雲。最是花前茶讌好，幾供豪琖策談勳。

誰毆董磨屑胡麻，吴均説餅洛陽董德之磨。飴餩相成製可誇。廣雅飴餩餹餳。未許蜂糖要莫逆，《十國春秋》楊行密據江淮民間呼蜜爲蜂糖。《雲仙雜記》陳防得蜀糖以蜜澆之，曰與蜜本莫逆交。祇容雀麥附通家。造釀品飴餳，凡諸種米粟秫大麻子並皆可熬造，非麥蘖穀芽不成就耳。仙侯恬遜金獅子，權相香輸玉辟邪。肅宗賜李輔國香玉辟邪一對。爲恬何郎酥似否，『何郎爲恬酥』見蘇詩。真宜殘齒與疏牙。

小割春柑見短棱，薄披雲葉起多層。鬆難勝指飄□雪，弱不膠牙碎薄冰。梵夾何勞搜黑石，吹景集説者欲以《棱嚴經》黑石蜜當糖飴也。天厨□□並紅綾。拈來忽記神通喻，鐵脆釘柔駭異僧。大曆中，太清宫道士史華奏乞與當代名僧角佛道兩家之法，徑山沙彌崇慧於京師章敬寺庭樹間梯刀，鋒利如雪，跣躡巔頂，上下如飛，更蹈烈火，浴沸油湌，鐵葉同杯，托嚼釘綫如脆飴。道流掩袂看遁去。蓋華先行梯刀跣躡之術耳，而慧之所躡更逾百尺也。於是代宗稱歎，賜護國三藏之號。宋僧宗浄《徑山集》。

黑非烏膩白非霜，烏膩糖見《湘烟録》。方法憐渠别擅場。賣販笑曾經姥妾，後漢馮敬通與婦弟任武達書販糖之妾，南齊傅琰傳有賣糖老姥。品題惜未遇蘇黄。東坡『冰柈薦虎魄，何似糖霜美』，山谷『遠寄蔗霜知有味，勝於崔浩水晶鹽』，皆咏蔗糖，非飴餦古法，故洪邁、王灼二家之譜，與斯糖直判然者。□挼巨勝飡逾好，《道藏》服巨勝法：湯浸布裹挼去皮，即胡麻也。結後伽南齅更香。千古賢愚根觸在，釜王柈杜思蒼凉。《世説》王君公以錫沃釜。杜詩：『燋糖奉一柈。』

麷蕡疏解説經儒，知是籩人實處須。楊升庵《經子難字》：周禮注疏『熬麥爲糖曰麷，麻曰蕡』，今俗曰麻糖。李時珍於麻蕡下引《周禮》朝事之籩共蕡，又引《月令》食麻與犬，云麻可食，蕡可共，稍有分别，蓋殼有毒而仁無毒也。按：《周禮》祭宗廟四籩悉食品，惟朝事之籩有形鹽一品，亦即鹽人賓客共其形鹽散鹽、王之膳羞共飴鹽之義，蓋爲膳羞設者。膳羞二字亦倒括上句『賓客在内朝事籩内有膴鱐』。注：膴，魚肉大臠；鱐，乾魚膳羞也，故云共鹽矣。經文云凡祭祀共其籩薦羞之實，此其字乃貫四籩時珍，獨以共字屬之，於蕡又引《月令》食麻與犬以證之，云麻可食，蕡只可共，稍有分别，則亦未悉乎經文爾矣。别有疏香終異酒，雖非乾酪自成酥。詞招宋玉情難盡，書報王昕事久徂。堪笑史游饞朵甚，早同瓜棗播奇觚。

挽陸抑齋給事以下見新會盧氏刻《龍泓館詩集》

同舟回首十年遲，涷蹋鼉鼉誦我詩。詎意淩雲成賦日，漸侵薤露作歌時。推金鮑子肝如雪，顧曲周郎鬢未絲。從此尊前排調盡，汀花隄柳不勝悲。

送沈椒園三兄之京拜授新除

趣授新除趁早朝，臺司原是舊詞曹。最憐烏府威能淡，不改青山趣轉高。服政已曾芬简牘，題詩定更念漁樵。知君久厲寒松操，應慰蒼生屬望勞。

題張青蘭霞城春草即次春興十首中之拈字韻

湘管情多信手拈，托將春興任洪纖。花如解事香侵案，草若知人色入簾。懊惱天公通體碧，生憎月子兩頭尖。詩人自古偏蕭瑟，例向歡場歎遇廉。

同周厲兩秀才太平門外看菜花分用東字

嬉春閒出郭門東，畦菜花香十里同。好比黄塵漲滄海，渾疑中色落軒宫。遥林松益干霄翠，近渚桃增委地紅。貪逞野行迷曲折，緣江路熟訊耕童。

和陳玉几先生階前玫瑰花之作同趙意林作

天花號徘徊，菲葉更萋衍。緣階初駢羅，在砌已照爛。青琴愛插裏，紫玉訝刻掞。風泛香依依，水鑒影豔豔。茗瀹快嘉會，糖攙悵糅玷。貞馥實性成，異質殆天選。幸遇别花人，深淺意應驗。

余既與趙六意林沈二松皐次玉几咏紫玫瑰韻復以佳紙乞玉几爲畫此花玉几不余棄更手寫元作于後因復次韻奉謝

松管束毫銛，苔牋砑波衍。破墨金錯飛，小字銀鉤爛。酣同春入賞，清恍月在掞。婉孌玫瑰容，漬渲胭脂豔。紫瓊良可方，青蠅豈能玷。畫品迥登逸，詩格峭壓選。健藥出勝流，差俗有殊驗。

三次玉几咏階前紫玫瑰韻書其所畫卷子後同意林作

嘗笑青霞翁，坐隱布大衍。陸象山言奕乃大衍數也。翻令歲月促，竟局柯已爛。何如詩畫適，蕩慮若天掞。熙荃挫奇蹤，陵信剷古豔。小掇春蕣賞，遠屏寒具玷。漫言千金值，詎識萬錢選。惟應我輩人，針芥堪喻驗。

題宮守陂先生久視圖小照

去古萬萬古，來今疇能垠。綿綿世之久，相配惟吾人。君視聖與賢，至今照乾坤。夫君出鄒魯，大雅藉扶輪。願學在孔孟，不朽知要津。夷猶仁智樂，襟度粹而温。清揚有默會，目擊道斯存。修名一既立，自有無窮春。豈彼學仙子，衹衛三彭身。黄庭祕久視，絳宇咀谷神。朱顔潤緑髮，私快凝精魂。借問安羨流，伊誰補彝倫。久住歷千劫，曾何比逡巡。

恭和御制咏側理紙二首

七言古體二十韻

紙法舊自蔡倫遺，海倭島蠻誰傳之。譎詭有類火生藜，形圈理側超常思。詎容顔色擬麻衣，紋斜恍織冰蠶絲。飄空應作白雲疑，好裁奇服遺江妃。奚獨煤穎侶方宜，左張雖巧式莫追。天織素帷差似玆，瓊章何幸邀宸私。楮生的合遭際奇，得拜焕爛糾縵辭。賡歌直接唐虞時，群公皆恭和。連韻肯數偷桃兒。典司西清謹秏糜，不朽名同酈食其。振拂敬誦我后詩，刱説壞奇比項斯。

五言古體十韻

楮生入天府，珍重壓珠玖。争説獲遇奇，嘖嘖盈萬口。深嚴多寶藏，赫奕百靈守。遂使微物名，頓□金石久。益知帝皇恩，大塊猶遜厚。刻玉與槌金，米海岳言越紙萬杵如金板也。疇能出之右。三辰既蒙照，六丁其敢取。堪嗤蔡澤言，富貴吾自有。庶類唯芸芸，日事牛馬走。何如擣抄餘，恬然速臧否。

病中維揚張南垞攜名香見贈

一病翻憐萬事慵，卧遊聊藉妙香供。高人只有窮黄九，解把幽情付小宗。

扶扆支筇兩未堪，名園無分近闌干。吴侯小様憐分贈，幾縷依稀當牡丹。京師安息香，尚明恭順侯家遺法也。

題儀真張南垞疊韻詩卷後即次其韻

吟瘦江南萬象魂，旗亭幾處墨將昏。山重水複情何限，壁貫珠連句轉尊。字遣碧空時作語，筆如春夢了無痕。真堪一首輕千户，抉破詩家不二門。

題紹興吴好山小照二首

松下巖前自在行，翛然風骨古冰清。毗邪舉示彌天願，衹待靈根起衆生。《維摩詰經》云：以一切衆生病，是故我病。一切衆生得不病者，則我病滅。

托興聊攜鴉觜鋤，山苗漫付藥籠儲。詩人宿具神通筆，痎瘧頭風看掃除。

維揚張南員先生出汪巢林高士彌留時所贈平生銘心之筆有以見汪之傾倒於張也至矣南員屬余箋題數言爲書七字絶句二首于裝界之左憶甲子歲余始與汪把晤于維揚忽忽十餘年矣今聞其化于正月之初旬來去翛然不異坐脱蓋神仙佛果中人也余亦將與汪爲騫林覶史之游矣此詩雖爲汪作即謂余自挽亦可

短幅驚看折股釵，摩挲老眼愴幽懷。邗江一晤同彈指，何日松顛化鶴來。

回頭存没兩茫茫，記得相逢各老蒼。泉路交期知不遠，不須惆悵向斜陽。

同意林六兄咏龔田居先生舊藏日月合璧七星連珠端硯即用田居所用東坡先生龍尾石硯歌韻

鄉賢遺物當欽惜，奚止硯良同尺璧。七星二曜龍光怪，紛紛眼底皆凡石。龔家御史立朝時，諫草不媿秋霜辭。尚書宰相任側目，骨鯁獨有仁皇知。□同此硯絶纖垢，富貴功名我何有？歸來忍飢但誦經，炊烟屢斷寧憂後。忍比遥天割處雲，凄凉曾翳海中塵。圖書千卷吹□葉，迸散飛梟掠買人。石卿具眼諳趨擇，肯逐污泥如墁畫。王孫詩筆□逾鐵，風流先後疇能别。

以近體二十八字乞玉笥傅先生書

玉笥太史玉堂仙，翰墨縱横五百年。乞予數行張草閣，飽看滿壁走雲烟。

老友金冬心以畫梅扇自揚州寄我復寫近作五絶句于上瀟灑自得致足樂矣不知予之懷抱惡劣閲之轉增摧抑耳輒以三絶句寄之

新緑園林徑滿苔，故人猶寄畫梅來。不知意蘂心花落，怎似江梅爛漫開。

杜老尋春實怕春，情多自是轉傷神。老夫更苦筋骸劣，數步欹危也困争。

幽酸默恨水悠悠，但向遥空一舉頭。天意最憐惆悵事，衹教徐庾擅言愁。

挽胡敬銘

朝來得訃轉踟躕，疑是宵殘噩夢餘。入世形骸偏骯髒，好吟情性任紛拏。方酬尚子婚男願，忽起莊生念友歔。闤闠喧豗君影寂，參差忍覩案頭書。

朱大近漪過草堂出示歸里後漫成二律念及衰朽即次原韻二首

收得湖山自在身，椶鞋桐帽稱詩人。久諳韋孟襟期妙，一换秦樓壁壘新。閒步任霑林下露，深談肯雜世間塵。合教杜老憐交道，入手文章信有神。

蘭芬蕙馥豈相侵，苔異偏憐在一岑。華劍自來邀特賞，牙絃從古愜知音。得朋行愛招同類，則友因惟盡寸心。與子居然成二老，晴秋相趁蹋空林。

挽汪抱樸

散步蕭臺萬慮捐，銘旌豈爲惜微官。興來酒態狂堪憶，病劇詩盟悵久寒。流水衹聞扶杖聽，遠山猶愛擁衾看。檐花從此空丁倒，忍蹋名園一倚闌。

和嚴味村先生七十自壽次原韻

滄洲道在百無憂，鶴迴芝閒角綺儔。拄腹經書如水瀉，薰天富貴等雲浮。深杯每自酬欣賞，雙屐頻教伴勝游。脱手新詩懷抱好，沈酣跌宕更温柔。

天闊雲輕雁北征，凌秋老氣轉縱横。高懷久已安三樂，聖代從來重五更。黄雪正當飄遠韻，青黏底用托長生。康匏舉向金風裏，應暢千秋萬古情。

紫庭尊兄以雅物四種見遺各紀小詩一首報之

鄭宅茶

老去真宜鄭宅茶，芬奇甘永豈全誇。閩山九曲無由到，且把雲腴漱齒牙。

鹿角膠

慚媿仙膠赤玉肥，形骸我久任天機。惟當付與潘張手，和取玄雲繞筆飛。

圓眼膏

誰家鎗鼎好工夫，爛得驪龍頷下珠。最愛把來閒玩處，白霞甌裏紫醍醐。

麋勢腊

八百千春未是年，曾聞淫女跨人仙。班龍莫漫誇頭角，捨却斯根始脱然。

曾波臣鯨繪張卿子隱君小像據真蹟

張公龍鸞徒，及壯丁陽九。射易得无悶，先生有《淡窩射易》之著。肥遯吾所取。絃哥樂三逕，賣藥聊飲酒。清詩括衆妙，往往在人口。苦心托軒岐，活人功肯有。公是韓伯休，名姓到童媍。至今城東偏，委巷藉不朽。嗟余生也晚，佳人未攜手。虚堂展畫像，低回獲瞻久。衣冠魯諸生，須眉杜陵叟。何妨太瘦生，道勝神自厚。儼然高視外，一任雲衣狗。皇天重陰隲，賢者信有後。鄉人愛曾玄，祠官肅尊卣。湖光照栗主，大吏祀先生木主於六一泉。流風被隄柳。庭除有落花，吾願躬一帚。

匋頭菱見魏標《湖墅雜詩注》。

菱芰乘時比舍供，匋頭名色噪吴儂。豚團混混魚緘口，角短碌碌鹿起茸。生剥雪膚愁爪損，熟餐霞髓溢脣濃。老夫也是閒知味，屈到情懷漫一鍾。

谷林意林以紅酢見貽報以臈醞次韻見趙信《醞略》

年來脞劣減青童，扶養須教氣味同。恰舉梅鹽資野客，聊緘雪釀報山公。神酣柳檻清吟後，液湧華池默漱中。兩地情懷真自可，鉤詩卻疾總成功。

左味吾生亦所貪，衹無仙骨愧蘇耽。桃花映肉紅真似，梅子膠牙比略堪。和水曾供豪士飲，窮經定有腐儒諳。寒居兔琖沾脣後，桂酒奚須傲嶺南。

佳味新詩總擅場，我慚邾莒敢相方。展來陡覺塵心遠，蓄久能扶藥性良。陳古案吟紅燭短，入辛盤噴綠衣香。勝情雅事酬何所，擬放梅花一葦杭。

水北山南久未經，忽逢清快豁心扃。瓊章乍許聯郇饌，法醶聊爲返市醽。味壓木奴成曲直，句酬花萼歎零丁。余鮮手足，每誦伯仲之詩，不勝悵羨。從今入戢延佳客，可怕瞢騰醉不醒。

王郎空學虎頭癡，不與榴家酢酢宜。歡伯肝腸雖易接，迂儒風調更堪思。羽人舊落燒雲竈，我欲常珍奔月卮。最是策勳須記取，寒檠讀倦睡來時。

題汪客吟先生舸小像據真蹟

客吟先生與僕相遇之初，在大恒禪老北山丈室中。回首廿年，直一彈指，而僕衰相益增，了非吾昔命題僧服像。略及近狀，知先生之必我念耳。

陶公善雅語，萬物各有託。汪君亦何者，嶄焉異初服。伽黎壞色新，畫此林下禿。宛彼包掛壁，坐待雲堂粥。嗒然了無言，莞爾如有屬。情深自工詩，眸清知寡欲。成佛古諺云，在家便爲福。君有象賢子，斯意良易足。回首定交初，須眉映湖緑。相逢意氣多，别去歲月促。吾衰不待老，况廼迫風燭。斑髩總如銀，齒十九有脱。論世百無能，唯當啗梁肉。

趙藥君秀才餽北菘漫成短歌計百二十一字

蹋殘寒藕初洗出，凍後枯蕉分數截。北菘乍見眼迷離，翳腐才披驚玉雪。熟餐蘭茝繞脣吻，生嚼宫商鳴齒頰。平生頗愛汪冰壺，菜根勸皺賢哉夫。平生頗愛蘇雲卿，荒園菜深剷鉏名。張家魏公是何物，眼中相將鴻毛輕。豪門酒肉飽蠅子，蹋蹐寒人飢欲死。噫吁嘻，莫漫南華論齊物，安能蔀屋孱黎人人面上無此色。

予丙辰長夏同友人倪餘疊游韶光所作每欲寫一通留之僧閣用答山靈泉石之貺輒以嬾廢今年仲夏吾友戴鸝亭金聞石兩君發興入山三宿而返斯地爲聞石課誦舊館故所得詩八章皆流連涊適有一唱三歎之音鸝亭倚而和之如回琴點瑟清絃高張自非塵土之胸箏琶之耳所可傾企而聽也兩君既各書一册留爲山中故事復要予寫斯作於首予雖不克全兩君入山今乃附名其間則山中潭光鳥影竹色泉聲猶把臂共之也因并記此以志吾喜乾隆八年六月初十日

滿塢蒼寒曲復深，僧龕占老白雲岑。一溪潄雪盤盤下，萬竹聞泉步步陰。小有江湖分靜眺，頻來鐘梵結空音。金蓮凋瘦清池在，洗浄人間熱腦心。

春日同人集倪篳農樂朋來館遲西林不至集字見周駿發《卧陶軒集》

惆悵佳人手未攜，祇疑貪佛近闍黎。豈知白社抛陀慧，去看青山號魯齊。跂石定應鬚屢撚，照泉想見首徐低。歸來劣句煩賡和，似捧玄珠就黑壂。

清明湖上即事分得田字

嬉春詎惜買春錢，挑菜時光又一年。已踏臨風行樂地，何須向月問閒田。崇桃積李紛無次，活水流雲遞接連。怪底飛花太輕薄，殘紅頻墮麗人前。

清明後一日集相圃琴趣軒分韻得勞字

吟客貪師謝，開軒亦慕陶。雅懷忻客共，狂態識吾曹。活水煎新火，和風坼露桃。冥觀隨物候，未覺此生勞。

題周亦庵中秋吟卷

自樊榭垂世，予亦不事吟社，獨游踽踽，鮮所樂歡。今秋館甥繡周偕其友人周君亦庵過予草堂，出中秋吟卷相質，見其調度鮮新，才思勃發，良可愛玩。因喜吾道之不孤，而東城吟事之繼起有人也，爲撫髀雀躍者久之。輒題三斷句於前，聊代序引。當知老子於是道興復不淺耳。

刻意悲秋費綺辭，風流宋玉最相思。從教吟客貪惆悵，月瘦風尖盡入詩。

菊候萸天琢思清，少年才調喜縱橫。信他長爪先生語，秋室從來少俗聲。

頻搔短髮笑飄蕭，漫把新詩散鬱陶。更擬霜林遥著綺，澄湖如鏡倚蘭橈。

次周亦庵九日過訪韻奉答

晨曦散廣除，有客過吾居。醇醪開襟袍，新詩出手書。坐深真意洽，吟罷俗情疏。格比芙蕖秀，何煩彩筆於。宋畫院於清言善畫荷花障，時人目爲『於荷花』。

年糕

迎年臘鼓打頻頻，餻壓長街白蕩人。粔籹人情筐篚健，桃符物候閈閎新。騷筵蜜餌悲些楚，楚詞注：『蜜餌，粉糕也。』貴宅花餈媚搗春。虢國夫人翠鴛堂透花餈，厨吏鄧連所供。見《雲仙散録》。最是青紅兒女意，收燈風裏倍歡欣。欣入真韻，據毛西河《唐律詩韻》。

青攢白甃競提攜，報節餈餻赤棗齊。《周禮》『粉餈』鄭箋云：『今之餈糕。』寒食赤棗糕，見《荊楚歲時記》。未遇詩豪名自好，詩豪，劉夢得事。《武林舊事》：元旦食年糕，取其名之吉耳。藉他員外價翻低。《清異録》：有賣花糕致富而納粟爲員外者，人呼花糕員外。點茶衲子能供蜜，今之糖霜又稱白石蜜，見《本草》。劃粥先生解斷虀。杭俗：供糕，糖霜之外佐以冬菹、幽菽等。竈妾何須愁皓腕，笑看一切玉如泥。

立夏日同梁溪父金壽門作見梁文濂《後洋書屋詩鈔》

忽傳迎夏節，猶覺媚春風。入雨滋新緑，隨鶯蹴落紅。堂留擎酒客，巷唤賣花翁。徑筍將成竹，行看勢接空。

戊辰六日立春同人過清勤堂小集限春字

送臘迎陽物候新，招邀況得任閒身。綵繙已厭無窮勝，玉簡知爲第幾賓。陶貞石《登真隱訣》云：太極真人常立春日日中，會群真於堂，以白玉簡記仙名。橘酒澆腸須勸醉，梅花撲鼻早偷春。草堂又待題詩筆，共説明朝日是人。

雨後同人集雲居雲巢上人禪室分韻得起字見釋明倫《雲居聖水詩志》

雲居西南城，厥構何代始？入門劫燒餘，豐草翳殿址。給級尋僧房，今朝風日美。解衣各自在，一釋束裹累。雲公合瘦權，詩得幻住髓。殷勤導修廊，瀟灑大半里。豁耳南屏鐘，照眼湖山起。天開雲態媚，林霽鳥音喜。盤厔不糢糊，湧現絢屧底。晶明青銅鏡，重疊緑玉几。天公愛詩人，先令霉雨洗。茶酣且夷猶，吟足更徙倚。歸攜詩稿看，濕翠生袖裏。

新晴南屏山中同人看梅分韻見釋篆玉《話墮二集》

背巖春色在，掩映石苔間。殘雪猶依樹，好花多在山。世情渾得斷，詩意最相關。更惜吹香徑，庵僧送客還。

堇浦二兄書至并賜見懷之什輒成七字近體一首奉答見杭世駿《嶺南集》

粵東人去動經年，念我書來喜欲顛。心力健看摛藻内，眼神衰想見花前。因蛇瘴厲休嫌酒，應蟹潮寒莫損綿。落月停雲思最苦，何時歸話雨湖邊。

一角編序見《東湖叢記》

簿録書畫之編，前古罕見，自南齊高帝《名畫集》、梁虞和《法書目》而下，繼者疊起，或志傳流，或衡精粗，或僅列標目，或惟獵技能，取裁不同，各歸攸當。至明之朱性父、郁逢慶，於所見墨迹凡詩文題跋悉著録之，使名賢幽介之遺文奥筆未得流布者，或於是中漱其芳潤，識見尤卓。而嘉禾汪樂卿、吴中張米庵暨本朝卞中丞，排羅蒐纂，愈爲富衍。高文恪之《銷夏録》乃并詳紙素之脩縮，連綴之次第，雖狡於鬻古者無所措其手足，朱竹垞檢討以爲簿録書畫之法至是始備。然悉合他氏之有與典籍之舊而成，非一家之專蓄也。友兄周晚菘氏，研田所入蓄書畫百餘種，一一精訂而手録之，體例雖仍乎《銷夏》而所録悉一己之藏，不闌入他氏一鱗片甲，至裝潢亦纖屑具備，則爲晚菘所獨創。晚菘善鑒賞，饒潔癖類米海岳，每得一箋握素，必低徊審諦，累數日不去左右，昔人所言棐几三展、明窗百回，晚菘有焉。嘻，賈秋壑藏《蘭亭》至八千匣，嚴世蕃書畫亦不下千餘件，惟於身沈勢去之日，爲大吏治官所簿録以示貪嬻，視海岳之舉拂蕭然，悉以藏弆納諸天府爲何如也邪？由是而論，彼雖多，猶牛之萬毛；此雖少，若麟之一角。顧晚菘猶恐人譏其眼福之薄，而取馬遠氏之支稱以字其編，無乃太謙矣乎！時雍正十二年歲次甲寅，城南友愚弟丁敬拜題。

賞延素心録序見周二學原書

顧長康所畫《清夜游西園圖》流傳至唐河南褚公，親爲裝背，宋郭若虚猶及見公題記，郭有《圖畫見聞志》特詳録焉。米海嶽以詩題大令帖後云：『龜澼雖多手屢洗，卷不生毛誰似米。』蓋自矜其裝背之妙也。故每得劇蹟，必手自湔涴塵垢，界運楮溼始入於笈。即他氏收蓄有入意者，亦躬與背飾之。如蘇激家《蘭亭》、張仲容家《張曲江誥身》，載之《寶章待訪録》可按也。而自藏顧畫《維摩像》標識虎頭金粟字玉牌，亦李伯時手琢以結緣者。他如梁之虞和，唐之盧元卿、武平一、張彦遠，宋之趙叔盎，元之周公謹、陶南邨，遇法裝名飾皆謹其條件款様，以薦嗜古之士。嗚呼！是諸公者豈好爲不憚煩，與工藝之流較優劣哉？良以粉墨雖微，古人之神理所注，大可以輔治道益神智，小可以破囂糾涴俗氛，至精忠奇孝之點畫，高隱名賢之皴染，又不待論矣。慨夫日月愈遠，楮素之朽糜愈深，求裝潢好手如湯翰、凌偃、叜叟者已渺不可得，況李仙丹、張龍樹、姚明、陳子常其人者邪？致使烟雲黯沮，花鳥深愁，良堪痛悼。吾友周君深憂之，於是酌斟脩飾之法，自揭洗至縣置凡得一十件，雖未盡與古合，要皆已試之方，一一悉有成效，今而後收蓄家人儲一帙，按法而治，庶不恣俗工莽匠之搨搚塗割，豈非齋目賞心之快舉乎！先是，予從曝書亭簿録中見有明人周嘉胄《裝潢志》一卷，亟欲傳寫，忽忽未果。今得受周君是編，精而不苛，簡而有要，知彼周郎自當退避三舍也已。雍正甲寅仲冬十六日，城南友愚弟丁敬頓首拜撰。

養素園介壽詩序見寶日軒附存詩

湖墅歸錦橋之南有園曰養素，花深鳥閒，亭榭疏窅，周不五畝，而流目散武則曠如奥如，景趣遞變，即游衍竟日未欲遽去者，爲王秀才容大奉其尊人馭陶先生怡老之所也。舊爲武林金氏之宅，吾卿柴秩于顧且庵、洪稗村諸先達皆有題咏。其樹石奇秀，悉百年以外物。山臞張適爲寫圖傳之。國初黄文僖公額其概曰『澗阿幽賞』，信品目淵妙之語已。馭陶先生既有是宅，顧斯園而樂之，每風日佳好，輒詣園中，登小閣，臨清池，眺山色之連蜷，賞花影之明靚，悦性導和，相羊忘倦。容大時率諸子撰杖以從，隅坐繞膝，濟濟蹡蹡，曳彩分甘之娱，率爲常事。人咸謂馭陶先生之能安其素，而歎容大之善事其親也。容大天質純懿，事其尊人能曲體意志，自處甚約，遇寒素侘傺之夫則情義款篤，務塞其意而歉然若谷，懼或有幾微德色之見于眉睫之間也，人以是益多之。性尤勤敏于學，綺妙之年即已聲噪藝林，爲儕偶所推。乃益聚四庫書，構寶日軒藏之，日鍵户披誦，嚴督課其諸子。吾友茨檐王先生，鴻筆碩學之儒也，風性高簡，非其人未嘗一踰其閾。容大延之家塾，久而彌敬，論文課詩，相得歡甚，暇則手自排纂舊聞，勤勤不已，北墅之掌故賴以漸舉，于是勝流長者多折行輩樂與容大交，而馭陶先生之風素益以遠矣。若夫標榜之子，趨附之徒，容大望而避去，惟恐其將浼于己也。《白華》之詩曰：『堂堂處子，無營無欲。鮮侔晨葩，莫之點辱。』容大有焉。今年仲夏，馭陶先生七十稱慶，既張群公韻言于屏，以侑康爵，以衍嘉會，而容大更請予序次其端。予聞御板輿周家園見潘岳閒居之賦，摛辭家掇爲養親樂事，然而岳與石崇輩招望塵之譏，遺恫厥親，爲兒童所羞，視容大之砥學自愛，見重于貞潔芳茂之士，其賢不肖爲何若，必有能辨之者。是知容大之克遵其庭誥也深，而馭陶先生之所得于養素之樂者，不既多乎哉！當循陔奉觴時，先生定爲引滿加爵無算喜可知也。予交容大蓋十年于兹，每出北墅，未嘗不過其家，間或一涉其園，小留移晷而後返，他日尚當躡諸先達之後塵，爲次第以賦園中之趣，容大得不爲我和乎？龍泓丁敬。

與吴西林書見《辯利院志》

亡友王茨檐落拓嗜酒，晚年頗思歸心佛乘，節脩脯之資，請觀世音菩薩尊像，合知交相贈者，有五十餘軸，悉王容大秀才付名手裝縹。畫皆名流，無俗工點染雜厠其間，逢菩薩俗尚齋供之日，則以香華净果張供。王氏養素園中友徒來集，同誦寶號，食蔬果而已。茨檐一旦溘焉，斯事遂已。今其子聰甫館穀所入未足供食指之什三，環視室中父遺長物，唯有此耳。而家中了無空潔之地及謹信之人，將來穢瀆，有不忍言者矣。先生當代宗雷，咳唾足重，得藉指揮，擇一清斡僧先生作一募緣疏引，募諸善信男女，隨緣所起，務足三十金。內可除去數金作一高足杉木厨，弆藏畫軸，餘以盡付聰甫，則尊像不致失所，而寒素亦獲所濟。若當禪誦爲群日出而供之，各辦餘工，禮誦寶號千聲，斯亦現前實地功德。先生當撰《觀音畫像供養記》，弟願手書八分，刻成小竪碣嵌置庵院墻壁間，亦我輩老年林下無塵清净緣也。先生其韙鄙言乎？但得亟舉爲妙，恐弟殘喘無幾，不克與此勝緣。臨紙云云。

書冬心先生續集自序後見原書

昨秋八月既望，厲二樊榭自揚州歸，語我曰：『兄見金二十六自序其續集之文乎？大怪絶，語語皆述陳人之言類點鬼簿，然自佳，不拾人牙後一字，不一涉操觚家蹊徑，見髯老倔僵處。聞渠臘尾返家，江行必質之子矣。』予曰：『唯然。魏武感喬玄一言，遂有車過腹痛之語，蓋深悼知己之不易也。况文人自昔工於傾敓，求一寓目即生嫉妒者，已如星中月，况能舉其所得譽之終身者乎？况其人已往，其語尤可念乎。』未幾樊榭下世，予哭之失聲，且遷怨髯老之詩之異，何稱之者遽爲陳人也邪！今春人日，髯來請曰：『予將開雕予續集，先雕此序，君書足張我軍，請勿憚指腕之勞也。』嗟乎！予愛髯詩未後諸老，往往能舉其全篇，尤愛其七字四句之作，以爲風調頓挫，别擅酸鹽，三唐以還無是作矣。然有予甚喜者顧不見之集中，何邪？

每欲手鈔其七言絶句都爲一卷，時得披咏，會阻多病，今其請勤勤，予何可辭。乃語髯曰：『子援東萊趙詹事鄰雞之語，應指新城，特新城未見子耳。使見之，其傾倒必有出於群公外者，奈何承天水公陽秋口吻乎？』髯無以對，第曰：『予袖中一瓣香，從未爲過去賢劫諸佛拈却，子言良是，行當爲鼉尾老人作最後之供，以懺此罪過。子但爲我書此，毋作豐干老舌錐也。』予乃一笑罷去。日來風雨經旬，頗多暇逸，因滌南唐所琢羊闕嶺石硯，試晶陽子天闕煤爲録竟此序，計一千三百六十有六字云。乾隆十八年歲次癸酉春三月望日，同里友弟丁敬身并記於硯林。

飛鴻堂印譜跋 見汪啟淑《飛鴻堂印譜三集》

印譜之作也，始自宣和。王球子弁氏有《嘯堂集古録》，元趙文敏子昂有《印史》，太末吾衍子行有《學古編》，浦城楊遵宗道有《集古印譜》，錢唐葉森景修有《漢唐篆刻圖書韻釋》，明長洲沈津潤卿有《刻譜》，王常延宗有《集古印譜》，梁溪程遠彦明有《古今印則》，蕭山來行學顔叔有《仿宣和印史》相繼，作者不一人矣。錢唐汪君秀峰好學嗜古，手輯國朝名家鐵筆，名曰《飛鴻堂印譜》以行，予考私印乃游藝之一端，施於簡牘書畫，其用至廣，詎可苟而已邪？溯自周璽節漢斗檢封，而後急鑿緩鑄，莫不以銅，間或以玉，自王元章以花乳石爲之，而私印愈廣。今觀兹譜，偏旁繁簡，辨證殊精，位置疏密安排頗妙，予媿學書記姓名，將從而問奇焉，爰綴數語題其後。太歲在元黓涒灘塗月，龍泓同學弟丁敬拜手跋。按：此首後半文氣與先生他作絶異，頗疑秀峰竄改，如《飛鴻譜》中有僞丁印。魏錫曾記。

顏魯公麻姑仙壇記跋見鮑昌熙《金石屑》

右顏魯公《麻姑仙壇記》，係南宋舊石，前明中葉已損失，萬曆中益藩取羅近溪家舊拓，重勒於石。雖姿媚有餘，而骨氣無是本之洞達矣。碑陰刻衛夫人、褚河南、虞永興、歐陽率更、薛河東、柳少師、李北海七家書縮本，精妙一如玉枕蘭亭，然真翠墨中妙品也。劉綖《五石瓠》言仙壇舊石明季毁於火，蓋即益藩翻本又非此石之比也。吾家已得唐石本，此遂屈而居次。然晴窗無事，每一摩挲，輒興虎賁中郎之歎，具賞之士定能相證吾言也已。龍泓小隱在翠微窗記。

丁龍泓先生與先子捫碑論古，晨夕過從，先生之手迹宜乎不少。然寒家五十年來書卷零落，惟此巋然尚在耳。搨本固可寶，而先生詞翰尤不易得，重加裝池，永爲枕祕。乾隆癸丑五月，黄易題於濟寧官署之秋影行盦。

宋天聖八年免杭州靈隱寺田税牒文跋見石刻

右宋天聖八年放免杭州靈隱山景德靈隱寺莊田夏秋二税牒文。寺中護法之寶也。不知何年藏韜光庵内，主僧守護惟謹不敢失墮，亦可嘉已。蓋庵係寺中屬房，兒孫相承，專一可守，出入可稽，乃主席者立法之善也。按：仁宗乃章懿皇后李氏所生，時章獻明肅皇后劉氏以爲己子。終章獻之世，舉朝未敢泄也。章獻臨朝，李后進位宸妃以薨，未得遽稱太后，則牒中所云『奉皇太后聖旨宣賜莊田祝延今上皇帝聖壽』者，當是章獻。而《武林梵志》作『章懿皇太后所賜』者誤也。牒頒於天聖八年十二月，而延珊奏中之語云宣賜莊田已今五年，計之，正當天聖四年，《梵志》以爲三年者亦誤也。延珊字慧明，洪覺範《僧寶傳》言雪竇顯禪師在座下甚久，堂中常滿千僧，其法席之盛、道行之卓亦可概見。吴之鯨亦録其問答機鋒於《梵志》中，而孫宁台先生修寺志所列師名，寥寥數語未與標舉大略何也。古庵邵先生乃吾杭高士，兩山志乘多經研削，是跋精當，足備寺中故事。惟云『壹疋肆赤綿』不可曉，王褒《僮約》『三丈一樹八赤成行』，米芾《書史》云『所收織成佛，闊四赤，長五六赤』，赤、尺古通，先生偶忘之耳。是牒當時背面皆鈐中書門下之印，欲裝難於措置，故閲七百餘年未經糨潢，今漸就縻爛，予以背紙二印綴諸牒尾，出所藏古錦犀軸整頓之，將來庶免損剥之患矣。乾隆九年歲次甲子佛生日，錢唐丁敬洮纇謹跋。

崔子忠醉歸圖跋見陳墫西《昀寓目編》

此崔高士道毋所畫也。行筆綿麗，一變□勁清古之氣，豈戲效宋元人作邪？中酒公酣態頹綏，十八九女郎扶而行，若不勝任者踉蹌欲何之，殆將入睡鄉矣。飲醇酒，近婦人，亦須聰明才智之士，若庸奴纖兒，當付吴道子地獄變相中排遣，安有風流清放爾許？戊辰冬至次日書，敬身。

跋老蓮盧仝煎茶圖見真蹟

畫人物至陳老蓮、崔道母兩先生，然後顧、陸、閻、吴復見於世，其他雖極脱墼之技，於無筆無墨處能擅難言之妙者罕矣。此畫無論盧徵君，即此一奴一婢氣格，能使尋當措大家臧獲可承當乎否？長須身甫露半，而全體之神螭螭欲出，尤爲奇絶。僕止酒三十年，日仰真茶用益毛髮，見此畫幾蒙多生貪著之障。念吾友冬心先生方卧病，大需蕸朮，將此出授真賞者，吾愧贐助之，忍奪之耶？乃借縣茅齋漱茗飽看，方始還納，一日何但百回也。乾隆十三年十一月八日錢唐丁敬身謹書於龍泓吟館。

跋周密雲煙過眼録見原書

右《雲煙過眼録》二卷，爲周公謹屬筆。初本所記多周詳，源流井井，足資稽古者考訂，與他刻本不同。借鈔於吾友汪承齋通守，真秘册也。惜元鈔纛率脱誤最多，再得善本細校一過，真珠一船何足擬耶？乾隆己卯五月六日晨曦映窗敬身老人記，時年六十五歲。

觀妙齋金石考略按語見《金石萃編》

按：棠陵方豪，字思道，重立宋文貞碑，有《斷碑集》一書以記其事。余見之太和堂吴氏藏書目中，訪之三衢方氏後人，或有存者，只少有心之人耳。

飛白録十則見陸紹曾、張燕昌《飛白録》

葛洪《海岳名言》：葛洪『天台之觀』飛白爲大字之冠。《寶章待訪録》：晋葛元飛白天台字，右見石本，真蹟聞在台州。

《海岳名言》『天台之觀』是葛洪書，則《寶章待訪録》『天台』字疑亦稚川手迹，何以云葛玄邪？當再考之。按：僧無盡鐙《天台山方外志·神仙考》有《吴葛玄傳》，又古迹中有玄茶圃丹井，無稚川之迹，或仙公玄手書也。但米於『天台之觀』之額及『天台』二字石本皆得親見，洪、玄並記不應有誤耳。

王羲之李嗣真《書後品》：右軍飛白，猶霧縠卷舒云云。

右形容右軍飛白之妙，可謂能取情狀者矣。末言右軍飛白之趣甚長，己之詞筆短弱難盡，陳其縷細，尤覺一往情深，筆有餘地也。

蕭子雲《書斷》：　㓮造小篆飛白云云。

子雲飛白既變古法，自㓮新意，所以能擅名當代，獨立千載。懷瓘又嫌其少乏古風，抑居妙品，此等識見欲以評斷古人自成一書，真庸妄之流也。

唐太宗《唐書》：太宗『五日』飛白『鸞鳳』等字，扇子云云。

據太宗語，蓋一扇一字，可見飛白自昔不書多文矣。

歐陽詢《法書要録》徐浩論書云云。

張彦遠言歐陽詢飛白曠古無比，蓋日擊之，惜歐之飛白無一字石刻傳於世也。

宋仁宗《玉海》：　張士遜等入朝奏曰『陛下萬幾之暇』云云。

以『神筆奇奥，曠古未有』八字頌宋仁宗皇帝飛白書，可謂切當，並非過諛之詞。

又《玉海》：以飛白文詞字賜翰林侍讀李淑，後淑出守許州，爲飛白寶章記摹石州廨。

在石梁縣州北城上。

黄伯思《東觀餘論》『張懷瓘云飛白全用隸法』云云。

飛白之妙無過宋仁宗皇帝，却全用草法成之者，伯思當時臣下也，而云今世人爲此書乃全用草法，與古背馳矣。何其粗率乃爾邪！

汪鳴瑞

汪鳴瑞，字旃來，又號黄山白史，著有《然石草》。云與陳老蓮友善，集中有《謝友人索飛白》詩，余觀其詩不佳，飛白亦可想矣。

無名氏《飛白歌》『空庭映竹饒奇花』云云。

此歌不知何人所作，當考之。　右歌在礬古肆中鈔得於册子者，綾上以空心行草代飛白，殊謬。書者姓張名斐，字非文，歌豈此人所作邪？

祭張南漪文見張熷《南漪遺集》附録

嗚呼南漪，自君之亡，歲忽期矣。當秋氣之峥嶸，更秋風之淒其。木依依其將脱，雲渺渺而孤飛。今將厝君於南山之南，西湖之西，自是而後，登君之堂，步君之庭，想像追憶於君者益復與君相遠，能無黯然而消魂，悵然而興悲？念君平生，天質粹夷。孝友之篤，烝烝怡怡。論交每先於直諒，寧聲譽之妄希。若夫文章爾雅，詩筆瑋奇，既星輝而珠列，亦霞散而綺披。袖南豐之瓣香，抉真訣於昌黎。故得獲君文之賜者，莫不歎鑄辭之俊偉而服析理之精微。君頗娱飲，温克自持。初惟齰唇，言若不支，及乎論文道古，送難質疑，則如徐卓夫隻輪之車而操八蠶之絲。群經諸史，紛綸葳蕤，批卻導窾，決百川而東之，信多聞之益友，允授經之大師。而清揚莞爾，温恭可思，其彊記不矜有如此者。嗚呼，君今往矣，有如君者，其又伊誰。睢陽安世，徵君家典，有足信矣。豈彼世俗之交，而標榜每出於阿私。君之禔躬積學，早見重於吾黨，而言論風采，洵邦家之羽儀。使君登玉堂，歷石渠，分綸綍之著撰，校編纂之誤遺，凡知君者，誰云不宜。在昨之歲，天子傾意經學，詔求實儒，海内絶韋之叟、編蒲之彦皆列薦牘，而君爲鉅公之所首推，斯正君翺翔乎青雲而得展其醖抱之時，何遽返孝廉之船，而年壽遂止於斯。嗚呼南漪，何君之文與命，其若是之錯迕而參差。古人有言，富貴其偶，修短其數，維卓然之名不與富貴年壽同盡，而永爲後世之所知，而君已能立之於身前，而吾黨庶可少節乎嗟咨。况令子之多賢，行昌熾而奚疑。獨是君之雅言情話已漠然其不可即，而儀容風貌應隨黃泉而澌澌，當朋儕友羣之間，安能不有所棖觸而爲君一雪乎涕洟。嗚呼尚享。

三丁詩文拾遺

丁　健

西湖修禊見《西湖修禊詩》刊本

乾隆丙寅閏三月三日，修禊事于湖上，效蘭亭體賦四言五言。

湖澄雨霽，風柳阿那。追攀前哲，偕我嘯謌。地殊洛水，人猶永和。一日千載，爲歡孔多。

威仰緩東馳，餘閏芳未歇。陶咏洽群靈，名理恣觸發。舉杯邀翠巒，弄筆坐深樾。鑒此素波明，澄懷兼沐髮。

王容大浴鵝圖以下見王德溥《賓日軒集》附存詩

海棠枝頭叫鵯鵊，池塘春草長蒲葉。誰寫山陰道士鵝，畫裏疑聞聲唼喋。梳翎翻掌態逼真，似困滄波力猶怯。欲借明窗子細看，印沙定有籀文雜。他時籠取一群歸，便向君家乞筆法。

王容大耕讀圖

我無二頃負郭田，復無萬卷撑腸書。悠悠忽忽奚爲歟，適來看畫一惆悵。墻東君公真閒曠，室中文史見善讀。門外牛羊僕能放，耕焉可息學猶殖。誰能安坐不食力？學稼未可鄙樊遲。問經端合詣王式，嗚呼前有瓜疇後芋區。北窗跛脚歌黄虞，何如識字畊田夫。

辛巳夏日小雨新霽集黄氏琴趣軒分韻見黄士珣《北隅掌録》

林烟開霽色，好鳥引圓吭。共愛青苔徑，能銷白日長。捶琴徵昔事，把卷喜同行。鄰並如堅約，村醪可過墻。

蘭溪换船乘月抵雙溪見陶元藻《全浙詩話》

蘭陰城邊漁火紅，孤篷單槳摇霜風。群山隔岸静如睡，氣象慘淡經營中。須臾林際日光起，倒轉星河落波底。村墟何處夜歸人？犬作豹聲聲不已。案：此詩見《金華詩録》多四句。

乾隆昭陽大淵獻皋月十又八日同戴大春壇奉陪鸝亭先生暨吾師聞石先生信宿韜光庵見真跡

宿韜光南樓分韻得庵字

入山纔一宿，坐覺得幽探。月帶疏鐘上，風兼老木酣。妙香凝短榻，密竹隱圓庵。永夜清無寐，玄言許共參。

坐滌煩閣分韻得上字

苔磴高轉曲，繚繞抱層嶂。古屋圍低垣，迴出翠微上。信步窮躋扳，眼眼得奇曠。江外峰如螺，湖畔山似障。天風透毛骨，驚瀰萬篠簜。野花不知名，幽鳥自調吭。忽聞鐘磬音，巘崀散梵放。昕夕互變滅，煙雲留供養。境異景亦遷，心會語難狀。襆被願三宿，一領諸有相。

自雲林晚歸韜光分韻得行字

躡翠還巢塢，風扶兩腋輕。蟬聲穿樹去，人影逆溪行。崖竹層層暗，山泉續續鳴。遙峰横晚靄，回首失峥嶸。

奉贈道傳上人

蘿關高掩北峰偏，本色居山四十年。竹裏流泉成妙諦，雲間片石具真詮。野猿馴聽六時誦，老鶴鳴侵午夜眠。誰識道人家法好，一池明月證心禪。

壬戌嘉平同戴大春壇李二受之李三卣璜仲弟希曾游韜光作

僧龕如鳥巢，背倚高峰尊。問徑得幽別，老衲有導言。是日憩松靄山房，老衲指房昔小逕上。共誇腰脚健，各各遊色欣。灑落短後衫，澀路披荊榛。未辨日卓午，秖覺竹影繁。霜果忽迸落，松鼬驚翩翻。朔雪尚健在，稜稜陰厓屯。枯槎跨空澗，老樹走長根。飛泉屈曲來，疊筧鳴沄沄。仄磴如蟠蛟，石勢何崩奔。登頓數百級，始及精舍垣。眾翠爭户入，一碧環寺門。紺字聳其下，中更成祇園。清池承汰泉，法雨晴天噴。文魚偏近客，噞噞浮藻薀。沙彌進茗乳，坐我十笏軒。撫櫂玩之久，不覺石磴温。起讀前輩題，細剔荒蘚痕。香山與眉山，風流萬古存。同遊二三子，餘勇窮攀援。風中矯兩腋，捷過扳藤猿。俯睇一塵聚，真如蝨處褌。江湖色相接，迷茫海氣昏，俄起星星鐘，四顧烟光渾。擬結茶筍緣，三宿乘春暄。更踏最高頂，袖攜雲氣還。揮手下山去，斯語期無諼。

奉和樊榭老伯抱雲峰研山歌用元遺山雲巖詩韻

摩挲怪石舒心顔，飄飄似向東海還。憶昨鄰市偶購得，實之不異南唐山。客來出示竹屋底，共驚遇合有神鬼。平生與古緣信深，閒裏相娱輒殊喜。巧匠安能肖筋骨，應是仙靈摶石髓。黄塵清海幾回枯，未識何年落吾里。一堆緺瘦森嵚嵌，爐煙飛動縈香嵐。莫漫壁觀矜妙畫，相看便是退思巖。天生顔色非洗袚，蒼翠常如新出沐。白雲嶺上易隨風，詎若明窗對兹物。城東詩老詩骨尊，筆奪造化窮天人。已教石丈開生面，無假丹青更寫真。

夜宿山家見朱琰《金華詩録》

洞中遊未能，勝情鬱不暢。借榻得山家，門徑頗清曠。天寒迫晚色，風拉林莽漲。童稚出看客，闖籬攀衣桁。照夜然松明，進酒傾溪釀。雞聲隱緑蘿，人語落青嶂。明朝下山去，定倚瘦笻望。懸知託宿處，曾在白雲上。

遊智者寺遂至芙蓉菴

亭亭芙蓉峰，青延數百里。城中舉首望，忽落芒鞋底。錦峰繡嶺環，名藍卓其裏。樓約此開山，玄言契帝旨。代興嗟無人，殘僧數輩耳。不識西來意，但把東田耒。飢禽上石床，寒竹照池水。緬懷清溪圖，已隨人代徙。張公詡《清溪圖》上有蘇東坡、秦少游、郭功甫、張深道諸賢題詠，真跡在智者寺，見吴禮部詩話。賸讀龜堂碑，惜未攜墨紙。鄰菴隔牛鳴，山門亦頽圮。無花供客看，側想晞髮子。『看花春到寺』，謝皋羽《過芙蓉菴》詩也。老松作龍吟，徘徊迫短晷。破衲擔樵歸，日落衆山紫。

蘭谿换鸕鷀船乘月抵雙溪城下

蘭陰城邊漁火紅，孤篷單槳摇霜風。群山隔岸静如睡，氣象慘澹經營中。須臾林際月光起，倒轉星河落波底。邨墟何處夜歸人，犬作豹聲聲不已。利涉心輕五百灘，道路誰念舟人寒。蒙頭絮被床頭酒，遊子休歌行路難。

臘月六日董使君招遊金華三洞以沙淤洞穴不得進而止

吾聞三十六洞洞玄之天傳金華。夙昔欲往未得往，如癢忽就麻姑爬。使君勝情過康樂，償余願力多年奢。緣澗得得馬蹄疾，奚羨汗漫乘飆車。穹然倏見洞門闢，通明石屋何谽谺。此山自爲仙官守，永無犀兕豺虎蛇。雙龍頭角裂石出，作鱗之而身盤拏。晴天擬挾風雨至，深黑定爲龍所家。惜哉扁舟膠淺水，乾糯委地堆金沙。甚欲熾火精物隱，蒙流何日慳蝦蟆。蕭至玄題閟幽窅，謝皋羽記徒傳誇。無所用目安用足，巖南妙句空咨嗟。『足以目故差輕便』，方韶卿遊三洞句也。冰壺想象水簾卷，朝真蚕已韜陰霞。鼈行猿接誰復能，再來只恐迷津涯。滿山羊石叱難起。風吹巨勝溪邊花，鹿田聽雨亦幽絶，且借茆屋炊胡麻。

蘭谿舟中對月懷陳寶所舍人

作客嗟余倦，哦詩憶汝工。劇憐江月近，未得故人同。紅藥翻新句，青楓繫短篷。梅花又開落，誰與弄絲桐。寶所向爲余彈梅花三弄。

秋日同董上濱遊七寶禪林

寬鄉瘦地自成邨，與客來敲精舍門。乍到渾疑林雨至，坐來始覺竹風喧。閒花落地何人見，清水浮階任鳥翻。畢竟豪華歸物幻，蒲團欲就老僧論。寺昔爲豪家所占，故云。

雙溪五侯曲六首

五侯者，邢公、胡公以下，凡五神皆有功于民，宋元以來屢加封號，非吴下五通神之比。俗以八月十又六日挈鉦迎賽。去年告災，此禮遂廢。新奉詔贈卹良吏執事惟恪，于是乎慶有秋焉。《禮》云：一日之蜡，百日之澤。吾未見其若狂也。竊仿竹枝體爲歌詞六章以俟後之采風者。時壬申中秋後一日。

去年高壟麥無秋，今日低田稻滿篝。民還舊俗傳新詔，處處敲金賽五侯。

家家團社獻雞豚，酒熟金華注瓦盆。餅大千邨歡喜説，去年老齒嚼榆根。
八詠樓前綺結臺，赤松門外舞場開。笑他高髻銀鬟女，不向閒坊靜巷來。
誰將白牯鬥烏犍，一豎持鞭一豎牽。仿佛戴嵩圖裏見，霎時賺取看場圓。
經年盼得此閒遊，嬾牧群羊嬾放牛。癡兒吹裂猢猻竹，斜日烏烏聲未休。
昨宵圓月今宵減，阿儂愛月啟雙扉。來尋十洞團圞影，爲上虹橋踏月歸。

丁傳

王容大耕讀圖 以下見《竇日軒集》附存詩

先生讀書處，門外足秧田。窗宿紅爐火，村分白蕩烟。傳家圖史在，結耦溺沮偏。他日如鄰並，移居借釣船。

王容大浴鵝圖

三五鳧雛戲緑莎，茴香花外漾晴波。哦詩苦愛張司業，解道無池亦養鵝。『無池亦養鵝』，張藉句也。
紅掌翻翻自浴翎，披圖彷彿見蘭亭。如何蜀國滕昌祐，只寫鵝群睡淺汀。

過晋江萬安橋謁蔡忠惠公祠同汪芍陂新和費鶴江振勳作以下見汪新《閩南倡和詩》

披帷風動降雲旗，榱桷森然趙宋遺。如此狂瀾如此障，繼公可有廟中碑。不雨横空卧彩虹，漫誇鞭石爲秦東。惠民隨在如飢溺，幻出輿梁不世功。

龍巖道中同費鶴江李覍沙銑和汪芍陂作

筍輿閣閣任沿緣，大好溪山導我前。十里松濤喧徹谷，四圍嵐翠碧于天。穿雲鳥道盤盤磴，瀉澗春泉派派巔。最是南來奇絶處，謾誇攬勝我能偏。

汪芍陂學使以宋人舊句耕鋤已遍落霞村試龍巖秀才擬作一律因同鶴江和之

布穀聲聲報曉枝，深耕澤澤繞茅茨。緑秧鬭展春郊闊，黄犢人驅遠水遲。也有畬田鋤野老，賸無新畝課農師。一村好景豳風畫，最是餘霞散綺時。

游龍巖洞索芍陂和

頑雲擁户撥不開，淅淅寒雨南山來。爲探龍窟興莫已，翻疑鱗蟲有靈陽。無畡龍巖之洞南，郭㞐青葱拔地石。崔崔中有雙龍遺，蜕影作鱗之而勢。蟠回五指欲捫不，敢近恐驚其睡起。風雷况龍作霖實，有靈磨崖紀事字。如栖寒冽不敢久，徘徊升眺洞左山。之臺危亭嵌空俯，城郭遠瞰村落如。魁堆松濤聒耳起，足底襟袖凌風捐客悝。

石鐘巖索芍陂和

未到石鐘巖，已見石鐘秀。前途雲影中，突起一峰縐。色如青芙蕖，漏當風月透。瀺灂嗡其根，行者自此逗。乘桴截澗流，宿願今始覯。急把綠玉杖，梯石試一叩。大者圓如囷，小者垂若溜。大類莛不鳴，小似金始奏。四山悄無聲，忽作蒲牢吼。鏗鍧響空谷，驚竄松頂鼬。

渡迴龍塘索芍陂和

偶爾問津處，迴龍山下塘。闊含嵐影翠，澄寫樹叢蒼。人竚沙頭小，帘撑市尾昂。方舟横打槳，輿轎免漸裳。隔岸茨簷矮，緣坡磴路長。連行如蟻續，雲壑怪儂忙。

同芍陂鶴江汪若谷雙承雨後沙砰觀瀑

沙砰之溪盤九級，級級高聳尺計廿。環山適值梅雨候，赴壑奔崖四海立。一溪容納勢欲塞，蕩漾瀠洄不可得。石頑水暴力雙敵，級級變怪争奇特。一級直懸如玉截，闊有四肘白呵雪。一級亂涌吹絮雲，若有乖龍自此穴。浪花莽噴如噀霧，疾卷溪風灑涯石。初疑白鼉雪浪翻，誤認黑蛟走辟易。奔雷砰轟起澗底，怪風怒號白波坼。一波初罷一波興，前浪未湔後浪湓。我本之江把釣徒，慣見秋濤如纛岌。盤盤一上一回看，濺沫跳珠衣忘濕。

同芍陂鶴江皃沙張臥峰志甯游熙春臺用庭前石刻張伯常宿熙春臺與張君儀酬唱詩韻

閒尋野色及山臺，第一熙春眼界開。檻轉巖腰富延覽，碑留寺脇訪由來。寺兩旁共有四碑，宋寶祐元年勑封寺所供神牒文也，新修《邵武府志》失載。山川雲物前朝景，俎豆馨香何日埃。賸有昔人題句在，興酣酬答勝長杯。

芍陂學使晚春使車赴興郡途中有作因同鶴江黄漁村卷王葯闌際甘黄秋水鵬南和之

甄别人才第一關，軺車不憚遍區寰。原非問水裳漸水，無意春山眼滿山。荔子著花香細細，燕雛掠水影蠻蠻。好將延賞歸吟管，莫使芳春老欲還。

與郡西園閣子同葯闌鶴江芍陂和秋水拈青春二字作

菌閣憑虚瞰遠坰，相牽登眺醉湘醽。白雲憐我縈鄉思，檻外雲山故故青。

瘦影空廊日幾巡，瞥驚桃葉已蓁蓁。紅蕉丹荔南方狀，挽得東皇不老春。

同芍陂葯闌和鶴江西園閣上玩月聽雨之作

閣迥原宜月，娟娟生遠山。穿檽書幌净，照影瘦肩閒。吟串多鄉井，情懷憶故關。離家三度見，春豈爲朱顔。

雨亦探春意，常隨花信風。丁東雜殘漏，淅瀝逐游鴻。破夢愁羈客，不歸慣釣翁。用張志和詩。晚看嵐翠好，都在有無中。

同鶴江秋水芍陂和葯闌墻外紅榴

春風別院聽蕭蕭，催放塗林紅欲燒。一點動人春意足，况將繁豔出廊腰。

萬緑叢中畫未工，爐峰頂上信先通。絳脣縱得胭脂點，輸却緋衣醋醋紅。

和芍陂試畢出莆關再疊前韻之作

泥人天氣鳥關關，破曉催行水石寰。賞遍芳菲滿桃塢，快逢遲日近壺山。興郡有桃花塢、壺公山，所謂『壺中日月』也。緑榕到處休銀鹿，丹荔何時送小蠻。記取明年剛夏五，宋家香熟不須還。

卧峰賦永春州織畫同若谷鶴江芍陂和作

畫品由來先數神，織餘名擅幾回春。花箋寫遍真難擬，蜀錦裁成無此匀。老眼迷離看作霧，湘簾隱約善藏人。剡谿紋比鵝谿細，未許丹青獨軼倫。

同鶴江芍陂秋水和卧峰永春試院樓居

游屐登樓驚眼新，棲遲不異雁來賓。疏櫺透處山横翠，長笛吹時檻倚人。敞貯吟朋悠結夏，高憑縱目惜殘春。題成好句崔公在，對景頻哦口頰津。

邱氏堂前松柏見原書

少讀《草木狀》，老作南方游。去冬一踏庾嶺頭，梅花如雪爲淹留。欣逢舊雨湞江側，闊疏把袂金門客，文章驚世落人魄。爲重親民不辭劇，滿空經術到南雄，化作膏雨與和風。風習習，雨濛濛，庶民如草，句萌鬱蔥。誰言材大憂難用，十八作公非幻夢。試看君家三樹堂前松與柏，歷六百載涵世澤。葉翻襜帷枝列戟，是即世世子孫禎祥蹟。君不見，燕山五桂靈椿老，王氏三槐茁芝草。況此蟉柯霜幹淩雲姿，根荄有自培植早，還見孫枝秀發鬱鬱如幢葆。

魯齋述得一卷見吴省蘭《藝海珠塵竹集》經部别解類

朔南暨解

《禹貢》「朔南暨」之「暨」當采許慎《説文》「暨」字解作注義始確。實此「朔南」即《素問》「立于子而面午，立于午而面子」之處。蓋太陽衹行赤道南北二十三度半而止，其外則日躔所不到，人之在二十三度半以外者，皆背其極向日而立者也。故篆文𡵁嵛邱之丠字，象兩人背乎北極而立于地之形，南北之北字象兩人相背，謂日在其南，人各就日向暖之形，此立于子而面午之説也。《漢·地理志》交阯郡有北户，交阯爲中國極南之郡，又名日南郡，故人皆向北開户，猶崑崙邱人向南而立，皆背極以向日，此立于午而面子之説也。堯舜誕敷文德，民之被其光者，東限于浩渺之海，西限于遷徙之沙，至朔與南，則以日頗見爲界。由兩極之下寒冽異常，居人鮮少，故朔南曁爲聲教，訖于四海之證驗。《説文》『日頗見之』，頗當讀如《易》『无平不陂』、《書》『無偏無陂』之陂，兩陂字古皆作頗，偏側也。言此處日不當頂，人僅見其偏側耳。曁字从既，而曰既而皤然改之，既有輾轉反側之意，故訓日頗見。又如月既望之既，既望者，月與日對，猶牽牛睆織女跧常相望而皆在側也。下从旦，則日初出地平之象。日出地平，在人東側。曁字合既與旦以成文，故《説文解字》曰日頗見。再徵之外典，佛言『須彌山日月繞其腹』，此即朔方日頗見之處以推南方，南亦猶是矣。朔也，南也，不過是方名，《禮·内則》所謂教小兒方名記數者此耳。空洞渺茫非有實際可説焉。得不以曁爲日，頗見之有其地者，而與東漸西被之有其地者爲唐虞聲教之疆域乎！蓋貢賦限于九州，而聲教則無遠不届者也。《周書·君奭篇》曰：海隅出日罔不率俾，周室且然，況唐虞之際乎，此又朔南曁之可旁證者。又《周髀算經》云，兩極之下，半年爲晝，半年爲夜，朝耕暮穫，以半年爲朝暮，此其地歟？利瑪竇《坤輿萬國圖》云，赤道以北八十五度爲地之極北者，半年無日，以魚油點燈代日，寒凍極甚，人難到此，赤道以南自六十度三十分至九十度一帶，天下立表每晝閒日影周圍常到，然則日之横繞頗見者，不煩言而喻矣。《唐書》載骨利幹貢使云，彼國煮一羊胛裁熟而日又出矣，則知此國亦在日頗見之處者。李唐且來享來王，而陶唐寧無革面革心乎？子思子曰：聲名洋溢乎中國，日月所照，莫不尊親，豈虚語哉。

曾南豐跋《安鄉郡卧禪師碑銘》引《禹貢》云，虞夏之世東漸于海，西被于流沙，朔南暨聲教，乃以下句二字屬上句讀，不無割裂經文。南豐之文詞嚴理正，爲紫陽所服膺，而因暨字難通改讀經文，宜九峰先生之以及釋暨矣。逮元時朱子由《尚書句解》亦以聲教屬上句讀。暨字之義不得《説文》，不幾同《古文尚書》之欲求之日本哉！許氏之有功乎經學也不少。辛亥重陽魯齋丁傳再識。

《堯典》之幽都言日光不到皆幽陰所聚，都者，瀦也，即《禹貢》之朔暨也。南交即南暨也，《韓非子·十過篇》云：『堯有天下，其地南至交阯，北至幽都，東西至日月之所出入，莫不賓服。』注云：『舉凡光天下之地。』隋唐《志》不詳注者姓名，元何犿云舊有李瓚注，鄙陋無取證。按，以幽都爲光天真無證矣。吃公子極言帝堯疆宇，即命羲和語爲朔南暨注脚，真是鐵板注脚。惜其以賓餞作漸被，不無混雜暨字本義。韓曰説難，不其然哉。九月十日傳再識。

夏璉商瑚周簠簋名義圖攷

《左傳·哀十一年》孔文子之將攻太叔也，訪于仲尼，仲尼曰：胡簋之事則嘗學之矣，甲兵之事未之聞也。杜預注：胡簋，禮器名，夏曰胡，周曰簋。孔穎達疏：胡簋，行禮所用之器，故以胡簋言禮事。《論語》衛靈公問曰俎豆之事意亦同也。《明堂位》説四代之器云有虞氏之兩敦、夏后氏之四璉、殷之六瑚、周之八簋，如《記》文則夏器名璉，殷器名瑚，而包咸、鄭玄等注《論語》，賈服等注此傳皆云夏曰瑚，杜亦同之，或别有所據，或相從而誤。

傳曰：《論語》子貢問器，子曰瑚璉也。朱子注：夏曰瑚，商曰璉，周曰簠簋。紫陽殆因左氏傳有仲尼曰『胡簋之事』一語，瑚在先簋在後，與聖門所記《論語》『瑚璉也』亦瑚在先璉在後。依夏商周三代之先後，而次之，應得注夏曰瑚商曰璉周曰簠簋也。或有因漢魏晋諸儒解《左傳》者皆夏曰瑚，解《論語》者亦皆夏曰瑚商曰璉之故矣。譬之卜筮，三人占，則從二人之言，其勢使然者矣。然而此疑案也，千古無發之者，惟唐孔祭酒發之以爲或别有所據，或相從而誤，然而孔祭酒無所闡明，終是疑案而未定。傳學疏識淺，安能斷乎？竊以爲三代聖王制器不同，必有所以不同之故。向聞凡受命爲天子者，必爲之改正朔，易服色，異器械，三者參相爲之者也，而最重莫如正朔。瑚璉簠簋之制，大抵本乎正朔之改，而異其器者乎？由是推之，夏之所建者，寅也，一歲十二月，寅爲正月一日，十二時寅爲破曉雞鳴時也。昌谷詩曰『雄雞一聲天下白』是矣。《春秋説》題詞曰雞爲積陽，故陽出雞鳴，以類感也。按一歲之寅，三月之陽春。陽也，不比夏之驕陽。一日之寅，旭日之陽，不比日卓午之陽，皆陽之小者也。而其爲雞亦當小雞矣。《爾雅·釋畜》曰雞大者蜀，蜀子雛未成雞曰健，釋文作連，然則夏正建寅而制器，器謂之璉者，取象於陽之未大也，其猶未成雞之健也審矣。故《明堂位》曰夏之四璉。推之商所建者，丑也。丑于十二辰之次，位于北方之末，北陰方也，末則陰老矣。丑之神爲牛，牛老則胡垂。許氏《説文》曰胡牛頷垂也。然則商因建丑而制器，器謂之瑚者，職此之故。左氏且不從玉而作胡，豈亦有見于『丑牛垂胡』之義者歟？故《明堂位》曰殷之六瑚。周正則建子矣。建子之爲簠簋，何義也？曰十二辰通可謂之子，天官書曆律志所謂十二子是也。然非正位乎？北方之子也。周正建子而制器，則子之方不可無界限，以爲區別。簠簋二器者，爲方之北者之界限者也。其名曰簠者，象黼也，西北之界限也，《畫繢職》曰白與黑謂之黼。名曰簋者，象艮也，《説卦傳》曰艮東北之卦也，界限立而建子之義明矣。此簠簋之所以因建子而成器者也。故《明堂位》曰周之八簋，言簋而簠自在其中矣。此《易》《詩》《三禮》凡祇稱簋者之所同也。紫陽注《論語》恐人不識此例，始稱周曰簠簋耳。今再繪圖以補説之所不能，説如左：

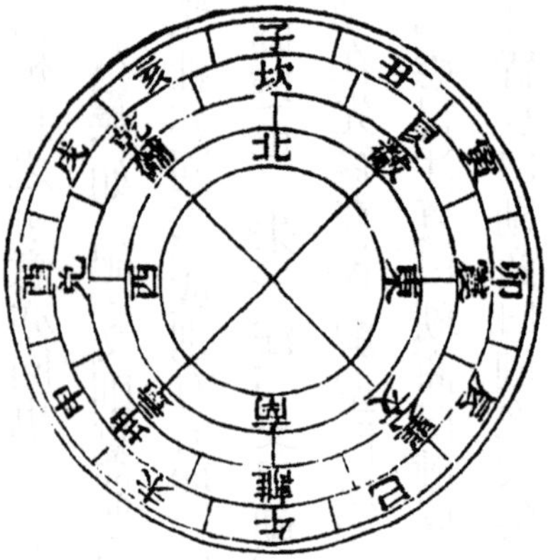

圜圖中間第一圈所以分南北東西四界限也，外此第二圈即《考工記·畫繢職》之黼黻文章四維也，外此第三圈即文王卦圖八卦之位次也，外此第四圈爲靈臺儀象渾天儀之地平圈，周分十二辰方位，今古鎮定不移之方位也。方位定則東方之寅知爲陽之少而象雞者之所以名健矣，北方之丑知爲陰之老而象牛者之所以名瑚矣，黼位西北維黻位東北，則知正位乎兩維之間者即周人所建之子也。而黼以爲簠，艮以爲簋也，此圖也，三代制器之義盡在斯乎。若夫少陽爲健，老陰爲胡，非一人之私言也，此猶陰陽式法論卦氣之盛衰，鄭康成《易傳》中孚豚魚吉，《正義》云三辰在亥稱豕，爻失其正從小稱豚，四辰在丑爲鼈蟹，爻得其正從大爲魚，解《禮·月令》介蟲爲妖者有然矣，解《詩·小雅》無羊者有然矣。又如星禽衍之昴日雞老而爲畢月烏，牛金牛少則爲斗木獬，此皆由陰陽老少之變也。故梁令瓚摹唐人列宿真形，陶宏景述雲笈旦暮幻化，皆信其有理可憑耳。然則寅初之爲健，丑末之爲胡者，夫何疑。至簠簋之量容可證者，陸德明曰，一斗二升此則天數之十二也，簠簋之形模可證者。毛萇曰簠外方而内圓，簋外圓内方，此表天道之左旋矣。方以象陰，圓以象陽，或内或外。以象入陰而出陽，更足證簠簋雖分列東西，實即子之一陽初動者所循環也。誠審乎三代制器命名之義，豈不足以知三代之由改正朔而爲之者歟？且即禮以證禮，《明堂位》三代之灌尊亦可旁證者：如夏以雞夷，雞稱夷俟之，夷，未能奮飛之雞也，亦健也；殷以斝，斝讀服軛駕牛之駕，全牛矣；周以黄目，沈括云龜目色黄，然則北方玄武也，目生兩旁，猶簠之黼、簋之艮分左右然矣。《明堂位》三代之爵，夏以㦽，側眼反从淺深之淺，猶東方之寅得陽氣尚淺也。㲉以斝，此斝當讀如五霸假之之假，即《左傳》之斝耳，《郊特牲》之斝，角牛之一體也，言假借以當全牛也，胡爲牛之一體亦然矣。周以爵與雀通，瓦，爵也，以堂簷爲窠巢，人君負扆而立而爵在簷前，子位之左艮右黼有然矣。此亦三代之器也，皆本建寅、建丑、建子而制者也，即禮以徵禮，非無徵之説矣。予故求端于三代正朔之不同，而考訂乎三代制器之異，尚各有實義，各有朝代，而萬不容紊者也。

繆篆解

王莽居攝，使甄豐改定古文，别而爲六：一曰古文，孔氏壁中書也；二曰奇字，即古文而異者也；三曰篆書，秦篆書也；四曰佐書，即隸書也；五曰繆篆，所以摹印也；六曰鳥書，所以書旛信也。傳案：繆篆之名與孔壁、秦斯奇字、佐書及鳥書並列，是於五體之外另成一體之篆文矣。然求之兩漢古銅印章，其爲篆皆平易近人，豪無繆意。解之者曰：繆者，綢繆也，如後世九疊文之類矣。然此是漢世王莽所定，不當引後世事作據。予家向藏光禄顧氏《集古印譜》全部，又得天一閣范氏《集古印譜》全部，二譜搜羅兩漢金玉之印，皆自秦以及宋元諸官私印各三千餘方，亦可謂極古今篆體之大備矣。然九疊文無一焉，則知繆篆自有繆篆之體勢，惜乎其罕有徵引而難明耳。近讀《東觀漢紀》而喜繆篆之實得證據焉。《紀》曰：馬援上書言，臣所假伏波將軍印書，伏字犬外嚮，成皋令皐字爲白下羊，丞印皿下羊，尉印白下人、人下羊，即一縣長吏印文不同，恐天下不正者多。符印所以爲信也，所宜齊同，薦曉古文者。事下大司空，正郡國印章。奏可。不知此即甄豐所謂繆篆摹印也，所以杜絶天下奸人之僞刻官印之良法也。凡奸人欲僞刻官印，但知依尋常日用之篆，使人易曉，即知當作繆篆，而篆之所以繆，非目見不能摹仿者也。蓋其中如伏字之犬外嚮，皐字之令、丞、尉各各不同，皆出不意，皆非奸人所得見之文，雖欲摹之而不得摹者也。此如上方製作其法甚祕，祕府别有印證，亦如兵符之暗合，非外人之所得知。是以甄豐於諸篆之外另立一篆，謂之繆篆，蓋其慮患也深，絶弊也巧，令天下有不可窺測之意。如馬援所引奏諸印，當即王莽居攝時之所鑄，而天下之印爲繆篆者多矣，應不止此。惜乎馬援不曉用印之妙術，但知同文之治，將天下郡國印章盡行改從正文，使用印取信之微旨銷沈抵毁而中絶，寧不污哉。

五代時朱泚遣將韓旻領兵三千趣奉天，時奉天未有武備。泚召段秀實與謀，秀實陰圖之，乃與將吏謀殺泚，且欲遣韓旻兵回竊姚令印，不遂，乃以司農寺印倒印符牒，旻莫辨其印，惶遽而回。按此以倒用而代繆篆得成功者也。事雖異，而意同，附記焉。

董洵號小池，山陰人，著《多野齋印説》，載官印、護軍印章、漢三老印信、六面印、劉昌印信，其文俱從左至右。又載古印有反者，如關外侯印外字，陽平亭侯平字，故成平侯私信之故、成、侯三字，雝遂之印之雝、遂二字，王匽二字印之一反一不反等様，皆是繆篆之遺法也，即謂王莽居攝時所鑄之印可也。又《集古印譜》所收秦印甚夥，印方不踰五分，皆朱文不可識，凡右一字大概相同，字之體類長字而非長，其形狀頗與今人采柏子、鐵鉤子相類。予疑此必另有篆文與此作闢闔者，如書契然，藏之祕府者也。此即繆篆之先聲歟？蓋篆不繆不足以杜絶奸人之窺測，篆不繆不足以聳動郡國之深信，篆之繆爲用甚神，然尤有進焉者，久則須變耳。許叔重云，秦人變壞古文，更用八體：一曰大篆；二曰小篆，施於簡册；三曰刻符，施於符傳；四曰蟲書，施於旛信；五曰摹印，施於印璽；六曰署書，施於門題；七曰殳書，施於戈戟；八曰隸書，施於公府。按秦時之八體與王莽之六書大概相類，其中施於印璽者曰摹印，又與繆篆之稱摹印相扶同，則所謂摹印者絶人揣摹之謂，非臨仿之謂矣，此又甄豐繆篆之先聲也歟？

顧南原《隸辨》所輯之字多破體，而覈以六書無一可説，此等尚是甄豐繆篆之餘習也。《隸辨》皆采於漢碑，由書丹者不知繆篆僅可施於印璽，不當施於碑刻也。其於趙相雍勸闕碑成皐令之皐字，與馬援白下羊者同，苑鎮碑綜皋陶之皋與馬援皿下羊者小變。《顔氏家訓》云，皐分澤外世俗書也。韓勑碑陰河南成皋亦皿下羊之小變。又孔霓碑泣踰皐魚作白下手，又校官碑額之，宀下目作一筆書，羊竇道碑到官六日目向左，凡此皆在新莽以後，可無顧忌而散入諸種石刻耳。此予跋《隸辨》者采出附焉，亦便參訂。魯丝又書。

經説四條

《易·説卦傳》兑，正秋也，萬物之所説也。説當音脱。秋金行義斷主殺，萬物所愁苦，安得云萬物喜悦乎？蓋至秋物皆成實脱落，故曰萬物之所説，音脱。或以改字爲嫌。案，脱、説同兑聲，古脱字多作説，即《易》睽上九後説之弧可見。

臧庸《拜經日記》：杭人丁希曾老年篤學，嘗謂庸曰《易·説卦傳》云云。兑、説本訓，自不可易。而丁説爲漢人改讀之例，亦得備一義也。

暨以既爲聲，《説文》云『日頗見也』，頗即《易》『无平不陂』，《書》『無偏無頗』之頗。頗者偏側也。因此得《禹貢》朔南暨之解，蓋此朔南即《黄帝·素問》『立於子而面午，立於午而面子』之處也。此地日不當人頂，僅見其偏側耳。暨字上從月既望之既，下從旦，日初出地平也，緣太陽祇行赤道南北二十三度半，其外則不到也。人之在二十三度半以外者，皆背其極向日而立。故篆文北字作𠦬，象兩人背乎北極而立於地之形，謂日在其南，人各就日向暖也，此立於子而面午之説也。《漢·地理志》交阯郡有北户，交阯爲中國極南之郡，故人皆面北開户以向日，此立於午而面子之説也。堯舜誕敷文德，民之被其光者東極於浩渺之海，西阻於崔嵬之山，至朔與南則以日頗見爲界，由兩極之下寒冽異常，居人鮮少，故以朔南暨爲聲教訖於四海之證驗也。《周書·君奭篇》曰，海隅出日，罔不率俾，在周且然，而況唐虞之際乎？此亦可爲朔南暨之一證。

右見盧文弨《龍城札記》。按，與《魯齋述得·朔南暨解》文有繁簡，今兩存之。

《詩》：衆維魚矣，衆乃螺字之省，《説文》作蠶，與蠡同。《左氏》《穀梁》春秋經，桓五年螽，《公羊經》作蝝，蝝實蝗類，凡池湖陂澤中魚嘯子皆近岸旁淺水處，若遇歲旱水不能復其故處，土爲風日所燥，魚子蠕蠕而出即變爲蝗蟲以害苗，自大河以北土人皆知之。今蝝不爲蝗而爲魚，故以爲豐年之徵。

盧文弨《鍾山札記》：余友丁希曾解《詩》『衆維魚矣』，謂衆乃蝝字之省云云。余案此説昔人未曾道過，而實確不可易。如旐維旟矣，旐、旟相爲類而小異耳，一則人少，一則人多，故占爲室家溱溱，義順而詞顯。若云衆人化而爲魚，則太怪甚矣。雖夢境迷離無有定象，而其占爲豐年，雖曲爲之解，終不似旐、旟之占人人皆可領會。今釋爲蝝則事皆目驗，義並貫通，且證之《公羊經》《説文》而皆合信，可以釋千古之疑矣。

宮墻宮字是《爾雅》大山宮小山之宮，謂圍繞之。案：《禮記》曰『君爲廬宮之』，又曰『儒有一畝之宮』，康成云，宮爲墻垣也，是其切證。《左傳》曹人或夢衆君子立於社宮，社非喪國不屋則無宮室。而《禮》云君南鄉於北牖下，則有墻垣是社宮，亦爲墻。古者以墻爲宮，故築墻曰宮之矣。

右見方觀旭《論語偶記》。

武林金石記殘本弁言見原書

是書僅存四、五、七、八、九、十，共六卷。第九卷又僅一十四葉，第十卷僅十葉，前後皆缺。又存目録三頁而已。無從覈其全書之多寡也。且不著撰人名，鮑大淥飲曰得之荒貨店中間，買自倪姓。今讀其書有引樊榭丈詩與家大人姓字，似著書者爲倪山友先生濤也。向在郁陛宣家鈔得先生《六藝之一録》凡例兩條，趙誠夫序一首，始知此書采摭《西湖志》，而《西湖志》中金石文字悉原本於家大人《武林金石録》也。山友先生不没人善，攘作己有，其用心厚矣哉。《六藝之一録》今已進呈御覽，採入《四庫》，即士人獲志功名，例讀中秘，亦必深悉此書由來，矧此殘缺不完者乎？因略數原委，并附入舊鈔趙序、倪例，弁副本前，後之讀者尚知家大人與先生好古服善懃篤如是。乾隆壬寅八月魯齋丁傳紀事。

嗚呼！通經學古之儒，顧不以金石文字爲綦重哉。蓋華牋尺素不閲世，而雲烟過眼，獨鐘鼎彝器及穹碑短碣大書徧勒，永久不磨。蘇文忠公《石鼓歌》云『人生安得如汝壽』，深有謂也。吾杭佳麗甲於東南，琳宫梵刹鬱乎相望，田副使《西湖遊覽志》稱唐已前有三百六十寺，錢氏立國，宋室南渡，增至四百八十寺，道院祠廟猶不與此數。而且林泉秀美，公卿賢達往往投足，題名留咏，傳播方隅。又高宗御書石經，今置郡庠，吉金貞珉，觸目斯在。嗟夫，海内風氣所趨，名山勝概多矣，其或深陵窮谷，即有前哲遺塵，大都委棄於荆榛狐兔之場，鮮有過而問焉者。惟是武林諸山，去會城數十百里而近，好事者升高眺遠，不辭勞瘁，快覩瑰奇，則其人蒐討之功洵不可没已。城南隱君丁敬敬身氏，某所師事，博學嗜古，朋儕交讓，芒鞋策杖，凌歷幽邃，訪求唐宋以來金石刻文大小幾三百通，親率徒役伸紙漬墨，輕搴響榻，更欲作考以徵放軼，并道其頻年勤苦之狀，惜未暇也。今年春，崑渠倪先生出示《六藝之一録》，其中金石一集殫述舊聞，采掇略備，某輒不自揆舉曩昔所見石刻爲請，先生欣納焉。爰倣劉次莊《法帖釋文》之例，凡楮幅之廣袤、字體之正別，爲之條分而縷晰，鱗次而櫛比已。復詢其端末，乃以隱君對，先生毅然動容曰，余豈可坐享其利而陰竊其名哉？某拜手以謝曰，安得此長者之言乎！尚憶雍正庚戌、辛亥間，勅修《浙江通志》於南榷關署，制府李敏達公辟召英俊之彦，命兼修《西湖志》，董其事者以舊志具有碑碣，而《咸淳臨安志》亡失此卷，《成化杭州府志》有目無文，意欲補輯，苦無底稿，莫能措手。衆咸推隱君，於是盡發秘藏，重加詮訂，迨書成而不列隱君姓氏，曰夫夫也亦足與名不朽耶。某積不平，耿耿懷抱者十年於兹矣。今先生大反前轍，謙不自居，虛中而受，難可測量，彼懻忮立心者，徒儚儚佪佪，神惛志忞，又烏知隱君之獲此名蹟固非尋常涉獵所能卒致也！當其風雨寒暑之弗避，蛇虎肆毒之弗畏，飢則飡霞，倦則憩石，晨出西入，遂遘痎瘧，自言曾經厶地遇鐫鑿隱隱可辨處，鼓勇即之，返則取徑甚微，浮土埲埲有聲，左右懸崖絶壁設一蹉跌下臨無地，偃伏移時，髮豎股栗，有樵子導從迂路始還，人皆以昌黎登華山事擬之。蓋瀕於危者屢矣，而終不因之或悔也。若乃盜其有而靳其名，妨公害能，仁人君子之用心宜不如是，况以湖志之蕪穢果何足辱吾隱君，而隱君之傳寧係於是書之載與不也。某詳論往事，俾後之覽者如誦法先生之盛德，於以礪薄俗而崇古學，殆庶幾乎！殆庶幾乎！瓊花街里人趙一清撰。

右趙序

武林磨崖石刻，乃城南丁君敬身攀蘿捫葛，窮幽極險而樵得之者。今則尋繹文字，較量尺寸，注明處所，勒成一編，庶不没其登涉之勤、蒐羅之苦云爾。

向從趙氏小山堂借得拓本，爲之尋繹文字，較量尺寸，注明處所，勒成八卷，友人借閲遂至浮沈，今則手鈍目昏，不能再輯，然會城文獻不可闕也，因以《西湖志》所載者録之，然而遺漏者亦多矣。

右倪凡例。山友先生著述，今皆遺散，此從郁藏手稿鈔出者。稿凡五種，皆止序目凡例，一爲《傭吹録》，一爲《周易四尚》，一爲《六藝之一録》，一爲《破虱録》，一爲《蘭亭譜》也。

新鈔武林金石録跋見原書

家大人著《武林金石録》一册，共一百四十紙，老友吴君槎客得之梧桐鄉，從海昌買棹而來，慎重見示，乃汪澄齋家藏本也。往歲傳自粤東同澄齋度梅嶺，方舟歸浙。澄齋語傳曰：亡兒性耽金石，嘗借得尊甫先生所著《武林金石録》，鈔有副本，當檢以歸子。及澄齋還家，藏本已失，傳方自疚薄祜，天故靳以寶玉大弓，不意轉歸老友插架，小子幸卒讀焉，炳燭之年重手先著，僾愾悽愴，豈尋常楹書例哉？全册蠅頭細字，恨眵眊不能寫，爰付大女鈔竟覆校珍弆，以汪本還吳君云。乾隆癸丑穀日，男傳謹跋，時年七十有三。

莽布笵跋 見張燕昌《金石契》初刻本

洪氏《泉志》所載大黃布刀一種，沿誤日久，今以《漢書・食貨志》及新莽所鑄諸布覈之，大黃布刀當作大布，横千旁行，讀之文義自顯。蓋莽所鑄布，自小布一百起次第而至大布，是爲布中之第十也，故名大布。其直當千，故名横千黃，即横字。古横衡二字通，詳《禮經》鄭康成注、《毛詩箋》等書。横者，平也。㓞刀平五百之類也。横作黃者，猶轥舍即横舍，⿵風黃⿵風白即横⿵風白，黃乃横省可據。又横本讀黃，古韻庚陽互通，《國策》合從連横，兵革不藏，《楚辭》收恢台之孟夏兮，然欲傺而沈藏，葉菸邑而無色兮，枝煩挐而交横。《冀州箴》更盛更衰，載從載横，漢興定制，改列藩王。如是者甚多，又可證也。自《泉志》至今皆以新莽自認黃帝後裔，遂順讀篆文曰大黃，如大漢、大唐、大宋等稱，誤矣。又此是布非刀，而誤讀千字爲刀，不但不識篆文千字，并不識刀與布之分矣。亦因篆文千字類刀，其間以點代畫之處未辨明耳。篆文以點代畫者如周穆公鼎朱作，尨生鼎生作之類，不一而足。若寒山趙氏、楚藩朱氏皆好古文，深於考訂，亦復沿謬，豈以微物不足留意也夫？

天監磚跋見金石契

西溪安樂山之陽，萬氏之祖塋在焉。乾隆己卯六月，萬爲葬事啟土，是夜家童之宿於宗祠者夢有神，頎長白皙，衣朱衣，衣有團花冠烏巾，巾有垂帶，謂其童曰，吾瘞此已千年矣，告汝主不可掘也。工人掘得兩磚而遂掩之。其磚一有花者萬氏自藏，而以此贈先君。審其年號是蕭梁時物，當爲築墓作穹隆狀，故一端削狹也。

張芑堂刻合同印跋據原石按印文作㊀

先子丁字合同印，造意奇妙，又出唐宋内合同印之外，順用爲上下合同，平用爲左右合同，内方外圓，且可當座右銘。海鹽芑堂張君，先子及門也，文行卓犖，餘藝復精篆刻，聞先子此製，欣然爲余作此，并志余兩人臭味之投合云。乾隆辛卯長至日希曾記事。

三代姓原見趙坦保《甓齋文集》

夏之姓姒，姒从以，篆文作龍蛇之象。龍蛇者水象也，禹治水地平天成，故賜姓曰姒。漢人好談讖緯，多尚怪僻，乃曰禹母吞薏苡而生禹，故姓姒，意欲神其事而反失錫姓之鉅典矣。商之姓子，子者人子也。契爲司徒，掌五教，人倫之間先動以天，則敷教也神，天倫之中又先之以盡子職，則敷教也簡，君臣也，父子也，夫婦也，昆弟也，朋友也，莫不從人子起也，子職盡則四者自盡矣。是故求忠臣者必於孝子之門，不順乎親者不信乎朋友，父母順者必妻孥樂、兄弟翕，挈領提綱，未有不先乎子職者，契之敷教者先乎子，故其錫姓也亦以子。如云契之母吞鳦卵而得子故姓子，彼夫沃民所食且有鳳之丸矣，何以沃之民無姓子者乎！又《史記》載者簡狄一人，《吕覽》載者有娀二女，或曰臺居，或曰澗浴，好事輩且中心疑而其辭支，予何庸辨。周之姓姬即頤字之省也，當洪水横流之時，草木暢茂焉，得五穀以養萬民，稷自匍匐克就口實，及使教稼種黄茂於豐草，若有相焉者，穈芑秬秠皆天降之嘉種。噫，異矣，帝曰黎民阻飢，汝后稷播時百穀而艱，食鮮食之民莫不鼓腹而游，含哺而嬉，故曰頤者養也，聖人養賢以及萬民者也。《周禮》饎人掌共齍盛，而故書饎作⿰食熙，从𦣞，《爾雅·釋宫》東南謂之宧，李巡曰宧之爲言頤也，養也，宧亦从𦣞。𦣞爲《説文》部首之一，即此姬字之所从耳。然則錫姓曰姬者，非謂其烝民乃粒受之以頤之意也歟？《晋語》言黄帝以姬水成爲姬姓，《水經》並無姬水，子産言臺駘能業其官，宣汾洮，障大澤，帝用嘉之，封諸汾川，然未嘗以水爲姓，何黄帝獨以水姓乎？姬姓之始，斷非黄帝，實始后稷矣。

與謝發川書 據真蹟

接《甘石星經》一册，令友轉鈔極修整，謝謝。但《星經》疑非徐氏舊物。徐氏鈔出者其前有三垣三賦，又他處亦與世上諸本迥然不同，徐氏《筆精》，備言之矣，若世所流通，計有三種：

一刻《津逮祕書》，一刻《百川學海》，一刻《説郛》。而《説郛》之刻尤爲陋略。弟自讀徐氏《筆精》，便欲披誦是書，懷想二十年於兹矣。來鈔與《津逮》刻本無異，敢懇更覓真本爲一影摹，用慰歷年企慕之懷，幸何如之。輿公所交皆天下知名士，此書定有流傳，得藉先生即省下藏書家搜訪，或再懇令友向連江徐氏覓之，必可得也。如得真本，不必爲弟惜費。更容晤謝。

丁佺

奉懷黄相圃暨陽十二韻見《北隅掌録》

與子幸鄰並，竭來交驩虞。賞音得同調，染翰興不孤。花晨與月夕，雅集無時無。藹如登春臺，静若臨清渠。握手忽言别，分袂悵何如。依依縈夢寐，寂寂傷離居。相去未一旬，已似三秋餘。引領望江雲，使我鬱未舒。裁詩聊寄意，知子亦不殊。今朝乾鵲噪，果得尺素書。把讀如會面，何啻瑛瓊琚。好趁春潮上，時時放鯉魚。

咏金龜并序　據鈔本原注云，松老自號『朝夕池頭漁人』。

乾隆乙未又十月廿三日，偶得金龜一枚，重三兩四□，長一寸二分，闊八分，厚半寸許，首尾四足皆藏殻間。甲上之文錯以黄金，細逾毛髮，工巧絶倫，極盡自然之態，雖夏雕商鋟，亦無以復加也。按：唐天授元年改内外官佩魚爲龜，久視中又敕龜袋，三品用金飾，四品銀，五品銅，蓋以金、銀、銅分等第，用袋盛龜也。昔賀監知章於長安一見李白，即呼爲謫仙人，因解金龜换酒爲樂，得無即此乎。爰作小詩二章，以識景仰云爾。

愛此非玩物，藏之愜余尚。絶勝臧孫寶，于焉獲玄賞。

賀李不可作，金龜猶在兹。長安曾换酒，風韻劇堪思。

新年雜咏題詞見《新年雜咏》刻本

物阜人和月復閒，太平摹寫貴辭翰。輪將題目翻新作，要使年頭帶笑看。

一編鼓吹叶金絲，干吕東雲乍見時。不是杭州當日曲，新春樂府國風詩。

題許默齋連枝圖見許承基《連枝圖題咏》初集

多君敦式好，白髮尚依依。攜手情何限，傷心事已非。連枝應共茂，接萼悵先腓。我亦悲同調，題詩淚滿衣。謂予伯兄誠叔、季弟山甫。

硯林印款

余江上草堂曰帶江堂，堂之東有園不數畝，花木掩映，老屋三間，倚修竹，依蒼苔，頗有幽古之致，余名曰苔花老屋。古梅曲砌間置身，正覺不俗。丙子春丁敬篆并記。落斝老屋。

丙子三月作于金親家物恒堂后，鈍丁記事。敬身。

茹古兩言惟好學敏求之士，當此爲不愧。蓋輝光根于篤實，沽名者未可同日語也。作此印以供玩味，亦常見古人之有以起予耳。乾隆戊寅三月丁敬篆刻于無所住菴，年六十有四。茹古盦印。

王文成公有陽明山人朱文長印，奇逸古雅，定出勝流。今仿其式，奉玉笥尊丈老先生清鑒，又奉贈五言律詩一首附刻印石，以求教定。詩曰：『婆娑玉笥叟，老筆峻韓門。豈以巍科重，静然大雅存。寒松姿轉聳，雲夢氣猶吞。絶聽真堪樂，多年絶世諠。』乾隆己卯冬日丁敬頓首上。石畬老農印。

米襄陽自刻姓名真賞等六印，且致意于粗細大小間。蓋名跡之存古賢精神風範斯在，非欲與賤技者流僕僕争工拙也。刻附數語質之鶴峰老先生真賞。錢唐丁敬。略觀大意。

老友冬心先生好古拔賞，與余有水乳契也。客維揚不見者三年矣，書來作此印答之。戊寅三月丁敬并記于無所住菴，時年六十有四。只寄得相思一點。

聖因大恒和尚，予方外契心之友也。二石求予篆刻，遲數年久未有以應之，此重公案直令我佛无下口處，惟吾兩人相視莫逆耳，因作此『西湖禪和』四字印贈之，它日有續西湖高僧事略者，不能遺此僧也。丁卯冬日鈍丁記事于硯林。西湖禪和。

庚午臘月篆祝大恒和尚社長之壽。丁居士記。　此印予置佛胸卍字于中，而括吾友主席之方于八字中，蓋寓佛壽無量千万云乎哉！丁敬又記于硯林。兩湖三竺卍壑千巖。

白雲峯在今法喜寺北，即故上天竺寺也。内有白雲堂，宋守沈文通爲高僧辨才所建。余方外友煜虚中禪師來主法喜之席，乞予刻『白雲峯主』四字石章，以爲閑玩。蓋欲招辨才爲同參，以蒼石爲可語，其遠情高韻，殆與是峰競爽哉。余因欣應其請，頃刻而成，不假緣飾，頗得芺虛禪師以埜蔌見貽，風味清遠而柔翠可結，云名窩笋，豈以形似篠萌可以窩綰邪？輒作四十字附刻于此答之：埜蔌來何地，高禪遠見分。翠疑閑摘杞，柔比一窩雲。苦益平生操，清資世外聞。多師珍重意，何允肯茹葷。敬身上。白雲峯主。

丁丑上巳日，余方外友南屏芺虛中禪師蒙賜紫衣。余賦長句美之，更爲手製名銜兩面大印及此印，即以余詩附刻此印之石，他日有紀敏夫者流，知定編入紀事詩中耳。詩曰：名山領衆軫皇情，特拜伽黎賜紫名。想裹黄羅高捧至，應投白拂遠趨迎。函關氣織天梭異，古洞雲裁月翦輕。遥識吾師空色相，禪門至寵了無驚。龍泓外史丁敬上。宗鏡堂。

龍泓外史丁敬爲芺虛中禪師製，用助雲烟巨幅之緣也。戊寅臘八日記于硯林。賜紫沙門。南屏明中。

少陵翁云：『用拙存吾道，幽居近物情。杖藜從白首，心迹喜雙清。』因製此印，奉贈性存先生，與名字切合也。石固醜，花蕊石王元章所喜者，頗宜雅人几上耳。杭郡丁敬身記，甲申冬日。用拙齋。

五字出《鹽鐵論》。快與成山契友先生，人品嘉名兩者適合，因刻以贈之。丁敬記事。以道德爲城。

扇頭箋尾，印之雅便莫聯珠，若文衡山自能刻印，年及百歲，箋扇只此亦可見其行，已有矩處也。甲申夏鈍丁叟。汪憲。

吾友承齋先生恬淡嗜古，尤篤于書，增益先世之藏，必求善本，手自校勘，不貸苗髮。史稱陸天隨藏書雖不多，皆正定可傳，承齋不愧斯語已。余以懶拙，謬爲承齋推重，每借不吝不煩，下春明賃宅之直，余實德之，手製此印奉之，聊代束脩羊之禮云爾。友弟丁敬記。承齋藏書。

鈍丁爲汪鬊製。面如滿月，半月皆鬊也，此印擬之。鬊。

不繫園乃吾友汪上湖學使高祖然明先生湖舫名也，題咏皆海内勝流，刻有成集，而余更愛卿子張先生『留人信宿春能借，籠妓清談夜不眠』之句，尤得先哲風流高致，蓋實録也。上湖求余刻印用之，追遠之思深且篤矣。丁敬記于硯林。不繫園。

此種朱文，非上湖不辨，故不以應人之求。惜腰子式石廢材結構十減四五，可恨耳。鈍丁記。叢睦。

粗文大印及細白文印有損書畫，米公所呵此石不一泉直，却喜真舊，加以老夫手刻，庶幾不累名跡，蘭林知定心賞也。敬身記。　蘭林下失『六兄』二字，足徵老態已。敬又記。蘭林讀畫。

予不刻閑印，今爲恂士會元破天荒也，蓋重其立志之卓，存心之厚，友以輔仁同研分耳。丁敬記。思於物有濟。

達夫先生自題秋艇載詩圖有『一路長吟誰與和，豆花村裏草蟲啼』，深得唐賢三昧。當與南村素心人共相欣賞，因以石章仿漢人刻銅法贈之，亦印林佳話也。丁敬身記，七十一歲。豆𠌶邨裏草蟲嗁。

蘐林太史六十攬揆，予既作詩二章以祝純嘏，而更手刻其名號二印侑之，用申蒼篆之長年，且敦石交之宿好云爾。甲戌三月，丁敬恭記。梁启心印。

漢元會頌句仿秦人玉章小字，製于古硯林，爲兼士三兄素交。丁敬身。願保兹善千載爲常。

天龍僧舍有元人貫雲石所書『山舟』二字扁，遒逸可人，元穎孝廉愛之不置，求予篆石用之，且以家世曾鄰近其地。蓋效文待詔于印章上屋子耳。東坡不云乎『我攜此石歸，袖中有東海』？今而后隨在自有，山舟不必命工師求大木矣。何如何如。壬申二月敬身記。山舟。

蘇子由小字同叔，坡公呼之曰阿同，元穎世兄名曰同書，而與子由生年同值于卯，因求予刻『阿同』石章，綦藺景迂洵後學之事，予故樂副其意。敬身記。阿同。

此印依宋樣，不差豪黍。『書』字亦仍之，『同』字以商鍾上配之。山舟解人，非合作書，知不輕用也。敬身叟并記。同書。

山舟藏禊帖絶異，予定臨出米老，因仿寶晋小印，脱略形模，亦同米臨此帖耳。敬叟。寶晋。

山舟求刻此印，恐有罪過，余曰若能心心體佛，佛必視爲良友，况弟之乎。己卯敬身記。我是如來最小之弟。

抱經堂主人彊記敏學，不愧堂名者，非以本姓故事作雅稱而已。老夫爲仿漢人切玉，重其學也。硯林翁記。抱經堂印。

密庵方君自揚來舍，以宋搨《九成宫》見示，并贈唐墨一枚，太古之色撲人眉宇，固老夫所夢想欲得而不可得者。一旦方君得之，慨焉來贈，綢繆慰藉，吾喜可知。炙硯燒燈，輒爲篆此，但恨衰遲日甚，心目廢然，未足稱報瓊意耳。乾隆辛巳冬日，六十七叟丁敬記于仙林橋東之寓厶。密菴祕賞。

密菴方高士粹然之品歟？詩文書法皆遠擅古人之場，而鑒賞好古更與予有水乳契也，作此貽之。敬身記。茹古。

此唐張洪厓先生句也。雖辭氣兀傲，而矩矱中庸、和光同塵之意了然言外。吾友秀峯汪君有會於懷，求予篆勒以代韋絃，予素不喜作詩句閑散印，今一日應秀峯之請者，蓋喜吾友之能希轡於先覺也。丁卯仲冬八日，鈍丁記事硯林中。下調無人采，高心又被瞋。不知時俗意，教我若爲人。

鈍丁鐫貽秀峰鑒别書畫。飛鴻堂藏。

癸未元日應桐君大哥雅教，丁敬記。　此予合作也，桐君寶之。太素。　桐君。

吾友房仲爲老夫作龍泓洞圖。其用墨精妙，世莫能及，晴窗展玩，頗愜老懷。即鼓興刻此以贈，亦印林佳話也。戊寅三月，敬老人記于孤石山房。嶺上白雲。

石巢進士彬雅能文，翩翩少年有古君子風，與老友近漪大兄居相近，暇時輒過訪之，以自序文藝就正老夫，筆致高妙，遠擅古人之場，而書法古拗渾朴之氣溢于毫楮，用刻此印贈之，即以訂石交之永好云爾。癸酉六月硯林漫叟并記。文章有神交有道。

九沙萬老先生舊有此印，因火失之，先生季子近蓬請予篆復其舊，所以述先烈志不忘也，其孝思篤矣。敬身記。四忠三節一義之門。

善上座，予道契佛大師高足也。求手刻，因以漢玉章法爲作兩面印，實老人得意非漫爾者，上座其調護之。甲申冬日，孤雲石叟丁敬記于硯林。宋善之印。　潙厓道人。

曹子莖九以詩來乞余篆刻。既應其請，因并來詩附刻此印之上，用托一時清興云。乾隆甲戌冬日，雲竪布衣丁敬身記于硯林之翠微窗。　曹來詩：壞簡朱砂暗，殘編篆字譌。丈人真嗜古，金石日摩挲。望切隴兼蜀，名高文與何。雪窗清興發，凍手費頻呵。　丁答詩：古字日茫昧，誰能正謬譌。銅符迷契竅，柰簡絶編挲。捉刃工追壽，摛毫相則何。慨然成子請，異代好撝呵。　洗句亭。

荔帷才子以斑龍兩股求老夫篆刻，喜其投以所嗜，用意良殷矣，作此報之。鈍丁。　繡虎樓。

荔帷解得老夫篆刻無法之法，以詩來謝，相應之速且要，次韻并刻印石，亦佳話也。因如其請。　曹倡：爛銅破玉好光輝，多謝神斤大匠揮。不比三年刻楮葉，先生應咲宋人非。丁次韻：石章刻就石生輝，絶似朱絃信手揮。却咲解人千未一，説難吾久是韓非。戊寅三月敬老人記于硯林。　芝里。

荔帷所居宋純禮坊也，製印記之。鈍叟。　純禮坊居人。

乙酉閏二月十七日，慶春門外看菜花回，乘興作此。鈍叟記。　曹芝印信。

昌化醜石，一旦漫應荎九之請，得毋爲它人咲我。不鈍老記。荔帷。

『徵郎清迥切三台，霖雨承天自此陔。遍路薰風舜絃近，一條活水禹波來。致身事業全看氣，報國文章始見才。野老蓬門幸堪樂，不須回首悵離杯。』右七言近體一首，奉送葦田契友赴中翰之職，即附刻其索余篆刻印石上，硯席閒當如時與素心晤對也。己卯四月二十五日同里丁敬身記。顧震之印。

吾友徐紀南氏，偶于吟餘製合印色，即精妙可人，乃知斯如造墨者。然烟膠良矣，和劑不悟，終不入妙，故出文士手即具勝賞者，會悟妙也。彼沾沾以祕方誇人者，守株見耳。紀南以所製相貽，求余篆刻，既應其請，且作近體五十六字刻此印石以紀事云。詩曰：齊奴如意碎火樹，麻姑仙爪幻丹砂。真紅世遠鮮不沫，宣和印泥争賞嗟。合和深透墨關捩，流傳多見玉椏叉。徐生悟妙弄筆外，古甖贈我赤城霞。乾隆丁丑春正月晦日，玩茶老人丁敬身記于硯林，時年六十有三矣。抱疾擁爐，運刀草草，用副良友之勤請，工拙不遑計也。徐堂印信。

楊誠齋論詩有『新拜南湖爲上將』句，指張功甫也。吾友徐君紀南住近其舊居之地，請余仿秦人玉章。丁丑四月鈍丁記事。新拜南湖爲上將。

上下釣魚山見趙松雪《吴興山水記》中，紀南吾友愛之，欲爲其地漁長求刻石章，豈將浮家泛宅苕霅間邪？垂綸鼓枻，吾亦樂之，紀南其從我乎？丁丑八月敬老人并記。上下釣魚山人。

鈍丁叟作秦朱漢白文，答岳均世講名饌之餽，不知足相抵否。呵呵。趙瑞。泉皋。

岳均世講精庖鼎肉餽于老夫，作此答其敬老之誠。甲申七月敬叟記。趙氏岳均。

余爲徐秀才壽石作此兩印，有怒猊抉石、渴驥奔泉之趣，頃刻而成，如勁風之送輕雲也。石在余許已至宋人刻楮之期，刻成漱茶自玩，庶不負三年之遲。秀才吾鄙解人，知不河漢余言。戊寅秋九月，勝怠老人丁敬身并記于硯林左个。徐觀海印。

秦印奇古，漢印尔雅，后人不能作，由其神流韻閑不可捉摸也。今爲吾友容大秀才一仿漢鑄，一仿漢鑿，容大用至耄耋期頤之年，見其渾脱自然，當益知其趣之所在矣。六六翁敬身鈍丁記。王德溥印。

吾友王子容大寓意書畫而不留意，真不愧后樂之語者。老夫此印亦是合作，庶不唐突名跡者。丁敬記。王氏寶日軒書畫記。

園在北郭歸錦橋之南，地不綽綰，而奥曠之趣屢新，蓋家園之逸品也。敬叟爲容大刻并記。養素園。

刻章出於《法書要録》鄴侯所用家藏印。硯林叟記。武林王容大藏書刻章。

静甫以此石求老夫篆刻，留案頭者甚久，今日偶爲作之，頃刻而就，猶勁風之埽薄霱也，識者若未見石，當以玉章目之耳。戊寅三月敬叟記。汪彭壽静甫印。

老屋亦猶先人之敝廬，苔花則存朴雅而不事華美之意乎。吾友西顥先生特名其書室，其意深矣。小阮静甫秀才乞余篆石章用之，可謂能承敦素之志者，余故樂應其所請。時乾隆戊寅三月敬叟記。落拏老屋。

汪秀才求余篆名字兩印，既而請曰：彭壽初字静夫，今易夫爲甫，願丈有以教之。余惟甫爲男子美稱，或問美之義。余曰：美烏勝書？孔子云：如有周公之才之美，此美字弟一義也。顏子曰：舜何人也？余何人也？惟在學者勉之而已。即以爲易字之説。請質之而家西顥先生，當更有教也。辰年三月敬叟記于硯林雨窗，時年六十有六。静甫。

琪爲東方之美，見《爾雅》。甫爲男子美稱，因刻字東甫，吾友名者實賓東甫，勉之。敬身叟并識于硯林。何琪東甫。東甫。何琪之印。

敬叟爲東甫作兩面印，朱同朱用，白同白用，此古法也。庚辰四月記于硯林。小山居士。

『小山居』三字，龔田居御史書贈武林岱瞻何先生者，其孫東甫乞予刻印，孝思篤矣。予爲聳神刻此，實得意作也。敬叟并記。小山居。

陶句中恰有『采』、『南』二字在，且南山宜壽，菊制頽齡，既賞閑章，復爲字印，誠天巧哉。因刻贈吾友人包子，合其字也。辛巳九月敬叟記。采菊東籬下，悠然見南山。

印記典籍、書畫刻章，必欲古雅富麗方稱。今之極工，如優伶典巇耳，烏可！壬午冬日鈍丁叟製，應采南吟侶之請，時年六十有八。包氏梅垞吟屋藏書記。

施秀才石泉世兄作長歌一篇，求老夫篆刻，瑰麗跌宕，極爲可喜，并請附刻其歌于石以記雅事，蓋嗜老夫款字多多益善耳。恨目昏手强，老態頓加，此歌幾周一石，良非易易，因以余近作五律一首附刻之，使後之人知老夫今日况味，亦可喜也。且字約略百有六十餘，亦足以塞石泉之雅好矣。如何如何。杖藜隨曉步，黄落又秋風。老覺時光速，貧諳世態工。坐深憐止水，望迥托冥鴻。江白山青外，朝暾正上紅。乾隆丁丑冬日敬身叟并誌于古硯林中。石泉。

古人托興書畫，實三不朽之餘支别派也。要在人品高師法古，則氣韻自生矣。象昭賢友求作此印，爲識數語，蓋重其請益之誠耳。敬叟己卯冬日。曙峰書畫。

『數叢有若蕭郎筆，千畝空懷渭上邨。』蘇公咏白公竹閣句也。象昭求名其畫竹之所，因爲作此，并種瘦竹更妙。敬身叟記事，辛巳九月。蕭郎叢筆軒。

陸秀才解人也，老夫爲仿漢人摀鑿。敬叟記。陸飛起潛。

宋人序人號曰號某、某夊，例甚雅，援之。身翁記。筱飲夊印

董文敏有此印，求左圖右書意也，仿之。鈍丁。圖書。

柬，古楝字，彼守《説文》云云者，未知二五之即一十耳。硯林老人作并記。柬圃。

南喬費君，平湖人也。其夫人有詩名。癸酉春南喬過訪，以其夫人《胥山八景》詩就正老夫，因求此印。茶邊奏刀刻以贈之。龍泓外史丁敬并記。采芝山人。

敬身叟刻與賓所甥，它日人書俱老，當更知老夫此印之妙也。甲申秋九月記，時年七十。陳鴻賓印。

吾甥可儀，孝友敏練，能文而工書，與兄衛叔有難兄難弟之目，誠太邱門中昂昂千里之駒也。老夫每樂爲之篆刻，殊不自知其眵之且倦矣。此名字兩印尤合作。敬身叟記于硯林，時年六十又九，癸未二月望後一日。陳鴻賓印。

作漢印爲玉池甥。吾甥有古人之資，故贈古人之作。敬身叟記事。陳鴻賓印。可儀。

玉池山在杭城之南，即龍山也，一名玉厨。面江倚湖，勝概滿目。敬叟爲可儀甥刻并記于硯林。玉池山房。

余壻厲繡周課文之餘，時攻有韻之言，每以所作就正老夫，其致思周筆駸駸日有家法，深喜吾友樊榭先生之有後，而吟事繼起之有人矣。因刻此印贈之，樊榭有靈，知必凌雲莞爾不已也。時乾隆戊寅三月，敬叟篆刻并記于無所住菴，年六十有四。樊榭後人。

此等石嫩于闉粉，使千里馬行敗絮上不騁意氣，惜也□□。師韓。

西河先生署名奇齡，又甡，署號初晴，又于又字例之。鈍丁。按此石面文磨失，舊爲金芸舫森所得，趙處士之琛爲刻『襲山』二字。

余昔藏米元章真迹六十字，後有朱文米姓翰墨印，蓋公自刻者，今仿弗之。鈍丁。按：此石面爲『胡姓翰墨』四字，不類先生作，後有胡鼻山震刻跋，疑面文亦胡所爲。

附諸家印款十二則

黄司馬易刻『畫秋亭長』款云：余好研林先生印，得片紙如球璧。先生許余作印，未果，每以爲恨，胡兄潤堂雅有同志得先生作『畫秋亭長』印即以自號，好古之篤可知，復命余作此。秋窗多暇，乃師先生之意，欲工反拙，愈近愈遥，信乎前輩不可及也。乙未八月。

又刻『金石癖』款云：硯林翁爲冬心先生作印，無一方不致佳，此印仿金農印信，意不似多矣。

又刻『喬木世臣』款云：宋元人好作連邊朱文，丁丈敬身亦喜爲之。乾隆戊戌正月黄易仿其意。

又刻『在湄書屋』款云：吴秋野作印方整，中有流動之致，硯林翁極稱之小松師其意。

蔣居士仁刻『真水無香』款云：乾隆甲辰穀日，同三竹、秋雀、思蘭雨集浸雲燕天堂，觥籌達曙，遂至洪醉，次晚歸雪中，爲翁柳湖書扇。十二日雪霽，老農云自辛巳二十餘年來無此快雪也。十四日立春，玉龍天矯危樓傲兀，重醖一杯爲浸雲篆『真水無香』印，迅疾而成。憶余十五年前在隱拙齋，與粵西董植堂、吾鄉徐秋竹、桑際陶、沈莊士作銷寒會，見金石彝鼎及諸家篆刻不少，繼交黄小松，窺松石先生枕祕，歎硯林丁居士之印，猶浣花詩、昌黎筆，拔萃出羣，不可思議。當其得意超秦漢而上之，歸李文何未足比擬。此仿居士數颿臺之作，乃直沽查氏物，而晚芝丈藏本也。浸雲嗜居士印，具神解定，結契酸鹹之外，然不足爲外人道，爲魏公藏拙尤所望焉。韓江羅兩峯親家、裝池生薛衡夫儲燈明湅最夥，不滿丁印，余曰：蜣螂轉糞，彼知蘇合香爲何物哉！

又刻『吉羊止止』款云：辛丑小除夕，磨兜堅室飯罷，爲紉蘭居士製此印，頗覺超逸，惜鈍丁老人不及見也。

又刻『項藁』印款云：癸卯正月四日，閉關爲秋雀三兄作此印。麤頭亂服真美人，則吾豈敢？然與畫角描鱗者異矣。邇來黄九小松學力最深，不免摹倣習氣，王裕增俗工耳，瓣香硯林翁者不乏，誰得其神、得其髓乎？迺知此事不盡關學力也。

奚高士岡刻『頻羅菴主』款云：印刻一道，近代惟稱丁丈鈍丁先生獨絶，其古勁茂美處，雖文、何不能及也。山舟尊伯藏先生印甚夥，一日出以見示，不覺爲之神聳，因喜而仿此。

又刻『汪用成』款云：時觀鈍丁十二印，古甚，喜而作此。

陳明經豫鍾刻『秋雪盦』款云：余少好篆刻，見勝國諸名家印譜輒肆力焉，及見丁居士作，錯綜變化，無美不備，一以秦漢爲歸因，彙爲一册，日置案頭，于此得力不少。庚戌冬，穀人表兄南歸，請作《丁居士篆刻歌》，許而未果。

又刻『澄碧珍賞』款云：刻章署款始于石印之後，文、何兩家署款之最著者，然與書丹勒碑無異，若不書而刻者，鄉先輩丁居士爲然。其用刀之法，余聞之黄小松司馬云：『握刀不動，以石就鋒。』故成一字，其石必旋轉數次。

陳司馬鴻壽跋先生刻『趙賢端人』兩面印云：研林叟作兩面印，趙端人先生舊物也。文孫次閑持以見示，渾厚醇古，直詣漢人，叟之技進乎道矣。吾家秋堂，專師研叟，次閑學于秋堂，而仍以研叟爲私淑者，况先澤之貽，宜珍若珙璧也。

丁隱君善鐵筆，極矜重，杭堇浦太史、梁山舟學士《傳》、《序》中已詳言之。鄉先輩沈房仲《論印絶句》云：『萬年少。李長蘅。陳元孝。黄晦木。擅游藝，顧云美。徐士白。異曲却同工。真銓今落龍泓洞，絶技刀藏埒數公。』厲樊榭徵君和作云：『絶藝吾鄉豈識真，布衣前數顧山臣。城南詩老推能事，肯刻龜螭與貴人。』海昌陳敳貞和作云：『漫道雕蟲技最微，千秋萬篗歎知希。江南好手凋藎後，獨數龍泓老布衣。』皆推重隱君作也。百年來片石流傳，珍如珙璧，里中何夙明澍、毛西堂庚、朱芑孫壽萱三君向學不同，處境不同，與魏君稼孫同嗜隱君印刻，嘗搜訪其遺石若干，互相鈐拓，朱墨燦然，不輕眎人。庚申、辛酉間，三君先後殉難，印譜化爲刼灰，稼孫痛石交之不可復聚也，因搜三君手拓龍泓遺石，益以新舊所得款識七十餘條，并録黄、蔣、奚、陳諸家印款之論丁印者，都爲一卷，坿《硯林詩集》後，傳隱君即以傳三君，然則稼孫慕前徽，敦夙好之誠，亦可壽諸貞石也已。同治九年夏五，丁丙。

浙江文叢

西泠五布衣遺著

（下册）

〔清〕吴穎芳　丁敬　金農　魏之琇　奚岡　撰
方田　點校

浙江古籍出版社

金農

冬心先生四十七歲小像
廣陵高翔寫

目録

冬心先生集卷第二

冬心先生集卷第三

冬心先生集卷第四

冬心先生續集

冬心先生續集

冬心集拾遺

冬心先生自度曲

冬心先生雜著

冬心先生集自序

予賦性幽敻，少耽索居味道之樂。有田幾棱、屋數區在錢塘江上，中爲書堂，面江背山，江之外又山無窮，若沃洲、天姥、雲門、洛思諸峰嶺，群欲褰裳涉波，嚯就予者。於是目厭煙霏，耳飽瀾浪，意若有得，時取古人經籍文辭研披，不間昕夕，會心而吟，紙墨遂多。然猶不自慊，近交里閈二三能言之士，大抵多與予同其好，林壑間儁僧隱流鉢單瓢笠之往還，復饒苦硬清峭之思，相與攄發抉擿，盡取高車彯纓輩所不至之境、不道之語，而琢之績之，由是世遂比數予於詩人。予翻然秘匿，懼其隘而不廣於見聞，直而不愜於比興，瘠而不腴於枝葉，笑覆陸機之瓿甖矣。或有躋予於鉅公派别者，予曰：昔徐師川不深附西江，張伯雨能超乎鐵雅，詩固各有體趨今何如則古邪？乃鄙意所好，常在玉溪、天隨之間，玉溪賞其窈眇之音而清豔不乏，天隨標其幽遐之旨而奥衍爲多。然寧必規玉溪而範天隨哉？予之詩，不玉溪不天隨，即玉溪即天隨耳。比長年來益爲汗漫遊，遍走齊魯燕趙秦晋楚粤之邦，或名岳大河，傾寫胸臆，或荒臺隊殿，根觸古懷，或雨零風欷，感傷羇屑，或箏人酒徒，飛揚意氣。境會所遷，聲情隨赴，不諧衆耳，唯矜孤吹，此則予詩之大凡也。孤露以後，舊業隨廢，欲求天隨子松江通潮之田、小雞山之樵薪，已不可得。旅食益困，念玉溪生有『打鐘掃地爲清涼山行者』誓願，因亦誓願，五十之年便將衣祴入林，得句呈佛，以送餘生。遂發憤將舊稿删削編萅，都爲四卷，寫一浄本付之鏤木家。自今有索冬心先生而望岫息心者，得不披對此集乎？冬心先生者，予丙申病痁江上，寒宵懷人不寐，申旦遂取崔國輔『寂寥抱冬心』之語以自號，今以氏其集云。雍正十一年十月，錢塘金農自序。

冬心先生集卷第一

予處田野與物無争賦雜體一章頌稼事也遍爲告誡以當農謡

蠶桑月令過，芒種天所予。老巫卜瓦卦，請驗古諺語。勤墾穲稏興，田家苦驕陽。行禱不雨厄，勸龍各一觴。踴躋復踴躋，壟阪筋力顫。鞭箠爾雖長，寧識牛性善。西埭比户忙，窄衣只掩髂。罱泥三尺渾，朝來喧築壩。王命布農事，秋收戒其荒。曖曖墟中煙，五里聞炊香。太歲值豐年，出入皆大吉。督工邨夫子，風俗耻貨殖。

月夜叩灊禪師講堂

去天只一握，峰勢儼西崋。欻聞雲脚香，蒼蒼滿床下。二十五條衣，吾師諦妙義。住于忍界中，不唾琉璃地。禪定靈鴿棲，客心生幽怖。破寺寒月來，水光千萬樹。儃佪念夙緣，今宵侍瓶鉢。悄聽鄰鐘聲，合掌亂山謁。

雪中懷會稽陶十二幼雅

山雪白皚皚，郊扉晝不開。嬾爲洛陽卧，誰共霸陵杯。窺磵鳥聲合，入林江影來。遥思嚴長史，清嘯柰娥臺。

寄吴丈允嘉

北郭依喬木，青山屬隱君。心知白雲妙，書愛衆香熏。草閣編遺集，滮湖采舊聞。猶誇健如犢，課子事耕耘。

楊知陳章見過冬心齋予出漢唐金石搨本二百四十種共觀

空巷草根苦，遭此秋雨屯。離披一尺長，那知中有人。守窮如守盟，向壁獨吊影。書家得申韓，二子欣造請。聖唐與神漢，文字古所敦。吉金貞石志，辨證蒐株源。嗟嗟暝色催，客去倚江渚。炊煙飢不生，寒雞各上距。

碧瀾堂寄王豫

酒漉紗巾春甕開，碧瀾堂外望瀠洄。此間絲竹聲淒唳，善病王郎竟不來。

雨後獨步池上

煙際曳笻人掩關，繞行池上夜忘還。浮萍剛得雨吹散，吐出月痕如破環。

廬圻港

瓜皮艇子水黏天，認得廬圻港口煙。一帀霜叢有人語，晚風撑到卧床前。

若溪曲二首

浄緑瓜瓤嫩，揉藍草汁熏。光明河畔水，好與染羅帬。

下若翠物香，細嘗淡爲貴。但能通顔色，何必沙糖味。

題貞曜先生集後

苦詞峭刻寡情懽，孟保荒迷石井闌。一尉終身貧至此，溪堂草木笑清寒。

同鮑十四明府鈖高十一秀才嵒過夾山漾舟中阻風

先生解官印，快遊心目開。我已一笑諸，況擕杜秀才。單櫂入鏡行，春波宛南浦。烟翠浮嵐中，活脱峰伍伍。長林夾山漾，修坂小康邨。如何寂莫意，展望傷客魂。青冥變茫蒼，纖末從雲起。只此十里間，愁風復愁水。

雙林晚景

若練吴波折復迴，遥岑悄没夕陽催。絶無人影櫹聲過，蘋葉中間一道開。

曲江之上先人敝廬在焉積疴初勌雜書六首

門庭就衰落，彈指等浮漚。羌非廣絶交，客肯浪見投。戀戀兩黄犬，蕭蕭一蒼頭。自拾甑中塵，貧窶忘苟求。麻薄葛粗疎，摧燒各悲秋。

七八月之間，胡爲抱積瘴。酒庫麴蘗荒，相思屢欠呵。比無俗喧豗，耳目成嬾惰。野花墻匡生，暗泉床下過。嫋嫋涼葉飛，虚堂枕手卧。

鄉里時問疾，幼女戲搥背。合和藥一劑，差覺醫可愛。辛苦服三苓，本草出袖内。江湖計已輟，攝生理固在。誓將乞神農，丘樊永潛晦。

舊種倔强松，弱藤互勾棘。上巢塌翅禽，反哺形偪仄。馴性年復年，奚忍施繳弋。似憐主人意，當午叫不息。博得二千石，餘糧爲汝食。

憶昔載遊具，賢尹真吾曹。春帆十幅蒲，太湖行週遭。百里洲上樹，疏瘦如牛毛。題詩大雷山，詭蹟搜冥搜。至今寒夢中，洶洶驚波濤。

退院赴齋期，緇流澹孤蹤。禪派話靈岳，方袍策短笻。功德離垢幢，竦然聞清鐘。秋光妙渲染，溪雲洩陰濃。變雨忽不雨，朵朵簷際峰。比日嘗過梵天講寺，爲散疾之遊。

前江後山書堂修竹十五竿爲人删除作詩惜之

篧篧青竹竿，環繞江上宅。移自剡中僧，歲之攝提格。略除蟲蠹侵，不計土肥瘠。我無食肉相，稍喜共蕭索。微陽蔭檻隅，涼吹遞林隙。娟秀若翠葆，婆娑悦娏嫿。今秋遊故鄣，羈旅成俗客。負此十五莖，苦節抱孤直。可憐遭劚去，束縛竟抛擲。寧爲篲與箕，免受煎茶厄。

四哀詩

而翁遠竄謫，惡信來夢寐。肉與骨相離，袖有一掬淚。痛君投荒尋，瘴癘犵獠地。近復奔東都，絶粒嵩陽寺。七年賦零丁，漫滅背上字。蔡本駠。

少壯藩邸遊，晚歸啚于遇。粉本工小筆，能箋爾雅誤。逢逢羅刹江，忽聞王公訃。哀哉篆墓磚，銘語賤子作。叶。丙舍繞沮洳，殘花剥如雨。王璵。

黑頭棨戟郎，引我稱兄弟。未解算錢刀，恰諳食苦薺。昨歲結清歡，水嬉共秋禊。隔世悲音塵，朋黨失文藝。齒泠同輩兒，驕人只門第。楊守晟。

古樂栖神明，撫琴卧巖藪。絲中有木聲，不生荆棘手。嘗言海虞老，指法非矯揉。練心旦復旦，天乎奪長壽。幽竁何時營，撤絃瀝吾酒。張澐。

題鮑十四遊鄧尉探梅諸詩後二首

鮑清風是木腸兒，銅井銅阬踐素期。塔影湖光樹中見，花香偏在裏頭時。

方丈鐙明萬籟虚，夙生慧業究何如。開堂一語君參否，水底蓬塵山上魚。

平望驛曉發過太湖

解纜畫眉橋，川程浩瀰瀰。乞得美滿風，快如渡彭蠡。聒天波空靈，初陽樹迢遞。回頭莫釐峰，厭厭未梳洗。

宿焦山

縹緲松寥山，積翠下無路。風籟鐘微茫，鶴跡雲散聚。如聞定中僧，禪窟勸小住。牽月濯巾缾，江光漾高樹。

廣陵客舍寄答謝大遵王

一月閉門恒自飢，連朝養疴嬾賦詩。高僧送米苦難得，殘客索書佯不知。昨朝〔二〕小飲酒人處，拍浮笑記鮦陽語。三十六陂清露香，秋暑已被花銷去。中年以往萬事輸，豈惜齒痛鬢半枯。柔絲纖管領風味，早衰吾欲稱老夫。

南郭

連坰重阪近幽棲，菜甲抽青自灌畦。剛得天涼三日雨，秋光如水草蟲啼。

題方氏池上壁

憑欄送遠目，積陰生陂塘。水木自明瑟，鳧鷖何拍張。棊從嶽僧覆，茶共蜀客嘗。纖雨晚飛來，晞髮池上涼。

楊三十五過宿廣陵客舍

秋林正涼雨，爲洗客衣塵。而我禰衡病，夫君原憲貧。歲看華鬢改，話到故山真。今夜然鐙坐，鄉愁添一人。

秋來

紈扇生衣捐已無，掩書不讀閉精廬。故人笑比中庭樹，一日秋風一日疎。

汪{垍}陳{章}見送真州舟中漫述二首

一夜風葉中，聽雨聲不休。既阻帆的的，復掩鐙修修。誰不惜游子，騷怨含離憂。去如楚江蘺，弱根日以浮。

他鄉樂亦苦，淚滴杯酒間。車有書滿槅，橐無金兩鍰。怯渡黄連港，笑尋甘草山。豈爲滑稽雄，暫爾啟客顔。

孫{憲}遺米予于僧厨作粥食之戲報此詩

學佛疲津梁，辟穀乃不可。長飢東方生，胡能達青瑣。遺誚桑下留，俄悲菰間墮。墐户類蟄蟲，繩床擁絮坐。樀樀聞叩聲，于思劇憐我。三升分倉儲，精鑿出揚簸。作糜感殷勤，瓦銚撥宿火。一飽計已奢，何須炙車輠。

月夜陸{立}劉{乃大}見過

一卷細注陸德明，千鴟不醉劉公榮。譚經飲酒得二友，時顧寂莫僧寮清。奇葩芬口義可取，糟丘寓言理非詡。獨我天寒夜失眠，低頭泱泱霜月苦。

閔華治酒送別

雷陂重相送，餞席暫淹留。人作浮雲笑，酒生明日愁。西風孤燭夜，涼笛五湖舟。繚白縈青外，家山話越州。

松陵雨泊

依然襆被返句吴，蹤跡荒涼似野鳧。一夕菰蒲打篷雨，聲聲引夢入江湖。

懷人絶句三十首

漢陰丈人甘遯跡，筆札奇奥驅夔魖。破費菖蒲洗煩惱，三層樓上注蟲魚。
數來武林作詞客，市上獨傾酒百杯。觀者圍場頓撟舌，硬弓力挽癲如雷。
杪欏陰蔽菩薩泉，壁挂鐀子空厨煙。記得山中秋雨歇，大家來看兜羅緜。
宋元雕本積萬卷，夫子著書游禁庭。近不得意但高卧，秋風吹老古槐廳。
平生沈九嚴十六，雕句鍊格超籬樊。昨賦宮體更新變，對君端欲把降旛。
玉練槌香天氣晴，秋來曾訪長官清。蘋花百里快煙水，柔櫓一枝摇進城。
流浪定悲朱邸改，幽潛已遂鶴書徵。年年送客徒爲郡，支俸何人刻七經。

詩文酷似梅歐陽，七十授官君最强。不畏早朝待宫漏，尺三汗脚滿韡霜。

季子豈長貧賤者，逸經熟闕祕且奇。縛帚莽中每來往，尖頭僧請覆殘棊。

嚼徵含商譜曲遲，語兒溪畔意爰絲。渚禽喧聒無來客，雨散秋堂長澤葵。

解印真成衰謝翁，會稽仙令等飄蓬。左車作惡何人問，只合抽身藥院中。

今年專仿甘風子，論畫老兄時見招。漸漸斜陽平水閣，簷花顛倒散魚苗。

疎放偏能堅酒戒，滑稽豈願曳華裾。春城絃管春如海，多少蛾眉笑喫虚。

御紅千盞抵千團，園主輕拋客惡灘。三載歸來歸便去，花開却讓别人看。

慧郎赤牘踰淮至，説道渠爺遽棄家。移向軒轅臺頂住，鹿床輕載獨輪車。

裝潢莊嚴賢伯仲，畫中真贋辨精粗。寒家一厨付火劫，只賸鉤金灌佛圖。

談笑項侯妙天下，撑腸拄腹多異書。壯哉尚欲走輦轂，鞭掉西風秃尾驢。

一瓶顔色勝秋泉，留待相逢話洞天。落葉打頭如過雨，倚江樓認孝廉船。

陳三與我稱至友，年復年來悲斷萍。試問蕪城苦吟客，落花憶否鮚埼亭。

七年不見朱循吏，往事漫漶如埽塵。聞説休糧買山隱，白髭鬚稱罷官人。

片石岡巒各殊狀，果然斌媚若煙鬟。紛紛誇有空青府，可敵玲瓏繹望山。

琴傳樊氏古良工，君趁凉颸彈塞鴻。堂上槐花飄一寸，七條絃在水聲中。

沉湎直可呼黯伯，朝朝醉死忘頽齡。有時誑我説斷飲，怕我上天囚酒星。

蟫腹龜腸清若無，九朝三食真仙儒。井闌淘米日趖影，一笑騰騰據竈觚。
童時頑劣逃邨塾，連臂比鄰蕭八郎。不識春光是何物，白薔薇底捉迷藏。
散職舊銜冰樣清，初删苜蓿又發萌。糟床漉酒留客聽，家婢合和骨董羹。
收藏三百十種帖，一一舊搨浮古香。乞君題遍極考訂，爛紙敗煤重開光。
金牛湖上漲層巒，烏榜紅舷昔共歡。纔看拋堉過冷節，落花飛絮滚成團。
今秋鄖國歸來後，即訪荒齋賭酒尊。團坐繩床夜聯句，百蟲啼雨葉堆門。
樂府十篇音節長，衆中猥誦風騷狂。莫教傳入京城去，驚動龐眉老侍郎。

畫蘭竹自題紙尾寄程五鳴江二炳炎

寫竹兼寫蘭，欹疎墨痕吐。一花與一枝，無媚有清苦。擲紙自太息，不入畫師譜。酬人分精粗，妙語吾所取。鈐以小私印，署名隸書古。半幅懸空齋，色香滿巖塢。隱坐整日看，冷吟獨閉户。飲水張玉琴，斜陽忽飛雨。

江上遲厲二鶚

痝琴有澁聲，昨夜雨不止。嗒然罷空彈，獨立當門水。新漉酒一升，冷熱味何似。墟煙山葉中，知君來曳履。

近溪菴懷亦諳上人

菴改團瓢形，溪迷白沙路。一〔二〕年不來遊，經行惲寒沍。皛皛銀色雲，盤盤螺髻樹。夙愛軋氏癯，永懷己公句。可憐在山僧，三徙城中住。

曉登棲霞嶺歷水樂洞轉憩慧日精舍覓壁上題名汎湖而歸雜書三首寄昔年同遊王晛周京司直金士章厲鶚汪澤臺諸朋好

羃䍥雲容翠巘寬，此間濟勝若驂鸞。野梅苦竹無人見，破曉冰霜各自寒。
煙林葉盡聲如掃，山鳥日高啼已空。獨立吟成有誰和，一方寒玉水丁東。
蛛塵蘚墨認依稀，怊悵題名身世非。坐對諸峰浸湖面，黄妃塔下放船歸。

宿韜光飛雨軒

隙塵抖擻上方眠，飛雨軒中暫息緣。試問蒲團琳長老，可曾聽厭滿山泉。

小善庵予別業也舊鑿磽确得泉涓涓泠泠厨僧常取供之因作是詩

擿泉鑿石根，我家青芝隖。源非黷而惡，蒙蒙天奥府。疾風中多纏，怪木上欲翳。洞深納積陰，雷雨不敢洩。入山瓢杓喧，引供歲沃沃。僧厨十二筒，斷竹復續竹。擊聲若礌硠，高秋聚沆瀣。三漱勞舌神，可以消宿憊。

臘月二十四日江上無事因出家醞要諸鄰翁小飲

曾讀逸氏〔三〕傳，南郭舊隱淪。清江圍屋樹，寒雨對床人。歲晏藥苗路，花開酒國春。依然敦漢俗，祭竈請比鄰。

江上歲暮雜詩四首

内史書蘭亭，絶品閲世久。風流翠墨香，得之獨漉叟。舊爲劉山人所藏。楮爛字畫全，光華神氣厚。舊傳七遺民，淋漓跋其後。惜爲老黠工，名蹟已割取。櫝去珠尚存，何傷落吾手。少日曾習臨，寒帷羞新婦。自看仍自收，空箱防汙垢。一事勝辯師，未飲缸面酒。冬心齋中石刻禊帖。

有物爬沙行，合眼聽怪絶。索索復苴苴，天寒一夜雪。撒鹽與鋪糅，清曉生萬潔。床琴凍折絃，巷門荒脱闑。主人病耽愁，澁縮中陰閉。身比枯木僵，心如宿火熱。坐失江上山，微茫辨明滅。新添空澗中，泉聲日嗚咽。雪。

高生作畫圖，送予還鄉土。淡墨善工愁，至情寫終古。鬱鬱刺孤城，愔愔飛小雨。戢舂江南山，樹有别離苦。恍聞吹浦笛，又覺打津鼓。吴艭一雾行，朔風渡揚子。叶。抵家市月深，悶懷若牆堵。展軸每思君，何時奉清塵。題廣陵高翔送予還錢塘山水軸子。

古鏡破難照，中斂寒月精。幺錢薄無用，上漬丹砂明。嗟吾兩不如，萬事忝所生。可憐窮鳥賦，鄉人多譏評。戲答楊三十五知。

雪夜懷吳興姚秀才世鈺

密雪廳空閉，明鐙葉掃多。思君若榴酒，寒夜可來麼。

書和靖先生集後

不婚不宦失津涯，身後高名動慕嗟。畢竟有人廬舍側，俸錢治墓服緦麻。

校勘記

〔一〕『朝』，雍正十一年廣陵般若庵刻本作『宵』。
〔二〕『一』，雍正十一年廣陵般若庵刻本作『十』。
〔三〕『氏』，雍正十一年廣陵般若庵刻本作『民』。

冬心先生集卷第二

章丘繡江亭寄杭孝廉士駿桑貢士調元

賺得閑情半日看，繡江亭似散花灘。緑差差水鄉心動，只少東邊鬭鴨闌。

樊川雪後至西坡庵尋陳文貞公題名

餘雪媚樵徑，精廬策杖行。眼明半峰影，心洗百泉聲。馴鶴褷褷立，朝曦曖曖生。樊川陳閣老，巖壁有題名。

與陳學士壯履晚食戲成三首

漫道蕭娘纖指同，熏人辛味出枅中。何能强食過三斗，酷吏寧逢屈突通。

昇仙事渺髪斑斑，銀押生光飣坐閒。我是江南未歸客，一拳如見潤州山。

雪虐風饕飲凍醅，圍爐偏向夜深來。可知印綬尋常物，只博丁郎啗百枚。

春雪

春雪玉塵飛，春風柳絮稀。薄寒欺網户，清豔妬羅幃。斂袂奩棊掩，哦詩篝火微。小遊仙有夢，今夕降真妃。

伎席詠落梅二首

比翼青禽去不回，花枝轉惜十分開。粉縧已退衣香滅，空捧銀槎唱落梅。
離笛含愁綺席春，横汾咫尺隔芳津。而今月地雲階別，玉女牕中夢緑塵。

匠里

匠里聚郕落，高春湛露晞。溪清鑒堯韭，山野賸周薇。風以淳初古，人多道勝肥。耦耕今不廢，椒醑共春祈。

聖王坪

訪道通幽象，仙山視聽殊。鶴鳴知子午，松吹叶笙竽。香霧迷三里，天漿散百觚。肯教容易別，瓊月閉金鋪。

石淙院與禪人茶話

虛空同瞑坐，豎拂老湯師。一夕莊嚴論，三生茗果期。花宮何窈窕，藥樹自逶迤。不厭春泉沸，淙淙檐下垂。

桑林

遺蹟桑林舊，熙熙物態舒。地猶傳谷飲，人半雜廬居。匼帀春山遠，冥濛社雨餘。回瞻請禱處，如侍六龍輿。

吉祥寺泉上十韻

新霽來山中，精舍騁遊眄。始入灌木陰，稍深泠〔一〕風善。維南豁平疇，極西聳浮巘。靜雲一族居，幽澗衆流衍。氿出浸淺莎，濫時破重蘚。潏潏靈液華，涓涓連珠演。手蔛不亂淆，口飲有廉辨。即此澮交訂，君子意非舛。惜哉無名緇，緑塵鬬茶荈。明朝續水緣，石鼎攜松筅。

過北碕精舍得宋高僧手寫涅槃經殘本即題其後

欲嘗米汁來禪扉，孤松解帶剛十圍。向日苾芻香馡馡，馴禽相對無妄飛。懺堂拭案白拂揮，漆龕朽壞生蚰蜮。殘經一卷認依稀，口誦深悔前毀誹。彼國長者忘是非，文字不作陰符機。聖僧手寫心弗違，朱絲闌好界畫微。法王力大書體肥，肯落人間寒與饑。閲歲六百方我歸，如石韞玉今吐輝。此中妙諦多福威，昆明浩劫增歔欷。

緋桃花下喜雨

東風作惡春無據，花上浮塵吹不去。忽聞好雨淅淅鳴，虚廊灑瓦天將曙。轆轤井畔紅峥嶸，夭桃漸破含笑迎。一枝半葉三沐浴，從此穠華分外生。

伎席

丁香花弱飄成泥，東家蝴蝶西家飛。春風三月細馬騎，秀靨破玉雙眉齊。下馬入門戲牽衣，繡韉餘煖無人知。觥船鱗鱗一棹迷，琵琶笑撥月色肥。金源曲子聲如絲，外洋粉巾來索題。釵光鬢影紅袖圍，冬郎豔體賦贈誰。銅盞暗咽烏夜啼，醉鄉勸住歸不歸，對面何須生九疑。

蟢子

雙燭生花送喜頻，紅絲蟢子漾流塵。不結綺牕雕户裏，恰無人處上羅巾。

山中吉祥草忽爾吐花抽莖高出葉上連綴紫萼若排粟然齅之妙香逆鼻真祇林幽品也古老嘗云十歲始一開終鮮有見者今獲覩此實予之厚幸矣因賦轉韻五字詩記之

蘐草可忘憂，青棠能蠲忿。何如吉祥花，伸眉開笑吻。葳蕤抽亭亭，攢萼明龕燈。一領紫袈裟，恍對天台僧。善相本端然，忻忻若舊識。莫使姹女來，亂汝好顔色。澗風無繁聲，逆鼻清香生。轉恨九節蒲，仙茸空負名。

送賀十五德輿之辰州

五月沅陵道，毒淫多畏途。滑稽齊贅壻，潦倒楚狂夫。霧嶂砂床暗，蠻溪銅柱孤。此行悲老馬，誰與秣青芻。

送性原上座還青州〔二〕

夢醒槐根日未晡，願聞妙法闡醍醐。石人閉口寧相妒，蓮子空心自不汙。成佛莫教靈運後，彌天得似道安無。袒肩持鉢師歸去，如蓋涼雲薛濼湖。

攜客步至七柿灘望樊山

各領清涼味，愔愔郈塢深。沁脾向花水，張腋立風林。君作洛生詠，我彈越客琴。芙蓉山九點，濃翠撲衣襟。

梅子岡

引眺梅子岡，林端曲盤上。雖無一鶴隨，已與孤雲往。飛瀑暢秋源，前山開翠幌。叉手立移時，庵門揭茶牓。

石間道院

歷巖俯石間，赴嶺得幽造。花癯向夕斂，水活入林冒。願要白兔公，齋房誦真誥。啖芝七孔明，心光翳盡掃。

遊王屋山

不駕短轅車，不騎伏櫪馬。手拄猢猻藤，獨遊到巖下。松栝風棱棱，亂石如墮星。留我三日住，雲白山轉青。衆山列修眉，野雲覆成幄。朱衣鳥一雙，其音奏韶樂。靈藥滿目前，傳聞灌香泉。年年長芝朮，仙官亦種田。

尋孟尊師草堂

遺蜕懷仙史，翠微通草堂。何時安藥臼，于此置繩床。叩玉陰泉出，如人雙樹長。嗒然白雲外，巾舄得清涼。

水經注云析城山中有二泉東濁西清左右不生草木今遊斯地但見灌陰鬱莽而已靈源故道失其所在感賦此詩

峭閣飛梁想洞天，山中遺迹已千年。無端草木叢生緑，不見東西清濁泉。

樊口西郊行藥

何處病眼開，荒荒割昏膜。不著比丘衣，尚留居士屩。樊上得延佇，信步歷榛薄。孤罊清磬空，諸峰白雲各。此間微徑僻，斜景閉墟落。誰識地隱人，時來一行藥。

龍涎香二首寄吴秀才焯厲孝廉鶚

氤氳盤㬰驗香煤，如帶龍堂曉霧來。懶與人間鬬檀麝，夕熏睡鴨已心灰。

方壺島客渺難逢，一餅凄涼話故宫。南渡銷亡天水碧，空傳樂府補題中。

憶康山舊遊寄懷余元甲高翔馬曰楚曰琯曰璐汪士慎

曩哲風流地，朋遊數往還。飲盟無算爵，花社一家山。談藝揮犀柄，填詞按翠鬟。相思渺天末，腸斷茱萸灣。

寄丁敬

被褐臧榮緒，躭貧范史雲。立言敦雅頌，取友別蕕薰。蜀郡草堂集，陳倉石鼓文。何年共幽覽，矯首海鷗群。

懷吴門陸嶠

公子美無度，讀書吴郡間。門留鬱林石，床對小雞山。終歲淹秋駕，何時綴玉班。殷勤通旅夢，細雨穆陵關。

吴江朱志廣下第後聞作粵西山水之遊詩以懷之二首

席帽奚傷落羽悲，曉辭魏闕又天涯。白藤書笈單車出，誰送才人沈亞之。

玉笋瑶篸山態新，灕江正好浣緇塵。桂林風土君須記，聞説梅花也瘴人。

遊天壇值雪

璚房璃室路幽微，晨降雲輧萬玉妃。記取年年石幢側，仙人翦水作花飛。

憩王屋山後十方院二首

斗室虛無隘九州，蕭條還作采真游。黄梅花坼融朝霰，疑是銅仙鉛淚流。
大椿靈餌話堯年，鍊液升煙日馭前。玉女投壺天一笑，人間何苦種桑田。

樊川梅花下獨酌懷沈助教閔述蜀中

一株忽見謝公墩，無數花鬟綴玉痕。香墮酒杯隨入口，影斜苔閣正銷魂。風塵不憚冰霜路，家世應知水月邨。驛使難逢空悵立，故人芳訊隔彭門。

東峪訪馬山人復圖卜肆

高顙稱狂客，端居證道情。避人華獨坐，請雨東長生。呼吸天關闢，神明水鏡清。揲蓍兼布卦，江國問歸程。

寄贈陳徵君約

辭却三公位，桔槔日灌園。中林絶蕭艾，隙地長葵萱。避世子孫樂，隔雲雞犬喧。龍門山可到，九曲探河源。

春苔

漠漠復緜緜，春苔翠管圓。日焦欺蕙帶，風落笑楡錢。多雨偏三月，無人又一年。陰房托幽迹，不上玉階前。

樊口

名山一百里，樊口似丹丘。巖户雲孤注，花源水四周。麈袪持隱訣，松卧恣天游。桑苧江南客，風流老此州。

寄家書呈江上諸兄弟

燧易星迴遠報書，鄉愁如瘧笑驅除。數莖白髮千杯酒，九曲黄河雙鯉魚。中歲弟兄貧亦好，全家煙水夢何疎。海鮮橋外樟亭路，無賴春風三月初。

老子祠李花

月夜長明洗眼昏，上清一氣貫仙根。玉鈿霧縠休輕比，恐汙元元七葉孫。

平定道中

雨後春流瀉黛脂，李謳作頌托微辭。行人飲馬來偷見，一陣花飛妬女祠。

悦公溪上紫藤著花

覆澗藤陰合，開時瓔珞同。百年無夭閼，三月正玲瓏。弄色魚鱗上，吹香佛鉢中。吴興思髣髴，花瀨紫濛濛。

晋陽遇同鄉李叟載通二首

記室相逢幕府清，玉溪箋奏擅才名。婆留鄉語聽來熟，恍在春風衣錦城。
白髮蕭蕭映緑尊，每談古蹟黯銷魂。明朝殘樹殘山外，一弔離宫賀六渾。

遊晋祠

叔虞祠不改，水木發清妍。藹藹長生樹，泠泠難老泉。影如青織立，味在玉漿前。更領涼堂趣，風中揮七絃。

次香山驛

香山驛斷飛狐口，折臂難誇射雕手。昏霾睞眼脂流泔，欲覓清陰少楊柳。左驂右騑何足奇，但恨匹馬行尫羸。稊田米賤那得食，短後之衣風披披。吹角嘶笳本游邏，忼慨悲歌有誰和。百里宿店馬亦飢，飲囓滿腹槽下卧。我心兀兀墮渺茫，不隨騎吏隨觸郎。富春江上足煙水，涼笛一聲汀草長。

題青林溝所居

塵坌炎花〔三〕晝已空，投簪久羨濯纓翁。鮮花活水山中路，輕箑纖絺林下風。烏榼一雙貧不廢，金丹四百老彌工。何年得遂茅茨約，黛色玲瓏遠可通。

唐檢討繼祖除祠部郎中有寄

南宫典禮出蓬池，星位推尊衆所知。舊日文名沈家令，新年官職趙中儀。冰廳風冷披香早，藤格花明退食遲。若夢江湖應念我，投竿釋褐渺無期。

詠頻婆果二首

晚涼纔過浴蘭時，一種甘香欲墜枝。爲語玉溪溪上女，不勞紅豆寄相思。

臙脂塗頰粉肌明，瑶席新嘗别味清。翻恨炎州鮮荔子，祇同風露不同生。

月夜紫薇花下有懷陸舍人慶元陳吉士師儉

如聞仙漏暗泉中，冉冉芳蕤月浸空。今夜應知宿清禁，青綾客對紫薇翁。

午亭山邨陳文貞公居里也去公薨後十五年予乃遊其門與嗣君學士爲筆札之徒每企公之清德餘風合乎古而不可没者因連綴成篇計得小詩四首較之誇毗無徵之音微有異焉

獨持清德道彌尊，半飽相國自號半飽居士。遺風在菜根。厩吏尚然思楚國〔四〕，棧車牝馬久無存。

河嶽精靈絶代誇，恥居王後論詩家。瓣香一脈纔如願，蛛網梁塵拜絳紗。

溪上青山接太行，午亭便是午橋莊。能消裴令生前憾，繡尾魚今尺二長。

令狐學士被恩齊，趨步曾登白玉〔五〕梯。夾道槐陰門似水，雨餘好護舊沙隄。

汾州于郎中灝遠貺隃麋戲報三首

古香清不瀎，一挺復一螺。老夫亂塗抹，却勝畫雙蛾。

羊真孔草已矣，書法以心爲師。昨日墨池乾涸，重開花更淋漓。

蛇孫蛇子久摧枝，那數松煙含緑滋。磨向晴牕鉤石本，崇徽公主手痕碑。

過濟勝講寺

入寺戒壇古，遠風吹塔鈴。空廊且粗飯，凈手獨繙經。林瘦多病葉，鶴孤自長齡。連宵有山夢，夢見衆山青。

湘中楊隱士棻寄遺君山茶片奉答四首

茶稱仙掌夙曾聞，白絹紅鈐遠寄勤。除却巢兄無別客，開函疑有洞庭雲。

安得中泠汲滿瓶，楚狂毁後愈芳馨。煎時若入薑鹽味，豈異嬴秦施五刑。

明嫿山容菡萏天，疎寮涼院證因緣。笑他紗帽籠頭坐，水厄虚名直浪傳。

八餅何須琢月輪，不知細啜越瓷新。漫憂銷耗通宵醒，元是秋堂少睡人。

東岡卧病

蟾蜍兩歲照秋林，忽忽奚堪百感侵。久别金莖分草露，頓忘碧海守蹄涔。西方尚競椒蘭氣，北里新除鄭衛音。敢與王郎比朝隱，愛閑多病閉門深。

秋雨小止雜書遺懷簡陳學士三首來日擬作九女臺之遊

層館竦且清，人定無喧黷。合抱樹鬱欒，連陰雨淋漉。滴如寒漏聞，夜比華池獨。校書燭幢幢，恍陪玉堂宿。

先生慕渴羌，飲酒若決渠。山中時拄笏，花底仍懸車。近從農圃言，續記齊諧書。物理不可測，朽瓜化爲魚。

玲瓏洞陽東，前月窺天柱。縹緲王屋西，昨秋踵靈府。晨擬導沁流，遐矚希風古。摟身九女臺，峰峰弄眉嫵。

十五夜對月有懷淮上舊遊

素華先夕浄雲霾，忽到尊前分外佳。已驗珠胎隨影滿，可憐玉鏡借光揩。西風一桁秋河路，凉笛三更雁齒階。記得天涯流恨處，照人頭白是清淮。

石間曉起將游洞陽山中

流影西斜月帳空，披衣獨坐尚朦朧。依人香草如湘曲，争旦清猿似峽中。眼界明來千障失，心苗開處九關通。無煩市上壺公術，好御仙山離合風。

登陽臺觀

清齋朝盥入山行，怳忽松幢葆蓋迎。欲向月田除桂蠹，願從雲海訪芝精。心如絳闕三池滿，足比青禽兩翼輕。歌罷人間可哀曲，陽臺觀側竊留名。

客來自覃懷見餉地黄奉酬十韻

客遊枋口來，顔貌温而癯。遺我地黄好，翠莖連根株。言采藥櫝山，經宿色不渝。靈品彰土德，流膏蘊精腴。吾衰氣血耗，六府如空鑪。何能協風火，兼之固機樞。久服自奇效，導行登天都。入夜視有光，心淵生寶珠。抱朴語頗誕，此物非青芻。敢云飼老馬，報君以良駒。

往歲逢閻敏于襄垣道中旋即別去近傳流寓鄒魯間短句奉寄

去年芳草畔，揮別上虒亭。今夕涼波外，相思小洞庭。蕲蕲聞墜葉，歷歷見明星。試問東阿客，曾招帝子靈。

寄王三孝廉𬉼并訊城北舊游諸子

激箭風高落木初，思君終日歎離居。山重水渺雲難合，春北秋南雁不如。八柱桂堂知習賦，一床湘管定工書。壚頭嵇阮常相見，亦念殊鄉野鬢疎。

晏歲山舍夜卧

峪中氣淒厲，晏歲百端結。木隕山趾寒，泉枯溪腹泄。夜惟粥鬲親，書就燈檛閲。通塞非不推，吾生秉苦節。

雙雀二首

交飛凍雀意相關，啄穗悲啼往復還。漫道不逢生處樂，野田却勝紇干山。

未許明珠逐後塵，豈同寡鵠仰高冥。烏桓城廢空倉冷，誰唱雌雄雙白翎。

白丈慶餘見招以豆糜爲食走筆記之

草蟲亂啼豆葉青，溪雨變涼豆花明。二七爲族極蕃衍，莢肥偏向砠田生。雖無畛域有行次，秋成不讓嘉禾名。丈人年年自刈穫，筐之筥之儲豐贏。是日急雪大如掌，冒寒招我勞邨氓。一盤脱粟異春碓，菽乃熬粥藿作羹。咄嗟而辦諳古法，流匙滑潤含芬馨。緼絮共歠致足飽，奚用羊臛方登鉶。此鄉昔聞閔仲叔，弗求滋美充容形。平居造席只周黨，輒供斯食屏膏腥。我與丈人稱至友，調飢頓釋空腸鳴。破冰得水漱口齒，起立更覺迷晶瑩。山中路斷見虎迹，朔飈獵獵欺虚櫺。

立春日答張巽

如苔池水將鎔色，似火花枝已釀胎。此日芹盤争送菜，春風暗裏逐人來。

校勘記

〔一〕『泠』，雍正十一年廣陵般若庵刻本作『冷』。
〔二〕『青州』，雍正十一年廣陵般若庵刻本作『青浦』。
〔三〕『花』，雍正十一年廣陵般若庵刻本作『光』。
〔四〕『國』，雍正十一年廣陵般若庵刻本作『相』。
〔五〕『玉』，雍正十一年廣陵般若庵刻本作『石』。

冬心先生集卷第三

遊海會寺

青陽更始正春融，拄杖來遊此寺中。陰壑斷崖泉出樹，飛簷浮柱塔生風。經殘未覩番書妙，佛古猶傳塑像工。嬾學朝天奏韶頀，自憐蹤迹一龕同。

卷髮曲有小序

卷髮曲，悲彼姝中棄而爲房老也。予寫其紛亂之思，託己之微意焉。噫！同情者可以怨矣。

舞釵股折粧鏡没，膏沐羞容衆芳歇。黄支之犀巧琢誰，偏似天邊未圓月。欲理翻愁同亂絲，趙家新髻儂不知。一梳再梳已決絶，那復纏緜是舊時。

游竇氏别圃衛秀才惟順相邀過其草堂閑話

駘蕩春遊戀物華，已忘寄迹在天涯。活禽生卉看滕宅，石礎松櫺過薛家。巖隙尚須搴月幌，酒中只少泛星槎。潛機幽賾皆名理，衛玠清言似永嘉。

題郭外人家種莎

滿徑移莎短鏃稀，閉門春雨鬱生肥。勸君牽犢扶犁去，好織青青襏襫衣。

兔坑之陰有野花色如退紅每迎朝陽而開惜未及日昃則飄謝矣因成二首

暫沾朝露領朝陽，鏡裏朱顔似窈娘。半日開花半日謝，背人偷泣負風光。

野叢浮艷自無名，却恨新恩頃刻傾。若把紅枝較榮悴，從今暮槿號長生。

與謝山人夔池上弈二首

方罫楸枰布勢遲，鉤連小劫動偏師。隔宵涼雨波如簟，想見銅池溴滃時。

腷膊聲中黑白機，茶香蠲渴昧心微。西南風急舟幾覆，一角何人笑解圍。

感春口號

春光門外半驚過，杏靨桃緋可奈何。莫怪撩衣嬾輕出，滿山荆棘較花多。

邯鄲花謝曲爲盧江應彤賦

月頭月尾花謝開，春雨春風客去來。冶遊潛在邯鄲陌，酒卷白波一百杯。而今賸有衫痕濺，題字柱心空照面。可憐掃地軸簾人，前閣後堂都不見。建安才子動猜嫌，那復聞歌阿鵲鹽。久虛消息通魚鑰，枉説清陰窺畫檐。簌錢聲寂莎堦黑，隻影相思長悵憶。隱語徒教休洗紅，燕支山遠無顏色。勸君收淚莫偷啼，手弄狂塵爲破迷。畢竟東南孔雀故巢好，雙飛終解共雙棲。

慕園題竹

便娟修竹覆欄楹，出格幽姿天與成。薄粉分沾何駙馬，清風合置薛先生。湘中未掩含啼態，淇上空添掃翠情。不見鵷雛殊脈脈，可知佳籜負虛名。

重遊王屋訪唐開元時御愛松并韓抗爲司馬鍊師書刻石不得小憩陽臺觀抵暮出山

行尋御愛松，偃蓋杳無迹。憫茲百木長，縛炬遭幽厄。又訪遺教碑，批答獎真籍。韓康賣藥孫，狂書失鉤畫。二者渺莫逢，重來空念昔。願遊不死庭，丹元嚥津液。滅景走三尸，潛光鍊九魄。此間陽臺觀，髣髴軒轅宅。芝囷納流霞，蒲澗委玉舄。我欲近掇之，左神恐呵責。學道苦云晚，取誚古逋客。日落毛髮森，出山悲天窄。八極騁輪蹄，難追崦嵫迫。

橫山舊廬獨吟

朱夏慕閉關，煩痏或消殄。孑孑人迹稀，離離花光泫。列岫窗靄蔽，微鐘磵路緬。松下百骸輕，清風勝和扁。

松花

五粒三鍼想物初，非花非霧伴潛居。麻姑滄海塵相似，炎帝香蒲粉不如。雲蓋結時朝絳節，鶴巢傾處點青裾。果能服食身輕舉，還爇陰脂勘異書。

孤蟬

已散青林樂，孤蟬送夕飈。露涼金雁驛，柳斷赤闌橋。枵腹無全飽，枯形非一朝。遺榮守清節，不共侍中貂。

張二丈伊以白苧布見遺感作十韻

白苧一匹新出機，銀光爛爛雪溰溰。阿翁笑贈意良厚，却勝祁陽之輕絺。周官書載厥名好，疏物更見風人詩。其長四丈闊尺五，縝密何減冰蠶絲。感君知我有野性，裁成曲領寬袖衣。罕逢襬纖少苛禮，棱鞣桐帽方相宜。今夏此邦多凋瘵，糾纏疫癘民苦飢。旱魃搆虐土黿坼，雌雷晝鳴雨不飛。胡爲卑處受毒熱，鄉心早已歸江湄。準辨松毛縛棚香，透屋涼颸穩卧黄琉璃。

初秋養疾樊上

巖居養疾遠郛壥，葠朮多于粥飯緣。秋澗曲流喧枕上，槐花一寸積門前。未忘舌本思今日，尚損腰圍似去年。雲笈珠林從妙悟，絶勝騶衍共談天。

榼山寺示諸僧衆

叠嶂鉤連擁磴斜，迦藍齋會設無遮。佛煙聚處疑成塔，林雨吹來半雜花。年記鼠兒碑尚在，山尋雞足路還賒。欲求文字資禪録，須辨緇帷茗一車。

寄贈于三郎中山居四首

身離束縛卸犀圍，白袷披時少是非。抖擻絶無塵土雜，豈如十日澣朱衣。
彤闈瑣闥了前因，省直年光夢未真。試問仙曹春雪裏，乳毛松格屬何人。
藥苗五葉當蔬畦，穩卧家山丹竈西。久别觚棱朝謁早，淮南不養汝南雞。
而今隱作爛柯翁，三百枯棊誰與同。一詠覆圖聞雨句，秋鐙却憶鄭郎中。

菖蒲

菖蒲九節俯潭清，飲水仙人緑骨輕。砌草林花空識面，肯從塵土論交情。

北寺水廊聽雨有懷虞十八以潛

僧廊聽雨寫明珠，塵垢齊蠲煩惱無。忽憶緑蓑青笠客，池邊合眼即江湖。

中秋夜翫月感作二首

當頭無翳欲梯空，畢竟銀潢潛可通。世上浮飆與纖浪，不教闌入玉輪中。
蟾户光明盼一年，露盤濕桂又涼天。須憐今夜金波苦，何處團團照粉田。

東岡之下老屋三楹陳文貞公讀書處也予嘗遊憩其間懷企有作

秋氣斂虚館，東岡生道心。林疎風脱翠，山暗雨添陰。既有出煙磬，復多聒渚禽。六時喧寂意，欲繼謝公吟。

海會寺池上觀魚呈道禪師四首

不戲田田蓮葉東，浮陽呑餌樂無窮。阿師撫掌留公案，大海何如沸鼎中。

紫鱗勿損有懷珠，活潑天機相沫濡。未必歲收千百利，堂堂策策少驚呼。

憑檻風來聚藻涼，可知聞法喻空王。撇波逐隊争迎我，錯認臨江白石郎。

八功德水溯靈蹤，清浄雲山覿面逢。恍在放生池上坐，抛殘香飯聽湖鐘。吾郡西湖上有放生池，往年嘗遊其間，觀僧施食。

東岡望砥柱山

砥柱峰高儼帝囷，每于櫓隙挹鮮新。酒場莫負今朝約，風掃疎林雨洗塵。

白鷳詞有小序

蕭穎士之言曰：白鷳，羽族之幽奇也。神貌閑暇，不雜于衆鳥，人莫得而馴狎之，若紲乎籠樊之中，殊可嘅已。兹覩其毰毸拘囚之狀，似類予者，因成短歌。珍禽有知，能弗引吭悲鳴，一和予耶？

白璧一雙買白鷳，主人三載愛漸慳。朝來不飲亦不啄，何日開籠返故山。素襟難易原太潔，身若穹廬古時雪。安得見爾生逢南越王，西京貢入趨步隨鸞凰。

上黨道中二首

霜驛平分朔雁程，天連上黨識雄名。他年若掌周官樂，好驗山中牛鐸聲。

熨斗臺荒漳水寒，壺關西隔路迷漫。遠峰挽髻雲堆絮，偏在匆匆馬首看。

聞喜縣中早發行四十里宋秀才士謂乃出豐饌相邀午食因紀長歌并以述連日勞役之不同也

驛鼓紞紞打五更，羊胛已熟東方明。落葉滿頭人曉行，馬蹄鬆快沙路平。轉憐前日歷奇險，左縈右旋皆山程。午攀峰脊穿嶺腹，恍如百級登桄摇懸旌。其上石門束關鑰，窮陰出鬼含怒獰。人馬困憊欲齕咋，解鞍投枕舒煩情。今朝坦夷筋力健，况復曦景鮮雲生。當年韓趙空戰鬭，時清安有烽煙驚。絳水涑水渺何許，徒令懷古吁交并。邑中才藝數裴秀，後來領袖多儒名。襄陵之酒果易醉，西郊汎醳勞相迎。脯腊膎胰非不飽，未免秋風刮面思蓴羹。

詣庶滋上人齋堂蔬飯望中條山

净名已悟小輪圍，紺宇精嚴一欵扉。孤竹瘦于尊者相，野雲白似道人衣。何曾心地妨禽鳥，且向齋堂飽蕨薇。試上莓梯腰脚健，中條山色見纖微。

入王官谷

栖逸王官谷，清暉日夕娱。一池寒藻合，三詔舊堂無。荒壟除山税，東菑足晚餔。土風稱習儉，仍不改唐虞。

蒲州劉高士仲益隱居不仕時時斷炊作詩慰之二首

林藪惟知味道腴，長貧何用計華枯。解嘲却笑丹陽尹，一斛檳榔消食無？

我亦枵然人外閑，飢腸時復破天慳。采薇歌罷鉤簾坐，飽看君家雷首山。

書乾饌子郭汾陽事

旌旄開府攝兵戎，永鎮蒲州郭令公。自古功名堪一笑，元來河瀆親家翁。

渡黄河二首

沉璧曾聞致太平，龍門竹箭疾流驚。星源自解通銀漢，豈待千年後始清。

喧豗怒觸起盤渦，曲憶箜篌怯渡河。從此登車問騶卒，夢時可有惡風波。

前年邂逅郭十一詹吉于滄州昨歲又遇于沁縣今秋予過登封意外把臂感而有作

康莊迷軌失亨衢，潦倒秋風獨向隅。萬竅不休悲宋玉，一毛無濟泣楊朱。日斜黄葉先朝寺，山映青旗賣酒壚。話到前期更憐汝，三年三處客音殊。

舊有寫經研自爲銘曰白乳一泓忍草一莖細寫貝葉經水墨雲山粥飯僧屬廣陵高翔以八分書之汪士慎鐫其背往歲攜游京師僦居慈仁寺六月多雨青苔及榻客厨時時斷炊竟易米于貴人矣今偶登嵩山過片石庵閲釋氏之書休憇樹下忽念故物率成二詩詩中雜述所感不專言研也

紫衣三載已飄零，筆墨無緣再乞靈。今日齋堂空一飽，思惟樹下悵繙經。

手閑却嬾注蟲魚，且就嵩高十笏居。到處雲山到處佛，净名小品倩誰書。

過玉晨道觀潭上

潭上净難唾，坐見新泉豁。竄竹不爲喧，濾雲始覺活。黛影幻所思，狂名戒相掇。如在洞霄宫，尋源一杖撥。

中條山下人家

蒼翠中條路，人家荒史前。逃名却蒲帛，無象喻罤筌。廣場勤春稼，長廊畫古賢。好將山下水，一灌涑陰田。

坐洗藥泉上出匣中雷氏琴手絃而口歌之

琴古之孑遺，黝面心匪爛。今出幽匣中，零落殆已半。所幸五音全，和平不我叛。客居若架巢，女蘿以爲幔。一曲楚明光，緩爪自澡盥。彈無剿絃憒，聽有捐斤歎。松吹遏流雲，溪籟激清旦。謝彼撼鈴人，毋來奸聲亂。

寄廬郡掾叡

之官已三月，高臥狎青冥。床上列茶酺，花間鏁印廳。無言慕刁琰，大道問瞿硎。聞說謝曹掾，行尋千歲苓。

過茹柔仁者方丈禪話

方袍林下緇，相見折松枝。古水自荒裔，連峰轉委蛇。龕深寂無垢，雲白浄如篩。後佛參前佛，清涼生四肢。

題湘陰女郎畫竹三首

粧閣流風洗黛痕，管夫人法卷中存。生來不畫紅花樹，怕見倡桃笑倚門。

竹枝新長楚江頭，便有煙昏細雨愁。若說無心心最苦，斑斑湘女暮啼秋。

物外嬋娟用意深，此君寫照在虛襟。散傳南國知增價，豈止吴兒一鋌金。

僦居玉溪與無悶講師精藍相近屢過率贈

聽法何心發愛涎，溪光汎汎石戔戔。一牛鳴地時相見，雙樹影堂還結緣。消受佛香方外客，潛通茶夢定中天。南宗釋老門風在，拔苦元來出四禪。

盧郡掾官齋銷夏即事有贈四首

笑釋形拘坐綠槐，黄粱未熟睡先催。問君轉乞柑鄲枕，入夢無須出夢來。
濟源水味恨難同，茶事殷勤羨乃公。野竹也知能請客，暑風都變作清風。
冷金牋上五言多，才子偏教鬢已皤。花塢夕陽吟更好，而今大曆勝元和。
退耕決計話抽簪，九品官資七不堪。攜手山妻鹿門隱，草堂何必在終南。君自秦徙居楚中近二紀矣。

秋雨坐槐樹下書懷

昨宵娟魄明銀蟾，似水瀲瀲棲短檐。雲翳那礙半影好，露洗轉覺清光添。低頭思鄉了無益，三更著枕垂風簾。今朝熟衣換敝笥，滿城秋雨飛霏靎。陰晴之理意難度，豈能乙巳窮窺占。階前老槐十圍大，碧羅張繖高厭厭。花開未落葉忽落，可憐樹亦生涼炎。嗟予朱顔就沮喪，口鮮滋味非醯鹽。方枘圓鑿匪所用，顧者却避多猜嫌。客嘲賓戲深且險，伯夷反貪盜跖廉。江東士氣乃不振，堅守中壘提封嚴。何如傭書鐵佛寺，寫經一卷直一縑。

懷甬東邢十九大纘秋試二首

高槐纂纂報花期，花愛秋黄弄雨絲。遥憶西陵渡江客，擔書可有僦船資。

白頭未嫁守家機，周召餘風好發揮。料爾今番領鄉薦，三杯仙露换麻衣。

懷張機客淮陰黄樹穀客廣陵

清淮淼淼接雷塘，二子淹留各異鄉。心迹無聊如賀老，風流不墜在江郎。對花鏤管知争巧，乞食吹篪也覺狂。念否春華戀分袂，啣杯相與坐藜床。

寄盛上舍綸三首

江墅通僧窟，談禪卯色天。瘦權與癩可，謂孚中、聖眼兩小師。同坐筲箕泉。

里中詞客惟汝，苦調潘郎鬢絲。今日阿儂憔悴，秋霜也到吟髭。

紫琳割得自端州，相贈煙光浩不收。笑比水田三百頃，代耕何用漏蹄牛。春閒予曾以手製田研奉貽。

茶事八韻

雲根一蹄泉，白乳好顔色。汲來日煮茶，準之自有則。離火斥穢薪，温谷用無息。候湯毋妄沸，司命在盡職。鍑古交床支，甌香凈巾拭。櫝蔎品不同，甘苦味全嗇。何如小峴春，獨飲通仙默。蓬蓬肺渴塵，驅去若五賊。

八月十五日夜對月寄内二首

一夜光華濯魄新，明明穴鼻認來真。月中田地知多少，不見花開散麝塵。
刀鐶有夢逼秋期，料得家人歌扊扅。江上歸船杳無信，可憐虚嫁弄潮兒。

攜酒送客

毾幕韋韝客去初，客中送客折轅車。晚峰千髻煙相妬，清酒一樽玉不如。冷飲果然添耳熱，愁看從此與天疎。馬頭生角烏頭白，塞上悲歌磨盾書。

旅夜聞箏贈别孔氏兄弟三首

彈箏峽裏響淙淙，豈是秦聲按瑣牕。紫雁斜飛絳河近，不教零落一雙雙。
開元妙藝幾人知，曾拜瓊瓊作女師。細數哀絃剛十四，此生長恨月圓時。
夜闌手語動離心，我亦聞之淒怨深。難免西風傷老大，恍疑孤艇泊楓林。

題賣餅家壁

葱肆漿房半故儒，康衢賣餅亦潛夫。淒淒燮燮油鐙裏，讀罷《公羊》一卷無。

雨夜寄廣陵諸子

一鐙如菽雨緜緜，楊子橋頭阻遠天。葉落晚潮思楚樹，酒添涼席夢吴船。王曇何減聞歌日，陸展尤憐染髮年。通夜蕭騷不成寐，傞傞獨鶴感孀眠。

送周郎赴劍州

曲换明珠天下無，岷沱西去寸心孤。若逢蜀道蕭蕭雨，一弔伶人張野狐。

懷鮑十四涿州

酈亭流寓注書成，自有清資日下名。一束腰犀須早辦，范雲來歲即公卿。

送猗氏杜祺孫之雍州

劍鐔扣罷又重看，飯顆山前骨相寒。天上雙鸞求未得，河東五牸畜何難。且同吟社親書槳，莫以離杯負菊欄。此别霜華快如洗，到時落葉滿長安。

觀獵二首

飛鞚疾于鶩，射生惡少年。風毛與雨血，何苦污青天。

萬事落人後，馬箠空有銘。不若揖黥卒，尚知《太白經》。戊申九秋，予在太行道中作《馬箠銘》。銘曰：滑溪之篠，可策而走。簫雲簫雲，毋落人後。

嘉定楊謙以水墨畫梅見寄不減清夷長者家風客牕展看如掇冷香漫題二首

一枝梅好墨淋漓，寄自逃禪老畫師。所恨未曾親見得，鉤完花瓣點椒時。

莫認錙塵涴素衣，略同清瘦是耶非。水邊林下從頭想，如此江南不早歸。

冬雪

稷稷冬雪深，即之在林表。噫氣失煖威，頑寒出陰矯。正如客心苦，墮落無復蹻。相警保堅白，勿使不潔擾。

著敝裘寄丁處士江上

羊裘雖敝戀此翁，歲久毛禿非茸茙。貧憐老韡勿可棄，故物却與故人同。是鄉九月已飛雪，衆草悽枯百蟲閉。披時未抵酒力融，身弗煖兮心轉熱。朱門值得一錢無，較之冬絡回寒噓。手皸欲覓不龜藥，江頭洴澼今何如。

送西吴詩僧超嬰南歸

詩僧新得靈運孫，杼山集好十卷存。苦吟五字振禪藻，家風羨汝真荃蓀。臘月行縢趁清旦，歸去還應弄柔翰。冰雪之交花正開，佛案寒香吹不散。

木瓜山下賣花翁見送木瓜報之小詩

不數宣城簇露枝，額黄顔色映書帷。園官送到香如溢，正是客心酸楚時。

雪中懷汪十六潭客居梁溪并寄先輩澍

昔時緑池上，聽雪捉舦船。此日黄茆外，離家負秫田。幾生續流詠，何物駐凋年。因念夫椒客，充寒有半氈。

懷陳學士午亭山居

思母庵長鍵，相違歲月徂。高松戀雲壑，飛翠濕山厨。詩擬剡中好，泉聽樊口無。不須緑玉杖，醉倒兩兒扶。

墮車戲作

衝泥郭外聽轔轔，難覓當壚飲火春。失笑連宵夢芻狗，餓夫翻作墮車人。

己酉除夕

客歲更難挽，堂堂去寂然。自添商陸火，誰送水衡錢。疊鼓聲何逼，孤杯味可憐。柈中消夜果，風物憶南天。

冬心先生集卷第四

元日過張少府小飲花下

仙尉逢梅福，同爲上日吟。鼻香開酒庫，眼亂入花林。資物春温早，迎人善氣深。西山掃殘雪，蠟屐試登臨。

沽酒

沽酒旗亭雪後稀，玉缸辜負典春衣。新年客味渾依舊，無怪空瓶戥毦歸。

人日寄小姪二首

鼎鼎飛光催客頻，元辰纔過又靈辰。池冰忽泮花銷雪，果信春風是恨人。
千里歸情攪晏眠，何時接手玉華前。阿咸定爾憐頭白，孃逐銀旛鬬少年。

憶茶

草鋪緑罽地無塵，朝日熹微榆火新。兩串春團三道印，不知茶宴赴何人。

水北蘭若與孔毓銘對棋即送歸里二首

僧寮一局子丁丁，本欲忘機機反生。算盡苦心聞見絶，松無交影水無聲。

合離聚散各如何，君説還鄉卧碉阿。來日休棋向歧路，路中歧路較棋多。

過善師禪林蔬飯

病起維摩招客來，缽囊初解小徘徊。澗鐘山磬經時聽，意樹心花頃刻開。昔夢詎忘青豆舍，妙香尚驗白檀灰。從兹斷飲吾何有，多事春風勸舉杯。

訪韋隱君用良山居

先生履韈笑雙穿，不礙幽尋精舍前。樵斧無聲雉登木，巖花弄色雨添泉。兩朝耆碩遺風邈，百氏菁華副墨傳。從此槃游申古訓，往來人擬洛中賢。

東郊客舍寄章十五全人

風襟不整減心情，一任床塵滿把生。但覺交遊無鮑佐，幾曾才藝識蕭卿。春浮暖陌芳坰遠，花圻山櫻野館明。只合杜門稱嬾放，注書且喜腦華清。

過長林寺

青山傳捨宅，一宿去來緣。樹下問僧臘，龕中送佛錢。連陘迷壞磴，細綆出新泉。露地牛何在，千畦欲募田。

上巳日禊飲風漪園有懷顧十二韋之客洛陽

三月重三節，紅敷正好春。浮杯曲池映，濯髮禊堂新。絶少衣分麝，無煩扇障塵。馳情想溱洧，亦有未歸人。

蔡七舍人端富于藏書皆手自精校曩歲曾一訪之今渡京江削牘寄予因答來貺

昔訪瀼東宅，百千萬卷書。今來京口信，三十六鱗魚。丹墨校無恙，寒暄慎獨居。臨風荅嘉藻，何日誦瓊琚。

雀啄覆粟曲

牛折角，車淪泥，雀争殘粟天色黳，啃啃嘖嘖聲惻悽。勸汝且食戒勿語，無如飽腹將雛栖。昔人辨聽反爲累，吁嗟從來口舌真禍梯。

遣悶二首

黄羊祀竈却無因，故智昏昏喪所真。天帝聘錢何處貸，萬緡不及鄭商人。

團團朝日出東隅，多少驅車九達衢。莫哂長貧河上客，緯蕭自可得明珠。

有憶二首

涎涎誰憐燕尾長，芹泥冷落已銷香。换巢一去非無意，不愛雕梁愛草堂。

紅啼薇帳吐愁煙，曲榭翻爲杞國天。回想昨年花好些，尚容酒病老夫顛。

紅檐

隔夜欓蒲星陣横，四絃愁是子絃聲。合昏花下澌澌雨，不放紅檐一刻晴。

闕里逢華陽蔣三丈衡

昔君訪我蒲帆八幅飽挂東吴船，鐵幢浦口立談斜照目注寒林煙。是時各具豪氣詎屑事屠儈，君誇强仕頭顱未白，我懷鉛槧矜少年。忽忽别去不相見者踰廿載，塞鴻江鯉何處問訊同周旋。知君遠走秦關三輔地，鉤弋宫廢徒弔渭水昆明天。比歲我亦惘惘出户減懽味，閩粤荆湘燕趙而達伊祁故都悲顛連。黄河怒洩也曾窮源到，碣石中條山色總在老夫七尺烏藤前。今春鄉思頓起俶裝返越國，車溓馬瘏難覓脂秣殊可憐。道過闕里展謁孔廟觀禮器，正届皇帝重光榱桷新豆籩。轆轤街南兖公陋巷忽與君聚首，顔家兄弟簞瓢取樂誠好賢。初驚鬒髮已變霜雪有衰態，坐定轉訴羽毛凋脱泥土忘飛翾。君言抱經載橐來此聖人之邦償夙志，願寫净本一一列入兩廡青瑶鐫。我聆斯語獵襟增歎息，蔡邕往矣三體茫昧靡完全。魏邯鄲淳蹟就殘毁，所留大曆、開成諸儒楷法釁門懸。又言世尹愛客不遺舊，闢爐加堊爲君分餘田。軒窗開拓得以正心執管摹點畫，六十五萬二百五十二字毋頗偏。惜我濩落鮮用將乘秋風放歸溜，胡能快覩群書功畢奏寘魯壁累襆争流傳。吁嗟華陽真逸方瞳湛碧自長壽，他日隨君金堂璛館攝景尋神仙。

題貯清館

策竹到竹裏，竹風導我行。連緜石多態，瀺灂魚至清。忽見九節蒲，不共衆草生。問之了無答，仙貌誰削成。

不睡枕上口號二首

攪舍鼾聲久破除，不眠夜夜似鰥魚。若須閉目垂簾坐，此是仙人我弗如。

居然枯腊稱尫羸，煮藥空堂試一匙。八萬四千毛孔裏，汗來微有睡來時。

病起扶杖循廊小步二首

曾鬬蘭陵八百兒，争先提步向嫌遲。而今花底紅藤杖，扶得晴廊立片時。
蹣跚平地亦難前，跂脚虚教摩湧泉。不信去年尋虎窟，太行容易上青天。

問顔大懋倫疾

榻掩青苔徑没莎，巷中深轍幾人過。海枯石爛愁仍在，鳳躁龍狂病轉多。齊物彭殤原可擬，同年椿菌又如何。憐君秋雨秋風裏，擁被寒廳亦抱痾。

秋雨

秋雨如塵多，積病抱幽耿。晝分木客吟，夜同雁奴警。池面風澮澮，簷端樹冋冋。何以曲彔床，偃卧弔孤影。

短睡十韻

睡鄉蚩蚩人樂哉，此中訝我久弗來。得毋以夜爲日在酒國，蠟煙如纛花成埃。騰觚飛爵忘漏促，沉湎何啻是鴆媒。嬌絲脆竹志易惑，溺之宮徵皆生災。不然夭桃百媚楚女顋，翠蛾一一畫麝煤。長袖善舞更擅曲，行雲行雨迷陽臺。我聞若輩苛責語，口勿能辯酸心摧。吁嗟作客抱寂寞，三旬負病形虺隤。豈但寡歡屏聲色，即今斷飲焚尊罍。斯須拱揖遽别去，依舊獨眠魚目開。

懷戚五丈東發江上

黑齒曾遊古陋邦，歸來散髮卧清江。纂書可載車兼兩，負郭難謀田十雙。堂下野花迷舊席，門前枯柳繫輕艭。遥知待我餘杭酒，醉弄霜天鐵笛腔。

西林秋夜聽支十丈彈琴

秋夜白頭客，抱琴彈此聲。離堂花漠漠，古樹水丁丁。絃直寸心合，曲徵六氣清。斷雲與孤雁，都是欲歸情。

題何山人琦活埋庵十韻

客舍如團焦，林木紛幽覃。急喉何居士，投老樂湛湛。一日百憂生，戚戚獨繭蠶。而非酒可解，具餂心失貪。抱頭嬾卧起，署名活埋庵。我覩慘弗懌，問答皆悲談。讀書不得力，辛苦慚丁男。滋味檗與茶，安能變成甘。勸子且遊世，單步行荷擔。出門山滿目，好山在終南。

新絃曲

故琴今夕張新絃，彈者生澁聲可憐。一絃斷兮一絃續，心有別離手則然。枯桐本非爨下棄，收之古囊且自閟。宮徵何嘗音不諧，試向歲寒尋此意。

貧交送別曲答諸酒人并呈蔣三丈

貴交之別祖帳長，纓驂紺幰大道傍。腊夫炙豕還刲羊，昔聞相送吏部郎。貧交之別則不爾，濁醪一杯話千里。落落酒徒尚如此，白頭故人可知矣。

秋柳和陳三撰二首

蓬鬆緑鬢減腰圍，可奈風欹霜倒飛。已失三眠舊時態，絶如房老泣孤幃。

何愁婀娜一枝殘，金縷衣銷舞袖寒。轉眼明年春二月，龍池曉雨拂闌干。

近事

曦光烘紙坐堂廉，書字無緣換束縑。可笑客塵生鏡襆，花前嬾去摘風髯。

六言寄題洪三上舍（公寰）江湖載酒遊卷

閉關貪飲十榼，束帶笑迎五經。何以江湖一舸，緑波顔色滿瓶。此中可夢南浦，而外宜遊洞庭。小泊互爲主客，野鷗飛下涼汀。

馬（曰琯曰璐）兄弟招同王（岐）余（元甲）汪（埴）厲（鶚）閔（華）汪（沆）陳（皋）集小玲瓏山館

少游兄弟性相仍，石屋宜招世外朋。萬翠竹深非俗籟，一圭山遠見孤棱。酒闌遽作將歸雁，月好争如無盡燈。尚與梅花有良約，香黏瑶席嚼春冰。

宣城沈丈（廷瑞）畫松歌

我家萬松嶺下松已無，煙煤掃迹天水愁模糊。却于宣城老了畫中見，緑髯紺髮拱揖如丈夫。昔聞張璪員外最奇古，手握雙管齊運與衆殊。紙上一爲生枝一枯枿，落落之狀未肯容齷齪。今君遠追遺法自森别，硬筆有同割飛鬼國鐵。何假炱氏大火來煅成，直榦彊立焉能遭錯折。要我作詩贈我長幅好，攜歸挂壁終日坐歎絶。瘀琴悶雨仿佛是爾聲，此聲荒涼可聽不可説。

過唐太守紹祖吴興郡舍信宿三日瀕别漫投十韻

春風碧瀾堂，扁舟晚來泊。汀草雜汀花，野香各無著。靸履入郡齋，相見話歲籥。囅然笑口開，情好宛如昨。即知廉守賢，民事自疏瀹。信宿三日留，殷勤一杯酌。朋輩得蕭李，文翰乃紛作。夜聞雨淋浪，其心在寥廓。明將泛江湖，馴鷺先我諾。去去緑蓑衣，魚竿計非錯。

廣陵北郭花下獨酌

獨攜小榼少人同，林木參覃地百弓。我與飛花都解飲，好風相送酒杯中。

寄閔八

貧而好客鄭卿賢，小别相思若閏年。簡雨疎風草堂閉，定知一夕長苔錢。

吴丈弘謨攜酒過寓園竹間對酌長句奉酬

三春虚擲花事抛，今甫重幕燕定巢。既無熱人共争席，却鮮弟子私相嘲。結朋惟愛老蒼好，晚乃與君深締交。越日載酒過别圃，竹下一壺傾松膠。此間種竹可五畝，勿遭惡棘纏荒茆。繁陰當午生冷翠，弗揉自直異曲匏。滿林得風作笑語，緑膚新粉抽煙梢。夙聞妙手擅鉤勒，蕭協律派非誇嘐。欲乞放筆寫萬个，目接厓谷心坰郊。君言秋涼再連話，爲我潑墨畫出金錯刀。

五月二日吴孝廉瀚上舍濂招飲遍嘗所藏名醞聽吴下李周二生擫笛度曲醉成此詩

緑蒲節近晚酒香，先開酒庫招客忙。酒名記注細可數，觥船瀲灩同品嘗。中有汜光春更好，新鵝出浴燭膩黄。飲如建瓴不放手，三萬六千少年場。君家弟兄工譜曲，减字偷聲皆樂録。傳鈔今已遍江南，肯使酒徒冷空局。周郎小李産吴趨，瀏瀏灘頭一雙玉。忽來筵上勸我醉，激管清喉夜忘促。調變伊涼入破多，後庭還唱《定風波》。眼花迷纈心苗損，恍聽狗兒吹笛膽娘歌。

題汪六處士士慎蘭竹二首

雨過深林筆研涼，女蘭開處却無郎。柔荑駢穗多纖態，不數金陵馬四娘。

道人絶粒面蒼黧，寫竹偏來南垞西。清瘦兩竿如削玉，首陽山下見夷齊。

寄題李徵君秉元青欘別業

割地棲巖道味清〔一〕，一辭州辟見初心。小經曾習嚴彭祖，至孝無慚何展禽。雲卷有時來枕席，廲游自古在山林。餘糧我辦支笻去，十八盤中曲磴尋。

褚先生恒謙老毁儒服委迹浮屠聞其瓶拂隱于鄠縣山中寄贈

渴來安得萬年冰，却羨清涼住九層。晚謝朱幡爲府客，老爲白閣紫衣僧。長眉掃塔花間久，左手鈔書鐙下能。歷盡劫灰人隔世，飆輪輾破法輪升。

憶家

爛銀月色露檐垂，千里思家雁信遲。正是擣衣衣半濕，夜燒熨斗坐空帷。

將遊楚中于真州江上登舟二首

真州判袂客途新，悄悄迢迢最黯神。上得孤舟聞疊鼓，横波送酒却無人。

亂柳摧心野郭秋，隔江山翠晚奩收。月初缺處津頭别，仿佛湘煙楚竹愁。

寄岳州黃處士端齡

一繩天外雁來初，露脚涼飛月魄虚。沅芷澧蘭騷客遠，朱橋粉郭酒人疎。須憐夜杓難同飲，莫悵風帆少定居。愛爾洞庭吹笛賦，昔年傾倒老尚書。

過小孤山

古縣蕭條對岸開，大江行色榜人催。水風多處輕擡眼，浮出青山似覆杯。

郢中放舟至襄陽

船頭望青山，衆態逞婉孌。飢煙明浦樹，飽風送帆席。繼作郢中吟，緬懷峴首客。際晚計郵程，百五宿江驛。

寒夜過荊山人山居

雪中寒色到肩隅，黄葉堆門月暈無。想見苦吟風燭下，靈龜屏息玉蟾枯。

西池精舍梅花二首

半影疎枝夢不忘，獨來樹下設禪床。酒鐺歌板都無用，莫亂梅花好道場。

月光明似佛堂鐙，池水生寒又結冰。消受清香透毛骨，除非前世此山僧。

復至武昌將還錢塘留別許士謂二首

一掌好風吹煖煙，乞來不費沈郎錢。連朝絶似嘉陵路，水送山迎天上船。

官道垂楊客繫留，堆棉搓絮武昌樓。此番傷别無須酒，坐有仙人許散愁。

秋夜鮑明府鈴攜酒就劉郎泊小酌與姚世鍾同過

秋夜秋池幽且娟，涼鷗涼鷺五湖天。水明于月宜同夢，樹老如人又十年。散髪賀循言可聽，啣杯謝𣿉迹堪憐。劉郎泊記思前度，好續吴興掌故傳。

玉湖阻風唐太守招飲沿月歸宿舟中作此遣興

石尤風甚厲，故人酒頗佳。阻風兼中酒，百憂釋客懷。先生了公事，文案無繁哇。箏竹閉鈴閣，乳雀馴苔階。組圭澹相忘，林壑期不乖。既恕向栩狂，且作劉伶埋。歸來見涼月，其光新磨揩。空船啣尾卧，濁浪如長淮。

歲暮復寓吴興姚大世鈺蓮花莊之寒鑑樓雜書五首

家家三尺好溪光，此處溪光墨瀋香。樓上南山如女色，曉奩開候翠眉長。

宿葦枯蘆有雁聲，連宵倚檻詎忘情。還須把酒吹寒笛，十二回圓坐月明。

題壁蛛絲親拂除，諸郎昔共此深居。蘭熏玉縝嗟摧折，不見對床人讀書。謂亡友秉衡、豐萬兄弟。

鷗波亭外水濛濛，記得今秋攜釣筒。消受白蓮花世界，風來四面卧當中。

雪尚未晴雨復喧，六時思與阿誰言。纜船絶少金欄〔三〕客，漁弟漁兄笑叩門。

吴中春雨泊舟入夜寒甚被酒作歌

春雨打篷雲冥冥，篷底聽雨泊遠汀。十十五五長短亭，好山對面失洞庭。野梅縛棘香零丁，疎香激玉飛瓏玲。苦寒噤痒夜不寧，水際一鐙如孤螢，照書冷燄光星星。傾三百杯影勸形，滋味濁清辨渭涇。醉來荒唐嗤楚醒，伴我卧者空酒瓶。

自曲阿之潤州渡江作三首

小辛邨圯曲街通，孟佐湖荒遠岫空。好試斜風細雨裏，紅闌射鴨竹枝弓。

碧草抽心花脱胎，舊情棖觸客腸迴。去年今日離筵上，楚女春衫拭酒杯。
迎船塔影渡江遲，愛誦瓜郎五字詩。對面相思若千里，石簰山下落潮時。

懷張先輩幼持林居

十年焚軌卧林莻，深閉書堂少俗矜。收得此心如鎮石，常時見面有寒冰。空囊趙壹清無匹，一揖奚康嬾未能。曾共春風三度醉，櫻桃花下曳青藤。

柳三首

銷魂橋外緑匆匆，樹亦銷魂客送空。萬縷千絲生便好，翦刀誰説勝春風。
酒邊青幔水邊樓，郎馬蹄忙可暫留。三月長條如翠帚，掃愁不得反添愁。
偏汝無端替别離，離多合少費相思。獨眠人夢模糊甚，正是飛花作雪時。

廣陵秋日雜作三首寄一二友舊

精廬净于水，雙樹縹緑初。石琴託心謡，竹扇擅草書。騶從時罕逢，隼旟來已虚。惟有秋鐙下，麯生不我疎。

明年當爲僧，漸欲匿名姓。負薪叔敖飢，苦雨子桑病。未能希十賚，安可膺五聘。抗顔誓還山，還山慰幽敻。

何兄與樊弟，巖館忘世情。茶夢澹而媚，藥廛香且清。屢訪花隱翁，踵息無一聲。好比江上鷗，戢影戀舊盟。

送宣城沈隱君游楚中

君訪漢陰好，機心機事無。山寒道士洑，月古郎官湖。活筆添松格，清謡想鶴癯。明春定歸卧，崦户足茶租。

城南僧舍寄梁高士文瀚二首

乾浄道遥地，經年白社情。晚雲看千變，清磬槌一聲。杞菊澹相向，龜魚時放生。此中悟蕭寂，禪悦最聰明。

高卧午纔起，浮華已嬾攀。秋林廣陵郭，鄉夢富春山。帖帖風襟短，栖栖蓬首閑。故人書遠寄，好附酒船還。

新編拙詩四卷手自鈔録付女兒收藏雜題五首

聖代空嗟骨相癯，常裁别體闢榛蕪。他年詩話添公案，不在張爲主客圖。

鐘聲斷處攢眉想，日影趖時擁鼻吟。隻字也須辛苦得，恒河沙裏覓鉤金。
古調泠泠造眇微，玉池清水自生肥。流傳若待官三品，誰重襄陽是布衣。
天涯詩老浪相稱，棖觸清愁歲月增。一櫂今成五湖長，酒波如練雨如澠。
卷帙編完頂髮疎，中郎有女好收儲。帽箱剥落經籯敝，莫損嚴家餓隸書。

校勘記

〔一〕『清』，雍正十一年廣陵般若庵刻本作『深』。

〔二〕『欄』，雍正十一年廣陵般若庵刻本作『襴』。

冬心先生續集

自序

康熙癸未，予年十七，習聲韻之學，同里項二丈霜田引爲小友，每遇耆英宿儒高會，輒褰裳從之，嘗云：『子詩度越時彥，舉體便佳，梵夾道藏，不可偏廢。惜吾老矣，未得見子他日成大名也。』西湖後嶺水樂洞聞有詩僧，亦諳己公之亞，青鞋布韈，常造精廬，得句呈佛，旬日忘返。又南山之南，吳慶伯徵君隱居，徵君閉關却軌，著書比牛腰粗婆娑躠蹩，隔月舁軟輿過談，亦諳禪窟。見予林逋墓上作，謂亦諳曰：『吾新營生壙，宜乞此子寒瘦詩，阿師爲吾乞之。』吾以高辛氏銅盤、太康玉辟邪相報，百載後吾幽光藉之不泯也。』丙戌四月，渡羅刹江訪九十一翁毛西河太史，至會稽探禹穴、觀窆石，作九言詩，太史激賞，誇示賓坐曰：『吾年逾耄耋，景迫崦嵫，忽覯此郎君紫豪一管，能顛狂耶！』丁亥、戊子間，讀書吳中何義門先生家，先生言吾門儁乂衆多，擅麘角之奇，惟斯人五七字詩，儼然孟襄陽、顧華陽流派。時秀州朱竹垞檢討在慧慶寺主東南詩盟，予懷刺往謁，檢討出迎，笑曰：『子非水周林張高士宅賦《木蓮花》錢唐金二十六乎？子之詩，吾齒雖衰脱，猶能記而歌也。』予頻年喜游，屢游長興，下榻邑長鮑西岡十四兄官舍，賡唱迭和，大雷山、小沈瀆都題滿矣。西岡曰：『君詩有傴骨，神竦氣王，無蓬蓬塵。湯西厓少宰評君爲獨産醴泉芝草，何須根源，前輩鑒識真不虚耳。』辛丑首春，浪遊揚州，謝秀才前羲，拜衮之歲已馳譽江表，不可一世。見予《景申集》雕本，搥壁發癲曰：『吾目光如炬，不輕讓第一流，何來狂夫，奪吾赤幟。』余葭白舍人，揚州之領袖也，嘗千金結客，置酒爲樂，醉後睨視，捋予鬚曰：『天下撑腸拄腹卷軸，勝於君者不少，如君詩無一賤語，豈可得哉！』程友聲、汪筤先兩上舍頷之，以爲知言。予客揚州最久，朱布衣貫男，貧交詩友也。貫男嚴冬擁敗絮僵卧破屋中，日趂不爨，噤瘁拭涕，磨竈煤苦吟，缺脣瓶梅花，啾啾有鬼語，自詡曰寒郊夜哭，天不爲吾雨粟乎？鬼語，騷雅之變，世間詩作乞兒語纔可恥耳。時於葭白、前羲所讀予詩，則下拜曰：『此金鼇頂上人。』雍正癸卯夏五，予赴萊東，道經臨淄，邂逅趙秋谷詹事，偶一接論，索予詩，啞啞撫掌曰：『子詩造詣不盜尋常物，亦不屑效吾鄉家雞聲，自成孤調。吾老眼慵開，今日爲子增雙明也。』歲乙巳，客於澤州陳幼安學士四載，相國午亭留詠殆遍，即中條、王屋無處不大膽題詩也。學士嘆曰：『吾不幸十六中進士，領芸局，翱翔禁庭十年而罷歸，不深讀書。今每夜一鐙相對，受益良多。君鄉查翰林是吾後進，兔園挾册，吾最薄之。君詩如玉潭、如靈湫，汲綆之施，不息不窮，君非吾友，實吾師也，從此執業稱詩弟子矣。』甲寅八月，歸安明府裘魯青招予游吴興，吴興，予舊游地，明府愛予《陳武帝故里曲》，特有矯異，命縣吏鈔一通，令其子誦之。乾隆元年開博學鴻詞科，明府薦予姓名於節鉞大夫，遂到都門。徐澂齋編修爲舊契，嘉定張南華與澂齋同官，問予詩何如，澂齋答曰：『壽門詩如香洲之芷，青邱之蕎，日飫大官羊者罕知其味。然性好奇，畜一洋舶小犬，常攜之四方，齊魯嵩洛秦晉楚粵之邦，往返二萬餘里，頗伴其羇旅顛頓之行吟也。』華亭張得天尚書，曾屏車騎訪予於櫻桃斜街，云：『昨日潭柘寺見君《風氏園古松歌》，病虎癡龍，造語險怪，蒼髯叟近雖摧伐，更想詩人不易逢也。君善八分，遐陬外域争購紛紛，極類建寧、光和筆法，曷不寫五經以繼鴻都石刻，吾當言之曲阜上公請君，君不吝泓穎之勞乎？』戊午除夕，泊舟西江滕王閣下，尋吴處士鏡秋。鏡秋工樂章，賀鬼頭、姜散仙直似之。予詩四卷，鏡秋爲予箋注，云：『黄金十餅，明珠一簞，何足取貴！君之詩，磊磊焉，落落焉，始足貴也！』丙寅，予在新安，適臨川李穆堂侍郎來游黄山，春風杖履，共話曩昔，乃云：『君刻集自稱冬心先生，吾謫居京師時，曾諾君作記，記古人自稱先生者四十九家，今可以償夙願矣。若君詩輘顔轢謝，含任吐沈，久播人口，吾不復稱説也。』烏虖，諸公先後奄逝，墓木俱拱，予亦年將七十矣。追念長者之言，不勝慙汗被於顙頰。世之享上壽而操觚者，未必篤愛區區若是其心傾倒耶。予編纘續集上下卷成，因抒往事，述之簡端。

乾隆十七年歲次壬申二月十日雪中，錢唐金吉金撰。

丁敬序

昨秋八月既望，厲二樊榭自揚州歸，語我曰：『兄見金二十六自序其續集之文乎？大怪絶語，語皆述陳人之言，類點鬼簿，然自佳，不拾人牙後一字，不一涉操觚家蹊徑，見髯老倔彊處。聞渠臘尾返家，江行必質之子矣。』予曰：『唯然。魏武感喬玄一言，遂有車過腹痛之語，蓋深悼知己之不易也。況文人自昔工於傾㵿，求一寓目即生嫉妬者已如星中月，況能舉其所得譽之終身者乎？況其人已往，其語尤可念乎？』未幾樊榭下世，予哭之失聲，且遷怨髯老之詩之異，何稱之者遽爲陳人也耶！今春人日，髯來請曰：『予將開雕予續集，先雕此序，君書足張我軍，請勿憚指腕之勞也。』嗟乎，予愛髯詩未後諸老，往往能舉其全篇，尤愛其七字四句之作，以爲風調頓挫，別擅酸鹽，三唐以還無是作矣。然有予甚喜者，顧不見之集中，何耶？每欲手鈔其七言絶句都爲一卷，時得披詠，會阻多病。今其請勤勤，予何可辭？乃語髯曰：『子援東萊趙詹事鄰雞之語，應指新城，特新城未見子耳。使見之，其傾倒必有出於群公外者。奈何承天水公陽秋口吻乎？』髯無以對，第曰：『予袖中一瓣香，從未爲過去賢劫諸佛拈却，子言良是，行當爲蠶尾老人作最後之供，以懺此罪過。子但爲我書此，毋作豐干老古錐也。』予乃一笑罷去。日來風雨經旬，頗多暇逸，因滌南唐所琢羊鬬嶺石硯，試晶陽子天闕煤，爲録竟此序，計一千三百六十有六字云。

乾隆十八年歲次癸酉春三月望日，同里友弟丁敬身并記于硯林。

按續集世未傳播，嘗於吴興書船見先生自書此序楷隸小册，審爲真蹟。後得刻本，乃丁先生書，末署山陰陳又民刻字。小板闊行，刊印極精。右據刻本録出。『軟輿』上一字原作『畀』，疑誤，今意改作『舁』。里後學魏錫曾識。

楚州張先生攜青毛神龜一頭相贈因賦神龜篇

神龜何來，出叢蓍，離靈淵，飲而不食壽萬年。追想甲子，纔分地天，此龜疑是洪荒先。其長周尺尺二形，具足其背曰神屋，藏六妙用在信縮，屏息無聲忘晦朔。青毛蔽體一寸餘，茸茸翠飛瑶光舒，冷氣逼人三伏初。蓑衣仙，占卜奇，曾見古皇軒轅同宓羲。張公攜贈意頗重，昨乘輜車夜入夢。世間凡水多腥涎，無憂樹下，養以均州十斛大缸滿注天上泉，久之宛若江淮河海相周旋。日對真可蠲煩惱，祓疾癘，延休貞，豈特洗眼增雙明。三卷金字經，學得導引敖游乎黄庭。我亦不死，與爾終始。

雙禽曲

白練雀一雙，林中嘑其性。不叛不妄飛，不揀别家枝上栖。别家樹雖好，密葉蔽空根合抱，虞人禍機卒難保。飢時且食山果紅，莫啄地下叩頭蟲，彼方乞憐求天公。

游魚曲

我生嘗羨同隊魚，大魚小魚一族居，緑差差水碧玉如。飛花撲面三月初，欲寄故人千里書。故人遠爲宰，相隔十餘載。尺素迢迢望江海，北固山下有毒鉤，毋貪其餌慎爾游。

過古上人〔一〕

瓢笠宜獨往，阿師禪味同。林疏目不隘，雲嬾心相通。梵夾時一檢，佛光正當中。秋蛩〔二〕亦何苦，啼斷薜床空。

郘陽褚峻飛白歌〔三〕

郘陽褚峻性好奇，九嵕山前嘗拓昭陵碑。青氈白椎自載隨，太少二室搜其秘，岷沱大江探其危。蛇虺陰宅虎豹窟，獨來獨往恒輖饑。石碣有字掃空苔蘚色，苟得一字兩字心先馳。頻年交我頗資我，百番把贈翠墨光淋〔四〕漓。我如歐趙嗜古志亦苦，願補史傳歲月里爵之闕遺。今秋〔五〕相見邗溝上，枯荷敗柳西風吹。我顧鬒頳汝〔六〕落寞，汝時慰我忘孤羈。汝言曾工飛白書，能作此歌惟吾師。我聞飛白人罕習，漢世須辨俗所爲。用筆似帚却非帚，轉折向背毋乖離。雪浪輕張仙鳥翼，銀機亂吐冰蠶絲。此中妙理汝〔七〕善解，變化極巧仿佛般與倕。汝誦我詩重再拜，發狂笑面同韉皮。明朝别我汝忽去，錢刀不計還家貲。到處題名磨廢瓦，儻逢秦宫鄴臺當摹追。眼底紛紛牽犬臂鷹手，嗚呼峻也果異幽并兒。

寄歸安令裘明府思芹〔八〕

故人爲令擅風儀，日復相思歲及期。一樹病梨知作賦，定能除蠹憫瘡痍。

汎蕭家湖

迴汀曲渚暖生煙，風柳風蒲緑漲天。我是釣師人識否，白鷗前導在春船。

過開高士埶芹隱居

清光愛平旦，盥罷一相親。水滏鄰左右，藥田綿冬春。言詶到居士，心契臧丈人。冲隱有嘉會，著簪不厭貧。

簡陸秀才立〔九〕

落花未全落，四月有餘春。野水多於屋，荒苔不見人。瞈瞈空遠托，寂寂屬前因。第一難忘者，茶鄉與筍鄰。

長夏坐東谿谿上〔一〇〕

團庵非卑居，逍遥獲長暇。經聲出溪中，茶器散林下。滑篁輕自攜，小風清可借。鳥盼魚從容，吾其同休夏。

水軒

東頭開水軒，幽矚彌日夕。後先花漂溪，下上鷗散席。詩卷得九僧，茗柯思二客。此地可息陰，熱惱若冰釋。

薄游楚州居東溪之上三易朔晦矣目有所存雜書二首〔一一〕

狗子貓兒可共居，天生佛〔一二〕性人得如。終朝俗客罕相見，足垢頭脂快洗除。

東陽餉米義難受，上谷借書老更癡。三十年來抱詩苦，冷癥何處問秦醫。

東溪

自入東溪住，東溪無俗昏。水清魚獨樂，蒲老雨相喧。散髮已遺世，開書合閉門。寄言楚州長，吾計避朱轓。

寄天台僧元濟

我愛白足僧，林中置禪室。忍草詎可傷，暴禽久已黜。一縛經譯無，五種食禮畢。聞戀在山泉，石梁不輕出。

稽留山中讀書二首

上世重韋布，今人重犀龜。二者性各殊，有賴文字垂。女蘿長恻恻，貞木高纚纚。觀物遺浮榮，巖壑無乖期。

先民隱於牧，羊豕亦同群。讀書善解書，五十何苦勤。一薦鑿坏遯，交辟毁車焚。果然櫧山老，不失爲徵君。

過净雲精舍懷正相上人〔一三〕在西洛

雲離忽雲合，疊疊復盤盤。松子向人落，山光滿屋寒。栖心六時好，道眼百年看。今夜托遥夢，秋聲八節灘。

訪太湖上周丈仲文

幽居小沈瀆，枉訪遂天閒。山好在舍下，雲生交睫間。美田秋有穫，青桂暮相攀。七十何言老，夫君多古顔。

贈楊仙翁〔一四〕

仙扉如滑玉，仙磴有陰霞。列坐雜山鳥，逆聞尋澗花。大年堯甲子，上隱漢元嘉。向夕耽言妙，清風出齒牙。

安隱寺泉上〔一五〕

扁舟五十里，到寺寺門清。突與老松遇，暗隨孤磬竹。鳥時來石案，苔欲上山楹。愛此池頭水，汲之雙玉罌。

祁二十五〔一六〕隱君嘉方游南山歸索予贈詩

有客著游屐，齋心三日遲。循泉入磵户，囊藥出松帷。丹籙不可讀，白雲以爲期，還家話山水，佳處似嵩伊。

江上得大梁竇十二源書

袖手坐清曉，沈吟十月初。江寒雁無次，山遠樹生疏。庚氏少新産，何郎有故廬。殷勤望來使，花下洛城書。

題江寺左壁

江寺晝冥冥，江楓照路青。衆山自駢抱，一雁遠零丁。何處聞吹笛，有時逢負苓。寬⿰車奚獨來去，炊飯飯荒亭。

酬詩弟子束枝鳳〔一七〕

前年子來謁，蕭寺從我游。入林風滿衣，六月如寒秋。授以五字詩，韋郎最清貴。其音近疏達，其澹有滋味。今年子更奇，弔古狂不休。雷塘嗚咽水，何事干卿愁。知我燕趙行，送別出吟卷。纏綿復纏綿，一日三見面。

屢訪石林書堂留必竟日輒賞鄙詩奉酬一篇〔一八〕

一過石囷坐，再來林幌眠。對石澹無語，開林夕生娟。主人與客同，晏處釋塵服。千鴟酒常持，七略書可讀。是月暑雨多，頷頷其如何。華鑣嬾相逐，時時叩巖阿。我詩衆口嫌，苦味失調適。愛之獨有君，天上矜標格。鶴不浴而白，玉不寒〔一九〕而温。豈意歎賞間，聞此長者言。

閔廷容〔二〇〕　邀其郡中士友自小東門汎舟紅橋予亦繼游因作長歌

小秦淮上風光賤，隔歲鉛華阻相見。水本無情却有情，緑波如對故人面。君今沽酒兼買舟，連臂紫衣招白頭。肯負紅橋好天氣，雙鳥梳翎宿雨收。五月荷鄉共清坐，花開不多葉頗大。芳草雞缸醉罷休，離愁別怨毋輕涴。東船沸管露正漙，西舫催絃燭漸殘。莫笑吟詩苦鉤棘，游絲書滿繡囊看。

上黨〔二一〕　張水部出觀宋范寬畫獨山草堂圖

留我看畫雙瞳明，笑啟厨鑰開寒廳。短童捧出頗矜貴，兩頭小軸魚膽青。宋楮堅光未糜壞，款字低行類垂薤。畫中遺事畫外尋，慢展輕叉且高挂。一峰孤撑如破巾，下築精舍床少塵。林花新沐方過雨，爐香不絶疑有人。當年妖禍遭非妄，前藏賈相後嚴相。細說流傳荼話多，却喜雲巒尚無恙。先生棄官卧漳濱，葛衣典庫長飢貧。此畫勿失苦亦樂，肯换三秉之粟十束薪。

乾隆元年八月予游京師十月驅車出國門之曲阜縣展謁孔廟作長歌〔二二〕

八月飛雪游帝京，栖栖苦面誰相傾。獻書嬾上公與卿，中朝漸已忘姓名。十月堅冰返堠程，得行便行無阻行。小車一輛喧四更，北風恥作鶡旦鳴。人不送迎山送迎，綿之亘之殊多情。冷光寒翠眉際生，先師儒里瞻尊榮。入廟肅拜安心旌，爇香何必刑牢牲。告曰藝事通微誠，嗚呼五經昌且明。吾欲手寫承熹平，字畫端謹矯俗獰。隸學勿絕用乃亨，刻石嵌壁開暗盲。此間古柏含元精，壽可千歲歷戊庚。左圍右列如墉城，弗爲火奪惟汝貞。舊時熟識毋乖盟，日坐其下繁籟清。恍然樂奏聞竽笙。按：真蹟『生』韻下尚有『雄州大邑豪黍輕』句。

魯中雜詩〔二三〕

雲裹絺衣客斷炊，徉狂何以給朝飢。新藏奇貨古刀布，錢癖居然似富兒。

溺飲湛冥已喪真，長年長夜復千巡。國中所見皆糠粕，捐酒毀器無其人。

三熏三沐開經囊，精進林中妙意長。禮畢小身辟支佛，寫時指放玉毫光。

琵琶纖手失春葱，欲續幺弦調不同。殘燭淚流花暗泣，傷心偏話玉熙宫。

寄贈詠公〔二四〕

息心想緇室，風味本來殊。無垢林如洗，獨眠鶴太孤。瘦權多秀句，嬾瓚在名區。比日詩新得，解衣有智珠。

餌菊〔二五〕

葉疏花更疏，寒菊澹如此。有酒香入杯，無人影在水。可以充齋厨，夕糧笑糠秕。餐之得長生，我亦康風子。

廣陵客舍病目長歌遺懷

桃花不紅李不白，病眼難分好顏色。眼中如火如撒沙，以手抉之出不得。三朝眩痛迷西東，兼旬昏眥醫復矇。洗處當求上池水，吹來偏是少姨風。道家養目專用晦，萬物何勞晝長對。六時息翕下垂簾，視弗在外視在內。新學此方坐緇帷，攝〔二六〕形神屋同枯龜。七重惱熱盡退滅，自然銀海生華滋。楊叟吉人〔二七〕善醫有仁智，問疾殷勤隔日至。親爲量煎藥一囊，我忽心悲去年事。客秋九月憂患並，哭罷好友歸安令裘魯青先生。又哭兄。阿兄聿禪師。〔二八〕摧殘蘭茝傷鶺鴒，老淚傾瀉幾喪明。入春幽結頓萌發，遂令雙瞳更恍惚。片詩吟就祭延光〔二九〕，帝鑒其微宥其罰。他鄉已近寒食天，耳畔香輪雜畫船。草緑河橋未能見，贈鈿拾翠笑無緣。

自題四十三歲小像後三首

十〔三〇〕載重逢身外身，二三千里路沙塵。天涯豈少爭相識，娘子關前墮馬人。

柴車已毀幔全無，煙櫂霜篷計不孤。抛却殘書一竿去，有鱸魚處釣江湖。

燭油燈影話飄零，往事無情隔杳冥。杯底青山波上宅，每年秋雨夢中聽〔三一〕。

汪處士慎將次移家先寄一詩

落落與君好，相憐老勿諼。此生同瓦礫，無累及兒孫。心外得太古，耳中思妙言。草堂貲若辦，先辦種魚軒。

曉起入西湖周覽湖中諸山復捨舟渡黄泥嶺憩靈隱寺門觀南宋人紀游題字予出馬希仁所斲琴蜀僧爲彈商音一曲是日心意恬適放筆成歌有未盡者以俟再來

二豎已退脱苦攖，獨眠遥夜華津生。曉起東方半辨色，宿林衆〔三二〕鳥忘其聲。敲石得火燈挂壁，洗頭濯足四體輕。一童抱琴一童扶，榔櫪突如小鹿前後行。重巒居然在胸次，久未覿面心長傾。笑撑孤艇出湖觜，此湖天下無此清。青山之青分外青，逼真故人雙眼睛。遠兮近兮紛來迎，捨舟造嶺入幽翳，緊鞵寬韈正試霜新晴。蕭九娘家炊午飯，野葅柔菽同爲羹。選勝且向寺門坐，千龕禮佛陰苔平。谽谺古洞搜舊蹟，咸淳姓氏昭文明。吾本州士走他縣，少而將老纔題名。大書懸厓繼往哲，即事差免譏荒傖。何來蜀僧論琴旨，請彈雅曲銷塵情。塵情既銷音轉妙，松平水邪交相争。始悔廣陵城中作羈客，徒抱〔三三〕惡食形拘儜。

坐冷泉亭迫暮止宿僧舍明旦出山復至泉上取别口號二首

匆匆亭下澣衣塵，清坐斜陽想浄因。莫怪流泉作人語，不留人聽反催人。
僧房借宿五更起，泱泱有聲曉不休。此水殷勤出山送，老夫一步一回頭。

夜坐小善龕

到此徑路絶，果然毛骨清。久之散雲氣，初不辨泉聲。貝葉浄可寫，精藍夙有名。香長與粥薄，夜話記前生。

寒夜聽韓丈彈琴送姜五入蜀二首

不聞人聲聞水聲，其妙却在琴中生。惜别悲離彈亦苦，幽幽咽咽催天明。
天明日出送高臺，馬亂嘶時首重回。莫忘昨夜傷心曲，此去瞿唐灩澦堆。

屋後荒篠冬心先生歸來復理成林春雨既作清夜可聽因懷楚中劉六丈道源道源亦愛竹〔三四〕千里屬寄以慰相思

簃簃竹閒雨，久不聞此聲。好似故人至，長話池上清。一燈夜將半，小閣天未明。所宜是何夢，夢在湘江行。

江上沽酒小酌漫成短歌

春江照户若我私，春山笑人亦故欺。惟我得知人不知，有酒吝飲真是癡。青州從事歡相約，一醉千場恍如昨。山月江風他處無，肯教月墮風零落。

與丁隱君敬詣南屏山中訪讓公

君袖石，我抱〔三五〕琴。癖各具癖心同心，妙僧須向岩中尋。今年南屏暑早退，入寺人影涼愔愔。僧留樹下坐移日，飯香蕣苦意頗深。石有高格居然列上品，琴多異光直可輕黃金。天教此僧亦貪戀，捶琴弄石發冷吟。奇賞俱足愛之至，疑石能語琴反瘖。一僧二老大懽喜，相對滋味如秋陰。

南屏山中觀米外史琴臺石刻二大字同周京顧之珽金志章鄭江魯曾煜汪臺厲鶚杭世駿梁啟心張湄丁敬施安陳兆侖顧之麟陸秩吴城諸詩老大恒讓山〔三六〕二上人作

一僧導我行，南山小而巋。石潤雲逢逢，松喧風靡靡。突見米顛書，劖削瘦螭擬。慨想趙宋閒，操縵者誰子。琴亡臺亦亡，何以辨物始。惟餘徑尺字，筆畫古苔委。此音妙〔三七〕不聞，翻爾戀寸晷。重湖多少秋，忽落青鞖底。

送鹽運判官鮑十四鈐仍爲長興邑宰同丁敬作〔三八〕

送君不奉卣與彝，恐君飲之生别離。送君不陳絲與竹，恐君聽之傷心目。果然無酒無管弦，但多愉悦捐憂痡〔三九〕。稽留山民龍泓子，共理茶經檢畫史。十月分司不值錢，好詩方得千古傳。北郭開舟何所見，秋風騷騷雲物變。日復一日年復年，連峰疊巘青如前。仍作長興舊令尹，縣中父老争迎靷。光明河上水有情，重來偏照長官清。

十一月九日社中諸君同集繡谷亭待雪〔四〇〕

風凄百草病，我心感幽牽。微霰若將集，共眄西齋前。索索氣逆鼻，棱棱寒聳肩。先嘗元相醖，早設江郎氈。何時積三尺，結想林中天。狂飛如亂巾，一白同瓊田。洛社游可期，郢曲和罕傳。凍鶴當爲謀，今年是堯年。

新雪同周京梁啟心〔四一〕作

前年鄖子國，昨歲新安江。聽雪雪不休，百壺傾玉缸。今冬倦翮還，非客仍是客。策策初作聲，皚皚盈已白。氈帳可辟寒，香篝如燒春。回憶千里游，冷笑當壚人。果然故鄉好，街泥少雷溮。净侣得二妙，林間鬬茶坐。

重游安隱寺獨坐泉上歸從舊時松徑宿於舟中曉起開行臨平山色歷歷在目漫作長歌紀之

十年前曾泉上坐，松毛毿毿松蓋大。泉喧松喧六月寒，熱痛全消無一箇〔四二〕。今年重游泉上亭，長松拱揖如相迎。可憐我老松不老，我髮已白松仍青。寺門甎塔影矗矗，撫松弄泉與僧熟。臨平山下晚泊船，又共汀鷗沙鷺宿。侵曉紆回柔櫓行，夜來霜濃變作晴〔四三〕。數峰有意露圭角，要試先生雙眼明。

正月十五夜風雪不止漫賦〔四四〕

芳陌華闉風雪寒，閉門空倚曲闌干。今年今夜無情月，第一回圓不得看。

上春同周京厲鶚杭世駿梁啟心施安過顧之麟高齋試箸小詠四首〔四五〕

楚葵產青泥，小摘玉一把。何勞野人獻，堆盤作春社。芹

新苗〔四六〕蒿如許，羹材風味殊。可以芼爲食，問三閭大夫。蒿

夜雨翦春韭，咀之含芳辛。夫君肉食相，不似庾郎貧。韭

擷翠試夾提，風詩有深取。得此薺味甘，當思荼菜苦。薺

乾隆十一年三月廿有二日乃予六十犬馬之辰觸情感事雜書四首非所以自壽也

清江三月好風多，自唱年年銅斗歌。莫哂求官我無分，金𧝎不换一漁蓑。
白傅無兒詩更達，蕭郎捨宅計非差。春來笑話〔四七〕親書券，賣與仙人掃落花。
潞河渺渺隔天涯，記得卿言亦復佳。此日荒園失料理，誰收竹粉拾松釵。老妻時尚在天津女家。
快活平頭六十人，老夫見道長精神。從今造酒營生壙，先對青山醉百巡。

論畫雜詩二十四首

草堂一所君王賜，隱服還山送老資。十志居然千古事，自書自畫自題詩。
唐朝絶藝推韓幹，善畫風鬉霧鬛奇。此法不傳留一語，廄中良馬是臣〔四八〕師。
晋公遊戲畫五牛，最後一匹金絡頭。不比田家晚晴候〔四九〕，野塘浮鼻野風秋。
風吹草低毳幕孤，矮卷胡瓌卓歇圖。燕市昔酬三十券，明昌印記半模糊。
應夢真容入定相，我嘗瞻拜生咨嗟。一幢遠勝十六軸，奇古不數盧楞迦。
金陵徐熙海棠好，曾見妖紅滿樹開。蝴蝶成團蜂逐隊，誤飛來卻有千回。

筆底三百六十灘，忽驚真水喧狂瀾。壞廊無佛無僧住，袖拂蛛絲子細看。

長沙助教易元吉，畫出槲林翠作堆。孤猿喪子吊夜月，月色此時如死灰。

南朝官紙女兒膚，散木疏花影欲扶。此畫不遭香蠹蝕，山移海潰笑須臾。

龍眠畫佛畫菩薩，三十二品多浄因。自後紛紛多〔五〇〕醜相，刀林沸鑊鬼生嗔。

我愛宣和最長卷，蜀花粵鳥被春迷。瘦金書體偏矜貴，不似今人信手題。

日共貴游數趙昌，朱闌碧瓦豈尋常。宮中團扇畫蟬雀，小卉雜窠疑弄香。

潑墨米家山大好，吴生習氣嗤汝曹。蓮房蔗滓都收用，不藉一床秋兔豪。

濠梁崔白工小景，内府法絹獨梭機。酸榴花下雙練雀，只近亞字闌前飛。

出門往往逢麴車，破墨亂畫松叉丫。毁裂不爲豪富奪，黄金無用若泥沙。

隱君名不挂朝端，物外風標取次看。江路野梅僧壁竹，肯教天子賞酸棗。

楚山清曉真名蹟，南渡流傳直百金。一雙官窑軸零落，裝潢誰知趙孟林。

秀木幽坡覆短莎，馬和之畫日摩挲。楊家妹子書偏愛，白髮周郎嫵媚多。

甘風子與梁風子，細筆減筆俱通仙。但知償酒付傭保，不换三百青銅錢。

醉眠伎館温和尚，水墨蒲萄舉世誇。怪葉狂藤等兒戲，儼然一領破袈裟。

畫貓驛卒有神技，澤吻磨牙逞虎威。夜深張壁可絶鼠，果少清油污白衣。

一翁七客皆遺老，賸水殘山紙上看。相對淒涼話亡國，苧袍襤褸葛巾寒。

王孫畫羊吾舊物，失去蒼茫異代非。春草年年生怨緑，可憐羖䍽上天飛。

朱陽館主荆蠻民，遠岫疏林無點塵。也曾著箇龍門衲，此老何嘗不畫人。

龍井山中信步有得遂成四韻

撰杖信所往，南山游目新。不然訪泉竇，或者遇樵人。草媚青於髮，松喧散若塵。此心結玄契，幽鑰啟仙〔五一〕真。

憶吴興京口諸勝游作此遺懷以示詩弟子孫松〔五二〕

養疾草堂上，駸駸歲月徂。長飢辭脯糒，清夢落江湖。三癸亭何在，五州山到無。門生侍籃轝，入市笑胡廬。

與吴門薄□具舟至木瀆訪王伯子巖東草堂信宿不去際晚循游池上欣然有作二首〔五三〕

舟輕如身輕，溪風喜不逆。況與静者期，遂造幽人宅。長林蔽檀欒，諸峰見姽嫿。巾韤無煩苛，茶瓜有清格。或坐或鼾眠，忘言憺將夕。

將夕池上行，衆鳥喧亦妙。游魚無懼心，前軒方罷釣。願同魚鳥樂，挈杖且一笑。石徑宛轉橋，小立各領要。知君托栖遁，此中可埋照。

弁山僧心印乞予畫瘦竹一枝長供佛前畫畢題此

好游名山扶一藤，林中忽遇長眉僧。合掌乞畫苦寒竹，先生近日無他能。竹中不復畫荆棘，荆棘乃竹之盜賊。老來嬾似水牯牛，隨意題詩在上頭。

題喻高士大本山居

天放俗械無，即事息群動。花苦林雨減，鐘寒澗風送。清覯思阿蒙，從游有二仲。新著潁陽書，玉檢且一諷。

吴興眠佛寺僧覺老近聞已亡覺老平日愛予長短句詩今作此體悼之

我佛出世苦如此，疲於津梁卧不起。若是尋常粥飯僧，那得前知了生死。燈非燈，第二月。散壞風，吹即滅。伊蘭水沫芭蕉樹，彈指之間生懼怖。睡蛇夜動同轉輪，問疾都來問宿因。一笑而逝掃去火上塵，刀圭無用歎寂寞。藥王療病亦多錯，甘露有時變毒藥。

朱水部典郡河東過我江上草堂對花共飲醉而成詩

年年釣魚不在魚，日日讀書是何書。故人新典股肱郡，來訪城南野老居。野老居，無所有，只有清江鄰左右，紅薔薇花香滿扉。傾杯莫惜酒污衣，且看百雙蝴蝶花間飛。蝶易散，花易落，此會須憐今夕樂。潋灩春缸勸再酌，明朝分袂去天涯。淮陰市，洛陽街，黄河聲怒如奔雷。君嘶五馬空徘徊，記得太行山突兀。我舊題詩探虎窟，側帽風前搔白髮。

過靈隱寺聞虛長老游衡岳寄懷

古寺風清清，山門少送迎。樹全無束縛，雞亦愛脩行。坐石意已足，聽泉渴不生。憶師南岳去，一尺草鞋輕。

韓叟約伯僻居有年嘗牧羊山中又種秫田數畝以供釀事暇則著琴説十篇近臘過其池上韓叟手操一曲因作詩贈之

山中獨行黄初平，松下小像陶淵明。驅羊變石豈欺世，漉酒用巾非沽名。偶然之事便千古，後人遐企心先傾。叟也高隱棲柴荆，揖讓昔賢無煩纓。更聞抱藝闡微緒，開襆出琴冬氣清。池頭閑弄兩三聲，水泙泙，魚丁丁，櫚花暗墮弦上鶩，恍如刺船東海移吾情。

江行連日舟中書寄陳高士仲謀

春雨打我夢，春山迎我舟。中行第一程，欲愁那得愁。雨歇無跳珠，山遥失横黛。汀草夾汀花，未開疑有待。郵籤計日多，日日少風波。故人東郭賢，消息今如何。星迴燧復更，不見空游矚。想子仙骨輕，真覺天下俗。杖攜百結藤，酒飲小屈巵。琵琶亭上月，獨箇去題詩。

居揚州舊城西方寺中每日飯訖繙諸佛經語語筆妙七十老翁妄念都絶我亦如來最小之弟也廣長舌在豈無白言因作古佛頌

七池無狂華，雙樹無暴禽，中有道場精進林。雪山白牛日食草，其糞合香爲佛寶，以此塗地香不了。長者居士與導師，各具智慧千人俱，多樂少苦功德施。童男掃塔復洗塔，塔内舍利一百八，清浄耳聞諸天樂。昔傳佛在師子城，説法無量度衆生，能使荆棘柔輭沙礫咸光明。

僦居西方寺旬日矣漫題古壁

無佛又無僧，空堂一點燈。杯貪京口酒，書殺剡中藤。占夢今都應，諛人老未能。此時何所想，池上鶴窺冰。

越日又成一詩書揭客坐

速客客不至，毋煩客共言。飢禽方乞食，落葉時打門。藥可蠲心疾，泉宜洗眼昏。夜深牛糞火，笑撥自温存。

晨起盥沐畫佛一軀佛著無價衣藉草坐樹下其樹周帀枝葉莊嚴真化城中妙相也觀我畫者擬我以盧楞迦之流非五濁人所能爲畫畢合十指爪復演説八十四字題卷首云

菩提樹有净妙音，三株兩株青憎憎，此是佛家無憂林。佛坐其下吉祥草，耳鼻口舌除熱惱，甘露灌頂若雪澡。大地諸光光不生，佛一毛孔生光明，盲者忽覩開雙盲。優鉢羅花香雨徧，遂令尋常百面見，誰曰寶山空手轉。

揚州詩弟子羅聘云前身花之寺僧寫真者圖其小影予賦長歌一篇

花之僧住花之寺，今生來作詩弟子。闔户嘗設太常齋，行歌不諱尚書里。二清二妙隔世交，大圓佛鏡著方袍。五七字句一千首，寫秃人間秋兔毫。香茅滿把三椽屋，舊跡前蹤尋面目。隨吾杖履從吾游，凫繹龜蒙山矗矗。天上天下天四周，爾正年少吾白頭。當杯莫負蕪城酒，一醉同銷萬古愁。

畫梅贈汪六士慎

尋梅勿憚行，老年天與健。半樹出江樓，一林見山店。戲拈凍筆頭，未畫意先有。枝繁花亦繁，空香欲霑手。遠師丁野堂，春風吹滿紙。題作萬玉圖，笑寄瞽居士。居士□斷炊，噤瘁寒耿耿。挂壁三摩挲，賞我横斜影。

汪六士慎失明三年忽近展紙能作狂草神妙之處儼然如雙瞳未損時知予卧病蕭寺自攜大書一通見贈予因口誦病中五字詩士慎笑之不止笑之正所以賞之也相對終日塵事俱忘王右軍云人生老病當以樂死信哉信哉

雙扉久不聞人聲，忽驚打門聲丁丁。黄犬吠客□衣迎，咄哉瞽叟無世情。袖中大字大如斗，自言寫時頗運肘，心光頓發空諸有。當前多少美少年，有眼有手徒紛然，但見滿紙醜惡筆倒顛。問我病，聽我詩，笑得面皺捧兩頤。池上鶴窺冰，風吹寒棱棱，愛我此詩非衆能。我病經旬乖水火，夜失安眠晝難坐。於潛白术高麗蔆，阿誰贈藥懽相尋。叟兮又言小弟目盲非不祥，老兄輭脚亦何妨。木棉裘煖飽飯日復日，明日還來荒寺話斜陽。

番禺鎦叟豫士博物好游來自海隅賦贈此詩

忽有來船客，高談動衆聽。囊書習禽乙，浮海辨魚丁。滰滰雲虛白，羅羅山渲青。今年年九十，南極老人星。

任城南浦荷花二首

萬柄荷花八面生，紅襟翠袖亦風情。玲瓏水殿前頭去，人語不聞聞雨聲。
白板小橋通碧塘，無欄無檻鏡中央。野香留客晚還立，三十六鷗世界涼。

兩淮都轉運司何公謙自號如如居士平生斷葷血潔身奉佛稱弟子日親梵夾垂三十年尊宿再來可想見矣居士舊爲三品大夫比罹事待罪於囹圄者一載今邀聖恩釋歸故里因用古韻作歌以贶之

何居士前生乃是雪山僧，山中雪深坐一燈。今生雖未毀儒服，學佛堅守五戒之精能。手不拘攣，口不謇縮。長齋拜經又寫經，大哉世界在掌握。兩翼鴨，二足雞，羊角彎彎豬四蹏。終年宰殺憫勿施。近罹憂患囚重狴，若墮眢井迷東西。收心尺宅已忘斧鑕，楞嚴諸品諷誦無閒日。朔復晦，晦復朔，晝夜相更夢天竺。開眼圜墻亂草皆狼牙，合眼便見大如車輪青蓮華。

久而拔苦出沈獄，依然歸奉空王卧空谷。秋風帖帖吹晚波，津頭戀別白髮多，作歌贈者蘇伐羅。

送吴(馨)還新安

揚子橋邊送客舟，十年前事話無休。大江之上不忍别，如此青山兩白頭。

與黄(元御)相見於揚州往復彌月頗得古歡一旦别去溯清淮而歸東萊矣賦詩祖餞其行

讀君七難篇，其道通神明。方瞳負奇術，能令死者生。若拯智井溺，若釋重狴攖。肺腑果作語，今醫誰知名。慕君與君好，申契同弟兄。正宜人外游，領略秋光晴。胡爲市月留，遽去心怦怦。清淮邈且長，水有離别聲。君家近勞山，草木含靈英。吾願隨采掇，□景袪三彭。

嘉定楊丈(謙)年七十矣乞予爲詩

先生終日求真形，袖有一卷龍虎經。今年七十得大道，百四十歲應長齡。大道不在人在我，地之水，離之火，丹成上天無不可。但看點點明窗塵，一呼一吸生精神，藥葫蘆大貯古春。真了翁，非鈍漢，納景韜光自輕健。垂簾即是蓬萊山，山中飽喫桃花飯。

山中白雲曲

雲從佛髻光中生，縷縷莊嚴縷縷明。只有繙經人愛看，同眠同坐更同行。一朵白雲生相奇，飛來故意弄春姿。有如玉女披衣立，待我詩成去未遲。

弄月蓮花溝歌爲徐本淯作

此月團團復團團，我呼天上爛銀盤。不照秦女彈箏筵，拉拉雜雜十四弦。不照楚客悲秋船，嗚嗚咽咽聲可憐。又不照，塞翁黄沙白草枕戈鋋。又不照，妖狐拜月狼嘯煙，以及雪中曳尾之蛆、地下叩頭之蟲，偷吸清光萬萬千。此月偏照黄山最高處，蓮花峰頭龍潭前。峰奇石怪松倔强，更與此月相周旋。有一人兮雙碧眼，手弄此月吟詩篇。嘲笑壓倒李供奉，飽喫月窟玉屑之飯稱飛仙。

題汪丈舸小像

潯陽江，大别山，先生客游凋朱顔。今春歸來脱塵服，便與倦鳥還林間。任他處處風浪顛不休。泊心如泊舟，閉門七字傲五侯。逃禪畫作老僧影。壞色衣一領，衣内智珠光冋冋。清晨杜訪出此圖，指説骨相非華敷。厲病樊榭已亡全癡謝山死，眼中能詩惟有子。又言子筆含騷愁，爲我細寫頻年荒津敗驛之離憂。題成寄去花前讀，定瀹靈芽爇枯木。漫笑區區下劣人，眉際白毫長過腹。

朐陽尋墓詩爲淮陰程七仲南作

寒無衣，飢無食，人生此苦未爲苦。母棺忽迷葬所難覓泉上土，此苦終古皇天亦無補。七郎七郎，清羸瘦疾。白日不照雙瞳去尋得，空抱一燈夜夜黑如漆。七郎七郎，心茫茫，影倀倀，昨者到朐陽。郁洲之山，老龍之潭，何暇追游歌樂方。有人指點亂草野火驅牛羊，荒冢纍纍仿佛小北邙。遺骸背負返故鄉，果然三十男兒强。淮流嗚咽摧肝腸，長貧反覺滋味長。從來大孝載青史，七郎七郎真孝子。

題雪夜讀書圖爲朱簣作

書生有奇舉，其氣可吞虎。舌作霹靂飛，鼻端火欲吐。山南雪如鴟，出獵誰敢侮。所獲非惡腥，殪醜泄我怒。歸來破屋中，弓瘁箭没羽。燭影何幢幢，玉檢讀且舞。舞罷循復誦，咀味同石乳。今夜天下寒，萬木皆傴僂。獨此枯梅枝，著花香一縷。淵然道心發，唾珠在靈府。

韶姪三日前以竹箑畫新花時果見寄忽感微疾捐世矣人生浮脆一至於此驚怛不足哭之以詩

吾家騏驥産渥洼，忽聞蹶足生悲嗟。昨寄畫扇尚在篋，蕭蕭數筆絶代誇。半青半黄山枇杷，雨中慘紅莪葵花。今朝偷看已隔世，便覺生氣無一些。高樓浸水月魄死，人不見兮夜如此。傷逝之淚老更多，想著淒風入懷裹。秦嘉少婦守空房，嵇氏小男纔扶床。短檠留照莫輕棄，機聲咽咽書聲長。

喻小姑善畫工書請予贈詩

昔傳貴冑曹夫人，臨平藕花工寫真。又稱宫中楊妹子，媚筆能摹内庫紙。女史書畫非粉脂，不獨謝家柳絮詩。今觀喻姑纖手巧，翠墨丹青兼二妙。年華三五月東方，待嫁西京執戟郎。

揚州雜詩二十四首

玉女窗西碧海東，人間容易路潛通。靈臺不昧華池滿，明月忽生唾霧中。

梅子黄時雨不休，一枝亂開安石榴。莪葵昨夜倒牆卧，惱殺苦吟賀鬼頭。

已無解詠蕭夫子，安得寫真何秀才。可惜城南好山水，青鞵布韈見誰來。

六月六日寒生毛，但聞滿紙風蕭蕭。記得昔人通馬語，穹廬古雪幾曾消。

不須索紞來占夢，却有康駢可劇談。燭撿香銷花蔌蔌，愁難分别是江南。

嬾問五陵客姓名，馬蹏特特車轔轔。終年足垢不一洗，莫笑我如陰子春。

花愛徐郎親手栽，園丁已報五分開。酒鎗原是君家物，每日鬧紅堆裏來。

謡曲歌行清復新，要如泉石長精神。眼中只有王文度，踏徧蕪城少此人。

曇禳郗荒非故廬，寫經人邈思何如。五千文字今無恙，不要奴書與婢書。

日日抱琴作枕看，溪堂高卧溪風寒。直須石潤林花吐，人去多時始一彈。

楚女春衫曾拭酒，洛妃羅韈舊題詩。而今頭白風流減，不敢人前唱竹枝。

夜來趺坐失鼾聲，不睡工夫道已成。始信無床協尊者，四蛇一鼠敢相驚。

博陵太守舊知賢，勸我春耕上瀵田。若貸俸錢三十貫，老夫明日買烏犍。

山澤有時氣不通，高人厄歲想孤蹤。眼爲雙耳手爲口，天下喑聾豈易逢。

畫舫空留波照影，香輪漸遠草無聲。怕來紅板橋頭立，短命桃花最薄情。

三過嚴灘訪隱居，相傳高蹈故人疏。釣壇之下一垂釣，不釣尋常赬尾魚。

唐朝鎮庫墨尺許，異錦包纏生光華。欲知造法擣萬杵，好覔松明載一車。

健筆摩空顛且狂，窮年文價太荒唐。一錢不值遭鄉擯，真箇鞭笞鸞鳳皇。

待漏朝衣篋内存，開看不散舊温馨。君詩門第門才盛，五品仙郎一品孫。
東家亭上花開落，西舍池頭月缺圓。酒不招人山隔面，揚州何苦住年年。
推倒繙經臺已空，阿師了了在胸中。一朝燒佛通紅火，不向世間乞死風。
松比人長覆石闌，人如松立影生寒。一雙我有弄泉手，濺沫飛流獨飽看。
何故幽懷觸處生，山中之人亦不平。罪松責竹嘲明月，説是無情却有情。
一心願隨郎馬蹏，山隔南北天東西。對坐花前各無語，玉偏偷泣珠偷啼。

放魚曲爲川上翁作

此鄉一望青菰蒲，烟漠漠兮雲疏疏。先生之宅臨水居，有時舉網千百魚。不懼不怖魚自如，高人輕利豈在得，赦爾三十六鱗游江湖。游江湖，翻踟躕，却畏四面飛鵜鶘。

成都陳孝儀服田力穡閒工五字古詩寄贈

佳句託幽敻，豐囷享太平。洛生終日詠，虞氏九年耕。不愧稱名士，毋荒作蠹氓。眼前輕一顧，車馬錦官城。

畫杏花

青驄嘶動控芳埃，墻裏紅枝墻外開。唯有杏花偏得意，三年又見狀元來。

畫芭蕉

緑得僧窗夢不成，芭蕉偏向短墻生。秋來葉上無情雨，白了人頭是此聲。

與蒿上人花下小酌

春夜一壺酒，醍醐可比清。留僧對花飲，看月出林行。風擾何能損，雲眠了不生。老夫愛禪悦，前世有交情。

金陵曉起擬作攝山之游

林鳥未啼月墮屋，老夫先起寒可掬。開門自汲澆藥泉，掃地纔完茶已熟。茶啜一杯春露濃，坐聽四百八十曉寺鐘。若不輕蹊布韈攝山去，笑人豈止六朝松。

初八夜月

團團樹影水中央，若有微風滿袖涼。可怪月光留不住，二更容易下西墻。

冰燈

春寒滴水便成冰，巧製工夫屬手能。懸處定逢銀海客，點時宜照雪山僧。光分第一回圓月，名署無雙實相燈。八面玲瓏看不足，璿房瑶室幻千層。

壽女士方婉儀

謝家才女誇門第，女士爲方方伯願瑛之孫女。嫁得王郎好夫婿。爲羅聘之妻。不但能詩詠絮工，能畫能書妍且麗。七言巧和冰燈歌，曾和予《冰燈》詩二章，傳頌一時。時塗雲母春梅多。紅絲小硯簪花筆，一螺豈屑描雙蛾。今年六月是生辰，蓮塘瀲灩花精神。無滓無塵清可比，風裳水珮證前生。

舊傳隋時展子虔有春夜侍游圖不可得見漫作一首

露溼葳蕤玉帳空，南朝月色恨無窮。生綃一幅尋名蹟，試問斜街粉鋪中。

江昉以茅山菖蒲相貺作詩答之

遺我九節蒲，駐顔可扶老。終朝眉目閒，歷歷青不了。愛此五寸玉，風味刮骨清。一物兩來年入茅山，遊憩掇其真。花開紫蒙茸，湌之延長春。

心同，水石見交情。寄向羃翠庭，相賞知有喜。負奇澹蕩人，能詩二三子。謂雪礓、雲溪二友。

過淨因精舍

抱寺一水晝夜明，入門小僧眉目清。石檻松櫺隔深竹，不聞人聲聞碁聲。久覺空翠溼衣屐，叉手獨箇竹間行。叉手獨箇林間行，春風留我非世情。再來試聽念佛鳥，自有澗草巖花迎。

琴叟季大衍出遊海上詩以贈行

伏羲古琴絛嶺客，袖拂流塵自收拾。二弦三弦四弦十四弦，衆樂繁音皆琴之臣妾。對人且莫彈一聲，此中松風山泉空泠泠。前年陶隱君明居士，謂仲、張二山人。酬貺贈詩篇書滿紙，歎息枯桐毀面喪宫徵。擲碎何必長安市，今秋出遊無機心。成連先生勿浪尋，打頭黄葉深復深。

夜月

蘋末清風四面涼，有心人立小迴廊。纔看月出雲初起，便笑雲忙笑月忙。

老已至矣抒寫近懷寄執友楊八丈自貴

我老未全老，白髭鬚，白更妙，常在劉叟花前説年少。今春耳半聾，尚能聽打清涼山上鐘，絶勝張丞不聞大江聲洶洶。我貧九府之錢無一串，書床却有千金硯。此中水田三頃何曾賤，眼猶明，光瀏瀏，終朝弄筆愁復愁。偏畫野梅酸苦竹嗁秋，細寫滿紙小楷如蠅頭。雙脚嬾，迷所向，免得折腰謁公相。偶然出門散袖行，健步抛去紅藤杖。衰顔近喜親酒杯，平原督郵麴秀才。相約而至笑口開，醉鄉那許俗子來。賦長歌，乞誰和，殷勤覓寄楊臨賀，只等百二秦關雁飛過。

過友人故居感作

門外已殘春，殘春草又新。酒香昨夜夢，花悼去年人。躡屐游吴國，題襟記漢津。風流邈不見，開閤掃床塵。

過信公禪院感作

林下與僧别，多年不記年。香尋喫茶處，花想坐池邊。舊徑禮新塔，荒厨問賜田。四靈詩一卷，堆案尚依然。

衰病閉門梅花樹下漫作三首

鳳躁龍狂耳失聽，惟看梅影上窗櫺。老夫半月不輕出，日寫維摩救疾經。
苦薺新挑作旅羹，鼻香如觸繞花行。長縑一匹紙八尺，伴我春風畫學生。謂門人項均。
千枝萬蕊手親栽，靈谷山僧乞得來。莫謂小庭無所有，胸中三百座樓臺。

冬心先生既編其詩爲《冬心先生集》，後復編《續集》一卷，因次其生平遊歷交遊，愴然於知己之感，其序久行於世。詩卷留枕篋中，摩挲永日，意有出入即爲刊落，祕惜過情，聘所及見。癸未秋，先生没於揚州佛舍，書笈琴瑟几杖器服百年之聚浩然雲散，此卷亦已泯焉，精光靈氣猝歸槁壤，可爲隕涕。聘浮生飄泊，舊學漸忘，將恐日月奄多，遺澤無復可識，於是經年求訪倚席之講授，好事長者之藏弆，酒亭佛寺之壁，蠟車覆瓿之餘，於塵蘚垢蝕縑素凋裂間，尋循點畫，指定擬似，至於忘食廢事，釐爲一卷，仍其原序以終先生之志。先生既編《續集》十年而歿，今又十年矣。遺文故物，與人俱盡，徒使白頭弟子掇拾於百一，哲人之悲，將何窮已。先生詩清音促節，況諸幽澗之水，此則出峽以後縈草赴石，有迤演自得之概。乾隆三十八年十二月十六日，門人羅聘謹題於津門客舍。

校勘記

〔一〕千墨庵鈔本題作『過古水上人』。

〔二〕『蛩』，千墨庵鈔本作『泉』。

〔三〕千墨庵鈔本有序：『雍正甲寅九月，予客廣陵，峻自吴興來，將還郜陽，從予游者浹旬。於去之日出宋内庫羅紋紙界烏絲欄，乞予作《飛白歌》，爲言「非夫子莫能作也」。予時抱褌病，未敢破泓穎之戒。峻必欲得之，又留三日，再請曰：「歸橐無長物，唯求夫子詩壓裝耳。」予感其勤倦之意，乃賦此篇。峻真好詩也哉！峻工飛白書，頗得古賢遺法，今之人不爲也。其善椎拓，極搜殘闕剥蝕之文，予詩中亦言之。世之交峻者，定以予言爲可徵也。』

〔四〕『光淋』二字底本原缺，據千墨庵鈔本補。

〔五〕『秋』字底本原缺，據千墨庵鈔本補。

〔六〕此篇『汝』字，千墨庵鈔本均作『君』。

〔七〕『汝』，底本訛作『妙』，千墨庵鈔本作『君』。

〔八〕此題千墨庵鈔本有二首。第二首曰：『春船啣尾春波平，酒壓春缸柳滿城。可記粥香餳冷候，小敷山下過清明。』

〔九〕千墨庵鈔本題作『簡鄰曲陸秀才立』。

〔一〇〕『東谿谿』三字底本原缺，據千墨庵鈔本補。

〔一一〕千墨庵鈔本題作『薄遊楚州居東溪之上已三易朔晦矣目有所存舌有所言雜書二首以揭坐隅』。

〔一二〕『佛』，千墨庵鈔本作『物』。

〔一三〕『上人』，千墨庵鈔本作『開士』。

〔一四〕千墨庵鈔本題作『茅山訪楊仙翁』。

〔一五〕千墨庵鈔本題作『過安隱寺泉上』。

〔一六〕千墨庵鈔本無『二十五』三字。

〔一七〕千墨庵鈔本『東』下有『生』字。

〔一八〕千墨庵鈔本題作『屢訪石林書堂留必竟日輒賞鄙詩奉酬一篇未足以報君子良情也』。

〔一九〕『寒』字底本原缺，據千墨庵鈔本補。

〔二〇〕『廷容』，千墨庵鈔本作『君改亭』。

〔二一〕千墨鈔本無『上黨』二字。

〔二二〕千墨鈔本題作『乾隆元年八月余游京師十月驅車出國門之曲阜縣展謁孔廟廟中古柏皆舊時熟識者裵回久之作長歌一首』。

〔二三〕千墨庵鈔本有小序：『余留魯中四月，桑樞逢户儼若古之窶人。凡映於目，嘗於心，皆記之，覽奇傷逝，時有所寄。每作一詩，能過而口誦者，得齊叟焉。叟年已七十餘，爲此鄉先輩，孔民部舊客，不深讀書，頗具孤竹國老馬識途之趣。噫，叟之於余，亦可謂知言也夫。』千墨庵鈔本此題有詩八首。第三首：『會稽内史負俗姿，字學荒疏笑馳騁。恥向書家作奴婢，華山片石是吾師』。第四首：『病與水沉香有緣，一官輕蜕若秋蟬。齊州之大在几案，冷落誰看九點煙。』第五首：『粉脂塵土掃除空，宋楮唐縑屬化工。八十五郎太辛苦，只堪貴戚畫屏風。』第六首：『諸峰横黛浮檐前，我獨攬游尋丹鉛。拄杖且從嶽東去，恍騎白龍上青天。』

〔二四〕千墨庵鈔本題作『寄詠公』。

〔二五〕千墨庵鈔本題作『餌菊一篇』。題下小序：『冬心先生厨無突煙，不爲所戹，果何術耶？客居有菊數畦，采之以當夕餐。菊可餌乎？因作餌菊詩一篇。』

〔二六〕『攝』，底本原缺，據千墨庵鈔本補。

〔二七〕『人』，底本原缺，據千墨庵鈔本補。

〔二八〕『好友』、『哭兄』小字注千墨庵鈔本作『裘魯青』、『聿山禪師』。

〔二九〕『延光』千墨庵鈔本小字注『眼神』。

〔三〇〕『十』，千墨庵鈔本作『五』。

〔三一〕此首千墨庵鈔本作：『風情頓減鬢絲添，越角吴根屬阿誰。杯底青山波上宅，年年秋雨夢來時。』詩下小注『一本作燭油燈影』云云，即底本此首。

〔三二〕『衆』，千墨庵鈔本作『投』。

〔三三〕『抱』，千墨庵鈔本作『飽』。

〔三四〕『道源亦愛竹』，千墨庵鈔本作『六丈性亦好竹其同深矣』。

〔三五〕『抱』，千墨庵鈔本作『負』。

〔三六〕『周京顧之珽……大恒讓山』，千墨庵鈔本作『少穆月田江聲抱樸樊榭蔎林堇浦敬身竹田寸田鷗亭諸君大恒讓山』。

〔三七〕『妙』，千墨鈔本作『渺』。

〔三八〕千墨庵鈔本題作『送分司辛甫鮑先生仍爲長興邑宰同丁敬身作』。

〔三九〕『痏』，千墨庵鈔本作『悁』。

〔四〇〕千墨庵鈔本題作『十一月九日同少穆江聲抱樸樊榭蔎林堇甫敬身竹田集鷗亭高齋待雪有作』。

〔四一〕『周京梁啟心』，千墨庵鈔本作『少穆蔎林』。

〔四二〕『泉喧』二句千墨庵鈔本作『陰交翠撲六月寒，熱痱金消無一箇』。

〔四三〕『柔』，千墨庵鈔本作『桑』。『霜濃』，千墨鈔本作『雨止』。
〔四四〕本題千墨庵鈔本有二首，第二首曰：『老來衣上濃香減，愁絶尊前脆管孤。撿點春遲與春早，江梅尚未吐花鬚。』
〔四五〕千墨庵鈔本題作『上春同少穆樊榭蔆林竹田過寸田齋中試著小詠四首』。
〔四六〕『苗』，千墨庵鈔本作『出』。
〔四七〕『話』，千墨庵鈔本作『説』。
〔四八〕『臣』，千墨庵鈔本作『吾』。
〔四九〕『候』，千墨庵鈔本作『後』。
〔五〇〕『多』，千墨庵鈔本作『都』。
〔五一〕『仙』，千墨庵鈔本作『山』。
〔五二〕『孙松』，千墨庵钞本作『孙生松』。
〔五三〕千墨庵鈔本題作『與薄隱君自昆具舟至木瀆訪汪高士伯子巖東草堂信宿不去際晚循游池上欣然有作二首』。

冬心集拾遺

西湖修禊詩見《西湖修禊詩》刊本

乾隆丙寅閏三月三日，修禊事於湖上，效蘭亭體賦四言五言。

遐慕前古，抱此冲襟。風袪霾徑，雨洗夕岑。韋布圭組，申契何深。祓除不祥，汎醳謡吟。羃歷前湖津，續游意俱愜。仿佛曲水間，邈情托稠疊。餘葩敷嘉林，紛落隨步屧。人事觀物表，重三欣再浹。

觀單仲謀舍人所藏唐薛稷畫鶴以下見吴灝《杭郡詩輯》

高麗松扇撲去塵，宣州木瓜香逼人。客裏秋光冷如水，白頭不著衣裳新。彌勒同龕飽看畫，玉貌皆寫青田真。胎仙本來壽無量，尾凋粉脱更入神。鶴乎鶴乎何長身，褚公之甥藝絶倫。今君結喉例寒餓，有此詎患翳桑貧。若遇榷場録名蹟，一縑可值三百緡。

汪澹人招要林館飲酒賦詩

杪欏樹底青憎憎，曲池怪石羅堂襟。芳尊晝陳朋蓋簪，主情稠疊手奉斟。賤子取醉樂不清吟。琴。戴公纍弟懷瓊琛，大小雅言和其音。謝家兒好耽書淫，一門有集須雕鋟，何幸與之同任，復設茗事舌本尋。徑山雙井開蓬心，水味極澹茶味深。半甌嫩色如秋陰，此時宜聽風中

斜陽

板橋瓦曲酒壚荒，一段清愁百折腸。蜨散冷香花落粉，最難留住是斜陽。

淮隄柳

緑柳一枝紅板橋，東風用力媚春朝。可憐種向淮隄上，不是低頭便折腰。

立冬日陸騰招同許大綸魯曾煜粱啟心吳城范肇新許承祖江源釋篆玉南屏山看紅葉

見釋篆玉《話墮集》

烘霞絢采勝春游，縱自楓林爛漫收。一衲貌如石門叟，高人袖有柘湖秋。此中真意堪消日，方外清談可散愁。聞道南屏金鯽好，八功德水訪千頭。

哭周穆門見周京《無悔齋集》附録

論交四十載，老友忽云徂。讖應蛇年促，神傷鹿夢孤。詩編傳北郭，書蹟滿東吳。一笑泉

臺近，從游許我無。

詠邱氏古樹見王昶《湖海詩傳》

前輩風流一草堂，舊家松柏話句章。歲寒自有諸孫守，不數成都八百桑。

養素園介壽以下見王德溥《寶日軒集》附存詩

七十老而傳，其禮見禮經。有子策令名，文字生芳馨。養親奉甘旨，精潔非羊鍘。君家闢小園，竹檻紛松櫨。樂志具閑論，戒奢勒新銘。玉池濯仙骨，丹砂駐長齡。是日風景和，消摇乎廣庭。載誦難老篇，舉觴開雲屏。

養素園十景詩

繞屋梅花

古屋浄于水，梅花發泠香。每于疏枝下，窺見月明光。

倚樓臨水

仿佛千頃陂，上有高樓好。蒙莊秋水篇，可以托遐抱。

遠樹柔藍

青青三百樹，一望在平陸。朝夕與客同，緜緜生遠目。

乾溪雨漲

積雨㶁㶁聲，入耳非凡響。一道白於練，便作清溪賞。

夏木垂陰

崇柯羃重帷，高吟者誰子。五帝與三皇，不知何人是。

疏雨梧桐

井梧覆蒼落，園扉午後開。有客青油繖，不辭風雨來。

三秋丹桂

丹桂散麝塵，其下設茶具。四士與五君，分詠小山句。

古寺鳴鐘

鐘聲古招提，深省未能寐。因之思南朝，四百八十寺。

秋深紅葉

小園秋氣清，丹黄樹如織。何待短轅車，坐看好顔色。

遠山雪霽

雪晴湖上山，簇簇髻頭齊。孤藤共雙屐，昨與幽人期。

盧雅雨運使招集紅橋觀芍藥以下見李堂《緣庵詩話》

看花都是白頭人，愛惜風光愛惜身。到此百杯須滿飲，果然四月有餘春。枝頭紅影初離雨，扇底狂香欲拂塵。知道使君詩第一，明珠清玉比精神。

晚秋湖上分韻

最無情事性相乖，只有朋游老更偕。不怕湖雲欺白髮，且尋秋草試青鞵。今年九月此佳日，飲酒一杯多好懷。小雨段家橋外去，晚波十里若磨揩。

春風扇微和以下見胡榮《擬唐試帖類選》

獻歲和風早，青陽發上春。吹噓鄒谷黍，披拂楚江蘋。乍暖冰澌滿，徐來甲坼新。漢宮駘蕩日，洛禊洽遊塵。汎蕙光皆遍，催花力漸勻。孤荑轉寒色，願此借芳辰。

秋山極天净

平野秋容淡，蒼蒼見遠山。金天净如鏡，翠岫碧於鬟。霞襯游氛滅，雲歸孤黛閒。高泉垂皎潔，落木露孱顔。泰華虛無裏，衡巫縹緲間。幾時攀絶頂，乘月浩歌還。

秦鏡

照膽傳方鏡，由來本自秦。鸞鷩無匿影，鵲畫絶纖塵。興樂依紅壁，咸陽重紫珍。重圓四規魄，合照兩邊人。菱彩朝光動，花奩月色新。虛明能鑒物，拂拭不嫌頻。

龍池春草

年年春草發，興慶濯龍池。禁籞風光遠，天家露液滋。繞隄青漸合，拂水翠全迷。嫩可鋪花片，深堪映柳絲。扇迴承輦處，香動拂袍時。何必尋南浦，萋萋凝碧姿。

冷紅詞客六十像以下據真跡

昔年汝我少年場，一卷清詞鬥渴羌。畢竟二分明月下，白頭容得老夫狂。

雪霽南香草堂分韻

殘年抱幽獨，雪霽屋如巢。秦羽方頭責，揚雄有客嘲。冰文浮暝色，梅信坼寒苞。且與一觴進，懽然世外交。

奉别西岡明府歸錢塘兼寄諸朋好

乏月訪巖邑，正值生霸時。抖擻征衣塵，細話諸山奇。惟君嗜史庫，立言存清規。日要高詹事，疏篔同題詩。吾黨五六人，睽離思彌爇。合抱樹鬱欒，連陰雨淋漉。由來解胥春，瀝灰酒一斛。殘夢耿客鐙，江聲欲崩屋。詰朝長揖去，上箬放舴艋。還鄉掃寒廳，短綆汲甎井。洗我筀竹叢，稍稍涼吹並。峰液看泄雲，日圭測趖影。

甲子七月十二日諸名流會復園先生池上適紅板橋新成同人分韻得七陽

習家池上好風光，小小紅橋映緑楊。數到低闌非十二，略通曲水豈尋常。適來翠鳥分吟席，安得輕舲作卧床。管領清秋閑意味，白髭須稱老夫狂。

奉和德州先生江氏水南花墅賞芍藥詩原韻四首

名花重看惜依留，别有含香一種愁。偏是使君多麗句，朝天來自古神州。

嬌紅姹紫萬千枝，駢蕚交跗更出奇。隱約水南幽勝地，頻年恨未共追隨。

不數劉家七寶妝，風流人説次公狂。須知月榭雲階好，一笑開襟飛羽觴。

年年歲歲作歡游，身在花間香四周。此日藥欄傳故事，新詩直到海東頭。

高秋軒小像

高氏既學易，高生復工詩。一畫與五言，妙悟人天時。小窗芭蕉樹，入秋晨露滋。愛彼净緑好，可以爲書資。

題畫

幽居儼似緑園莊，宛柳緋桃占一方。如此春波如此屋，讀書端合讓王郎。

梅子

江南暑雨一番新，結得青青葉底勻。梅子酸時酸不了，眼前多少皺眉人。

懷人絶句 三十首中十三首與集本全異。

養疴居士雲鴻乙，禦冷幅巾蚤製成。戲倩麻姑與搔背，簸箕聲裏聽鼾聲。

魏丈東林述祖德，牛欄雞柵守遺銘。邨邨風送響碌碡，繞樹拖條榔櫪聽。

去年客送燕京去，憐爾辛勤道路艱。數遍官塘亭堠子，故鄉三百六十平山。

南榮對酌小重陽，削稾精劖服老狂。玉練槌香好天氣，同鄉人各在地鄉。

五□才□盧與駱，戰闈家望老承恩。著成妙德先生傳，肯負哀名曰慜孫。

莽蕩當湖聚洲島，短蓬舴艋揀羹材。句吳尊鱠君家物，此語曾聞齊帝來。

疏寮十笏晝凝香，瓊想瑶思獨擅長。女邏花間列書庫，幾人親奉束脩羊。

饑驅出門指□道，室内小兒啼呱呱。萬里巴江行不斷，東風曾拜杜鵑無。

文集商邱□□老，布衣依舊歸窮廬。晚年佞佛許瘋疾，日日銅龕譯梵書。
髯翁烘染非淛派，破書天慳心最貪。記得茅堂叉手立，看君横幅畫春嵐。
先生久享歸田樂，嬾著朝衫惹俗塵。何事間吟憂稼穡，勸農使者屬前身。
頗訝羈棲炎瘴地，滇中海稻種當治。可知閨有櫺機婦，正擬唐人鏡聽詞。
問訊起居輕利否，猶傳脚氣未全蘇。畏寒我却晝煬火，釀雪年光兩病夫。

按：字句與集本不同者：集本「玉練槌香天氣晴，秋來曾訪長官清」，此作「綺歲成名淡宦情，難忘招我弄秋晴」；集本「文俸何人刻七經」，此作「小經」；集本「今年專仿甘風子」，此作「今年專仿馬一角」；集本「琴傳樊氏古良工」，此作「徐陳雅解捶琴趣」；集本「今秋鄖國歸來後」，此作「省親鄖國」。

以詩集付女海珊見鍾駿聲《養自然齋詩話》

一帙詩成手自删，苦心孤詣破深艱。斯才不出雲霞上，相見多於松石間。變隸向誰遺大翮，美髯自合狎重鬟。只争貞曜他年謚，莫到名山便不還。

雍正申寅九月予客廣陵褚峻自吳興來將還郃陽從余游者浹旬於去之日出宋庫羅紋紙界烏絲闌乞余作飛白謌爲言非夫子莫能作也予時抱襌病未敢破泓穎之戒峻必欲得之又留三日再請曰歸橐無長物惟求夫子詩壓裝耳予感其勤惓之意乃賦此篇峻真好詩也哉峻工飛白書頗得古賢遺法今之人不爲也其善椎榻極搜殘闕剥蝕之文予詩中亦言之世之交峻者定以余言爲可徵也見陸紹曾、張燕昌《飛白録》

郃陽褚峻性好奇，九嵏山前嘗拓昭陵碑。青氊白椎自載隨，壯哉猛氣可敵千熊羆。太少二室搜其秘，岷沱大江探其危。蛇虺陰宅虎豹窟，獨往恒輖饑。石碣有字掃空苔雨色，苟得一字兩字心先馳。頻年交我頗資我，百番把贈翠墨光淋漓。我如歐趙嗜古志亦苦，願補史傳歲月爵里之闕遺。今秋相見邗溝上，枯荷敗柳西風吹。我顧憔悴君落寞，君時慰我忘孤羈。君言曾工飛白書，能作此歌惟吾師。我聞飛白人罕習，漢世須辨俗所爲。用筆似帚却非帚，轉折向背毋乖離。雪浪輕張仙鳥翼，銀機亂吐冰蠶絲。此中妙理君善解，變化極巧仿佛般與倕。君誦我詩重再拜，發狂笑面同韡皮。明朝別我君忽去，錢刀不計還家貲。到處題名磨廢瓦，儻逢秦宮鄴臺當摹追。眼底紛紛牽牛臂鷹手，嗚呼峻也果異幽并兒。按：此詩已見續集。此初稿製題較詳，詩句亦有異同，惟『獨往』上此無『獨來』二字，『牽犬』此作『牽牛』，疑《飛白録》刊寫脱誤，今悉仍之。

與客對奕戲成三首據真跡

道士曾游不死庭，來誇妙技通仙靈。枰中豈是尋常物，三百六十周天星。

松下圍棋與客爭，相爭爭處爲爭名。未曾看破都成笑，半子輸贏坐五更。

心貪打劫局難收，白髮新添忽滿頭。好是故人陳閣老，一官戀戀幾時休。

雜詩三十首案：《續集》選二十四首，兹存六。

雜詩三十首，皆予放浪之言，大半在揚州所作也。舊友閔君莪齋時過相賞，嘗云：『老而無情，何能爲此言耶？若人人能言之，又何足取哉！』今莪齋吟髭亦加白矣，愛不去口，其纏綿興歎爲可感也。

石蓮華峰雲曉生，相約他年自在行。看我泥牛同渡海，來聽頭上波濤聲。

呼龍耕草卷中詩，除却狂夫更有誰。定與少年飲美酒，紅薇花下寫烏絲。

極目疏林驛路長，水縈山繞最難忘。斜陽欲落雁聲苦，那曉有人秋袂涼。

浴佛齋期昨已過，溪堂清坐曉風多。菖蒲生日四月半，石似樗蒱水砑羅。

下馬槐街上石臺，不知何物是愁媒。花飛瑶席鳥窺户，獨酌一盃又一盃。

如此春寒雪又催，一慵萬事便心灰。梅花今年也狡獪，天子未來不敢開。

近人先生爲予篆刻姓氏私記深得兩京遺法因追憶舊時所蓄漢印作詩三首以寄

垢翁已逝古鑱亡，漢法陵澌太息長。賴有七峰居士在，窮源心力到天荒。
刻來大雅異雕鎪，老氣崢嶸横九州。麝楮煙綃鈐小印，頭銜差免爛羊頭。
沈沙敗磧土花中，苦費多年收集功。一自淮陰質錢庫，驚秋風籜海西蓬。

乾隆癸亥暮春之初馬氏昆季燕友人于玲瓏山館秋宇主人出前朝馬四娘畫眉螺黛太子坊紙宋元古硯將意友人余得秋字案頭巨硯質雖稍粗然臨池用之大可快意老年獲此又得一良友矣

修禊玲瓏館七人，主人昆季讌嘉賓。豪吟堇浦鬚撚手，覓句句山筆點唇。樊榭撫琴神入定，板橋畫竹目生瞋。他年此會仍如許，快殺稽留一老民。

立夏日同丁敬梁文濂作見梁文濂《後洋書屋詩鈔》

夏值今朝雨，春歸昨夜風。荷錢試淺碧，花陣戀殘紅。論古龍泓子，吟詩鶴髮翁。此時宜對酒，肯□十分空。

自題畫茅山菖蒲

句□□三白雲澗，澗底香蒲不輕見。仙郎作供讀仙書，緑骨如飛丹九轉。引年何處覓芝英，卑視靈茅與杜蘅。乞來豈但洗煩惱，令我道眼增雙明。

畫梅以上見胡積堂《筆嘯軒書畫録》

江郎騎馬不肯住，强我出遊探梅去。三里紅樓五里亭，開遍青旗賣酒處。千枝萬朵春漫漫，翻嫌肥膩非酸寒。果然地俗花便俗，那及孤山冷眼看。一十八株風格古，墓荒人邈今無主。湖光浸玉養精神，顛倒横斜難辨數。凍蕊坼時如雪堆，扶筇繞林日百回。最好歸船弄明月，暗香飛過斷橋來。

寒緑齋詩集序據吴文烾撰原集

余嘗至真州，與真州詩人游，所作皆扶樹雅道，沖夷恬適，然猶人意中語。獨至吴君之詩，則往往匑匒拍几，驚畏爲不可及。君乃歙溪大族，居真州，世稱名家，雅號山褐老人，賦質獨標秀穎。況真州臨江瞰山，當吴楚之會，風氣清淑，君能綺歲擩染，卓有見聞。家筑歐公記内城東之園，富于水木，多設文讌其中，宜乎合絃諧響，成真州壇坫。每與諸作者或拔戟自成一隊，人得欽吴君之立語不殊，而詩法不取前人之陳，不拾近人之瀋，力闢蟄户，巧覷幽窅，縋空梯險，足跰手皴，不入榛棘搴其英蕤無休。今繹其詩，有如古錦訛斷而雲盤蕊亂，纈蟬翔鶴，去凡杍萬萬者；有如荒林殘碣，黴蝕不可辨，纔以意屬讀，而瑰辭奇字瞥來就人者；有如鞮韃之奏，槃木之歌，嚶咿驟聽，恍如天風海水，繁會赴節，太常良工，歎觀止者。然作者不易，知者亦不易，世無離朱之目，而欲探窅窊之貌，無般倕之指，而欲求罔象之形，多見其不自量耳。余于君所以歎服爲不可及也。

昔元遺山編《中州集》，目王南雲爲異人，其詩有『石裂華雯髮烱秋，松陰滚碎闌干月』之句，爲遺山所標舉稱賞。今此集中可與諦摩龍什爭勝于芒釐者，指不任僂。即如《賦寒緑齋》云『粉蕉緑卷紗幃中，香絲欲沈月一角』。《賦春寒》云『凍雀北飛閴小亭，一陣梅花吹鬌影』，又云『淡月過墻竹聲亂』。《賦秋櫂》云『茶聲乍沸葉飄到』，又云『黄羊枰上銷戰魄』。《賦舟返大飄山》云『水菸落穗芰葉折，舒絲射石颸細莎』。《賦北固山》云『千峰萬岫裏藍光，俄吹白雲團佛幢』。《賦九月梅》云『主人髮疏花亦疏，向簷梢簇涼雲枯』。《賦西湖》云『曙色滿沙雲，花風吹漁户』。《賦東園》云『矮篁垂嫩葉，翠粉縹壺天』。《賦江上草亭》云『乍開江氣鳥歸後，一抹山痕簾捲初』。《賦曙春圃梅下》云『纔軟翠翎春刷色』。《賦繡球花》云『粉綃簇月香團夢』。皆清奥古豔，非世所泛見。

嘗與吾友厲樊榭咨歎，以爲今有遺山，定目吴君爲異才不可得也。而君顧自評曰：『吾詩深得于楚騷、樂府，迨後探討唐之昌黎、東野、昌谷、義山各派，二十年嘔心耳。』可見究古窮源、薈萃菁英而運成一體，無怪乎才力過人者。蓋學昌谷、法元人、推鐵門，最盛如于彦成、張思廉輩，標擬太過，遂成狐穴常調，其能刻刓靈顥、穿漏虚無如君詩者哉。君習氣書卷，談諧雅馴，尤善賈，創基振業有狂流砥柱之重望。又每自遣閒況，能泚筆隨意作山水草卉，頗似彝齋逃禪之風，臨摹晉帖亦得大小王波磔，而詩復經奇如此。余謂君年纔三十有七，是集絢寫已足超越古人、壓伏時輩，若傳之後世，光燄烱烱，更少有窺其涯涘耳。余不揣次第其語繆爲序。乾隆四年歲在己未小春月，錢塘同社弟金農拜撰。

裨勺序見鮑鉁原書

或有問於余曰：『辛甫鮑先生之以「裨勺」名書也，蓋小説家者流，義宜取於稗，如淳謂細米爲稗，街談巷説細僻之言。王者欲知閭巷風俗，故立稗官，使稱説之。兹稗而有取，於裨義何居？我未之前聞也。』余應之曰：『子不見先生自序之有取於裨海一勺乎？昔談天衍之言曰，中國名曰赤縣神州，内自有九州，中國外如赤縣神州者九，於是有裨海環之九州之外，乃有大瀛海環之，小司馬謂裨海小海也。先生亦遜辭耳。』或曰：『衍之言迂大而閎辨，僅與雕龍炙轂、堅白異同輩稱滑稽之雄耳。豈先生著書自命之意哉？』余曰：『子何泥於文而鮮達於義乎？先生之學紛綸博稽，著書甚富，要皆根柢理道以明人事，其述古也覈而不泛，其稱今也信而不誣，即間及二氏，當九流既息之後，亦采其無悖於儒術而不助其瀾，豈與臣安未央、虞初周説淺薄依託之詞同日而語哉？揚子謂仲尼之道猶四瀆也，經營中國，終入大海，先生一卷之書雖偶然攢筆，必勸諷昭然，立意忠厚，其於航斷港絶潢以望至於海者，如示之沿河而下，況夫探星宿之源，窮溟涬之趣，是編何足以盡先生之底藴乎！』稽留山民金農序。

上學使帥公念祖書見《褌勺》

錢塘金農頓首再拜獻書學使大人閣下：

農草茅下士，夙鮮師承，名外膠庠，躬辤衿帶，非敢自放取高傚阸居士之之隱節也。徒以早歲貧辛，衣膳奔走，兩載堯都，三年王屋，儃佪闕里，留滯周南。漢陽則耽玩晴川，揚子則相親佛火，漸臻五十之期，將抱無聞之恥。今者淮陰倦遊，江干息影，舊友猥列之薦章，大人過蒙於禮接，比之孔融舉禰衡，袁逢待趙壹，古今相較，當復無過。農自受命以來，涕因感集，從容自問，進退爲難。伏聞聖天子搜奇巖穴，蓋非特崇信虛聲而已，必有鄭玄、王肅、賈逵、董遇之經術，更益之以劉騊駼、荀悦、王沈、魚豢之史才，更益之以杜夔、荀勖、鄭妥、萬寶常之樂律，更益之以張華、郭璞、劉杳、徐之才之博處，而後張衡運其精思，蔡邕綜其密意，子雲逞其沈博，長卿施其夸飾，鎔裁法彥和之雕龍，程量有史通之品藻，庶幾對揚明問，無忝大科。農顓愚則一無可恃。曩自童年迨於立歲，蔓辭紛衍，根柢孔疏，間有流傳見稱賢達，譬之蟲鳴蚓竅，自號自吟，暫觀或愜於清幽，縱覽豈當於汗漫。矧復使之弭筆而賦聊蒼，對策而同樊遜，編題未審，温卷何能。設復問以十家年之曆譜，十九事之祥瑞，記成周山川之圖，作西陲地理之序，書同三篋之亡，手有五斤之重，欠伸張目，默塞低頭，不免倒繃，終於曳白，一遭垂翅，可勝噬臍。即使大人以方圓取材，鯫生以僥幸獲選，柴車上道，單衣應徵，蓬蓽之榮，於斯極矣，然而玉堂之掌故未諳，文館之鴻裁尚隔，既無徐生之爲容，不知慶氏之習禮。加猿猱以冠履，野性難馴，被枯枏之春萸，精華早竭。樊英至而觀聽衰，周黨庸而毁言起，推原舉主，兼責後期，上之不能議明堂郊社、宗雩禘祫之禮樂，次之不能闡石渠金鐀、蕉庭秘閣之鴻猷，下之不能敷長揚習獵、子虚上林之麗藻，蕪詞弱句，塵累堂皇，媛媛姝姝，包羞忍詬，匪特來者難誣，抑恐鄉邦不齒。故敢披瀝下情，仰干公慮，察茂宰阿私之好，遂山民林壑之懷，翦拂既施於駑駘，斧斤得寬於樗櫟。農雖不得出大賢之門，自當終身執弟子之禮，感激恩私，銘愈金石，躇階泥首，幸少垂憐。臨穎曷勝悚惶之至。

擬進詩表據真蹟

聖朝老民金農稽首頓首上言：

竊民籍本錢塘，少未就舉，及長游於四方，歷齊、魯、秦、晋、楚、蜀、閩、粤之邦，作詩歌咏太平，享盛世生成之福七十六年。近雖左耳聾聵無知，欣逢皇上恭奉皇太后鑾輿巡幸江浙，民得瞻天覲日，不勝歡抃之至，謹録所業各體詩進呈御覽。肅聆聖訓，俾在野草茅沾恩光於萬一，榮莫大焉。從此戢景闔門，惟有效堯民《擊壤》之歌，頌禱聖壽無疆之多慶云。

黄西清琛象贊見《杭郡詩輯》

出走萬里，詩思縱横。歸老丙舍，孺慕彌誠。轉裘被體，一真渾成。淳行可法，庸德難名。

南宋雜事詩題辭見原書

吾鄉田氏父子在明時擅淹貫之目，僉事公嘗同五嶽山人徧游武林諸山，譔《西湖遊覽志》及《志餘》，觀者驚其繁衍，無敢異議。至朱竹垞先生著《詩話》，始有挂一漏十之誚。而比來者舊凋疏，承學之士不暇深究，亦莫知竹垞先生之説爲何如也，同學諸君恥之。以南宋關於西湖甚鉅，各爲詩以續《志》闕。如欽宗祔廟而《志》云不祀；度宗爲理宗姪而《志》云同母弟；淵聖梓宫金人未經奉還，而《志》云楊髡發欽陵只鐙檠一枝；有美堂在吴山而《志》云在鳳凰山；蘇小墓在嘉興而《志》云在西泠橋；富景園在百花池上巷而《志》云白花蛇散巷；潮鳴寺高宗書東坡詩而《志》云御製；三茅觀賜牛鼎本劉宋孝建物，而《志》云漢建元鼎；陸放翁過聚景園詩而《志》云玉津園；白壖有二而《志》以鎮南壖爲白壖；裏湖隄本白沙隄而《志》云白公隄：此訂譌之最大者也。德壽宮在望僊橋，而《志》失載四地分牓額；張功父園在南湖，而《志》失載桂隱百果諸池館；名寶奎寺在石龜巷，而《志》失載見滄閣；張循王府在清河坊，而《志》失載喬木亭；楊和王府在癸辛街，而《志》失載流觴曲水之勝；他若睦親坊《志》失載陳宗之故居；九里松《志》失載俞商卿故居；蒲橋《志》失載楊萬里寓居；白龜池《志》失載朱少章寓居；靈芝寺《志》失載朱文公寓居；李博士橋《志》失載李性傳寓居；清湖橋《志》失載杜仲高寓居；水磨頭《志》失載姜白石寓居；長橋《志》失載鄭起水南半隱；七寶山《志》失載王仲言寓居；西馬塍《志》失載宋伯仁寓居；吳山《志》失載廉宣仲寓居：此補亡之大者也。讀之雙眸豁然，經行處輒興考古之思。惜竹垞先生已歸道山，不及見諸君之作，爲僉事公一洒前説耳。同里金司農。

宋拓鐘鼎款識册跋見王復齋鐘鼎款識阮摹本

寒中先生出遊，必遞書畫金石墨拓自隨，連艑巨舸，捆束塞坐，先生凝然摩挲，十指勿釋，陶峴三舟之載不足數矣。丁酉清明節，發颿平望，示所藏鐘鼎款識，精緋神王，頓還舊觀，平生俗眼陋懷，蓋可一雪。同觀者語水袁芾及令子之復。浙河後生金司農謹跋。

漢武梁祠像唐拓本跋見黄易《小蓬萊閣金石文字》

武梁祠像，舊武進唐氏物。寒中先生購之，極爲珍愛。丁酉三月，予信宿衎齋，得觀晴窗，吾師何義門先生遠留史館，每寓書問訊，必勤勤眷眷，以未見此爲恨。予小子，先吾師而展對，一何幸歟！　錢塘金司農識。

《漢縣三老碑》『五色斑斕』即『斑連』。

漢魯峻碑跋據宋搨本

右司隸校尉魯峻碑，漢熹平二年立，在濟寧州學，即古任城地也。峻之爲政，事君以忠，牧民以惠，故其謚曰忠惠，真無怍于試吏矣。是册舊爲林邨謝先生物，轉贈汪君伯子二老，皆吾之好友也，善收藏，精鑒别，非世皮相之士，宜乎流傳愛護，無黠鼠之跡、暴蝨之食焉。曩歲余客曲阜石門上公公府，曾游南池，一至碑下，摩挲其文，殘闕殆半，未若此拓尚有什之柒可尋繹而讀也。隃麇側釐，屬有古色，審定汴宋名手所椎，又何疑耶？　乾隆乙丑四月廿四日，稽留山民金農寓吴之予樓書。

明俞祭酒文稿跋見真跡

新安俞祭酒允文，嘉靖間鉅公也，文體安雅，書法亦工，此其自書手稿，世所罕傳，得之者何異神接蓬壺，復游乎麗農之山，心目爲之一快耶！乾隆丙寅秋七月，杭郡後學金農識。

跋林吉人硯銘册見林正青《硯史》

福州林君蒼巖與予交三年矣，乾隆丁巳九月以鹺之曹掾赴廣陵，訪予北郭僧舍，出其先舍人所製研銘并君之鄉人余黄諸公所作，而徵予題記。予卅年最癖于研，自履所至，作韻語品定者約百餘種，爲人銘十之七，爲己銘者十之三，曾雕板以行。今觀斯册，歎賞靡已，因書徐鉉『磊磊落落皆賢良』七字以美之。予與石卿平生頗有良合也。

宣示帖跋據石刻

右魏鍾太傅《宣示帖》。舊爲宣和内府本，賈相似道刻於家，清瘦如玉，姿趣横生，絶無平生古肥之誚。梁武評其書有十二意，此蓋得之矣。賈相頗以自矜，用姓氏印記悦生胡盧印識其後。當時好事者無以過之。吾友桐鄉汪君援鶉，搜求金石文字弗遺餘力，儲藏賈相縮本《蘭亭》刻石，靳惜予人，未敢輕以登登之聲試之也。若使吾友獲見此物，定當出明珠一簞、黄金十餅笑相易耳。古杭金農漫述。

麻姑仙壇記跋見仁和許增所藏原碑

右《撫州麻姑山仙壇記》，顔魯公撰并書。結體方整，雅有美度，其事頗涉於荒誕詭爲怪寢之説，正人君子亦崇尚之邪？余家有大字本，筆畫細校稍有異同，此拓爲汪進士滦溪先生所藏，楮墨純舊，洵可寶諸。康熙庚子仲冬，錢塘金司農跋於維陽寓齋。

題汪巢林乞水圖見仁和鄭琦所藏原圖

巢林汪先生居廣陵城隅，平日嗜茶，有玉川子之風，月團三百片，不知水厄爲煩也。同社焦君五斗，當嚴冬雪深堆徑時，蓄天上泉最富，巢林因吟七字，復作是圖以乞之。圖中惟寫破屋數間，疏籬一折，稚竹古木皆含清潤和淑之氣，門外蠻奴奉主人命挈瓶以送光景，宛然想見二老交情如許也，署款爲乾隆庚申。未幾巢林失明稱瞽夫，又數載，巢林海山僊去矣，閲今星燧已更二十餘年。五斗念舊勿替，裝成立軸，請予題記。憶予與二老誼屬素心，存亡之感，豈無涕洟濡墨而書邪！惜予衰瞶多病，未暇和二老之詩於其側云。乾隆辛巳九月九日，爲吾五斗老友題巢林先生乞水圖，七十五叟杭郡金農撰。

冬心先生雜畫題記據歸安凌霞所藏舊鈔本

乾隆戊辰予從江上移居城隅，書堂前多隙地，命薙氏芟除宿草，買龍井山僧叢竹數百竿種之，每一竿約費青蚨三十。予因畫竹，以竹爲師，人以老文、坡公見許，又有愛而求之者，酬直之數百倍於買竹。三載中得題記畫竹詩文五十八篇，爲廣陵江鶴亭鏤版行世。近復畫竹不倦，别出新意，自謂老文、坡公無此法。時興化鄭進士板橋曾爲七品官，亦擅此長，見一詩云：『畫竹多於買竹錢，紙高八尺價三千。』予嘗對人吟諷不去口，益信吾兩人畫竹皆見重於世人也。板橋聞之，能不囅然一笑乎。

唐王右丞畫竹用雙鉤法，江南蜀主李氏繼其餘風，作金錯刀，至宋石室先生、東坡居士乃變爲潑墨，流派於元，若吴興趙魏公夫婦、薊邱李衎皆宗之，同時有沛郡張遜，頗擅鉤勒法，獨稱一時，然亦不過磨麝煤爲之。予近日追摹右丞遺意，研點易之朱，戲寫幽篁數竿，令觀者嘆羨此君虚心高節、顔如渥丹也。

唐宋畫竹世不多見，即見亦難得其妙也。十年前予輒畫竹，煙梢風籜亦人意中所有也，揮掃奇趣横生，觀者可能測老夫麝煤狐柱何從而施紙上邪？遊戲通神自我作古。

閩中有朱竹，粤中亦有朱竹，乃物之變者也。昔文待詔曾寫一竿，予未之見，因以己意爲之，不知其有合焉否邪？

水仙十囊，娟秀獨絶，畫者須得其薄冰殘雪之態爲妙藝也。彝齋居士九十三莖近所罕見，予偶橅其意，何敢乞詩家浪題其上。物外風標，不要世上烟火人品論也。

椶櫚爲祇林上品，曾見唐貫休應夢羅漢坐此樹下，雜以怪石，後來無有畫之者。今予作小幅并題一詩於上，昔人亦未有此詩也。寶樹具妙相，香界圍一林。大葉若壞衲，紛披何蕭森。林中僧未歸，誰向石塢尋。負此念佛鳥，清晝連夕陰。

南天竺子赬如火珠，佛國香林中亦種之。戒壇諸僧彌嘗與山礬插澡瓶作歲寒之供，予用水墨漫寫一枝，儼然對古先生共語也。

蒲州女子詩云：『低頭采玉簪，頭上玉簪墮。』真樂府中古質之曲也。予濡墨爲之，欲賦物作詩，終不可得天然之趣。若以詞華粉澤之句題於其上，終落後塵耳。

慈氏云，芭蕉樹喻己身之非不壞也，人生浮脆，當以此爲警。秋飆已發，秋霖正綿，予畫之又何取焉？若王右丞雪中一軸，亦寓言耳，寄示有道，定當冷笑不止。

王右丞雪中芭蕉爲畫苑奇構。芭蕉乃商飆速朽之物，豈能淩冬不凋乎？右丞深於禪理，故有是畫，以喻沙門不壞之身，四時保其堅固也。余之所作正同此意，觀者切莫認作真箇耳。

雪中荷花，世無有畫之者，漫以己意爲之，鸕鷀堰上若果如此，亦一奇觀也。

昨日寫雪中荷花，付棕亭家歌者定定，今夕翦燭畫水墨荷花，以贈鄰庵老衲。連朝清課，不落屠沽兒手，幸矣哉！

松爲百木長，唐韋監能畫之。畫松須畫聲，聲從風生，天台石橋不遠，當招青城野鶴，於此中聽之。

蘭香祖也，竹湘靈也，攜手入林不出也，即三徵、六聘、十二命亦不出矣，其真肥遯之高士乎！

昨日行松逕中，見山桃一株正開，作詩戲蒼髯叟，叟豈責我邪？寂寞繁華兩失真，山中忽有管絃聲。小桃花也同爲伴，近日青松亦世情。

雙樹羃庭，布以忍草，居士具善者相，合十禮佛，種種皆由心生，絶摹仿而作也。南宋馬侍郎，吾髣髴似之，天上天下，誰人賞識我此畫邪？

青山委迤，柳下一舟，舟中人想前村沽酒未返也，涼汀鷗鷺，待之久矣。

迴汀曲渚暖生煙，風柳風蒲緑漲天。我是釣師人識否，白鷗前導在春船。此余二十年前汎蕭家湖之作，今追憶昔游風景，漫畫小幅，並録前詩。

紅藕花中泊伎船，唐白太傅爲杭州刺史西湖留别之詩也。予本杭人，家居邗上，時逢六月，輒想家鄉緑波菡萏之盛，因作此圖。舟中雖無所見，而衣香鬢影仿佛在眉睫間，如聞管絃之音不絶於耳也。

紅藕花開，坐領溪亭之勝，想見二三子曠懷之至樂也。青山滿目，無詩何以相對亭中人？亭中人可能之乎？如不能詩，當效金谷之罰。

鱗鱗之魚多矣，烟波浩淼，彼垂釣者不休，抑心閒乎，手閒乎？朱衣烏帽中有此人，難得難得。

秋光如水，瀲灩金波，古賢以明月爲白玉盤，良不誣也。有人憑襟獨立，正在子夜聞歌之時，吾何以測之？測之以幽，宜哉！

香茆蓋屋，蕉陰滿庭，先生隱几而卧，不夢長安公卿而夢緑苹池上之客，殆將賦《秋水》一篇乎？世間同夢惟有蒙莊。

馬和之《秋林曳杖圖》，用筆疏簡，作淺絳色，有楊妹子作詩其上，同鄉周徵君穆門曾藏一幅，予贈以古青甆畫軸裝之。徵君下世，爲梁少師薌林所得，進之内府矣。今追想其意畫此直幅，似邪非邪？吾亦不得而知也。

王孤雲處士有穉柳夭桃小景，想見龍池新雨、華陌曉風之妙也。題詩者定是杜紫薇一流人。

昨宵逢道士，疑是七星松前人詩也，予畫此松，人見之，又疑爲山中道士矣。

宋狂僧擇仁善飲酒，嘗於酒家以拭盤巾蘸墨畫松。昔年在京師張司寇家見一軸，縑素風起若聞水聲，因題一詩云：『出門往往逢麴車，破墨亂畫松叉丫。毁裂不爲豪貴得，黄金無用等泥沙。』今予亦工此，特以干人易錢刀，深有愧於緇流矣。

予舊藏老蓮《盧仝煎茶圖》，龍泓子題句其上。戊辰歲荒，易米於猗頓家矣。今漫作此幅，圖中玉川先生散袖高吟，睥睨狂態，而長鬚之奴、赤脚之婢亦復不俗。然用筆鉤勒，施設丹青，與老蓮小異，未敢突過前賢也。裝成立軸以寄勝流，月團三百片啜以賞之，須俟其人。

廣陵富人六百金購王右丞《雲山煙樹》小立軸，請予題句。予留觀三日，作長篇卷而還之。古楮一番，儲藏有年，因竊其用筆，畫以自賞，宋元諸賢無暇與之較好醜也。客過云：『恐猗頓頭去。

之流出以紅氍毹相誘，君當如何？』予笑對曰：『如甘風子之所爲，則毀而裂之矣。』客諾諾掉

南宋馬侍郎有《梅邊覓句圖》，己卯冬十月荔帷曹子從家鄉來，乞予寫其大意。圖中不著襹褷噤瘁之鶴，煬火屈髐之奴，而缺唇之瓶亦不復置書案也，但寫疏枝瘦影横斜之態，在庭户外一人衣紅衣，清坐硯北，冷吟伸紙，若有所得，即荔帷也。書畢製新詞於上云。

四月十六日，菖蒲生日也，予屑元時林松泉代郡鹿膠墨一螺，乃爲寫真，并作難老之歌稱其壽云：『蒲郎蒲郎鬚髮古，四月楚天清可數。紅蘭遮户尚吐花，紫桐翻階正垂乳。寫真特爲祝長生，一醆清泉當清酯。行年七十老未娶，南山之下石家女，與郎作合好眉嫵。』

是日又成二十八字，代蒲郎作答，亦解嘲之意也。靈根九節俯潭清，飲水仙人緑骨輕。砌草林花空識面，肯從塵土論交情。

昔種蘭，蘭中雜荆棘，蘭有香爲之厄，蘭有香爲之泄，抱香而死誰得知。山翁昨日澗底歸，束取菖蒲供朝夕。日不暴，雨不溺，階前衆草不敢闞。常葆青青好顔色，洗我眼，益我智，清我

魂，休糧從此誇長生。

此生不愛結新婚，亂髮蓬頭老瓦盆。莫道無人充供養，眼前香草是兒孫。

五年十年種法誇，白石清泉是一家。莫怪菖蒲花罕見，不逢知己不開花。

近來荆棘傷人手，只種菖蒲翠一稜。雙眼忽明書細字，夜深不怕濁油燈。

清泉皛皛石戔戔，風味居然太古前。莫笑貧家無長物，菖蒲亦復有金錢。

夜打春雷第一聲，滿林新筍玉稜稜。買來配煮花豬肉，不問厨娘問老僧。

蕭山山下湘湖濱，五月楊梅飽啖新。一顆酸漿酸不了，世間多少皺眉人。

夜潮纔落清曉忙，摘來顆顆含甘漿。登盤此是楊家果，消受山中五月涼。

東封山下曾親見，諸葛祠前看幾回。老夫筆力可扛鼎，一霎獰雷猛雨來。柏。

倡條冶葉百顛狂，一帶長廊新粉墻。疑是箇人花下立，消魂笑著白衣裳。白桃花。

蠟梅消瘦强精神，黄曆厭厭近早春。嫁與山茶扶病起，可知是婢學夫人。

兩頭纖纖菱角粗，一拳矗矗芋苗肥。溪翁山叟供朝啖，歸去莫負月滿扉。

賞遍桃花與李花，千錢買酒不須賒。阿誰拖著紅藤杖，來看僧樓野枇杷。

當階見紅葯，折之將遺誰。餘香霑衣袂，莫被曉風吹。

紅衣落盡碧池雨，房中抱子儂心苦。郎不來兮誰共語。蓮子。

今年池中藕，明年池中花。玲瓏疑鏤玉，一丈種仙家。

宣州木瓜香撲人，齋中清供無點塵，此時宜對尖頭僧。

大珠小珠量千百，緯蕭之人一笑得。葡萄。

綏山之桃，百歲千秋價自高。

安石榴，一石值牛。

安石榴，花葉稠，誰人種？博野侯。

雪夜深，煨芋之僧何處尋？啖一半，留取十年宰相看。

山蘿菔，割玉之腴味最清。譜食經，東坡居士骨董羹。

采鉛客，拾珠人，種滿墻陰一架新，葫蘆口大貯古春。

上林一枝，五月山中正及時。堆盤珍果，此味山中野鳥知。枇杷。

行人午熱，得此能消渴。想著青門門外路，涼亭側，瓜新切，一錢便買得。西瓜片。

豆莢青，豆花白，豆莢肥。秋雨溼，想見田家午飯時。此中滋味，問著肉食貴人全不知。

齋房芝良，常山中生，食之食之，七孔咸光明。

薝蔔花香通鼻觀，老僧家一枝，堆雪生光華。梔子。

忘憂草，女兒花，青棠蠲忿不如他，可種五侯家。萱。

秋光如水小花開，雨過苔階蝶不來，人如花瘦倚妝臺。海棠。

緑衣新戲舞，臨風老更親。雁來時候更精神。老少年。

秋光如水籬菊開，一花半葉信手來，觀我畫者麯秀才。

樹陰叩門悄不譍，豈是尋常粥飯僧。今日重來空手立，看山昨失一枝藤。山僧叩門圖。

秋草蔓生閑地，芭蕉净掃遊塵。舊家門逕如水，莫道此中無人。

山青青，雲冥冥，下有水蒲迷遠汀。飛來無迹，風標公子白如雪。

野竹無次，頗多清風，何方朝士屏騶從而來，裴回竹下歗歌者，得非王子猷之流輩乎？此間忽有斯人，可想可想。

八九峰如畫，二三人倚闌。

孤松孑孑風有聲，其下一人散袖行。青山對面若新沐，只少白雲眉際生。畫此小立軸，不師宋元而似宋元，無一筆與今人同。

吴興衆山如青螺，山下樹比牛毛多。采菱復采菱，隔舟聞笑歌。王孫老去傷遲暮，畫出玉湖湖上路。兩頭纖纖曲有情，我思紅袖斜陽渡。此余題趙承旨《采菱圖》之作也。清夏無事，畫此遣興，又書此詩。

三月盡花放，晴廊笑不休。鼠姑花謝，春去難留。眉心眼角，絶少一些愁。老也風流，緑鬢團欒到白頭。繡球。

雍正三年，在澤州陳文貞公午亭山村，南垞太史出彝齋居士水仙横卷，上有謝十三娘題字，共觀竟夕，瀹茗賞之，歷今已三十餘年矣。予客游廣陵，呵凍追寫，娟娟獨絶，頗不失薄冰殘雪之態也。

宋句龍爽工寫山枇杷，用淡墨點染，爲藝林神品。昔年游京師，過王少司空宅見之，相傳真定相國物，上有『梁氏平生第一珍玩』圖記。近聞已歸之豪右矣。予追想風格，畫於僧窗，垂枝纍纍，晚翠如沐，恍坐洞庭五月涼也。

予家曲江之濱，五月間時果，以蕭然山下湘湖楊梅爲第一，入市數錢則連籠得之，甘漿沁齒，飽啖不厭，視洞庭枇杷不堪遝大嚼也。時已至矣，輒思鄉味，漫畫折枝數顆，何異乎望梅止渴也。

又 據凌霞藏拓本

唐吴道子畫《趨殿鍾馗圖》，張渥有《執笏鍾馗》，五代牟元德有《鍾馗擊鬼圖》，宋石恪有《鍾馗小妹圖》，孫知微有《雪中鍾馗》，李公麟有《鍾馗嫁妹圖》，梁楷有《鍾馗策蹇尋梅圖》，馬和之有《松下讀書鍾馗》，元王蒙有《寒林鍾馗》，明錢穀有《鍾老馗移家圖》，郭詡有《鍾馗雜戲圖》，陳洪綬有《鍾馗元夕夜游圖》，未有畫及醉鍾馗者。予用禪門米汁和墨吮筆寫之，不特禦邪袚厲，而其醉容可掬，想見終南進士嬉遨盛世慶幸太平也。昔人於歲終畫鍾馗小像以獻官家，袚除不詳，今則專施之五月五日矣。辛巳夏日，畫呈奉宸院卿鶴亭先生高齋作供，薦舉博學宏詞杭郡金農記，時年七十又五。

又 據真跡

凌霜雪，節獨完。我與君，共歲寒。

吾友興化鄭板橋進士擅寫疏篁瘦篠，頗得蕭爽之趣，予閒寫此，亦其流派也。設有人相較吾兩人畫品，終遂其有林下風度耳。辛巳四月，薦舉博學宏詞杭郡金農記。

一枝梅插缺唇瓶，冷香透骨風棱棱，此時宜對尖頭僧。

石門僧畫梅，吾友丁處士敬身藏一軸，密萼緐枝，孤詣獨絶，踵後塵者越城王郎。予仿其意，不求形似也。若王彦辛貢陳述，又隔數百年，然予用筆未必望塵不及耳。乾隆丙子六月朔日，畫於揚州昔邪之廬并題記，是日一霧開士自剡中至，過我蔬飯，抵暮而去。按此條已見畫梅題記，真蹟較詳。

吴興閔長嘯先生輒愛予畫，時出槖中金相贈，此册亦爲其所作，經月乃報，殊媿荒率。吾友雲間沈君學子、吴門惠君定隅與先生同在蓮幕，吟筵花榭間，定多物外之賞也。杭人金農記，時年七十。

世傳楊補之畫梅得繁花如簇之妙，徽宗題曰『邨梅』，丁野堂畫梅，理宗愛之，野堂遂有『江路野梅』之對。二老皆蒙兩朝睿賞而品目之，千古藝林侈爲美談。今予亦作横枝疏影之態，何由入九重而供御覽也。畫畢戲言，奉寄轂原比部先生一笑。己卯冬日七十三翁杭郡金農記。按此條亦見畫梅題記，據真蹟知爲己卯歲畫寄秀水王比部又曾者，今并後朱跋存之。

比部集有《索金壽門畫梅絶句》云：『占斷西湖世外春，只教一鶴伴閒身。人間無筆能圖取，還乞林逋自寫真。』乃乾隆戊寅作。踰年山人畫以報，即此幅也。越辛巳，比部没。再閱辛丑，比部嗣君秋塍要余與曹種梅、蔣春雨飲，出此同觀。别有山人爲比部畫楳花燈八扇，時值上元，張燈相品玩，余爲賦燈詞七首，有『冬心舊筆生春色，疑是相思一夜開』之句，且勸秋塍擷燈幅裝爲册。今三人皆下世，聞燈畫册子已爲杭人購去。廉兒忽從他處獲此，惘惘然對畫如對故人，而余齒且及山人作畫之年矣。余往見山人寫梅，多亂插緐花，此老筆較疏澹可貴，兒能珍之，紙上花不隨人謝也。嘉慶甲子，金陀里七十三翁朱休度書。

菩薩泉上，銀色雲樹，枝不動，風有聲，諵諵口翻貝葉經，此十六羅漢第一尊也。清夏無事，爇牛頭香凝神圖之，俟寄智慧白業人。苓龜晨吸，杞狗夜吠，亦佛域著霧之物。多寶林中遇之，遇之未足奇也。乾隆二十七年六月上休日裝成立軸，七十六叟農又記。

美髯如公，三百六十酒場中，日日相逢，游戲游戲，何屑駡山魈林魅。頭上烏紗賜自官家，多少争看，多少誇好，文章换來，人前摇擺，却不費一錢買。題終南進士小像，十句五十八字。

此幅是予游戲之筆，好事家裝潢而藏之，復請予題記，以爲冰雪沍寒之時，安得有淩冬之芙蕖邪？ 昔唐賢王摩詰畫雪中芭蕉，藝林傳爲美談，予之所畫亦如是爾。 觀者若必以理求之，則非予意之所在矣。

高僧温日觀善畫蒲萄，乾隆元年於上黨張水部宅見之，曾題詩云：『醉眠伎館温和尚，水墨蒲萄濁世誇。 怪葉紅藤等兒戲，儼然一領破袈裟。』今亦漫意寫此，頗有大珠小珠落玉盤之趣也。 古人作畫，藏之名山以俟其傳，余乃從人乞錢刀，深有愧於緇流矣。 金牛湖上詩老金吉金畫并記。

古來寫真，在晋則有顧愷之爲裴楷圖貌，南齊謝赫爲濮肅傳神，唐王維爲孟浩然畫象於剌史亭，宋之望寫張九齡真，朱抱一寫張果先生真，李成寫香山居士真，宋林少藴畫希夷先生華山道中象，李士雲畫半山老人騎驢象，何充畫東坡居士真，張大同寫山谷老人摩圍閣小景，皆是傳寫家絶藝也，未有自爲寫真者。 惟《雲笈七籤》所載唐大中年間道士吴某，引鏡濡豪自寫其貌，予因用水墨白描法自爲寫三朝老民七十三歲象，衣紋面相作一筆畫，陸探微吾其師之。 圖成遠寄鄉之舊友丁鈍丁隱君，隱君不見予近五載矣，能不思之乎？ 它日歸江上，與隱君杖屐相接，高吟攬勝，驗吾衰容尚不失山林氣象也。乾隆二十四年閏六月立秋日，金農記於廣陵僧舍之九節菖蒲憩館。按：此首已見自寫真題記，真蹟較詳，兼可訂正刻本譌字，録之。

田居先生爲吾鄉前輩，舊爲監察御史，每得名蹟，必招賞于清池白石間。其藏元至大辛少府貢粉梅矮卷，繁枝密萼，花光迷離，恍如曉雪之方開也。先生最愛予小詩，索題紙尾者三。忽忽五十年情事矣。先生逝後，宅屬他人，畫亦遂失，今凝想寫之，玉壺春色髣髴江路野橋二月也。薦舉博學宏詞杭郡金農畫記，時年七十又五。

世間果有達人，日日執箠戴笠。憐予憔悴關心，方恥牛衣對泣。

相牛床頭有經，來看牧于原隰。遲行四蹄跔跔，猛食兩耳濕濕。

閑則放之桃林，渴則飲之潁水。若教黄金絡頭，未必常能如此。

煙暝樹萌欲動，土膏草甲方滋。要識西成有日，須知東作當時。　題奉廷表先生。

又 據真跡

雲障煙巒頗駭顏，胸中造物自幽閒。賞心端是詩人筆，日日臨池儘看山。　泉唐釣叟題于九節菖蒲憩館。

想見幽人寄意深，閒來松下自張琴。塵中莫漫論心曲，還向空山冀賞音。　昔邪僧廬口占句。

結屋端宜近水涯，隔溪遥對有人家。山林別得行吟樂，策杖歸來日未斜。　百二研田富翁。

煙泉奇想本天開，林木無妨信手栽。添畫幾椽山澗屋，此中何處著塵埃。　蘇伐羅吉蘇伐羅。

流水高山思渺然，精華落紙總雲煙。看君惜墨如金意，畫訣全參冷處禪。　稽留山民。

一帶山莊四五峰，環邨流水漾溶溶。先生自是如雲手，洗脱南宗與北宗。　之江釣師。

颿影黏天澹欲無，松嵐遠寺半模糊。可知著紙無多筆，便是江天萬里圖。　龍梭仙館舊客。

是誰闢得徑三三，蕉葉陰中好坐譚。斂卻精神歸寂寞，此身疑在緑天庵。　心出家盦僧。

浩蕩天機日往還，不摹董巨仿荊關。驅毫別具分雲力，幻出雲邊雨後山。　冬心齋題句。

難得浮生等水鷗，每逢佳處便勾留。江山若大容何許，只著詩人一葉舟。　昔耶居士。

靈想雲煙總化機，硯池應有墨華飛。請看策蹇尋幽者，一路山嵐欲濕衣。　曲江外史筆。

滿紙枯豪冷雋詩，白雲漠漠日遲遲。飛泉洗淨箏琶耳，靜氣惟應山鬼知。　嘗見西唐山人畫梅，皆疏枝瘦朵，全以韻勝，口占數句，題之此册，隨意塗抹而氣韻靈動，非食煙火人所能夢見。山人自題五言古于左，屬余各書一絶于上，觀之者恐嗤吾曹皆山中白雲耳。　杭郡金農并記。

又見方濬頤《夢園書畫録》

吾聞善釀者有國，藏貯者有城，沈湎者有鄉，此中天地，彼蚩蚩者胡爲長年溺飲不醒也。若老𩑶鬚髯戟張，豪氣攝鬼，睥睨處不知有人，方可一醉也。今圖其狀，酶酶焉，騰騰焉，冠裳顛倒，劍佩皆遺，老𩑶老𩑶，值得一醉耳。醉鐘𩑶圖，杭郡金農畫記。

白紵袍，青絲履，清旦山行松里許。松風爲我一掃地，忽作水聲吹到耳。耳中生毫但願如松長，此身落落如松强。試問有錢百萬河東客，可買松陰六月凉？稽留山民畫并賦松間曲。

沈家園小花枝雲曉，是何人翦他碎了，扇底輕容風嫋嫋。銀梭舊客寫意并自度小令書于上。

開過牡丹春可憐，又開芍藥春無邊，貴家亭館花成田。紅闌青幔小舭船，蠟煙如纛拂管絃。玉盤盂，金帶圍，廣陵自昔爭相傳。五日十日莫輕翦，一上街頭不值錢。杭人金農畫并賦芍藥曲一首。

三十六陂，凉水珮風裳，銀色雲中一丈長。好似玉杯玲瓏，鏤得玉也生香。對月有人，偷寫世界白泱泱。愛畫閑鷗野鷺，不愛畫鴛鴦，與荷花漫漫商量。金牛湖上金吉金畫白荷花并題。

元人王淵水墨小山叢桂圖，余舊藏冬心齋，以贈薌林先生，先生是年舉于鄉，今爲宰輔矣。此畫尚存篋中，不輕與人見也。客舍坐雨，追傳其筆，漫作小幅，月中田地，香影婆娑，殊可想也。甲戌三月清明後二日，曲江外史金吉金在揚州昔邪之廬記。

南陽有菊水，襄陵有菊城，余在江上與鄰曲諸野老結菊社。酒邊籬落，康風子或一遇之。今年客此，漫意作畫，寄語故鄉三五耆英，晚香冷艷，尚在我毫端也。仙壇埽花人畫并題記，時僦居揚州隔歲矣。

凌霄花挂青松，上天梯路可通。仿佛十五女兒扶阿翁，長袖善舞生迴風。花嫩容，松龍鐘，擅權雨露私相從，人却看花不看松。轉眼大雪大如掌，花萎枝枯誰共賞。松之青青青不休，三百歲壽春復秋。稽留山民畫并效樂府相倚曲題之。

宋畫院中有畫白茄小景，詠白茄詩有『光圓頭腦作僧看』句，乃鄭州處士戲徑山潛禪師所作也。余偶爾寫生，適沙門古水尊宿見過蔬飯，因舉以爲笑，豈復狂吟，又下一轉語耶？

菊之古諺云：一日不在家，勸君切莫種菊花。言蓺花者六時辛苦，不可忽也。今余筆底爲之，濃霜猛雨無從損我一花半葉也。杭人金吉金畫并題記。

又見真跡，爲揚州崇寧寺僧海雲所藏

滑玉巖扇一笑開，獨游知我渡溪隈。青山邐迤眼中見，黄葉亂飛衣上來。崦曲細尋雲影磴，茶香嫩試雨餘杯。莫言身賤名應損，嘉遁無人重鑿坏。楊梅塢訪吕山人茶話而别。

荷花開世界，密竹接空冥。風谷笛宜弄，秋池雨待聽。紅衣香漠漠，碧玉翠檽檽。此地堪銷夏，從君醉醁醽。題虚谷生《竹深荷淨圖》卷子。

吴興三絶詩書畫，半幅鵝溪妙蹟存。山樹模餬天水碧，秋風猶戀趙王孫。題松雪翁山水小軸。

楊郎具騷雅，種蘭性所成。自有華露滋，不使叢棘生。三湘昔充佩，九畹無異盟。披圖對之子，臭味久更清。題楊吉人《種蘭圖》。

手種明玕十畝中，居然林下有清風。來年竹利如魚利，此語曾聞白石翁。題修來竹林小照。

南宗有文字，丘壑愛善變。谷陽有友生，潑墨積滿卷。索題慎擇人，詩好略貧賤。是日雨淋浪，僧廬理茶串。如坐石簰山，江雲一窺見。題許江門畫稿後。

引爲兄弟五冬春，相愛無過徐善真。織屨窮愁同弱草，吹簫蹤跡類飛塵。君辭天角歸何速，我墮風輪夙有因。説著阿儂殊可笑，最繁華處作閒人。送紹武還里。

符生抱幽姿，竹林散籤帙。勘書費雌黄，坐失歲月日。劉向訂趙齊，李謐定甲乙。一卷既精勤，四庫閱可必。行將登鑾坡，看爾運雙筆。題幼魯《竹里勘書圖》并送之京。

孝友吴同甫，淪亡隔杳冥。披圖秋瑟瑟，想子骨亭亭。清淚如鉛瀉，哀辭憑夢聽。可憐故山失，松黯鶴遺翎。題松窗夢鶴圖。

上座香林戒律持，平山喻法了無疑。貌如豎拂參寥子，句比清吟禪月師。久識圓光開觀相，那堪彈指歎浮毗。泉邊公案曾參破，二八飛流悟道時。題麗公遺像。

揚舲擊汰壯君行，鑾粵春風古興生。高士蒼涼雙樹宅，仙人縹緲五羊城。客中對客連宵酒，山外看山隔路程。我更銷魂倚欄立，每逢送別動鄉情。送友人之粵東。

午夜巡檐費苦吟，寒香瘦影弄墻陰。他年上界爲官府，試爾春風鐵石心。爲谷林二兄題畫梅。

一丸寒月水中央，鼻觀些些馥暗香。記得哄堂詞句好，梅魂梅影過鄰墻。題梅花卷子。

枚叟老無敵，稽生嬾不堪。君藏書在櫝，我與佛同龕。晨讀花垂幔，午眠雲滿潭。扁舟倘相訪，把卷樂湛湛。寄許都□謹齋先生。

亭畔藕花放，風漪四面涼。如聞池雨過，宜有玉琴張。書幔楚山白，觥心越酒香。炎天臥冰雪，主客兩相忘。程四風衣招飲水西亭，賦此報謝。

昂首東萊少絕塵，鬢絲禪榻證前因。吟詩亭角陳居士，煨芋林中嬾上人。黃菊漸驚重九節，白雲猶結舊時鄰。那堪秋雨秋風候，遠憶清江草木貧。往游東萊，道阻揚州僧舍，有憶江上故閭。

浴碧跳珠聲不休，貴家池館可宜秋。清池荷葉西廊竹，一有愁人雨便愁。雨。

披討破天慳，爇香矮閣間。書看北齊字，畫愛江南山。窠石亘緜好，風梧下上閑。驩然一觴進，沿月返禪關。過柯亭齋中，出觀法書名畫，因留小酌，乘月返淨業精舍作得一首。

雍正甲辰九月望日，自天寧寺移寓淨業精舍，風葉滿庭，人踪鮮過，吮筆伸紙，録近作十數首以消永夕，詰朝即束裝行矣，從此帽影鞭絲塵土撲面，要如今日之閒未易得也，志以歲月，不無憮然。錢塘金司農手識。

冬心先生三體詩

序

乾隆壬申初春，春雪盈尺，濕突失炊，予抱孑影坐昔邪之廬，撿理三體詩九十九首。三體乃五、六、七絶句作一題者，唐宋諸賢有之，予摇筆不休，可謂輳轢古人矣。是日汪隱君巢林著屐扶短童相訪，云衰齡忽爾喪明，然無所痛，然從此不復見碌碌尋常人，覺可喜也。又云先生何所爲，予答以手録三體詩，將鋟木寄示四方交游。巢林又云：『先生詩奇異獨詣不求同，而能棄衆人之所收，收衆人之所棄，似謡似歌，得古樂府遺意，驟讀之句棘撟舌，再讀之合規中榘。吾雖目盲，心頗能賞之，恐世間眼大如車輪者未必知先生之妙也。』一笑别去。

詰朝舊友陸竹民從楚州來揚州，叩門造詣，自言兩耳閉窒，床下蟻鬭不聞者經年，問予三體詩付剞劂氏否，予以指畫紙而告之。竹民曰：『吾之聾，淫哇之音充塞于耳也，吾之聾，姦吝之聲洋溢于耳也，若先生詩試爲吾誦之，清清然，泠泠然，恍飛空中泉，恍吹松間風，吾傾耳而聽，耳則豁焉開通，便如飲治聾之酒矣。他人耳雖聽，不過箏琶之悦，烏能愛聆先生高唱入雲也？』

二老與予締交已近三紀，論議特出，迥非凡流，真有道之士邪。因記其言以當詩序云。杭郡金吉金書。

心出家盦在稽留山予避喧之地也盦中耳目清供一物之微皆可入詩

諛人不如諛物諛物無是非也

石女嫁得蒲家郎，朝朝飲水還休糧。曾享堯年千萬壽，一生緑髪無秋霜。

九秋晚菊勸酒，二月紅蘭笑人。遊山卻有阮屐，揮扇而無庾塵。

種竹竹無算，風嬉雲幽幽。一竿吾嬾取，去釣東諸侯。

訪澗上酒仙所居

消息三青鳥，玲瓏九瓣花。起居醬夫子，碧落是仙家。

丹梯常俯松閫，湛露分沾藥畦。昨夜何人偷飲，厨中失玉偏提。

白雲忽自眉際出，黄葉亂飛衣上來。空亭久立非無意，攔路溪風不放回。

過龍興寺寺僧設伊蒲之供因而止宿弁山山中對月聽泉即事有作

七重舍利塔，尺二辟支轃。梁朝賜寺古，茶板赴清齋。

目短破月失照，手寒澀琴罷彈。真箇一無所事，貓兒狗子盤桓。
山僧留客聽山泉，客與山泉有夙緣。此耳此聲僧解否，滿堂飛雨夜忘眠。

閉門非無事也

鄰女花錢少，山僧鶴價無。秋來新債主，卻不是屠沽。
雪中芭蕉一軸，王右轄畫風流。摩挲押縫小印，非碌碌爛羊頭。
破屋三間可奈何，請看壁上煎茶歌。石如飛白木如籀，除卻高人不愛他。

不速之客日有所至放言高論皆抱道士也詩以書懷揭之坐隅

袖有京氏易，床無和郎錢。窗塵學書好，掃帚毋相纏。
客至左韋右布，門開面池枕林。作達不謀生產，放言詎失初心。
八百株桑二頃田，幾家耕種兒孫賢。三十年來三易主，成都洛陽殊可憐。

冬夜作消寒盒子之會筵上被酒各賦小詩詩成付管弦一一歌之

吴家心字香，貯以倭奩輕。熏爐夜可戀，果信火有情。
消寒作盒子會，乾紅燭底曲房，第一兜羅緜手，琵琶謝十三娘。

今日老夫昔少年，月圓月缺缺還圓。酒污貂裘故相惱，北風吹倒小舭船。

過劉孟公前輩草堂有贈

五品爲郎三輔賢，瓦松賦罷太蕭然。昨朝病酒今朝雨，鬻宅誰償私鑄錢。
殺蠅忽思蓮莆，溯日欲到扶桑。閒話目前太古，不愁地老天荒。
妖花妨道眼，白白與朱朱。衰年都不愛，只種藥葫蘆。

自贈

少昊是吾長，孤生骨立寒。人間重卿相，莫强管幼安。
有道蒲輪五辟，名賢玉幣三徵。可值拂衣一笑，喑聾能與不能。
蓄魚于樹鳥棲泉，物性相違便倒顛。洗耳鑿坏非矯世，此翁原不受人憐。

過吴侍御野林别業同其親串數輩作文酒之會酒半出觀宋人山水無欵畫小立軸因賦此詩以代劄記

故人朱紱貴，昨謝驄馬歸。無塵亦無垢，新製遂初衣。
范舅王甥談藝，梅兄竹弟舉杯。愛潔一日數沐，下帷經年罕開。

唐朝麻紙宋刻絲，裝界精能好護持。鑒賞不逢勾處士，青山減色樹摧枝。

枯梅盦梅花

此梅口戍削，自署枯梅盦。香味如釃味，聞之古瞿曇。
天寒清曉呵凍，林下水邊不忘。那有雄蜂雌蝶，霜埃作百顛狂。
雪比精神略瘦些，二三冷朵尚矜誇。近來老醜無人賞，恥向春風開好花。

題王高士元充山舍

五言繁主簿，小筆梅沙彌。能詩復工畫，臣叔何嘗癡。
香林無百毒草，玉井有二青蛇。終日看雲來去，忽離忽合人家。
手種靈芽仙葉同，山南新焙品花宮。一甌嫩色欺春雪，天上茶星是此翁。

宅抱草木貧貞曜先生詩也嘿嘿終日荒厨斷煙秦山人語也予舊廬深闔時有戒心九朝三食又予之恒境也因希繼兩賢而長謡之不遭擯斥此予之獨得也

江䆉夜已㪚，墨突午不黔。卷舌古有誡，寡言守星占。

舊日杪欏若織，今年薜荔成幃。可怪一雙雛雀，人前故衒新衣。

春風暗逐七香車，吹得開花又落花。畢竟春風忙甚事，春風不到老夫家。

得鮑十四辛甫先生海寧官舍捐世見寄之書哀悼不已書中遺言云當葬于杭州靈隱寺門便是長吟鶴髮翁夜臺也予爲後死者服緦麻設位哭之并投以詩蒿里之曲薤露之歌豈無謂邪

夢占鵩鳥賦，鬼唱秋墳詩。傷逝揮老淚，若江河漏卮。

三舟客有千里，七品官無一錢。小北邙山何處，石人嶺下長眠。

易簀書來墨慘新，蛇兒年讖應淒辰。聞君數日前頭事，共語輀車紙偶人。

三過當湖訪張君龍威作此贈之

蒲塘水正暖，藥隴花已飛。昌郎小舴艋，三叩白板扉。

東吴故多才子，君笑忱謝何劉。好是襬褷野鶴，林中高出一頭。

堊色唐甎古壙開，題詩愛爾坐高臺。豐狐筆管顛狂甚，一霎獰雷猛雨來。予藏古甎，唐時物也，龍威爲賦長歌。

舟泊弄珠樓漫作

孤篷與短櫂，不載千里愁。蒙頭聽夜雨，此是野人舟。
一日一日且過，于思于思復來。難得緑波留客，緑波如潑春醅。
遶郭東湖少世情，弄珠樓下冷清清。破毛之禽晚争浴，汀草渚花無賴生。

將游漢陽不得與龍威道别詩中所言則連日情事也

官清俸錢薄，縣僻弦歌稀。六詩妙天下，不識劉孝威。
斜日額黄顔色，迴船寂寂古津。絶無花叢勸酒，只有塔影送人。
角角雉聲麥秀初，夫君不見心躊躇。相思一夜減衣帶，大别山前遠寄書。

梁溪道中望九龍山捨舟策杖至聽松盦與松泉開士茶話第二泉上追悼拙存恭壽兩先生不覺星燧逾一紀矣

名山踐宿諾，畫竹古人殊。一竿頗矜惜，不换紅氍毹。
但愛細雨泊寺，何勞峭帆得風。啞啞以水爲宅，自呼曰信天翁。
久亡緑骨松間客，暫對尖頭泉上僧。今日此心頓無著，十年前已冷如冰。

賀家池頭看月

八萬三千户，清光户户開。仙人玉屑飯，分授見誰來。
酒味如錫太重，鄉愁似瘧無情。今夜已拚不睡，笛聲吹到天明。
不巾不襪煩暑清，一丈荷花露倒傾。風亦小心雲掃盡，涼蟾向水泣三更。

過張氏廢園

墮毛鶴隕子，换籜竹開花。荒池少人問，聒聒私蝦蟆。
園丁背掃落葉，有客斜陽叩門。門外青山不改，門前舊額猶存。
歌筵昔夜雨涔涔，熏袖温馨散莫尋。飛爵騰觚如昨夢，紅葩空自滿堂襟。

客謝司空寺賓從日過繪事樂章皆負絶藝即談禪對奕各有品目因示小詩共作一笑

林中芭蕉樹，佛前功德雲。不壞與不滅，一一試問君。
妙畫深巖委澗，新詞霧唾珠啼。何必錢知什伯，不妨路失東西。
空堂飽飯有棋聲，四角中央總不平。客去斂枰無一子，恨他黑白太分明。

冬心先生夢遊山中見古松一株作詩以贈詩不贈人而贈松是何意乎松之靈骸神景勝于凡軀千萬矣松真有知其音泠泠然若相和邪

深山見道士，顔色如少童。自稱百木長，散髪青蒙蒙。
怪石久聞鞠伏，惡藤不受糾纏。若問此松年紀，軒轅在上頭眠。
半朽丰枯死復生，天台路滑無人行，世間只得韋郎好，能畫一枝風有聲。

近日

寧爲措床龜，肯作被繡犧。小草凍不死，我心如卷葹。
洛中夫子開卦，蕺山老媪乞書。惟此得錢不愧，得錢一醉何如。
桓野長笛招即至，徐凝惡詩洗去多。放狂近日得笑疾，不計人間責與訶。

上巳春遊曲廣陵記所見也白頭羈客作此小兒女語不免陌上遺鈿墮翠之人掩口盧胡而笑邪

比肩列玉屏，攜手舒春荑。願爲洲上鳥，不匹飛單棲。
橋南橋北桃花，老子也愛繁華。髣髴傾脂河畔，畫中紅樓孟家。

香槽雁柱箏三撚，芳草雞缸酒十分。記取蕪城好天氣，暖雲如粉射斜曛。

寄北山僧恒公

輕磨佛幌煙，弄筆生精神。牛羊馬犬豕，畫畜不畫人。
陸疾著毀茶論，奚康廣絶交書。此事便傳千古，吾將入山焚車。
白荷花開涼四肢，脱簭野竹相參差，一聽秋雨秋池上，不夢公卿夢阿師。

金陵楊孝父天性狷妙善奇篆有佚籀之遺見人輒漫罵不已予最愛之近從南嶽來客揚州相對論世作詩以贈亦狂泉之飲耳冷吟冷笑如何如何

怒割乖龍耳，笑除風后奸。何如君罵坐，豪氣高桓桓。
漢啟母廟石闕，吴禪國山殘碑。落筆眾妙之妙，知卿舍我其誰。
三年出遊萬里歸，白眼如君天下稀。曾聞祝融峰頂宿，喝月倒行霜倒飛。

客嘲賓戲有問及近狀者乃遺中山毛生荅之石卿墨卿頗有助喉舌也

手弄古時月，耳聽空中泉。黜帝是何物，謔浪三千年。

甲乙丙丁編集，幽并齊魯騎驢。題詩半在行路，絕似西風雁奴。
丞相車茵御史臺，也容爛醉逞狂才。郢中兒與洛中客，可見東塗西抹來。

寄懷萊州沈椒園觀察

勞山山渲青，僚佐陪清吟。遥知戟門内，五字稱詩林。
車前八騶自有，袖裏三疏曾聞。年來風度不減，青玉明珠想君。
三五二八月嬋娟，連宵千里目睊睊。風吹破帽酒人散，可記家鄉抑鮓天。

論古不論今也今人安足論哉論古古人不我罪也

何敬容殘客，吕不韋門生。貪名與貪食，相較孰重輕。
龐德公非侮士，羊叔子豈酖人。抱此百年痼疾，由東鄰不稱臣。
買山而隱郭文舉，恐富求歸王秀之。近來此輩何曾有，好月好風空待誰。

題昔邪之廬壁上

渴羌與荒傖，不送亦不迎。青苔斷履跡，忽上筆床生。
隸書三折波偃，墨竹一枝風斜。童子入市易米，姓名又落誰家。

野梅瘦得影如無，多謝山僧分一株。此刻閉門忙不了，酸香嚥罷數花鬚。

江君鶴亭在燕市購得古槧本書數萬卷載之槐檟以歸作詩美之

聞君遊天家，買得書一車。好書如好色，非章臺狹邪。
池北可充列庫，藤陰定貯閒廳。抽卷百回百讀，翠蛾隔繡簾聽。
三家渡河事頗誕，古蟫食字仙何靈。不爲捭闔欺人語，安問趙蕤長短經。

辛未除夕獨酌苦吟憶老妻曲江江上

作客身千轉，憶家腸九迴。揚州好厨釀，可惜是孤杯。
春碓紡車人老，蘆簾紙閣燈深。定設香花供養，一軀長帶觀音。
歲去堂堂挽莫追，最難忘事是霜帷。四婆裙子新漿洗，今夜搗聲生別離。

今日

鏡閣掩新粉，花殤失故紅。岌岌復慑慑，阿儂可憐蟲。
文人送衣贈藥，名士汲水伐薪。取資於友不淺，昧俗卻我率真。
五言入格包明月，一著饒先夏志松。詩損心苗棋損智，不如萬事任天慵。

汪六巢林忽爾喪明樂丈慶夫患足經年不良於步好友情關作詩想慰

此古人之疾也若老柏之有枯枝寶鑑之失疲照何碍乎其本來也

目盲張太祝，足跛觸左師。捷行兼善視，笑殺蔡充兒。

蹇處卻勝屈膝，閉時即是垂簾。可喜靈臺不昧，何憂蓬户常潛。

此後已辭傾險路，從今不見尋常人。一春花福仍消受，弄影聞香各占新。

《翠螺閣遺集》有效先生三體之作，今婦亡已二十三載，余復足蹇杜門。重雕是卷以破寂寥，非敢有以傳先生也。仍效集中體識之。同治小雪節，丁丙。

山魚而水塵，野鶴與孤雲。三絶足千古，前身鄭廣文。

五君六逸七子，一時玉屑霏馨。合筆歲寒圖畫，雙鉤正始石經。

敢隨聾瞎託音知，腸斷停鍼倦繡時。翠螺閣子集目。折脚鐺邊殘葉冷，强支三體校公詩。

叔父梓三體詩竟，命爲題後，因集集中句以志景仰。立誠。

作客身千轉，床無和郎錢。能詩復工畫，謔浪三千年。

甲乙丙丁編集，君笑沈謝何劉。作達不謀生産，非碌碌爛羊頭。

豐狐筆管顛狂甚，徐凝惡詩洗去多。近來此輩何曾有，除却高人不愛他。

冬心先生自度曲

序

昔賢填詞倚聲按譜，謂之長短句，即唐宋以來樂章也。予之所作自爲己律。家有明童數輩，宛轉皆擅歌喉，能彈三弦四弦，又解吹中管，每一曲成，遂付之宫商。哀絲脆竹，未嘗乖於五音而不合度也。鄱陽姜白石、西秦張玉田亦工斯製，恨不令異代人見之。若目前三五少年攤縛舊調者，酒天花地間何可與之迭唱，使其罵老奴不曉事也！歲月既久，積爲一卷，廣陵詩弟子項均、羅聘、楊爵各出橐金，請予開雕，因漫述之如此。

乾隆二十五年二月朔日，七十四翁金農在龍梭仙館書。

昨日 十句四十八字

二月尾，三月初，不風不雨春晴，送别唱渭城。曲子尚有餘聲。離愁無據，落花如夢人何處？酒旗山店，知昨日青驄，一鞭從此去。

乞橙里主人新茶九句四十三字

竹粉霑衣，松花滿地，如此時光須記。今春酒病，想著去年茶味。泉汲中泠，疑帶半江雲氣。一甌綠雪，知有故人寄。

黄葵花七句三十三字

秋在花枝上，花枝隨轉，偏向著朝陽夕陽。玉人最愛新涼，靨微黄。風前小病，病也何妨。

題天游生溪上草堂畫卷七句三十四字

不巾不櫛，終年不出，六月溪堂常衣褐。茶磨綠塵飛，藥囊仙草肥，松風聒聒，肯教人攘奪。

憶西湖南屏山行寄昔日同游龍泓居士萬峰僧九句四十七字

獨坐冷清清，常想南屏背手行。句留處，湖中斷塕影，門外敗荷聲。年年白髮生，每到秋來添幾莖。有負潛夫吟社，净侣山盟。

題自畫江梅小立軸十二句四十九字

恥春翁，畫野梅，無數花枝顛倒開。舍南舍北，處處石黏苔。最難寫、天寒欲雪，水際小樓臺。但見凍禽，上下、啀香弄影，不見有人來。

蕉林聽雨十三句六十四字

翠幄遮陰，碧帷搖影，清夏風光暝。窠石連綿，高梧相掩映。轉眼秋來憔悴，恰如酒病。雨聲偏在芭蕉上，僧廊下白頭人聽。聽了還聽，夜長數不盡。覺空階點滴，無些兒分。

記魯中舊游十句四十六字

南池側，絶少人間煩熱。太白酒樓，我曾三到，手弄月光如潑雪。又上東封山頂，看漢時柏，秋風刺刺，青衫破帽，騎驢狂客。

題庭前草本小花爲板橋居士作十句四十八字

鄭家小婢，草叢一半，新栽紅紫。老却關情，愛他容易開花結子。來春分種，看籬落墻根，蔓延不已。野香無比，風味是澧蘭湘茝。

題朱君二亭桃花扇面八句四十五字

野外桃花，窺人好似墻東女。亂紅無主，難得春風擡舉。二八華年，憐他笑靨眉能語。今日煖雲如許，恐變明朝連夜雨。

記昔年爲亡室寫折枝枇杷五句二十七字

橛頭船，昨日到，洞庭枇杷天下少。額黄顔色真箇好，我與山妻同一飽。

吾家棕亭詩老以其吴趨小友徐郎定定寫真乞題十句四十七字

徐郎笑面，試秋衫新練。别有風情，肯輕教人見。酒邊花底，不特歌喉，明珠一串。妒他才子詩成，細界烏絲，大半爲阿儂寫遍。

初夏十一句四十九字

今年初夏，小小晴光，且看池陰苔管，石罅萱房，新竹嘲風纔過墻。漁兄漁弟，消息如何，江湖涼夢多。再遲一月，浮艇去，笑著青蓑。

送遠曲八句四十字

津頭車馬，柳邊花下，鞭絲帽影太匆匆，他日再相逢。　人折柳，花勸酒，柳生離別酒生愁，不如不去覓封侯。

昔日山游九句四十五字

青山繚繞，數之不了。步步靈花忍草，風林如掃。又聽一雙擣藥鳥。　四明狂客剡中僧，笑口共相迎，何處去，十二樓五城。

池上八句三十七字

荷花開了，銀塘悄悄，新涼早。碧翅蜻蜓多少。　六六水窗通，扇底微風。記得那人同坐，纖手剥蓮蓬。

憶樅陽道中看月十句三十九字

前年、獨泛九江船，二更後，一聲涼笛，把月吹圓。　團團爛銀盤，中央田地寬。阿誰、偷種婆娑樹，散麝塵無數。

竹枝曲八句四十八字

山中籦籠三日眠，龍子龍孫飛上天。秋來弄雲掃紫煙，一唱竹枝人可憐。人不見，愁千萬，餘音在水湘江遠，蕭蕭暮雨增幽怨。

題僧壁八句四十五字

谿禽格格，山花索索。莫把酒杯空却，須滿滿斟著。三百六十少年場，紫毫一管顛狂。醉來題字不成行，亂寫僧家粉墻。

爲沈君學子畫梅花帳額十七句八十六字

洗盡鉛華，疏影横枝，偷寫繁花。照眼却不怕東風吹謝。玉女窗中，有人同夢，夢在水邊林下。空香如灑，真个瘦來無一把。吴綾光砑問沈郎，吟管可許今朝分借。小字填詞，金荃增價。知絶代蛾眉，昨宵新嫁，柔情縷縷，欲罷難罷。

題粉團花便面六句三十四字

花攢一朵，數了又數，數不盡花房幾箇。風枝輕顫粉初勾，紅漾酒鱗鱗，看花難得去年人。

獨莖草花約一尺許開時如雪園中花匠云是夜合漫題小詞四句二十字

雲希希，煙微微，仙人新著五銖衣，侵曉嫣然啟玉扉。

題女史徐南樓吟稾九句四十七字

一卷新詩，大珠小珠錯落。想見南樓月好，吟毫坐深魚鑰。閨中才子，勝人百倍，洗盡香匳脂粉。謝家道韞，女師却是東陽沈。謂沃田先生。

憶昔十一句五十字

趙倡錦瑟，秦女鈿箏，昨夜瑣窗聲。今朝春夢，有夢不分明。花間遊騎，空見酒痕滿地，立多時，也非容易。雙魚難寄，一顆顆鮫宮淚。

題山僧叩門圖八句三十八字

光圓頭腦，定是前山跛長老。叩門何事，口念新詩笑倒。草堂塵掃，樹團團圍抱。蔬飯好，此間無熱惱。

自題梅花矮卷三句十三字

雪一株，玉不如，風亭小立數花鬚。

前溪女兒乞題畫箑四句二十四字

兩頭纖纖出水新，無浪無風少婦津。斜陽依舊，偏不見采菱人。

楚澤吟九句四十四字

修琴客去，賣藥人無。近結溪翁一二，共泛菰蒲。與鷗争席，年年清夢落江湖。雲荒七澤，亭圮三吾，主領秋光有老夫。

故人劉顛漢酒徒也有厥祖之風今自瀋陽來作此贈之八句三十九字

襆被叩門，舊時鄉里，笑説遼東白豕，頭没酒杯裏。荷鍤而游，死葬糟邱，此願能償客姓劉，不問五諸侯。

湘中曲六句三十六字

西也菰蒲，東也菰蒲，湖尾儘有若無。雨也模糊，雲也模糊，疑是彭郎娶小姑。

題草花畫册六句二十三字

月頭、月尾，一串花無比。頰有紅潮，十三年紀好，東風扶不起。

薔薇五句十九字

莫輕折，上有刺，傷人手。莫可治，從來花面毒如此。

春閨十句五十三字

風簾不捲，久閉簫樓。昨夜翦殘紅燭，拋撒香毬。春病似花間孔雀嬾擡頭。料得遠山一簇，學我眉愁。且待清明節近，緑隄翠陌，鬬草并車游。

梧桐引七句三十三字

金井轆轤空，苔階溜露溼梧桐。弱枝先墮，不待秋風。吴宫夜漏，又添新恨，二十五聲中。

不見九句四十七字

忽有衣香，吹來笑語，却隔著重重朱户。朱户重重，那得人間別離苦。月竟長圓，花全不落，便日日醉倒月窟花叢，也無些趣。

與詩弟子羅聘偶談南宋武林舊事十一句五十六字

吾家古杭熟食店，珠子茶坊，當年畫壁，大好是劉郎李郎。今已荒涼，賸水殘山看夕陽。湖魚兒辣羹，不復問纖手厨娘。何況，金籠蟋蟀，秋草半閒堂。

題夢緑居士丁辛老屋圖十一句五十三字

逭暑無方，長林之下，僦屋有如結宅。愛帝城，城外西山，不比他山顏色。想見王郎熏香，朝罷换生衣，蕭然吟客，涼風滿席，定甲乙丙丁編集。

憶湖上九句四十五字

定香橋下白泱泱，湖雲透袖涼。最好一方鷗席，八尺萍牀。何不歸故鄉，仍作垂釣漁郎，爲春忙。蓴羹薺菜，向僧饌分嘗。

萱草六句二十八字

花開笑口，北堂之上，百歲春秋。一生歡喜，從不向人愁，果然萱草可亡憂。

題秋江汎月圖八句三十五字

小艇空江，一人清徹骨。恍游冰闕，弄此古時月。管領秋光，平分秋色，便坐到天明，不歸也得。

題團扇桃花楊柳八句三十七字

二三月，柳枝柔，花枝溼，風風雨雨春愁絕。紅綬廳前，金明池上，可有者般顔色？只少那人翠袖立。

題小山開士小影十句五十字

不坐蒲團，不扶藤杖，尋覓本來面目。峭緊草鞋何處去，非人世東西南北。山中泉石，林間猿鶴，都是老僧眷屬。天一握，與野雲同宿。

題石田先生遺事九句五十字

相城沈叟，部民應命，小人有母。公堂粉壁畫代帚，亦何損于某。回家拂衣臥林藪，笑謝出諸口。去而再往賤如狗，世上豈少曹太守。

題目寫曲江外史小像九句五十一字

對鏡濡毫，自寫側身小像。掉頭獨往，免得折腰向人俯仰。　天留老眼，看煞隔江山。漫拖著一條藤杖。若問當年，無邊風月曾爲五湖長。

爲沈君沃田題桐陰結夏圖即送還華亭十六句七十九字

三處鄉音，謂京江蔣春農，全椒吾宗、椋亭。連朝閑話。都是天涯詩客，坐此梧陰碧。羅張繖下，有大玲瓏、小玲瓏石，散巾舄，暑銷無迹。　人間六月真同火宅，誰不羡涼生兩腋。沈郎善病，鬢絲幾點吴鹽白。忽買輕航便歸去，飽看門外，九峰嫓嫿。

枇杷歌九句五十一字

野枇杷，雪中開花老僧家。天生蠢葉聳且奢，常把山樓一半遮。　飲澗猿，白毫長，好似團團明月光。隔林游戲偷先嘗，不待洞庭滿樹黄。

憶吴興道場山中七句三十六字

松陰路轉，便有好山滿眼日千變，青青難辨。　僧扉午後開，池荒水浸苔。梅花下，只我一箇人來。

戲述示學侶項均楊爵二生八句三十八字

前世爲僧，石頭路滑，曾記秋林風吹，山青白雲膩。　置身天際，目不識三皇五帝，那有工夫，替人拭涕。

題曹君荔帷秋湖采蓴圖十二句五十二字

生長緑波中，嫋嫋蓴絲，帶葉連叢。　想趁晚涼，三潭月下，采采載低篷。　五載未嘗鄉味，今作白頭翁。　便歸去，已過秋風。　輸君不但，口腹無窮。

秋蘭詞九句四十四字

楚山疊翠，楚水争流，有幽蘭生長芳洲。　纖枝駢穗，占住十分秋。　無人問國香，零落抱香愁。　豈肯同蔥同蒜，去賣街頭。

徑山林道人乞予畫梅題以寄之八句四十四字

山僧送米，乞我墨池游戲。　極瘦梅花，畫裏酸香香撲鼻。　松下寄，寄到冷清清地。　定笑約溪翁三五，看罷汲泉鬬茶器。

題江君雲溪杏花影裏填詞圖 十五句七十二字

百尺銀墻，一枝蓓蕾，杏花紅得太無情。便朝朝、仙露洗他不退，除非夢筆橋頭客，含毫共相對。梢上濃春，莫被青禽偷嘴，吟成好句。玉轡珠零，勝人十倍，聽笛裏新聲，只有七郎，殘月可作配。

題贈雪舫先生 十五句六十八字

割龍耳，捋虎鬚，知先生何所不爲。當年舊事，撥浮雲，驚倒霍家兒。無端春夢，夢醒多時。近客蕪城，哀絲激管，一棹觥船笑賦詩。楚樹遠，楚天垂，湘草湘煙夢九疑。真个狂顛真个癡。

爲荔帷居士畫梅邊覓句圖 十句四十六字

呵凍僧窗，爲寫寒梅兩樹。冰姿霜萼，此心如在山塢。君歸去，嚥酸香，閑把花鬚細數。想明月窺林，清光一斛，照冷吟人苦。

冬心先生雜著

冬心先生雜著引

冬心先生以詩畫名一世，皆於古人規模意象之外别出一奇，勝情高致，超超玄箸，殆所謂逸品者。於畫尤自珍惜，每幅或題小詩，或著數語，風趣横生，總之無一凡近語。此卷皆題畫佛、畫竹、畫梅、畫馬、自畫象贊及研銘，揚州舊有刊本，已久不存，近有刻入巾箱小品中者，袖珍小字，苦於繙閲。今爲重刻，以廣其傳。昔人嘗謂，人之精神不在正襟危坐中，而時時流露於散髮斜簪之際。好鍛蠟屐，亦可以見前賢風流。先生往矣，零縑斷素，得之者珍於拱璧。此雖小品，猶穆然想見其人於百年之間矣。同里後學陳鴻壽引。

冬心先生雜著目録

右冬心先生雜著六種。初刻罕覯，陳氏以巾箱小品本苦於繙閲，當即世行華韻軒本。重刻以廣其傳。今就兩刻參校，巾箱本無『雜著』標目，首畫竹題記，次畫梅、畫馬、畫佛，次自寫真，次研銘。陳本則總標『雜著』，研銘列畫記前，畫佛、自寫真題記列畫馬前，又缺畫佛題記自序及畫竹題記三十一條，其他篇段字句亦多岐出。按：畫佛題記自序云：『予初畫竹，繼畫江路野梅，又畫東骨利國馬之大者，轉而畫諸佛。』是先生畫馬實先於畫佛，陳本以意删定，雖云重刻，蓋非舊觀。今沿標題『雜著』之稱，因存陳序并首研銘，餘悉依巾箱本，間改顯然誤字一二，俟求初刻正之。光緒戊寅九月，里後學魏錫曾識於漳浦古雷鄉。

余爲當歸草堂校刊此種，旋得湖州淩子與霞邗上來書云：冬心畫記尚有吴門潘氏桐西書屋刻本。時剞劂垂成，道遠不及借校，附記於此。錫曾。

冬心齋研銘

文章之體不一，而銘爲最古。《釋名》云：「銘，名也。」記其功使可稱名也。臧武仲之論銘也，有「令德紀功，稱伐之義」焉，則銘不專於誡儆矣。古者盤杅、几席、尊彝、旂常、楛矢、嘉量、皷器、讒鼎、景鍾、辰鑑、刻漏之屬，莫不有銘，研其一也。自帝鴻氏墨海有製，沿及李唐以來，研之産不一地，形不一式，藏不一人，衍石墨相著而黑之語，爲銘者不一家，豈不以文房之用畢世相守，尊如嚴師，密如執友，寶如球璧琬炎〔一〕，護如頭目腦髓者，惟研爲然。墨次之，筆與紙又次之，使石卿之策勳，默而不著，得不笑文籍先生爲少恩哉？予平昔無他嗜好，惟與研爲侶。貧不能致，必至損衣縮食，以迎來之，自謂合乎歲寒不渝之盟焉。石材之良楛美惡亦頗具識辨，若親德人而遠薄夫也。稍收一二佳品，得良匠刓斲精古居北之身，日習其事，銘因此作。亦陶貞白山中白雲聊自怡耳。舟屐所至，朋游好事者謂有奇響，各出所儲相索，予因喜得盡窺諸家之秘而甲乙之，幾如子將之月旦、季野之陽秋也。下逮侍書明童、掃黛房老，圓匳槠匣，群請品題，而予之斐章於是盈軸矣。賅而存之，其中寓規者十之三，彰美者十之七。寓規者座右所陳之比也，彰美者彝器所勒之比也。至其辭之爲雅、爲鄭、爲莊、爲諧、爲正、爲廋，則予不自知。石不能言，惟俟有道者定之耳。且余夙有金石文字之癖，金文爲佚籀之篆，嘗欲效吕大防、薛尚功、翟耆年諸公，蒐討遺逸輯録成書，有所未暇。石文自五鳳石刻，下至〔二〕漢唐八分之流別，心摹手追，私謂得其神骨不減李潮一字百金也。研正石類，銘成輒以八分書之，睹落翮於結鄰，想竊附於曲水拘墟者，得毋以予言爲夸乎。

雍正十一年歲在癸丑嘉平望日，錢塘金農自序。

魯隱君研銘

一畝宫，齊民居。苔滿榻，勤著書。莫羡西鄰有麥魚。

石處士研銘

持平用方，子之苗族。頑陰不冰，是謂温谷。

寫周易研銘

蠱履之節，君子是敦。一卷周易，垂簾闔門。手寫不倦心光存。吾慕蓍龜占，可以釋百憂。水洞洞，雲幽幽，此道最精顔惡頭。

張省度魚研銘

我聞鯈魚，可以忘憂。篵篵其尾，載泳載游。江海豈少，籊人罟師。沉毒鉤者，亟須避之。

蒲子春研銘

爍爍者光，處幽實顯，豈看破天下而始貴其眼哉？

水田研銘

田四周，同我耕者水牯牛。歲歉弗收，吾將汝尤。

巾箱研銘

頭上葛巾已漉酒，箱中賸有研相守。日日狂吟杯在手，杯乾作書瘦蛟走。不識字人曾見否？

敝屣研銘

東郭雪中，老翁江上，棄之棄之，吾何忍棄之！

康石舟研銘

日初出，雞子黃，一夫不改其耕而天下康。天下康，田與桑。

草書大研銘

榴皮作字苕帚書，仙人游戲信有之。磨墨一斗丈六紙，狂草須讓楊風子。

缺角研銘

頭鋭且禿，不修邊幅，腹中有墨君所獨。

團研銘

研如此不惡，面如此便俗。侏儒侏儒多飽粟，今之相者兮果無怍。

汪近人七峰草堂研銘

松吐煙，磨有餘。水一滴，玉蟾蜍。七峰青，草堂上。對寫之，日無恙。

朴山先生注大戴禮記研銘

守其桀，疏其涇。邕其説，十四經。

注老子研銘

河上公，開其原，腐毫罔傳，玄牝之門。

雲研銘

雲一縷，朝朝暮暮潤如許。豈待玉女披衣而後作雨邪？

香洲道士研銘

負此一雙好眼睛，五侯七校皆所輕。願隨飲水陰長生，作書高揭芙蓉城，群仙拍手紛相迎。

余茁邨濡雪堂研銘

濡雪翁，鶴髮新，棄熱客，愛冷人。與石結交如宅之有鄰，冬缸吐孤花苦吟。窮八垠，已忘肩山矗矗兩手龜。吾知先生甯守黍谷寒，不受黍谷春。

鶴研銘

鶴不飛，恒苦饑。玉池水，飲則肥。堯年大寒何處歸？有一人，攜之游。二頃田，爲爾謀。

鷗研銘

秋水闊，鷗矯翼，三沐浴之，中有片席。

注書研銘

石卿助我箋蟲魚，相隨海角天涯居。白髮滿頭了殘書，河東猗氏真不如。

許菊齡瓢研銘

山翁在山，飲山中泉。髓既洗兮，腹何枵然？攜之入林間，果風吹之而有聲焉。

吴惇園寫經研銘

有一善人，寫經閉關。諸花香中，忍界之天。挹澡瓶水，而灌福田。放白毫光，在指節間。

春帆書屋研銘

産南粤，路五千。珠江上，緑榕天。春帆客，載汝還。文筆快，下水船。

篔簹分个軒潑墨研銘

寫韻軒開，此君相對。默默者雲，若五斛黛。

蔆圃鳩研銘

離墨山中，花雨濛濛，曉鳩梳羽啼聲空。上林好棲一枝禽，有經曷不書之？

金星研銘

花離離，孔翠飛。山滲金，夕照微。傲洮河，欺石末。配庾郎，銅筆格。

大全研銘

貌朴古，類儒者，乃淹中、稷下席，横經資我寫，勝斷甎半瓦。

田研銘

尺宅中有寸田，寸田無荆棘。得非伊耆氏之豐年，耕之耕之，掌流五色煙。

大蕉葉研銘

芭蕉葉大，禪機緘藏。中生活水，冬温夏涼。

小蕉葉研銘

嫩蕉葉，抽春芽。試作書，開心花。

唐仲長子光研銘

山有時聾，澤有時瘖。道之不亨，六賊是侵。結廬北渚，此研在側。餌藥長生，水德尚黑。

宋謝幼槃研銘

江西詩社多逸民，廿五人中十九人。謝家小弟才清真，竹友之集七卷新。席有斯研方瓊珉，明窗虛幌無凝塵，筆花如燒開千春。

楊吉人藥局研銘

丹砂田，菖蒲井，耕而不穫，汲之有綆，韓康宋清同其品。

婁正檀隱君宋研銘

天水之民古孑遺，不言不笑偏工書。冷面落落交最疏，一接俗人三祓除。

王橙齋古泉研銘

契刀赤仄，當千直一，用之不竭，果是王郎有錢癖。

冷紅先生填詞研銘

彎爾眉，纖爾腰，秀靨微笑迴紅潮。江郎攜來夢筆橋，初三月底譜六幺，紀曲孃子非其曹。

春泉居士小玲瓏研銘

玲瓏片石，豈蟲所蝕，其香生九竅之文心乎，吾何測之。

皇甫孟陽畫蘭研銘

澧有蘭，産我田，墨灌之，生紫煙。搴其芳，香與色，畫者誰，楚騷客。

蔗田居士松皮研銘

松皮其形，松脂其色，豈無松子，歲收一石。齋心讀書，柴扉反關，如聞松風，出齒牙間。

勘書研銘

開卷不辨虎與魚，莫對君而書。君愛潔，朝沐日有度。毋盜貪泉來，恐觸君怒。

巢空閣主人宋研銘

非芝之紫，得荼之白。一世二世，趙宋之石。君工畫，兼能詩，莫寫灰堆山，且題幼婦辭。

代耕草堂研銘

疏溝洫，耡蒿芻，歲收何減南國珠。此中不納五斗租，却勝買田迴踵湖。

樊榭山民填詞研銘

紅絲研，鏡匳藏。墨一螺，譜樂章。井華清，甘且香。爭歌之，柳七郎。

閔廉風石卵研銘

團團如墮星，雨餘天色真空青。利我之用磨我墨，不數翡翠能屑金。文字妙，書體精。石柱記，卵塔銘，二者得兼惟阿兄。

廉泉先生研銘

牛漏蹏，尚可耕，人膫四體忝所生。目矇耳眊夜失明，墨池乾涸無精神，不如捐棄同書檠。

金陵沈隱君研銘

攝山在几，此研相親。白雲與游，堯之外臣。

馬嶰谷蕉葉研銘

夜含露，朝吐雲，詎遭修竹有彈文。七聘堂，牕洞開，仙客馬明生，作書無點埃。落筆聲，認雨來。

楊都督研銘

上馬殺賊怒露斷，下馬作書和氣親。運筆如使槊，其力足以舉百鈞。平東將軍何嘗眼大同車輪。

王東令舍人著作研銘

紫薇省，文筆新。得汝潤澤如麗春。心無垢，面無塵，風格老，何嫌醜舍人。

孱守齋主人洮河研銘

質比紺玉，色如海苔。君毋浪用，日磨竈煤。

洪樱亭贈嫁研銘

玉堂仙人非麤官，嫁女却似戴叔鸞，練裙竹笥笑不完。匳中有研奚酸寒，遠勝明珠贈一簞，女夫得之盥且看。三危之露生溥溥，星光爛兮夜未闌，著書當向毛公壇。

丁敬身改書研銘

毋貪墨，寧雌黄。功最深，補訛亡。

鳧研銘

若野鳧之飲於水，花翼拍拍可憐紫。

内子口研銘

毋長舌，毋露齒，閨中之研乃如此。椒有頌，菊有銘，以筆代口含芳馨。

沈童子研銘

唐家小兒秀無比，一雙瞳神翦秋水。舞勺年，頗能書，右將軍，笑不如。

女郎小研銘

十三年紀，待嫁不嫁石家女。顏色可療飢，桃花好面皮。

西唐山人畫山研銘

作畫不燒枯樹枝，鼠鬚蘸墨何所師，妖花暴禽君弗爲。隔江晴翠窗案間，故宫紈扇湘竹斑，輕描細染南朝山。

原高士括囊研銘

開君囊，有何術？一弓書，習禽乙。

張仲弢孝廉試闈研銘

七十老翁何所求？三上春官名不收。尚誇磨研絪緼浮，作文辛苦書蠅頭。曲江領宴願始休。

三弱先生著作研銘

佐良史，石之職。善屬文，分曲直。若以積墨敗水而汙其面，何異喪君子之德也。

吕湘中研銘

骨露而寒，耳通有漏。長身君子，何礙其瘦邪？

林塘主人風字研銘

抽我豪，頌清風。水得之而行，千里瞬息中，八方六合將毋同。王郎王郎才敏捷，不愧滕王閣上客。

邊壽民月圜研銘

何取乎規？有此圓相。三五不虧，作滿月狀。

馬涉江鐸研銘

服勞者牛，非其所繫。先生得之，掌周官樂而無戾。

透風透月兩明軒重蓮研銘

液生華合丹，只用青蓮花，七寶池頭是爾家。

盛嘯厓雙魚小研銘

鰈魚一雙，墨沼春朝。莫書恨字，寄紅板橋。

趙飲谷填詞研銘

其曲寡和，其人則餓。誰曰詞場無不可。迂辛髯蘇計乃左，研兮鮮用空錦裹。飆輪墮落類爾我，弗如山南之茶磨。

蘢公研銘

結團庵，龍樹前。白足僧，研有緣。銅槃既浄拭，洗之菩薩泉。現一絲絲，若紺髮然。

張法生請室上書研銘

釋汝囚，返汝魂。魚脱笱，鶴離樊。賴石氏，辯沈冤。雖不言，而代言。

雨山先生指頭畫研銘

吴生精舍如佛巢，白頭與研爲石交。以指濡墨萬象包，鮮花活樹多風騷。何須一牀秋兔毫。

瞽師郝用光研銘

西河子夏，經術昌明。雖盲於目，不盲於心。

水墨雲山粥飯僧寫經研銘

白乳一泓，忍草一莖，細寫貝葉經。水墨雲山粥飯僧。

又

朝寫經，夕寫經，香林古雪銅龕鐙。此時欲守西方聖人酒戒吾不能。

汪竹廬斧研銘

斧柯山，君宅之；武陽水，君淬之；月中樹，君伐之。

飲牛主人緑肪研銘

青琅玕，出碧波，香荷葉露試一磨。仙書緑字校不訛，千金爲聘豈曰多，肯换翠袖之雙蛾。

屐研銘

莫笑老而無齒，曾行萬里之路。蹇兮蹇兮，何傷乎遲暮！

蔣康民端州研銘

仙骨堅玉之清，子何來五羊城？

作漢隷研銘

月霸圜孕象爾形，其上異色開翠屏。殺墨如剸犀，何啻大食之刀新出硎。五官中郎將，落筆役百靈，吾欲繼之書鴻都之石經。

秋竹先生田研銘

一夫用力，乃芸己田。刈之穫之，歲獲大年。却無猛虎之吏，白晝打門横索錢。

拙存老人水巖研銘

紫緋之衣非貴秩，石分三品此第一。山中人兮甘世黜，手校遺文無墜失。

對鷗生填詞研銘

弄筆晨書，玉津無限。揩之不乾，相思淚眼。

閏郎界烏絲闌研銘

界烏絲闌，直毋頗偏。代主人耕，方罫之田。

獲亭主人不滿研銘

雖小缺而如句驪之天，雖小蝕却享大椿之年。谷神抱虛，真氣綿綿，惟其不滿兮，得方寸之獨全。

孟姬畫小草研銘

香草多生春田，無菉葹，有蘅茎。緑窗纖手磨松鉛，吴綃作畫彔翠鮮，稚蜂小蝶毋垂涎。

郭姬譜曲研銘

研有匳，筆有牀。譜羅裙，丁六娘。

彔棄研銘

砧娘擣練之爲用乎？獿人支牀之所遺乎？取而改之，何異收爨下半焦之桐乎？

汪師李斷碑研銘

寒山一片石，以手摸之探幽賾。此中功德，惟君有得。

胡盧研銘

與浮江湖，千金一壺。

老匏居士黟石研銘

翳桑餓夫，守此無域之荒畦，所謂朝炊不給，其面多黧者也。

腰帶研銘

蘿帶山人，韋帶隱人。噫！吾不知世上有玉帶之貴人。

黄松石黄雲研銘

若絪若緼，非沈非冥。一見生喜，黄色天庭。

沈凡民圓研銘

環摧璧破鏡蝕光，何如片石凹中央。青麐紫鳳不死方，飢而食之同仙漿。

新羅山人畫竹研銘

此研畫竹，翠袖江頭。年年秋雨，作湘女愁。

范原野琴研銘

太古質，何蒼蒼，家風一曲范屐霜。有聲無聲，解聽爲誰。耳塞豆者，烏能知之？

校勘記

〔一〕『炎』，雍正十一年廣陵般若庵刻本作『琰』。

〔二〕『至』，雍正十一年廣陵般若庵刻本作『於』。

冬心先生畫竹題記

自序

冬心先生年踰六十始學畫竹。前賢竹派不知有人，宅東西種植修篁約千萬計，先生即以爲師。去春，先生病起，目矇耳聵之狀輒自愛惜名山，老疾時時動念。今夏四月，輕舲短櫂別剡中諸勝，過吴興，攬蒼弁，闞大雷下，浸太湖，狎洞庭，揖林屋，品第茶經慧泉，泉上躡良常、憩招隱，復渡江訪焦先瓜牛廬。又至廣陵，客謝司空寺，無日不爲此君寫照也。畫竹之多，不在彭城而在廣陵矣。每畫畢，必有題記，一攄棖觸之感。秋雨兀坐，編次成集，江君鶴亭見而歎賞不置，命傔人鈔録付剞劂氏。江君早歲能文，交道矜慎，獨取乎韋布寂寞之言，其賢誰得而測之邪？乾隆上章敦牂九月九日，錢塘金農自序。

題記

饑鳳非竹實不飽，予畫竹，竹之實歲無所收，安得爲羽儀者之食也？竹之族六十有一，而獨盛西南，曰篃，曰筱，曰䈽，曰筀，曰簤簹，曰篨篨，皆可貌其幽姿者也。其他若篾篣之類，則不堪寫入豪楮矣。宋人有詠竹米詩，竹米者，竹實也，即篗也。儋石之儲，何人見之？所以巢於阿閣者常饑也，予之常饑又何怪乎。

康熙丁亥，予讀書於先師何義門先生家，見沈貞吉隱君畫竹小幅，翳薈之趣，如坐幽谷。其父爲孟淵處士，其子即石田翁也。居相城里，山輿溪艇，非勝流淨侶弗與游，三世不慕紼紱，著簪韋帶，皆享耄耋大年。吴中譚往哲者，至今稱之。今予追想其筆，漫然寫此，然不强合其妙耳，并題詩曰：『文洋州世不復有，閻助教近已無聞。即今坡老亦疏闊，斂袂何人知此君。』

宋淳熙間，省元徐履善墨竹，得風作笑之態，時時出紙上。雍正壬子，王吏部虚舟先生攜觀梁溪聽松盦中，傳聞履殿試日寫新篁於卷尾，題云『畫竹一竿送與試官』，其清狂殊可愛也。十餘年來，虚舟先生已歸道山，此畫無存。予養疴江上，偶作小筆，輒一動念。履之畫竹世不恒見，視後之夏昶、文璧、姚綬之徒，幾有威鳳山雞之喻矣。

籊籊竹竿，畫以自賞，儻逢王方平，吾欲斫取贈其作垂釣之具焉。上虞江三石頭，箯箯之魚不少，釣既不得，得亦不賣，此逸民中高蹈遺世之人也。今有其人，吾當友之。

先民有言：『同能不如獨詣。』又曰：『衆毁不如獨賞。』獨詣可求於己，獨賞罕逢其人，予於畫竹亦然。不趨時流，不干名譽，叢篁一枝，出之靈府，清風滿林，惟許白練雀飛來相對也。

眉山長帽翁畫竹横軸，乾隆元年九月曾見於京師一豪貴家，墨腴筆遒，有崩雲抉石之勢，自屬奇跡。予每落想摹寫，往往來胸中，頗有得也。若魏國夫人疏篁瘦篠，真閨幃間稺物，只合配女郎詩耳。

予自丁卯歲從江上遷居南城隅，種竹無算，日夕對之，寫其面目，若五斛黛在豪楮間。煙唬風嬉之態頗謂得之，文湖州、柯丹邱未嘗知有其人也。

五代隃麋内庫紙，開軒畫竹雲舒舒。莫將蒲葦輕相比，此是楊風子草書。

古人云怒氣畫竹。予有何怒而畫此軍中十萬夫也？胸次芒角，筆底峥嶸，試問舌飛霹靂鼻生火者，可能亂畫一筆兩筆也？

近得一大硯，狀貌甚古，人皆以爲砧娘擣練之石也。閉門獨坐畫長竹數竿，題以寄遠，措句用韻不拘規矩，極詩之變，吾黨惟陳楞山、厲樊榭、丁鈍丁、杭堇浦、陳竹町頗能賞之。五君子亦擅斯體之妙者也。詩曰：『此硯一錢雖不直，此硯千金却不易。中有海眼疑出泉，坐對常想百年前。百年前頭誰識得，此硯定爲空階擣衣石。終日摩挲我獨忙，抱向孤松松下之高堂。畫竹不畫今畫古，湘江人愁湘雲苦。舊時騷怨渺何許，重磨輕煙掃長毫。題詩大膽氣益豪，豈屑啾啾啃啃聲嘈嘈。天風忽爾吹蓬蒿，抉眥側望皆汝曹，只合寄與茅山道士勞山樵。』

酈道元注《水經》，山陰縣有苦竹里，里中生竹，竹多繁冗不可芟，豈其幽翳殄瘁，若斯民之餒也。夫山陰比日凋瘵，吾友舒明府瞻爲是邑長，宜憫其凶而施其灌溉焉，予畫此幅冷冷清清，付渡江人寄與之，霜苞雪翠，獨目興感，爲何如也。

時雨夜過，春泥皆潤。曉起碧翁忽開霽顔，玉版師奮然露頂，自林中來，白足一雙未礙其行脚也。劉宋沈道虔屋後生大筍，或竊之，乃笑止之曰：『惜欲令成林，更有佳者相與買送。』此語頗藴藉也。予偶畫竹，并畫迸土𩟗𩟗欲出之狀，儻逢朵頤物色人，可能從紙上掘去，燒之作午食也。

前人畫竹，鉤勒之妙不名一家，有以朱碧渲色爲之者，亦能品中高藝也。予屑隃麋半挺，漫然寫意，所得在成都大慈寺灌頂院壁上。唐張立用筆之法，可以想見。

冬心先生出遊四十年，老且倦矣。四十年之中，渡揚子，過淮陰，歷齊魯燕趙而觀帝京，自帝京趨嵩洛，之晉，之秦，之粤，之閩，達彭蠡，遵鄂渚，汎衡湘，灘江間，車之輪、舟之楫，有時晏坐一室，泊如也。傔人從者，或三四人，或六七人，各治其事，泓穎取資，抑何多焉。即煬竈析薪，抱甕汲水，久而忘其服勞之苦也。甬東朱龍善琢硯，新安張喜子界烏絲闌，會稽鄭小邑兒工鈔書，吴趨莊閏郎操縵能理琴曲，涇陽蔡春解歌元白新樂府，近來先生僻好畫竹，長幅矮卷日竟十數，蘭陵陳彭學畫竹可亂先生真。嗚呼！上世賢哲之士，若甯戚將車，陳仲子灌園，公沙穆賃舂，司馬相如滌器，夏馥爲冶家庸，申屠蟠爲漆工，闞澤傭書，杜廣爲廄卒，袁宏爲富翁運租，祁嘉作都養給食，吴達行庖，南霽雲爲長年操舟，陸羽龍蓋寺牧牛，程賀充眉州廳僕灑掃，此身初非有意處於卑賤而不恤也。人貴乎自立耳，自立則其執役不爲屈、不爲辱也。下至王褒之髯奴炙酒，張志和之漁童捧釣，杜甫之阿段伐木，楊伯起之阿對種蔬，雖後無所顯，然亦見用於名流而不泯其傳也。

老而無能，詩亦懶作，五七字句諛人而已，可勿録也。然平生高岸之氣尚在，嘗於畫竹滿幅時一寓己意。林下清風，惠睨不淺。觀之者不從塵坌中求我，則得之矣。

唐宋以來寫竹枝者，不尚丹青，專用水墨，大半出於高流勝侣之筆，非畫史俗工所能也。其於堅冰積雪時乃見此君歲寒之盟，與梅兄松叟久而勿替也。予愛竹不啻好色，近復揮掃，往往畫以自賞，間或作易米計，然未嘗有好事者連船運租償送也。

松有時而摧爲薪，桂有時而蠹其腹，物之生也，其如戕賊，何竹族甚蕃，不夭閼、不龍鍾？亭亭特立，若翠葆玉人日夕清風出懷袖間，庾公之塵藉之而拂去也。予與通好輒爲寫真，此君面目惟青城野鶴可相並亞。

凡花之發於句芒也，自含葩以及落蒂，倏而敷榮，倏而揫斂，便生盛衰比興之感焉。暈朱調鉛，壯夫不爲也。予僻性愛竹，愛其陵霜傲雪，無朝華夕瘁之態。每聞多竹勝地如渭川、淇上者，直造竹所，不問主人，往往人見之錯呼爲王郎。暇日則寫其貌，黟縣陳元資我不淺也。

予畫竹不畫石，石何難乎？顔色太古雪作飛白者乃佳，若攢苔用雨點皴，不屑畫也。

畫竹宜瘦，瘦多壽，自然飽風霜耳。蒙莊十圍臃腫之木，予覺嬾對圖繪，恐客嘲賓戲，以我爲肉食相也。

『一枝新長楚江頭，便有煙昏細雨愁。若説無心心最苦，斑斑湘女暮啼秋。』此予二十年前題湘陰女子畫竹詩也。予近善此製，遂轉以自贈。白頭潦倒，空負青青琅玕之照眼睫也。老醜不嫁，意欲何爲？難免彼姝揜口笑之不止耳。

予家書堂前後皆植竹，每於雨洗煙開時輒爲此君寫照，一枝一葉，蓋不假何郎之粉、蕭娘之黛，作入時面目也。

傔人陳彭，冬心先生字曰幼籛，復字之曰八百，侍先生硯席歷百二十朔晦矣。先生受二豎之攖三載，僕半散去，若風籜之解也。彭獨留，藥鐺粥鬲，晨夜無怠。四方朋交皆謂戴逵已應災星，孰知尚在人世。今年五月霍然而起，嘗作束晳近游，清茗蒼弁，彭相隨以往，詣天聖寺，觀寺壁畫竹一堵，歸寫此幅。彭乞請收藏。噫！其不好摴蒱簸錢之戲，又不愛珠犀金玉之貴，而寶蘆中窮士之殘煤秃管，亦異矣哉。

虚心高節，久而不改其操，竹之美德也。若戕伐之，煎茶縛篲之厄，非愛護弗能免之耳。予畫此數竿，如見所生，設百年後紙渝墨敝，煎茶縛篲之厄可免也。

跛道士，梅沙彌，寫竹一竿極似之。不補桃花三兩枝，何須貴人題惡詩。

居無竹，食無肉。居無竹，長俗也；食無肉，長瘦也。是日西廊分種修篁七竿，適有客餉豚蹏者，予得飽肉坐竹中，居然不俗不瘦之人矣。因磨王仲卿墨畫此紙幅。蕭蕭秋聲如灌雨耳，砌下甘蕉叢棘，毋妒長身君子挺立不屈也。

野蒲出水，雛鴨唼萍，初夏新篁，已解粉籜，窺人作微笑矣。南朝官紙滑如女兒膚，晨起寫此一竿。世無文殊，誰能見賞？香温茶熟時，只好自看也。

唐蕭協律，善墨竹，畫十五竿贈醉吟先生。醉吟先生作長歌報之，傾倒其絶藝逼真，舉世無倫也。予遠希前良，寫此牝牡十三輩，茫茫宇宙何處投人？一字之褒，難逢雅賞，其他可以取譬而不爲矣。

竹有祖，竹有孫，藝竹者善於養畜也。《齊民要術》所載東家種植西家收利，又非人力之能施矣。予江上舊廬多竹，閲數世不改青瑶華，今轉徙居何氏妹聟書屋，瓦松粱苔薄見曦景，而蒼筤一竿無有也，養畜收利之説則託之墨卿。畫此長卷，將欲授高枕石頭之人也。

嶰谷風秋，柯亭人古。信手寫來，便是竹譜。

《天寶遺事》云商山隱士高太素君清心亭，亭下有秀竹棱棱玉立，不羨侯家戟門也。予仿小筆數竿以貽潛林逋客。潛林爲太素雲仍之孫，千載相望，其豈光戢影敦蠱履之節同一軌也。

予游弁山，尋小玲瓏石不得，信宿僧寮。僧心印乞畫瘦竹一枝長供佛前，竹尊者頓開生面能。竹中不復畫荊棘，荊棘乃竹之盜賊。老來嬾似水牯牛，隨意題詩在上頭。』矣。并題七字古詩曰：『好游名山扶一藤，林間忽遇長眉僧。合掌乞畫苦寒竹，先生近日無他

九龍山人嘗於月下隔船聞簫聲，欣然寫竹一枝相報。越日，估客奉紅氍毹一端，復請山人畫爲配，山人索取前畫裂之，其事頗爲美談。予今年四月十五夜泊舟九龍山前，緬想高風，漫興畫此長幅。何地無月，何時無簫聲，即估客比比皆是，紅氍毹豈少邪？然求之今之世，萬無其人耳，言之可發一笑。

興化鄭進士板橋，風流雅謔，極有書名，狂草古籀，一字一筆兼衆妙之長。十年前予與先後游廣陵，相親相洽，若鷗鷺之在汀渚也。又善畫竹，雨梢風籜不學而能。廣陵故多明童，巧而黠，俟板橋所欲，每逢酒天花地間，各持砑牋紈扇求其笑寫一竿。板橋不敢不應其索也，若少不稱陳蠻子、田順郎意，則更畫醉墨，漬污上襟袖不惜也。今試吏於齊東濰縣矣，便娟之徑可添仗席否？翠蛾紅靨之圍，詎少滌硯按紙之人邪？吾素性愛竹，近頗畫此，亦不學而能，恨板橋不見我也。

予畫此幅墨竹，無蕭灑之姿，有顛頹之狀，大似玉川子在揚州羈旅所見蕭郎空宅中數竿

也。予亦客居斯土，如玉川子之無依，宜乎此君蒼蒼涼涼，喪其天真而無好面目也。噫！人之相遭故然相同，物因以隨之，可怪也哉。

五月十三爲竹醉日。杜秀才從太原來，遺桑落酒一尊，予獨嘗竹下餘瀝澆之，三杯通大道矣。即以酒和墨，漫寫直幅。竹何能飲，亦何能醉邪？淋漓欹斜，便若覩此君沈湎拍浮之態也。

曩在汪伯子巖東草堂見張萱畫飛白竹，紙長一丈許，乾墨渴筆，枝葉皆古，儼如快雪初晴，微風不動，想作者非娟媚之姿悦人也。予縛黄羊尾毛畫此巨幅，縱意所到，不習其能，然幽眇間小有合耳。寄與新安方密庵。密庵善别畫，千里之外定囅然以張萱目我也。賢者樂此，不賢者又何樂哉。

竹裏清風竹外塵，風吹不斷少塵生。此間乾净無多地，只許高僧領鶴行。

舟屐往來燕城幾三十年，畫梅之妙得二友焉：汪士慎巢林、高翔西唐，人品皆是楊補之、丁野堂之流。巢林畫繁枝，千花萬蘂，管領冷香，儼然霸橋風雪中。西唐畫疏枝，半開嚲朵，用玉樓人口脂抹一點紅，良縑精楮，各臻其微。予比歲沈痾頓起，輒事畫竹，然無所師從，每當幽篁解籜時，乞靈於此君，李超兒墨日供揮灑，當爲二友稱賞。賞了目無古人，不求形似，出乎町畦之外也。

飲鄭氏園，大醉如泥，爛銀月色，今夕尤佳，畫此竹枝自代解酲。并題小詩其上，詩云：『花氣已闌人罷酒，棋聲方散月當階。新篁一枝纔落墨，便有清風生百骸。』予之竹與詩皆不求同於人也，同乎人則有瓦礫在後之譏矣。

昔賢畫竹，有畫於成都笮橋觀音院中，又畫於中峰乾明寺僧堂壁間，儼然如生，墨色淋漓，寒奭四出，令覩者雖執熱亟思挾纊也。今人目不接古，干雲直上之狀何能得其萬一邪？乾隆庚午六月朔日，游石塔寺，訪吴興寄舟開士，遂在禪室寫此長幅以充供養，眼塵心垢都爲蠲去。予之所得，蓋有宿因，默契於先哲也。

風約約，雨修修，翠袖半溼吹不休，竹枝竹枝湘女愁。

宣城沈叟樗厓，年八十似四十歲人。雍正間會合于廣陵之紅橋。叟善畫松，龍之鱗鱗，石之衕衕，唐張璪畫法也。廣陵猗頓富家出白金一流，叟始放筆爲直幹，然不問其誰何以宣德丈六名紙請乞也。乾隆壬戌，鮑辛甫先生領鹽運判官，招叟游杭，烏巾白褐，叟欣然來。西湖諸精藍粉壁，輒作大幅，未嘗索取三百青銅錢。予交叟居小友之次，星紀凡歷二周，每見叟破墨皴動，欲師其雙管齊下生枝枯枒之妙，不可得也。予今年學畫竹，竹之品與松同，總要在象外體物之初耳。叟已騎箕天上，予則吹箎市中，相感更多歎息也。

磨墨五升，畫此狂竹，査査牙牙，不肯屈伏。天上天下，吾願斸取一竿贈之，不釣陽鱎而釣諸侯也。世人中有眼大如車輪者，定知此意。

結夏僧屋，野人有獻瓜果者，予小嘗之，畫此墨竹相答。題詩云：『不勞纖手剥蓮蓬，西域瓜漿消熱中。畫出張高士家竹，暑風却變作清風。』北郊去市已遠，若養羊、牧豕、鬻薪、種菜，定有游明根、孫期、葛洪、范宣一流人，吾將訪之，儻不得見，當再往也。

予今年又至廣陵，有於思復來之誚。所居北郭僧廬，僧廬多竹，惜在頑石汙瀦中，未見其娟秀之媚幽獨也。近日風雨無事，輒作數竿，聊爲此君湔洗塵服耳。

竹之生也，緣坡穿徑，絶無行次，葳蕤檀欒，若君子之在野焉。當其抽萌换箬，玄功造化，誰維司之？予畫竹，一月之中麝煤狐柱破費凡幾許，此幅寄贈丁隱君敬身，龍泓不遠展看於風篁嶺下，車馬塵是何物也。

予入夏來不巾不韈，逭暑無方，雪車冰柱可得哉？畫竹一幅以當休憩，純用焦墨，長竿大葉，葉葉皆亂。有客過而詫曰：『此嬴秦戰場中折刀頭也，得毋鬼國鐵爲硬筆邪？吾爲先生聚鬼國鐵於九州，鑄萬古愁何如？』

宋程郎中堂善墨竹，爲湖州老文入室弟子，嘗登峨眉山見菩薩竹，節外之枝，茸密如裘，輒寫其形於乾明寺寺壁。予用吾鄉元時林松泉代郡鹿膠墨摹之，恍若晚風攬花，作百顛狂，却未有落地霑泥之苦也。

吴門薄君自昆相見廣陵，贈予東魏興和甎硯一枚，色澤若幽幽之雲吐巖壑中，琢手精奇，四周三道墨池深窪，真希世物。貯硯之器是宋髹漆，紋理如牛毛，如蛇腹，亦可寶也。因試其良，畫西蜀叢竹長幅報之，題云：『貽我古硯，報君新篁。』此中有渭川之千畝，何用洛陽二頃之耕疆。

丹陽許濱江門善畫窠石水仙，薄冰殘雪，時見嫣然。趙子固九十三莖畫法，江門深得之。汀洲華喦秋岳僑居吾鄉，相對皆白首矣。嘗畫蘭草紙卷，卷有長五丈者，一炊飯頃便了能事，清而不媚，恍聞幽香散空谷中。二老每遇古林茶話，各出所製誇示予，恨不能踵其後塵也。今年六月，予忽爾畫竹，竹亦不惡，頗爲二老歎賞於群公間，云宋李息齋無此題記數行也。近日習家池頭風荷露蓋，世上人可不必畫，必欲潑墨塗染，只好懸諸葱肆，供拾苓通者作息肩之觀也。

比日不出非不出也，避城狐社鼠之相鬭也。既不出矣，招剡溪之人來畫老竹數竿在大石罅。石作飛白者一，作黳黑者一，下有敗棘、有惡草，不意幽林綿谷中伏處此輩也。畫畢擲筆太息，自解不得，吾當搔首問青天耳。

楚州陸三竹民，新拜頭銜曰江湖釣魚師。予以紙上一竿贈之，直釣乃可，不可效篘人沈毒鉤也。此是老夫癡想，觀者莫以爲有此事耳。并題小詩申廣其意：『新婦磯頭嬾寄書，竹竿笑贈莫踟蹰。釣魚須釣一尺半，三十六鱗如抹朱。』

吾杭南山之南樵路澗道中皆有叢竹之勝，人行其下翠霑衣襟，今遠客廣陵，每一思之，則寫其形，并題小詩託楮先生通殷勤焉：『雨後修篁分外青，蕭蕭如在過溪亭。世間都是無情物，只有秋聲最好聽。』

金錯刀，李家重瞳兒畫竹法也，予戲筆爲之，物外服古之士定知予有自來也。

入秋雨師暴行其政，渺渺江湖恍在户庭，半月來朝曦夕陽偶見竹影，不三日而淋漉之聲又滿耳矣。子桑之病杜門嬾出，惟有此君知我也。寫畢乃作詩二首以寄意焉，詩曰：『一番陰雨一番晴，晴却無多雨又傾。如此秋光太欺客，攜燈畫竹到天明。』『一派叢生苦竹洲，枝枝葉葉正涼秋。得風恍若作微笑，笑我無家人白頭。』

古人身處貧賤，執業甚卑，若太公望賣漿孟津，老萊子緝毛楚國，嚴遵卜筮成都肆，韓康賣藥長安道上，樊宏藝漆壽張，嚴清運炭越城，步騭種瓜江東，劉實賣牛衣高唐農家，傅昭賣曆日靈州州境，朱百年伐蕘若于會稽山中，朱桃椎置芒屩于益州路口，以至河上公緯蕭，宛孔氏治鐵，雍伯販脂，濁氏胃脯，段干木儈馬，灌嬰市繒，趙岐炊餅，徐孺子磨鏡，王猛編畚，沈麟士織簾，篋叟醬翁之流，或異時通顯，名著旂常，或畢世幽潛，跡光蓬藋者也。冬心先生客廣陵五閱月，衣上塵滿把矣。臣朔九朝三食之厄未免也，日畫墨竹欲鬻以自給，終不得，有損魯公之囷而實萊蕪之甑，爲可歎已。

此幅墨竹爲巢林先生作，題詩曰：『去年新竹種西墻，今歲墻陰筍漸長。一日生枝三日葉，秋來便已蔽斜陽。』其意未盡，又題詩曰：『明歲滿林筍更稠，百千萬竿青不休。好似老夫多崛强，雪深一丈肯低頭。』予與巢林俱是鶴髮翁矣，當前行樂莫負景光，若豫章之木，七年而成陰，不暇畫之以奉先生也。

秋聲中惟竹聲爲妙，雨聲苦，落葉聲愁，松聲寒，野鳥聲喧，溪流之聲泄。予今年客廣陵，繞舍皆竹，蕭蕭騷騷，歷歷屑屑，非苦愁寒喧之聲，而若空山絶粒人幽吟之不輟也。晨起清盥畢，畫此滿幅，恍聞竹聲出紙上，世有太拙薛先生自能知之耳，塞豆者烏得辨聽其妙者邪？

冬心先生畫梅題記

白玉蟾善畫梅，梅枝戍削幾類荆棘，著花甚繁，寒葩凍蕚，不知有世上人。玉蟾本姓葛，名長庚，棄家游海上，號海瓊子，又號蠙庵、武夷散人、神霄散吏、紫清真人，殆乎仙者也。昔年曾見其小幅題詩，亦清絶，今想像爲之，頗多合處。予初號曰冬心先生，又號稽留山民、曲江外史、昔邪居士、龍梭僊客、百二硯田富翁、心出家庵粥飯僧，可謂遥遥相契於千載矣。惜予客游無定，日在塵埃中，羽衣一領，何時得遂冲舉也。

世傳楊補之畫梅，得繁花如簇之妙，徽宗題曰『村梅』。丁野堂畫梅，理宗愛之，野堂遂有江路野梅之對。二老皆蒙兩朝睿賞而品目之，千古藝林侈爲美談。今予亦作横枝疏影之態，何由入九重而供御覽也。畫畢戲言，可發觀者一笑。

吾鄉龔御史田居先生，家有辛貢粉梅長卷，丁處士鈍丁，家有王冕紅梅小立幅，皆元時高流妙筆。予用二老之法畫於一幅中，白白朱朱，但覺春光滿眉睫間，老子於此興不淺也。

徑山林道人乞予畫梅，寫此寄之，并自度新詞書其上。三五溪翁，謂陳仲父、鎦巨生諸隱君也。

山僧送米，乞我墨池游戲，極瘦梅花，畫裹酸香香撲鼻。松下寄，寄到冷清清地，定笑約溪翁三五，看罷汲泉鬬茶器。

乾隆丙子初春，峨眉山中精能院漏尊者遣單丁阿鈍持書相訊，予作此詩畣之。改月仿九里山人書法畫此長幅，又書此詩以寄勝侣，茶熟香温時，可多物外之賞也。

蜀僧書來日之昨，先問梅花後問鶴。野梅瘦鶴各平安，只有老夫病腰脚。腰脚不利常閉門，閉門便是羅浮邨。月夜畫梅鶴在側，鶴舞一回清人魂。畫梅乞米尋常事，那得高流送米至。我竟長飢鶴缺糧，攜鶴且抱梅花睡。冒寒畫得一枝梅，却好鄰僧送米來。寄與山中應笑我，我如飢鶴立蒼苔。

硯水生冰墨半乾，畫梅須畫晚來寒。樹無醜態香霑袖，不愛花人莫與看。

吾郡孤山下荒亭之中，有梅十數，横斜多態，相傳逋僊手植，每花時必吟賞其側。今客揚州，若號寒之蟲，墐户不出，追想風格，呵凍寫此，尚不失其古貌也。恨無薛家筆法，添畫襬褷六鶴於左右耳。

畫梅須有風格，風格宜瘦不在肥耳。楊補之爲華光和尚入室弟子，其瘦處如鷺立寒汀，不欲爲人作近玩也。客窗仿擬以寄勝流。

宋蕭太虚冲元觀道士善畫墨梅，著花疏秀，别出一格。康熙丁酉，舊里楊工求進士攜蕭之小立軸觀於陳楞山玉几山房，恍若行行籬落間，各題詩一篇，後工求領二千石典郡秦中，此畫不復再見矣。今二君皆下世，追想昔日游處，展玩寫此長幅，二君無由共賞也，不禁憮然。

石門僧畫梅，吾友丁敬身藏一軸，密萼繁枝，孤詣獨絶，踵後塵者越城王郎。予雪中仿其意，尚不至於望塵不及耳。

晨起用杜道士小龍精墨爲梅兄寫照。

東鄰滿坐管絃鬧，西舍終朝車馬喧。只有老夫貪午睡，梅花開後不開門。

野梅如棘滿江津，别有風光不受春。畫畢自看還自惜，問花到底贈何人。

畫梅之妙，在廣陵得二友焉：汪巢林畫繁枝，高西唐畫疏枝，皆是世上不食烟火人。予畫此幅，居然不疏不繁之間，觀者擬我丁埜堂一流，儼如在江路酸香之中也。

雀查查忽地吹香到我家，一枝照眼是雪是梅花。

乾隆元年應舉至都門，與徐亮直翰林過張司寇宅，司寇出觀趙王孫墨梅小立幅，冷香清艷，展視撩人，大似予緇塵涴素衣也。今二老仙去，予亦衰頽，追寫寒葩，不覺黯然自失，恨不令二老見我横枝滿幅，含毫作簡齋詩句一題其上也。

宋釋氏澤禪師善畫梅，嘗云用心四十年纔能作花圈少圓耳，元趙子固亦云濃墨點椒大是難事，可見古人不苟，敗煤秃管豈肯輕易落於紙上邪？予畫梅率意爲之，每當一圈一點處深領此語之妙，以示吾門諸弟子也。

吾家有恥春亭，因自稱爲恥春翁。亭左右前後種老梅三十本，每當天寒作雪，凍蕚一枝，不待東風吹動而吐花也。今僑居邗上，結想江頭，漫寫横斜小幅，未知亭中窺人明月，比舊如何？須於清夢去時問之。

驛路梅花影倒垂，離情別緒繫相思。故人近日全疏我，折一枝兒寄與誰。

橫斜梅影古墻西，八九分花開已齊。偏是東風多狡獪，亂吹亂落亂霑泥。

客窗偶見緋梅半樹，用玉樓人口脂畫之，彼姝曉妝，毋惱老奴竊其香匳而損其一點紅也，不覺失笑。

水邊林下，一兩三株，瘦影看來有若無，白白朱朱，數不盡是花鬚。

玉女窗中有人同夢，夢在水邊林下。此予五年前爲華亭沈君沃田畫梅花帳子句也。時沈君方納姬金屋，有詩紀事，朋儕多艷稱之。今予用臙脂螺黛寫此小幅，復書前詞，家有明珠十斛之人者，贈之何如。

以詩爲贄，游吾門者有二士焉：羅生聘、項生均，皆習體物之詩。聘得予風華七字之長，均得予幽微五字之工。二生盛年耽吟勿輟，無日不追隨杖履，執業相親也。二生見予畫，又復學之，聘放膽作大幹，極橫斜之妙；均小心作瘦枝，盡蕭閒之能，可謂冰雪聰明，異乎流俗之趨向也。今均袖紙一番，請予畫暗香疏影圖，因就其所欲而畫之，天空如洗，鷺立寒汀，可比擬也。

恥春翁，畫埜梅，無數花枝顛倒開。舍南舍北，處處石黏苔。最難寫天寒欲雪，水際小樓臺，但見凍禽上下，噀香弄影，不見有人來。

華光長老寫横枝，説與西江癲阿師。今日風前呵手畫，幾回錯認雪飛時。

老梅愈老愈精神，水店山樓若有人。清到十分寒滿把，始知明月是前身。

一枝兩枝横復斜，林下水邊香正奢。我亦騎驢孟夫子，不辭風雪爲梅花。

楊補之甥湯叔雅，宋開禧間與弟叔用皆工墨梅，各出新意，謂之倒暈花枝。時有茅進士汝元亦擅名當世。叔雅畫梅曾見之於吾鄉梁少師薌林家，不愧逃禪叟，而叔用及汝元之疏枝瘦萼未嘗覯也。今予追想叔雅之筆，寫此一幅，冷冷落落大似深山絕粒人，觀者當惜其緇塵滿素衣也。

古牋一番畫江路野梅，題詩其上，裝成小立軸奉寄巢林先生。尋梅勿憚行，老年天與健。

半樹出江樓，一林見山店。戲拈凍筆頭，未畫意先有。枝繁花瓣繁，空香欲霑手。愛仿丁野堂，萬玉紛滿紙。謝却金帛求，笑寄瞽居士。居士嘗斷炊，噤瘁寒耿耿。挂壁三摩挲，賞我横斜影。

冬心先生畫馬題記

乾隆十五年，在吴門謝林邨宅見隋朝胡瓌《番馬圖》，骨格雄偉，與駑駘有異。後郃陽褚峻自九峻山來，攜示石刻昭陵六馬，慘澹中有古氣，非趙王孫三世之用筆也。客窗漫爾畫之，風鬉霧鬣，寫其不受羈紲，控御者何從而顧之哉。目前無杜二郎，咄咄神駿，不敢妄求今之詩人品題也。

唐賢畫馬，世不多見，元趙魏公名蹟尚在人間，諸儲藏家皆是粉縑長卷，馬之群五五十十，自八至百，或柳陰晚浴，或花底滚塵，芳草斜陽中交嘶相嚙之狀也。騏驥驊騮，未有貌及獨行萬里者。予畫非專師，愛其神駿，偶然圖之，昂首空闊，伯樂罕逢，笑題一詩以寫老懷，詩曰：『撲面風沙行路難，昔年曾躡五雲端。紅韉今敝雕鞍損，不與人騎更好看。』

凍雨初晴，僧階之苔絶鮮客履，因坐庭陰畫此匹馬。不嘶不動尾摇風，乃於尺幅見之。馬乎馬乎，舉體無千金之裝，皮相者何能估價也。擲筆一笑。

『馬知人意亦回頭』，唐韋瀫句也，予笑而測之，狹邪者得非張公子、杜舍人一流邪。晴窗無事，畫此春驄，行行芳草，且少留之，衣香鬢影或從生綃中出也。并賦小詩：『花間酒幔水邊樓，嘶處隨郎郊外游。一自玉人春信杳，夕陽西下不回頭。』

寫此老驥，尚有壯心，譬之於人，不無日暮途窮之歎。世間罷羸者覩之，踖踖然同一傷感乎。又題一詩聊以解嘲：『古戰場中數箭瘢，悲涼老馬憶桑乾。而今衰草斜陽裏，人作牛羊一例看。』

予摹唐人畫馬，皆畫西域大宛國種，用筆雄俊，别開生面，而圉夫冰雪在鬚寒礫之態，亦復骯髒，朔飆怒號，展軸看之，恍然置身古骨剌之地也。畫畢復題數行，以告世之愛馬者。

驕嘶掣影耳生風，曉日曈曈正照東。誰把傾城與傾國，翠蛾紅袖换花驄。

龍池三浴歲鬆鬆，長抱馳驅報主心。牽向朱門問高價，何人一顧值千金。

古之相馬者，寒風氏相口齒，麻朝相頰，子女厲相目，衛忌相髭，許鄙相尻，投伐褐相胷脅，管青相膹肳，陳悲相股脚，秦牙相前，贊君相後，各有所能，未若伯樂具相之全者也。設有良驥，不但伯樂難逢，要求各有所能者，亦未易得也。予用曹韓畫法畫此一匹，所謂若滅若没之形，今之世何人妙解而識之哉！畫畢爲之慨然。

馬尾摇風春日暄，花前花後杏花繁。愛他蹀躞京城裏，騎過吾家兩狀元。昔貴游詩云：『一色杏花紅十里，狀元歸去馬如飛。』誦之殊多豔羨也。狀元何足重，三年便出一箇，讀書人箇箇皆能爲之，其所以異者，要在平生事業不朽耳。吾家冡弟掇巍科後，著作之編盈尺矣，無愧榜頭名也。今於畫馬乃戲及之，非爲馬幸也。毦毿秀才，毋嗤老夫誇張門庭。

秃筆掃驊騮，韋侯畫馬之妙也。其《紅韉覆背圖》一軸，乾隆元年見之京師王侍郎宅，曾題詩左方，侍郎逝後，此畫爲厮養卒竊去，歸之内城賣漿家矣。今拈豪追想其意，所謂頭一點、尾一抹者，乃於素縑中摹得之。每逢上巳湔帬之日，不無有斜陽芳草、香輪漸遠之感也。

昔聞有良驥，服鹽車而上太行，漉污灑地，白汗交流，中坂遷延負轅不能進。伯樂遭之，下車攀而哭之，解紵衣幕之，驥於是俯而噴、仰而鳴，以爲伯樂知己也。今予畫馬，蒼蒼涼涼，有顧影酸嘶自憐之態，其悲跋涉之勞乎？ 世無伯樂，即遇其人，亦云暮矣，吾不欲求知於風塵漠野之間也。

世傳韓幹畫馬，一日有人詣門，自稱冥使，請馬爲坐騎。公乃畫馬一匹焚之，後於寢室見前冥使來謝云：『關山迢遞，賴公無跋涉之苦矣。』其感召遂若是乎？ 今予寫此頗亦通靈，安得有求之者入夢而相告也。

予年來畫馬，馬皆丈餘，雄偉獨大，赤喙黑身，耳如批竹，尾若擁篲，所謂騕褭者是也。騕褭者，神馬也，其種出東骨利國，一日行千里，日食須海上龍芻，非沙洲飼以茨萁，瓜州飼以蕒草，西蜀飼以稗草，安北飼以沙蓬根鹹可比。 唯《周官》所載，古天子十二閑中有之，當時曹韓圖寫者殆近是歟？

冬心先生畫佛題記

自序

予初畫竹，以竹爲師，繼又畫江路野梅，不知世有丁野堂，又畫東骨利國馬之大者，轉而畫諸佛，時時見於夢寐中，三年之久，遂成畫佛題記一卷，計二十七篇。語多放誕，不可以考工氏繩尺擬之也。廣陵執業門人羅聘爲予編次之，懼予八十衰翁，恐後失傳，乃請吾友杭堇浦太史序予文，并刊藏朱草詩林，其用心亦良苦矣。乾隆二十七年歲在壬午七月七日，前薦舉博學鴻詞杭郡金農漫述。

題記

漢明帝時，佛從西域雞足山來入中國，其教日興，後之奉者皆四天下智慧之士，下至凶暴之徒，未嘗不畏其果報而五體投地也。若晋衛協畫七佛圖，顧愷之瓦官寺畫維摩詰像，前宋陸探微甘露寺畫寶檀菩薩像，謝靈運天王堂畫熾光菩薩像，梁張僧繇天皇寺畫盧舍那像，隋展子虔畫佇立觀音像，鄭法士永泰寺畫阿育王像，史道碩畫五天羅漢像，尉遲跋質那婆羅門畫寶林菩薩像，其子乙僧光澤寺畫樂音菩薩像，唐閻立本畫思維菩薩像，吴道子畫毘盧遮那佛像，盧楞伽畫降靈文殊菩薩像，楊庭光畫長壽佛像，翟琰畫釋迦佛像，李果奴畫無量壽佛像，王維畫孔雀明王像，韓幹畫須菩提像，周昉畫如意輪菩薩像，辛澄畫寶生佛像，左全畫師子國王菩薩變像，范瓊畫正坐佛圖，張南本聖壽寺畫賓頭盧變相，張騰文殊閣下畫報身如來像，後梁朱繇畫香花佛像，跋異福光寺畫自在觀音像，後晉王仁壽畫彌勒下生像，南唐王齊翰畫辟支佛像，前蜀杜子瓌畫侍香菩薩像，杜齯龜畫歡喜國佛像，釋貫休畫應夢羅漢像，吴越釋蘊能畫妙聲如來像，富玫畫白衣觀音像，宋石恪畫藥師佛像，周文矩畫金光明菩薩像，武洞清畫智積菩薩像，侯翼畫寶印菩薩像，句龍爽畫普陀水月觀音像，李公麟畫長帶觀音像，關仝畫龍窠佛像，董源畫定光佛像，黄居寀畫著色觀音像，梁楷畫化城行化佛像，趙廣畫妙光林中披髮觀音像，趙伯駒畫拘那舍牟尼佛像，釋智什畫白描阿彌陀佛像，釋梵隆畫十散聖像，歷代畫之。今則去古甚遠，不可得見，惟於著録中想慕而已。余年踰七十，世間一切妄念，種種不生，此身雖屬穢濁，然日治清齋，每當平旦，十指新沐，熏以妙香，執筆敬寫，極盡莊嚴，尚不叛乎昔賢遺法也。世多善男子，願一一覗之，永充供養云。

十五年前曾爲援鶉居士寫《金剛經》一卷，居士刻之枣木，精裝千本，喜施天下名勝禪林，與伐那婆斯尊宿貝葉之書争光也。即外域遐方，若朝鮮，若日本，若暹羅，若琉球，若安南諸國，以及小瓊島、大西洋，皆附海舶遠行。散布之地，無不知中華有心出家菴粥飯僧之柔翰矣。

今年又畫佛、畫菩薩、畫羅漢，將俟世之信心敬奉者鋟摹上石，一如寫經之流傳云。

龍眠居士中歲畫馬，墮入惡趣，幾乎此身變爲滚塵矣。後遂毁去，轉而畫佛，懺悔前因。年來予亦畫馬，四蹏隻影見於夢寐間，殊多惘惘，從此不復寫衰草斜陽酸嘶之狀也。近奉空王，自稱心出家菴粥飯僧，工寫諸佛，墨池龍樹，常現智慧雲，是日朝曦照户，冬氣益清，但覺煩悁一瞬頓釋，因作香林大自在菩薩端正相，以寄長齋之人，上池水須汲供之。

上世慧業文人奉佛者，若何點、周顒之流，然未能斷葷血而節情慾，當時故有周妻何肉之誚也。予自先室捐逝，潔身獨處，舊畜一瘂妾，又復遣去。今客游廣陵，寄食僧厨，積歲清齋，日日以菜羹作供，其中滋味亦覺不薄。寫經之暇，畫佛爲事，七十衰翁非求福禔，但願享此太平，飽看江南諸寺門前山色耳。

佛之化城，城中有無憂林，林中有十二種樹，龍窠其一也。若思維，若音樂，若如意，若菩提，若貝多羅，若伊那提，若賓相，人間亦未易覩耳。予畫菩薩妙相，奇柯異葉以狀莊嚴，恍如佛光上下隱現在方寸也。古云世無文殊，誰能相賞，予聞斯語，爲之興歎。

五代釋貫休，天福間蜀主賜紫衣，號禪月大師，其畫羅漢皆從夢中所見。予年十三四時，逢上元節隨先處士過長明寺，觀其真形十六軸，隆鼻朵頤，龐眉大目，各盡意態，雖古縑如漆而精爽突出尺許，實通神之筆也。後爲彭城李公奪之，送入西湖聖因寺供養。秀州汪垕乾隆八年重裝，予書籤題名，世上一切下劣人不得瞻覩也。今予亦畫羅漢諸佛，若有宿因，因憶往歲舊事，漫記於此云。

《古佛頌》頌曰：七池無狂花，雙樹無暴禽，中有道場精進林。雪山白牛日食草，其糞合香爲佛寶，以此塗地香不了。長者居士與導師，各具智慧千人俱，多樂少苦功德施。童男掃塔復洗塔，塔内舍利一百八，清凈耳聞諸天樂。昔傳佛在師子城，説法無量度衆生，能令荆棘柔輭、沙礫咸光明。

芭蕉，佛家稱之爲樹，以喻己身要常保堅固也。予於緑天林中畫古佛一軀，坐藉忍草，耳寂音聞，師子城賓頭盧變相，髣髴似之。合十敬禮者，當具香花作供，五濁不污，自生善心。

予年踰七十，乃我佛如來最小之弟也。唐賈島詩云『得句先呈佛』，其奉西方聖人可知矣。予近畫佛及四大菩薩、十六羅漢諸像，亦必施入金繩界地中，以充供養，爲善之樂與衆共之。

有客贈我古紙一番，因而畫之。客曰：『先生畫突過虎頭矣，何渾噩之氣滿紙也？若縣之香林中，豈止得錢百萬邪？』相對一笑。

王右丞室中惟繩牀經案而已，掃地焚香，日飯名僧數輩，暇則寫佛。其《辟支佛圖》曾見於揚州北柳巷涂洛水軒，後聞歸馬氏嶰谷，今不知果在玲瓏山館邪？近予畫沙門妙相，兼畫貝多一株，無垢之葉，非復世間所有，功德雲縷縷然護之。合十指爪拜而奉者，龐居士其人乎？

閉門飽太常齋，畫佛一軀，意境俱別。佛之上下左右，草木華滋而含和氣，香林異品，一一寫之。我佛通徹解悟，以廣長舌演諸妙言，山中頑石爲之點頭，信然，信然！

舊傳顧常侍愷之在瓦官寺畫維摩詰圖，觀者千人，得錢百萬，施留寺中。抑何盛歟！今予寫長壽佛像於浮玉山禪堂，不受一文，意欲乞我佛髻内寶珠，藏入無縫塔。其許我乎？

釋迦成道日，心出家菴粥飯僧汲菩薩泉，新沐指爪，以雪山牛頭香熏之，執筆敬寫長壽佛一軀，於無憂林中與四大天下善男子永充供養云。

晨起熏沐，畫佛一軀。佛著無價衣，藉坐樹下，其樹周帀枝葉莊嚴，真化城中寶相也。觀我畫者擬我以盧楞迦之流，非今五濁人所能爲。畫畢復演説八十四字題卷首，云：『菩提樹有净妙音，三株兩株青愔愔。此是佛家無憂林，佛坐其下吉祥草。耳鼻口舌除熱惱，甘露灌頂若雪澡。大地諸光光不生，佛一毛孔生光明。盲者忽覩開雙盲，優鉢羅花香雨遍。能令尋常百回見，誰曰寶山空手轉。』

富玫，吴越時人，所畫白衣觀音，世代敻遠，不可得見。予結想爲之上下左右，復畫五色雲，縷縷不絶，真化城中絪緼之氣也。客過觀而興歎曰：『先生畫法全是六朝神品，唐宋間無此奇古，唐宋以後何暇論哉！』予乃答曰：『二十年前，曾在龍泓居士家覩陸探微佛像，故竊其用筆之妙也。』客去，予取其言書於卷軸之上云。

冬心先生自寫真題記

古來寫真，在晋則有顧愷之爲裴楷圖貌，南齊謝赫爲漢肅傳神，唐王維爲孟浩然畫像於刺史亭，朱抱一寫張果先生真，李放寫香山居士真，宋林少藴畫希夷先生華山道中像，李士雲畫半山老人騎驢像，何充寫東坡居士真，張大同寫山谷老人真，皆是傳寫家絶藝也，未有自爲寫真者。惟《雲笈七籤》所載，大中年間道士吴某引鏡濡毫自寫其貌。予因用水墨白描法，自爲寫三朝老民七十三歲像，遠寄鄉之老友丁鈍丁隱君。隱君不見予近五載矣，能不思之乎？他日歸江上，與隱君杖履相接，高吟攬勝，驗吾衰容，尚不改山林氣象也。

宋時有三朵花，後仙去，能自寫真，東坡先生作詩贈之。予今年七十三歲矣，顧影多慨然之思，因亦自寫壽道士小像於尺幅中，筆意疏簡，勿飾丹青，枯藤一枝，不失白頭老夫故態也，舉付廣陵羅聘。聘學詩於予，稱入室弟子，又愛畫，初仿予江路野梅，繼又學予人物、蕃馬、奇樹、窠石，筆端聰明，無毫末之舛焉。聘年正富，異日舟屐遠游，遇佳山水、見非常人，聞予名、欲識予者，當出以示之，知予尚在人間也。

宋白玉蟾善畫梅，予嘗用其法作横斜瘦枝。玉蟾自寫真，予亦自圖形貌，不求同其同而相契合於同也，寫畢以寄朱君二亭。二亭居江都市上，日坐肆中與魚鹽屠沽雜處，雖劇忙，必手一册書也。深夜閉門，三更燈火猶琅琅誦讀之聲不輟，予目之爲南濠都少卿。平素與予往還最密，禮敬弗倦，今攜予小像縣之别舍，知非漠然視我也。其地喧阸，苓通穢雜，又何礙哉！

宋蜀僧元靄，以傳神受知於太宗，一時輦下王公大夫争求其筆。太宗嘗曰：『可能自寫形貌乎？』元靄遂寫沙門側面小影，上嘉獎之，河東柳開爲之贊。予亦自寫昔邪居士半身像，但不能傚阿師看人顔色弄粉墨耳。圖畢以寄龍興寺蒲長老，長老春秋八十八矣，神明勿衰，聞齒重生，髮轉黑，舉如嬰兒，真雞足山前古尊宿也。予今年七十有三，尚客廣陵未歸，爲僧之願未償，寄示此軸者，要道眼觀我骨相是佛家弟子乎，禪林野狐乎？不覺掀髯失笑。

自寫百二硯田富翁小像畢，喈喈申言之。富翁者，田舍郎之美稱也，觀予骨相貧窶，安得有此謂乎？賴家傳一硯，終身筆耘墨耨，又游食四方，歲收不薄，硯亦遂多，一而十，十而百有二矣，乃笑顧曰：『不啻洛陽二頃也。』署號百二硯田富翁，宜哉！吾鄰張氏子，有先世良田在吴興，每歲畜牛四十蹏代耕，當秋成，望望然黄雲如覆車，不三十年，鬻於他人，何豐腴之不久長邪！今將是軸寄與吴處士於河渚，處士開門教授鄉里，躬親硯田所獲，相較爲何如？吾并欲以富翁之名轉贈處士也。

十年前卧疾江鄉，吾友鄭進士板橋宰濰縣，聞予捐世，服緦麻設位而哭，沈上舍房仲道赴東萊，乃云冬心先生雖攖二豎，至今無恙也，板橋始破涕改容，千里致書慰問。予感其生死不渝，賦詩報謝之。近板橋解組，予復出遊，嘗相見廣陵僧廬，予仿昔人自爲寫真寄板橋。板橋擅墨竹，絶似文湖州，乞畫一枝，寫我滿面塵土可乎？

舊傳王右軍嘗臨鏡自寫真，不特其書翰爲古今絶藝也。予臨池清暇，亦復自寫面壁圖，作物外之想焉。山顛水涘，若有人招支公一鶴，可從我游乎？此幅宜贈棲霞上禪堂松開士，縣經龕中，定有識我者，指曰此心出家盦粥飯僧。

項生均初以爲友，嘗相見於花前酒邊也，一日將詩代贄執弟子之禮游吾門，乃拜請曰，願先生導且教之。其爲詩簡秀清妙，狀其長身如鶴之癯而高出一頭也。近學予畫梅，梅格戍削中有古意，有時爲予作暗香疏影之態，以應四方求索者，雖鑒别若句處士亦不復辨識非予之殘煤秃管也。嗟乎，前年得羅生聘，今年又得項生，共結詩畫之緣也，衰瞶放廢，竊有樂焉。世間富貴利達，何暇問哉！因自寫小像付之，要使其知予泠㵾之吟、寒葩之寄，是業之所傳得其人矣。

天地之大，出門何從，隻鶴可隨，孤藤可策，單舸可乘，片雲可憩。若百尺之桐，愛其生也不雙，秀澤之山，望之則巋然特然而一也。人之無偶，有異乎衆物焉？予因自寫枯梅菴主獨立圖，當覓寡諧者寄贈之。嗚呼，寡諧者豈易覯哉！予匹影失群，悵悵惘惘，不知有誰。想世之瞽者、喑者、聾者、戀躄者、癩者、癲者、秃簡者、毀面者、瘻者、瘕者、拘攣者、褰縮者、匾□者，此中疑有寡諸者在也。

冬心先生隨筆

客游漢陽，僦屋而居，其地人多强𢕟，文鮮雅馴，無復張仲新、李儋舉酒長謡之遺風矣。予故閉置，罔與人接，人亦無得而窺，惟有先予而來處者廣陵佘四丈茁邨、歙州鮑君景熙時相垂訪焉。佘丈爲予廿年老友，鮑君爲予新知。佘丈雖屬朋輩，其纂著淵博足堪爲吾師。鮑君盛年篤學，其眈古廣識頗與予同。兩賢往還無虚日，真慰我澤畔之寂寥矣。鮑君一日攜精楮乞予記所見典籍書畫，作周氏《雲烟過眼録》觀，予隨筆書之，如粵人啖諫果，所得甘味不多也。惜歲晏惘惘，又將它適，未竟其請。俟異時合并，再抒鄙説，以報鮑君，聞之佘丈，其許我乎？乾隆三年十一月十六日，錢塘金農手識。

《經解》一百三十八種，成德校勘，刻于崑山徐大司寇家，十三年而後成，諸儒之説頗精覈也。吾友海甯馬寒中先生蓄典籍最多，有《經解》所未雕版者六十五種，惜其逝矣。其書散失，當俟執業之徒搜輯刻之。

《古史》六十卷，宋蘇轍纂著。康熙戊子歲，予讀書吴門先師義門家塾，虞山毛斧季先輩攜觀此册，宋咸淳刻本也。毛丈是時年七十餘矣，目光如炬，言笑弗衰，真有道之士也。

《新唐書糾繆》二十卷，宋吴縝所述，亦一時辯舌瀾翻也。

《永樂大典》二萬二千八百七卷，目録六十卷，明成祖勑命儒臣纂修，湖廣王洪等編緝。因卷帙浩緐，未遑鏤刻，止寫原本。至弘治間，藏之金匱。嘉靖間，大内失火，世宗亟命那救，書幸未焚。勑閣臣徐階復令儒臣照式摹鈔一部，當時供謄寫者一百八名，每人日鈔三葉，自嘉靖四十一年起，至隆慶元年始克告竣。前年予膺薦入京師，於一鉅公邸第偶見此書之九千六十三、四兩册，楷法精好，洵大觀也。

《史通》二十卷，唐劉知幾撰説。亡友張籲三先生曾以白金一流易之，藏於師子林，乃南宋沈家刻手也。康熙五十一年予訪先生，先生留飲水周書屋，出此書相賞，丹黄論斷，先生之術亦勤矣。

《前漢紀》三十卷，漢荀悦撰。先師義門先生有宋刻本，批注用五色筆。

《後漢紀》三十卷，晋袁宏撰。蕭山毛西河先生所藏，元至正年間刻本，先生自爲詳考補録，不識丁者未之見也。

《唐鑑》十四卷，宋范祖禹纂，澤州陳閣老所藏。予雍正間客游澤州，留午亭山邨三載，其嗣君南垞學士出觀，紙用精楮，殆所謂石溪張三宅刻印也。

《長短經》十卷，唐趙蕤撰。其言近乎《陰符》，主王霸者不可不知也。秀水朱竹垞先生入之從横家，深明捭闔之説不淺矣。予藏此書十年，友人潘貫齋典郡秦中，轉而贈之。

《唐文粹》一百卷，姚鉉纂輯。吴興姚玉裁秀才儲藏於蓮花莊，莊爲趙松雪故宅。花開時玉裁招客共讀之，字畫古雅，宋時刻本。

《古賢小字録》一卷，宋陳思撰。思，臨安人，咸淳二年解元，開書肆於睦親坊。當時朝士咸與之游。張水部藏是書，傳爲陳解元手寫刻之獻元老者。

《山谷刀筆》十五卷，宋黄庭堅手簡。予游濟南，得之李中丞官廨。密行細字，北宋刻本也。

會稽三賦，宋王龜齡所作。計書三十八葉，一卷，槊兒吕氏所藏，亦宋時刻本。吕氏破殘，巢無完卵，其書不知歸誰何插架矣。

《路史》，宋羅泌纂。前紀九卷，後紀十四卷，餘論十卷，國名紀八卷，發揮六卷，共計四十七卷。其説頗詭奇，與史家有别。予曾於蔡九霞先生處見之，先生矜詡爲宋時刻本。

《南部新書》五册，宋錢希白著，吾友長興令鮑西岡收藏。西岡得之郡中鄭丈芷畦，元吴中發刻本。

《蒼厓先生金石例》十卷，吾鄉吴尺鳧秀才瓶花齋鈔本也。墓銘體制，極爲詳核，志幽壙者不可不研究。

《九域志》十卷，潤州王正仲集著，其于郡縣分析頗極詳洽。正仲史學最明，元豐間儒者也。是書爲宋鋟刻，向藏吴門陸氏，轉入葉九來先生家，有歸來草堂圖書記。

《救荒本草》二卷，周王撰輯，其書與孟詵《食療本草》、陳士良《食性本草》有别，蓋二人所記不過飲饌調攝而已，無補於斯民若救之餒也。此則有圖有説，圖以肖其形，説以著其用。首言産生之壤、同異之名，次言寒熱之性、甘苦之味，終言淘浸烹煮、蒸曬調和之法。草木野菜凡四百一十四種，見舊本草者一百三十八種，新增者二百七十六種。或遇歉歲，按而求之，隨地采食，其功更有倍於徐之才、陳藏器、唐昚微之徒矣。

《古林餘録》三卷，壽春魏南夫所輯，乾道八年刻。南夫名杞，宋觀文殿學士，其書載記皆大滌洞天事，學士曾提舉洞霄宫，故能詳説也。予鈔於澤州陳相國家。

《剡中稽古小志》一卷，宋樂史輯録。山川人物，采述至精，其爲太常博士時所作也。博士有《太平寰宇記》二百卷，修地輿者不可不覽耳。是書亦宋雕本，予曾觀於毘陵莊翰林宅。

《信目剩言》四卷，海甯施彦執所著。其説頗有徵，無怍乎信目二字也。是書爲吾友孫中谷編修所藏，云得之粤西一故家。楮板精妙，逼真宋刻。彦執尚有《北窗炙輠》二卷，亦説部中可愛者。

《古物辨名》二卷，鄱陽錙有信所著。有信自號南浦翁，宋咸淳間進士。觀是書者，得其元始，無復有空腹之譏矣。刻手既佳而裝治更善，書皆倒摺，四周外向，設遭蟲鼠之厄，於中無損也。亡友馬寒中先生秘藏，先生殁後，其子好摴蒱，已準百錢，落博徒之手矣，悲夫。

《墨史》三卷，陸友纂。其書罕傳。友字友仁，吴郡人，平生工佐書，善鑒別，當時朋從有古器者，必正之友仁定甲乙。所居皆穉竹十萬，云愛其虚心有節，以自況也。又有《硯史》、《印史》，未版行。是書爲花山馬氏道古樓物，近歸於廣陵馬嶰谷，尚不至爲蠹室糊筐筥也。

《黄庭内景經》一卷，晋楊羲義和所書，汴宋之君題作《會稽内史》，吾友王吏部虚舟定爲上清真人真迹，頗有據也。向藏吴門韓宗伯家，近歸歸安令裘魯青明府，明府愛之不啻瓊玖。是卷長二丈許，絹色如菊之始華，字體堅古，不同俗書。其骨竦，其氣充，其心亭亭，其意冥冥，恍覩鸞雀翔乎華池絳闕也。予屢過訪，明府必出以相賞。雍正十三年，天子開宏博之科，明府薦予姓名於節鉞大夫，因赴京師，旋還杭州小住。淮上傳聞，明府抱項疾卒於吴興官舍，交好淪亡，能無痛心！予服緦麻，設酒醴而遥哭之。明府之郎君鏞，幼擅八法，爲予書弟子，定守先人之遺，不受豪右之攫奪也。明府名思芹，江西新建人。文字輕率，老友余苗邨徵君改作締字，覺文字深厚，真吾一字之師矣。十月二十日農記。

徐履墨竹小幅，爲梁溪秦氏所藏，用筆疏簡，有得風作笑之態，予曾觀於聽松庵中。傳聞墨竹之始爲五代郭崇韜夫人，後遂摹寫，開柯丹邱、吴仲圭一派。然唐張立已有成都大慈寺墨竹畫壁一堵，未必始於閨幃也。履，宋淳熙間人，殿試日寫竹一枝，題云『畫竹一竿送與試官』，其高致可以想見。

《甘風子人物》一卷，予觀於吴門蔣進士家。其畫高妙，畫中人皆奇服，鷃冠蘿帶，大似列仙之臞，頗可想見甘風子狂態也。風子，關右人，平生溺於麴糵，作畫每從大醉後落墨，醒後即毁裂去，雖金帛不可得。今人塗抹一山一水一草一木，便縣之市肆以易斗米，畫那得佳邪？卷尾有楊鐵厓、張伯雨、劉仲儒、王魯存諸公題記。

《張長史草書》一卷，舊藏檇李曹秋嶽侍郎家，今歸之廣陵項氏，項氏以三百金購得者。長史以狂縱見稱，此獨不作劍拔弩張之筆，太湖精不可測也。雍正九年予同王虚舟先生過觀，欲鉤刻片石，惜無安仲威好手一運刀也。

范寬《獨山草堂圖》一卷，爲張水部東萊所藏，予乾隆元年十二月觀於其家。筆墨簡古，是平生得意作。上有賈丞相曲脚封字，嚴氏鈐山印記，殊覺幽蘭爲秋風所敗也。東萊解組林居，大有九朝三食之厄，未嘗付質庫佐一頓餐，賢者而後樂此，信夫。越夕，予題七言古詩於卷尾。

孫祖同山水一幅，爲濟源王高士仲密所藏。予游澤州，三過其居，必設茗果，出以共觀。其山多神秀，所謂得草木而華者。祖同，四明人，與香溪先生爲友，香溪愛重之。當隆冬，憐其寒，贈之以衣，笑謝之曰：一衣與萬鍾等，受之無名，不受也。更善窠石，小筆署款，每稱雪竇樵人。

都豐廉《地獄變相》一卷，極得蕭公伯懲惡圖筆意，足爲畫鬼者開一生面，不作刀林沸鑊之狀，可愛也。雍正三年予游京師，見於阿學士雲舉先生家，云得之真定相國之孫。縑素之尾，有蕉林秘玩印記。

胡瓌《番騎卓歇圖》一卷，爲吴門謝丈水邨所藏。水邨攜游廣陵，予獲觀之。卷長八尺，奚官習馬之態，頗有鼻端出火，舌飛霹靂豪舉也。穹廬什器，無不畢具，令人如在古骨剌之地矣。卷首有宋徽宗題字，世所傳瘦金書者是也。

米友仁《楚山清曉圖》一卷，頗肖乃翁，無怪乎元章有譽兒之癖也。是卷爲裘魯青先生儲藏，先生以三百緡得之。梁駙馬都尉趙嵒好繪事，精於鑒賞，時人謂之趙家畫選場，先生殆似之矣。卷首有紹興内府圖記、吴文定公跋。

冷謙《吴山圖》小立幅，爲予所藏。予得之金陵王謝子弟。山巒樹葉，皆有古色。所謂石如飛白木如籀，真化人之筆也。惜名紙百破，當覓好手若宋之趙孟林重裝之。

楊善楷書一卷，極有姿趣，如春雲舒卷於巖谷中，非唐三館諸生寫經之體也。同時有王供奉之勤，人購其書者以十餅金，吾最惡之，惡其肥俗也。善字好善，元至正間孝廉，當時無人知其能書，之勤有書名而不佳，善無書名而佳，難與胡昭輩言也。予屢觀於魯青先生官齋，先生頗賞予斯言，以予有類乎楊善也。

趙子昂手簡一紙，予雍正七年客堯都，飲一豪貴家，酒半，其奴以此拭卮匜，予見而奪之，豪貴不惜也。改歲舟過吴趨，重爲裝界，尚無糟醨之污迹耳。其書絶似蘇靈芝，其言是長者言，今之世安得有此恤貧之人也。附記：卷末云友人牟成甫之貧，香嚴所謂錐也無者，豐年猶嘑飢，況此荒歉，將何以果其腹而贍其老穉。淵明乞食，魯公乞米，賴古多賢，可爲口實，仁人義士有能損魯肅之囷而實萊蕪之甑者乎？

陳近仁《竹堂注易圖》一卷，爲臨汾張少府所藏，不知其妙也。圖中精舍三間，叢以幽篁，有人據床而坐，案設丹黄二筆，撫卷目視，有道之士也。近仁，淳熙間人，平居深通《周易》義理，與福清林黄中爲經術友。黄中著《周易經傳》，曾糾朱子，近仁亦助其説，豈可便指爲朱子之罪人也邪。予藤篋中有治平貢硯一枚，與少府换得之，寘於冬心齋。

冬心先生書醇古方整，從漢人分隸得來，溢而爲行草，如老樹著花，姿媚横出。此册隨筆記所見典籍書畫，寫作并精，人書俱老，足資考証而有開益。尺璧易購，此無價已。藍叔博學精賞鑒，嘗影刊先生詩集，若將此卷坿雕詩後，吾知海内好古家且以後覩爲憾也。庚申冬日長洲江湜記於東甌寓齋。

蕭山丁藍叔文蔚，嘗得冬心先生客漢陽時書蹟，屬友某君别爲摹本，予皆見之。此從摹本録出，頗有筆誤。問真蹟，云已寄里中矣。因稍加校正，取自序語題曰隨筆，爲當歸草堂付閩工吴玉柱玉田弟繕刊，中多可與詩集相證明者。光緒四年冬十月里後學魏錫曾。

魏之琇

目録

七古

柳洲遺稿卷下

五　律

七　律

自序

余貧居無俚，苦乏酒資。故舊知我不妄受人賜，於是謀所以醉之，謂余素耽吟咏，疊招賦詩，繼以觴酌，日積月累，不覺讕言之遂多也。年將盡矣，手自訂輯，并游歷之什都爲一册。前者友人鮑子爲余刊《嶺雲集》，悔其少作，古今同然，應酬之言，兹所不録，愛我者幸毋攙入焉。

吴潁芳序

魏君柳洲，詩名《嶺雲集》者，友人鮑君以文刻以行世。集甫出，人争傳誦，遂一游嶺表，越歲歸，優遊里中者十餘年。而柳洲辭世，鮑君與胡君滄來、項君金門復刻其手所自訂後集，以弁首之語屬余。讀卒業，愀然歎曰：柳洲生平成就所造，甚爲難耳。柳洲少孤，貧無遺貲，乃於街市間勤十指操作自給，既而佐生於質庫中幾二十年。晝營所職，至夜篝鐙讀書，爲同事所憎，乃展卷默誦，復以鐙光逼射爲詬，於是卷蹋坐帳中，翳其光而閲，膏盡爲度。向無師授，自以堅思力探，苦索積學，既久由漸而致豁然貫通。家本業醫，兼攻其先人所遺岐黄書，亦臻奥窔。辭歸，懸壺取資以俯畜妻子，暇則取市扇需畫者，應其請，得資以助不足。當其畫時，手一扇於前，置一卷於左。勞憊益甚，乃能自拔於庸雜儕偶中，成大雅材之詩人，同事筆研吟哦輩，排突直出其上，據壇執耳，莫敢枝梧。及壯歲將過，向之積勞漸發，疾漸不可治，年逾五旬而終。嗚呼！柳洲學既成，人皆羨之慕之，奉爲一時作手，豈知其從艱瘁中來，如此其甚哉！今其詩具在，吾不敢謂於今之負重名者優劣若何，於古作者詩品位置若何，然展帙案取吾儕倫類中，推云軼倫超群，亦平心之論也。嗚呼！讀書不務功名，仰屋而思聯猨行而覓索句於杳渺無何有之處，自矜得意，雖工亦何可藉賴？ 世不笑其狂，必笑其拙耳，而柳洲終身抱此癖，貧困不振，終不自悔。人各有嗜，難爲不相謀者道也。乾隆丁酉仲冬，臨江鄉人吴穎芳序。

柳洲遺稿卷上

五古

擬古

逝水無停流，浮雲無定端。飄飄遊子意，孰謂行路難。平生盡杯酒，揮袂臨河干。良會知幾時，關山浩漫漫。迴腸車轂轉，隨君越原阪。天涯詎云遠，夢魂常燕婉。春來海雁歸，秋至江鴻返。願君如木葉，霜落復根本。

丈夫志四方，撫劍曰行邁。不論道遠近，恃此寸心在。南窮越裳國，北盡玉關塞。知己伊何人，流落多慷慨。高堂華燭光，露下絲桐張。長河耿明滅，起視夜未央。開懷命斗酒，起舞自爲壽。人生非久要，意氣亦何有。

芳園豔桃李，黄鳥嬌青春。主人愛良日，尊酒娱嘉賓。清歌間絲竹，逸響驚梁塵。明月出天東，華燭爛如銀。莫恨相遇晚，且樂相知新。貴賤無異致，死生安殊倫。南山有松柏，女蘿纏其身。女蘿豈能植，松柏來相親。

園林有秋樹，落葉時紛飛。舊巢且無恙，棲鳥暮來歸。豈無喬枝柯，可以揚羽翬。物情戀其故，歲晚還依依。如何美人子，恩情始結髮。昔爲漆與膠，今爲胡與越。蕙草猶榮滋，鴂鳴芳自歇。思君如明月，照我深閨闥。

讀書圖詩爲胡滄來作

西風入庭樹，旦夕聞秋聲。壯士多苦思，幽人獨含情。一編向寂寞，千載遥經營。俯仰得要妙，優游足平生。聖賢既長往，大道無虚行。俗賞不可信，浮榮安所名。山重徑自縈，水深潭自平。勉旃胡夫子，俟我乎高明。

感交

陵苕本弱植，葳蕤託翹柯。春風吹林端，蒙蘢吐繁華。曰余幼失所，飄轉隨蓬科。引蔓值松柏，垂陰搴薜蘿。烟霞緬焕爛，雲日思蕩摩。欽哉數君子，晨夕更切磋。白玉幸辭璞，精金念離沙。廊廟雖弗施，管弦聊可歌。登高一望遠，嘯侶何其多。歲月亦易邁，存没頻興嗟。湖山自終古，江海無迴波。逝者既云已，來者將如何。

游龍井

放艇西郭外，紆策南山陰。佳辰愜孤往，勝地恣幽尋。翠岫杳回互，龍泓劇沈深。逶迤陟風磴，披豁依松林。溪柳晚未歇，渚蓮秋已侵。沿流玩汎藻，向谷聆羈禽。遐企辨公迹，永懷坡老心。物外寓神契，邱中遺雅吟。哲人既長謝，山水空清音。煮茗汲明月，一瓢聊獨斟。

齋中讀書

精舍去人遠，藹然林木清。凉風送荷氣，昃景流蟬聲。淡彼入世味，穆余稽古情。隱几抱澄澈，下帷屏紛營。少識聖賢理，兼通民物名。内充既有美，外飾匪所榮。夙感負薪子，猶慚荷鋤生。歲華忽徂謝，塵務徒縱横。

秋懷

萬物皆有盡，孤生豈無休。冉冉即遲暮，脈脈懷殷憂。星霜忽已易，歲月嗟何遒。明河耿遥夜，皓魄揚清秋。吟蟬露下切，落葉煙中稠。銀缸映户外，錦瑟横牀頭。美人悵何處，良會知末由。來晨不可計，去日焉能留。掩鏡釋浩歎，臨觴激清謳。遺情以乘化，宇宙從悠悠。

擬曉發赤城登華頂至曇花亭玩石梁瀑布

抗策越霞嶠，振衣登雲峰。路微見鹿迹，林密迷人蹤。磵竹斂寒翠，巖花披紫茸。日上衆山見，雲返深溪封。出没境屢易，徊翔蹊復重。瓊臺既突兀，珠樹猶蒙蘢。迴飆遞響鐸，激水流疎鐘。爽塏沈野馬，瀿潺奔游龍。靈異多此托，隱淪夙所宗。飲泉澡俗腑，餐术愉塵容。會有寒拾約，因希劉阮逢。石橋信可度，遲我支吟筇。

述懷贈同游

端居謝塵事，守樸存天真。形骸就放浪，臭味懷清醇。重以遨遊好，而棲湖海濱。時值素心侶，見招玄言倫。江山日閒曠，魚鳥常相親。抗志邁流俗，崇情追古民。永懷千秋業，毋忝百歲身。種秫訪北郭，采菊邀東鄰。願言自兹去，歲晚適松筠。

秋晚汎舟河渚

靈境稔載籍，奥區迷郊圻。北郭去人遠，西溪來客稀。輕舠載摇曳，野水窮周圍。渡頭落日暗，林表遥煙微。蘆洲待月映，楓岸迎霞輝。樵唱負薪返，棹歌采菱歸。平疇散徐步，獨鳥時高飛。桑柘既彌望，雞犬仍因依。夙罕干禄志，幸謝素餐譏。終焉事畊釣，于此營荆扉。

飲皋園梅花下得臨字

開年動吟興，駕言何所尋。故人具尊酒，先就梅花斟。瀲波宕疎影，霽雪明空林。香風從東來，春意盈懷襟。縈裾藉纖草，悦耳聆幽禽。傾觴忽已醉，即景相與吟。喬木昔誰撫，廢池今我臨。我猶闇誰昔，誰復章我今。澹澹浮雲思，悠悠流水心。得歡且爲樂，棖觸非所任。

登六和塔贈葉太史登南

之江帶吴越，塔勢凌海門。濤頭向此伏，象教何其尊。孤標矗雲際，直上摩天根。蓬萊渺何處，悵望傷心魂。振衣一長嘯，群鸞翔九閽。日輪正當前，高捧紅金盆。嗟哉謫仙人，星辰嘗手捫。何當跨黄鶴，歸去游崑崙。

富春渚次謝康樂韻

乘潮發樟亭，見月抵煙郭。百里重紆迴，千家帶叢薄。石林媚餘春，花草紛繡錯。昏鴉投空濠，夕籟響陰壑。鄉夢自兹遠，客懷渺何托。平生畏行旅，薄植況孱弱。坐以飢凍驅，因孤隱淪諾。素心感迢遞，塵迹嗟濩落。世路何終窮，屈伸媿尺蠖。

七里瀨次康樂韻

衆壑喧夕聞，連山竦晨眺。蒼波既渺瀰，赤岸亦陀峭。激瀑時飛凌，微陽數隱曜。渚暖水禽戲，崖陰木客嘯。客星此沈冥，陳迹緬幽妙。肥遯猶雅懷，虚聲詎遺誚。落日響樵蘇，前川答漁釣。彷彿滄浪歌，泠泠多古調。

端江感秋用太白潯陽紫極宫感秋韻

夜涼疑雨來，簌簌響庭竹。啓户見明月，清光殊可掬。西風吹短鬢，顧影嗟煢獨。旅雁下南雲，蘆洲且信宿。客懷無可云，歸夢更何卜。哈爾褦襶子，遠游亦胡復。世情車轉轂，人事手翻覆。去去明湖濱，梅華酒應熟。

舟行登觀音巖用太白同人舟行韻

長風天末來，吹動海東月。挂席凌滄洲，揚旌發溟渤。迴望羅與浮，眇然青一髮。合沓重山中，林巒互出没。崒嵂千仞巖，横空豁天骨。舍櫂窮雲根，攀躋勢超忽。俯視臨滄江，逝波無時歇。便欲乘丹梯，振衣入瑶闕。

初夏山居

窮居寡紛營，即事多妙領。欣兹淡宕懷，暢以清和景。青山漸已濃，白晝行方永。水凈流天光，峰陰度雲影。閒原時眺聽，遠野日游騁。蛙噪牧緣陂，鳥啼樵過嶺。墟煙生次第，浦月上俄頃。策杖瞻紫荆，籌鐙見閭井。依稀栗里鄰，仿像桃源境。漁釣可終焉，相將具笭箵。

早秋微雨

溽暑忽退舍，新凉旋入衣。城中片雨過，江上孤雲飛。林密覺秋早，地偏來客稀。桐風灑碧翠，草露明珠璣。種藥乘土潤，疏泉及潦微。田園幸霑足，穀菜免饉饑。生事固薄劣，物情無是非。吾黨二三子，歲晚胡不歸。

登南屏絶頂

南屏郭外山，高與育王次。絶頂凌天風，幽崖藴靈異。雲深人罕來，歲晏我時至。短策資攀躋，芒鞵鮮顛躓。溪明白鳥翔，谷響黄葉墜。迤邐經谽谺，盤旋入奥邃。罥帽藤梢澁，鉤衣石角利。蟻緣已度險，猿挂仍搜秘。登頓力未疲，憑陵心若悸。低迷古塔藏，隱約遥峰避。獨往無異蹤，孤游有遐思。登高詎能賦，即景聊用記。日短興苦長，途紆境多棄。城樓冒煙迴，寺閣横霞媚。夕照銜西峰，楓林憺如醉。

送登南之江南

中園乏素業，下舍難久留。行李問何適，出門聊薄游。江南二三月，芳草緑悠悠。春雨衆壑滿，暮潮孤嶼浮。挂帆指極浦，飛櫂凌滄洲。夜泊袁宏渚，朝登太白樓。江山彩筆盡，雲物珠囊收。儻遇晨風便，瑶華能見投。

秋夜懷施介繁涣之

清宵坐岑寂，即景聊披豁。素月流雲端，凉飇響木末。蛩吟砌色静，魚戲池光活。意適物自偕，情馳境難越。美人曠良晤，芳訊遲遠達。吴苑桂花稀，楚江楓葉脱。輕鴻如可駕，相與盡契闊。

東皋

白日麗東皋，芳春載容與。遊氣逐霧卷，弱蔓隨風舉。雜花明遠林，新燕掠平楚。覽物眷豔陽，撫景惻嘉序。念來若有獲，懷往竟無緒。千載遥莫知，悠悠向誰語。

歲暮報國院偕沈冰篁胡滄來

閒身無所羈，歲晚信游衍。攜我素心侶，城隅步迴轉。竹光翳荔墻，苔色净松院。闃爾冬景闌，泠然晚風善。行依喬木影，坐映曲池面。枯柳凝煙姿，早梅坼霜片。天寒飛鳥疾，日落遠峰變。睥睨横參差，觚稜遞隱見。物華迅推遷，人世苦流戀。俗累心已冥，空門性可繕。

近雲山舍偕嚴力庵

隆冬萬象肅，古屋饒春姿。日氣自瀟湣，煙光且融怡。北倚紫陽峰，連蜷翠蛾眉。下有清泠泉，渟泓盈方池。烹泉掃落葉，拂石題新詩。座客既不羈，主人亦忘疲。安知晷影長，但覺月上遲。小酌遂酣嬉，高歌復淋漓。爲歡偶今日，後會當幾時。笑指紅梅花，花開以爲期。

立春日小樓對雨

春星麗北斗，曉雨隨東風。散漫方灑幕，飄飖忽彌空。岑樓極曠望，萬井紛溟濛。疎竹净寒翠，小梅濯新紅。静知一氣轉，遐想衆類同。鳴雁矯歸翼，紫蘭抽宿叢。清晨偶臨鏡，素髮如飛蓬。持此衰朽質，那希亭毒功。

嘉樹

江南有嘉樹，枝幹何蕭森。恥競桃李豔，嘗爲松柏欽。植根一失所，荆棘來相侵。寂寞霜雪後，孤花照荒林。亭亭抱幽愫，耿耿綿芳襟。遲暮竟何托，歲寒空復心。美人亮弗采，蕪没隨青岑。

芳草

東風應候至，芳草日夜緑。佳人步蘭皋，容與散鳴玉。顧影無興言，含情盼鴻鵠。瑶琴發清弄，山水自成曲。曲罷楚天高，流雲去相續。

秋晚經王逖先故廬

清秋憺無豫，散步循東皋。念我平生友，於焉共游遨。如何壽命盡，寂寞先蓬蒿。遺憾昔攜手，相歡無斗醪。西風歲云晏，落葉鳴蕭騷。逝者不復返，存者疇能豪。悠悠宇宙曠，汩汩浮生勞。乘化率常理，寒蟬徒爾號。

霉雨乍霽同胡滄來報國院池上

霉霖屬初霽，緩步東城東。曲徑繞平碧，禪關深落紅。方塘蔭喬木，聚散萍回風。蛤吠日將夕，蟬鳴煙復空。故人尚玄賞，幽事時能同。語默無異致，磋磨有殊功。素心老漸失，華髮窮逾豐。聊與二三子，優遊百年中。

同人登汪刑曹千波是亦樓

岑樓絶軒敞，雲構謝彫飾。碧瓦皴魚鱗，飛甍張鳥翼。佳辰覽勝來，壯觀憑高得。卷簾當霽景，横檻溢山色。日華紛若浮，天宇净如拭。清風灑然至，俯仰意何極。平生尚披豁，涉世苦傾仄。嘉會偶回翔，抗懷存語默。白羽飛乍冥，孤雲去不息。同人欣有獲，即事可無憶。相與吟新詩，後來儻矜式。

灌圃和吴西林

恢台靳雨澤，藥草銷英華。抱甕汲流水，揚瓢灑平沙。上滋及莖葉，下潤兼根牙。生意一時滿，鬱然蔥翠加。正如上消疾，飲以冰甌茶。起視日卓午，火雲烘作霞。良田諒龜坼，辛苦哀農家。白晝桔槔苦，黄昏未停車。吾曹坐遊食，念此重吁嗟。

登紫陽山追悼王逖先

流水赴東壑，白雲歸西山。長天杳無際，獨鳥飛自還。寂歷石林思，悽愴風月顔。故人昔吟眺，今我重登攀。松韻咽琴筑，泉聲哀佩環。但聞死者逸，誰見生人閑。杯酒且浪漫，百年徒憂患。長歌向蕭瑟，落日青楓間。

讀陶詩

南榮美風日，匡坐聊繙書，裋褐不蔽肘，寬然狐貉居。寒梅始著花，翠竹交扶疎。香影媚幽獨，孤襟淡歲餘。達人有微尚，篇什時起予。高咏未終曲，春風盎衡廬。萬物各有性，水流雲卷舒。人生有酒飲，不樂將何如。

集慶寺朱閻妃功德院，理宗敕建妃墓在焉。

空山窅如夢，倏忽更廢興。日月昔臨照，雲霞嘗蔚蒸。翠華既寂寞，銀牓餘消凝。壞扆卧宿莽，繚垣延蒼藤。當時布金地，黃土犂爲塍。落葉下幽壙，迴風吹漆鐙。浩歌悄無侶，虛谷勞相膺。東望更遥集，一抔悲六陵。

漁父

生事固云薄，優遊在江天。鳴榔北渚霧，挂網西陵煙。渡口月上時，緑蓑藉醉眠。潮來復潮去，不離蘆花邊。濯足坐寒流，悠悠閲逝川。風波豈不險，安遇隨所緣。鷗鳥幸勿棄，時時還周旋。方期及春漲，去覿桃源仙。

鄭點衣風泉清聽圖

水風一蕩潏，林鳥相悲鳴。成連去不返，孰爲移我情。君家半浦上，雲木連四明。碧海揚鶴唳，蒼山答鯨鏗。罷琴俯幽壑，靈籟流凄清。緬彼世外人，都無塵慮嬰。烟霞乃痼癖，泉石聊經營。之子英妙年，方將振華纓。雅懷托豪素，真賞遺虛聲。終擬命余駕，竭來盡平生。

雨餘

徙倚庭下樹，雨餘天氣新。東風吹蕙草，淡宕如佳人。幽徑罕行迹，蘚花重碧茵。世情豔桃李，相賞争陽春。車馬騖南陌，管絃萃西津。翹然九畹秀，知己惟靈均。

項金門招集宗陽宫

韶景疾若馳，倏焉已長至。薰風殊有情，爲我宕遊思。選勝從玄門，同人造福地。林深幽鳥語，石潤適雲意。繞砌花蘂穠，摇軒竹梧媚。媿參鶴髮行，慚左鳶肩位。高論無俗云，賞心有奇義。仙臺古宫館，禁籞嘗嚴閟。忽忽數百年，簫韶緬歌吹。新蜩剛弄響，小蝶互呈戲。宇宙一曠觀，衰榮總如寄。達哉陶夫子，得酒不辭醉。

閏五月晦日集翠玲瓏館用王半山同杜史君飲城南韻

草堂過微雨，絺葛涼翩翩。修竹灑寒翠，古苔凝碧煙。哦詩坐軒檻，流響鏘金懸。赤日不到地，紅塵如隔天。吟蟬知向夕，絡繹催觥船。賓既玉山倒，酒還珠水旋。承華露的皪，代月星嬋娟。嘉會更期後，雅懷應勝前。

擬登江中孤嶼得微字

乘流狎鳧侶，引櫂忘鷗機。回瀾砥東汎，積翠浮西暉。雲木近逾秀，水波遥轉微。搴芳歷磵户，襲潤升巖扉。心悵古賢杳，目欣靈境稀。騁懷暫披拂，崇思勞紆威。秉拙罕所諒，持狂將安歸。江湖莽寥廓，矯首孤雲飛。

仲冬集近雲山舍

吴山如錦屏，延目富臺榭。其下有幽人，讀書數椽舍。客來當仲冬，風日正嬌奼。寒翠虚牖積，冷紅曲檐亞。孤雲抱峰迴，一鳥隨葉下。詩老自豪宕，酒徒亦閒暇。微陽曛屋隅，皎月迸林罅。更陟紫陽巔，江湖邈凌跨。

六和塔

五雲鬱蟠龍，雄塔聳其臂。千仞凌汪洋，七層冒蒼翠。我來仰高標，碧落愁穿刺。八牖開蜂房，重櫚敞鵬翅。憑凌瑙絶頂，極目駭無地。鈴鐸飄琅璫，心魂轉驚悸。群山東走海，萬馬絶銜轡。三折西上潮，匹練縈之字。秋風忽號怒，暝色横空至。返照盪滄溟，雲霞豁明媚。夙齡尚壯觀，兹覽劇閎肆。願接諸天游，兼聞第一義。

新歲集胡滄來西爽軒用陶徵士游斜川韻

去日去不返，來日來無休。歲華既更始，鄰曲相嬉游。故人衡宇净，門枕青瑶流。海客澹忘機，翩然來白鷗。南山在杯中，何必凌丹邱。風日且閒美，相將無俗儔。妙詩申雅懷，率爾成唱酬。興酣問古人，當知我輩不？爲樂尚不及，何暇重爲憂。春芳幸無負，乘化夫何求。

過訪朱朗齋郭西山房

浮生本如寄，所在堪安居。之子寓西郭，開門面煙墟。東風蕩吟思，吹我升前除。野鳥喧晝寂，長林羃春餘。岑樓陟軒敞，目極襟懷舒。遠水淡無際，孤雲隨所如。平生念朋舊，存殁堪欷歔。殁者赴邱隴，存者淹里閭。青山久相遲，白髮將盈梳。願言素心侣，同結林泉廬。

暮春郊行

清暉儈遊思，散步循江隈。草色際遥浦，天光抱祟臺。和風拂我面，永日良悠哉。流水汎春去，遠山浮翠來。披襟暢容與，攜手欣徘徊。滄海日夜緑，大化疇能迴。身閒且爲樂，命賤夫何哀。俯仰歎今古，神仙亦灰埃。時乎不再至，莫空今日杯。

送某之閩中

人生非鹿豕，安得無别離。惟子篤余好，偕隱夙有期。一朝戒行李，言與親舊辭。迢遞無諸國，逶夷歷山陂。非商復非仕，幕府需英奇。賢主我嘗識，嘉賓君最宜。二難致足樂，懷古吟新詩。黎嶺富蘭草，建溪多荔枝。行攀河畔柳，愴恨當臨歧。形影日以曠，音徽接何時。白雲自天際，明月同海涯。脱遇征鴻便，瓊琚慰輖飢。

南湖納凉

追暑就南湖，風漪凉百頃。日酣紅藕鬧，煙卧緑楊静。邂逅偕素心，沿迴得幽境。林陰水氣合，坐覺炎威屏。鷺下波乍明，蟬吟晝逾永。微瀾一蕩潏，揺曳蒹葭影。往事憶循王，嘉賓此游騁。當時盛鼓吹，此日餘蛙黽。冠蓋散浮雲，亭臺没荒梗。我來屬長夏，寂歷愛清景。火輪倏西墜，冰鏡已東炳。浣女穿篠簜，蓮娃艤舴艋。流連未歸去，露濕石塘冷。

七古

游韜光庵

幽篁閉天秋影寒，石徑屈曲脩蜿蟠。樓角參差隱木末，磬聲杳渺流雲端。空山日落留返照，楓林獨映晴霞丹。鵲噪鴉鳴客到寺，道人相見平生歡。金蓮池清髮可鑑，引我憑檻聊盤桓。獨上危峰振衣立，白雲明月青天寬。蒼然下界入俯視，城郭江海胥漫漫。夜久竟投禪榻卧，夢魂恬妥心恬安。前因或是此山衲，恰向竹房重挂單。持鉢打鐘本能事，幻身便作頭陀觀。浮塵得住不肯住，倏忽過去如風湍。夜漏暗移窗影白，海門飛上紅金盤。

畫壁羅浮山歌

虛堂白晝風雨急，羅浮兩山忽飛入。林巒故在離合閒，粉壁淋漓元氣濕。長句即今誰第一，莫侯揮灑鎮無匹。餘事丹青亦偶出，闖然深入營邱室。神閑意暇力乃遒，放筆不顧真宰愁。已覺朱明在庭户，誰言有約不可游。奇峰四百三十二，撲面濛濛灑嵐翠。松濤倒卷瀑布飛，疊嶂迴厓下無地。蒼江茅屋三五家，漁父蓑笠横釣槎。炎荒自古乏冰雪，白鋪遠岸知梅花。塵埃不到飛雲頂，緑磴猿啼風日冷。仙人洗藥回丹井，欲往從之凌倒影。我爲莫侯神屢遷，問塗正恐迷雲烟。何當坐我鐵橋上，手把芙蓉招稚川。

嚴鐵橋所藏李伯時秋獵圖

秋風蕭蕭秋草黄，天驕獵騎騰平岡。龍眠畫古嚴侯藏，隆冬示客開書堂。白日忽晦玄雲張，凜冽朔氣凝縹緗。就中酋豪誰最强，獨飛錦膊神揚揚。意氣顧盼雄鬼章，馬龍人虎争軒昂。其餘五騎亦殊絶，滿川花映好頭赤。氈裘狐帽馳且射，仰貫飛鷹俯穿腋。龍眠圖此歲六百，幾經兵燹遭狼藉。何中舊題非此格，得非臨摹有增益。嚴侯今之李伯時，水墨著處雲烟馳。正如家藏韓幹馬，壓卷但乞蘇黄詩。

明妃曲

風摧白草黄塵飛，雲霾苦日天無輝。塞鴻南翔人迹絶，琵琶馬上彈明妃。明妃去作邊庭月，夜夜遥臨漢宫闕。蘇武能歸妾不歸，紅顔誤人竟淪没。琵琶纏綿作胡語，愁殺氈城無限女。白登刻木猶妒人，青塚埋香尚憐汝。

月氏王頭飲器歌戲效楊鐵厓

陰山夜火燎天赤，帳下賢王争獻馘。虬鬚倒卷血模糊，鑾刀割腦刳雙珠。髑髏汩漉大如斗，留犂滿酌酡酥酒。紅鱗汎汎玉龍吼，群酋起舞單于壽。雕題摩抄老銅色，醉捧穹廬歡冒頓。天陰鬼語愁啾唧，安得飛回生羽翼。

又戲效些月氏王頭歌

戎王顱骨如缶圓，寶玉緣作葡萄船。王嫱按歌李陵舞，單于大笑鯨吸川。淋漓數沃天靈熱，琥珀紅醲欲凝血。比似萇宏空化碧，醍醐灌頂生歡悦。君不見，將軍雪磧兜鍪冷，一顆胡盧寄要領。又不見，幽人願葬陶家側，燒作酒缸殊不得。

水仙花

湘娥曉試淩波步，翠羽明璫墜清露。幻作幽芳媚晚汀，亭亭不受塵埃汙。沙明水碧洞庭春，錦瑟聲希不見人。日暮東風吹細雨，滿湖煙浪渺無垠。

題嚴力庵畫西溪探梅圖

郡城西去三十里，萬樹梅花一溪水。日出煙銷不見人，人家隱約梅花裏。東風幾日吹林薄，茅舍板橋春漠漠。娟如静女倚修竹，瘦若癯仙卧寒壑。陂塘寂寂花愔愔，清溪彷彿桃源深。了無塵埃汙履迹，時有雁鴨鷩挐音。天憐此境太幽絶，特倩我曹爲搜抉。載酒晨衝古渡煙，尋詩暝踏荒林雪。輕舟盪晴花正開，入花漸深迷路迴。月明疎影掠篷過，風起暗香隨櫂來。十年無復經河渚，回首同游半今古。重看水墨意茫然，始覺嚴兄用心苦。

峽江行

君不見，峽江江水激如矢，危灘上船石齒齒。篙師呶呶呼不已，半日纔能二三里。我行恰值東風顛，片帆如鳥翔青天。船舷側處浪花入，舵尾轉時波縠圓。林巒到眼須臾失，指顧中流迴白日。岸圻沙崩勢若雷，座中相對皆寒栗。朝發金川暮太和，棹郎舟子樂且歌。計程三百猶爾多，徒争利涉輕風波。平生漂泊經南北，履險如夷非定力。自笑剛存骨與皮，蛟龍安用我爲得。

陪吴學使頡雲葉太史登南登端州試院樓望七星巖作

端州城東山嵲嶆，層樓勢與山相高。海雲不動半天碧，峨峨翠浪連蒼濤。庾公瀟灑攜帽屐，暇日登攀布長席。瀝水西流莽蒼中，斷霞殘照輝青壁。青壁巖巖列七星，儼如北斗張圓靈。咄嗟造化亦荒怪，豈欲贈我斟滄溟。我昔乘雲遊玉京，手扳參井援魁衡。酒漿未酣絳河仄，雄雞一叫東方明。邇來二十有八載，心憶羅浮夢南海。勾漏仙人冰雪姿，拍肩大笑容顔改。吾聞廣寒之府神仙都，瓊宫貝闕開天衢。會持玉斧斫丹桂，便驂鸞鶴陪雙鳧。

端州試院葉太史烹龍井茶分餉同吴學使用東坡試院煎茶韻

芭蕉葉動凉風生，瑣闈晝寂玄蟬鳴。游絲欲墮忽飄去，緑陰亭午茶煙輕。龍泓鳳爪世無二，鐵足甆甌饒古意。活火銅瓶自在煎，旗槍細簇端溪泉。峨嵋積雪消巴蜀，荆門九派流寒玉。平生苦渴如苦飢，七椀八胃揚鬚眉。况逢退之與東野，雲龍萬里相追隨。深情更作他日約，草堂鬬茗三春時。

端溪石研歌贈吴中書同穎

横煙疊翠羚羊峽，萬朵芙蓉天外插。秀異全鍾古研坑，靈示呵護煩丁甲。前年作貢重鳩工，懸梯百仞行地中。白日燃犀照突奕，馮夷伐鼓開幽宫。神斤鬼斧窮鎪斵，水府丁東奏琴筑。碖硱活斷紫雲根，礫砢生開翠巖腹。良工霍霍磨霜刀，雲腴細割論分毫。方圭圓璧各殊製，上供天府頒詞曹。餘材尚與洮石抗，龍尾馬肝敢相向。鸜鵒睛圓火暈明，花青葉白紛奇狀。吴侯玅選得數枚，寶之不啻瓊瑶瑰。吐沫恐遭惡賓汙，封緘要及良晨開。有時洗墨臨溪水，天光澹淹雲烟起。有時濡毫灑屏障，元氣淋漓風雨上。黑松使者中書君，幽香燕寢凝氤氲。窗明几净思不群，召取蔡侯重策勳。伊余亦有南宫癖，潦倒衣冠嘗拜石。乞君惠我一尺璧，坐令陶泓皆辟易。羚羊峽高端水深，何以報君一寸心。中藏中寫銘與箴，不渝不替同堅金。

張仲謀秋湖送别圖

茫茫煙水明湖秋，南山北山黄葉稠。蟬聲欲絶雁聲起，數行衰柳垂汀洲。江城日暮寒砧急，我正懷歸君告别。故山風景屬伊誰，猿鶴笑人生計拙。玦虚上人筆墨殊，送君之别爲君圖。方袍橋畔數回首，烏篷塔下遥相呼。人生聚散原無定，梗汎萍漂亦乘興。嶺南江北遥更公茶。

遥，去住襟期若相訂。朔風吹雪如蘆花，與君先後俱還家。尊前莫道不稱意，明朝試喫謙

皋園月夜看梅用放翁芳華樓賞梅韻

荒園漠漠升寒月，爲有梅花更幽絶。墻角微風遞晚香，橋頭活水摇春色。美人凝望思悄悄，騷客獨來愁脈脈。霜禽漫勞偷冷眼，水鳥還能事高格。天公不放姮娥惰，疎影乍移雲影破。支笻久印蒼苔立，側帽更欹盤石坐。此時相對已忘言，明日相思合重過。廣平原是鐵石腸，嚼雪餐英那愁餓。

送葉登南赴闕補官令弟敬堂計偕北上

鳳城昨夜春風起，故人連日催行李。一雙鴻雁兩函書，同向金門謁天子。金門迢迢數千里，好去聯牀歌鄂韡。清江白月照船頭，紫陌紅塵隨馬尾。京華三月桃花發，弟兄連袂蓬萊闕。拂綬重行繡甸春，飛觴定醉瓊林月。文章舊價重鑾坡，述作風流小未多。相逢問訊荷衣子，放浪江湖銅斗歌。

觀宋思陵敕岳忠武奪情墨迹

宣和圖書充秘府，思陵筆法能師古。奪情手詔岳將軍，淋漓墨迹蛟龍舞。世換時移五百年，字畫小蝕文猶全。移孝作忠纔數語，手足腹心無閒然。他時唾手中原復，直抵黄龍如破竹。不見將軍奏凱歌，徒聞父老攀轅哭。將軍授命久爲神，此敕流傳空感人。十二金牌三字獄，可憐仍是舊君臣。

紫陽山對月歌贈孫駱二子

玉盤晶晶懸天東，蕩漾碧海磨青銅。群山黯澹正如睡，劃然唤醒蒼茫中。紫陽峰頂清歌發，吹落天風散吴越。興酣樂極心悠然，掌上金尊笑華髮。百年未盡休裴回，且飲美酒臨高臺。君房富貴子陵賤，惟有桐江天際來。我欲長鯨駕滄海，手弄明珠溢光采。東浮蓬萊西崑崙，太白先歸不相待。駱夫子，孫先生，蘭臺石室書姓名。要就丹砂鍊金骨，好騎白鹿雲中行。

崇善社雙桐

雙桐倚空高十尋，廣庭清晝常愔愔。暝煙欲起素鶴下，朝露乍晞玄蟬吟。童童對立儼車蓋，雨灑風翻發天籟。老榦雖中琴瑟材，盤根未與斧斤會。憶昔兒時同蛺蝶，嚼蘂攀花復翦葉。千回上下誇身輕，百匝盤旋鬥足捷。悠悠歲月如流波，五十欲來四十過。誰道盛時罕棄物，已悲華髮隨蓬科。

葺敝廬竟同人以詩見貽有作

荒涼老屋破不治，歲久側向東南欹。檐頹那禁朔雪壓，柱折更受西風吹。比鄰愁傾數睥睨，旁舍畏覆先遷移。我云牽蘿尚可補，人謂一木將難支。蟲蠹蟻穿既朽敗，煙熏雨漏尤離披。沈吟幾欲棄此去，仰顧詎忍先人遺。平生不作百年計，對境獨抱千秋思。東觀吾宗漫入畫，少陵野老誰寄貲。支吾自應費竹木，塗墍未免煩工師。友朋迴轆倒囊橐，妻子輟炊留戾廖。盡典衣裳賣書籍，猶賒鹽米乞醬飴。經營半月乃斷手，灑掃數日聊開眉。瓦松和霜削青翠，庭草帶露除蔓滋。拂塵梁間墮燕壘，懸箔户外收蛛絲。夜讀且休鑿壁念，春眠纔免排墻危。小人求安固所恥，君子慮患寧非宜。萬間廣庇空有志，一室掃除從見嗤。劇憐虚室未生白，便有大手來題詩。

鐵畫歌

蕪湖畫史錘當筆，以鑪爲研鐵爲墨。屏山一張白晝寒，寒雲盡帶括蒼色。溪毛石骨勁而秀，細草孤巒亦清瘦。江湖若載米家船，水底蛟龍莫争走。秋風蕭蕭不可卷，蘭葉如刀竹葉翦。楚纍寃骨鏽成花，湘女淚痕斑作蘚。由來繪事無此奇，嵇鍛顧豪兼有之。側聞前朝戴文進，曾以銀工爲畫師。

對雪用東坡韻

朔風如翦裁雲葉，散落人間作飛雪。攪空歷亂雁銜遠，漫野迷茫人去絶。之松偃蓋猶力撑，修竹垂梢已腰折。兩儀浩蕩氛翳埽，千里晶瑩瘴煙滅。霰輕先透瓦溝灑，飈勁忽兼簾押掣。夜眠肌粟生被池，晨起眩花漾巾纈。韓子柴門未踏片，漢皐露掌曾和屑。豐年瑞應且來歲，老子詩成剛轉瞥。陳言務去君莫訝，生面别開吾敢説。興酣書破剡溪藤，冰冰鼠鬚利如鐵。

皐園看梅用放翁故蜀苑龍梅韻

皐園荒落唯臈梅，花時有雪無塵埃。閒門不關客稀到，野徑得閒吾獨來。暗香過橋風數段，幽豔倚闌煙一堆。樓中玉笛暮休怨，城頭畫角寒正哀。詩脾微沁嚼冰雪，屐齒久駐穿莓苔。墻東一株最寂寞，欹側獨臨流水開。照影離離自高格，含情脈脈無良媒。微波有辭不可托，落日凝望空低回。老子平生苦跌宕，折枝簪鬢猶嬰孩。不羞華髮已霜雪，醉眼摇漾看尊罍。

早春汎舟西湖用遺山汎舟大明湖韻

吴儂不唾西湖水，愛此渟泓三十里。東風吹船向天上，鳧雁迎人飛欲起。兩隄如帶横彎彎，十二畫橋連玦環。紅樓翠館天半出，倒影浮動烟波閒。晚來繫櫂西泠渡，油壁香車松柏路。水佩風裳不可要，蘭襟柳帶愁煙露。孤山梅花别有情，邀我虚亭散餘步。夕陽澹澹天悠悠，寒渚無人見雙鷺。沈吟往日林逋仙，蹤迹吾宗同仲先。草廬入畫已千載，我來放歌空叩舷。箋天願乞烟霞福，小住蓬萊五百年。

清明後一日行經聚景園遺址用遺山西園韻

鶯花老去春如秋，踏青已過寒食游。城隅吟望欒更憂，荒煙漠漠生古愁。聚景園空野蒿發，淒凉故址多湮没。暗門春樹屬誰家，杜宇還來叫殘月。緐華事歇儘堪憐，歌舞去盡來烽烟。廢沼蛙鳴新雨後，荒臺燕掠夕陽前。當年半壁規成功，宫闕鳳皇開九重。樓船日汎清波裏，玉輦時經細柳中。湖山回首殊今昔，白雁南來悲落日。石馬無聲已作塵，銅仙有淚空沾臆。菖蒲緑淺杜蘅芳，曲水無人流羽觴。破塚纍纍接阡陌，青燐白晝明陰房。

病疽戲作呈匏以文

柳洲居士食無肉，食筍要待將成竹。鳩形自與鶴爭瘦，菜色由來蛙比緑。唯餘濁醪不可無，日讀離騷醉幾壺。不令渴羌受羈靮，時聽枯腸鳴轆轤。豈虞快意逢軻轗，溼熱侵淫作黄疸。未能學佛聊學禪，初祖金容壯觀覽。親舊時勞致問頻，勸余藥裹搜茵蔯。笑而不答心自了，地下未要窮詩人。緑飲先生獨殊衆，酒錢日日還相送。夜閒藏神來入夢，尚有黄虀三百甕。

書汪水雲集後

臨安王氣六更歇，天目山摧海潮竭。昭陵石馬漫嘶風，漢殿銅仙猶捧月。宋家養士三百年，大事去矣人自全。獨有長秋一供奉，傳車輾轉隨幽燕。燕市悲歌聊當哭，商聲激昂羽聲伏。秦皇眼底識漸離，不使彈琴繼擊筑。得賜黄冠意豈甘，城隅別酒醼不酣。少陵尚吟洗兵馬，開府徒賦《哀江南》。歸來故苑悲荆杞，蹤迹飄然去雲水。湖州歌與越州歌，留俾人閒作詩史。

秋郊觀馬射

秋高原野塵埃清，築場千步如坻平。斑騅錦膊渥洼種，四蹄蹴踏寒煙輕。白面兒郎好身手，曼胡之纓大如斗。猿臂横開兩角弓，人若雲飛馬風走。毬圓垛正左右分，穿札有聲促不聞。畫鼓騰騰繡旗展，連珠白羽摧繽紛。前騎將停後騎發，流星的皪超明月。翻身更欲擬長雲，霜隼驚弦向空没。太平疆場無烽烟，文教之餘武備宣。自古將材號難得，請君載熟孫吴篇。

昭慶寺壁董旭顧升合筆大士像

戒壇粉壁高十尋，紫瀾倒卷波潮音。補陀真相忽當面，乘雲欲渡滄溟深。昔聞菩提本無樹，想像莊嚴得神遇。誰爲劍舞裴將軍，筆力飛揚文采具。天風飄飄吹袂急，飛白横斜勢相及。稽首老龍袍笏前，鞠躬傍作枯查立。吾聞畫手尊吴王，開元普門同擅場。今之董顧亦巨擘，惜無坡老爲評章。

何東父新購得胡元潤金陵二十四景册子

金陵佳麗昔所傳，王氣銷盡餘山川。虎踞龍盤入夢想，青鞵布襪無因緣。胡君采筆如珠圓，水墨著處生雲烟。翠館琳宫湧巖壑，漁舟酒旆摇江天。春風杏花語飛燕，夜雨桃葉聞啼鵑。楚王埋金二千載，明祖聚寶三百年。騷人墨客吟未徧，豪素灑落增雄妍。尺幅縱横烏几前，卧遊如到三山巔。流傳幾人並珍惜，骨肉完好機神全。書顛酒聖詩中仙，何君好畫如好賢。枯樹灣頭屋數椽，衆山流響鳴朱弦。第一峰頭縱吟眺，通靈妙迹來翩翩。都將二十四名勝，買盡三百青銅錢。典衣浮白載欣賞，横枕六朝一覺眠。明日題詩首誰屬，柳洲居士城東偏。

飲孫在鑑近雲山舍紫藤花下

花翁栽花紫陽麓，長日閉門花滿屋。小白長紅各自芳，紫藤一株最穠郁。東風微吹已爛漫，縠雨新晴正芬馥。百琲明璫綴露珠，千章錦緞裁霞縠。絳雲高卷虯螭上，香霧濃堆蜂蝶簇。芍藥重行漫鬥妍，荼蘼却步應嫌俗。主人瑶席開錦障，留客纓冠燦華燭。墮蘂暗飄茶鼎香，飛英頻蘸酒杯緑。夜色將闌君莫舞，春光待賦若爲速。武林吴氏號詩藪，亭子倚花名繡谷。雅集當時多勝流，豪吟邇日尚耆宿。雕篇直欲擬竹垞，秀句毋煩驚玉局。前輩風流猶未泯，我曹韻事殊堪續。况逢月華争綺麗，兼此風光競緐縟。莫謂陽春和者稀，翳余首倡巴人曲。

近雲山舍雨中觀牡丹

平生萬事不挂眼，獨有看花殊苦貪。昨日故人復折簡，那辭著屐過城南。今年晴暖花更好，開到鼠姑月正三。風日入門恰和美，紫陽一抹濃堆嵐。驀聞急雨灑幽砌，坐見坳堂沈古潭。翠幕淋漓斂微笑，金杯瀶沱停高談。雷聲砰磄摻羯鼓，霧氣靉靆蒙鸞篸。便擬采雲易驚散，豈知香靄方穠酣。須臾雷收雨亦霽，倍覺紅紫增差參。疑向湯池罷沐浴，更臨水殿呈嬌憨。當階芍藥亦獻媚，絳脣乍啟仍微含。自古至人獲天助，我無其德胡以堪。清歌未須召太白，酌酒且爲酬蔚藍。斜日照檐忽湆湆，晚風吹座猶醃醃。主人留客待明月，重看洗妝開鏡函。醉後詩成擲筆去，明朝有興還來探。

嚴力庵贈胡滄來三峰册子

力庵於畫亦時作，貴游要之多不從。偶然談笑爲知己，縱横灑落標奇蹤。滄來行將華陰過，潑墨便與圖三峰。三峰之形未遽似，兀突但舉吾心胸。五千拔地高巃嵸，翠削晴天天瀶濃。懸流直下白雲瀉，飛瀑倒卷寒飇衝。滄來意氣今元龍，致身宜傍天九重。閶闔晴開詄蕩蕩，長劍獨倚青芙蓉。行年三十不稱意，往往匣裹鳴霜鋒。策蹇只今走西徼，道途無乃嗤龍鍾。力庵下筆何從容，心知滄來即不逢。新詩滿囊亦足富，古人千首輕侯封。名山大壑在眼底，世上何物難銷鎔。試問希夷老居士，當時取笑非凡庸。

吴南田畫梅在端州所題，重録於此。

南田老翁寫梅花，其格與人殊不差。冷淡冰姿藴道氣，崚嶒鐵骨生春華。凍雀時來啅蓓蕾，銀蟾後夜懸了叉。一枝直上無依倚，一榦半折尤查牙。想其捉筆落紙處，定有鬼物旁咨嗟。端州郡齋冷如水，榕樹十抱啼烏鴉。孤山夢斷角聲曉，酒醒屏幃看横斜。此翁此畫繫人意，花時況復留天涯。

紫陽山

南山入城低復昂，第一高峰曰紫陽。烟鬟遥望翠黛濕，石骨近齅芙蓉香。西俯明湖東之江，人家萬并攢蜂房。海門烟火晚晚滅，天目雲樹秋青蒼。潮來忽覺天地動，事過那知日月長。閭閻生聚甲寰宇，中歷七帝經五王。樓臺包山錦繡出，歌舞滿湖紅翠張。海陵立馬未稱意，中原閲古徒趣亡。六更才歇九廟荒，白雁來時悲鳳皇。寒泉幽草爾何物，閲世不啻人觀場。霜林風高酒旆揚，便欲爛醉傾千觴。唤起仙人丁野鶴，共看城郭論滄桑。

聞胡滄來在兖州

胡侯廣顙高兩顴，午夜新詩哦米船。江湖游遨輒千里，寧有謝尚如當年。今年别我忽半載，昨日書來客東海。知君念我不能忘，夢裏時時接丰采。青春何處獨登樓，魯殿秦碑弔古愁。未擬三書上宰相，仍攜一劒干諸侯。崟崎歷落餘杯酒，落日浮雲變蒼狗。青山紅樹望江南，故國憑高幾回首。主父偃，公孫宏，當時困頓人皆憎。君今落度不稱意，漫對西風空拊膺。

擣衣篇

空庭露下凉秋影，片葉梧桐墜金井。促織悲鳴繡户開，洞房環珮中宵冷。銀釭耿耿透疎簾，玉手纖纖疊素縑。砧響暗風秋歷歷，杵鳴殘月夜厭厭。佳人用盡閨中力，蕩子從征無信息。白羽遥馳大漠西，寒衣遠寄交河北。元戎不數霍嫖姚，度幕犂庭轉戰遥。已説天兵連得勝，應看漢騎即還朝。明河不動天如洗，織女橋邊烏鵲起。天上佳期此夕逢，人間别思何時已。

姜脩爵送鄭宅茶

少年落拓嘗縱酒，醉灑歌辭不論首。曾贈友人勸飲篇，句長猶在時賢口。邇來衰疾唯嗜茶，腹中疑有斛二瘕。頭綱八餅那可得，玉川七椀徒爾誇。姜君遠自無諸國，翠籠春芽攜鄭宅。怪來藏神夜報喜，明日打門送狂客。藤緘乍啟破屋香，活水汲煮添丁忙。須臾碧甌汎烟霧，眼底蔟蔟紛旗槍。仙山靈氣入喉吻，汩汩源泉生舌本。吟哦韻作松風寒，玉露霏微漾蘭畹。老夫病餘絶枯槁，詩思潰汙斷行潦。拜君嘉惠勝瑶草，一飲若將雲夢呑，横決狂瀾若傾倒。何以報君期永好，信筆歌行先爲掃。

龍泓訪舊圖爲沈振飛作

沙平水落溪有痕，雲浮石動山無根。幽人杖履有詩意，石徑窈窕通松門。家江風景九十月，紅映滿山霜葉繁。夕陽采翠照絶壑，秋色明浄連高原。彈琴煮茗茅屋底，有老遲客開晴軒。跫然足音叩門至，童子側耳雞犬喧。故人久住南山下，數載不見勞心魂。披圖忽覩訪舊作，恍惚重到烟霞村。天寒日短人事迫，歲宴未必能攀援。開年有約定不爽，好劚筍蕨羅清尊。

文山先生遺像

英姿颯爽真天人，誰其貌此生麒麟。巋巋正氣溢眉宇，日星河嶽凝精神。進賢之冠高岌峨，謝陸堂堂合虚左。宋家食士三百年，獨擔乾坤公曰我。恨公不如武鄉侯，坐揮白羽真風流。丈夫遭逢各有命，樂人之樂憂人憂。腰金手版袍宫錦，瞻者未必皆心凜。須知忠義重千秋，能使賢愚拜敷衽。冥冥朱鳥没燕雲，絹素流傳鬱古熏。前代丹青誰復見，雲臺煙閣徒紛紛。

沈振飛寄龍井茶

南山百草春未芽，老龍躍井翻雷車。明湖靈秀此洩越，巖幽谷潤霏菁華。筠籠侵晨競采摘，畫鼓向夜猶摻撾。鳳爪鋒銛雀舌利，旗槍秖足歌中巴。磵翠挪將蝶破夢，林香焙出蜂驚衙。野人不敢自煎啜，包裹作貢先天家。山中老友念渴病，幾度寄我從烟霞。會城未嘗貴人口，胡乃箇儂偏拜嘉。身居貧賤辱清供，自顧非分頻咨嗟。况復詩才又蹐駁，玉川奇句無些些。朝來把盞疾衰半，省覓瑶草求三椏。因知造化喜笨伯，假以服食專塗鴉。從兹狂藥謝麴蘖，不使腸胃鎸莫邪。旁人任笑煞風景，且復試水還看花。

鮑以文贈眼鏡

西洋巧匠天下無，水晶琢鏡匳鉸殊。年衰藏耗目力減，得之功比刮眼膜。賈胡居奇輕性命，梯航萬里來姑蘇。百年中國人競寶，價昂不敢論錙銖。我方病眸苦昏暗，白晝把卷猶模糊。杞菊地黄餌無效，看花隔霧恒嗟吁。故人鮑叔最知我，寶匣持贈雙明珠。插鼻初疑閃巖電，回頭不覺驚妻孥。昨來日中誤點墨，今者鐙下能研朱。玉鑑冰壺光照座，坐令年少欽夫夫。從誇老眼便如月，陶陰亥豕難逃逋。琅玕玉盤豈足報，藏書與校當勸劬。

飽以文得姜西溟所藏十七帖

常恨少年不學書，至今白首慙鈔胥。寶刻縱横列几案，如以鐘鼓供鶢鶋。以文出示十七帖，秋蚓春蛇乍相接。行閒欲讀口屢呿，墨黝楮韌聊繙涉。座中聞説蘭亭好，宋搨唐摹稱至寶。此本亦刻貞觀中，遥同定武分真草。我於八法全未窺，况别時代衡妍媸。但從題跋看前輩，一一賞鑒揚鬢眉。西溟在昔書有神，明窗想見常相親。以文二子好紙筆，收藏自足傳家珍。嗟予老嬾不周匝，把册摩挲漫開闔。買櫝還珠世不乏，馨香三龥古楠匣。

史閣部遺像

孝陵夜哭乾坤沸，虎踞龍盤銷王氣。堂堂閣部文武才，辛苦視師江上來。人心已去天如夢，豈有鯨鯢可施鞚。天子無愁醉莫愁，俳優狎客方兒弄。孤臣力盡挽江河，赤手猶揮反日戈。大厦焉能支一木，槐安國已摧南柯。蟲沙猿鶴同時化，江水悠悠夕陽下。碧葬空聞杜宇啼，魂招但見梅花謝。公碧葬梅花嶺。時危自古識忠臣，盡瘁如公却幾人。此日丹青看遺像，文山端不媿前身。史稱公爲文山後身。

題杭太史大宗歸耕集

金華策對聞九天，聖恩如海臣歸田。春明門外夕陽道，長亭送客程三千。錢唐江畔青山好，况有西湖勝瑶島。典却朝衫買緑蓑，一犂畊破春畦草。太平時節多秀民，酒户詩家聯比鄰。朝出漁樵暮相逐，倡余和汝皆天真。文章舊價鷥坡重，掉鞅南施驅北宋。樂府人傳銅斗歌，江湖魏闕勞清夢。皋亭三月桃花開，使者勸農江上來。緑醑同沾大酺賜，醉人何減瓊林杯。我棲東郭叨鄉曲，嘗識先生面如玉。陸地神仙豈異人，百年誰享烟霞福。

又題嶺南集

國初嶺南號詩藪，談者並稱三大家。漁洋山人嘗奉使，及與諸老揚英華。百年復起杭夫子，手握照乘輝靈蛇。金馬玉堂不久住，掉頭歸看西湖花。舊有文章壓宇内，時清豈得畊烟霞。粤秀峰前坐皋比，大藩殊禮頻交加。清風迴瀾蕩海月，白雪度嶺紛天葩。大雅洋洋振壇坫，一時酬和無淫哇。維昔高賢此流寓，韓潮蘇海咸矜誇。千秋文物啟雲嶠，百世師表留天涯。先生所至若時雨，弟子幾人進白沙。詞賦流傳且餘事，採風他日勞停車。

近雲山舍古藤架下納凉

蛟螭蟠拏生屈曲，一架薰風滿庭緑。六月虚堂扇不摇，却疑此地無蒸溽。我來欹枕斜窗下，夢覺凉雲滿身瀉。日午玄蟬高處鳴，碧光微逗晴天罅。前人種此餘百年，留與我輩相周旋。轉憶三春正緐縟，翠蕤珠琲紛聯娟。古藤閲人凡幾許，酒琖茶鐺不勝舉。可能昔日來看花，仍向今時復逭暑。主人待客殊從容，紫陽佳氣堆蒙茸。晚來展席就池上，月華煙靄紛摇溶。

建蘭曲熙春坊柴氏齋中作

建陽水清山骨寒，靈氣獨鍾芳草蘭。纍纍盆甖致千里，供栽華屋邀清歡。吾聞蘭本生幽谷，豈謂移根在塵俗。嫩蘂時迎扇月香，踈莖近帶屏山緑。玉立參差凝露華，美人環佩當風斜。虚堂客子憺無寐，三齅古馨重咄嗟。空山無人白日晚，流水泠泠去不返。賢人在野道則光，安得攜汝之江湘。

鮑以文新得華秋岳萬竿烟雨圖奚純章爲摹余便面

清風草堂不知夏，烟霧溟濛雨聲瀉。誰遣幽篁當座生，新羅山人秋岳華。山人平生擅花烏，此幅當年爲誰埽。豈惟松雪補房山，直挾米顛合坡老。水痕墨迹交模糊，枝葉可數青珊瑚。英皇有淚乾不得，落日似聞啼鷓鴣。洞庭之幽龍所都，嘘吸雲氣連蒼梧。君山老父笑吹笛，漢水佳人愁弄珠。我今衰疾畏炎暑，獨對此圖心自語。安得披蓑入水雲，蒼茫一艇横洲渚。奚子筆端擅亭毒，片時貽我湘天緑。君能更作千萬幅，何處人間有煩溽。

奚純章爲顧瑋光仿石谷寫營邱朝嵐在樹宿烏初開意

一鴉翻翻翩欲舉，群鴉啞啞若相語。三足烏已翔扶桑，撲簌鴉兒引鴉女。楚山嵐氣曉未收，木葉脱落江天秋。清霜不染黑翎翅，萬點正如濃墨稠。誰能奪取化工筆，石谷營邱乃間出。曾謂奚生在今日，直升李堂入王室。西風瑟瑟吹寒煙，平遠四眺來蒼然。破帽騎驢宿烏先，我行燕冀方少年。即今見畫悲疇昔，昔日烏頭今已白。隨陽空有稻粱謀，鴻爪剛留雪泥迹。瑋光顧子文中豪，奇翼五雲開九臯。上林千樹復萬樹，莫向菰蘆懷我曹。

吴山寶成寺麻曷葛剌佛

三佛肥瘠殊不侔，共胎石壁施雕鏤。左右夾輔中豪酋，履僵韉活摶髑髏。野鼠欲舐頻眼偷，緑蘿風動驚颼飀。雷公飛騰肉翅遒，東逐弗述西鵂鶹。嗟爾衆生何罪尤，慈悲乃用相仇讐。或云魔怪宜追搜，或謂奸逆當翦囚。驃騎指揮誰與謀，厥唯宕户蒙諂諏。丹青金碧初塗修，男女跪拜香煙稠。我來吊詭嘗獨游，老樹雨葉空山幽。天禄辟邪相對愁，藥叉山鬼啼啾啾。荆榛刺裾難久留，劇欲乘興升糟邱。嘻伊佛亦米汁流，朋集飲器資人頭。不然妖腰亂領儔，法力豈足煩戈矛。大笑佛能同拍浮，一瓢便醉錢江秋。

萬年藤杖歌壽吴西林杖爲天台許君所贈

天台古藤名萬年，結根應在羲皇前。皴鮐皮皴瘦筋裹，刮磨柔韌匀輕堅。遠游濟勝自有具，采掇踏破層崖煙。臨江處士方杖國，寄與便作登攀緣。路逢劉阮奪不得，一莖竟落明湖天。老人自來腰脚健，得之更如弓著弦。雨峰重消幾緉屐，六橋不藉雙槳船。有時卧倚北窗下，猶帶赤城霞氣鮮。平生校書亦已夥，不用太乙青藜然。題詩衆欲逐韓杜，桃竹赤藤相後先。春入梅花見高格，撥雲定向孤山巔。紅亭風暖摇酒帘，此日正需懸百錢。

趙忠毅公鐵如意歌其上銀鏤隸書二十六字，曰：『鉤而無鑯，廉而不劌，以歌以舞，以弗若是。折唯君子之器也。趙南星。』『折』一作『利』。

青金二尺眠老螭，太乙下視長庚移。冷面稜稜氣冰雪，往時嘗拄忠臣頤。銘詞磊落銀光翠，著眼天水南星字。掌握霜臺衆正趨，指揮斗極群姦避。鐵碑既踣無復鐫，閹豎接踵持魁權。西廠東林不兩立，一朝難作唯公先。邊城戍死公何恨，老螭流落能無悶。梅庚厲鶚兩長歌，疇能五岳平方寸。野人岑寂當高秋，一斗正爲讀史謀。黨籍紛紛漢唐宋，可憐濁世諸清流。老螭不用號風雨，我醉提攜爲公舞。便擬唾壺爲逆顱，未須碎擊紅珊瑚。

江南春二首次倪雲林韻

參差玉迸苔蹊筍，燕子樓臺風日静。畫簾不卷寒食天，緑階斜臥闌干影。夭桃面熱梨顒冷，並倚銀墻照金井。陌上青驄烏玦巾，雨香如夢更如塵。

流水閒飛花急，野塘紅淚燕支濕。游絲欲挽春何及，春愁迢迢滿平碧。蝶夢鵑魂對於邑，黄鸝獨背東風立。翠點零星沙際萍，相逢各自悲營營。

文山先生手札

楮墨黯澹雲烟愁，中有家國千端憂。尺幅留傳五百載，忠義氣與江河流。空坑之役詳於此，骨肉淪亡都統死。軍機誥敕重料理，覼縷乃及汀無紙。惜哉簡端剥蝕遺，所達誰某無由知。羽書旁午若爲草，小有塗乙騰蛟螭。唯公大節在天地，筆陣縱横且餘事。珍藏麟角寶鳳毛，不獨嶙峋數行字。清風草堂六月寒，焚香展軸肅衣冠。吴興玅迹裝沈檀，只作人閒書畫看。

吴麗皇閉户著書圖

文章天地一尤物，直與功德垂古今。數千年來塞天破，五岳未抵才人心。中間祖龍赫斯怒，一炬頓熄灰千尋。聖經賢傳有羽翼，飛入杇墁鳴簫琴。後來懸賞購亡逸，諸子亦漸歸詞林。唐宋以還日益下，幾人漢魏曾浸淫。自從苔藤易簡策，再使梨棗遭雕鋟。易成卷軸亦易廢，烟雲過眼皆銷沈。不然大塊縱云厚，欲載定愁力不任。閉門仰屋果何謂，辛苦政足供白蟫。泰山未嘗憎蟻垤，滄海何必羞牛涔。聊以自娱政復可，子能强記我苦吟。平生素心已無幾，賞析直似求兼金。雲霞絢爛曉峰秀，花柳明媚春湖深。美人將伴笑俱出，嬌鳥唤友啼不禁。乞君此時暫閣筆，且復載酒同登臨。

南關舊廨梅花碑

貞珉數尺逾百年，形質雖壞神獨全。非紀勳庸勒功德，古梅一榦生雕鐫。有明孫杕擅能事，冰華鐵骨蒼而妍。蝶叟藍君亦名輩，補將瘦石同精堅。時移歲久人罕識，埋没蔓草沈荒煙。廢圃雖無牛礪角，鋤侵钁斸溝渠填。翠華南幸問俗暇，會按圖籍搜淪堙。既洗汙泥剔苔蘚，仍完損裂歸合聯。傾城聚觀咸太息，亦有文士來摩肩。楮墨紛紜競敲搨，登登晝夜鳴椎氊。昨朝棄置今寶惜，劖出古獄珠離淵。物遇其時乃聲價，自此名字千秋傳。聖人聰明及幽隱，在野豈復留遺賢。礦璞乘時並磨琢，願供天府成方圓。

孤山古梅歌

我棹扁舟問梅花，孤嶼寥落空烟霞。苔色蒼涼古徑滑，柳絲澹宕東風斜。攀林直上最高頂，一樹獨倚長松叉。寂歷祠門閉春日，莓苔薜荔濃交加。六朝美人謝金粉，千歲仙子辭鉛華。東皇有情待我輩，未遣雪片沾泥沙。鐵骨瓊姿那忍折，盤旋百匝重吁嗟。古人奇句我何有，坡老去遠逋仙遐。一尊竟起爲花舞，醉倒莫愁歸路賒。明月滿身卧花底，夢回山雀啼查查。

四月湖上

楊柳絲垂蓮葉仰，白鷺青鵁互來往。四月西湖歌舞稀，溶溶綠水平如掌。湖心亭子浮波中，大扇不摇天自風。醉卧桃笙夢颯爽，水晶簾箔玻璃宫。須臾雲起衆山濕，雨脚萬條銀綫集。菰蒲獵獵鳴空潭，便覺秋隨涼氣入。北風卷雲雲不流，兩峰濃翠堆佛頭。高城回首向東望，綵虹横跨三譙樓。紅塵净洗無氛埃，還我金碧千亭臺。散髮披襟叫奇絶，南宫障子重重開。同游瞰我清興發，重勸金杯十分凸。恨不攜將吾衍來，玉龍吹出雲端月。

西湖采蓴曲

湖波汪汪鴨頭緑，中有湖蓴瑩如玉。盪槳誰家好女兒，同聲競唱采蓴曲。亂紅如雨漫湖飛，風起浪高愁濕衣。小艇却移三墖下，蓴絲滑膩蓴葉肥。不恤凉波侵雪腕，頻搴要積筠筐滿。日暮歸來望六橋，緑楊陰裏猶弦管。借問蓴絲誰作羹，畫舫行厨羅玉盌。

文三橋墨荷卷子

紫莖翠蓋波心摇，浴鳧三兩飛雪毛。色深色淺花蘂交，上有半印鈐生綃。云誰之畫文三橋，令我一見煩暑消。西倉司馬精鑒賞，舊人名蹟蒐蘿廣。花光染得雨痕新，花氣應隨凉吹上。晴窗展玩窮朝暮，寒具油痕那敢涴。知公寶惜不易留，聊記新詞慰餘慕。

柳洲遺稿卷下

五律

南山亭

虚亭凌倒影，勝絶擅南屏。盡日無人到，寒雲向此停。雨吹春嶂緑，天吸晚湖青。坐久聞清籟，松風落杳冥。

寄題金山寺

巨浸浮天險，名藍揭地靈。樓臺含蜃氣，草樹帶龍腥。海日先晨見，江濤後夜聽。山僧能好事，爲客吸中泠。

水光涵上界，山勢俯中流。素月隨潮動，孤雲去石浮。墻横天塹夕，鐘墮海門秋。壯觀何時遂，詩成悵昔游。余戊辰渡江，未及登眺。

常山半閒亭次陳貢君峙中韻

古刹群峰聚，虛亭衆緑扶。卷簾飛鴿子，鳴磬落鴉雛。地接城陰迥，天圍墖影孤。風塵來往客，閒得片時無。

端州郡齋中秋對月寄懷羊城諸友

月色清如許，離人那復眠。中秋同此夕，異地看今年。露洗金波浄，雲銷玉宇圓。南樓幽興劇，高咏泬寥天。

王貢君至自羊城相晤信宿贈别四韻

之子重相見，江山發興多。異鄉難此會，佳句近如何。桂樹秋天遠，楓林暮雨過。片帆吟别後，矯首隔明河。

夜泊廬陵

岸險沙痕折，江空露氣澄。荒雞迎戍鼓，宿雁避漁鐙。客夢隨楓落，鄉思對月凝。秒聲殊可賦，此夜泊廬陵。

旅夜

涼天秋正好，獨客夜初長。破夢風開户，懷人月照牀。鵲橋驚未定，蛩語絮如商。往事知多少，遲明墮渺茫。

十一月一日舟中作

霜葉已辭樹，客行當仲冬。雲帆移坼岸，水碓響深舂。石轉灘聲壯，天垂雪意濃。旅懷愁薄暮，山寺更鳴鐘。

雨後望南屏諸山

片雨過江城，南屏積翠横。縈煙秋墖迴，度水晚鐘清。客散湖初静，鷗飛眼乍明。夕陽紅未了，延竚若爲情。

歲暮余蓉裳嶺南扶櫬未歸

念子同賓雁，辛勤道路長。北歸方下第，南去復奔喪。瘴霧横江白，蠻雲度嶺黄。淒其逢歲暮，淚血幾沾裳。

旅櫬風波險，孤舟雨雪緐。家山何日到，客路此時難。地主情能厚，天涯力豈殫。西華才具美，未恐葛衣寒。

報國院池上

香臺臨古堞，細路入平疇。晴日野花落，暖風池水流。草深時見鷺，林静忽聞鳩。更欲從僧話，殘陽下戍樓。

東皋春暮

亭皋人事遠，偶影對斜暉。白日林閒静，青春水際歸。花香隨晚步，草色上晴衣。緑醑誰家好，青旗燕子飛。

題王遯先隱居

我愛王夫子，幽棲東郭閒。開門向秋草，倚杖對寒山。偶爲論文至，剛逢沽酒還。晚來相送處，屐印蘚花斑。

雲居山

凉風吹步屧，細路獨登攀。秋色嶺頭樹，夕陽江上山。目隨孤鶩遠，心與片雲閒。寂歷無人境，吟詩暝未還。

對雪

急雪灑長空，悠揚萬井同。融檐兼細雨，透幔逐迴風。曉鏡悲年邁，春盤喜歲豐。梅花消息近，幽興在城東。

贈沈敬履

爲有天真在，襟懷浩莫如。心關花事切，夢與世情疎。白髮明春酒，青鐙耿夜書。玉梅消息近，生意益衡廬。

題胡滄來豫章游草

千年滕閣下，一派楚江流。俯仰多陳迹，登臨正暮秋。懷人天共遠，弔古月同愁。杜若芳洲滿，王孫底倦遊。

早春紫陽別墅

又作城南會，憑高共賦詩。故人傷漸少，新歲飲休辭。霽入遥山見，春回老樹知。梅花驚別意，爲我特開遲。時余欲之嶺南。

通元觀同孫在鑑

勝地惜盤桓，哦詩共倚闌。廣庭眠石碣，虚閣閟星壇。暝色澄江動，秋聲古柏寒。莫言歸徑寂，清磬下雲端。

清宵

病骨易驚秋，清宵擁敝裘。空階涼雨急，古井候蟲幽。落拓無青眼，羈棲有白頭。百年成底事，身世兩悠悠。

送任文海下第後之新淦省覲

雨雪西江道，憐君歲暮行。辭親逾半載，一第未成名。秫釀供彭澤，梅花遲廣平。囊中秋卷在，好就放衙呈。

臘月吴山見梅

節物今年早，梅華不待春。臨風懷隱者，倚竹見佳人。斜日淡林影，遠鐘清市塵。江湖吾老矣，跌宕及良辰。

湖上訪人不值

幽居湖水曲，屋後見青山。采藥向何處，看棋知未還。筍穿苔徑僻，花暎蓽門閒。日暮題詩去，嚴城欲上關。

積雨

積雨連晨夕，高林正熟梅。水花鮮可摘，山翠濕難開。吠沼蛙相應，銜廊燕乍回。何當乘草屩，放眼一登臺。

白首

白首未聞道，悠悠空此生。餘年猶落魄，没世竟何名。壯迫饑寒盡，衰隨疾病成。飛潛將動植，造物且含情。

江上

澄江流不盡，暝色正蒼然。浪白初翻月，峰青欲造天。打鐘臨水寺，吹笛泊沙船。不醉吾何敢，芙蓉已占先。

二月三日同項金門報國院池上

池上已春草，到來詩思生。樹叢幽鳥聚，花片小魚争。天斷女墻碧，水涌僧磬清。遠山橋外好，攜手更徐行。

湖上

雪净梅花國，煙開柳色天。暖風欣酒旆，新水活漁船。聽鳥忘遲日，看山感暮年。行逢光景地，一瞬且留連。

雨中集胡滄來宅時孫在鑑項金門皆不期而至

故人欣偶集，今雨快深談。酒向鄰墻過，詩從險韻探。羃雲先作暝，坳水漸成潭。已判應門怨，歸遲漏下三。

鲍以文在桐溪久遲不歸

伏枕思悠悠，桐溪入夢流。碧雲蟬噪暮，明月鵲驚秋。病逐年時變，貧招世俗尤。數年勞紙墨，遺稿屬誰收。

攬勝齋分韻得時字

湖風吹客至，正值藕花期。坐石雲沾袂，烹泉雪汎甆。叩僧無俗話，呈佛只新詩。十載伊蒲供，重叨又一時。

絶筆一首失題

永日惟欹枕，高舂暫下牀。疎蟬凉雨歇，獨鳥暮天長。酒入增脾脹，書繙過眼忘。生人多樂事，此外可憐傷。

七律

六和塔

長煙不斷勢摩空，百丈孤懸倒影中。殘夜佛鐙迎海日，半天鈴語落江風。紅羊劫後開新刹，白雁飛來冷故宫。滿目滄桑今古事，檻前潮汐自悤悤。

南屏秋禊

紅藕花邊艇子開，白鷗陪我過湖來。好山好水竹枝曲，凉露凉風蓮葉杯。令節招攜宜選勝，清秋騁望試登臺。翠屏他日題名在，合讓群公擅賦才。

獨往

獨往南山不厭頻，清溪緑樹隔紅塵。洞中頑石多成佛，巖下老楓欲變人。漫有雲烟供過眼，豈無邱壑置閒身。餘年那更棲城市，直得漁樵與結鄰。

滕王閣

蒼江東去浩無窮，傑閣千年指顧中。月下鳴鑾游帝子，雲閒飛蓋會群公。豫章白日翻風歇，彭蠡青天倒影空。文酒寂寥雲物變，我來憑眺與誰同。

鬱孤臺

繞郭川原四望開，振衣還上鬱孤臺。江流遠下長汀去，嶺勢遥分大庾來。飛鳥背人投莽蒼，夕陽留客澹炎焕。長年打鼓争催發，更就旗亭酒一杯。

端江雜興次工部秋興韻

端江浩渺暗楓林，峽束羚羊氣象森。落日猶懸千嶂迴，浮雲忽墮半江陰。登樓漫舉清秋目，掩鏡徒傷薄暮心。遥想故園霜信早，月明應拂擣衣砧。

玉露瀼瀼月向斜，虚堂客夢冷煙華。炎天偶借遊仙枕，漲海空乘犯斗槎。山館秋聲和擊柝，江城曙色送吹笳。重陽節近鄉園遠，獨立風前憶菊花。

旭日當樓霽景暉，海天雲樹迴依微。黄塵古道紅驄去，素練澂江綵鷁飛。陸賈功名逢勢便，虞翻骨相與時違。食魚彈鋏非吾事，歸去春山筍蕨肥。

百年身世等殘棋，作客徒增老大悲。吾道敢爲浮海計，此生休問買山時。江湖日短漁歌杳，嶺嶠天長雁陣遲。多謝故人勞遠訊，苦緣遊子費相思。

蒼梧古郡四圍山，倦客登臨落照閒。雲氣六時噓石室，水光千里接梅關。休尋紫研攻文事，願采丹砂駐病顏。見説羅浮還密邇，葛洪嘗綴列仙班。

滄涼海日照牀頭，草木無霜亦自秋。地迥易增騷客恨，天高難寄旅人愁。令威自化千年鶴，子美誰馴萬里鷗。莫向西風感流浪，此身生處是炎州。

伏波銅柱紀成功，古迹猶傳百粤中。照海旗幢來上日，連山鼓角會高風。荒臺月暗陰燐碧，野戍年深薺草紅。交廣自來攻戰地，誰能化俗似文翁。

三山五嶺道逶迤，漲海灘江緑漫陂。玳瑁裝盤珠合母，珊瑚綴網玉交枝。衣冠氣接中原盛，禮樂風隨上國移。惟有客懷開未得，故山回首暮雲垂。

鄭弗人自吴門返櫂將還四明兼寄蘇昆璠

片帆纔卸鯉魚風，又欲乘潮渡浙東。新月晚生漁浦荻，舊山秋老沃洲楓。五湖白雁隨狂客，三徑黄花待寓公。想到南谿正重九，一尊還與故人同。

得弗人手書及初寒詩

楓葉千林夕照疎，芙蓉水國晚寒初。一聲南雁感秋士，十月朔風吹敝廬。湖上酒痕銷未得，江東詩思近何如。遥憐藥裹關心候，猶自書來慰索居。

葉氏園亭

陂池窈窕接城隍，拂面荷風入檻凉。洲淺鷺鷥行見影，草深蝴蝶過聞香。院圍喬木有秋意，樓對遠山宜夕陽。安得水田還負郭，主人高枕到羲皇。

秋霽

伏雨初收意灑然，生衣乍試晚風前。懷人酒熟鐙明候，顧影桐疎竹冷邊。夜景樓臺天倒合，秋光城郭月孤懸。無端忽著東南望，獨卧鑾江憶往年。

黄葉

林巒紫翠總蕭蕭，别有秋容淡却驕。寒雨送詩來古驛，夕陽如畫付歸樵。懷人遠道逢霜信，卧病空山憶藥苗。正是江南摇落候，晚風休趁酒旗飄。

西湖夜汎

片雲將雨過湖南，小艇夷猶盪蔚藍。杯汎碧荷迴極浦，笛飄凉月墮空潭。樓臺夜久鮫宮閉，枕簟秋清鶴夢酣。起視群山正如畫，海霞東起絢晴嵐。

年年

年年樓上盼飛鴻，二月春愁滿鏡中，芳草緑迷天近遠，落花紅隔水西東。未能化石身猶在，何處爲雲夢始通。欲織流黄迴錦字，一番惆悵又成空。

施涣之自楚游燕先以書寄

楚江遥送木蘭舟，又指京華説壯游。熊館酒闌山郭暮，鳳城書到海門秋。西風白髮愁千丈，夜雨青鐙夢一樓。何日却歸茅屋底，小詩相與賦離憂。

送姚官之之永嘉省兄

菊花尊畔唱離歌，起視長空側絳河。鴻雁一聲過水驛，脊令千里傍雲羅。江頭落木秋風盡，海上群山夕照多。名勝永嘉仍好在，早吟詩句寄羊何。

望海樓

危樓縹緲向江開，古堞參差抱郭回。三浙怒濤當檻立，半山飛雨撲檐來。風高玉宇鳴箏勁，日落沙河畫角哀。喜見太平佳景象，平原桑柘積如苔。

東郊菜花

黄雲靄靄覆重隄，雨後亭皋失翠畦。吟屐不知村路遠，酒旗迴望郭門低。悠揚暖日游蜂醉，駘蕩光風戲蝶迷。底事香車兼細馬，春來只在鳳城西。

追悼施介繇

十載清游不再同，水邊林下悵何窮。北山猿鶴留逋客，南浦風濤送寓公。丁丑余自嶺南歸，明年君游楚，甲申抱病旋里，遂没。三尺室中無孺子，七旬堂上有衰翁。早知歸卧旋長別，應悔頻年逐轉蓬。

送余蓉裳計偕北上

雪滿關河凍不開，征帆欲發尚遲回。春城且踐燒鐙約，曉驛無煩打鼓催。舊日同人多判袂，新年送客重銜杯。青雲自致期公等，努力清時慰草萊。

上元後二日飲近雲山舍梅花下

雪點春光逗早梅，草堂清絶客稀來。題名舊記當窗竹，印屐新添上砌苔。吟愛冷香吹短鬢，醉憐寒豔照深杯。燒鐙節候鯀簫鼓，笑指幽坊踏月回。

施涣之歸自吴門未幾又將北去話别尊前悵然有作

十載離悰不可論，何期此夕共清尊。已悲存没堪垂淚，重惜分攜更斷魂。雁掠寒雲低碧落，梅淹細雨淡黄昏。孤舟明日吴江道，欲浣征衫記酒痕。

寄懷張仲謀

江城吹角動寒雲，獨上高樓倚半醺。萬井秋聲砧共發，一天暮色雁遥聞。乾坤幾處悲摇落，湖海經年悵離群。借問風流得相賞，有誰人似謝將軍。

秋草和梁午樓

一聲鶗鴂冷幽叢，悵望川原目易窮。遠岸淒迷横落日，平蕪蒼莽入寒空。蓬飄梗汎愁何限，菊秀蘭芳恨不同。莫向江南問憔悴，美人多在暮煙中。

古巷迢迢黯夕霏，寒塘漠漠送斜暉。前塵未斷螢棲燄，舊夢重尋蝶颭衣。三徑雨荒簾影重，一庭煙暝屐聲微。亭皋莫悵先搖落，好並漁蓑擁釣磯。

一夕微霜淡碧煙，蓼紅蘆白鎮相捐。空懷遠志沈幽谷，未惜芳心折暮天。南浦獨來悲逝水，西堂重過感流年。菁華老去陳根在，更待東皇雨露偏。

繡轂雕韉迹已賒，踏青猶記好年華。衣裳帝子秦宮卷，詞賦王孫楚國誇。白露只今零澤畔，光風何處轉天涯。蘼蕪見説猶堪采，細路無人入暮霞。

九月晦日坐雨示沈敬履

朔風涼雨共蕭然，坐對薰鑪手一編。黄葉有聲霜後地，濕雲如夢雁來天。紅湖歲晚漁樵外，關塞秋高鼓角邊。河渚荻花應更好，與君相約釣魚船。

早春偕胡滄來東園寓目

繞郭春風步屧徐，閒園景物類郊居。池冰乍泮波光活，屋樹纔華雪點疎。游女靚妝挑菜候，野人閒話翦桑初。新年正有移家約，擬就東皋並結廬。

送嚴敏中力菴昆季之閩

伯仲才名世所稀，聯珠並價有光輝。新年竹葉傾人日，遠道梅花點客衣。黎嶺雲開雙雁度，延津水闊二龍飛。故人臨別偏怊悵，卧病東臯獨掩扉。

春晚同人湖上追悼孫卓如

十載明湖憶共游，碧衫扶醉狎盟鷗。梨雲荏苒清塵杳，柳雪迷漫白髮稠。泉下故人嗟雨絶，座中高弟緬風流。餘生未得償吟債，賸結青山一種愁。

花朝後一日項金門招飲湖上以疾不赴

六橋春水鴨頭鮮，二月長堤柳正煙。花外畫船人似玉，雨中飛閣酒如泉。題襟韻事傳他日，畫壁風流記往年。老去歡場難得遇，病懷愁緒兩蕭然。

集李澄齋草堂賦得一灣煙水

抱郭溶溶漾碧鮮，半塘横展白鷗天。平橋幾日添梅雨，拍岸多時蘸柳煙。斜照晚沈沽酒旆，落霞晴襯釣魚船。浮家不用尋苕霅，别占臯亭號水仙。

送鄭點衣還四明

把酒臨江興可乘，片帆斜日指西興。雁聲夏蓋湖名。先歸棹，漁火蕭然山名。亂客鐙。十月芙蓉如靚女，三冬楊柳似閒僧。知君一路吟紅葉，早寄南溪數幅藤。

冬日吴山晚望寄懷施渙之

憑高暫擬出風塵，極目寥天更愴神。寒霧遠迷歸樹鳥，夕陽迴映下山人。閒抛歲月成何事，卧病江湖送此身。回首故交千里外，幾時杯酒重逡巡。

朱映湑自吴門借書還喜賦

爲訪奇書破寂寥，吴門特載一瓻遥。垂虹去棹陶朱興，貫月歸裝海嶽饒。長路獨吟經幾日，故人相賞又今朝。鐵橋嚴二如猶在，定爲先生費白描。

送余蓉裳之四明即贈鄭點衣别兼寄令弟莩春

漫對晴湖共酒尊，布帆明發總銷魂。孤山客去梅飄笛，半浦人歸柳映門。社日差池憐燕雀，光風淡宕憶蘭蓀。南谿倡和詩多少，樂得他時與細論。

項金門招游湖上

不分韶光又晚春，放船猶得及佳辰。漫偕載酒吟詩客，來逐尋芳拾翠人。流水最憐三月夢，落花重感百年身。舊時松柏西陵路，慚愧東風雪滿巾。

題嚴力菴遺照

故人長別經三載，忽復見面傷肝脾。顧我世間仍落拓，知君泉下定相思。茫茫宇宙空懷古，納納乾坤欲向誰。奇氣浩然銷未得，屋梁嘗記月來時。

重過近雲山舍看牡丹

豔多香重思難勝，日日來看恨未能。暝色漫催銀燭上，春光纔作采霞蒸。因貪好句還重覓，莫怪回闌更屢憑。珍重主人留客意，爲花賒酒大頻仍。

伏枕

錦瑟年華逝水東，病軀還似雪泥鴻。玉鑪暗爇初更火，銀押輕移後夜風。曙色欲來花影外，春寒猶在雨聲中。濕雲吹盡城頭角，伏枕悠悠被再蒙。

次韻酬施涣之見寄

往昔相過若比鄰，年來契闊轉飢貧。春歸獨感無聊客，老去尤悲失路人。但指明珠疑薏苡，誰從古鐵認蕤賓。一坏旋欲營生壙，底用空門寄病身。

十一月一日贈涣之

半世論交孰子賢，即今相見各淒然。别離萬里復千里，消息三年當五年。白首還家翻似客，青山買醉且無錢。故人零落將過半，早晚重悲各一天。

題范聖謨楚吟草

楚國河山壯古今，憐君匹馬獨登臨。雲飛峴首湘天迥，木落荆門漢水深。往昔英雄悲戰伐，即今耆舊感銷沈。懸知把酒憑高處，雁叫猿啼兩不禁。

解館

雪泥鴻爪易銷沈，歲晚分攜思不禁。懸榻漫餘三宿戀，授餐空費二年心。闌花浥露熏微醉，砌樹含風和苦吟。好是熙春橋下水，碧流長抱粉垣深。

絶句

浴鵠灣

野水微茫浴鵠灣，鷺鷥翹足意閒閒。柳綿吹盡東風耎，一桁青旗落照閒。

絶句

柳葉初黄槲葉青，荻根流水潄泠泠。秋山晚入荆關派，一角殘陽露短亭。

茅家步

菰蔣漠漠水雲閒，落日平湖倒影山。秋色滿船黄葉渡，采菱人唱棹歌還。

舟中午睡

片帆終日水雲鄉，客路悠悠不計長。篷底微風吹午夢，覺來還認北窗凉。

舟中對月

遠樹依微緑漲塵，空江浩渺碧無津。多情最是波心月，到處相看似故人。

江行口號

短衣烏帽立船頭，帆飽東風力萬牛。城郭江山都不異，昔年曾過古虔州。
楓葉蕭蕭蘆葉長，亂山深處有漁鄉。櫂歌清唱無人和，一片烏篷下夕陽。
水驛山樓四望孤，客程終日見平蕪。緑陰濃到無人處，寂寂時聞啼鷓鴣。

重到嶺南志感

椰葉緑沈雨暗，荔枝紅浸霞酣。二十八年風景，白頭重到天南。
烏鵲噪時煙瞑，鷓鴣啼處日西。客路還如鄉路，緑溪青嶂休迷。

發羊城至端州江行絶句

布帆風緊片雲輕，白鳥雙飛破晚晴。回首故人天共遠，青山不見五羊城。
斷霞斜日照空林，積雨初收衆緑沈。江上晚來飛櫂急，亂蟬聲裏客孤吟。

鄉心莫問夜如何，海碧天青月更多。潮滿緑蘋秋水闊，隔江聞唱木魚歌。
片帆高挂櫂郎閒，岸轉洲迴指顧間。小雨無多雲易散，羚羊峽裏看青山。

靈洲寶陀院次坡翁韻

靈洲舊迹依然在，翰苑仙人去不來。六百餘年五千里，天風吹我上高臺。

郡齋秋夕

蝙蝠迎人小院偏，晚風如扇乍凉天。秋光不共離情好，獨掩斜窗背月眠。
殘釭欲燼灺還明，薄醉全消夢未成。誰説嶺南風土異，一般庭樹有秋聲。

水亭

白苧凉生細雨天，水亭闌檻壓紅蓮。湧金門外秋多少，千樹垂楊萬樹蟬。

寓居湖上

菡萏花飄水氣香，面湖高閣早生凉。畫船人去秋光遠，閒倚闌干送夕陽。
露滴寒塘柳影踈，一痕凉月魄生初。紅鐙閃閃烟波暗，正是三潭夜集漁。

旭日初升衆岫閒，水平天澹接蘆灣。一雙白鳥銜煙去，秋在南屏積翠閒。
小雨廉纖散緑蕪，湖雲著樹漸模糊。午窗無事慵開卷，卧看南宫水墨圖。
十日微陰一日晴，秋光爲我課詩程。笙歌去盡遊人寂，掉臂沙隄自在行。
垂楊夾路晚蕭蕭，草濕泥香信步遥。蘸水芙蓉争著蘂，秋光已度跨虹橋。
白鷺雙飛破渺茫，斷橋西去柳絲黄。滿林殘日孤山路，蟋蟀聲中問柏堂。

題畫

碧梧凉影畫檐虚，小篆香濃透綺疏。月暗鐙明人隱約，翠鬟紅袖坐繙書。

吴江絶句

澤國秋深叫斷鴻，寒蘆獵獵颭西風。長橋日暮無人度，管領烟波屬釣翁。
細雨如煙望去程，濕雲籠樹不分明。天公欲惱詩人思，忽放斜陽泥晚晴。
渺渺平江掌樣開，晚晴堪賦恨無才。篷窗忽墮杯中月，不負西風一舸來。

晚過石門

溪流曲折繞城根，客櫂夷猶過石門。小市疎鐙沿碧柳，平橋細雨近黄昏。

沙河晚歸

櫓聲啞軋傍寒梅，翠影篷窗落照開。好是詩人歸去晚，半山遥送入城來。
官河柳影帶橫橋，酒旆西風晚自摇。鐙火隔簾人隱約，小樓臨水坐吹簫。

西湖嬉春曲

寒食年時風雨多，踏青今日喜陽和。碧山三面向人笑，黄鳥一聲迎客歌。
繫船須繫段橋邊，看花須看岳墳前。段家橋邊柳無數，岳王墳前花可憐。

碧湖雙槳圖

厲樊榭姬人朱滿娘以中秋夜同汎碧浪湖而歸，因繪是圖，時賢相與爲詩。卒後，余始獲見之，用題其後。

夢覺揚州已十年，却從苕水載嬋娟。菰城若比松陵路，又見吹簫白石仙。
星漢横斜水拍天，碧湖凉露卸紅蓮。中秋月色無窮好，却爲伊人分外圓。
翠袖熏鑪伴咏詩，春風小閣畫蛾眉。誰令誤竊姮娥藥，不見宜男結子時。
一段春愁化彩虹，乍來還去恨匆匆。桃花滿地胭脂濕，不待東風嫁小紅。

湖舫中觀奚純章寫意

墨滿凹池酒滿杯，夕陽紅樹亂成堆。扁舟不負尋山約，載得秋嵐幾疊回。

葛回昭殁後余夢作此詩

路入南湖秋草空，短篷如葉泊西風。尋君不見心惆悵，一笛誰家叫斷鴻。

鮑以文移居桐溪

年來有興狎樵漁，卜宅桐溪計未疎。家具滿船無長物，牛腰筍束半圖書。
蛺蝶翩翩趁舵牙，臨平過去藕初花。兒童乍見溪山景，笑指丹青覓畫叉。
地偏心遠竟如何，一榻南窗蔭綠蘿。塵事自從今日減，著書應比舊時多。
屈指平生幾素心，廿年回首一沈吟。清風舊築依然好，莫遣苔痕取次侵。

題許太守默齋連枝圖

刲股亡身嗟令弟，繪形並影歎賢兄。田家昔日能如此，詎要榮枯及紫荆。
野人門巷寂蒿萊，絹素尋常走轔材。從此便須爲故事，不關倫紀莫將來。

陳百藥所藏金冬心畫馬次舊題原韻

俗眼從渠論脊瘢，沙場汗血未全乾。驪黄牝牡渾閒事，百藥須同伯樂看。

雨後吴山寫望

煙嵐洗盡翠微閒，白鳥無心去又還。山下樓臺山上寺，有人吟望夕陽閒。

題漁隱叢話

故紙堆中老更忙，千年鬼語費平章。閉門忘却連朝雨，墻角鯀英謝米囊。

過萬峰房追悼讓山上人

憶别孤雲下翠微，故山回首不重歸。契原堂上茶煙歇，滿壑松濤響夕暉。

三月八日自北山放舟南屏

蘋花白處荻芽青，一棹夷猶向遠汀。紅雨歇來春事晚，柳條臨水自娉婷。

跌宕襟懷老更癡，今年苦後看花時。輸他酒旆紅樓外，消受東風日日吹。

西湖竹枝詞

巾子峰前水磨頭，上塘水向下塘流。上塘船載歌舞樂，下塘船載別離愁。

跋

松生大令屬叔遲校刊《柳洲遺稿》。叔遲以舊本視余，蓋版毁於兵火矣。讀一過，爲詩清妍而有骨，乾嘉詩人之詩也。而原序言其攻苦勞憊，中壽以殞，似盡瘁於詩者。夫詩至極苦，則或寒瘦艱澀，幽仄危嶮，如荒岩邃谷，絶入以冥搜，柳洲境苦而詩恬，意其胸次天然有詩，不必苦吟而得也。然亦何可令其湮没哉？因爲書數語於後焉。同治壬申六月，南清河吴昆田識。

溪岡

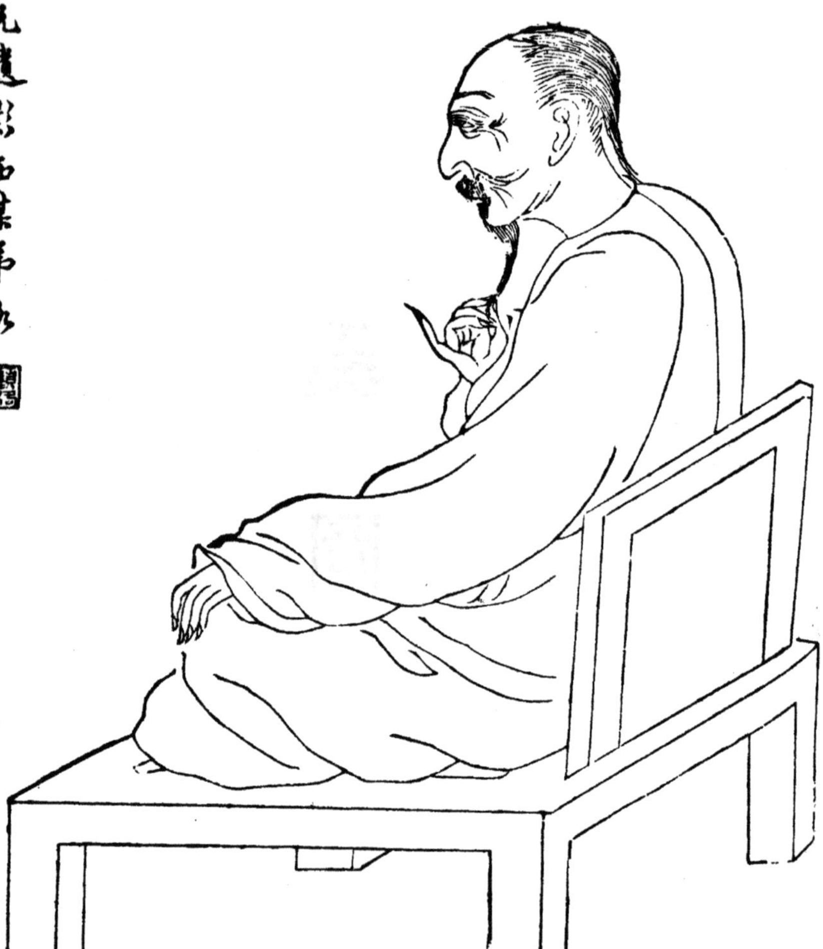

鐵生九兄遺影 西某弟沵

目録

冬花庵燼餘稿卷中

秦瀛序

浙西布衣，石門方蘭士薰、錢唐奚鐵生岡兩人皆以畫名於時，又皆工於詩。畫宗法不同，而各有勝趣，不減古人。余知鐵生最早官杭州七年，每以詩畫投贈，而未嘗一識其面。蘭士僅於西湖湖樓見之，朴野寡言笑，余强之坐官舫中，談片晷別去，亦嘗贈余詩畫。無何蘭士以窮死。鐵生狂於酒，酒酣作畫賦詩，意氣自豪，其人殆又視蘭士異也。余去杭州，聞鐵生得酒病，家毁於火，子女皆死，旋遭母喪，而鐵生亦死。吁！天之禍鐵生亦酷矣。吾門湯子點山與鐵生爲忘年交，悲鐵生之遇而爲之傳，又集貲刻其詩，郵余京師屬爲之序。鐵生詩清冷絶俗，肖其爲人，尤愛其題畫詩，風格絶似吾鄉倪瓚。余嘗怪明季華亭陳繼儒者，自號通隱，賓客交游，車騎闐溢門巷，故所爲詩殊有俗氣。康熙年間，李漁輩人品逾下，其詩佻巧俚鄙，更不足言。安得如鐵生者，一洗若輩之陋邪。曩見蘭士詩，甚幽迥，擺脱塵坌，他日得見全稿，余亦當援筆而爲之序也。嘉慶乙丑十二月，無錫秦瀛。

吴錫麒序

嗚呼！天之厄詩人者，何其甚哉！厄之以窮，厄之以火，厄之以死喪之戚，終厄之以死，而究之其死也終不得而死之也，吾蓋於吾友鐵生而信之矣。鐵生嶔𡷫磊落，不可一世，特無所以發之，往往于畫洩其奇，而于詩窮其趣。當其酒酣潑墨，簸弄烟雲，巉壑峻深，大含細入，若先與名理相深，及其位置既成，吟豪斯屬神妙之處，能令有聲之畫與無聲之詩並傳。故鐵生之詩無不工，而獨于題畫之詩則尤工，無他，詣之所精神與之合也。向使鐵生挾其技以游于世，則海内外亦孰不欽其名者，資其贄幣，所入立可以致富。顧生平惟二三知己，肝膽與共，遇緩急輒傾其橐，無少留。若意所不可者，有酒所恒謾罵之，時或大吏屏騶從往訪，亦拒不納，夫士窮乃見節義，節義立，故可窮也如鐵生者，即不以詩傳，而其人不既矯矯也哉！然天所以挫折之者，亦有異于常人。嘗旬日間而喪其弟，喪其三子，喪其女，猶未已也。鄰人不戒火，延其居，俾所藏書畫俱成灰燼，及移居，後又遭母喪，益憂鬱不自聊賴，比至服除，而身亦死矣。嗚呼！蒼蒼者其有知邪，其無知邪？如其有知，何獨於詩人而酷虐之若是邪，不可解已。君詩清而腴，峭而不險，其標格與白石、雲林爲最近。惜當吴回氏之災，稿亦亡失。今友人湯點山重爲葺之，略成三卷，梓成，屬序于余。余憶乙巳假歸，嘗與君會於項秋子壽花軒，會必有詩，今已無復存者，其逸去不知凡幾，然即此數百篇内，遠致勝情，含蘊無盡，使就山水間一再誦之，其精靈當必有呼之欲出者，然則鐵生爲不死矣。嘉慶乙丑冬，錢塘吴錫麒。

奚君蒙泉傳

仁和湯禮祥撰

君諱岡，字鐵生，號蒙泉外史，姓奚氏，錢塘布衣。父諱元瓚，爲名諸生，先君二十年卒，生子二，君其長也。九歲作隸書，及長工行草篆刻，兼通詩詞，而于畫尤爲擅長。精心孤詣，亦似有天授，上溯元四大家，以逮董宗伯、李檀園、王太常、廉州麓臺司農，皆心摹手追，能得其神髓，脱去蹊徑。點染花卉，皆生動有致，論者以爲接跡惲、王。少即見賞於杭堇浦、吴西林、方雪瓢諸先生，四十後名益重四方，以書幣求畫者不絶于户，估舶攜至海外，夷人皆懸金以購之。故君之名遠在琉球、日本間。爲人豪邁不羈，與人交，披露肝膽，周人之急傾囊倒篋無所吝，久而相忘不責償也。豪于飲，往往酣嬉淋漓，酒氣從襟袖間出，同席者皆倦，君方左右叫呶不休，或稍避之，則大怒，以是人目爲酒狂。君既以友朋爲性命，然非其人不與之接，大吏或屏騶從訪之，拒不納。汪公志伊爲方伯時，欲以孝廉方正徵，不就；阮撫軍元、秦廉訪瀛，争欲識君之面，多方致之，終不一見。晚年疊遭家難，旬日中喪其同母弟鑾，又喪其三子濂、澧、沖與女子子而四：濂十九歲，澧十五歲，沖始七歲，皆幼慧。無何家毁于火，遷居後又遭母喪，既除服而君抑鬱死矣。余交君幾二十年，君於朋輩中常以氣節推，余性既相似，故往來尤密，文酒之會無月無之，又常結伴放舟湖上，徧游南北諸山，興盡乃返。喜作詩，每得句必就余商榷，有時議論不合，則攘臂而起，目張口哆面發赤，余亦負氣不相下，雖座客滿堂不能解，移時則歡笑如故也。君卧病，余閑日必造其廬，忽語余曰：『吾將死矣，然終不肯與諸君分手，願結後身緣，任諸君呼爲小友無所憾。』未幾，而君死矣。濂聘汪氏女，聞其殤，水漿不入口，求歸奚氏守節。君初不許，以死自誓，乃許之，未即迎也。君殁之前月，汪氏又請，遂來歸，猶及侍奉湯藥，親視含殮，盡禮盡哀如子職，是益可悲也。君殁於嘉慶八年十月二十四日，年五十有八。所著《冬花庵燼餘稿》，余爲之删定，而君之友醵金刻之以傳於世。

論曰：昔韓昌黎志馬少監墓，以爲四十年中哭其祖子孫三世，其文悽愴不可終讀，余乃三年中親見君之喪其母，喪其弟，且喪其子若女，至今君死，而余又哭之，然則久不死而覩居此世者，真足爲大悲也。然而盛名之下，坎壈纏身，又烏知君之不以脱屣人世爲可樂也耶？吁！

冬花庵燼餘稿卷上

憶雲林山房

雲林幽絶處，石上聞松聲。下有清泠泉，夜響孤猿驚。煙筱隔嶺秀，風鐘度水清。所得入玄賞，相絆嗟浮名。每發塵外想，遂愜棲遯情。山中老比邱，一卷貝葉横。時遺古洞書，遲我話無生。

游寶石山

我登寶石山，山瘦削寒碧。巍然窣堵坡，天半卓孤立。迴猋盪空林，霜葉鳴策策。側步怯危梯，逼面起蒼石。賞奇心固幽，造極境忽闢。屬目送飛鴻，煙江一痕隔。冉冉空中雲，轉瞬已無跡。浮生正如斯，胡爲苦形役。不若來山中，優游愜所適。醉卧蒼松根，不知煙磬夕。

龍井片雲石

龍泓有片雲，從龍布膏澤。何年天風吹，一朵墮空碧。龍歸雲不飛，化作巖阿石。含氣常氛氲，滴乳仍濛霢。巍然勢欲起，屹立儼如擘。靈蹤出神巧，幽竇漏虚白。奇峰寫長夏，愛此郭熙格。欲去三摩挲，我有老米癖。

龍掛

墨雲滿天天欲黑，狂飈怒捲波濤立。蜿蜒曳尾垂海東，水氣溟濛腥霧濕。是時旱魃方作威，力排赤幟牽朱旗。田禾焦槁澗溪涸，疲民苦渴還苦飢。一朝茫洋薄光景，覩此神物蟠空飛。行人咋舌不敢語，舟子紛拏無泊處。俄驚霹靂震山谷，雨點沾衣急飛鏃。我方探奇向巖麓，湖漘獨就僧廬宿。一夜掀扉翻瓦屋，曉看拔起千年木。

雲林寺古木歌

古木杈枒多醜異，千章深鎖雲林寺。老藤時作瘦蛟蟠，高枝夜挂哀猿戲。撑空溜雨何年栽，疑與靈鷲同飛來。根盤石罅飽冰雪，苔侵鐵幹迴風雷。今年逭暑來巖谷，林閒倚石聽幽瀑。不知赤日行中天，但覺凉陰覆平麓。山僧期我話禪房，竹閒已爲安繩牀。何當坐我蓮峰頂，紫煙紅雨看斜陽。

移榻山中約心公游鳳麓梵天二寺

逭暑來山中，便有出世心。焚香對蒼竹，向水鳴清琴。松風有時至，灑然披素襟。破除熱惱苦，静耽禪味深。雪坡老闍黎，妙行今道林。每説無生論，夜半聞法音。會當從公去，古寺雲邊尋。一醉滄江月，長嘯青楓岑。

陳春渠先生過冬花庵話舊

載酒紅橋賦柳枝，廿年回首不堪思。圖書已散江淹宅，荷芰應荒山簡池。往事孤雲無定跡，舊交寒竹有真姿。知君老去情多感，不敢臨風誦此詩。

首春至葛林園偕小師壽之過南屏

纔得清閒便出城，野梅香裏一舟横。春如有約年年至，老却無端冉冉成。銜岫日斜分靄細，拍堤風輭鼈波輕。南屏歸去鐘初動，多謝僧雛伴我行。

同人放舟皋亭看花次郎蠡湖韻

詩豪酒敵快相逢，雨裏看花興更濃。十里紅雲連野色，一篙春水破嵐容。已無倩女哦新句，可有漁郎覓舊蹤。領取風光歸醉眼，肯教篷底別諸峰。

夜讀楊誠齋詩

憶昔頗自鄙，不讀誠齋詩。今宵春鐙下，展卷始覺奇。字字出真性，語語生遐思。我不如誠齋，放翁不吾欺。古人尚云爾，今人復何爲？回首顧妻子，正值酣眠時。一笑讀未休，戀母如吾兒。

夏日湖上同朱雲巖劉耕緑汪又山

渺渺千頃波，小舟放其中。浮生寄寓内，亦復如飄蓬。身亡名自存，千載一逋翁。種梅賦新詩，招鶴彈孤桐。南陽與東山，倒睨此二公。非無王佐才，高蹈柴桑風。延緣蘇白堤，諷咏二老詩。風流不可繼，青山恒若斯。渚蓮媚疎花，風柳迴高枝。凉波六月秋，鷗鷺相娱嬉。生幸脱世網，百歲誰可期。對酒須盡觴，爲樂當及時。湖漘古招提，幾來避煩燠。艤棹盼喬柯，入門蔭脩竹。老僧喜相迎，把晤松下屋。茶瓜滌塵襟，風荷款幽獨。須臾墨雲翻，巨雷震山谷。驟雨倒銀河，一凉快三宿。

西湖打魚歌

嵐容黯淡波光連，漁子曉集三潭前。小舟葉葉鳴榔先，輕如浮鷗相盤旋。長罛密網紛紛牽，中流一截百尾鮮。大魚競赴輸官錢，小魚戢戢亦可憐。銀刀撥刺跳滿船，就船買得縮項鯿。老饕一飽腹便便，醉來湖上夜不眠。清寒沁骨月滿川，展我尺幅滄洲煙。疎鐙忽射葭菼邊，一漁猶唱明湖天。

秋日集舒園次嚴歷亭韻

閒趁山樵到郭東，習家元合醉山公。方塘得水深深碧，曲榭回闌段段紅。聲亂芰荷時送雨，秋多楊柳不禁風。欲還尚覺牽吟興，新月破雲涼印空。

最宜觀水小樓東，得句評論有至公。輭葛襲涼秋露白，深杯摇灩夜鐙紅。橋陰網挂歸漁艇，花外蟬移别樹風。比似玉山情自勝，衹無元璞坐談空。

題花卉小幀

紫豔紅香壓緑枝，小闌風韻最宜詩。朝來宿雨含新霽，留得春陰好護持。

爲柳溪作柳溪清汎圖

窄窄瓜皮淺淺波，溪行凉趁柳風多。先生寄興滄洲外，欲就玄真借釣蓑。知是磻溪是富春，柳條不染市朝塵。一竿一卷閒家具，隨意江湖號散人。

柯博士霜柯竹石全學李成蓋從寒林圖流出秋窗擬意並紀此詩

誉邱畫後見丹邱，腕底雲泉著意收。消得閒心向山色，蕭蕭寒日一林秋。

放慵

泥飲狂歌儘放慵，不將芥蔕繫心胸。卧游每愛雲多態，舌戰須知劒有鋒。煙際漁竿閒北渚，竹閒僧榻冷南峰。憑誰問我行藏事，錦里先生素所宗。

爲周樹邨寫潁湖輯句圖題後

先生囊中無一錢，先生胸中詩萬篇。窮乃工詩固其理，食貧奔走空年年。去年歸來清潁尾，眎我篋裏詩成編。芙蓉亭亭日初照，驪珠一一繩爲穿。自言輯句潁湖上，湖中風景殊堪憐。絶無紅闌低映水，只有緑柳高參天。索余放筆寫大意，留作張本他時傳。我聞歐公守潁日，愛此十頃玻瓈煙。東坡謁來弄秋色，欲把杭潁争媸妍。先生筆健氣豪邁，能追二老稱詩仙。琳琅滿帙足壽世，即今轗軻非徒然。

高邁庵爲孫燭溪寫剡溪山色圖

我曹寫山須神行，興酣落筆還經營。觚棱鉤角實凡近，雲横霧塞靈奇生。此理妙解在明暗，董家一一陳其情。吾友邁庵最精到，一洗時習豪毛輕。前年游剡去年雪，驅使山怪吞元精。胸中浩氣筆端赴，欲使蒼渾生虚明。邁庵邁庵吾語汝，莫奪董氣下董名。江東孫郎碧眼睛，能識汝畫如瓊瑩，寶之不易十五城。

題墨竹

蕭郎兩叢吾未見，老可千畝誰爲傳。平生食筍不計數，有時吐出胸中煙。涼堂汲水潑清影，一一小鳳飛秋天。夢魂今夜落何處，滿篷明月行湘川。

坐雨

坐雨南軒興轉孤，出游又苦阻泥途。西湖處士梅花在，東郭先生屐齒無。慰眼且開書滿篋，解醒還藉酒盈壺。翻憐懶與閒相稱，一任林閒喚鵓鴣。

余慈柏陳秋堂攜酒招同陳曼生過湯古巢

故人攜酒榼，邀我過茅廬。展軸開青嶂，行歌把素書。會憐今雨合，情在古歡餘。醉裏忘佳節，黄花弄影疎。

秋日水心亭

輭琉璃上一塵輕，知是蓬瀛是化城。曉色排空千嶂翠，夜光浮月四窗明。畫船疎柳笙歌隊，曲檻殘荷鷗鷺情。欲與諸君重結社，時來載酒繼前盟。

汪静庵得鈍丁小梅花屋印章貽小麓

赤虬瘦影疑欲翔，質瑩體潤僅寸方。丁居士刻石括蒼，小梅花屋文二行。舍人之舍適正當，梅花一樹横書堂。快教大阮貽小阮，不似庭堅戲阿章。

吕紀畫雁

昔觀徽廟寒磧圖，雪色凜凜開江湖。西風蕭颯吹黄蘆，陽鳥十百如相呼。閒廳今展青瑶軸，又見衡湘秋一幅。誰其作者吕指揮，老筆盤旋驚衆目。獨開生面寫荒寒，衰柳疎花散碧灘。萬里來時關塞遠，一行飛處水天寬。指揮昔直仁志殿，豈特徒工寫群雁。進規立意秉忠貞，藝苑今猶稱筆諫。宅相雙石能繼聲，畫禽最得禽之情。誰知更有吕文英，赢得人呼小吕名。

題陳老蓮停琴聽阮圖

停鳴琴，聽摘阮，臨深淵，向絶巘。雅如二樂音清婉，逸調流風竹林遠。健筆盤空勢欲仙，超奇絶俗陳老蓮。腕底能傳昔賢事，眼中忽見今龍眠。當時七十二賢像，一一摹寫形神全。以方規圓更奇絶，顧爾餘子誰争先。凉堂出賞群稱快，玉鴉叉向屏閒挂。百十年來無此翁，詎能傳得翁宗派。自翁解作無聲詩，我曹因寫有聲畫。畫裏還疑聽有聲，七絃纔罷四絃鳴。悄然坐我松風下，泉石泠泠太古情。

和余慈柏游虎跑用東坡韻

虎爲疏泉猿炷香，山深四月緑陰凉。青虬隔澗蟠藤上，紫鳳穿林解籜長。松下清齋思往日，雲邊疎磬落何方。尋僧與子不同寺，石銚新茶各自嘗。余是日游南屏。

和慈柏喜雨原韻

乍見雲容生遠墟，俄驚飛鏃集庭除。病狂一夕遇良劑，得赦數行來詔書。簌簌風凉潛到竹，潺潺石溜欲平渠。羨君覓句閒情在，七字吟成過隱居。

題畫與閒存上人

一枝筇竹倚巖隈，流水何曾去復回。心似道人無所住，空山閒共白雲來。

踈樾蒹葭冷暮煙，西風孤雁叫長天。能牽高士蕭閑趣，只在荒江落照邊。

宜秋士女題郭十三頻伽水邨圖詩深閨未識詩人宅昨夜分明夢水邨却與圖中渾不似萬梅花擁一柴門余讀而愛之爲作圖繫系一絶

七字銷魂似水仙，香痕繪月復描煙。如何一段空塵境，不讓咸平處士先。

爲筱岩作秋江小景

秋易成悲未覺非，一舠煙冷占漁磯。蘆花江上看如雪，只作春風柳絮飛。

霜落秋江柳色寒，芙蓉消盡水天寬。惠崇蘆雁王維雪，剩寫滄江一釣竿。

花家山看紅葉

湖波繞隄玉半環，艤棹獨上花家山。湖山酣霜似酣酒，高下萬木成酡顔。軒然一亭倚寒峭，快哉坐我紅雲閒。遥邨幾處連平麓，四顧蒼茫如錦簇。近疑野燒斷前溪，遠曳殘霞映深谷。却憐西子晚妝新，點綴如花二月春。仿佛武陵溪畔路，漁人來此欲迷津。舊游最憶蓮峰下，紅于閣上秋曾借。滿前風景似當時，看到斜陽酒頻瀉。

大雪湖上訪心公招賢寺用東坡聚星堂韻

披出漁蓑舟一葉，玉削千峰萬峰雪。斜陽倒射爛銀光，林谷微茫鳥飛絶。朅來湖上作偉觀，住屐寒沙齒欲折。欣然載酒忽徑去，水上樓臺看明滅。蘇隄宛如戰退龍，僵卧中流許誰掣。孤山回首不知處，但見松岡雲細纈。招賢老僧安枯禪，紙窗竹屋聽騷屑。旋作圍爐半日留，共歎前期過如瞥。平生衹有邱壑興，不辭窮討憑詩説。今朝真箇坐冰壺，籬外野梅横瘦鐵。

丁巳首春過南屏訪雲公

獨行不覺遠，煙密樹參差。到寺開青嶂，當門映碧池。僧閒知晝永，山冷放梅遲。偶檢藏經筵，披圖記歲時。案上有余畫册，迄今十又三年矣。

同人展魏柳洲墓

憶昔會葬時，事往跡俄頃。峰壑沈陰霾，風雨助凄冷。今來展君墓，宿草迷荒梗。石碣何巍然，詩人名自永。同儕競畢集，俎豆亦脩整。一杯酹其前，地下君可省。仿佛君生平，高懷忽奇騁。逸思燦烟霞，妙句常冋冋。白雲有時還，浩氣歸山嶺。封木集昏鴉，深谷延落景。歸來一葉舟，漾漾寒色浄。回睇杳靄閒，霜紅弄秋影。

同道悟松光登慈雲嶺山亭

半壁分寒日，江湖眼底收。亂雲連野樹，殘雪冷荒坵。沙鳥争帆遠，山僧喜客留。爲看花事勝，有約此重游。

與胡葑塘題陳原舒墨荷

陳侯古豪士，落筆風雨快。尺幅寫枯荷，遠過白石派。孤花迎露展，老葉向風拜。遥知秋江邊，乃有此境界。豈可寒具汙，最宜雪壁挂。我亦耽此技，能事欠狡獪。三日宿君家，欲畫不敢畫。

湖上用放翁韻二首

澄湖夜來霽，諸峰尚含雨。柳風掠輕舟，婀娜翠腰舞。橋陰展青鏡，寥寥曠天宇。渚亭掩疎篁，出没隔荷浦。永懷孤山人，清名占千古。何當縛數椽，于焉灌園圃。

坐久遠公樓，忽喧池上雨。雲起四山陰，風來萬荷舞。魏子偕余弟，繙經到佛宇。相與同舟還，摇摇出煙浦。岸旁塚爲誰，石几製獨古。云是孫花翁，吾當問老圃。

登飛來峰

躡境心已寂，世人徒此行。置身雲壑冷，到耳石泉清。鬼斧何年劈，僧鐘隔澗鳴。更窮樵徑上，眼底淡浮生。

同余慈柏徐秋雪湯點山游韜光

老衲石林迹，詩禪直到今。亂泉雙澗落，修竹四山陰。出世消塵劫，頻過長道心。同儕多勝概，吾獨悵幽襟。

尋石筍峰

久識雲峰秀，穿林石筍長。萬竿盤野竹，一逕出危岡。厨冷艱晨爨，山深易夕陽。烟霞有餘賞，惆悵奈歸航。

題吴仲圭墨竹

道人賣卜春波里，腕底清風時一起。輕綃半幅翦鵝溪，數叢爲掃青鸞尾。絶似湘川過雨新，還如嶰谷絶無塵。頓教六月渾忘暑，凉堂坐對融心神。東坡能奪湖州巧，澄暉亭下留風筱。道人百徧苦摩挲，葉葉枝枝更清矯。分明前夜獨登樓，月落煙空景未收。記取一林聲颯颯，冷雲吹破碧天秋。

夏日何夢華招集得樹軒同余慈柏陳秋堂曼生湯點山沈西山分得客字

晨興理游屐，去去安所適。多君折簡招，遂造子雲宅。疎窗列奇樹，回飈洗蒼碧。宿霽含餘滋，新凉生几席。同儔散煩襟，委懷在典籍。鳴蟬遞逸響，飛鳥振幽翮。顧此清景佳，因之緬疇昔。南湖接鄰壤，荆榛幻芳澤。豪家廣亭榭，轉瞬已陳迹。榮華固其常，遷化理難易。營營大塊閒，寓宇孰非客。憂來悵中筵，請君罄歡伯。

題林居圖

林居少塵事，鎮日掩柴關。晚雨過溪上，秋聲在樹間。種魚筌自補，蒔菊譜還删。時有聽泉約，尋僧更入山。

爲吴更生作湓浦琵琶圖繫以一絶

含情都在四條絃，淚濕青衫悵别筵。只有湓江流不去，蘆花楓葉自年年。

贈湯點山二首

君是文章地上仙，五經腹笥笑便便。下帷肯爲功名早，立行争教意氣先。叫月鶴冲聞易遠，拏雲龍隱見難全。懷清家學真堪羨，驚座雄談尊酒前。

五十初諳世俗情，多君五字屹長城。詩如秋水寧嫌淡，骨似寒梅苦畏清。老去誰能重然諾，狂來吾獨愛縱横。幽期共逐炎塵外，十里風荷一舸輕。

題王元章墨梅

種梅湖上林君復，千古高名在山谷。一從鶴去冷巢居，頓失白雲三萬斛。廣平一賦絶世塵，嘗與鐵幹争清新。霜風凜冽苦摇落，空香數點回陽春。藉君孤潔守貞素，不少知音贈君句。玉妃自駕白鸞車，素女應迷明月路。平生幾醉桃李場，紅紫壓帽浮千觴。酒酣耳熱忽起舞，此番方識梅花王。梅花作圖飛醉墨，臨風大叫王元章。須臾鐵龍吹夜月，衣襲寒芳沁詩骨。遊仙舊夢殊渺茫，手把璚株坐冰窟。我身不曳侯門裾，緐華過眼雲烟如。獨愛一枝横竹外，紙窗伴我讀殘書。

題玨虛上人畫

青山嵯峨白雲起，落日蒼茫淡煙水。疎松列柏半欹崖，謖謖寒濤生磵底。咫尺能移千里情，玨公胸次何峥嶸。揮豪已過倪漫士，到眼忽驚王叔明。須知衣鉢傳宗遠，禪定初回收粉本。雁下寒塘别浦秋，煙浮層岫前溪晚。我從法子來蒙泉，謂心遠上人。展睞短軸還長牋。當時飽眼固奇絶，似此拓境尤超然。僧房寂莫年華速，回首千峰尚濃緑。公名自在南屏山，一幅流傳看亦足。

題姚雲岫宗伯先生聽濤圖遺照

曾從群玉到寒山，九里濤聲共往還。奕世佳城巖壑裏，先生高節棟梁間。望雲正繫歸田夢，拜詔翻登曳履班。此日披圖爲重寫，松風謖謖對蒼顔。王蓬心太守先爲補圖，爲水漬汙，嗣君屬余重寫。

冬花庵燼餘稿卷中

從雲林入韜光徑

雲林古蘭若，老樹森交加。何年靈鷲峰，飛來梵王家。石泉喧磵户，秀壁豁谽谺。探奇試初入，忽曠心神遐。躋攀從勝侶，發興巖巒赊。萬竹泠幽翠，一逕盤修蛇。緬懷白太傅，曾此駐游車。高吟韜光詩，閒覓金蓮花。素甆潔野蔬，活火烹清茶。既得静者趣，更愛山水佳。丹梯不數轉，極目情無涯。海門如可即，物外空雲霞。落日晚鐘動，欲去翻興嗟。

游龍泓澗同沈舫西姚小岫古幢修白

昨從韜光游，風磴盤竹翠。今日尋龍泓，群峰鎖幽邃。神泉浸巖阿，下有潛龍睡。飛流散滿山，泠泠激松吹。架壑閣淩虚，嵌空石欲墜。流憩極視聽，啼鴂勸人醉。吾儕興固豪，探討窮詭異。白雲飄然來，愜我清净意。當時老辨才，於焉足高寄。開社追東林，群賢爲畢至。即今留遺蹤，一讀壁間志。虚廊立斜陽，臨風結遐思。

和汪筱巖長至日對雪

一陽初動連朝暖，梅乍作花枝尚短。雨餘忽捲朔風來，大地長林雪吹滿。屐嶺先生抱吟愁，擁鑪袖手白氈裘。想見孤吟下重幕，東坡白戰窮冥搜。我方醉鄉謀小住，忽枉瑶華擲新句。泠然冰雪沁心脾，眼底紛揉賞寒趣。曾憶狂酣舒氏園，漫空亂作風花翻。飛甍尚識臨川閣，曲徑潛迷映竹門。明當更踐湖漘約，先生蠟屐應先著。蕭蕭寒影壓平堤，如泉酒飲鸕鷀杓。樓閣參差望欲無，琪花瑶草來方壺。此際高歌定回首，扁舟坐我范寬圖。

吴兔牀先生賦畫松歌見贈走筆奉答

何年手寫蒼虬枝，博君七字璚華詩。縱横塗抹不復記，讀詩始覺吾松奇。畢宏韋偃固未見，古人已往今人思。近代好手不問出，沈文陳董皆堪師。檀園松圓寫其意，往往逸筆圖之而。煙客先生獨超絶，瘦硬直以書法爲。憶曾抽豪作直幹，手腕尚逐寒濤馳。寫竹胸中有成竹，畫松亦要松生腹。夢中每見十八公，秀鬣長身立如鵠。我方東鄰走看花，忽枉好句投山家。筆力與松相攫拏，益我畫稿紛烟霞。即如偃也寫兩樹，杜老欣然爲題句。他年圖畫隨雲烟，但讀君詩應一遇。

湖上晚歸

晚來湖上景，渾似雨中看。雲氣沈山黑，煙痕帶水寬。磬清知寺近，鐙遠到城難。蕩漾憑舟子，孤吟吾自安。

和陳曼生早梅

性冷矜高格，開時不待春。卷簾驚屋角，移策探溪濱。香逗月痕淺，寒分雪鬢新。由來多潔疾，肯受輭紅塵。

秋日雜興

雨餘寒色滿荆扉，散漫秋棠茉莉稀。心自愛山身懶出，溪頭閒却釣魚磯。
西風策策振高柯，欲試秋吟雜睡魔。不是夜來村酒薄，月明溪上有漁歌。

渡江

到此頭堪白，江行有死生。風高聲愈壯，潮落勢難平。漠漠瓜洲渡，迢迢北固城。扣舷歌短調，極目雁南征。

病瘍對梅花戲作

身同老梅偃蹇長，滿枝蓓蕾如吾創。一雪三尺凍且僵，含蕊欲吐還收藏。人生此疾濕所作，老梅受濕蟲因傷。自關痛癢逼殘歲，願托根蔕回春陽。排星散漫蘚連石，疊鱗脱落痂敷牀。靈休舉體苦流血，廣平鐵石爲心腸。短籬高枕屹相對，敢以孤潔方頹唐。賦詩聊爾索共笑，老梅不語横茅堂。

余交湯君點山十餘年矣文章高義與余最合庚申春日以舊畫竹泉聽雨圖索題因賦此詩爲贈

竹泉聽雨小窗幽，閒散輸君第一籌。古調文章唐氣勢，清言人物晋風流。肯懸雪後看山屐，常繫花前釣月舟。舊畫重題感遲暮，蕭蕭白髮已盈頭。

北郭冶春詞

柳送花迎入望青，就中山色是皋亭。烟雲乞與鷗波手，領取仙源寫卧屏。

夭桃穠李滿平疇，載酒年年此出遊。付與吾曹供醉眼，萬金難買一春愁。

幾處灣環瓜蔓水，一聲欸乃竹枝歌。春光百五撩人醉，奈爾風鬟霧鬢何。

陂塘忽轉水煙空，小泊垂楊一樹風。愛爾三家村落好，竹籬無數野桃紅。匆匆花事近清明，鷗浦漁莊取次行。忽入香雲最深處，畫船簫管雜流鶯。粉痕香澤沍難分，曉雨纔過又夕曛。記取放翁詩思好，全家真欲隱紅雲。

題天潛山人玉壺買春圖高邁庵與余同作。

東風初來滿郊甸，鸜緑猩紅散如霰。鞠塵十丈罥遊絲，一片青帘花外見。恰聞花外唤提壺，知有前村酒可沽。天潛山人興獨往，從余索補買春圖。顧我擂椎懸十指，數峰乞與煙蘿子。春雲一硯濕梨花，筆筆清真乃如此。花源可似武陵春，漁舟不作問津人。自是山人有仙骨，芒鞵竹杖稱閒身。君家左右皆修竹，酒熟應知懸此軸。重約煙蘿子共來，蕭蕭賞雨黄茆屋。

題畫竹小幀

漫展桃笙小炷香，清風時送北窗凉。幾竿翠影蕭蕭下，一卷殘書卧夕陽。

秋日與余慈柏訪方蘭士湖上還過德生庵

一曲林塘秋思多，蕭蕭踈柳帶殘荷。談禪野寺尋僧去，讀畫山樓喜客過。漸覺壯懷歸淡泊，不妨老子興婆娑。吟詩正恐閒鷗笑，奈爾咸平處士何。

秋日湖上同樊仲行王壽石金雲槎余慈柏梁蕉屏王檢叔徐漱石龎籜葊沈竹亭

幾日役塵事，林巒欲改顔。雲陰都化水，雨氣忽沈山。入寺名心盡，投竿客思閒。回舟出叢薄，一塔峙荒灣。

秋日同許修門汪西農栗田未山游湖上

登臨勞遠矚，山水入樓虚。有客此攜酒，無人來讀書。連雲兩岸樹，斷浦一舟漁。不定陰晴外，秋分景物疎。

挐舟隨所適，逸興滿林塘。巖桂低成屋，池蓮老坼房。尊罏秋意味，泉石病膏肓。幾處聞歌吹，還來醉夕陽。

同趙竹嶼陳瀫水王秋湖余慈柏徐秋雪游寶石山還過葛林園池上晤高爽泉

巾子峰前路，蒼蒼遠樹林。嶺雲含暮雨，巖桂墮秋陰。向水有閒意，安禪了世心。頻來對詞客，慚愧老夫吟。

題王蓬心先生擬大癡法寫竹嬾詩意

畫意吟情兩得之，一峰老筆九疑詩。溪山便欲從兹隱，魚鳥應憐向後期。煙墨尚傳婁水派，安危深羨鹿門遺。先生解組將歸去，底事驚傳噩夢奇。時聞先生歸道山。

冬日過訪舒曉山遇李淺山小飲園亭

彭澤歸來三徑幽，園林蕭散足娛游。詩成水竹清吟骨，酒熟巖花伴醉眸。半日得閒逢逸史，一冬應苦喚晴鳩。關情最是簾櫳外，雪點寒枝上小樓。

題松月風泉圖

流泉泠泠石齒齒，靈鷲峰前境如此。數重幽邃豁谽谺，百道奔騰弄清泚。明月皎皎松蒼蒼，我昔夜坐龍泓旁。晶瑩一片忽飛入，陰森萬樹隨低昂。趨來胸次何超然，襄陽得句如得仙。豪端巧取一段煙，贈君松月還風泉。不須洗耳聞根浄，寂處空林滿清聽。嶺頭寒逼玉龍翻，澗底濤生四山應。山中人兮黄綺儔，選石高坐風颼颼。相賞獨耽塵外趣，孤吟自寫雲邊秋。世人但愛春山緑，桃李成蹊無乃俗。問誰來此賞孤清，犖确山行赤雙足。君家玉山最佳處，逸韻風流有餘慕。漫從詩畫繼因緣，聊把心情托豪素。圖成自愧少新詩，翠影清陰滿硯池。欲插袖中三昧手，合教來問虎頭癡。

寒夜讀元遺山詩

雪虐風饕逼歲殘，遺山詩境最高寒。夜深判到燭三跋，筆老屹如山百盤。野史有亭名不泯，孤臣無國淚難乾。辨冤甘露碑何在，剩把陵川七字看。郝伯常有《辨磨甘露寺碑記》。

丁巳除夕

流光似水去堂堂，又是逢除餞此觴。酒國自饒安老計，愁城空賦送窮章。寒梅香裏春如許，細雨聲中夜未央。喜奉慈親羅稚子，鐙花笑指説豐穰。

南山紀游同徐秋雪湯點山作

石屋洞

雲根豁谽谺，虛敞出神構。應有古仙人，養真此巖竇。挂壁煙蘿森，入罅寒月透。孤雲有時還，遥睇隔林岫。

水樂洞

出洞泉洑流，泠泠發清賞。竹風與之俱，令我情一往。吾聞音樂鳥，釋氏壯龍象。如何山骨髓，亦作宮商響。

煙霞嶺

南峰臥煙霞，日夕景萬狀。古洞迷行蹤，陟嶺發遐唱。畫格愁荊關，秋林展屏障。會當凌層巔，佛掌出雲上。

理安寺

峰迴石徑轉，目極得幽意。人語泉上亭，磬響煙中寺。落日山更佳，松篁弄寒翠。我欲安枯禪，一龕此高寄。

鳳麓庵

游心愜素侶，淡慮懷兹山。日夕雲水秀，因知塵外閒。竹鑪秋茗苦，石幢寒蘚斑。何時此巖麓，開士留禪關。

勝果寺

落日水聲裏，蘿徑轉山曲。一僧出石林，延我話松屋。隔崦風磬清，到門煙江緑。兹辰展秋懷，霜寒氣已肅。

辛酉三月新居甫定友人多以詩贈聊作二律答之

裦裦塵勞抵死忙，浮生如寄亦堪傷。喪明徒抱千秋恨，曲突寧辭一炬光。本愧不才非避世，都緣豪興誤稱狂。從今悟入無生去，任説空王與法王。

重感鷦鷯寄一枝，今朝敢却草堂貲。長缾到户多攜酒，矮紙題墻各贈詩。笑口强娱慈母老，雄心深負故人知。平生味澹還求澹，隙地栽梅待雪時。

得黄小松訃

少年筆研角新奇，朝野中分遂别離。秋影庵空人去後，散花灘冷客來時。古碑到處收行篋，清俸争先寄舊知。從此酒杯花月夜，思君一度一漣洏。

屠琴隖胡秋白讀書清平山招同汪楓谷陳秋堂裘苶雪山中逭暑余不到此幾四十年矣因作七言二律

塵勞底事苦相牽，却愛諸君結静緣。琢玉才高雲漢上，生花筆落海山前。哦詩好借安禪榻，煮茗時分洗鉢泉。欲踏層冰消熱惱，來追涼月醉江天。

閒房重過感偏多，往日交遊歎逝波。樹色尚餘盤竹徑，江聲依舊隔雲蘿。由來歲月傷遲暮，終古林泉足嘯歌。又爲開尊成一笑，老年難得醉顔酡。

熱甚戲作

今年酷暑苦難逃，汗濕麻巾首自搔。憶得西泠煙磬夕，一襟松露聽寒濤。默數三庚未到期，人間可畏是炎曦。西風忽送清凉散，正讀遺山雪後詩。

九日同人飲吴山道院

道人可是解忘機，滿屋青山晝掩扉。九日登臨興不淺，一年歡賞事猶稀。經霜林麓秋容改，落照湖天暮靄微。嬾散形骸君莫笑，醉呼江月伴同歸。

同徐秋雪魯思巖孫嘯谷周松泉雲伯李西齋抑齋游雲林寺

遠渚遥峰不憚尋，快從良友向雲林。巉巖逼路石橋轉，老樹映門山寺深。午磬有時來竹院，秋泉無事落松陰。重游願借枯禪榻，卧聽孤猿嘯月岑。

感懷

一尊寧復寄吾真，書畫淪亡感故人。謂小松蘭坧。易散烟雲輕過眼，難抛筆研苦勞神。瀟瀟涼雨秋堂竹，寂寂生涯病榻塵。若箇江湖解閒意，願從蓑笠問前津。

壬戌十一月六日忽得危疾汪楓谷天潛竹林過治不數劑而起天潛屬余止飲遂作止酒一首爲謝

衛生止酒陶元亮，荷鍤攜壺劉伯倫。駒過隙中時太促，鶴歸華表語何真。盡捐缾榼逃轟飲，好藉蕿苓起病身。從此醉鄉非故土，杏花來看董池春。

病中聞雁

脱離矰弋苦，難免稻粱謀。病翮幾時振，哀鳴何所求。月寒煙塞晚，霜曉玉關愁。藉爾聊徵句，浮生寄一漚。

癸亥上鐙日喜徐秋雪見過

病起翛然四壁清，半簾寒日短窗明。春回此夜鐙初上，客到經時酒未傾。不死更消閒歲月，立身尤惡舊聲名。對君澹泊無他供，風裏蕭疎竹自鳴。

屠琴隖有詩見贈作此奉答

病後西窗久未開，翛翛竹影弄風回。吟哦有客投詩去，剥啄無人乞畫來。三月卧痾聊自慰，十年作賦愧非才。破除萬事休增感，不飲何妨設酒杯。病後不勝杯杓，屠君詩有見嘲處，故及之。

卧疾有感

静掩衡門剥啄稀，空齋卧病思依依。看成榮落今何在，味盡酸醎昨已非。終古雙丸無息影，到頭一夢有深機。青山不解悲霜鬢，人自營營鳥自飛。

夢裏緐華一晌過，世間得失竟如何。愁深楮墨詩人淚，狂入鶯花酒客魔。荷鍤尚嫌爲物累，撫松亦足養天和。秋聲静覺來窗竹，因病翻閒念老坡。

題孫俌之醉墨圖

性不嗜飲惟嗜墨，醉墨何如到酒國。驟驚風雨走豪端，落紙雲烟眼中黑。李白一斗稱詩仙，張旭三杯草聖傳。君獨沾濡滿硯席，快意短幅還長箋。君家插架碑墨奇，縱横恣爾供臨池。數行欹斜酩酊後，一泓酣適淋漓時。因之取意長帽翁，女陽亭長欣圖爲。太史超然走長句，争好一卷看迷離。區區酷嗜壺觴好，酒後都慚筆陣埽。是時天瓢一傾倒，人生難得醉中老。此圖取東坡《題石蒼舒醉墨堂》詩意。

重題陳補劬碧山棲遺照

幾年曾寫碧山棲，世事尤難物我齊。舊畫重看無寸進，伊人已往有餘悽。綸疎晚釣閒鷗夢，韻冷秋琴點燕泥。草閣把書情宛在，竹風蕉雨不堪題。

題蘭竹後與徐漱石

紫芽新茁露初乾，緑節纔匀粉未殘。一種清芬含遠思，湘雲湘水不勝寒。
朝朝玉版勸加餐，飽向晴窗弄墨看。可是胸中有成竹，一梢風影無青鸞。

題楊妃病齒圖

宛如西子捧心顰，香唾時教濕繡巾。一曲霓裳歌不得，海棠寂莫過殘春。

和徐秋雪病中見懷之作

止酒陶元亮，安心蘇長公。得閒緣謝客，獨醒怕驚風。久棄看山屐，難移釣渚篷。遥憐同卧病，來往遞詩筒。

題秋林待月圖

水曲山坳引步遲，一林筇竹夕陽詩。行吟未盡幽人興，更待秋林月上時。

畫竹

低枝細作鐵勾鎖，大葉横披金錯刀。禁得秋聲連夜雨，過溪亭下聽蕭騷。

題梔子萱草

花耽禪悦草忘憂，六出香林雪共流。一種清芬饒韻致，晚凉山館雨初收。

題秋海棠

苦無金屋貯嬌姿，錦簟銀鐙又一時。別有睡情寒色裏，露華幾點濕胭脂。

題筱巖入山小册

不知山路遥，但賞山中趣。樵唱有時聞，更入雲深處。

冬花庵燼餘稿卷下

題畫絶句

渺渺滄波漠漠煙，水南茅屋住詩仙。知君好句初成後，秋月蘆花放釣船。

石壁盤空鳥道回，關仝氣勢壓崔嵬。便教坐我蓬萊閣，千里滄溟入望來。

老筆盤空萬馬馳，大癡詩境見當時。春寒夢破僧窗雨，一曲煙江颿到遲。

一隖寒雲半隖松，翠濤晴卷碧芙蓉。掩關鎮日客來少，卧聽隔林蕭寺鐘。

筲箕泉冷一峰高，絶磴危梯置屋牢。意境自閒人自遠，松風時復起寒濤。

過雨聲高走石泉，秋林曳杖思悠然。子真谷口雲封處，歸去彈琴屋數椽。

江南半幅思無涯，石法虞山寫斷麻。一脈畫禪隨欲盡，密林流水冷烟霞。

舊畫重題三十年，松風猶是宕雲烟。此生已了塵緣盡，只合來參水月禪。

谷口雲深雨意多，倚樓人自費吟哦。煙蕪漠漠平橋晚，春水桃花一釣蓑。

秋陰凉覆石泉清，竹樹蕭疎淡遠情。想見大癡貪看水，濕衣蒼靄傍巖生。

霜樾蒼凉滿磵阿，山人曳杖出煙蘿。閒將清俗觀流水，奈爾淙淙不住何。

百屯雲擁一峰寒，雨後泉聲處處灘。性懶不隨鷗鷺去，溪頭閒煞釣魚竿。

欲酹秋光酒一甖，西風籬落散金英。明當放策南山去，獨立高岡嘯晚晴。

野屋臨溪足寄居，四山煙翠一牀書。近來閒較沙鷗甚，秋水月明聞夜漁。

城東花事又將過，我亦憐香汎小舸。底事曉窗頻刺眼，一梢殘月露華多。

夢裏應愁雨露濡，惜花何似惜名姝。知君繾綣情尤甚，乞我豪端春曉圖。

籬門臨水竹風凉，起拂桃笙整筆牀。知有前溪夜來雨，歸雲猶是擁山岡。

扁舟隨意水雲鄉，雨後春山轉杳茫。分得閒情到鷗鷺，落花風裏棹歌長。

兀岸超奇氣轉增，荆關遺法見誰曾。江南枉殺倪高士，淡淡平巒寫數層。

東穎頻呵手指僵，枯煤拂落氣蒼凉。天寒買醉前谿酒，來聽松風臥草堂。

閒將散筆寫倪迂，樹色嵐光淡欲無。心似孤篷隨去住，一窗寒雨夢江湖。

小閣迴闌映水光，東風無絮不飛揚。江南記得桃花浪，一片春帆帶夕陽。

沙岸風微水不波，林居高下隱巖阿。便當此地從耕釣，月一犂鋤雨一蓑。

山中習静漫焚香，萬樹梅花映草堂。夜鶴歸來無覓處，滿川晴雪月蒼凉。

屋後修篁屋外山，石林蒼蘚點斑斑。此閒合著倪高士，吟盡斜陽曳杖還。

雨餘猶閣嶺頭雲，樹影嵐容濕不分。此是董家新説法，巨然心印付敷文。

遠浦平沙滃幾層，夕烟秋雨滿溪藤。虛和解到倪迂法，轉入孤高又未能。

茆屋高低煙樹重，陰厓飛瀑玉淙淙。溪翁不放尋詩艇，荷鍤劚雲何處峰。

竹煙松靄濕蒼苔，小結團茅面水開。不覺秋容已如許，時流紅葉過溪來。

一逕緑通千个竹，三間青繞萬重山。客來蕭澹無他供，卧聽秋聲晝掩關。

桐陰静處一蟬鳴，竹影翛翛弄晚晴。書卷乍收香篆息，隔籬閒倚短筇行。

桃花流水繞郫回，春漲新添鴨緑苔。料得溪翁無箇事，釣舟時逐白鷗來。

碧澗瀠迴十八盤，漁家猶隔白蘋灘。剩教畫裏添遊興，幾疊雲峰帶雨看。

一片春煙溼酒旗，杏花紅壓竹閒籬。雨多到處溪流急，獨拄吟筇立少時。

月冷澄空雁叫霜，蘆花風急水煙荒。無端筆底驚秋思，喚起江湖客夢長。

鸂鶒鸕鷀占一灘，秋來最愛水雲寬。不知更有閒家具，雨笠煙蓑釣月竿。

雨多湖水過平灘，昨日兜輿興未闌。試就雲林寫蕭淡，溪陰留得數峰看。

興到雲林翰墨香，半窗疏影竹風涼。鷗沙漁浦蒼茫外，著我臨溪舊草堂。

山僮滌硯弄清波，正我吟情滿芰荷。却笑炎塵吹不到，池闌面面柳風多。

山深一徑絶塵氛，琴愛無絃香罷焚。坐我忘機向空翠，别峰含雨欲生雲。

秋雨秋風作暮寒，蘆花楓葉滿鷗灘。頻來撥棹滄波裏，獨把船頭竹一竿。

臨水數峰無限好，最宜雨外復雲中。今朝溪上移舟去，看到殘陽又不同。

山居清課未全非，聽水看雲坐釣磯。送客夕陽還醉卧，又迎涼月入松扉。

水亭幽處絶塵氛，山冶如妝帶薄曛。正坐忘情省閒思，一溪花雨濕春雲。

閒移艇子碧溪灣，看盡江南雨後山。一夜霜風吹轉急，亂捎紅葉出林閒。

雨餘雲氣護山家，一逕紆回略彴斜。春水欲生風力輭，趁將蓑笠侶魚鰕。

散策行唫野水涯，板橋西去暮雲遮。參差茅屋疎林外，山色渾疑是若耶。

寒坡竹樹自蕭森，幽澗泉聲帶苦吟。坐久不知衣袂濕，一圭山影夕嵐沈。

山泉帶雨聲逾急，溪樹含風葉轉疎。埽榻煮茶留客久，北窗閒論枕中書。

一局楸枰幻世新，布袍不染市朝塵。楓林茆屋蘆花艇，著我樵雲釣澤身。

藏山藏壑似浮家，六六峰頭閱歲華。欲識襟懷寬幾許，盪胸雲海渺無涯。

看雨高樓雲脚齊，郭熙畫格較應低。移來小朵峰猶濕，合著林亭坐澗西。

流光彈指等浮漚，已見星星換黑頭。剩醉蘇公隄上酒，儘將豪氣付滄洲。

夕陽流水繞孤邨，數點歸鴉煙樹昏。怪底竹風無賴甚，又吹寒月入柴門。

一曲清溪一釣舟，蘆花深處伴閒鷗。橋西酒價休嫌貴，盡醉霜林樹樹秋。

水曲峰迴境轉幽，霜紅著樹始驚秋。閒來不學嵇康嬾，載菊尋僧一放舟。

千頃蘆花看作雪，數峰寒翠遠堆煙。道人撥棹不歸去，自愛五湖秋水船。

空山無人徑屈蟠，峽束怒流百道寒。支筇訪隱忽竟到，讀書聲隔青林端。

籬落蕭蕭野竹秋，夕陽溪上起漁謳。吟眸未盡閒中句，又逐蘆花送遠鷗。

一峰含雨一峰晴，晴意無多雨意生。石徑盤盤泉落處，杖藜扶出李長蘅。

吞吐方壺一片雲，巨師心印付敷文。憶從京口看江雨，山入南徐濕未分。

宴起林閒事事慵，雨晴溪口澹雲容。西山有意如留客，排闥先來枕上峰。

一笻隨意水雲涯，複磵重巖引興賒。滿徑丹黄迷落葉，不知何路到山家。

數峰蒼靄濕斜陽，老樹疎篁閒草堂。隔浦平沙渺何許，西風吹雁下横塘。

蒼峭凌虚俯碧潭，捎空霜樾拂煙嵐。滿前秋色收難住，别起寒汀照水庵。

謖謖寒濤澗底松，風迴剛應上方鐘。山僧不管門前事，一任閑雲過别峰。

漠漠平墟煙草荒，剩教高柳占陂塘。白鷗不管人愁思，猶帶滄波飛夕陽。

煙林遥隔數峰低，遠渚平蕪入望迷。正似舊游來腕底，一篷寒色過苕溪。

歸鴉數盡夕陽村，坐久西泠釣石温。最愛秋來連夜雨，湖波又過舊沙痕。

虚堂臨水敞雲煙，合住人間翰墨仙。欲雨乍晴苔色裏，沙彌參得巨師禪。

木末秋山水際亭，碧蒲紅蓼散鷗汀。何當放艇頻來此，不著魚經著雀經。

石上流泉韻最幽，風篁戛雨更颼颼。此聲易到詩人耳，又費清吟過一秋。

泉聲天半玉龍飛，老樹懸崖覆釣磯。倚杖不知山近遠，數峰嵐翠濕春衣。

蕭淡生涯儘得閒，聽松聽水屋三間。朝來忽覺牽詩興，百疊春雲過雨山。

弭棹溪頭酒乍醒，風蒲獵獵滿鷗汀。高人不費煙霞税，長占西山作卧屏。

筆自縱横意自閑，寫山隨意似游山。臨溪知有高人住，林木蕭疎屋數間。

籬落西風幾本斜，好將佳色傲春花。養和欲釀延齡酒，合取枝頭白露華。

霽景初回雪乍消，寒雲猶是護山腰。坐來始覺溪流活，昨夜春風到柳條。

蘆花瑟瑟水悠悠，記取江南一段秋。正是西風晚來急，數聲寒雁下滄洲。

百尺蒼崖倚暮寒，仙源無路欲通難。晚來急雨添飛瀑，只許幽人隔岸看。

翠影玲瓏月上初，晚凉看枕北窗書。清風不用一錢買，聽到秋聲憶舊廬。

青霜著樹葉辭柯，山骨棱棱見更多。溪上獨來横野艇，竹枝歌罷又漁歌。

見説清修李孝廉，焚香小築晝垂簾。便從乞得蕭閑手，野屋扶蘇取次添。

閣雨藏煙撥不開，一峰蒼翠出崔嵬。分明夢裏鉤雲手，親搨虞山面目來。

結茅巖下隱人家，摇落江天思轉賒。正是客懷縈舊夢，秋帆遠帶夕陽斜。

絶壁崚嶒起暮寒，蘆花如雪暗前灘。横舟欲覓清新句，又被疎梅冷眼看。

渚宫煙冷晚風微，摇漾秋容上客衣。彷彿漢臯初解佩，一時還駕碧雲飛。

一枝低亞一枝斜，翠影玲瓏憶我家。從此墨池求粉本，蕭蕭伴我作生涯。

寒雲蒼蘚點斑斑，子久高情未可攀。墨色鐙光渾不辨，明當湖上看真山。

夾岸晴嵐翠欲流，疎林斜日帶平疇。西風不盡蕭閑意，只屬清溪一釣舟。

江上青山繫夢思，畫禪中斷悵何之。太常拍手尚書笑，我是低頭拜太癡。

跋

《冬花庵燼餘稿》，亦松生大令所屬叔遲校刊者也。爲詩灑落，自喜瀟然塵壒之外，蓋其人以畫名，詩亦具有畫意，故不求工而自工。而叙其詩者曰：『向使鐵生挾其技以游於世，則海内外亦孰不欽其名者，資其贄幣，立可以致富。』嗚呼！此非鐵生之所欲聞也。詩畫雖小道，苟一浸淫於利，則必不能工，亦安能以致富？世之以詩自鳴、傲然稱名士而以之贄於公卿求其所欲者，其視鐵生相去何如哉！書至此，清風驟至，毒熱頓回。同治壬申六月，南清河吴昆田書後。

圖書在版編目(CIP)數據

西泠五布衣遺著 /（清）吴穎芳等撰；方田點校.
—杭州：浙江古籍出版社，2015.3(2024.3 重印)
（浙江文叢）
ISBN 978-7-5540-0518-7

Ⅰ.①西… Ⅱ.①吴…②方… Ⅲ.①古典詩歌—詩集—中國—清代②古典散文—散文集—中國—清代 Ⅳ.①I214.91

中國版本圖書館 CIP 數據核字(2015)第 066800 號

西泠五布衣遺著

（全二册）

［清］吴穎芳　丁敬　金農　魏之琇　奚岡　撰

方　田　點校

出版發行　浙江古籍出版社
（杭州市體育場路 347 號　郵編：310006）
網　　址　https://zjgj.zjcbcm.com
責任編輯　吴　迪
封面設計　劉　欣
責任校對　余　宏
責任印務　樓浩凱
照　　排　浙江時代出版服務有限公司
印　　刷　浙江新華數碼印務有限公司
開　　本　710mm×1000mm　1/16
印　　張　51.75
字　　數　529 千
版　　次　2015 年 7 月第 1 版
印　　次　2024 年 3 月第 4 次印刷
書　　號　ISBN 978-7-5540-0518-7
定　　價　300.00 圓(精裝)

如發現印裝質量問題，影響閱讀，請與市場營銷部聯繫調换。

ISBN 978-7-5540-0518-7
01>
9 787554 005187